COLLECTION FOLIO

Laurence Plazenet

La blessure et la soif

Gallimard

L'auteur a bénéficié, pour la rédaction de cet ouvrage, du soutien du Centre national du livre.

Laurence Plazenet est née à Paris en 1968. Ancienne élève de l'École normale supérieure, agrégée de Lettres classiques, docteur ès Lettres, elle enseigne la littérature française et comparée à l'université de Paris-Sorbonne. Spécialiste du XVIIe siècle et de Port-Royal, elle est membre de l'Institut universitaire de France depuis 2009. *La blessure et la soif* est son deuxième roman.

Ils ont coupé mes mains. M. Hamon tenait le rasoir. Il prit garde de ne pas abîmer les poignets. Quand il eut fini, ils enveloppèrent mes mains dans un linge. Ils les placèrent dans une boîte noire que M. de Tréville, debout près de M. Hamon, lui tendait. M. Viel a ramassé les esquilles pour les donner à ses neveux.

Ils coupèrent ensuite des mèches de mes cheveux. M. Silvestre en retint une, qu'il effleura des lèvres avant de la glisser dans un sachet de toile que sa sœur lui avait confectionné la nuit précédente. Il le porte sur sa poitrine tous les jours que le Seigneur fait. Le lien, qui est en cuir, irrite son cou, sous la chemise et le pourpoint. Lorsqu'il chevauche, il y pose les doigts.

M. Hamon fit un signe. On me dépouilla et il incisa entre les côtes. Il sortit le cœur. Ma Sœur Agnès de la Mère de Dieu s'est penchée. Dans le sang qui coulait, elle a trempé, pour faire des reliques, plusieurs pièces de drap. Ma Sœur Geneviève de l'Incarnation, à sa gauche, les recevait dans une bassine.

Ils ont scié mon crâne.

C'était dans l'infirmerie. Un peu de lune a passé par une des fenêtres, à gauche, au-dessus du panneau d'un volet qui joignait mal. Je me souviens avoir tenté, une fois, d'y mettre bon ordre, parce que, les jours de grand vent, il grinçait sur ses gonds. J'étais avec M. de Rebergues. C'était en août et on fanait.

Mon cœur a été renfermé dans un tissu brodé, dont les extrémités étaient bordées d'épaisses franges rouges, telles que les tapissiers en usent. Il fallut sécher un pan qui avait glissé sur la table. Ensuite, M. Hamon déposa son paquet dans un coffret de métal avec une serrure.

Ils ont pris, aussi, mon foie. Mon pied droit.

Quelqu'un a entrebâillé la porte. Le temps pressait. Les veilleurs arrivaient.

M. de Saint-Elme et M. de Rebergues saisirent une sacoche où ils dissimulèrent mon cœur. Ils saluèrent et sortirent aussitôt après. Notre Mère de Saint-Jean avait pris garde que leurs chevaux les attendissent. Ils se rendirent à Paris à bride abattue. Ils parvinrent à l'hôtel de Clermont avant que la lumière fût levée.

Ils heurtèrent à la porte. Des valets accoururent. M. de Saint-Elme et M. de Rebergues, d'une seule voix, demandèrent à voir Mme de Clermont. La maison dormait. Les domestiques protestèrent qu'ils ne réveilleraient pas leur maîtresse. Une fille descendit. Elle reconnut M. de Saint-Elme. Ils se jaugèrent du regard et elle dit qu'elle chercherait Mme de Clermont. Lorsque celle-ci fut venue et qu'on lui eut remis son coffret entre les mains, lui déclarant selon mes instructions ce qui s'y trouvait, elle perdit connaissance.

La servante, qui était restée au fond de la pièce, tandis que M. de Saint-Elme et M. de Rebergues parlaient à Mme de Clermont, se précipita. Elle s'accroupit sur les talons ; la tête de Mme de Clermont reposait sur ses cuisses. Un moment, elle parut la bercer lentement, comme on fait un enfant. D'abord interdits, M. de

Saint-Elme et M. de Rebergues se portèrent au secours de leur hôtesse. Ils aidèrent à lui frapper dans les mains. Ils lui firent respirer du vinaigre. Ils furent longtemps embarrassés à la faire revenir. Ses paupières étaient closes et ses lèvres entrouvertes ; elle semblait s'entretenir avec des personnes qu'ils ne verraient pas.

Quand ils conçurent enfin que Mme de Clermont les entendrait, ils mirent genou à terre et, ainsi que je les avais suppliés qu'ils fissent, ils la conjurèrent de trouver en elle la puissance d'un pardon sans lequel je pensais que le repos à jamais m'échapperait. Ils insistèrent, lui disant quel trou béant je laissais au monde, quelle serait leur souffrance tous les jours où je ne serais plus pour eux que de l'incertitude, au milieu même de leurs prières. Combien il serait cruel que je ne leur inspirasse plus que doute et angoisse, que je ne fusse plus qu'une vapeur qui se dérobe aux lèvres qui tentent de la saisir, après avoir été comme la joie et la brûlure du Verbe, dont je leur avais donné communication, lorsqu'ils étaient plongés dans les ténèbres. Ils lui murmurèrent que le silence est du discours et que, sans doute, je n'avais pas cessé de m'adresser à elle. J'avais perdu la langue des choses visibles et de leurs créatures, mais aurais-je oublié une femme à qui j'avais prié que, mort, ils me confiassent, ne jugeant pas, alors que je me trouvais presque à la face de Dieu, qu'il y eût d'autre tombeau auquel je fusse destiné ? Comme elle se taisait, ils se retirèrent.

Mme de Clermont était assise sur la grande chaise tapissée de cuir où, souvent, j'avais jeté mes gants, mon chapeau. La grande chaise de cuir où j'avais, un soir d'hiver, remonté sa jupe. Elle y demeura jusqu'à sept heures et demie après dîner. Muette.

Le même jour, à minuit, mes amis se retrouvèrent au

Faubourg. Eux aussi étaient silencieux, et ils portaient des capuches qui cachaient leurs visages. Le rendez-vous était dans la petite chapelle où l'on expose le Saint-Sacrement. Ce fut M. d'Angers qui célébra l'office. On ne chanta pas. Le moment venu de se séparer, ces Messieurs firent le serment que rien ne les disperserait, qu'ils ignoreraient tout du reniement, que le Roi briserait les hommes que nous sommes, pas les Chrétiens qu'ils imploraient que je les aidasse encore à être.

Ils ont tenu parole.

Mme de Clermont, elle, ne quitta pas sa désolation.

Au bout de six années, la femme qui la servait venant l'éveiller, elle trouva la pièce vide et la fenêtre de la chambre qui donnait devant le lit grande ouverte. L'aube n'avait pas tout à fait paru.

Cette femme appela Mme de Clermont. Elle ne pouvait pas penser qu'elle fût sortie si tôt sans rien lui dire. Elle passa dans le cabinet à côté : il n'y avait personne. Mme de Clermont ne demeura pas longtemps introuvable. Son corps était élancé sous la fenêtre, tout vêtu, souliers aux pieds, les bras nus sous le coude néanmoins, qui étaient blessés. On débattit beaucoup, soit que Mme de Clermont eût voulu aider son âme à quitter ce monde, soit qu'elle eût désiré respirer la fragrance de ses petits matins, qui était presque la seule chose qu'elle en avait jamais purement aimée, et qu'elle eût, un moment, perdu la vue de ce qu'elle faisait.

Les morts ne hurlent pas. Ils ne se rencontrent pas non plus, dans leur éternité. Le ciel se voila de ténèbres. Tout ce qu'il y avait de nuages sur Paris enfla et creva, de même qu'à Londres, à Rome, à Madrid, à Constantinople. Ils battirent les fleuves et les campagnes, les îles ardentes dont j'avais murmuré le nom chez les historiens. Ils battirent les plaines au-devant du mont Liban. Ils labourèrent les déserts, piétinèrent les précipices. C'était l'orage qui gronde dans nos chagrins, et que nous renfermons d'ordinaire, n'ayant que des larmes, des cris brefs, des sursauts de bêtes, à donner en pâture à nos pires douleurs. Enfin, la pluie atteignit le bout du monde dont j'étais revenu sans avoir apaisé mon cœur ni su vaincre le tremblement de mes mains. Elle tambourina sur les trois terrasses. Elle ruissela jusqu'à la rivière aux Eaux d'or, sous les cinq ponts, contre les tuiles de l'Harmonie suprême, alla troubler ce lac secret enclos au milieu de la terre, la cabane où j'avais cru entrevoir la paix, et ce n'était que l'amour, la paume renversée d'une fleur de lotus. — Alors, elle reflua.

Nous étions consumés. Pour autant que Dieu ou le temps consument rien de ce qu'est la vie d'un homme, que le ressassement l'emporte sur le mystère, le fragment sur l'immensité noire que les paupières, quand nous rêvons, ouvrent dans la nuit même.

Ce doute est une prière. Infinie est sa première syllabe.

Je n'ai plus de bouche ni de lèvres. Je suis au-delà des mondes, l'étonnement, la stupéfaction, la ferveur, l'espoir et la désespérance.

1650-1656

JUIN 1650

Première journée

Soleil de Midi.

Il pourchasse la dernière fraîcheur que le matin a laissée dans une allée de traverse d'un grand jardin d'Île-de-France. Un peu de brume lève du sol. L'air tremble. À l'angle d'un parterre, cinq ou six laquais abritent sous des ombrelles bleues une femme et trois petits garçons. Sa nourrice tient en lisière un quatrième enfant ; il porte encore la robe et le bonnet. Des suivantes entourent le groupe. Un jardinier agenouillé présente des corbeilles à deux anses remplies de fruits disposés sur du feuillage. Les commis qui ont porté les corbeilles sont rangés derrière lui. Ils se sont découverts. Ils dévorent du regard la femme, les enfants, les rubans cousus aux habits, les breloques piquées à la taille ou dans le pli des jupes, le manche d'ivoire des ombrelles.

La silhouette d'un cavalier apparaît à l'extrémité du chemin. C'est à plus de vingt toises. Nul ne le voit. Il avance. Il s'immobilise. Démonte. Vacille. La tête lui tourne.

De toutes ses forces, l'homme serre dans ses mains

les guides du cheval. Il pose le front contre le poitrail de la bête. L'animal et son maître sont couverts de poussière. La sueur y trace des rigoles. L'odeur est forte. La respiration de l'inconnu se fait plus rauque. Ses culottes sont tachées, roides à cause de caillots de boue séchée qui sont incrustés dans le drap.

L'homme porte la main droite à sa gorge. Il étouffe. Il s'effondre d'un coup.

Un des laquais a tendu le bras. Tous les visages se tournent vers la direction qu'il indique. La lumière qui tombe d'aplomb, les vêtements bruns du cavalier, couché par terre, permettent mal de le discerner. Un oiseau, plusieurs fois, lance le même trille. Le jet irrégulier d'une vasque émet par saccades un son plus fort. La jeune femme murmure quelques mots. Ses lèvres ont à peine remué, mais plusieurs domestiques aussitôt se précipitent. Leur course, décomposée par la chaleur, semble très lente.

L'homme rouvre les yeux. Il ne bouge pas. Le sable sous sa pommette en irrite le saillant. Il voit les souliers des laquais qui approchent : ils ont des boucles qui brillent à chaque pas. Quand on se penche sur lui, il essaie de dire son nom. Il veut articuler qu'on cherche les papiers qui sont dans son portemanteau, dissimulés sous la doublure des basques. Il faut découdre un peu l'étoffe, glisser la main jusqu'à un pli intérieur qui fait une poche. La gorge le brûle. Aucun son ne sort de sa bouche.

Les enfants ont pris les mains de leur mère. Le plus grand a mis sa joue contre sa hanche. M. de La Tour entend la soie qui se froisse. Il regarde comme à l'instant de mourir la main nue que la mère pose sur l'épaule de l'enfant. Il s'abîme dans la tendresse du geste. Il souffre à hurler, sans hurler, et quoiqu'il ne soit pas blessé. Il râle. Il l'ignore. Les plus vraies souffrances, comme les plus vrais amours, ne se connaissent pas.

Les valets ont empoigné l'inconnu. Ils le fouillent à la poitrine. Ils écartent les pans de son habit. Ils cherchent des plaies qu'ils ne distinguent pas. Le cavalier chancelle. Pour l'aider à tenir debout, deux gaillards lui passent le bras sous les aisselles. Sa tête bascule en arrière. La lumière du midi l'écrase. Il gémit.

Il cligne des paupières. Leur bord est rigide, gonflé par le sel des larmes qu'il n'a pas versées depuis des jours, des années peut-être, desséché par le soleil sous lequel il a marché. Ses lèvres sont fendues, scellées par une croûte de sang et d'alcool. La gourde vide pend à l'arçon de la selle.

Les yeux de M. de La Tour ne quittent plus la femme en face de lui.

Elle est le matin et l'orient.

Elle est tous les jardins, toutes les eaux, les mers à minuit. Elle est la musique qui se tait dans l'obscurité. Les musiciens ont depuis longtemps déposé leurs archets. Les cordes de leurs instruments sont immobiles. Des couvercles peints et dorés que le temps a rabattus comme l'ais des cercueils emprisonnent l'os des claviers. Le chant monte. Il épouse une vibration silencieuse, tumultueuse, battement altéré de cœurs qui ne communiqueront pas entre eux, bouleversement invisible et sans parole. Cette beauté pure, insaisissable, enfuie, est visitation, éblouissement.

M. de La Tour n'a jamais vu cette femme.

Elle est la femme que tout homme, avant la pensée, avant le langage, a entrevue, qu'il ne recherchera pas, mais qu'il convoite du plus loin de lui-même. Elle est la femme qui précède l'enfance, qui est le premier balbutiement et le dernier geste, à ce point enfouie en eux, que M. de La Tour ignorait, jusqu'à cet ébranlement, qu'elle existât et qu'elle lui inspirât tant de soif, et l'envie de mourir.

Elle est l'effroi ; elle est le salut. Elle est le monde révélé. Le puits où Siméon se jeta. La colonne où il se percha ensuite. Les larmes de Siméon. Son rire. La folie.

Mme de Clermont dévisage l'inconnu devant elle. Il a des galons d'officier. Elle se demande si M. de Clermont, qui est à l'armée, lui aura dépêché ce soldat. Elle est saisie par l'égarement où il paraît plongé. Elle observe le mouvement qui agite ses lèvres sans qu'elles forment une parole. Elle redoute soudain que M. de Clermont ne soit blessé. Elle songe qu'il est peut-être mort et qu'on vient lui dire que son époux est une dépouille sur un chariot qu'on lui amène.

L'amour terrestre est désespéré.

M. de La Tour, dans son silence, rend grâces à Dieu de cette femme qu'Il a mise devant lui. La nuit ni le jour ni aucune psalmodie du temps, jamais, n'auront raison de la rémission qu'elle vient d'introduire en lui. Elle l'arrache à la mort. Elle a interrompu le tournoiement des sphères qui réglaient son existence. Je serai avec vous, promet-il, jusqu'à la consommation des siècles. Je serai comme les astres errants, dont les courses effrénées sont des énigmes et qui parcourent cependant l'univers entier sans que rien les arrête, qui rencontrent des mondes sans que ceux-ci aient la puissance de les faire dévier. Je serai opiniâtre comme eux. Je renverserai les planètes qui voudront m'écarter de vous. Je me disperserai absolument, tenant tout pour rien, plutôt que de renier un moment d'allégeance qui, désormais, est ma vie.

Elle a quitté les enfants. Elle vient au-devant de lui. Elle marche le dos très droit ; son pas est un peu raide. La veine qui bat à son cou met sur son visage une rougeur diffuse. Elle tient une timbale pleine d'eau qu'elle incline entre les lèvres de M. de La Tour. En buvant, il sent dans sa bouche le goût fade de l'argent. Il est maladroit. Son menton ruisselle. La femme ne le remarque pas, apparemment. Elle lui parle. Elle lui enjoint avec gravité de ne pas chercher à rien dire. Elle le supplie de se ménager. Sa voix est pressante, basse et infiniment claire. Elle prononce chaque mot soigneusement, nettement, avec cette politesse qui est particulière aux gens du grand monde. Ses cils battent. Elle tient les paupières baissées, voilant son regard.

L'amour n'a pas de visage ni de récipiendaire. Il est le silence. Il est le sourire et l'insouciance d'un moinillon qui va aux légumes sous la neige. Il est le linge tordu au lavoir ou le cantique des heures de l'été. — M. de La Tour est une ode tout entière ramassée dans un homme épuisé que le soleil accable.

Mme de Clermont s'est détournée.

Il observe sa nuque, que les cheveux haut coiffés dégagent au point de la fragilité. La peau est extrêmement pâle. Il lui semble que cette femme au visage absent, à la fois dénudée et réservée, l'envahit davantage encore.

Il dit son nom.

Mme de Clermont a ordonné qu'on rentre. Un des valets saisit la bride du cheval. Un cortège se forme. M. de La Tour et Mme de Clermont avancent les premiers. Les enfants, les laquais, la nourrice, les jardiniers suivent. Ils traversent plusieurs plates-formes, toutes ornées de pelouses tirées au cordeau où les ifs jettent des sursauts de nuit. À la quatrième esplanade, comme elles s'élèvent par degrés successifs, M. de La Tour discerne soudain une dernière terrasse, plus étroite, que des douves pleines délimitent sur trois côtés. Elle ouvre sur un vaste escalier qui monte à une rotonde faisant saillie sur la façade du bâtiment qu'il aperçoit désormais entièrement. Cette avancée, couronnée d'une coupole à colonnades et d'un faîte d'ardoises scintillantes que surmonte encore un clocheton, est flanquée de deux pavillons d'angle. Leurs cheminées, tranchant avec la pierre blanche de l'ensemble de l'édifice, sont en brique. Elles atteignent à peine la hauteur de la rambarde qui court autour du clocheton. La bâtisse étincelle sous le soleil. Les grandes portes vitrées aménagées sur la terrasse lancent des éclats intermittents que relaient les pièces d'eau disséminées dans les parterres. Elles brillent comme des miroirs, réfléchissant l'ombre des statues qui les entourent.

M. de La Tour a refusé qu'on l'aidât à marcher. À chaque pas, il est contraint de prendre davantage sur lui. Il chemine à côté de Mme de Clermont sans la voir ni la toucher, tenant le visage immobile vers le point lointain du bâtiment. Elle-même ne le regarde pas.

Comme ils franchissent le dernier terre-plein, M. de La Tour songe : elle est son épouse. Ce sont ses enfants.

Il rentre chez lui.

Il oubliera ou, s'il n'oublie pas, il se noiera, la nuit, dans les cheveux de cette femme. Toutes les nuits, il trouvera dans cette obscurité la force d'affronter le jour. Il ne vivra plus que la nuit. Les hommes, la nuit, se combattent moins. Le monde, peu à peu, perdra de sa puissance. Lui respirera de nouveau. Un soir, il suspendra une caresse entamée : il aura retrouvé l'usage de la langue, des dents, des lèvres, qui aboutit à prononcer des mots, et il lui parlera. Il ne parlera jamais plus qu'à elle. Il ne parlera plus que la nuit. En prenant des octaves inconnues. Il ne racontera rien. Il sera sauvé. Ce sera l'éternité.

Mme de Clermont s'est arrêtée. Ils sont un peu en avant du pont, jeté sur les douves, par lequel on gagne la terrasse du château. Elle s'est tournée vers M. de La Tour. Celui-ci envisage que leurs pensées se sont répondues. Il va ouvrir la bouche : il sent le soleil qui le perce, le cuir détestable de ses bottes, l'épaisseur de son pourpoint, le cliquetis de l'épée qui bat à son côté, la puanteur de son corps qu'il n'a pas baigné depuis longtemps, l'absence du sommeil et l'obscénité de ses rêves. Ses ongles sont cernés de crasse. Il est pris de frissons. L'univers qui contient cette femme ne lui appartiendra jamais. Il a été jeté hors d'elle depuis toujours. Elle n'est qu'un rêve ou la face ultime du tourment que Dieu réserve aux pécheurs.

Vous êtes la femme que j'aime et vous portez un des premiers noms de ce royaume. Vous êtes la femme que j'aime et vous avez un époux dont le nom n'est pas moins illustre, que tous admirent, que vous admirez peut-être, un époux auquel je suis lié par le sang. Je ne vous avais jamais rencontrée. Je n'avais jamais rêvé de vous. L'homme qui vous possède a eu, avant vous, deux épouses. Je les ai connues. Elles l'ont laissé veuf sans lui donner un seul héritier. M. de Clermont était le fils unique d'une princesse qui, en mourant, lui a laissé tous ses biens. C'était un des principaux partis de France et il a choisi, en troisièmes noces, l'alliance la plus brillante qui se pût trouver. Vous avez été cette alliance, parce que vos parents sont morts, quand vous étiez encore au berceau, parce que votre frère est mort, quand vous n'aviez pas cinq ans. D'une famille considérable, il ne restait plus que vous et vous aviez reçu la meilleure éducation et on vous disait belle. Vous êtes la femme que j'aime. Vous avez donné votre foi à un autre. Il ne me semble pas, pourtant, qu'il y a jamais eu de monde antérieur à ce matin où je vous contemple. Qu'avons-nous été des rumeurs qu'on a façonnées à partir des fantômes de nous-mêmes que nous incarnions jusqu'ici ? Étiez-vous vous-même dans votre enfance ? La femme que je contemple et à qui je parle sans mouvoir mes lèvres, cette femme qui porte des pendants d'oreilles, une robe verte, que le soleil incommode, dont une mèche de cheveux joue contre le visage, est-elle vous ? Êtes-vous cette personne qui ne me répond pas ? Qui ne m'entend pas ? J'aurais voulu être, hier, la couturière agenouillée devant vous qui prit entre les dents, pour le rompre, le fil avec lequel elle avait bâti l'ourlet de votre jupe. Moi, Raphaël François Louis Henri de La Tour, vicomte d'Excideuil, je promets à Notre-Seigneur stabilité, conversion de ma vie et la plus entière humilité du cœur et de la bouche, si vous me répondez. Je jure de ne jamais vous importuner, si trois paroles passent vos lèvres qui soient entièrement vraies et que cette seconde seule, dans toute votre vie, jamais, aura requises.

Il se souvient. À l'âge de trois ans, Mme de Clermont avait été placée pensionnaire dans une maison religieuse austère et très respectée, où sa grand-mère, qui l'élevait, faisait chaque année des retraites de plusieurs jours. La jeune fille s'y était distinguée par sa piété, disait-on, autant que son esprit, dédaignant d'elle-même toutes les vanités et s'attachant d'instinct aux femmes dont la vertu était la mieux trempée. Elle recherchait les caractères rudes, les âmes aguerries par les luttes contre soi, comme si elle devinait tous les périls que sa grande condition lui faisait courir. Il était inutile de l'engager à l'humilité. Elle était si remplie de scrupules, et la crainte qu'elle avait de se perdre était si forte, qu'il ne semblait jamais y avoir de dépouillement assez grand pour la satisfaire. Elle aurait voulu coucher au dortoir comme les autres, au lieu qu'on lui avait donné une chambre à elle et une fille pour rester à ses côtés et la servir dans les choses triviales. Elle refusait pourtant d'être exemptée d'aucune des tâches qu'on distribuait aux petites filles. Elle avait demandé qu'on l'autorisât à balayer et qu'on lui donnât des corvées dont s'acquitter, comme éplucher des légumes ou cueillir des fruits ou récurer les souliers des religieuses les plus âgées. Elle ne formulait aucune préférence. Elle cherchait l'indistinction. Elle voulait porter le même petit habit que ses compagnes, sans aucune parure qui rappelât son rang. La timidité seule la retenait de pratiquer des actions de mortification et des humiliations qui fascinent les caractères de ce tempérament. Les Mères veillaient à contenir son zèle, sachant qu'elle était destinée au siècle et qu'elle n'était pas des proies que Dieu doit lui disputer. Elles se gardaient cependant d'y mettre aucune ostentation, de crainte, en la heurtant, de l'animer davantage. Le matin où sa grand-mère était venue la prendre pour la conduire chez elle, la jeune fille devant être mariée la semaine suivante, elle s'était, racontait-on, jetée à genoux devant sa parente. Elle l'avait suppliée de la laisser dans cette maison, tirant sur les mains gantées, couvertes de bagues, de son aïeule. Les yeux lui brillaient de larmes. La vieille femme avait eu pitié. Elle avait caressé le visage tourné vers elle. Elle n'avait pas écouté des prières qui n'ont pas cours dans le monde.

Le jour des noces, Mme de Clermont avait porté des habits magnifiques et montré, sans bassesse, une parfaite soumission. Il y avait eu un bal où le Roi avait paru, bien qu'il fût encore un enfant. La Reine sa mère et toute la Cour étaient venues. M. de Clermont, qui avait alors exactement trois fois l'âge de la femme à laquelle il s'unissait, avait peu dansé, laissant ces éjouissements à la jeunesse. Mme de Clermont fit preuve d'une égale réserve et on loua sa modestie, quand sa beauté était si éclatante qu'elle ôtait les mots de la bouche à ceux qui la voyaient. Sous les yeux des époux silencieux, on avait représenté deux ballets, joué cinq comédies et chanté des sérénades composées par les meilleurs musiciens. Les gazetiers avaient enchaîné les rimes. Nanteuil grava les portraits.

Jamais M. de La Tour n'a vu ces portraits. Il n'a pas assisté à la signature du contrat. J'étais dans le chagrin et la mort qu'on donne. À moi, songe-t-il, le sang, la laideur, le mal et l'impuissance. À moi, la mort qui emporte tout et qui répugne cependant à me prendre. J'ai tant désiré mourir. J'étais une ombre parmi les vivants qui vous entourent. J'ai entendu votre nom sur toutes les lèvres sans savoir qu'il était le vôtre. Je ne l'ai pas écouté. Mon frère m'a écrit quelle puissante alliance notre oncle s'était ménagée, espérant qu'il nous en viendrait quelques avantages. M. de Clermont et notre mère n'ont que leur père en commun, mais votre époux devenait notre parent. Vous m'étiez indifférente et vous n'aviez pas de visage pour moi. J'étais en Allemagne, j'étais à l'armée, quand vous entriez dans vos salles de bal. Vous êtes le jour ; je suis l'obscurité et ces ténèbres qui rampent dans le cœur navré des hommes. Je suis sans bonté, sans sourire et sans vie.

Je suis le septième fils du duc de Montmorency. Le jour de mes quatorze ans, on congédia mon précepteur, un jeune homme qui rougissait, qui aimait les vers et qui composait en latin à cause de Virgile. Mon père m'avait obtenu une place d'enseigne dans un régiment stationné en Valteline. Ce serait ma première campagne. Mon bagage n'était pas prêt. M. Collardeau partit et je passai trois mois à Montmorency, où j'avais presque toujours vécu, sans maître et sans état. J'étais comme un vagabond errant à travers des champs et des bois qui étaient tout ce que je connaissais du monde et que je ne reverrais peut-être pas. Je marchais dans les ruisseaux, cherchant le meilleur appui parmi les galets qui roulaient sous mes pieds. Je rêvais peu, sentant combien j'étais fruste et mal éduqué. Je n'imaginais aucun ciel et ne connaissais pas les rudiments de la tendresse qu'il faut pour la désirer. Quinze mois plus tard, ayant passé les Alpes, vu Côme, découvert l'ennui des manœuvres et appris le danger des escarmouches, la tête obsédée, certaines heures, par le hurlement des hommes que ces échauffourées laissaient estropiés, je fus nommé maître de camp pour m'être porté volontaire à l'attaque dans une passe dont je ne me souviens même pas du nom. Il faisait beau et j'imaginai ce que ce serait de béer là au soleil pour toujours. Pendant tout le combat, je n'ai vu que cela : mon corps renversé, immobile, que la paix aurait envahi plus vite que les charognards fonçant sur lui. Je ne me souciais pas qu'ils me piquassent les yeux, ni des petits bouts de tissu qu'ils arracheraient à mon habit avant d'en venir à la chair. Je leur abandonnais tous ces lambeaux pour le néant. Il me faisait haleter d'envie. Nos désirs naissent pour nous humilier. J'ai survécu. Je n'ai pas eu moins de dégoût pour mon emploi. Je pris l'habitude de lire pendant nos cantonnements. J'augmentai régulièrement les moments que je dérobais ainsi au temps. Je lus dès que je pouvais être seul, soucieux de me retrancher du regard de mes compagnons autant que de me procurer des ouvrages qui m'entretinssent de la vérité : j'avais des lectures sérieuses. Elles ne comblèrent pas ma curiosité. J'ai reporté peu à peu mon attention sur la beauté du langage, qui satisfaisait mon goût de la musique. Je n'avais jamais appris cette langue des sons. J'ai acheté des livres pour m'en instruire. À la dérobée, je caresse les instruments. C'est une faim secrète, inassouvie. J'aimais aussi les contes. L'hiver suivant, je reçus une blessure à la jambe. Un début de gangrène s'y logea. Je fus évacué. Je passai plusieurs mois à Rome.

M. de La Tour s'est interrompu. Il regarde Mme de Clermont et la mèche de ses cheveux qu'un peu d'air soulève. Il n'a plus envie de poursuivre. À Rome, il avait grelotté dans une chambre sans feu. Il s'était déniaisé, mais il n'avait pas assez d'argent pour entretenir même une lingère. Il apprit le manque, qu'il avait ignoré tant qu'il était demeuré à Montmorency entre des frères et des sœurs trop nombreux, voués à d'identiques lancinances. À Rome, le désir le rongea. Il convoita la fortune des princes, la suavité des prélats, le talent des bateliers qui taillaient des bouts de bois, les sacrifices des martyrs et l'odeur des aisselles des femmes. Il marchait avec des potences. Des gamins, dans la rue, le poursuivaient en hurlant, parce qu'il leur avait refusé des piécettes qu'un autre Français leur avait données. M. de La Tour n'avait pas ces piécettes dans sa poche. M. de Montmorency et son fils aîné, M. de Murcillac, qui intriguaient à Paris, lui écrivaient pour qu'il leur gagnât un parent cardinal qui séjournait depuis des années sur les bords du Tibre. M. de La Tour passa des après-dîners entiers dans une antichambre encombrée où personne, jamais, ne vint l'appeler. Il se dégoûta de cette servilité.

Mme de Montmorency n'écrivait pas. Elle envoyait un peu d'argent ; ses expéditions étaient sans régularité. Elle n'avait pas d'orthographe et traçait mal ses lettres. Elle se préoccupait peu des choses matérielles et ne pensait pas qu'elles pussent véritablement importer davantage à personne. Elle ne songeait pas qu'il existât d'autre destin que remplir les devoirs de son rang : le tabouret lui importait peu. Elle n'allait pas à la cour. Elle pensait que la vraie noblesse consiste à taire la répugnance qu'inspirent le monde, les engagements où on a été placé, l'état de femme. Parmi ses aversions, elle ne songeait pas au soulagement de mourir. Ayant donné la vie quinze fois, elle avait nécessairement manqué la perdre quelques-unes. Elle n'avait pas de gratitude de l'avoir conservée et n'éprouvait pas de crainte pour le jour d'en finir. Elle savait qu'elle était à la puissance de Dieu, qui est un mystère, comme respirer. Elle avait compris que le mal est dans la vie ; elle ne voulait pas voir au-delà. Ainsi s'abandonnait-elle muettement à la nécessité ou à la fatalité de son sort, sans trancher, sans rien considérer au-delà de ces contraintes, réprimant l'abomination qu'elles lui inspiraient avec tant d'obstination qu'il semblait souvent qu'elle n'eût pas reçu le don de la vie intérieure, fût-ce sous l'espèce la plus ténue.

M. de La Tour n'avait pas vingt ans, mais il s'était accommodé de sa solitude. Il eut du goût pour les auberges où il observait les autres en buvant du vin qu'il laissait lentement couler contre son palais. Il fréquenta quelques peintres. Il visitait leurs ateliers et il écoutait discourir autour de lui. Dans une cour, il avait repéré un laurier dont les feuilles argentées, quand le vent les touchait, composaient de minuscules et grêles sonates ; il ne se lassait pas d'aller écouter, presque chaque jour, quels nouveaux accords elles concevraient. Dès qu'on le lui ordonna, M. de La Tour fit son paquet et rejoignit ses troupes. Il fut envoyé en Allemagne finalement, où M. de Guébriant, blessé au bras, mal soigné, mourut avant qu'il arrivât. Les filles étaient moins belles qu'ailleurs. La langue était rude. La boue et le gel prenaient les chemins longtemps. Les maisons n'avaient pas de grâce et les pierres semblaient n'y être que des pierres. Il lui en importa peu. M. de La Tour refusait de se laisser toucher par les choses.

Il préférait quand on dormait sous la tente plutôt que les soirs où, à la faveur d'un bourg, on réquisitionnait des chambres pour les officiers, les étables allant à la piétaille et aux chevaux. Il n'éprouvait que de l'éloignement pour les conversations qu'il fallait tenir durant les soupers qui s'improvisaient chez des hôtes hostiles, complaisants par politique. D'une façon générale, il détestait la promiscuité des gens, les propos insipides, les servantes qu'on reluquait, le bruit des danses, sous la halle. Ce mélange de piétinements et de vielles bourdonnantes lui était insupportable. Il était excédé, quand il sortait dans l'air glacé, de se heurter partout à du vacarme : rixes, vanteries, silhouettes accroupies qui déféquaient à l'ombre de porches où d'autres se réfugiaient afin d'y pousser ces grognements qui ont du moins la vertu de vider très vite l'excitation des hommes. M. de La Tour eût souhaité une simple mangeoire pour se coucher dans la paille et l'odeur des bêtes. Le mufle doux et triste des vaches, si étrangères au branle général des créatures, l'apaisait.

Le jeudi de l'Ascension 14 mai 1643, au début de l'après-midi, le Roi mourut. La Reine, le duc d'Orléans, le prince de Condé, le duc d'Enghien et toute la Cour quittèrent aussitôt le château Neuf, où se trouvait le corps du défunt, pour le château Vieux, dans lequel le nouveau monarque, qui avait cinq ans, attendait sa mère. Il y avait été conduit dès que le Roi était entré en agonie, puisque la mort ne peut rôder auprès de deux souverains à la fois. Le duc d'Orléans prêta serment pour la charge de grand maître de France. Le lendemain, vendredi, dans une cohue de carrosses, de troupes et de bagages, la Reine mère emmena le petit Roi au Louvre. Le 18 mai, ils furent au Parlement où M. de Montmorency et M. de Murcillac, entre les ducs de Vendôme et d'Uzès, entendirent que le testament du feu Roi ne serait pas suivi. Le 2 septembre, François de Bourbon-Vendôme, duc de Beaufort, qui avait cabalé contre le pouvoir croissant du cardinal Mazarin, fut emmené prisonnier à Vincennes. M. de Montmorency et M. de Murcillac, sombrant avec lui, furent disgraciés. Quelques mois plus tard, M. de La Tour perdit sa compagnie.

Il fallut regagner un pays dans lequel, quoiqu'il en eût prononcé la langue dès ses premiers balbutiements, il n'était ni plus ni moins chez lui qu'au milieu des plaines de Lombardie ou sur les routes de la Westphalie. Peut-être s'y sentait-il, au contraire, davantage étranger, parce que l'ignorance du langage ne pouvait pas justifier le sentiment de désolation qui l'y étreignait. M. de La Tour dut joindre, sur les instances de son père et de son frère, le parti des princes et des mécontents. Jamais il n'éprouva la moindre inclination pour l'un d'entre eux. Leurs passions étaient sans écho en lui. Le renom, la puissance et la gloire, pour M. de La Tour, étaient des herbes folles et sèches. Elles étaient des peaux de serpents qui ont mu, des pelures de fruits. Des sécrétions de l'ennui et de la terreur de mourir ne lui donnaient aucune émotion, tandis qu'il contemplait, aux premiers froids, le velouté des coings qu'on mettait à blettir dans les fruitiers : ils le faisaient songer aux joues des tout petits enfants. M. de La Tour se délectait de leur parfum, si fort, mêlé à celui du bois humide, un peu sur, des étais où ils reposaient. L'hiver, la fragilité des choses qu'il observait, la fermentation vive qui portait une odeur à son acmé à l'instant même où son enveloppe commençait à flétrir et à se couvrir de tavelures, comme un corps mort, l'abîmaient dans la rêverie. M. de La Tour ne s'avisait, lui semblait-il, que du désaccord des choses, comme de l'instabilité des hommes ou de l'arbitraire de leurs postures. Je ne suis, réfléchissait-il, jamais sorti d'un recoin où, enfant, le spectacle des autres m'ébahit et me repousse. Les êtres qu'il rencontrait, de l'un et l'autre sexe, réclamaient, protestaient, jasaient, jouissaient, jubilaient, jetant infiniment à la face du monde du bruit qui n'est pas être. M. de La Tour demeurait, quant à lui, toujours frappé des choses comme elles vont, saisi par sa propre vacuité, par la rage que tous déployaient à vivre, alors qu'il lui paraissait qu'il ne dût y avoir de passion irrésistible qu'à se délivrer de vivre. Ainsi établit-il sereinement en lui-même qu'il n'aimait ni la guerre, qui était son occupation, ni sa parentèle, ni les séjours qu'il faisait à Paris. Il aime s'asseoir devant de l'eau qui coule ; il aime les livres, la musique, qu'il connaît mal, mais qui est sa seule vraie frénésie, ayant pleuré, dans les églises romaines, le vendredi saint, les poings sur les yeux, ou debout, en pleine rue, à Naples, au moment des fêtes de la Vierge. Rien n'a jamais bouleversé M. de La Tour comme les chants vigoureux, repus de foi, éclatants du désespoir de la pureté entrevue, qu'on entendait alors aux carrefours ou qui s'échappaient, au hasard d'une rue, par les deux battants d'une porte demeurée grande ouverte. Plus que tout, il aime la liberté que l'indifférence octroie, le silence, son cheval, veiller la nuit, joies minuscules qu'on trouve n'importe où, sait-il, pourvu qu'on sache les guetter.

Vous avez renversé ces satisfactions, songe-t-il, le regard sur Mme de Clermont. Vous avez jeté bas ces accommodements. Vous m'avez tiré de la torpeur, de l'acquiescement, d'un renoncement à soi qui n'était renoncement à rien, m'étant simplement abstenu, au fond, de rien vouloir pour moins me blesser. Vous êtes une flamme. Vous avez pris mon âme. Vous la brûlez. La tordez. La pliez à votre convenance. Vous êtes comme les dévastations du plein été : vous me suffoquez et vous me rendez, avec la douleur qu'inspire la pauvreté des corps, le siècle, la vanité d'être homme, l'urgence d'être.

M. de La Tour a donné le poing à Mme de Clermont. Il est incapable de former une parole. Au-dedans de lui, ses yeux sont fermés. Il escorte Mme de Clermont jusqu'au perron de sa maison. Il lui dévoue sa vie. Il lui fait l'oblation de toutes ses morts avant que le souffle lui manque, de chaque aube, chaque sanglot : chaque cri de joie par lequel il la recevra, un instant, dans l'éclat du souvenir ou de la souffrance.

M. de La Tour s'est tourné vers les valets. Il leur confie Mme de Clermont. Il décide d'ignorer le nom qu'elle porte devant Dieu ; il décide qu'il ne posera pas un regard de chair sur sa chair. Elle sera sa cécité merveilleuse, inépuisable.

Nuit

M. de La Tour a reçu une chambre tapissée de soie, dont les fenêtres donnent au couchant. À cause de la chaleur, il laisse les battants grands ouverts. Il entend au loin le bruit de chevaux qui s'ébrouent. Il entend aussi le cri d'un couple de chouettes : il lui rappelle le vomissement qui le prenait, enfant, lorsqu'il découvrait un de ces oiseaux, tout sanglant, cloué aux portes d'une grange, les ailes déployées à la façon d'un Christ maladroit. Il lui semblait que ces créatures inoffensives et timides, effarouchées, le fixaient particulièrement dans la mort et qu'elles le chargeaient de traduire les présages qui agrandissaient alors leurs yeux jaunes et fous. Il ne déchiffrait rien de ces cillements épouvantés. Il ne sentait que son impuissance et la détresse de l'impuissance.

M. de La Tour est dans un lit carré, recouvert de couvertures de brocart. L'épuisement en lui touche au vertige. Il ne permet pas cependant que la nuit lui donne du repos. Elle ne lui procure, au mieux, que de l'obscurité. M. de La Tour s'enfouit dans cette obscurité. Il espère, chaque fois, un affranchissement qui lui est refusé. Dans son sommeil, tous les cris qu'il réfrène tant qu'il fait jour s'emparent de lui. Il a l'impression qu'il passe ses nuits à hurler. Il hurle à la mort infligée. À la vanité de la mort et des attaques qu'il conduit. Aucun partisan n'extirpe aucun crime. Aucune offense n'est jamais lavée. Il n'y a pas de pardon. Il n'y a que des mouvements de troupe dérisoires, des piétinements, auxquels il est condamné comme à ces supplices de l'enfer que les peintres inventent.

M. de La Tour sait qu'il mène à la mort, pour des vanités, des hommes dont il lui sera demandé compte. Soldats d'occasion, mercenaires, vétérans et généraux, sous l'œil de Dieu, sont plaqués à leurs victimes dans la même épouvante : il n'y a que l'impossibilité de fuir contre quoi ils combattent vraiment. C'est elle qui rend les hommes ivres, qui les fait danser, pleurer, déchirer les femmes ou cartographier le monde. M. de La Tour n'ignore pas que les lignes qu'on lui enjoint d'enfoncer sont des fantômes et qu'il entraîne ses hommes après lui seulement parce qu'ils redoutent plus encore d'être abandonnés à leurs craintes de l'origine, du silence. Ces êtres frustes se donnent le divertissement magnifique de lutter pour la conservation d'une vie qui les épouvante. M. de La Tour a conscience qu'on se bat toujours contre des cadavres, toute vie étant si périssable qu'il n'y a que la mort qu'on porte vraiment en soi, que les individus qui s'affrontent sur les champs de bataille ne forment qu'une tribu de spectres, tous identiques et que le même fonds de hantises dévore pareillement.

Tandis que les ténèbres soulagent son corps de ses articulations, les images que M. de La Tour proscrit de ses heures diurnes par pudeur ou parce que les extrêmes souffrances doivent être des fleuves intérieurs, les boues et les vapeurs qu'elles charrient n'intéressant personne, ces images, alors, l'envahissent. Le sommeil ne délivre pas M. de La Tour. Il le jette en pâture aux angoisses que le jour réduit. L'espace étroit où il porte en lui-même ses fautes et le souvenir de ses injustices perd ses frontières. Voix et visages en lui se dressent ; ils triomphent à proportion de l'horreur qu'ils lui ont inspirée, des lieux écartés de sa conscience où il les a relégués, comme des animaux morts. Un enseigne crevé, dans une clairière, parce qu'il refusait de parler. Gargouillis de chair rompue et de sang qui se vide, sans avoir formulé un secret du reste peut-être inconnu. Bouche pâle et tête blonde. Une compagnie à demi décimée. On avait laissé les blessés sans secours, n'en ayant pas pour soi-même. Ils avaient poussé, quand les survivants s'étaient détournés d'eux, des cris insensés, identiques soudain à ceux des porcs qu'à dix ans ils regardaient égorger, fascinés par la démence de cette protestation et leur propre indifférence à la tuerie qu'aucune révolte n'empêcherait. Un petit garçon découvert, un matin, dans un fossé, muet, un œil fou, dont on ne sut jamais rien tirer et qui se perdit peu de jours après, égaré dans un chemin, violé peut-être pendant une halte, la tête écrasée dans une souille, ou qui s'enfonça soudain dans une forêt qu'on traversait. Un village incendié.

M. de La Tour lutte contre l'endormissement qui le gagne et libère ces images honnies. Il est possible qu'elles soient, songe-t-il, tout ce qui demeure véritablement de lui, l'ayant dévoré à force de hantise, ou parce qu'il s'est abandonné à elles dans l'espoir incertain que ce sacrifice lui vaudrait, au jour du jugement, quelque pardon.

Pendant des jours, ses hommes et lui avaient poursuivi une bande de manants qui les harcelaient, empoisonnant les puits, gâchant le fourrage qu'ils n'avaient pas eu le temps de remiser. Les soldats connaissaient mal le terrain. Les autres les entraînaient dans des combes. Ils disparaissaient au détour des chemins. M. de La Tour sentait la peur monter autour de lui. La petite troupe qu'il menait s'exaspérait. L'eau manquait. Il n'y avait plus d'opération, plus d'armée, plus de bataille à livrer. Ils étaient devenus le gibier qu'on traque.

Un soir, ils avaient forcé les rebelles jusqu'à un petit village. Ce n'était pas encore tout à fait la nuit. Il passait un chant de brise. La troupe avait encerclé les huttes. On n'entendait plus un bruit, sinon des chevaux s'ébrouant et le cliquetis des harnais comme les bêtes encensaient. M. de La Tour se souvient, quand on avait allumé les torches, sous les premières branches des arbres qui les dissimulaient : les flammes s'étaient élancées sur la résine sèche dans un souffle pareil à une détonation. Puis ses hommes qui étaient restés à couvert et lui avaient entendu des hurlements jaillir des cabanes. Les toits s'étaient embrasés à l'instant. La nuit, soudain, était tombée très vite. M. de La Tour était las. Il ne se trouvait dans le village que des femmes et des enfants. En entendant venir les soldats, ils s'étaient cachés dans les soupentes, enfermés dans les caves, les tonneaux, comme on leur avait dit, la main sur la gueule des chiens. On voyait maintenant leurs ombres se précipiter et se tordre. Les fugitifs, qui s'étaient enfoncés de l'autre côté de la forêt, sortirent de leurs abris. Ils vinrent, un à un, à la lisière du bois. Ils ne pouvaient que regarder. Pour que le châtiment fût exemplaire, M. de La Tour avait ordonné qu'on formât un cordon autour du hameau que l'incendie tenait et qu'on ne laissât approcher personne. Ses hommes s'étaient déployés sans peine : la stupeur figeait les autres. Ils écoutaient sans un mouvement les clameurs qui déchiraient le crépuscule. Y avait-il des voix qu'ils pussent reconnaître particulièrement ? Un paysan s'était détaché, précipité, jeté dans un cri vers le brasier. Il s'était fiché sur une lance aussitôt avancée. On l'avait mis, éventré, devant une porte qui flambait et les flammes, à son tour, l'avaient pris, son cri à la bouche. Le lendemain, le bruit avait couru qu'on avait trouvé des nourrissons carbonisés dans leurs berceaux : ces nacelles les avaient portés d'un coup de la nuit maternelle à la nuit perpétuelle. Elles étaient devenues leurs tombeaux, tandis qu'ils passaient de la mutité des nouveau-nés à celle de la mort. Un soldat, qui fut capturé deux jours plus tard, reparut des fers cloués aux pieds et aux mains, la bouche pleine de bave et de sang, la langue coupée. Il survécut. On le renvoya chez lui, à demi dément.

M. de La Tour, parmi ses oreillers et dans le parfum de l'été, est figé. Il passe en lui des files de piétons poussés à hue et à dia, qu'on frappe comme les bêtes, dans un vacarme de mugissements. Ils trébuchent. Certains sont écartés vers le bord du convoi. Ils sont dépenaillés, plus hagards que les autres. Ils ne protestent pas. Ils demeurent sur le talus mains ballantes, hébétés, témoignant la surprise et l'impréparation à la mort, plus encore qu'aucun renoncement. Tous les morts ont vécu et on s'étonne encore de perdre dans la vie une chose que nul n'a jamais possédée. Par-dessus les sons qui hantent M. de La Tour, se trouvent les odeurs : la paille souillée, la graisse enduisant les essieux qui rompent, la chair des blessés, laquelle pourrit plus vite qu'ils ne meurent, les cadavres abandonnés dans les champs, la soupe et le pain qu'on sert aux haltes, le vin dans les timbales d'étain, le sang qui coule entre les cuisses des filles et sur la joue des enfants. Comme la plupart des hommes qui n'ont fait que survivre à l'enfance, en qui elle n'a jeté que de la détresse, M. de La Tour se sent toujours enfant sous le regard des enfants. Il voit qu'on les tasse dans les rangs des prisonniers. Ils s'agrippent aux jupes de leurs mères. Ils ont des mains griffées. Ils se bousculent. Les coups pleuvent et des mégères vocifèrent. Les voitures freinent. M. de La Tour, dressé sur ses étriers, prêt à fustiger, sent le mépris de ces juges qui va l'accabler, sa cravache à la main, trop grand, appesanti par les années et les veilles. Mais ils n'éprouvent pas de mépris, parce qu'ils ne voient plus l'enfant en lui. M. de La Tour est un soldat qui a dégainé. Il frappe du plat de l'épée. Dix hommes se bousculent derrière lui. Ils s'élancent sur la foule. Ce qui tient lieu d'ordre revient, à peine troué par un hoquet. La troupe reprend sa marche, lente, égarée. On relie des bourgs où la cohorte se dissout. On reforme les rangs au matin. Ces matins s'emparent de la nuit de M. de La Tour. Il s'éveille, une injonction à la bouche. Il est dans une chambre obscure, plongé dans le silence. Il est nu. Il tient fripé dans sa main un pan de drap brodé.

M. de La Tour marche vers la table où l'on a disposé pour lui une aiguière et un bassin de porcelaine. Il fait couler de l'eau sur son visage. Il y a, au fond du bassin, un motif d'arbres et de feuillages. Il happe M. de La Tour. Celui-ci résiste ; il ne veut pas penser à Montmorency, qui a été rasé. Il est incapable de lutter contre la vision souveraine qui lève en lui : la tour où il a grandi, l'immense logis, les toits gris, les herses anciennes, les bois et la forêt alentour. M. de Montmorency ne venait chez lui que l'été. Ainsi Mme de Montmorency était-elle presque l'unique maîtresse du domaine, pratiquant une autorité lointaine, quoique assez exacte et très respectée. Elle paraissait d'ordinaire plongée dans une espèce de distraction invincible, entre sa réticence à être et la contrainte d'élever douze enfants qui se trouvaient encore auprès d'elle. Elle en avait porté un pour chaque été où M. de Montmorency l'avait rejointe à Montmorency, avant qu'il fût si las d'elle qu'il n'éprouvait même plus la faculté de se défaire dans son ventre d'un désir des femmes qui le poignait parfois jusqu'au sanglot. Pour M. de La Tour, son père est un homme haut, coléreux, prompt à s'enflammer, injuste. Il négligeait ses affaires, puis il convoquait les domestiques et les métayers et leur hurlait des injures. Il aimait battre ses fils. Il convoitait la haine dans leur regard, trouvait un plaisir sans cesse renouvelé à briser leur révolte. Il les assujettissait et les humiliait. Il n'en exemptait que

M. de Murcillac, qui devait lui succéder, et qu'il avait tôt fait son complice plus qu'il ne lui rendit jamais les offices d'un père. M. de Montmorency querellait aussi son épouse. Elle ne l'entendait pas. Il était incertain, d'ailleurs, qu'elle entendît personne. Elle n'avait pas de confidente ni de directeur. Tout se passait entre elle et Dieu, pourvu qu'on lui prêtât de la conscience ; sinon, c'était qu'elle tenait presque de l'innocence. Quand il avait dévasté sa maison, M. de Montmorency demandait son carrosse et il partait. Il allait visiter ses voisins. Graduellement, il s'éloignait et l'on apprenait qu'il était à Paris ou à Fontainebleau, parce qu'il faisait demander une chienne courante qu'il avait laissée à Montmorency. M. de La Tour éprouve de la fascination à considérer la détestation qu'il ressent pour son père : elle est sans relâche et rebelle au temps, qui use la tendresse, mais, contre la haine, s'évertue en vain.

Après qu'au début de l'année, un mardi de janvier, les Princes eurent été conduits en prison, pataugeant dans la boue jusqu'à Vincennes parce qu'une roue de leur voiture s'était rompue, M. de Murcillac avait suivi Mme de Longueville en Normandie. Ils espéraient soulever cette province dont le gouverneur avait, par traîtrise, été attiré au Palais-Royal pour y être conduit au cachot. La Reine mère ayant mené le Roi en Normandie pour leur faire pièce, M. de Murcillac passa en Bourgogne. Il ourdit de nouvelles intrigues. À peine rentrée à Paris, la Cour reprit la route afin de se rendre à Dijon cette fois, dans l'espoir que la vue du souverain couperait court aux manœuvres de ses ennemis. Les partisans de M. de Murcillac interceptèrent un émissaire du Roi. C'était un bon officier, qui avait combattu pour le défunt Roi ; il ne ménagea pas les reproches à ses geôliers, leur remontrant qu'ils trahissaient un monarque, dont ils devraient plutôt tenir le trône à deux mains, parce que c'était la volonté de Dieu et que le Roi était un enfant, dont la faiblesse requérait leur miséricorde de chrétiens. On s'échauffa. M. de Murcillac, loin de tempérer les esprits, entra lui-même dans la querelle. Au matin, l'officier fut pendu. M. de Montmorency applaudit son fils aîné, s'offensant que le Mazarin, un étranger, sous prétexte qu'il subornait la Reine, pensait pouvoir impunément envoyer des gentilshommes insulter des ducs et des pairs de France.

La colère de la Cour fut terrible. M. de Murcillac fut déclaré criminel de lèse-majesté et la Reine exigea des représailles. Trois semaines n'étaient pas écoulées qu'un régiment des armées du Roi, détaché exprès, parut devant Montmorency. Mme de Montmorency envoya parlementer deux de ses plus jeunes fils avec leur précepteur. Ils ne furent même pas écoutés. On les renvoya brusquement. Le lendemain matin, tous les habitants du château furent chassés. Les soldats se retirèrent alors derrière les frondaisons du parc et laissèrent venir les pillards.

Ces derniers restèrent trois jours.

Les hommes de Sa Majesté, ensuite, jetèrent des torches. Quand le feu eut fait son ouvrage, ils lancèrent des terrassiers. M. de Montmorency était accouru. Il mordait ses poings. Il s'était mis sur une colline au-dessus du creux d'ombre et d'eau où Montmorency s'était trouvé. Il jurait vengeance. Il résolut que M. de La Tour rejoindrait M. de Turenne. Ils feraient jonction avec Monsieur le Prince. Ensemble, avec l'argent de tous les grands, avec celui de l'Espagne, s'il le fallait, avec l'appui du Parlement, ils déferaient les troupes du larron italien. Ils soulèveraient le pays.

Il n'était rien demeuré de Montmorency, finalement rasé.

M. de La Tour avait obéi. Il s'était mis dans Bordeaux avec la Princesse de Condé et le duc d'Enghien, d'où il venait. La Cour voulait se rendre en Guyenne. Les haines croissaient. L'argent manquait.

Les pires ténèbres ne sont pas celles de la nuit ; ce sont celles qui éclatent dans le grand jour. C'est le cœur lépreux de l'homme.

Les jours suivants

M. de La Tour a endurci son âme. On a pansé ses pieds. Sur ses lèvres, il met un onguent qui sent le benjoin.

On lui a porté des habits de M. de Clermont. Ce dernier est presque aussi grand que lui. Il est plus fort. M. de La Tour refuse qu'on retouche ni le pourpoint ni les chausses. Tout ajustement lui répugne. Il a la hantise des possessions et des accommodements.

Il repousse le moment de reparaître devant Mme de Clermont. Il attend une nuit et toute la journée qui vient après. Il attend le soir. Il la rejoint pour souper. M. de La Tour et Mme de Clermont sont seuls. La jeune femme vit retirée et sa retraite est augmentée par la guerre. Les troupes qui sillonnent la province dissuadent les voyageurs.

Mme de Clermont se montre retenue au point que la conversation reste pauvre presque tout le temps du repas. Ses cheveux sont bruns, très sombres. Elle a des seins si beaux que la robe, quoique montante, ne peut en ternir l'éclat, ni celui des lèvres ni l'acuité du regard.

M. de La Tour, qui s'emploie à ne pas la dévisager, annonce brusquement qu'il partira bientôt. Il faut des bêtes, des hommes, de l'argent, du vin. Ses yeux sont sur la nappe. Il dit qu'ils vont perdre, que les Espagnols posent trop de conditions. Il doute de M. de Turenne. Sa voix est sourde, violente. Mme de Clermont lève le visage. Il se tait.

Le matin, il entend la messe auprès d'elle. Il apprend le prénom de ses fils. Ils se retrouvent à dîner.

Le lendemain, les garçons le rejoignent sur le chemin des écuries. Ils lui montrent leurs petits chevaux. Ils décrivent les exercices qu'ils font. Ils se moquent du maître d'armes, qu'ils n'aiment pas. Ils ne parlent pas de leur père. De leur mère, infiniment, et M. de La Tour, qui leur taille des sifflets dans du sureau, les écoute, anxieux, ravi.

Il les emmène, à l'aube, voir des chevreuils qui paissent sur la colline en face du château, de l'autre côté du canal où l'on puise l'eau des bassins. Dans le bois qui couvre cette éminence, l'architecte a fait une percée où il a logé un gigantesque Neptune en bronze. Le dieu, sur son socle, pointe un bras tendu vers l'horizon devant lui. La perspective du domaine a été calculée de telle sorte qu'il désigne ainsi le vestibule du château. Pourvu que les portes qui relient ce dernier à la galerie de la façade arrière soient ouvertes, le visiteur qui pénètre dans le bâtiment voit aussitôt la terrible statue. Chaque nuit, indifférente à cette confrontation menaçante, une horde de chevreuils vient paître à son pied, les faons couchés au flanc des femelles. M. de La Tour, qui les a surpris plusieurs matins consécutifs, espère montrer aux enfants les grandes bêtes paisibles. Il est si tôt, quand ils arrivent, qu'elles sont encore là, ruminant. Les petits garçons ne savent pas se taire, cependant. Sous leurs yeux, les chevreuils se lèvent et s'enfuient. Comme les enfants sont déçus, M. de La Tour les entraîne se baigner. Il essaie de leur apprendre à entrer dans l'eau en silence. Ils font des sauts comme des grenouilles.

M. de La Tour glisse jusqu'aux herbes qui ondoient au fond du canal. Il laisse son corps défiler contre elles. Leur long effleurement et la fraîcheur d'un courant le font frissonner. Il se hisse dehors. Il ruisselle. Les enfants ont pris une barque et des gaules. Ils se poussent. La barque oscille. Trempés, les cheveux collés aux tempes, la ressemblance des garçons avec leur mère transperce M. de La Tour.

Car Mme de Clermont le hante autant qu'il la fuit. Elle a un oratoire à elle, où elle ne l'invite pas à entrer, quand il se rend dans son appartement. Il voit la porte entrebâillée et une banquette. Elle le convoque, lui remet des lettres. Elle est efficace, intelligente. Elle surveille les leçons de ses fils. Chaque jour, elle s'absente pour visiter ses gens. Elle répartit ses charités avec ordre. Elle démêle les affaires de M. de Clermont. Elle ne se livre pas.

M. de La Tour a l'impression persistante, toutes les fois qu'il la croise, si elle lui adresse la parole, qu'il n'a encore jamais entendu le son de sa voix. Il éprouve aussitôt, immanquablement, une espèce de tremblement, lequel le rend sourd, obscurcit sa vue, le rompt et l'égare en lui-même comme un homme ivre.

Sixième jour

Lorsqu'il part, M. de La Tour emmène des chevaux, des mules, du bétail plus qu'il croyait possible, des provisions et quelques hommes de pied levés dans les fermes. Il est tôt. Il remercie Mme de Clermont. Elle est en haut des marches de l'escalier qui mène à la cour d'honneur. Il prend la main qu'elle lui tend : elle le salue comme toutes les femmes saluent tous les hommes sur le départ. M. de La Tour s'incline. Un instant, il lève le regard. Ses yeux sont posés sur lui. Ils ne se détournent pas. Il lit dedans qu'elle désirerait qu'il posât sa bouche sur la sienne. M. de La Tour ne laisse pas voir qu'il a rien surpris. Il renferme cette parole muette en lui. Il étouffe la joie qu'à la première seconde elle lui inspire, puis le désespoir qui le traverse, l'amour n'étant pas une grâce que les hommes et les femmes peuvent s'entre-donner.

JUILLET 1650

M. de La Tour rejoint M. de Turenne dans les Ardennes. Il le rencontre à Stenay, près du lavoir des Minimes. Ils ont déjà combattu ensemble. M. de La Tour a participé, deux ans plus tôt, à la bataille de Zusmarshausen. M. de Turenne lui apprend qu'appuyé par les Espagnols il va passer à l'offensive contre les troupes du Roi. Il le charge d'une compagnie qui devra descendre vers la Picardie.

Dimanche 24 juillet

L'armée de M. de Turenne, grossie par les renforts espagnols que conduit M. de Clinchamp, entre en France. M. de La Tour a un cheval bai plus beau qu'il n'en a jamais possédé. Le troisième jour, l'animal reçoit une arquebusade dans la cuisse et il faut l'abattre. Le moment d'après, M. de La Tour tue un homme en embuscade derrière un puits. Il se bat avec courage. Chaque jour, il ignore davantage pourquoi. Il méprise des engagements désordonnés qui lui ôtent ses soldats un à un. Ces hommes, sous son autorité, sont des criminels tels qu'ils lui inspirent la nausée.

Ils terrorisent les paysans. Ils pillent. Ils torturent.

Ils abandonnent dans les cours des filles forcées, gémissantes, dont les ventres ne leur ont offert aucune douceur et qui ne les ont soulagés d'aucune angoisse. Ils ne trouvent peut-être de répit que dans la crainte, la haine qu'ils suscitent : elle équilibre à leur insu la conscience qu'ils ont du mal en eux, dévoration intérieure qui les jetterait à genoux, s'ils avaient des yeux de dedans. Ils n'en ont pas ou ils n'en ont plus. Ils ont été précipités dans le monde ; ils n'entendent que son vacarme. Ils sont assourdis et leurs prunelles ne voient passer que des ombres.

M. de La Tour et ses officiers reçoivent de Paris des courriers de vingt pages. Ils contiennent des exhortations à tenir qui récrivent des discours lus chez Salluste, chez Tite-Live, où les périodes l'emportent sur le fond comme le vent sur la nuit. L'éloquence dégoûte M. de La Tour. Il s'est lié avec un chapelain, un petit homme âgé, obstiné. L'obscurité tombée, ils discutent à l'écart des autres. Le chapelain parle de tendresse et d'enfance du cœur. Sa voix vibre. Il est né au milieu d'eaux vives et d'arbres noirs, dans un hameau à jamais saisi par l'hiver, parmi des hommes aussi rudes que la pierre dont ils semblent tirés. Il murmure pour lui-même le nom de ce chapelet de maisons basses, ramassées comme un poing, syllabe âpre et farouche qui lui a donné une ferveur de Dieu trempée par la solitude, la mort, l'expérience du temps immobile des créatures, quand elles ne sont livrées qu'à elles et aux hurlements des bêtes. Il a, dans sa poche, un livre usé qui n'est pas sa Bible et qu'il lit presque autant. M. de La Tour, qui n'a jamais été dévot, est touché par cette humilité ardente. Il demande au chapelain de célébrer l'office dans tous les lieux qu'ils trouvent où il y a un autel. Il aime s'agenouiller, courber ses épaules et le sentiment de se donner qui l'envahit parfois. Il aime l'éloignement de soi qui le saisit alors, l'indifférence et le mépris, le rejet, que lui inspire, dans ce moment, le vide pesant à quoi il s'équivaut. M. de La Tour s'éprend d'instants de paix qu'on ne lui trouble pas. Il découvre la langue de Dieu. Les Psaumes, peu à peu, accompagnent toutes ses journées. Il lit silencieusement, jalousement.

La lecture le préserve aussi de penser à Mme de Clermont. Le désir d'elle, parfois, l'assaille comme un cri. M. de La Tour se satisfait dans l'ombre. Il redoute de s'arracher une plainte, comme la première fois. La rêverie, sous ses yeux, avait été trop vive. Le front contre le mur de sa chambre, il était resté le souffle court, bouleversé, les paupières mi-closes, au bord des larmes de ne pas tenir contre lui celle qui l'avait fait jouir. Ce souvenir le taraude. Il dévoile en lui la boue et les concupiscences : il ne prononcera pas le nom d'une femme, mais il se tire des râles avec son image.

Le pain est rassis. Les hommes le détrempent en maugréant. Puis, traversant des champs, ils dévastent la prochaine récolte. Le soir, beaucoup, dans leur sommeil, laissent échapper des paroles confuses. M. de La Tour surveille si elles expriment de la récrimination ou le regret des foyers perdus. C'est l'apitoiement qui domine. Ces bribes de rêves sont des repliements sur soi.

Au cours d'une halte, il entreprend d'écrire une lettre à Mme de Clermont. Il a trouvé une table bancale, qu'il empêche d'osciller en maintenant le genou gauche dressé contre la partie inférieure du plateau. Au troisième feuillet, M. de La Tour n'achève pas sa lettre. Il la plie et la met dans une poche de son habit contre sa poitrine. Un midi qu'il manque être tué, quand le chirurgien le quitte, il sort le papier, le déchire et le jette dans un seau d'ordures. M. de La Tour n'a rien à écrire à Mme de Clermont. Il est possible qu'elle sache, entre ses enfants, dans sa maison magnifique, tout ce à quoi il songe. Si elle l'ignore, il est inutile de rien lui dire. Elle est silence. Elle est lumière, pure lumière fichée au fond de son cœur. Les caresses invisibles et lointaines qu'il lui dédie, toutes méprisables qu'elles soient, sont plus pures que les mots qu'il lui adresserait.

AOÛT 1650

M. de La Tour est à Paris. Il passe ses journées en conférences, au Parlement, chez le coadjuteur et dans les rues, où les savetiers comme les évêques haranguent le peuple. Il écoute les discours. Il observe les gestes, les visages. Il ressent un éloignement indicible pour ceux qui parlent et ceux qui les conspuent ou qui les acclament. Il s'étonne de l'ardeur et des émotions qui secouent ces foules. M. de La Tour n'éprouve que de la lassitude et de l'étourdissement. La futilité de la plupart des intérêts le laisse sans voix ni passion. Combien de guerres menées, perdues et remportées, qui n'ont pas changé la face du monde, combien de causes injustes qu'on a défendues. Combien de vanité dans le désir de vaincre, de quelque grandeur qu'il se maquille. Parfois, on galope porter une dépêche. Le mouvement, la mutité forcée des autres cavaliers conviennent à M. de La Tour.

De retour d'une de ces expéditions, il rencontre M. de Montmorency. Ils soupent ensemble. M. de Montmorency l'entretient des événements de Bordeaux, où M. de Murcillac est entièrement engagé. Les troupes royales se sont saisies de l'île Saint-Georges. Interrompant son père, M. de La Tour lui annonce qu'il souhaite se retirer du parti. M. de Montmorency le lui interdit. Il est plein de rage. Sa colère empêche M. de La Tour de lui répondre ; cette vigueur lui est devenue trop étrangère. L'aiguillon qui jette dans les affaires ne le touche pas. Aussi n'a-t-il rien qui lui soit propre : ni épouse, ni domaine, ni régiment, ni bénéfice et, s'il éprouve un désir, songe-t-il, c'est celui d'un entier dénuement. Cette constatation le surprend, M. de La Tour croyant n'avoir encore jamais conçu ni formulé pareille convoitise. Il s'interroge quel désir nourrit le désir de se dépouiller de soi. Il n'écoute plus son père en face de lui. Sa solitude ne lui suffit pas. La paix qu'elle accorde n'est pas ce qu'il recherche. C'est la vérité, dont il désespère, l'inquiétude.

Tandis que les nouvelles qui viennent de Guyenne rapportent le progrès des troupes du Roi, M. de La Tour se confine à la chambre qu'il occupe dans l'hôtel que loue M. de Montmorency. Pendant deux semaines, il y reçoit la visite d'une fille très jeune, pâle, angoissée et qui ne le distrait pas. Il est attiré par la répugnance qu'elle vainc chaque fois qu'il la touche, l'autorité qu'elle lui attribue et l'espèce d'anonymat de son corps, maigre, presque impubère. Elle a des seins aux pointes larges et dures. Elle ne parle pas. M. de La Tour se confie à elle. Elle ne l'entend pas. Quelquefois, elle dort même. Elle accepte de manger, en revanche. Elle porte les aliments à sa bouche avec une rapacité furtive. Si M. de La Tour feint de ne pas la regarder, s'il lui tourne le dos, elle se penche sur l'assiette ; l'avidité altère ses traits. Elle a la simplicité de ne pas s'aviser qu'il l'épie dans le miroir en face de lui. Parfois, M. de La Tour revient vers elle brusquement. Ses joues sont gonflées. Elle a le souffle court. Elle montre tant de panique qu'il essaie alors, pris de pitié, de l'apaiser.

Mais bientôt il se lasse de cet être fruste. Il paie la fille et cesse de la voir. Son ami le chapelain est à Bruxelles. Il envoie à M. de La Tour de longues lettres auxquelles ce dernier ne sait guère quoi répondre. Il lui fournit en retour des espèces de bulletins. M. de Turenne est parvenu à Rethel. Il a poussé jusqu'à La Ferté-Milon. On dit qu'il serait à Dammartin, à huit lieues de Paris. Le 29 août, Monsieur le Prince, le Prince de Conti, son frère, et M. de Longueville, leur beau-frère, ont été sortis de Vincennes pour être renfermés à Marcoussis, vieux château très fort, proche de Montlhéry, qui appartient à M. d'Entragues. La Reine, que le Cardinal n'avait pas informée de sa résolution, quand on lui fit part de ce transfert, ne crut pas de trois jours qu'il fût vrai. Elle s'en persuada seulement après que le Cardinal lui-même le lui eut témoigné. La Cour est à Libourne.

SEPTEMBRE 1650

Mardi 6 septembre

Les forces du Roi prennent, à Bordeaux, le faubourg Saint-Seurin. Le Parlement multiplie les ouvertures de paix. Elles heurtent M. de Murcillac et ses pairs, qui voudraient résister encore, mais les munitions manquent et les maladies se sont mises parmi les soldats.

Lundi 12 septembre

Il est résolu que M. de La Tour ira seconder M. de Turenne.

Mercredi 14 septembre, à l'aube

M. de La Tour sort de chez lui en même temps que le jour paraît. Surpris par la fraîcheur du petit matin, il ramène autour de lui les plis de son manteau. On l'attend à Rethel, où M. de Turenne stationne. Il fixe son paquet à l'arrière de la selle du cheval qu'un valet lui amène. Nul ne l'escorte. Il se met rapidement en route. Il traverse la Seine. Il s'engage rue de la Verrerie. À la hauteur de l'église Saint-Merri, des maraîchers bloquent le passage. Il est obligé de desseller. Une forme accroupie entre les brancards d'une charrette, dans l'ombre d'un mur, attire son attention. Il reconnaît la jeune fille qu'on lui avait vendue le mois précédent.

Elle n'a pas de manteau. Une des manches de sa robe a été arrachée depuis l'épaule. Le corsage est déchiré, dénudant tout un sein, bleui, lacéré. La jupe, retroussée, laisse paraître les jambes à partir des genoux jusqu'aux pieds. Le talon d'un des souliers manque. Il flotte sur le visage de l'enfant un air égaré qui n'est plus son indifférence quasi imbécile de naguère. C'est de l'effroi mué en absence. C'est une vision à tout autre invisible qui perdure devant elle et qu'elle fuit cette fois résolument dans l'insensibilité, dans un abandon farouche, salvateur, de la raison. Elle ne reconnaît pas l'homme qui l'observe. La tête légèrement inclinée, presque sans ciller, elle conserve les yeux fixés devant elle. Quand M. de La Tour se penche, elle se tasse davantage, mécaniquement, sans un regard. Elle a reculé contre la roue du véhicule qui l'abrite. Il voit qu'elle a une mauvaise blessure à la tempe droite. La bouche est tuméfiée. La gorge porte la marque de coups. Le cavalier contemple la jeune fille, incapable de déterminer si elle a été prise dans une rixe, frappée par un client ou par sa maquerelle, que cette putain muette, sourde à son intérêt, opiniâtre jusqu'à l'idiotie dans son refus du monde comme il va, aura exaspérée. Il se rappelle son propre agacement devant tant de sottise et de silence.

Il détache sa cape. Lentenent, pour ne pas effaroucher la créature recroquevillée qui se détourne, il s'approche. Il s'est accroupi. Il enveloppe l'obstinée dans l'étoffe qui a encore la chaleur de son propre corps. Il prend garde de ne pas toucher ses plaies, qui sont mal fermées. Comme il devine que la jeune fille s'abandonne, il la soulève et, son cheval derrière lui, il se déroute pour aller chez une femme dont il connaît la réputation de bonté et de bienfaisance. À travers les rues, il sent baller contre sa cuisse une main perdue, oubliée, qui a glissé du drap. M. de La Tour voudrait prononcer au moins quelques mots, mais il est saisi par cette marche lente et ce fardeau, semblable à un corps mort, renversé dans ses bras. Il obéit à une impulsion qu'il ne s'explique pas, rongé par un regret fulgurant, par une compassion qui l'attendrit au-delà de toute mesure, en même temps que l'écrase la vanité de son repentir au regard de cette âme enfuie qu'on ne ramènera peut-être pas à soi. Il prend garde de ne pas trébucher et qu'on ne heurte pas son faix. La jeune fille est si immobile qu'il pense qu'elle a perdu conscience. Il lui semble soudain que le temps presse terriblement et qu'elle mourra peut-être ainsi, contre sa poitrine, sans un mot.

Parvenu chez Mme de La Poterie, il est aussitôt introduit dans une grande pièce assez négligée. Les tentures sont fanées. Un vase de tulipes ne contient plus que des tiges aux silhouettes tourmentées. Les pétales tombés à son pied répandent une odeur forte et déplaisante. Sur le buffet, il y a une assiette de pommes à demi recouvertes de poussière, et un couteau dont la lame est souillée. M. de La Tour installe la jeune fille dans une grande chaise à bras devant lui. Elle a entrouvert les lèvres. Il lui manque deux dents.

Mme de La Poterie a pénétré dans la pièce. Elle est petite, plutôt forte. Elle porte une robe noire et une cornette. Ses yeux sont bleus, très vifs, démentant la pesanteur du corps et le tombé des joues. Elle n'interroge pas M. de La Tour. On lui a apporté un bassin et des linges propres. Elle lave le sang séché sur les blessures de sa protégée. Une domestique l'aide à écarter les bouts de tissu qui y sont incrustés. Mme de La Poterie ne fait pas preuve de discrétion : elle a simplement relégué M. de La Tour. Tandis que celui-ci observe ses gestes, précis et très doux, il dit, sans l'avoir prévu, qu'il souhaiterait qu'on prît soin de cette malheureuse qu'il vient de trouver et qu'on lui offrît, quand elle sera rétablie, de s'établir ou d'entrer chez des religieuses, selon ce qu'elle préférera, sans la contraindre absolument à l'un ou l'autre choix. Il s'engage, dans les deux cas, à pourvoir aux frais de sa dot. Il hésite. Il précise qu'il a peu de bien, mais que cette générosité lui tient violemment à cœur ; il tiendra parole. Mme de La Poterie a levé la tête. Elle paraît surprise. Elle réfléchit. Elle assure M. de La Tour qu'elle veillera elle-même au sort de la jeune fille, qu'on ne la mettra pas à l'hôpital et qu'on respectera sa volonté. Elle s'interrompt un instant. M. de La Tour a rougi. Il demande à son interlocutrice de lui faire savoir simplement par billet ce dont elle aura besoin, l'assurant de sa confiance, marquant avec insistance qu'il n'a pas besoin de revoir une pupille dont il ne sait même pas le nom. Il est dans la rue. Le bruit l'étourdit.

Anne : elle s'appelle Anne, songe M. de La Tour. Elle avait soufflé ces syllabes le jour où elle était venue chez lui pour la première fois, avant de tomber dans le silence et la nuit. Il est épouvanté de n'avoir pas l'amorce d'un courage face aux hommes. Le mensonge qu'il vient de faire obscurcit le sentiment de la charité qui l'a si puissamment touché un moment plus tôt. M. de La Tour est bouleversé. Il songe à Mme de

Clermont, dont le souvenir lui met des larmes dans les yeux. Il prie que la lumière du Seigneur soit faite de silence et de nuit, plutôt que du déchirement de l'obscurité où les hommes sont plongés. Il désire un surcroît de nuit qui étoufferait absolument le mal, qui le rejetterait au chaos originel. Il ne demande plus la vérité ni aucune flamboyance dont la pensée, tandis qu'il s'éloigne de Paris, le met à l'agonie. *Vous êtes morts*, songe-t-il. Il ne faut qu'un drap, un voile, un sac, pour retrancher du monde aussi peu de chose qu'un homme et que ce dernier s'humilie et regrette ses fautes : M. de La Tour implore Dieu de le couvrir de ce sac.

Mais M. de La Tour ne prie pas Dieu. Il ne brigue pas son pardon et il n'y a pas de prière dans son cœur. Il songe à une femme si belle qu'elle est pour lui tout l'horizon de la grâce, de sorte que c'est devant elle qu'il a honte d'être un homme étroit, foudroyé par le péché.

SEPTEMBRE 1650 À MARS 1651

M. de La Tour a rejoint ses troupes. Elles sont établies dans un bourg derrière Rethel. Le samedi 1er octobre, la paix est signée entre les Bordelais et le cardinal Mazarin. La Princesse de Condé, les ducs de La Rochefoucauld et de Bouillon sont amnistiés. Le 5, la Reine et le Roi, son fils, font leur entrée dans la ville. Le temps est beau. Les navires qui venaient assiéger Bordeaux sont arrivés le jour où les accords ont été conclus. Comme ils mouillent encore devant la rade, ils tirent pour saluer le cortège royal et les canons de la ville leur répondent. Le Roi et la Reine ayant pris un bateau, le corps de ville les harangue au sortir du vaisseau qui les portait. La cavalerie, placée au bord de l'eau, tire une salve à son tour. La foule se presse sur le quai. Leurs Majestés s'en vont loger à l'Archevêché.

À travers le Berry, les hostilités se poursuivent. M. de Turenne, qui est dans les Ardennes, manque d'hommes et de ravitaillement. Les pluies ont raviné les chemins. Les chariots ne passent plus. Le pain est rare au point que les soldats reçoivent une ration seulement en trois jours.

Les fièvres prennent M. de La Tour dès la troisième semaine. Il tremble sur son lit de camp. Ses dents s'entrechoquent. M. de Moissens vient le trouver sous sa tente venteuse. Il patauge dans la boue. Il lui dit qu'il ne peut pas demeurer dans l'armée. Il a trouvé un gentilhomme de leurs amis qui l'accueillera. Il partira tantôt, sur une civière, avec trois hommes. M. de La Tour acquiesce. Il se moque où être.

Ainsi passe-t-il l'hiver dans une maison dont il ne sait pas le nom. Quand on lui dit que la Cour est à Paris, il ne l'entend pas. Quand on lui dit que la bataille a commencé à Rethel, il ne l'entend pas non plus. On lui dit que M. de Turenne est vaincu. À Sommepy, il a été taillé en pièces, heureux encore de pouvoir se sauver : M. de La Tour n'entend pas. Il ne voit pas passer novembre, ni décembre. Son hôte est si pauvre qu'on fait du feu dans la chambre seulement du malade. Il l'ignore. Il délire. Ses rêves sont ternes. Personne n'a rien à lui en rapporter, lorsqu'il commence d'aller mieux. C'est en février. La campagne est couverte de neige et la fille aînée du logis, qu'on allait marier au printemps, ayant pris froid un dimanche, succombe en douze jours.

La demeure s'engourdit encore davantage.

M. de La Tour éprouve une pitié sourde pour la famille qui l'a soigné sans pouvoir sauver celle qui lui était chère. Il entend les sanglots de la mère, la nuit, et le murmure des voix, tandis que son époux, ayant pris ses mains entre les siennes, s'emploie dans l'obscurité à la réconforter. Ni l'un ni l'autre ne croient au soulagement des peines ; le chagrin les effraie. Ils pensent que la révolte qu'il inspire est une espèce de crime contre Dieu. Ils luttent pour refouler les larmes qui leur montent aux paupières ; ils étouffent leur colère. Ils se dominent, afin que davantage ne leur soit pas ôté : le fils qui est avec M. de Moissens, la petite fille qui leur demeure, qui a treize ans, leur nièce qu'ils élèvent depuis l'enfance, ou la tendresse entre eux. M. de La Tour devine que son hôte agit plus par honnêteté que par compassion véritable, lorsqu'il se penche sur sa compagne pour la réconforter, inquiet devant ce deuil trop vif, cet étalage de gémissements et de lèvres mouillées qu'elle ne parvient pas à réfréner, qu'il traite avec respect, mais aussi avec la même rudesse taciturne qu'il a employée pour veiller au rétablissement de l'étranger sous son toit.

Presque dans les jours qui suivent, M. de La Tour peut descendre de sa chambre. Il découvre la maison. Il entame des bouts de conversation sérieuse avec son hôte, visite sa bibliothèque, qu'il tient d'un aïeul lettré. Les poutres sont couvertes de sentences, dont certaines peintes en grec, qu'il ne déchiffre pas. Le nombre des volumes est limité, mais la poésie qu'ils contiennent est si forte, lorsqu'il y pose les yeux, que c'est un ébranlement long à dissiper. La prose est drue et vigoureuse. Ces goûts d'un homme mort dont il ouvre les livres lui rendent ce dernier plus familier que beaucoup de ses proches. Il rêve, un instant, d'une amitié qui se serait abritée dans l'embrasure de ces fenêtres que protègent de hauts panneaux d'un bois noirci par les années et la fumée de feux anciens : amitié taiseuse, solide, instruite. Des ouvrages sont en latin. Il doit s'y reprendre à plusieurs fois pour pénétrer le sens de chaque ligne. Il sent la cadence des phrases. Il perçoit la force du style. Il n'entre pas dans le récit sous ses yeux. Il voit lui échapper des mondes entiers : histoires, rêves, plaidoyers, géographies, haines, alliances, rencontres, aveux, éblouissements, qui l'auront façonné à son insu, par des fleuves d'hommes dont il ne partage pas le langage. Sa respiration s'accourcit. Il n'est qu'une énigme dérisoire au milieu d'énigmes innombrables. Il doit même ignorer la brûlure qui le ronge et qui est l'amour fou d'une femme qu'il n'a pas vue depuis des mois, perdue, inaccessible, qu'il ne reverra peut-être jamais. Parce que des mots déposés dans des objets qu'il peut tenir entre ses mains, mais qu'il est impuissant à lire, lui échappent, il est sourd. Il est devant une bouche qui l'entretiendrait de l'origine des choses ou, du moins, donnerait une résonance à cette vie trébuchante, errance entre deux abîmes, pire qu'eux, parce que entièrement vide et, par là, insondable, et il demeure néanmoins sans écho en soi. M. de La Tour est debout dans le temps, sans ombre, sans patrie, exclu de tous les espaces. Il est indigne et inutile, entraîné sans nécessité entre le néant et le néant. Il clôt le livre. La pensée de la mort, à laquelle il vient de réchapper, le rattrape : c'est de l'envie, une abomination et la désolation. Mais M. de La Tour ne s'enfuit pas dans les montagnes. Il ne pense pas qu'il soit un temple. Il ne croit pas que l'acédie soit une tentation. Il range le livre. Il se détourne.

Par la suite, il évite la bibliothèque. Il fait de la musique avec la cadette de la maison et sa cousine. Les parents leur ont fait venir une épinette pour les égayer. Il y a des années qu'il n'a pas mis ses doigts sur un clavier. Ses phalanges sont raides. Les demoiselles ne sont pas habiles non plus, mais leur mère ne manque aucune des séances. La cinquième fois, elle fait servir du sirop ou de l'eau rougie. Elle offre une assiette de gaufrettes. Elle troque la morte pour les vivants.

M. de La Tour a froid. Il est maigre. Il ne reçoit pas de nouvelles. Il n'en donne pas. Il n'en veut pas. Il attend quelque chose, le printemps, pense-t-il.

MAI 1651

La campagne est blanche, brumeuse de fleurs. Un courrier arrive. On le regarde venir de loin.

Le Cardinal a voulu emmener le Roi à Saint-Germain, où il s'était lui-même rendu. La fuite a échoué, les bourgeois ayant pris les armes. Le peuple avait envahi le Louvre. Monsieur, tous les soirs, envoyait Des Ouches visiter le Roi au lit, afin qu'il détrompât ensuite ceux qui disaient qu'on le couchait tout habillé et qu'on l'enlèverait. Quelquefois, il fallait que Des Ouches y revînt deux fois et le Roi, malgré son sommeil d'enfant, se réveillait, quand on tirait son rideau. À la fin, la Reine avait accepté de libérer les Princes. Pendant l'hiver, le Cardinal les avait transférés au Havre, qu'il tenait. Il avait dû partir pour Brühl. La populace, excitée, avait pillé le palais de l'Italien. Son ennemi, le Coadjuteur, avait veillé, toutefois, qu'on n'incendiât pas ses livres, qui étaient nombreux et précieux. Aujourd'hui, Monsieur le Prince, nommé gouverneur de Guyenne, est tout-puissant au gouvernement et à la Cour. Le projet de mariage du prince de Conti et de Mlle de Chevreuse a été rompu. L'union des Princes et du Parlement se défait. M. de Montmorency soutient le Prince contre le Coadjuteur, dont Mlle de Chevreuse et ses jupes sont les maîtresses. Il l'accuse d'intriguer pour avoir le chapeau. M. de La Tour doit rentrer.

Le courrier l'emmène.

Une des jeunes filles a une crise de sanglots, quand elle le voit prêt à partir. M. de La Tour, touché de son chagrin, lui prend les doigts et lui demande de ne pas le regretter. Il n'a rien à offrir à aucune femme, pas même de l'amour, puisqu'il se doute bien qu'on ne se soucie pas qu'il soit pauvre ou qu'il brigue des honneurs. Il hésite à en dire davantage. Il se tait. C'est moins laisser à rêver.

MERCREDI 5 JUILLET 1651

Toute la journée, Monsieur le Prince attend des nouvelles de la Cour et du Parlement, qui s'accordent peu à peu contre lui, redoutant également sa puissance et ses exigences. Une conférence tenue chez M. de Montrésor augmente son inquiétude. Depuis cinq semaines, la rumeur court qu'on voudrait l'assassiner. M. de La Tour se tient près de lui.

Il observe ses allées et venues, sa colère. Le parquet gémit. Il sourd une odeur aigre du pot sous le lit. M. de La Tour pense aux pierres, aux champs, au bruit des blés qui oscillent au soleil, au parfum de la terre, lorsqu'elle fume. Monsieur le Prince, au moment de sa libération, quand il avait franchi la porte de sa prison, une fois dans la grande cour, aveuglé par la lumière de l'hiver, avait titubé. L'innocence l'a quitté, dit-il, avec l'angoisse d'un nouvel enfermement. Il n'avait pas commis un crime, proteste-t-il. Il est devenu le plus coupable des hommes, parce que aucun moyen ne lui répugnera pour échapper à la geôle : il tourne dans sa chambre comme dans une geôle.

On se retire pour dormir. Monsieur le Prince est rongé par ses alarmes. M. de La Tour, en proie à ses secrets, réfléchit qu'il n'est plus que l'effort de les dissimuler. Il tient tout entier dans la contrainte qu'il se donne pour ne rien laisser paraître de ce qui le hante.

Vers deux heures du matin, un gentilhomme du Prince heurte à la porte de M. de La Tour. Il le tire du lit précipitamment : on a vu deux compagnies de gardes en armes marcher vers le faubourg Saint-Germain. M. de La Tour se hâte. Il trouve Monsieur le Prince dans son grand cabinet, debout, pâle, entre d'autres hommes à lui. Il est certain qu'on vient le surprendre. Les flambeaux jettent sur les visages de grandes ombres mouvantes, qui ne tremblent pas assez cependant pour dissimuler le geste par lequel il ne cesse d'humecter sa lèvre inférieure. Il a décidé de s'enfuir. Ordre est donné de seller des chevaux. On prend des manteaux et des pistolets. Ayant attiré M. de La Tour dans l'angle de la pièce, tandis que son premier valet tire des papiers d'un meuble à côté, il lui demande avec insistance de l'accompagner. M. de La Tour consent. Aussitôt, ils partent. Monsieur le Prince fait route vers sa maison de Saint-Maur, qui lui ouvre le chemin des Pays-Bas ou de l'Allemagne. On traverse le faubourg Saint-Michel sans voir une âme. On fait les trois lieues d'une traite.

À Saint-Maur, on sait à midi que la troupe qui avait jeté l'alerte, la nuit précédente, ne venait pas arrêter Monsieur le Prince, mais qu'elle avait l'ordre de faire passer les portes de Paris à une cargaison de vin dispensée d'acquitter l'impôt. Mme de Longueville et M. de Conti ont rejoint leur frère. La société est nombreuse. Dès le lendemain, on donne une comédie. Puis, tous les soirs, ce sont les violons et des bals, après la chasse. M. de La Tour a suivi un homme aux aguets. Les divertissements auquel on se livre désormais lui inspirent un éloignement qui touche au dégoût. Pensez à votre salut, lui écrit son ami. Dieu vous fait la grâce de ne pas aimer le monde. Laissez ces ordures. Jetez-vous à genoux et suppliez Sa bonté infinie. M. de La Tour réprime jusqu'au hurlement la pensée de Mme de Clermont, qui ne lui laisse aucun répit, qu'il domine et qui l'écrase. Il ne parvient pas une fois, quelles que soient ses résolutions, à évoquer cette image de femme, quand il répond à son interlocuteur. Prétextant un accès de fièvre, il demande la permission de quitter Saint-Maur, qu'on lui accorde sans même un entretien.

À la barrière de Bercy, M. de La Tour heurte un grand équipage. C'est M. de Clermont qui rentre dans Paris. Il voit son neveu, le mande, exige qu'il l'accompagne. Il veut l'employer dans une affaire qu'il conduit entre M. de Montmorency et M. de Turenne.

AOÛT 1651

M. de La Tour loge à l'hôtel de Clermont, rue de Seine. Il participe aux négociations de M. de Clermont. Ce dernier, qu'entourent quelques familiers seulement, s'est pris d'estime pour ce neveu taciturne, discret, presque fuyant, qui marque clairement quelle distance il éprouve pour leur parti. Il apprécie qu'il montre autant d'indifférence envers les femmes que les intrigues ou les hommes. Il l'interroge, et M. de La Tour lui dit qu'il n'a pas l'esprit du monde, qu'il voit partout l'intérêt et l'orgueil qu'on voudrait dissimuler, qu'il hait le mensonge, qu'il rêve de sincérités, que le mal, assurément, est en lui comme dans les autres. M. de Clermont lui confie ses négociations les plus délicates. Il le retient à souper, quelquefois, où il lui avoue les doutes que leur cause lui inspire. Un matin, il le prie de l'accompagner, quand il se rend à un monastère de filles auquel il prend beaucoup de part depuis qu'il a épousé Mme de Clermont, qui y fut pensionnaire.

Dans la voiture, M. de Clermont déclare à M. de La Tour la passion qu'il éprouve pour son épouse. Les rideaux sont tirés. Il pleut. M. de La Tour se tait. La cabine où son parent et lui sont enfermés est étroite. Il vacille entre l'odeur qui monte de leurs habits mouillés, le heurt des roues contre les pavés du chemin, ainsi que la rumeur insipide de la ville qu'ils traversent. Il voudrait ignorer les paroles qu'on force en lui.

M. de Clermont raconte qu'il a été libertin. Il fut l'hôte de Théophile. Il avait chez lui une cour de poètes, de musiciens et de femmes, toutes belles et pleines d'esprit. Il avait une maîtresse rousse, éblouissante, dont la peau conservait plusieurs heures le parfum du lait d'amandes dont elle se frottait. Elle récitait d'une voix rauque, brisée : jamais le son de cette voix n'avait frappé les oreilles de M. de Clermont qu'il ne sentît son membre durcir. Dans l'amour, elle gémissait véritablement. L'instant d'après, elle riait. Elle était née à Rouen. On disait que son père était un comédien italien qui avait passé un hiver en Normandie. Elle soutenait que c'était bien le marchand d'étoffes qui l'élevait et qui la battait comme plâtre, parce qu'il aurait voulu qu'elle séduisît un hobereau de cinquante ans qu'il avait circonvenu. Elle avait fui avec un marquis de vingt ans, qu'elle avait quitté à Paris pour un autre marquis. Elle guettait si M. de Clermont tressaillerait à l'idée qu'elle fût infidèle, si la vie libre qu'elle avait menée lui inspirerait de la crainte. Cette femme comptait que l'inquiétude est l'aliment de la passion : elle voulait que M. de Clermont eût de la passion pour elle. Elle voulait qu'il eût peur qu'elle ne s'enfuît de nouveau.

M. de Clermont aimait ses seins, ses scènes, cette légère sottise qui rassure chez les belles personnes. Il la faisait lire, pour sa voix. Il exigeait qu'elle se mît nue entièrement, une écharpe sur le visage, et il conviait ses plus proches amis pour leur montrer ce corps dont la perfection était telle qu'il se sentait moins d'instinct de le conserver jalousement que de faire admirer une œuvre de la nature aussi aboutie. Il utilisait cette beauté comme un antidote aux goitres, aux cancers, à l'idée que le mal est planté dans le monde à la manière du soleil dans l'univers.

M. de Clermont se souvenait d'avoir à peine dévisagé la jeune fille qu'il avait épousée à peu près à cette époque. Il avait choisi le nom et les alliances qu'elle lui apportait, espérant surtout qu'elle lui donnât des fils : il n'avait pas davantage songé à l'enfant austère, dévote, qu'on avait mise dans son lit. Elle-même n'avait pas tenté de le persuader qu'elle eût plus attention pour lui que la bienséance le requérait. Il lui rendait ses devoirs. Elle le servait loyalement. Elle ne commentait jamais la vie qu'il menait ou les personnes qu'il voyait. C'était une ombre.

M. de Clermont faillit mourir. Bien qu'elle relevât à peine de couches, Mme de Clermont lui sacrifia tout, lui rendant ponctuellement les soins d'une épouse aimante qui eût été toujours bien traitée. M. de Clermont avait contracté le charbon. Il était dévoré par la fièvre et les nausées. Il vomissait du sang. Il avait des escarres dont le pus coulait. Cette pestilence emporta trois domestiques de la maison. Les médecins ordonnèrent qu'on tînt soigneusement fermés les rideaux du lit du malade et qu'un seul homme l'approchât. Mme de Clermont n'eut que de l'indifférence pour cette prescription. Elle se rendait nuit et jour au chevet de M. de Clermont et, une fois qu'il fut au plus mal, comme il ne se résolvait pas à demander les sacrements qu'elle voulait qu'il reçût, elle s'enferma dans les rideaux du lit avec lui et dit qu'elle n'en sortirait pas qu'il eût veillé à son salut. Elle préférait mourir que l'abandonner à une telle misère. M. de Clermont en réchappa. Sa femme avait ébranlé son incuriosité pour elle. Il attendait désormais qu'elle le visitât et il ne douta pas qu'elle ne lui dît la vérité, quand elle lui déclara qu'elle priait chaque heure, depuis qu'elle était entrée chez lui, pour qu'il changeât de vie, bien qu'elle ne se sentît pas le droit de lui faire des reproches et qu'elle fût demeurée silencieuse, parce qu'elle ne croyait pas aux persuasions pour s'adresser à une âme endurcie comme la sienne. Elle attendait un événement qui lui ferait voir sa fidélité. Ce ton frappa M. de Clermont. Une constance si farouche, chez une femme jeune et solitaire, timide, l'étonna. Son dévouement le toucha. Il découvrit qu'elle lisait plusieurs langues, qu'elle écrivait l'italien et l'espagnol aussi bien que le français, qu'elle avait des goûts solides. Il tenta de lui faire prendre les siens. Il ne parvint jamais à la convaincre du talent des petits maîtres qu'il favorisait, de même qu'il ne put la persuader de quitter ses robes simples ni son indifférence pour les parures. Elle détestait qu'il évoquât sa beauté et il voyait qu'elle ne cherchait jamais à la rehausser. Il rencontra les hommes et les femmes qu'elle recevait. Il lut leurs ouvrages. Il admira la façon dont elle réglait le train de leur maison et la rigueur avec laquelle elle s'appliquait à l'éducation de leurs deux fils. Il s'éprit lentement de cette femme secrète que les maternités embellissaient et qui ne se souciait pas de plaire. Elle était une eau calme où il se perdait peu à peu, saisi par son étrangeté, sa gravité, par le vieillissement de son propre corps, qui lui rappelait soudain la nécessité de mourir et l'ouvrait au chagrin de n'avoir pas connu autre chose de l'amour que des simulacres. Il aurait voulu sentir qu'il émouvait Mme de Clermont, qu'il possédait sans parvenir à la séduire et qui n'avait pour lui que la dilection que Dieu recommande.

M. de Clermont autorise ses larges aumônes. Il préside aux prières de toute la famille qu'elle a instaurées, auxquelles leurs domestiques même se joignent. Il a retranché ses pensions aux comédiens. Le délaissement des affaires lui paraît une chose enviable. Il se convertit et elle ne le voit pas, les yeux fixés sur son salut, en lui et au-delà de lui, d'une manière qui anéantit M. de Clermont, partagé entre l'amour d'elle, le désir qu'elle lui inspire et le Dieu qu'elle lui inculque.

La voiture est parvenue en haut du faubourg Saint-Jacques. Elle passe les Carmélites. Elle s'arrête rue de la Bourbe.

JEUDI 7 SEPTEMBRE 1651

On célèbre la majorité du Roi. Monsieur le Prince ne paraît pas aux cérémonies qui ont lieu au Parlement, mais M. de Clermont s'y rend. M. de La Tour l'accompagne. M. de Clermont insiste pour que ce dernier, qui lui a exprimé sa volonté de loger ailleurs que chez lui, demeure dans sa maison. Il lui demande de passer l'hiver, au moins, sous son toit. M. de Clermont a reçu des nouvelles de la Guyenne, de la Saintonge, du Berry, du Poitou, de l'Anjou. Il est inquiet. Il en appelle à l'amitié de M. de La Tour pour que, dans les épreuves à venir, celui-ci lui procure du moins le réconfort de posséder sous son toit un homme à qui s'ouvrir sans dissimuler. Par pudeur, M. de Clermont n'invoque pas que M. de La Tour n'a nulle part où aller.

La semaine suivante, Mme de Clermont rentre à Paris. Les garçons ont grandi. Elle est près d'accoucher. Ses yeux ne se posent pas sur M. de La Tour, qui s'installe brusquement de l'autre côté de la Seine, rue Neuve-Saint-Paul. Ses arrangements conclus avec le propriétaire des pièces qu'il a décidé de louer, il y a fait transporter ses affaires sans retourner à l'hôtel de Clermont. Ce départ précipité heurte M. de Clermont. Le moment d'après, il pense toutefois qu'une domesticité aussi nombreuse que la sienne depuis le retour de Mme de Clermont est peu favorable à la vie étroite et retirée que son neveu privilégie. Il ne lui tient donc pas rigueur d'une fuite, dont il sent néanmoins rapidement tout le poids, d'autant que la santé de Mme de Clermont cesse d'être bonne et qu'elle se confine dans sa chambre peu de jours après.

À la fin du mois, Monsieur le Prince prend la route. Il se rend à Bordeaux. M. de Clermont voyage avec lui. Ils négocient de nouveau avec l'Espagne.

OCTOBRE 1651 À JANVIER 1652

M. de La Tour est resté à Paris. Un soir, on lui porte la liste de leurs amis qui sont accusés de trahison. M. de Clermont est un des premiers qui y figurent. — M. de La Tour est arraché à sa lecture. C'est M. Paulin, l'intendant de M. de Clermont. Mme de Clermont, explique-t-il, qui a perdu les eaux dans la matinée, est au plus mal. Elle réclame M. Singlin pour lui faire sa confession générale. On ne le trouve pas. En l'absence de M. de Clermont, ce dernier a dit qu'on s'adresse à son neveu. M. Paulin supplie M. de La Tour de lui venir en aide. M. de La Tour acquiesce. Il dit qu'il se chargera de trouver le prêtre que mande Mme de Clermont. Que l'autre aille chercher le médecin de Mme du Plessis, dont la réputation est très grande.

M. de La Tour sort. Son cœur bat à se rompre. Tous voient son émotion, qu'on attribue à l'amitié qu'il a pour M. de Clermont. Quand il a mené M. Singlin à l'hôtel de Clermont, où il revient pour la première fois depuis des semaines, il attend des nouvelles dans une galerie couverte qui donne sur le jardin. Les arbres sont dépouillés. M. de La Tour tremble de froid. Dans la chambre de Mme de Clermont, il sait qu'on récite la prière des agonisants. M. de La Tour murmure en lui-même les mots familiers de l'oraison. Il songe à cette âme qui lui échappe et que c'est bonté de Dieu de poser la main sur elle. Leur salut est dans le néant. Combien de temps aurais-je résisté au désir de vous voir? souffle-t-il dans la nuit qui tombe. Combien de temps aurais-je su ne pas m'abandonner à la passion de vous aimer ? Dieu vous prend. Il nous délivre, en fait.

On lui touche la manche. C'est le chirurgien. L'enfant est mort. Il a été ondoyé. Mme de Clermont paraît sauvée.

Elle se rétablit, en effet, lentement, les jours qui suivent. Tous les matins, M. de La Tour vient s'informer d'elle. Il ne monte pas à l'étage. Il demande qu'on ne mentionne pas ses visites. C'est comme une litanie. Il éprouve un mystère, dont il redoute qu'il ne soit pas la miséricorde escomptée. Il croise, une fois, au moment de s'en retourner, M. de Verneuil, qui lui apprend que le Roi a rappelé le cardinal Mazarin et que le Parlement, aussitôt, a mis sa tête à prix. Ils quittent ensemble l'hôtel de Clermont, où M. de La Tour cesse de se rendre.

FÉVRIER 1652

Vendredi 2 février

Le duc de Bouillon et le maréchal de Turenne, son frère, parviennent à Poitiers. Ils y rencontrent le cardinal Mazarin. Il accède à toutes leurs revendications. Ils passent au service du Roi.

Jeudi 22 février

M. de Bouillon est nommé ministre d'État. M. de Turenne reçoit, en partage avec M. d'Hocquincourt, le commandement de l'armée du Roi. Les deux adversaires qui s'étaient combattus à Rethel, où M. d'Hocquincourt avait la charge de l'aile gauche des troupes royales, doivent collaborer. Les forces dont ils disposent sont dérisoires : quatre mille chevaux, cinq mille fantassins. M. de Clermont évalue quant à lui les troupes rangées sous l'autorité de Monsieur le Prince à douze mille hommes. Il est d'avis qu'on s'empare de la personne du Roi, qui, derrière la Loire, erre de ville en ville. M. de Nemours est dépêché à Jargeau. Monsieur le Prince remonte de Guyenne. M. d'Harcourt est informé qu'il voudrait franchir la Vézère à Terrasson, afin de s'emparer ensuite de Sarlat ; il poste un corps de cavaliers dans la petite ville, au pied de la falaise. Tenant son pont, gris au-dessus des eaux boueuses que la Vézère charrie à cette saison, il dissuade Monsieur le Prince de s'approcher.

Dimanche 25 février

Mme de Clermont assiste à la messe au faubourg Saint-Jacques, parmi les religieuses dont elle fréquente la maison. Elles accueillent des sœurs que les mouvements des troupes autour de Paris ont chassées de leurs monastères. La foule est grande dans l'église. On se presse depuis la grille de la clôture jusqu'à la porte derrière. La Mère supérieure, lorsqu'elle reçoit Mme de Clermont, évoque les difficultés qu'elle rencontre pour assurer l'approvisionnement d'une communauté si vaste.

M. de Clermont, revenu en ville, a été informé des visites quotidiennes que M. de La Tour a faites à son hôtel pendant la maladie de Mme de Clermont. Il exige qu'on démêle s'ils se sont parlé au cours des semaines que son absence a duré. L'homme de confiance qu'il sollicite lui répond que pas une fois M. de La Tour n'a vu Mme de Clermont. Il se tenait toujours à l'étage inférieur et il ne faisait porter aucun message. Il demandait même qu'on n'informât pas Mme de Clermont de ces visites, afin, disait-il, qu'elle ne jugeât pas son état plus grave qu'il n'était. Ces stations, pourtant, inspirent à M. de Clermont une colère qu'il ne s'explique pas. Soudain, il ne tolère plus le mutisme de son neveu, qu'il trouve sournois. Il regarde Mme de Clermont elle-même avec irritation, quoiqu'elle vive plus que jamais retirée, quasi indifférente à son rang. Il s'emporte pour un collier de perles de quarante mille francs qu'elle a donné sans l'informer à M. Vincent, priant celui-ci qu'il vende le bijou et qu'il nourrisse ses pauvres avec l'argent qu'il en aurait tiré. M. de Clermont crie devant son épouse. Il s'impatiente contre la file de prêtres qu'elle reçoit. L'empressement que ses fils montrent pour leur mère lui semble une faiblesse qui doit être aguerrie. Il rudoie les petits garçons.

Mme de Clermont endure ces brutalités avec patience. Elle porte des robes brunes qui lui vont à peine et dont les manches lui couvrent tout à fait les poignets. Elle a maigri. Face à M. de Clermont, quand il la questionne, elle balbutie des bribes de réponse d'une voix distraite, indifférente, alléguant des maux de tête. M. de Clermont découvre qu'il ne la terrifie pas. Il éprouve un mélange de passion et de rancœur qui l'humilie.

MARS 1652

M. de La Tour est parti pour joindre M. de Nemours : il amène à Monsieur le Prince une armée recrutée aux Pays-Bas.

Le 4, on apprend qu'ils passent la Seine à Mantes.

Mardi 5 mars

M. de Nemours est à Paris.

Le soir, alors qu'elle s'apprête à sortir de chez elle, Mme de Clermont croise M. de La Tour en bas du grand escalier. Il fait nuit noire, sauf la lueur des candélabres sur le mur. Ils ne se saluent pas. Ils sont figés, anxieux. Ils ne se sont jamais revus. Les yeux de M. de La Tour prennent l'empreinte tout entière de la femme qui lui fait face. Ils l'emprisonnent en lui dans cet instant de solitude. La surprise, un instant, les retient l'un devant l'autre, étrangement dépouillés. Mme de Clermont ramasse ses jupes, elle poursuit son chemin et, le lendemain, remettant sa maison aux soins de M. de Clermont, elle va s'installer dans l'appartement qu'elle a chez les saintes filles qui l'ont élevée. Elle voit la Mère supérieure à son arrivée. Elle insiste qu'elle ne veut rencontrer personne. Elle défend qu'on lui donne aucune sœur pour la servir. Elle demande qu'on pose ses repas devant sa porte et qu'on frappe seulement quelques coups secs pour l'avertir. Elle supplie qu'on lui accorde ces faveurs sans discussion. La Mère, qui connaît son âme, promet. Le deuxième jour, Mme de Clermont hèle la converse qui vient de lui apporter à manger. Elle demande qu'on retourne encore la tapisserie suspendue au chambranle de sa porte pour faire écran aux courants d'air qui viennent du couloir. Ce jardin bleu et vert la dissipe. On ne l'interroge pas. Elle ne veut plus voir que la doublure de l'objet, qui est en grosse toile brune. Devant ce panneau uniforme, elle sent qu'elle voudrait être vêtue de ce lin décati, âpre. Mme de Clermont poursuit un silence, un oubli de soi qui lui échappent. Elle s'ensevelit dans les privations. Elles sont vaines. Mme de Clermont, en les renouvelant, constate seulement la résistance de son corps, celle de son esprit. Elle songe qu'elle voudrait que M. de Clermont sortît d'un parti qui n'est propre qu'à donner des passions funestes et des alarmes infinies, qui jette la désolation dans le pays, qui met en conflit la fidélité qu'on doit à ses alliés, au Roi, à Dieu. Enfin recueillie, elle prie Dieu d'inspirer cette pensée à son époux.

Elle repart, quelques jours plus tard, n'ayant vu personne d'autre que la Mère supérieure, lors d'un unique entretien. Celle-ci lui fait porter, au moment où Mme de Clermont va monter dans son carrosse, un billet où elle l'assure de ses vœux et lui demande de prier pour elle, certaine qu'il n'y a pas de femme dont l'exemple soit plus profitable au monde que Mme de Clermont. Elle n'a pas prêté une intention impure à la nervosité de la jeune femme. Elle ne confond pas sa brusquerie inhabituelle avec les caprices des autres grandes dames qu'elle reçoit. Elle pense que la pâleur qu'elle a observée sur les traits de Mme de Clermont est l'effet du chagrin de l'enfant qu'elle a perdu au début de l'hiver, que ce deuil a amplifié ses doutes à l'égard du siècle. Elle guette, chez Mme de Clermont, un éloignement des vanités encore supérieur à celui qu'elle éprouve déjà et qui lui fait mener une vie dans le monde où, à peu près, elle ne figure pas. Voulant ignorer tout ce qui la trouble, Mme de Clermont refuse de s'appesantir sur l'impression de fraude qu'elle conçoit à la lecture du billet qu'on lui a remis et l'impulsion soudaine qu'elle a eue de courir vers l'abbesse, de se jeter à ses genoux, de lui dire ce qu'elle ne s'est pas même dit à elle-même, mais qu'elle sait, dans un silence à soi-même qui la dévore.

29 mars, vendredi saint

Le duc de Beaufort, à Jargeau, ne parvient pas à s'emparer du pont sur la Loire. La veille, Mademoiselle a pris Orléans.

Mme de Clermont assiste à Ténèbres aux Petits-Augustins.

Dimanche 31 mars, Résurrection de Jésus-Christ

La Cour fait ses Pâques à Sully.

Mme de Clermont éprouve enfin le recueillement qui l'avait quittée. Elle en rend grâces à Dieu.

AVRIL 1652

Vendredi 5 avril

Pierre Louis, ce maçon qui, depuis trois jours, participait aux émeutes sur le Pont-Neuf en faveur des Princes, est exécuté.

Mme de Clermont donne ordre qu'on retapisse la chambre que M. de La Tour a occupée, l'été précédent. Elle ne s'y rend pas. Elle fait changer jusqu'aux couvertures du lit. À la prière de M. de Clermont, elle y veille à l'installation d'un mathématicien avec lequel ce dernier s'est lié. Ce docteur de Sorbonne porte un bonnet carré et dispute avec des savants venus de Suède. Les enfants prennent du goût pour lui comme ils en ont eu pour M. de La Tour, deux ans plus tôt. Le savant ne s'intéresse pas à eux, mais il déballe de ses caisses des instruments qui les fascinent. Deux étudiants les fourbissent sur une table à côté. Il reçoit de nombreuses visites. Les garçons observent les habits, les manies, les langues étranges que parlent les hommes qui le rejoignent.

Dimanche 7 avril, vers neuf heures du soir

Mme de Clermont apprend que le maréchal de Turenne a remporté la bataille qui s'est donnée à Bleneau. Ayant su, d'abord, que Monsieur le Prince avait taillé en pièces le maréchal d'Hocquincourt, elle croyait que le premier l'avait emporté. M. de Nemours a reçu un coup de pistolet à la hanche. Plusieurs gentilshommes fidèles à M. de Clermont ont été tués.

La disette, à Paris, s'aggrave.

Jeudi 11 avril

Monsieur le Prince et ses meilleurs hommes entrent dans Paris. Ils sont reçus triomphalement.

Mme de Clermont vit enfermée chez elle. Elle ne sort que pour prêter assistance aux pauvres gens que la guerre jette dans la capitale, affamés, estropiés. Leur nombre augmente chaque jour.

Samedi 20 avril

La Cour est à Melun. La Reine et le cardinal Mazarin, contre l'avis de M. de Turenne, qui voulait qu'on prît Paris, ont préféré qu'il occupât Melun et Corbeil, qui sont les greniers à blé de la capitale. Ils pensent réduire l'ennemi par les privations.

Jeudi 25 avril

M. de Rohan, M. de Chavigny et Nicolas Goulas, gentilhomme de la chambre de Monsieur, se rendent à

Saint-Germain, où la Cour est établie. Ils veulent demander au Roi de chasser le cardinal Mazarin.

Au faubourg Saint-Jacques, Mme de Clermont assiste à l'arrivée de la Mère qui dirige la maison que la communauté possède à cinq lieues de Paris. L'abbesse conduit avec elle ses religieuses. Elles sont une cinquantaine, obligées de déloger à cause des bandes de soldats et de pillards qui ravagent la campagne. Elles se tiennent dans des voitures fermées, leur voile rabattu sur le visage. Les pauvres qu'elles avaient reçus entre leurs murs les escortent. Ils sont inquiets. Ils ont laissé tout ce qu'ils avaient de biens derrière eux. Quelques-uns traînent une vache ou des chèvres. On ne sait pas où loger ni les hommes ni les bêtes.

La veille, une avant-garde de Croates et d'Allemands appartenant à M. de Turenne, après avoir traversé l'Essonne à gué, a dévasté Arpajon et Brétigny. Vingt mille hommes qui composent l'armée du Roi fauchent les blés en herbe pour les utiliser comme fourrage. Ils pillent les habitations et rançonnent les villageois. Les vignes sont arrachées. Des champs d'avoine entiers sont piétinés. Les soldats, raconte-t-on, dérobent les ornements des églises pour les vendre et, quand nul n'a plus de quoi les leur acheter, ils les jettent au sol et les foulent aux pieds avec des injures.

Au monastère, le tumulte règne. Il étourdit Mme de Clermont. L'infirmerie est pleine, de même que les dortoirs. Les vaches et les chevaux sont parqués sous les chambres des religieuses. Il n'y a pas assez d'enclos pour la volaille. Dindons, poules, oies, canes, poussins s'égaillent entre les gens. Un âne brait. Des familles entières doivent s'abriter. Elles dressent des tentes de fortune dans la cour qu'elles occupent. On entend, depuis le chœur de l'église où Mme de Clermont a trouvé refuge, le vacarme de ces hommes et ces bêtes entassés pêle-mêle. Une odeur de paille humide, de corps sales, de soupe réchauffée s'insinue partout. On chemine entre des tonneaux de pois et de fèves, des chaudrons et des haillons.

Dimanche 28 avril

Le prix du setier de froment atteint trente-quatre livres. C'est presque le triple de sa valeur ordinaire. À Paris, l'émotion est grande : le pain, bientôt, va manquer.

MAI 1652

Samedi 4 mai

M. de Turenne attaque Étampes, où ses adversaires sont retranchés avec des vivres pour plus de quatre mois. Il compte sur l'absence de Monsieur le Prince pour compenser la supériorité numérique de l'ennemi. Le combat a lieu dans les faubourgs. Il dure toute la journée. Le soir venu, M. de Turenne renonce à son entreprise. Il se porte sur Palaiseau pour isoler l'armée des Princes de la capitale. Il installe une garnison à Saint-Denis. Palaiseau est occupé. La ville est quasi mise à sac. L'église d'Orsay, à côté, est brûlée. Celle de Bourg-la-Reine est pillée. Il n'y a plus de pain. Les pillages s'intensifient.

Lundi 13 mai

L'hôtel des Plessis-Guénégaud, où Mme de Miossens loge chez sa belle-sœur, est assiégé par la canaille après que la nouvelle s'est répandue que M. de Miossens a repris Saint-Denis pour le Roi. Monsieur le Prince avait enlevé la ville l'avant-veille. Comme elle était tenue par deux cents Suisses seulement, il avait passé le fossé l'épée à la main. Il n'y avait pas eu d'autre sorte de siège. Saint-Denis, encore une fois, change de main, avec presque autant de facilité.

Mme de Clermont s'emporte contre M. de Clermont. Elle lui reproche de s'opposer au Roi et de laisser faire des soudards.

Les réfugiés sont toujours plus nombreux à Paris. Mme de Clermont, à sa dernière visite rue de la Bourbe, découvre plus de quatre cents religieuses assemblées dans un désordre indescriptible.

JUIN 1652

Mercredi 5 juin

Le duc de Lorraine et son armée traversent la Seine à Choisy, sur un pont de bateaux. Ils viennent prêter main-forte aux Princes qui tiennent toujours la capitale.

Samedi 15 juin

Bataille est livrée à Villeneuve-Saint-Georges. M. de Turenne l'emporte. Le duc de Lorraine est contraint à la retraite.

Du jeudi 20 au mardi 25 juin

Les violences se multiplient dans Paris, désormais partagé entre le parti des Princes, qui jouit de l'appui du peuple et d'une fraction du Parlement, et celui que plusieurs parlementaires et les bourgeois rassemblent autour d'eux.

Mme de Clermont exhorte M. de Clermont de s'en

tenir à la stricte charité, de rompre avec des hommes que l'orgueil égare.

Le setier de froment approche désormais des quarante cinq livres. Les boulangers sont hués. Quelques-uns sont pris d'assaut dans leurs boutiques.

Samedi 29 juin

La Cour est à Saint-Denis.

MARDI 2 JUILLET 1652

M. de Turenne ayant appris, la veille au soir, que Monsieur le Prince, qui stationnait avec ses hommes à Saint-Cloud, s'était mis en marche pour aller passer la Marne à Charenton, résout de le poursuivre et de l'attaquer aussitôt qu'il l'aura rattrapé. Il ne veut pas laisser le Prince s'établir à Charenton. Si celui-ci se met dans la presqu'île qu'il y a là, on ne pourra plus le déloger. Ses troupes se rafraîchiront ; il entreposera en paix son ravitaillement. M. de Turenne ne veut pas lui laisser cet avantage. Comme lui-même se trouve à Saint-Denis avec le Roi, il se précipite et, à la pointe du jour, tombe sur l'arrière-garde de Monsieur le Prince qui passe entre Montmartre et le faubourg Saint-Denis. Il lui donne l'attaque, mais l'assaut n'est pas déterminant. Monsieur le Prince perd seulement quelques hommes du régiment du prince de Conti, son frère. Pour se protéger et pour ne pas laisser Paris à M. de Turenne, il décide d'interrompre sa marche sur Charenton et de se replier avec ses troupes dans la capitale.

À Saint-Denis, on ne lui ouvre pas les portes. Monsieur le Prince descend vers le faubourg Saint-Antoine et dépêche un courrier afin de prévenir Monsieur et Mademoiselle, qui sont dans leur palais de Luxembourg. Mais M. de Turenne gagne de vitesse Monsieur le Prince. Au petit matin, il l'accule hors les murs de la ville, devant la porte Saint-Antoine. La bataille s'engage aussitôt.

À onze heures, M. de La Tour est blessé. Il reçoit un coup de mousquet au visage, qui lui emporte la joue droite et, traversant le nez, perce jusqu'à l'œil gauche. Les ténèbres, en un instant, l'engloutissent. En même temps qu'il est touché, il tue l'homme en face de lui. Celui-ci s'effondre. Il entraîne dans sa chute M. de La Tour, aveuglé par le sang qui lui jaillit aux yeux. M. de La Tour hurle. Les mains dressées, il tente de se dégager. L'autre pèse le poids de la mort. M. de La Tour est invinciblement étouffé. Sa bouche est pleine de sang ; il ignore si c'est le sien ou celui de l'autre. Il est recouvert entièrement par ce corps mourant que des soubresauts agitent encore. Il suffoque. Il n'y voit plus. Il sent que des hommes le piétinent. Le sabot d'un cheval frôle sa main. Quand il veut la replier, elle touche une matière chaude et humide qui se dérobe. M. de La Tour pense qu'il aura éventré l'autre, qui répand ses entrailles sur lui. Dans son horreur, il est encore soulevé de dégoût.

Mademoiselle fait ouvrir les portes le moment d'après. Monsieur le Prince s'engouffre. On emmène les blessés. Les soldats valides guident à la main tous ceux qui peuvent marcher. On couche les autres sur des civières ou des échelles. On les allonge sur des planches qu'on retire des barricades qui encombrent encore les rues du faubourg. Il faut improviser des brancards. On arrache des branches des arbres. Leurs feuilles balaient la poussière et le sang par terre. Souvent, on tire un homme qui est mort sans que nul s'en aperçoive. Un cheval galope dans la foule. Ses mouvements inconsidérés semant l'effroi, on s'avise que son cavalier, sanglé dans son armure, a été tué. Il est resté dressé sur la bête qui s'affole. Cet équipage fait pitié aux dames qu'il rencontre. Depuis la voiture dans laquelle quelques-unes sont venues s'enquérir du combat, elles appellent un sergent qui passe. Elles l'envoient arrêter l'animal et le défaire de sa charge funèbre.

Monsieur le Prince presse ses hommes vers l'intérieur du faubourg Saint-Jacques. Sa retraite est si rapide et imprévue que le maréchal de La Ferté, qui survient pour prendre ses troupes sur le flanc, ne voit pas tout de suite, à cause de la poussière derrière Monsieur le Prince, que son adversaire est sauvé. Aussi renforce-t-il sa charge. Inquiète, Mademoiselle, qui est à la Bastille, donne l'ordre qu'on tire sur lui. Quand, à Saint-Denis, on entend le canon, nul ne peut se convaincre qu'il a été pointé sur les troupes du Roi, à telles enseignes que la Reine fait avancer plusieurs de ses carrosses pour ramener à Saint-Denis Monsieur le Prince, qu'elle pense avoir été fait prisonnier.

M. de La Tour, qu'on a dégagé, est conduit chez son oncle. Ses plaies ruissellent. La route est longue. Rue de la Tixanderie, il songe qu'il va mourir dans le vacarme, ballotté sur une civière. Plusieurs fois, les hommes qui le conduisent sont arrêtés. On s'informe de lui. Tout ce qu'il peut faire est d'entendre répondre qu'il est vivant, qu'il a sa conscience.

À l'hôtel de Clermont, où l'on amène les blessés par chariots, la cour est pleine de tumulte et de hurlements. M. de Clermont, qui a eu la poitrine de sa cuirasse emportée, est en collet et chemise, un bras pansé. Il répartit les chirurgiens. On étend les corps au milieu des chevaux. Plusieurs prêtres sont venus. C'est Mme de Clermont qui reçoit M. de La Tour. Il est, sur sa litière, à demi soulevé sur un bras, à cause du sang qui manque l'étouffer en lui passant dans la gorge, s'il demeure entièrement couché. Il est perdu dans le noir, hagard, épouvantablement blessé. Ayant entendu le nom de Mme de Clermont, sans la voir, il tend les mains. Avec des gestes saccadés, il agrippe sa manche, son épaule. Aveuglément, il la tire à lui, vers son horreur, pour qu'il n'y soit plus seul ou pour qu'elle l'arrache à l'enfer. Elle détache ses mains. Elle crie qu'on le porte dans ses appartements, qu'on lui ôte son habit, qu'on le couche, qu'on trouve M. de La Rivière. Dans la cohue, elle se hâte, la gorge battante, bousculant blessés et agonisants. Elle a, imprimées sur sa robe, les mains pleines de sang que M. de La Tour a posées sur elle. Mme de Clermont trouve son médecin. Elle l'arrache à l'homme qu'il panse, lui rappelle qu'il lui a sauvé la vie. Elle veut son autorité, sa force. Elle veut qu'il tire M. de La Tour de la mort, qu'il lui dispute cette proie comme il ne lui en a encore jamais disputé aucune. Elle a pris M. de La Rivière au poignet. Elle le pousse dans l'escalier, le supplie, au bord des larmes, qu'il soulage M. de La Tour, dont les plaies la tuent, dont les plaintes sont sa propre déchirure. Elle repousse le rideau de la fenêtre. Elle fait le grand jour, voit la joue ouverte et l'orbite creusée, les cartilages brisés, l'œil perdu. Elle voit que M. de La Tour a une omoplate rompue et que l'os a percé la chair. Elle reste pendant qu'on opère. Il fait une chaleur horrible. Des mouches bourdonnent et se mettent sur les linges souillés. Mme de Clermont se retire, quand M. de La Tour a été pansé. Elle s'enferme dans sa chambre, abandonne le monde. Elle ne répond plus. On vient lui dire que l'état de M. de La Tour est désespéré. Elle chasse ses servantes. Ne s'enquiert pas de M. de Clermont. Se plaque contre un linteau des volets. Elle ferme les yeux. Elle s'en remet à Dieu qui veut qu'elle soit ainsi bouleversée. Elle est dessaisie, depuis deux heures, de toute la volonté qu'elle a déployée pendant vingt-cinq mois. Elle avait renfoncé M. de La Tour au fond d'elle-même. Elle s'était tu l'éclat qu'il avait jeté en elle ; de toute son âme, elle avait ignoré qu'elle aimât cet homme presque inconnu. Elle n'avait même pas entendu cette dévoration intérieure qu'est l'amour, l'ayant étouffé en soi, piétiné, renié, ayant renoncé à une passion qui offense Dieu. Et Dieu, aujourd'hui, pour cet homme, lui plonge au cœur les sept épées. Aucun anéantissement qu'on a choisi n'est suffisant pour lui. Dieu est violence. Il veut des oblations dans les larmes. Il force à genoux Mme de Clermont. Il veut qu'on soit brisé, chassant la fausse humilité avec des coups de tonnerre. Il veut pour oriflammes des lambeaux de cœur qu'on s'arrache, l'orgueil et la chair transpercés dans des bégaiements d'innocence.

2 juillet au soir

Monsieur le Prince est dans Paris. À minuit, on discute des mesures à prendre. M. de Clermont est hostile aux résolutions qui l'emportent. Il fait seller. Il écrit un billet à Mme de Clermont. À la faveur de la confusion il quitte la ville, sous la lune, nanti d'un simple portemanteau, trois hommes en escorte. Il prend la route d'Orléans. Au début de la semaine suivante, il parvient à Clermont.

Un trompette mandé par le Roi vient ordonner de surseoir à l'assemblée du Parlement qui doit avoir lieu. Les hommes amassés dans la Grève pour réclamer l'union de Paris et des Princes, soigneusement excités par ces derniers, lorsqu'ils connaissent la nouvelle, débondent leur colère. Après des cris, ils vont en masse à l'Hôtel de Ville. Débouchés sur le parvis, ils se contentent un temps de menacer les gardes. Puis, au milieu des huées, des coups de feu éclatent. On tire dans les fenêtres du bâtiment. Comme la confusion augmente, le feu est mis aux portes. Soldats, manants, tire-laine, fortes têtes les enfoncent finalement. Ils entrent, se fraient un chemin à travers les salles avec des vociférations. Ils ont l'épée à la main, des bâtons. Un maître des requêtes qui tente de les retenir est massacré, de même qu'un conseiller au Parlement ; un maître des comptes, qui n'a pas fui à temps, est rattrapé, égorgé. Vingt-cinq ou trente bourgeois sont ainsi pourchassés à travers la ville, avant d'être mis à mort. Le maréchal de L'Hôpital réchappe quasi miraculeusement à la tuerie. L'incendie, qui a crû, ravage désormais tout l'Hôtel de Ville.

Ce feu et le sang versé ont été un coup de foudre. En un moment, dans tous les quartiers, les boutiques sont fermées, les rues vidées. On se terre chez soi. Vers six heures, des silhouettes reparaissent. On monte des barricades pour arrêter les séditieux. Le curé de la Grève ayant été contraint, sous les menaces, de rebrousser chemin, comme il venait, avec le Saint-Sacrement, parler aux rebelles, Mademoiselle résout d'y aller, elle, avec M. de Beaufort. Sur le Petit-Pont, son carrosse accroche la charrette des morts qui vient dans l'autre sens. Mademoiselle est forcée de faire reculer pour que ne la heurte pas un grand pied plein de corne qui en sort et des mains toutes raides qui sont tendues vers elle. Pendant la manœuvre, qui est longue et malaisée, elle tient un mouchoir sur son nez.

Aucune denrée ne passe plus l'enceinte.

M. de Condé a choisi l'autorité de la terreur.

Lundi 8 juillet

M. de Beaufort est nommé gouverneur de Paris.

Plusieurs gentilshommes s'échappent pour rejoindre la Cour. Treize présidents à mortier se sont retirés dans leurs maisons des environs de Paris. Conseillers et bourgeois sont absents ou claquemurés chez eux.

Mme de Rhodes, belle-fille du maréchal de L'Hôpital, meurt de saisissement, dit-on, du péril auquel il a été exposé.

Le soleil est haut. Le peuple a faim. Les curés observent les premiers cas de dysenterie dans les murs.

M. de La Tour ne se remet pas.

Lundi 22 juillet

Les jours de M. de La Tour sont une seule agonie.

Mme de Clermont ne quitte pas son chevet. Elle lave ses plaies et refuse d'entendre son chapelain qui l'objurgue de prendre du repos et de laisser le blessé. Ses lèvres tremblent. Elle est si seule, les épaules ramenées en avant, le cou nu et incliné, brisée de chaleur, découverte, les poignets transparents, que l'homme de Dieu a pitié. Il dit doucement à la jeune femme qu'elle est comptable au Seigneur de ses actions. De quelque charité qu'Il l'embrase, elle ne doit pas se laisser détourner de Lui. Entre les épreuves qu'Il lui envoie, il faut qu'elle use encore de son discernement. Il y a, dans l'homme, des puissances obscures qui contrefont la soumission à Dieu. Il l'exhorte : qu'elle soit vigilante dans son dénuement et plus forte encore, dans son extrême faiblesse, que la tentation. L'amour de Dieu est troublé, pour les âmes même les plus pures, de visions et de mirages qui ont les apparences de l'innocence, bien qu'elles soient l'œuvre du mal. Il se tait. Il tire silencieusement la porte derrière lui et donne l'ordre qu'on ne dérange pas Mme de Clermont.

L'état de M. de La Tour est désespéré. On pense qu'il mourra au matin. Mme de Clermont, le veillant, ne fait pas réflexion qu'ils n'ont jamais véritablement échangé une parole. Elle est assise sur un tabouret près d'un homme sans conscience, qui va mourir et qu'elle aime.

Mardi 23 juillet

Mme de Clermont a vingt-quatre ans.

M. de Clermont est en Bretagne. Il écrit à Mme de Clermont de le rejoindre. Elle lit la lettre deux fois. Elle n'y répond pas. Elle organise encore le départ de ses fils, puis retombe dans sa réclusion intérieure.

M. de La Tour a passé la nuit. Il ne vacille plus qu'un souffle entre ses lèvres. Mme de Clermont se penche au-dessus. Elle interroge son visage, les cils sombres, la barbe souillée qui perce à travers les linges. Elle pose le majeur, puis l'annulaire, de sa main droite à la naissance de la gorge. Elle caresse un peu de chair intacte, douce et brûlante, comme lorsque M. de

La Tour aime une femme et, proche de jouir, lève le front, se détache et s'abîme. Elle ne le sait pas. Elle se demande si cette chair sera, demain, perdue aux hommes, si on la portera au tombeau, si elle n'entendra plus jamais le son de sa voix, et elle pleure.

Mercredi 24, jeudi 25 juillet

Le dernier combat de M. de La Tour se prolonge.

Mme de Clermont a passé une grande robe de taffetas bleu, sombre comme la nuit et qui gémit à chaque pas. Elle va au premier office du matin. Elle ne communie pas. Elle prie, interroge Dieu, qui pend à sa croix et dont elle redoute, pour la première fois, les paupières closes et l'éternelle souffrance. Elle observe le corps d'ivoire où le sang perle, la face muette. Elle est entièrement abandonnée à cette contemplation, dont ne monte aucun chant, aucune supplique, bouleversée par une Passion qui n'avait jamais fait battre sa gorge comme elle fait, ce matin de juillet. Mme de Clermont n'aurait eu garde de rapprocher le sang qu'elle a vu perdre aux femmes, ni les hoquets des petits enfants mourants qu'elle a assistés, ou leurs plaintes basses, du sang divin versé au Golgotha. Ce crucifiement, tant qu'elle en ait mesuré le sacrifice, n'a jamais eu à ses yeux, comprend-elle, de lèvres aux commissures blanchies qui s'entrouvrent. Le long de la branche d'hysope, le vinaigre a coulé sans odeur qui la révulse. L'éponge, dans son esprit, n'a pas pesé au bras qui la brandissait. Mme de Clermont n'a jamais entendu le craquement de l'os dans ces paumes mutilées. Elle n'a jamais considéré le méplat des ongles sur les pieds blessés qu'elle adorait. Aucune lance, dans son cœur, n'a percé aucun flanc. Sa compassion n'a jamais été un cri.

La mort des femmes et des enfants, pour Mme de Clermont, obscurément, n'est que délivrance. Elle n'a pas conçu qu'il y ait vraiment d'injustice ou d'effroi à voir périr ces innocences, tombées dans le repos plutôt que l'épouvante : ne voudrait-on pas toujours mourir dans les bras de sa nourrice, quand on en aurait le choix ? Mais Mme de Clermont découvre soudain ce qu'est un homme qui meurt. Elle découvre cette clameur de pécheur, de vie à demi vécue, saisie tout juste après que le monde lui a été révélé, avec la chair puissante et l'esprit. Elle découvre l'angoisse de l'inachevé, quand rien n'a su triompher et qu'il ne demeure que gloire, confusion et dilapidation entremêlées dans des sanglots et des balbutiements. Elle devine cette douceur incomparable, infinie, venue de l'enfance, qui perdure à toutes les déchéances et les rachète peut-être pour un murmure qu'on aura su prononcer. Nul murmure ne la rachètera cependant. Nulle plainte tendre qui vaille salut pour l'homme mourant, dont la mort la soulève d'indignation et d'effroi. Mme de Clermont n'a été qu'absence, refus. Elle souffre désormais à cause de la fragilité mauvaise, punie, humiliée, adorable, à quoi se réduit toute humanité.

De retour à l'hôtel de Clermont, elle ne se dirige pas vers la chambre de M. de La Tour. Elle prend le chemin de son appartement, tire les portes sur elle, pénètre dans son oratoire, regarde le Christ immense qu'elle y possède. La tête, dont la taille est disproportionnée à celle des autres membres, tire vers l'épaule. Mme de Clermont demeure longtemps immobile, adossée à l'ais de la porte, jetée en elle-même. Elle ne répond pas, lorsqu'on frappe. Elle se tait, malgré les questions dont on la presse. Elle refuse de s'alimenter.

Elle attend un signe de la puissance de Dieu.

Vendredi 26 juillet

M. de La Tour est sauvé. Mme de Clermont frissonne tout entière, quand on lui porte la nouvelle. Elle ne dit rien. Elle entre dans la petite pièce où elle s'est tant réfugiée déjà. Elle met la tête dans ses mains. Au creux de ses paumes, elle murmure des mots qui ne regardent que Dieu. Puis elle dégage son visage et, le front droit, elle le prie d'avoir pitié. Elle s'en remet à lui. Il lui semble que, pour la première fois, elle voit en elle-même comme dans une source.

AOÛT À OCTOBRE 1652

Quoiqu'il ait été vaincu par les armes et qu'il soit étroitement renfermé dans Paris, Monsieur le Prince apparaît néanmoins, parce qu'il tient la capitale, comme le maître. M. de Turenne doit dissuader la Reine de s'enfuir avec la Cour, qui est à Pontoise, laissant la voie libre aux Espagnols qui descendent d'Allemagne afin de porter secours aux rebelles. Il lui faut l'appui du cardinal Mazarin pour convaincre la souveraine d'aller à Compiègne, où elle coupera Monsieur le Prince de ses renforts. Le 14 août, le comte d'Harcourt, qui commandait aux forces royales en Guyenne, quitte son poste. Il rejoint les Princes. Cinq jours plus tard, le cardinal Mazarin s'éloigne de Pontoise. Il espère que son absence, en satisfaisant les parlementaires, suscitera des dissensions entre eux et le reste des rebelles, quand il faudra résoudre quel parti prendre désormais. Le 26 août, le Roi accorde l'amnistie à ses sujets rebelles, à l'exception des responsables des émeutes survenues le 15 juin et le 4 juillet derniers : les Princes refusent un accommodement qui comprend cette clause. Le 10 septembre, M. de Turenne tient Villeneuve-Saint-Georges. Il campe au Mont-Griffon, dont le vignoble est, en quelques heures, entièrement ravagé.

Les troupes détruisent les rares champs qui ont pu être ensemencés. La famine est telle, aux environs de Paris, en Champagne, en Picardie, que, sous les yeux du prêtre venu les assister, des paysans mangent un cheval mort de la gale quinze jours plus tôt, tout infecté de vers, qu'ils trouvent à la lisière d'un bois. Les chevaux tués au combat de la porte Saint-Antoine ont été dépecés depuis longtemps. La population des campagnes, après avoir abattu toutes les bêtes encore en vie pour se nourrir de leur chair, après avoir cueilli toutes les baies, les racines, les herbes qu'elle pouvait consommer, après avoir rongé toutes les rognures dédaignées par les armées qui ont traversé ses champs, débusque désormais les limaces, les lézards. Les gens sont si faibles qu'ils ne parviennent plus à marcher. Un paysan déterre un chien trois jours après qu'il l'a enseveli pour en assouvir sa faim. La vermine même sur le pelage de l'animal ne lui répugne pas. Étampes, qui a été entièrement détruite, est entourée de corps morts, parce que les cimetières sont trop petits pour recevoir tous les cadavres et les survivants trop faibles pour leur donner une sépulture. Dans ce qui reste des maisons, ce ne sont que malades dont la peau paraît collée sur les os et qui n'ont pas même un verre d'eau pour soulager leur fièvre. Une puanteur tenace flotte jusque sur les collines et dans le creux des bois. Des essaims de mouches déplacent partout leurs nuées noires. Ils attaquent également les vivants et les morts, couchés les uns parmi les autres, souvent nus, après que la soldatesque les a tous sans distinction dépouillés de leurs hardes. Les loups commencent à chercher pâture dans les villes. Le 10 août, on signale qu'une de ces bêtes a dévoré trois femmes près d'Étrechy. À cause des aliments pourris que ces troupeaux d'hommes et de femmes épuisés ingèrent, des pains d'herbes que les mieux lotis se confectionnent et dont un chien se détournerait, les maladies et les infections courent. Ce ne sont que flux et dysenteries, si violents qu'il faut nettoyer les corps, avant de les rendre à la terre, comme s'ils sortaient d'un bourbier pire que celui qui les attend.

Le 30 septembre, une délégation de Parisiens va trouver le Roi à Pontoise, où la Cour a repris ses quartiers, pour lui demander de revenir dans sa capitale. Le 13 octobre, malade, affaibli par les cabales, Monsieur le Prince s'enfuit vers les Pays-Bas. Dans un village où ses troupes ont passé, des soldats qui ne parvenaient pas à persuader le marguillier de leur dire où étaient les parures de l'église lui ont ouvert le ventre et, lui posant entre les mains ses entrailles qui palpitaient sous ses yeux, ils lui ont demandé en riant s'il ne jugeait pas qu'il était temps de rompre le silence. Le samedi 21 octobre, le Roi et sa mère font leur entrée dans Paris. Le Roi se rend aussitôt au Louvre. À six heures du matin, Monsieur quitte Paris.

Des cris ont passé les murs de l'hôtel de Clermont. Avant le cortège du Roi et son piétinement de troupes, on a entendu résonner des cavalcades, des protestations. Mlle de Lamoignon, plusieurs fois, est venue chercher de l'argent pour les missions auxquelles elle contribue afin de soulager les pires misères des bourgs et des villages qui ont été occupés par les armées. Prêtres et religieuses, quotidiennement, défilent. Ils quêtent des fonds, du linge, pour les orphelins et les filles blessées qu'ils recueillent toujours plus nombreux. On estime, à Paris seulement, le nombre des pauvres à quinze ou seize mille. Mme de Clermont, tout ce temps, n'a été qu'une ombre. Elle n'a eu de cesse qu'on la quittât et qu'elle pût retourner auprès de M. de La Tour.

Certains matins, pendant quelques heures, la fièvre le quitte. Mme de Clermont lui fait prendre des compotes fraîches. Il est incapable de mâcher. Il avale la cuillerée qu'elle pose dans sa bouche avec un peu d'eau qu'il boit ensuite. Quand la souffrance le ressaisit et qu'elle lui arrache des gémissements de bête, on lui donne du jus de pavot. Il délire.

Toutes les nuits, Mme de Clermont se lève, à l'instant où les couvents entament la première syllabe des matines. Les cloches des églises les plus proches résonnent. Elle entre chez M. de La Tour et surveille l'exhalation de son souffle. Elle s'y emploie, plongée en elle-même, autant que la chambre reste un puits d'obscurité. Aux premières ombres qui s'allongent, elle se retire. Seule la femme qui dort dans son antichambre connaît ces stations. Lorsqu'elle entend passer Mme de Clermont, elle feint le sommeil. Elle rouvre les yeux sur le dos de sa maîtresse. Elle plaint cet acharnement, l'offrande muette et honteuse de soi dont il est une incantation impuissante. Elle redoute le moment où ses visites seront interdites à Mme de Clermont, de nouveau condamnée à ces chagrins qui doivent s'enclore au point d'être immobiles, privée même de cet élan d'animal blessé par lequel chaque créature se ramasse avant le coup. Unique témoin de ces vigiles, cette femme à qui Mme de Clermont ne s'ouvre pas songe, sur son matelas, à l'amande au cœur du cœur de Mme de Clermont, à l'infinie solitude que les enfants n'apaisent pas, que l'exercice de la charité rengrége, avec la vue du mal, le dégoût de soi, la violence des passions à étouffer, et leur chant immense, qui a le ton d'une délivrance, parce qu'il est renoncement, répudiation, mépris et souillure, et la perte assurée d'un moi détesté. Aucune des deux femmes ne s'ouvre à l'autre. Mme de Clermont ne faiblit pas et sa domestique ne trahit pas son secret.

Début septembre, on tend à Mme de Clermont un pli de son époux, qui rentre à Paris. Ce retour ne modifie pas l'obstination de Mme de Clermont. M. de Clermont, qui la fait surveiller, apprend que, chaque matin, avant le jour, elle va voir mourir son neveu. Il a éteint sa colère. La voyant si régulière et M. de La Tour si faible, il ne lui adresse pas un reproche, ne sollicite pas une explication de sa part. Elle ignore, songe-t-il, la rage qui empoigne les cœurs et dresse le sexe des hommes. Sa dévotion à un mourant est une méprise plus triste qu'il n'en a jamais vue. Dans sa charité, Dieu n'a pas mis dans cette femme la même soif qu'elle inspire à son époux et qu'il lui pardonne de ne pas étancher, parce qu'elle est si loin de deviner sa brûlure : la joie, le plaisir, la vie ne sont pas en elle. M. de Clermont se rassure ; son épouse lui appartient plus qu'aucune chose du monde, tout passant, sauf cette femme trop pure, transparente, que le siècle ne touche pas. Le onzième jour où M. de Clermont l'entend ouvrir la porte derrière laquelle gît M. de La Tour, comme il guette cet instant, il appelle son intendant et convoque son notaire. Il dicte un nouveau testament où il augmente les donations qu'il fait à Mme de Clermont, *Dieu ayant mis en elle tant d'esprit de charité que c'est servir Dieu que de l'aider à soulager ses pauvres et répandre sa pitié sur les faibles, les ignorants, les malades.*

Un après-dîner, M. et Mme de Clermont se rendent dans la même voiture rue d'Enfer. Ils vont remettre aux religieuses qu'ils protègent des bourses pleines d'écus. L'abbesse raconte que leurs amis qui sont demeurés aux champs ont vu des paysans cachés dans des trous et des cavernes. Dans un village, un prêtre, en poussant la porte d'une maison à demi dévastée, a découvert dix-sept personnes étendues par terre, nues, n'ayant sous elles qu'un peu de paille pourrie. Elles n'avaient même pas la force de se traîner pour ôter un petit enfant à la mamelle du corps de sa mère, morte. Il y a des villages, raconte-t-elle, où l'on va à cause du cri des bêtes qui hurlent à la mort et où il ne demeure pas un vivant. Il n'y a partout que des cadavres éparpillés, pleins de vermine et à moitié rongés par les oiseaux. À Saint-Quentin, on a trouvé des femmes transies, broutant la terre et leurs haillons. Elles n'avaient plus que le tronc et les bras, parce que, l'année passée, quand les soldats étaient venus, pour éviter d'être déshonorées, après qu'on avait battu et estropié leurs pères, leurs maris, leurs fils, elles avaient préféré se sauver dans un étang où elles avaient eu les jambes gelées, qu'il avait fallu couper. Mme de Clermont entend à peine ces litanies auxquelles il lui semble qu'elle participe par le renoncement à M. de La Tour qu'elle doit consentir chaque jour. Toutes les plaies qu'on lui décrit la ramènent au blessé qu'elle soigne. Elle n'est plus capable de visiter les infirmeries et les hôpitaux où, si jeune, elle s'ensevelissait. Elle entend des reproches qu'on ne lui formule pas. Elle soupçonne des paroles de consolation qu'on ne lui dira jamais.

Mme de Clermont disposant, moyennant un loyer, d'une chambre au monastère où elle se retire à sa convenance, M. de Clermont sollicite d'être reçu parmi quelques Messieurs qui bénéficient d'une faveur comparable. Il fait valoir qu'il est âgé, que sa conscience le presse, qu'il a commis des crimes, que le néant des choses lui fait peur, qu'il est l'heure, sent-il, de s'écarter des préoccupations que le monde seul inspire, qu'il souhaiterait se renouveler et s'écarter des hommes. On lui promet d'en discuter avec ces Messieurs, mais M. de Clermont sent que le point fait difficulté, qu'on n'a pas foi en lui. Il dissimule que cette réserve le blesse. Il se soumet apparemment, mais il repart fâché de la réponse qu'on lui a faite.

Sur la banquette du carrosse, M. de Clermont voit la main abandonnée de Mme de Clermont. La jeune femme est plongée dans des réflexions qu'il ignore. Il l'épie longtemps. Soudain, il éprouve de la répulsion pour ce visage distrait. Il hait s'être abaissé. Il se détourne, se penche vers le rideau de cuir à la portière, le soulève et laisse la chaleur l'assaillir. La nausée qui le surprend, par sa force, est presque un apaisement.

NOVEMBRE 1652

Les traités sont discutés.

Le 13, un lundi, le Parlement fait sa rentrée et le Roi déclare Monsieur le Prince et le duc de Conti, qui n'ont pas accepté l'amnistie, coupables de lèse-majesté.

M. et Mme de Clermont se querellent.

Mme de Clermont supplie Dieu de l'aider. Chaque aube la ramène auprès de M. de La Tour. Rien ne saurait la retenir.

M. de La Tour s'éveille désormais. Ils se regardent immobiles, les yeux agrandis par le silence ou la passion ou les ténèbres que le jour brutal qu'ils jettent l'un en l'autre appellent. Elle l'aide à se nourrir. Leurs cœurs grondent. La joie s'en empare, lorsque leurs doigts se touchent.

M. de Clermont refuse la grâce que le Roi lui fait.

M. de La Tour entend sa voix qui se hausse. Il entend les roues du carrosse qui heurtent les pavés de la cour. Il apprend que M. de Clermont se rend à Fresnes, chez Mme du Plessis, avant de se retirer dans ses terres.

M. de Montmorency et M. de Murcillac sont en Aquitaine. Mme de Montmorency, qui est retournée chez elle, où tout est à rebâtir, parle, dans chacune de ses lettres, des vents coulis, de l'huis pourri des portes, de la moisissure qui s'est mise dans les tapisseries. Elle loge dans un pavillon où, le siècle précédent, on allait chasser.

Mme de Clermont rejoint M. de La Tour. Il ne lui parle pas. Il n'en a pas la force. Elle ne l'entretient pas des nouvelles qu'elle reçoit. Leur chambre est un désert de parole, où ils sont comme des colonnes dressées, le regard jeté loin au-delà de tout ce qui les entoure, au-delà d'eux-mêmes.

DÉCEMBRE 1652

M. de La Tour s'assoit dans son lit. Son visage le fait souffrir jusqu'au cri. Il mord le drap, quand on change ses bandages. Mais la vie le reprend.

Mardi 24 décembre, nuit de la Nativité

Mme de Clermont rend visite à M. de La Tour à dix heures après dîner. Elle est parée.

Elle n'ôte pas sa main de dessus la poignée de la porte qu'elle tient fermée dans son dos. Son bras demeure replié tout le temps qu'elle parle, précipitamment, d'une voix sourde, les yeux sur ceux de M. de La Tour. S'il y avait de l'amour entre les créatures qui fût de l'amour, je dirais que je vous aime. Votre visage ne quitte pas mon imagination. Il me hante. Je ne pense qu'à vous depuis que vous avez manqué mourir sous mes yeux, depuis même le premier jour où je vous ai vu, tandis que vous alliez choir dans cette allée de ma maison. Le Seigneur voulant blesser ainsi l'orgueil avec lequel je pensais pouvoir être une servante fidèle, quand la fidélité, dans l'homme, est un fantôme, depuis cet instant, tout ce qui n'est pas vous m'importune. J'eusse donné ma vie pour conserver la vôtre. Dieu vous l'a gardée. Cette passion n'est qu'un fol effet de la sensualité, de l'oisiveté. J'en rougis. Il n'y a en moi ni gaieté ni ambition et je n'ai pas le goût de vivre. Je me suis entièrement donnée à M. de Clermont, que je voulais attirer à moi pour le vaincre à Dieu. M. de Clermont était entouré de poètes, de libertins et de femmes ; il vivait pour les sciences. Je lui ai rompu tous ses attachements. M. de Clermont était sourd ; je l'ai forcé à m'entendre et, avec moi, la voix terrible, pitoyable, de Notre-Seigneur. Je ne vous reverrai pas. M. de Clermont ne soupçonnera pas que je gémis, que je maudis son alliance, qu'il me semble que je vous suis attachée comme ces bras de lierre aux très vieilles pierres des édifices que le temps a ruinés. J'aime mes fils. Je mépriserais les jouissances que vous me procureriez, qui seraient misérables et perdues dans tous les maux qui nous entourent. Il n'y a pas de feu plus obscur que celui qui me dévore, si effréné soit-il, ou parce qu'il est si effréné. Vous ne me verrez plus jamais. Dans la nuit, j'entends une voix qui m'affirme que la paix dont la détresse nous ard gît en vous. Pas un homme, pas une créature, pas une retraite pour m'abriter, sinon vous seul. Mais nous ne sommes rien d'unique ; nous sommes de petits fétus que des fleuves que nous ignorons charrient et font tournoyer invinciblement. À genoux, je vous supplie de croire quelle tendresse me porte vers vous, plus douce peut-être que la tendresse qui me porte vers mes fils eux-mêmes, parce qu'à eux je sais que je ne manquerai pas, tandis que vous, je vous quitte, je vous barre mon cœur, je vous demande comme une faveur de ne pas me répondre et de me chasser également de vous. Vous guérirez. On me portera des nouvelles : chaque lettre des lettres de votre nom caresse mes lèvres, même lorsque c'est un autre qui les articule, mais je vous oublierai de toute mon âme.

Alors, elle se retourne et sort à la hâte d'une pièce où les paroles qu'elle vient de prononcer flottent un moment. M. de La Tour réfléchit qu'elle ne parlait qu'à elle-même. Cet enfermement est pire encore, peut-être, que son adieu. M. de La Tour regrette qu'il ne soit pas mort, qu'il ne se dégage pas de lui cette puanteur qui chasse les vivants loin des corps qui ont fini de vivre. Quel écart de la matière liquéfiée à un homme couché que ses jambes ne supportent pas et que fuit la seule femme qu'il voudrait posséder ? Il n'y a que l'enviable indifférence des morts qui sépare son abjection de la leur.

JUIN 1653

Début juin

M. de La Tour se rétablit. Il tolère mal la lumière du jour. La douleur qui le frappe, quand il sort, est si vive qu'il lui arrive de demeurer immobile, le souffle coupé, sa paupière blessée, alourdie, battant comme une aile brisée, l'œil déchiré d'éclats rouges qui portent le feu en lui. Aussi vit-il pour l'essentiel dans sa chambre, dont il tient les volets presque toujours clos, où les rideaux, tant qu'il subsiste la moindre clarté, demeurent tirés. Parfois, la nuit, il s'aventure dehors. Il marche lentement au milieu d'allées vides, entre des bassins assoupis. Il contemple en silence ces eaux noires. Le reste du temps, M. de La Tour s'enfonce dans sa nuit recréée, permanente, et s'exerce à lire avec une seule chandelle, placée en retrait de son visage, à droite de son fauteuil, afin que sa lueur ne heurte pas le côté qui ne veut plus qu'obscurité, qui crie après le soulagement d'une entière cécité.

Son ami le chapelain le visite, sans que M. de La Tour jamais puisse s'ouvrir à lui du chagrin qui le ronge. L'autre, qui voit que la nuit où M. de La Tour s'enfonce est plus vaste que les contours du monde, lorsque le soleil n'y luit pas, tente de le tirer de cette taciturnité. Il dénonce en elle une allégeance aux puissances de l'ennui et de l'acédie. Il fustige les mélancolies et les abandons de soi. Dieu vivifie et mortifie tour à tour, lui dit-il, quelques âmes qui sont à Lui. Il les illumine et Il les obscurcit. Il les réjouit et Il les afflige. Il se réserve de les épouvanter ou de les adoucir pour les détourner de chercher aucun remède aux tristesses qui les accablent en dehors de Sa Grâce. Tant de contradiction, d'imprévisibilité, d'accablement : un enfant verrait que Dieu seul en est le maître. Dieu vous humilie : Il vous préserve par ces maux du plus grand mal, qui serait d'ignorer Sa bonté, Son infinie miséricorde. Laissez-vous secourir. Tournez vers Lui cet œil mort qui voit mieux que votre esprit.

Mais M. de La Tour ne voit pas Dieu. Il ne voit que ce visage d'une femme qui le hante, qui l'empourpre et qui le brûle, dans le silence, dans l'absence, dans le renoncement même à quoi ils ont consenti. Devant la passion du prêtre à le sauver, il tait son tourment. Il tait un émerveillement qui l'aveugle plus que la nuit, plus que le soleil.

Mme de Clermont, depuis leur dernière rencontre, a tenu parole : elle n'a pas revu M. de La Tour. Celui-ci, désirant seconder le vœu qu'elle a formulé, a voulu quitter l'hôtel de Clermont. M. de Clermont s'y est violemment opposé, lui faisant un affront d'une prière balbutiée. Son neveu, après avoir contemplé un moment l'abîme au fond des hommes, et sa propre lassitude, qui l'emportait sur tout, avait consenti à demeurer le prisonnier d'une bonté fausse. Il fallait sans cesse rabaisser ce cœur mal éteint et plein de néant qu'il portait en lui, qui prétendait secrètement à une extrême ignorance du monde et qui ne le quittait pas, cependant. M. de La Tour s'attarde peu dans ces pensées, de même qu'il ne veut pas démêler entre les sentiments de M. de Clermont. On pense toujours trop à soi pour s'en détacher vraiment. L'âpreté de M. de Clermont parle haut de l'épouse dont le nom n'est pas prononcé : M. de La Tour, comme il a consenti à ne pas la voir, s'abstient autant qu'il peut de songer à elle ou à ce que clame la colère de l'homme qu'ils offensent.

Pas une fois, pourtant, M. de La Tour ne s'aventure plus loin que le couloir sur lequel ouvre sa porte sans imaginer qu'il rencontre Mme de Clermont. Il marche dans un sentiment de sa présence qui est presque une incandescence. Il étouffe le cri permanent qu'elle a jeté en lui en contrôlant tous les gestes qu'il fait, en rivant son esprit aux choses étroites qui l'entourent. Il médite des formules qu'il a entendues discuter aux deux mathématiciens que M. de Clermont héberge. Il se figure le volume qu'il prendra, lorsqu'il se renfermera dans sa chambre, la manière dont il se retranchera ainsi du monde, du sommeil et de ses rêves. Il tente d'éloigner de sa conscience tous les bruits qui résonnent dans l'hôtel : pantoufles de servantes, cris d'enfants, véhicules qu'on attelle, seaux qui résonnent sur le dallage ou froissements d'étoffe, qui font indiciblement monter en lui la vision de l'absente. Il marche dans une camisole, redoutant tout, par chaque ombre sollicité.

M. de La Tour ayant appris, à la fin du mois de mai, que Mme de Clermont devait rejoindre M. de Clermont en province, dès que certains travaux entrepris dans l'aile des communs seraient achevés, il surveille l'avancement des plâtres. Un après-midi, derrière ses volets, il la voit surgir. Elle parle aux ouvriers. Elle se tient de dos, la nuque découverte.

La chaleur, soudain, s'est emparée de Paris.

M. de La Tour, une nuit, sortant du jardin où il vient d'errer, croise Mme de Clermont. Elle rentre du Louvre. Ils sont seuls. Ils ne s'adressent pas la parole. Leurs regards s'engloutissent l'un dans l'autre.

Mardi 17 juin, deux heures après minuit

Mme de Clermont entre dans la chambre de M. de La Tour. Il est en chemise. Il veille. Par la fenêtre ouverte, Mme de Clermont distingue la lune, blanche entièrement.

M. de La Tour se tourne. Il fait le geste de se couvrir. Mme de Clermont marche jusqu'à lui ; elle n'a pas vu son mouvement. Quand elle est parvenue devant M. de La Tour, elle lève le visage. Elle tient ses yeux sur les siens. Alors, lentement, elle tend la main droite. Elle touche son épaule. Elle écarte le linge qui la couvre, dénudant l'ancienne plaie. Ses doigts caressent la cicatrice épaisse, sinueuse. Mme de Clermont se hausse. Elle approche les lèvres. Elle baise cette balafre violente, comme éclatée par endroits. Elle reste la bouche appuyée sur la chair tourmentée, là où elle est distendue et plus sombre. M. de La Tour a clos les paupières. Il ne sent pas sur lui la bouche ni le souffle de Mme de Clermont. La peau qu'ils effleurent, quoique les tissus en soient refermés depuis des mois, est demeurée tout à fait insensible. À l'exception de quelques fibrilles qui le font tressaillir, entre surprise et souffrance, il peut y incruster les ongles sans rien éprouver.

M. de La Tour demeure immobile. Il n'ose ni parler ni toucher Mme de Clermont. Elle a posé son front contre sa poitrine. Elle paraît presque sommeiller.

Elle se détache de lui à la fin, très doucement. D'un

geste lent, elle fait glisser la chemise que porte M. de La Tour. Elle accompagne un peu le vêtement le long des bras, qui le retiennent. Puis en silence elle le regarde qui tombe. Elle observe le corps d'homme nu devant elle, tel qu'elle n'en a jamais connu : la poitrine, les hanches, le sexe, les genoux. M. de La Tour ne fait pas un mouvement. Il la laisse à sa contemplation. Il se livre au regard sur lui, à la femme qui se tient face à lui sans un mot. Le corps de M. de La Tour est creusé d'entailles, meurtri, comme le temps ne supplicie aucune chair. Il inspire à Mme de Clermont une émotion dans laquelle néanmoins elle reconnaît ce désir qu'elle n'a pas encore éprouvé. Elle passe le bout des doigts, puis sa paume entière, qui se fait très légère, sur le torse de cet homme qu'elle a vu couvert de sang et de poussière. À l'abdomen, elle découvre la marque d'une vieille blessure, si mal suturée que le ventre est bombé, déformé, tout autour. Mme de Clermont est retenue, sans hâte, tout à fait silencieuse, paisible, sans frisson ni audace. Elle sourit. Comme M. de La Tour se livre avec la même simplicité qu'elle dévoile la curiosité qu'elle a de lui, elle s'écarte d'un pas et, sous ses yeux, à son tour, sans un mot, tire sur le cordon de sa propre chemise. Elle ôte l'étoffe fine. Elle est pieds nus. Ils se contemplent. Le corps de Mme de Clermont est d'une perfection absolue, du renflement des seins aux chevilles. La courbure des hanches est plus belle que M. de La Tour n'en a jamais vu. Elle se tient droite sous son regard, ne songeant même pas à rien dissimuler, évidemment offerte. M. de La Tour gémit en l'attirant à lui. Il sent contre lui son visage, la pointe de ses seins, ses poignets contre ses poignets. Le seul contact de sa peau est insoutenable d'abandon, suave, fulgurant, identique tout ensemble au chant qui jaillit et à la voûte contre laquelle il s'épanouit.

Pourquoi ? murmure M. de La Tour. Pourquoi ? Parce qu'il n'était pas d'autre d'évidence, répond-elle. Parce que je me représentais votre corps sous mes paupières fermées. Je vous ai vu nu et mourant. Je vous désirais jusqu'à l'étouffement. Parce que le devoir est une grimace sans un consentement intérieur que je ne suis pas parvenue à trouver en moi. Parce qu'il ne saurait plus rien exister de pur, que je ne puis songer à aucune réconciliation, à moins de cet aveu. Vous êtes la vérité. Ce n'est pas à vous que je me dérobais, mais à une faute que je commettais cependant chaque instant dans le secret de mon cœur. Je prends sur moi cette faute. Depuis que je vous aime, je sais que je ne donnais à Dieu même qu'une parodie de l'amour : vous avez mis en moi cette lumière que vous fuyez. Je veux me tenir dans le rayon de cette lumière. Je veux être cette lumière qu'il y a en nous, quoique nous l'ignorions d'ordinaire. Je suis fatiguée des ombres et des failles, des déchirures et des manquements à soi. Quelqu'un se fût-il tenu devant ma chambre avec une hache, j'eusse été incapable de m'abstenir, cette nuit, de venir vers vous.

Elle chuchote.

M. de La Tour ne dit rien. Il n'a pas tenu une femme contre lui depuis si longtemps, et il lui semble, d'un coup, qu'il n'a jamais rêvé que de posséder celle-ci. Toute mémoire abolie par la présence immédiate de ce corps qu'il s'est tant gardé d'imaginer, qui lui est soudain révélé, il se contente de respirer son parfum, cet effluve convoité, interdit, soupçonné, hélé dans la nuit et sous les bandages, dans la douleur. Il met les mains dans la chevelure de la femme aimée comme les orants, sur les tombeaux d'Orient, creusent leurs paumes pour prier, doigts tendus, écartés pour mieux appréhender le ciel incertain qu'ils supplient, étourdis par le doute, par la faim et l'extase. Il s'agenouille, enfouit la face contre ces flancs qui ont porté les enfants d'un autre. Il pose la bouche à l'intérieur du bras devant lui, discernant sous la peau presque transparente la pulsation du sang. Il met sa joue blessée contre le ventre doux de cette femme qu'il étreint, à sa prière, dans la maison de son époux. Mme de Clermont tressaille. Elle se laisse geindre sous lui, le visage pris entre les mains qu'il a glissées autour et qui se raidissent à l'instant où elle-même s'arc-boute, avant qu'ils meurent pour l'éternité figés, emmêlés, à jamais et devant Dieu confondus.

Cinq heures du matin

Un chien jappe. M. de La Tour murmure le prénom de la femme aimée. Il sait qu'il ne pourra pas oublier la manière dont elle prononce le sien à l'instant où la nuit l'engloutit, ni comme elle a franchi la frontière inconnue, le regard rivé au sien, le visage d'une entière nudité. Il tient encore dans ses mains, lui semble-t-il, son corps surpris qui manque lui échapper. Il entend son cri, quand elle a découvert la rive mystérieuse et le plaisir que les hommes donnent. Il protège le sanglot que la jouissance lui a tiré. M. de La Tour est reconnaissant à Mme de Clermont d'être venue s'offrir dans un tel dédain de toute sollicitation, de toute séduction.

Il songe aux destins de ces femmes possédées sans qu'elles aient commencé de s'abandonner, dont les chemises sont, dans l'obscurité, retroussées à la taille, pour des domaines et des ambitions, ces femmes qui servent ensuite à assouvir le besoin de se satisfaire de mâles pleins de vanité et d'angoisses. Il connaît, parce que le sommeil le déserte si souvent, à cause de son enfoncement propre dans la nuit, les lèvres closes, les paupières cousues de ces épouses, la haine qui les taraude, lorsqu'elles laissent ces ahanements percer leur conscience, et le hurlement par lequel elles se défont des fruits qu'on leur a jetés au ventre, s'empressant alors d'oublier les cris, le sang, avec la peur, la souffrance, l'humiliation, qui les tirent vers la mort et la renonciation à elles-mêmes. Elles luttent entre deux gouffres, déraisonnablement, affolées de ne pouvoir choisir entre eux et de savoir qu'il n'est, au fond, rien à désirer ou à espérer. M. de La Tour comprend le mépris réservé à des maîtres auxquels elles sont asservies sans qu'ils règlent rien ni de l'ordre de leurs maisons, ni du branle des États, ni de leurs concupiscences, lesquelles foudroient en eux les interstices lumineux qu'ils conçoivent parfois, au bord des fleuves, devant un verre de vin, le museau humide d'un chien, assis au pied d'une femme dont ils ont un instant bu le sein.

Près du corps reposé de sa maîtresse, M. de La Tour sait qu'il n'aime pas la force des hommes. Il n'aime pas leur arrogance. Il n'éprouve que de la distance pour le sens de la possession qui les anime, de même que les objets qu'ils convoitent lui paraissent méprisables. L'univers incertain des femmes, avec celui des enfants ou des forêts que les tempêtes renversent, lui appartient bien davantage. Le monde des mélopées, des chants qui se perdent en psalmodies basses : le monde des révélations est son royaume.

M. de La Tour et Mme de Clermont sont immobiles, repliés sur leur secret, menacés par le jour qui se lève. Jusqu'à cette heure, ils ont vécu sans le battement d'un désir, vaincus par l'inanité d'un univers où ils n'ont jamais surpris un écho de leurs rêveries d'enfants. C'est dans le refoulement de l'esprit qu'ils ont trouvé la force d'accomplir ce qu'on exige d'eux. Sans amour pour M. de Clermont, Mme de Clermont entend honorer la foi qu'elle lui a pourtant jurée. Il n'y aura pas de rémission, parce que nous aurons rencontré, dans des heures volées au sommeil et à l'engourdissement, la puissance de la grâce. Mme de Clermont parle allongée contre M. de La Tour, la nuque dans le creux de son bras. L'éclat qu'ils ont dérobé est unique. Il ne se reproduira jamais. Ils ne le souilleront pas. Ils ne mentiront pas. Ils ne dissimuleront pas pour se rencontrer. Ils n'auront pas ces rapacités de pauvres qui permettraient qu'ils se vissent de nouveau seuls comme ils sont. Ils décident, avec la lumière qui croît et qui met des ombres autour d'eux, qu'ils se sont aimés pour la seule fois qui leur était autorisée, pour le souvenir qu'ils en conserveront, la vague qui s'est levée en eux et qui les distingue, désormais, des gisants qu'ils étaient et qu'ils redeviendront. Ils sont abasourdis de s'être rapprochés, d'avoir laissé gronder en eux un appétit dans lequel ils reconnaissent désormais de la passion. M. de La Tour prend entre ses mains le visage de Mme de Clermont ; il pénètre son visage de ce visage que Dieu ne lui a pas destiné. Ils ne conçoivent pas l'anathème que ce geste appelle ; ils acceptent de porter une faute qu'ils ne comprennent pas, saisis par la conviction d'une intuition qui fut juste, d'une rencontre inévitable, projetant, dans les ligaments obscurs du monde, la seule lueur qui ne se dérobera pas. Une convulsion qui ne les a pas isolés, la douceur de quelques syllabes par lesquelles ils se sont répondus au milieu de ce qui les arrachait à eux-mêmes seront le mystère avec lequel ils marcheront jusqu'à la mort. Je vous porterai en moi, comme vous me porterez en vous et ce baptême nous gardera du désespoir. À la dernière heure du dernier jour, je jure que je penserai à vous, au milieu des prières ou à la face du soleil. Vous m'avez découvert la joie, les béatitudes qu'on cherche dans le temps et qui sont au-dehors de lui.

Avec la nuit qui recule, l'effroi aussi se glisse en eux. Ils voudraient basculer dans le jour rivés l'un à l'autre, mais, dans un moment, ils disjoindront leurs mains et leurs souffles. M. de La Tour et Mme de Clermont, épouvantés, vaincus, font remise de leurs vies au Seigneur qui les a unis et qui les brise. Ils ont, l'un et l'autre, vu mourir assez d'hommes et de femmes pour savoir que la mort qu'ils convoitent se reçoit et qu'elle ne leur sera peut-être pas vite dispensée comme ils le désirent. Il peut y avoir pire qu'aimer une femme interdite, pire qu'aimer un homme qu'on n'aurait jamais dû voir : que cet amour passe les frontières que le temps dresse d'ordinaire, qu'il flamboie, qu'il étincelle, qu'il perdure dans une aube sans événement. À votre bouche, à votre regard sur moi, je fais le serment de ne plus connaître aucune autre plénitude. Seigneur, faites de moi ce qui vous plaira. Si Vous voulez que je sois dans les ténèbres, je serai dans les ténèbres. Si Vous voulez que je sois dans la lumière, je serai dans la lumière. Si Vous voulez me jeter dans les tribulations, je serai dans les tribulations. Mais ne consolez jamais mon cœur. Ne faites pas de moi une terre sans eau.

À sept heures, Mme de Clermont se lève. Quand elle repasse sa chemise, elle tend haut les bras. M. de La Tour voit ses seins dressés. Le linge les couvre l'instant suivant. La perte seule est inoubliable : non pas les gestes répétés ou les cérémonies recommencées, mais les célébrations singulières, ce que ne menace aucune reprise, que n'entache aucun espoir de retour. M. de La Tour ne quitte pas des yeux la femme qui est tournée vers lui et qui le fixe.

Il ne peut pas faire qu'il ne lui ait pas inspiré plus de pitié que d'éloignement pour toutes les règles de sa vie. Elle a les cheveux sur les épaules, sombres, très longs. Ils sont un peu ternis, à cause de la chaleur qu'il fait. Elle se tient droite, les lèvres entrouvertes. M. de La Tour voudrait élever des murs autour d'elle ; il ne peut pas l'empêcher de le quitter. Il n'y a en eux nul espace où fuir, aucun royaume où se réfugier. La vérité qui les porte l'un vers l'autre, dans le même mouvement, les condamne.

Mme de Clermont a reculé jusqu'au fond de la pièce. Une clameur s'est emparée de son regard. M. de La Tour, qui sent encore dans ses mains ses reins cambrés, voudrait parler.

Leurs mains ne se toucheront plus jamais. Leurs bouches ne se chercheront plus. Ils ne se connaîtront plus. S'ils se revoient, si leurs corps se rencontrent encore, que leurs yeux se dessèchent, qu'ils roulent hors leurs orbites, qu'ils se tranchent la gorge et les poignets, qu'ils se jettent du haut des murailles les plus hautes, plutôt que de consentir qu'ils se quittent une seconde fois.

Quand je serai assez dégagée de la terre pour te voir dans l'absence, quand je serai tellement enfoncée en toi, tellement pénétrée de ton amour que je ne me sentirai plus moi-même et que je ne vivrai plus que de toi, dans cette union ineffable et au-dessus des sens, je serai libre. Je serai moi. Maintenant, je ne sais que gémir ; je pourrais maudire comme des idoles tout ce que j'ai jamais honoré. La probité me paraît une tromperie. Je ne suis que souffrance et reproche. Je ne suis qu'envie de jouir encore de toi.

Mme de Clermont s'est enfuie. Elle court presque. Elle ne croise personne. Elle sent, sous ses pieds, le grumeau du dallage. Elle entre dans son appartement désert. La semence de M. de La Tour coule entre ses jambes. Elle tire sur elle la poignée de la porte de sa chambre. Elle s'effondre contre le panneau de bois peint. Elle se tasse. Elle étouffe son cri entre ses paumes. Puis elle se met debout, elle traverse l'antichambre, pénètre dans le petit cabinet où est sa table de toilette. Elle va dans la pièce suivante, un réduit carré, sans un ornement, où elle dort, les nuits où elle hait trop le monde. Elle court à la fenêtre, au fauteuil qu'elle a tiré devant deux jours plus tôt. Elle s'y assoit. Elle demeure sans un mouvement, les yeux grands ouverts, le ventre brûlant, l'âme en éveil, tous ses cheveux répandus, dans l'odeur de M. de La Tour, l'odeur de l'amour, son tremblement de bête tranchée. Elle sent le pouce que M. de La Tour promène sur ses lèvres avant de poser la bouche sur sa bouche, entre le balbutiement de la supplique et la béance muette, sourde, du gémissement. Elle entend au loin un bourdon. Dans les couvents, on chante le premier office. Mme de Clermont fait allégeance à Dieu qu'elle sait désormais ce que c'est que l'incendie du midi, et l'abandon, et la détresse absolue, l'amour et les passions.

JUILLET À DÉCEMBRE 1653

Mme de Clermont a quitté Paris. Elle passe l'été auprès de ses fils, sous le regard de son époux. M. de Clermont ne l'approche pas. Il a vu son sursaut de déplaisir, le premier soir. Il l'attribue à la crainte d'être grosse ou à un scrupule de conscience. Il sent que Mme de Clermont lui échappe. Il tente de l'ignorer. Il attribue son éloignement à des difficultés de son esprit. Refusant la plupart des visites, elle passe, en effet, de deux jours l'un dans un monastère voisin, dont une parente de M. de Clermont est l'abbesse. M. de Clermont fait épier la jeune femme. Il sait que son sommeil est coupé de plaintes. Il observe qu'elle se tient la plupart du temps dans une pièce basse, où ne pénètre pas beaucoup de jour, qu'elle dédaigne de faire remeubler, comme il le suggère plusieurs fois, et qu'elle laisse les enfants à leurs maîtres sans plus chercher ce qu'ils ont appris qu'avec une espèce d'ennui. Elle étreint parfois un des petits garçons : son visage est triste. Elle ne respire plus les boucles de leurs cheveux et elle ne voit pas la couleur de leurs pourpoints. La préférence qu'ils ont pour elle semble lui coûter, comme si c'était trop la requérir. Elle sort à peine, n'ayant de répit qu'à l'instant où la nuit s'installe, lorsqu'une buée monte de la terre, qui voile les jardins et les champs. M. de Clermont, discrètement, s'informe des époux qui font le vœu d'être chastes et s'engagent ainsi, ensemble, encore plus avant vers Dieu. Il songe à une vie éternelle où il lui serait donné de ressusciter auprès de cette femme que le cours du temps lui dérobe. M. de Clermont conserve son maintien grand et noble. Il reçoit ses amis et il a cette diction parfaite que beaucoup louent en lui. Il ne ressent que confusion et trouble. Il redoute que Dieu l'abandonne. Il redoute d'être seulement imposture, tourment, un pécheur voué à la mort. L'inquiétude, l'incertitude se disputent son cœur.

Il est informé que Bordeaux est tombé, que les princes ont été amnistiés. Le Roi triomphe, ainsi que le Cardinal. La paix revient. Ces choses ne le touchent pas.

Tout l'été, les enfants sont abandonnés à leurs précepteurs. Le silence de leur mère les effraie. Ils la voient distraite, quand ils lui parlent. Ils élèvent des oiseaux, après qu'un écuyer a décroché pour eux un nid caché entre deux poutres. Il fait chaud et l'odeur du crottin les étourdit, quand ils approchent des écuries. Ils s'allongent dans l'herbe. Ils enfoncent le visage dans les trèfles. Ils respirent le parfum de terre, la fraîcheur de source des brindilles qu'ils brisent. Ils se retournent. Ils fixent le ciel, dont la profondeur bleue les éblouit et les angoisse d'un même trait. Ils observent les buses qui planent et s'exercent lequel distinguera s'il en est une, parmi elles, de gantée. Ensuite, ils jouent à l'épervier et ils tourbillonnent en hurlant. Leurs cris résonnent longtemps.

M. et Mme de Clermont sont encore à Clermont, lorsqu'on leur porte la nouvelle que Monsieur le Prince, refusant la grâce du Roi, a été condamné à mort et qu'il est passé aux Espagnols. Il a fui aux Pays-Bas quelques jours après la reddition de Sainte-Menehould. M. de Clermont écoute le messager qu'on lui a dépêché. Il abrège l'entretien. Il se rend auprès de Mme de Clermont. Quand il est parvenu devant son appartement, on lui dit qu'elle a demandé qu'on ne laissât pénétrer personne. Prise d'indisposition, elle dort. M. de Clermont reste un moment immobile, à l'affût d'un bruit ou d'un soupir. Puis il se retire.

Mme de Clermont, plusieurs fois par semaine, se fait saigner. Elle trouve une jouissance réelle à voir le médecin prendre la lancette et percer son bras ou sa cheville. Elle regarde le liquide qui coule dans le bassin. Elle exige un silence absolu, attentive au son que chaque goutte fait en heurtant la surface du récipient, un bassin de cuivre à la tonalité étrangement claire. Elle mesure la différence entre l'instant où il est encore vide et celui où la nappe qui le remplit peu à peu s'est élargie. Elle se surprend à comparer l'écart entre une goutte de sang qui tombe et une goutte d'eau, lorsqu'on lui en verse un verre ou qu'elle fait incliner sur ses mains tendues l'aiguière devant elle. Mme de Clermont aime, après qu'elle a été bien saignée, l'absence qui la tire hors d'elle-même, la fatigue et la fragilité qui s'emparent d'elle, qui coupent ses rêveries. Elle espère vaguement, sans qu'elle le formule, qu'elle perdra ainsi le souvenir de M. de La Tour. Elle regarde le bandage qu'on lui a posé, qui s'empourpre lentement. Elle est seule. Elle glisse dans un détachement de soi bienfaisant et, pourtant, d'une extraordinaire intensité, où vibre l'enfance qu'elle n'a pas eue, son corps plein de gémissement, l'abandon et la convoitise du monde, l'horreur de la faute avec la jouissance qu'elle lui a révélée, cet au-delà de soi répréhensible, dénoncé, abominé, mais qui lui semble aujourd'hui plus près de l'innocence et de la bonté que les rigueurs de la vertu. Mme de Clermont songe que la semence de cet homme, en elle, est une purification après les sanies de ses visites dans les hôpitaux. La chair incompréhensible, pantelante et tendre, qu'elle se découvre lui paraît plus proche de Dieu que cet empoignement dans la douleur et la misère auquel elle avait consenti. N'y a-t-il compassion que d'os brisés et de visages aveugles ? Elle songe à cette petite fille idiote que Mme de Chazé traite mieux que ses autres filles, parce que son imbécillité serait limpidité. Mme de Clermont est impatiente que son sang coule. Elle s'attribue des fièvres et des migraines pour persuader le chirurgien d'intervenir encore. Elle ne veut plus qu'une transe grâce à laquelle elle perd la tentation de basculer tout à fait dans le doute ou la révolte.

Aussitôt après les noces du prince de Conti, qui ont lieu en novembre, où M. de Clermont ordonne à son épouse qu'elle paraisse dans tout l'éclat de leur rang, la jeune femme résout d'aller dans la maison des champs de ce couvent où elle a passé son enfance. Elle ne voit pas d'autre refuge où jeter son âme. M. de Clermont consent au séjour qu'elle évoque. Il ne l'interroge pas davantage. Il ressent, juge-t-il, plus d'éloignement que de désir pour la femme tourmentée qu'elle est alors. Son absence l'apaisera. Il lui dit qu'il souhaite qu'elle trouve la paix ; que Dieu, assurément, n'envoie de grands tourments qu'aux cœurs qu'Il désire beaucoup.

Dans le vallon où Mme de Clermont s'est retirée, l'automne accroît les brumes.

Elle assiste à tous les offices. Elle assiste aux matines, aux laudes. Elle ne manque aucune des petites Heures. Elle se rend à vêpres, à complies, en tremblant, à cause de la nuit qui, l'hiver, engloutit les bâtiments qu'elle traverse et les bois alentour. Elle chantonne à mi-voix les psaumes et les hymnes. Elle mène une vie si fervente et si discrète, prenant ses repas au réfectoire, n'ayant, comme les religieuses, qu'un blanchet sur sa paillasse, qu'elle fait l'admiration des Mères, qui savent à quel point elle est déjà constante. Mme de Clermont, elle, est épouvantée de se trouver l'âme si vide, l'esprit sans un murmure pour Dieu, à moins que le chant immense qui monte en elle, au premier étage du cloître, devant le grand carré des sépultures, devant ces croix blanches, ces signes minuscules et anonymes de tant de vies qu'il a fallu rendre, ne soit une prière et qu'elle demande, avec cette ferveur qu'elle met, à son insu même, en toutes choses, à l'espérance de la mort de brider en elle l'image de cet homme qu'elle supplie chaque instant, dans le même temps qu'elle veut parler à Dieu, de ne pas l'oublier, de songer à elle, d'éprouver le même déchirement de tout son corps, de toute sa volonté, qui la brise et lui est également un couronnement, une assomption.

Mme de Clermont ne parvient pas à ôter M. de La Tour de son regard. Il la hante. Sa bouche a le goût de la sienne. Elle ne songe qu'au bonheur ou à la perdition de sentir encore une fois son visage entre ses mains entrouvertes qui retiennent une personne qu'elle ignorait qu'elle fût jusqu'au cri et à l'extase éprouvés contre sa poitrine. L'image est si intime, si vivante, que Mme de Clermont ne peut en extraire un seul son articulé. Elle s'abstient d'aller à confesse pour ne plus s'entendre mentir de tout le silence où elle enfouit M. de La Tour. Dans cette maison religieuse où elle a voulu s'ensevelir, parmi ces femmes qui l'ont élevée sans tendresse affichée, par crainte que les petites filles ne s'entichent jamais d'être préférées, ou ne se désolent de rebuter, par un esprit d'égalité rarement prodigué à des enfants, parmi ces femmes qui l'ont vue porter le petit habit, se vêtant elles-mêmes de serge et de ratine et serrant leur poitrine, lorsqu'elle est trop formée, pour qu'elle ne se voie pas, Mme de Clermont sent comme elle est sortie du jardin. Elle n'a pas moins d'admiration pour ses compagnes, pour leurs vies ignorantes des hommes et jetées en pâture à Dieu. La sobriété même de leur dévotion la séduit encore davantage, comme étant la marque la plus sincère de vœux profonds et d'une force capable de se renouveler sans le moindre événement. Mais Mme de Clermont distingue en elle-même un aiguillon pour les créatures qui la bannit de leur communauté. Elle a pu se dévouer et s'étouffer elle-même. Elle ne peut ignorer les sanglots autour d'elle. Elle est impuissante à contenir, plus forte que la haine de la chair, la compassion qu'elle lui inspire. Aucune pénitence, jamais, ne la délivrera de désirer caresser une joue d'enfant ou le corps de son amant. Il y a en elle une appétence de joie, tranchante comme le dégoût du mal, mais qui l'engage sur des chemins que les seules compagnes qu'elle se soit jamais connues entreverraient avec horreur et devant laquelle elles iraient à genoux suppliant que ces dépravations leur soient celées et qu'elles puissent les ignorer jusqu'au tréfonds du temps. Mme de Clermont sait que les larmes sont le destin du monde. Dans la cellule où elle a trouvé asile, où il n'y a qu'un bénitier de terre, cinq images de papier, une lampe, elle voit croître en elle, avec le renversement des certitudes qu'elle avait nourries, un dénuement et une solitude qui sont comme une ombre intérieure de l'homme qu'elle fuit.

Mme de Clermont ne confie rien à son confesseur ni

à ses compagnes. Elle est tout silence et retirement. Elle suit, dans l'ébranlement même qui est le sien, les observances que pratiquent les novices. Elle cache le désespoir qui la gagne, l'inanité des victoires qu'elle remporte sur elle. Elle est indifférente à tout appétit du monde, mais sans défense devant l'éclair qui la transperce, sitôt qu'une image de M. de La Tour jaillit en elle.

Une ancienne pensionnaire n'ayant pas été jugée apte à devenir religieuse avait obtenu, la veille de rentrer dans le monde, que, le jour où elle mourrait, elle serait ensevelie dans ce monastère où elle eût souhaité demeurer toute sa vie. Elle périt en couches, tandis que Mme de Clermont y réside. La veille du jour où l'on doit amener le corps, la Mère abbesse fait creuser la tombe dans laquelle il sera couché. Mais, le lendemain, le convoi et le prêtre qui l'escortent se présentent à une heure où toute la communauté assiste à l'office. Ne trouvant personne, le prêtre, qui est hostile à la maison, prend prétexte de cette absence générale pour retourner aussitôt à Paris. Le soir même, il fait ensevelir la défunte dans sa paroisse. La fosse qu'on a creusée reste béante. C'est l'hiver. Il fait si froid que les poissons meurent au fond de l'étang et que les oiseaux, transis, tombent des branches où ils se perchent. Une des pensionnaires, le sixième jour qu'elle passe devant cette fosse, a un accès de larmes et se met à pousser des espèces de glapissements, parce qu'il lui semble, chaque fois, dit-elle, que ce trou est une bouche qui l'appelle et qu'il va en sortir une main qui tirera sur le bas de sa robe pour l'y faire basculer. Pendant que les religieuses entourent cette fille pour la chapitrer, Mme de Clermont regarde le trou qui la terrorise. À son tour, elle est saisie : de convoitise. Tout d'un coup, elle a la prescience du repos qui lui serait accordé. Elle voit dans cette tombe non pas une menace de l'enfer ou la promesse d'aucun châtiment, parce qu'elle serait morte dans de mauvais sentiments, mais une pure délivrance. Dès lors, jusqu'à ce que la fosse soit comblée, elle multiplie les occasions de passer par la galerie du cloître qui y donne à plein et, chaque fois, elle fait l'expérience de la même impatience. La nuit, elle se mortifie. Puis elle s'abstient de tout aliment et de boisson. Elle est prise de vertiges. La sœur converse qui est à son service parle. On force entre les lèvres de Mme de Clermont de l'eau qui est plus amère que la soif. La Mère, un soir, la visite et l'engage à retourner auprès de sa famille, qu'elle a trop négligée et où se trouve son premier devoir.

Quoi qu'il lui en coûte de quitter son refuge, Mme de Clermont est incapable du moindre aveu. Quand le jour où elle doit rentrer à Paris est venu, elle se laisse prendre les mains et mener à sa voiture sans rien dire. Elle inspire, au moment où la voiture oscille sur ses essieux, avant la porte jaune, l'odeur de basse-cour autour d'elle, puis celle de la forêt traversée de vent. Mme de Clermont quitte le seul lieu où, longtemps, elle a cru que la paix lui serait toujours réservée, pourvu seulement qu'elle en franchît le seuil.

DÉCEMBRE 1653

Mme de Clermont n'est pas revenue à Paris depuis deux jours, lorsqu'une tante de M. de Clermont meurt. Elle était âgée. La maladie la rongeait depuis des mois. Elle ne parlait plus : elle émettait, entre ses souffrances, des sifflements qui étaient tout ce qui lui demeurait du langage. Souvent, elle réclamait Mme de Clermont qui, disait-elle, l'apaisait. Elle pensait lui raconter, depuis ses lèvres qu'elle ne desserrait pas, le visage crispé de douleur, des souvenirs de personnes qui étaient mortes avant que Mme de Clermont eût dix ans. Quand elle avait fini et qu'elle pleurait, elle caressait les poignets de sa visiteuse. Mme de Clermont ne déchiffrait pas les fantômes de mots qui lui étaient adressés. Elle ne se souvenait pas non plus d'un geste plus émouvant que celui de cette main rapetissée, fripée, piquée de taches presque noires, qui se faisait si douce qu'il lui semblait parfois que c'était elle-même que la mourante cherchait, en réalité, à protéger.

M. et Mme de Clermont se rendent chez leur parente. D'autres visiteurs les ont précédés. En franchissant la porte, au premier regard, Mme de Clermont découvre M. de La Tour. Une foule les entoure. Elle ne voit que lui. Il ne voit qu'elle. La nuit qu'ils avaient refoulée monte en eux de toute sa force. M. de La Tour s'écarte des compagnons avec lesquels il se tenait. Il s'approche de Mme de Clermont. Ils sont à l'entrée de la chambre où se trouve la morte. Ils se dévisagent à la lumière des flambeaux. Par-delà l'odeur du corps qui se décompose, parmi les parfums qu'on brûle pour rendre supportable sa pourriture, ils reconnaissent leur propre odeur, si étouffée soit-elle, qu'ils n'ont jamais pu oublier. M. de La Tour prie Mme de Clermont de l'autoriser à lui parler. Il la presse. Il pose la main sur son avant-bras, qui est nu entre le gant et la dentelle de la manche. Mme de Clermont tourne le visage. Elle sort de la pièce. Elle marche vite. Elle s'éloigne. Elle se dirige au bout de la galerie. M. de La Tour la suit. Il hâte le pas ; il craint qu'elle ne le fuie. Mais elle ne le fuit pas. Elle s'est jetée dans une encoignure. M. de La Tour la rejoint. Il la supplie qu'ils se revoient seul à seul ; il murmure qu'il ne peut pas endurer le silence auquel ils se sont condamnés, qu'il doit lui parler. Il se penche sur elle. Nous avons tant lutté ; aucune force ne nous a été donnée. Toutes les nuits, vous m'êtes présente. Mme de Clermont promet, s'échappe.

Elle se rend chez M. de La Tour, rue de la Petite-Grenelle, quelques jours avant Noël, à midi. Il est seul. Il ne l'attendait pas. Le lit n'est pas fait. Il y a des livres éparpillés partout dans la chambre et du linge sort de deux coffres qui n'ont pas été rangés. Il tombe des fenêtres une lumière grise d'avant qu'il neige. M. de La Tour et Mme de Clermont jurent qu'ils ne se quitteront plus, que la damnation est plus aisée et qu'ils se damneront, si cela peut les unir, jusqu'à la fin des siècles, dans le même fleuve de feu.

JANVIER À MAI 1654

Tout l'hiver, ils se rencontrent rue de la Petite-Grenelle, puis rue de la Maladrerie, où M. de La Tour emménage en mars. M. de La Tour évite l'hôtel de Clermont, d'autant que M. de Clermont est parti en Bretagne avec ses deux fils aînés. Ils écrivent à leur mère qu'ils dorment dans une tour au bord de la mer et que, toute la nuit, les vagues qui se brisent contre les rochers au-dessous, le sifflement du vent et le cri des mouettes, devant leurs fenêtres, les tiennent éveillés. Mme de Clermont conserve la lettre sur une table à son chevet. Elle a répondu difficilement. Elle ne voit pas les oiseaux qui tournoient. Elle n'entend pas le ressac qui ébranle les deux enfants. Elle ignore tout ce qui n'est pas l'espace clos où elle rejoint M. de La Tour.

Celui-ci, qui l'a côtoyée, le matin, à Notre-Dame, parmi d'autres dévotes, est désormais agenouillé devant elle et il lui ôte ses bas. Il a glissé le bras sous ses jupes.

Il tord ses cheveux dans ses mains.

Il mord sa nuque.

Il veille au moindre son dans sa gorge. Il tremble qu'elle se détourne de lui. Il ne résout pas l'énigme qui lui livre cette femme au visage clair. Il scrute son regard levé vers lui. Il interroge son âme.

Il supplie Dieu de ne pas foudroyer cette passion, car il devine qu'il est dans Son poing, au-dessus de rien, ou d'un abîme.

Sa vie n'a aucun sens. M. de La Tour, obscurément, pressent qu'il appartient à un maître plus puissant qu'il n'a jamais imaginé et qui le conduit là où il ne peut le deviner. Le temps et les siècles lui sont perplexité. Il est toute inquiétude. Et il n'éprouve de furie qu'à posséder cette femme elle-même partagée. Il la tourne à tous ses caprices et, après qu'il l'a prise, rentré dans la solitude ordinaire, il ressent à son endroit, loin de tout désir, de l'amour pur, celui-là même dans le désespoir duquel on choit, songe-t-il, depuis sa naissance.

Chez M. de La Tour, les amants ne parlent qu'à voix basse. M. de La Tour n'a personne pour le servir, qui manquerait de les surprendre : ce chuchotement leur semble le seul murmure autorisé à un amour aussi caché qu'est le leur. À peine se retrouvent-ils, ils tirent les rideaux ; ils se plongent dans l'ombre. Ils se dévêtent. Ils se donnent l'un à l'autre leurs corps. Ils n'attendent rien. Ils n'espèrent rien. Ils ne veulent rien que cette formidable protestation que la paix qu'ils s'accordent dresse contre le monde, les usages, la crainte et les aigreurs qui gouvernent l'homme. M. de La Tour et Mme de Clermont, quand ils s'apparient, tous ces mois, ne sont ni homme ni femme. Ils sont libres, réfractaires, solitaires, unis dans un pareil consentement au déshonneur et à la mort, à la poursuite de la même extase, leur semble-t-il, qui pousse au désert. S'ils convoitent rien, c'est une flamme que les sociétés proscrivent, où les visages s'abolissent.

Mme de Clermont, quand elle descend de voiture devant l'immeuble où loge M. de La Tour, redoute toujours de croiser une personne de sa connaissance qui se rendrait aux Annonciades. Elle pénètre chez lui le regard plein d'alarme, une capuche tirée sur le front. M. de La Tour est frappé, chaque fois, par cette honte qui l'emporte sur la résolution du cœur et de l'esprit. Mais, lorsque Mme de Clermont n'est plus que devant lui, qu'il n'y a plus une apparence entre eux, qu'ils s'observent le souffle accourci, elle est à nouveau entièrement dépouillée, fière, d'une limpidité sans pareille.

Au cours de ces mois, elle ne met aucune réserve à se livrer, sachant au fond d'elle-même que rien ne les guette sinon la chute. Elle brille de la clarté que jette l'absence de toute espérance et de la résolution qu'ils mettent à s'emparer de la vérité qu'ils se révèlent l'un à l'autre. Chaque matin, Mme de Clermont s'attend qu'elle sera découverte, que ce sera un seul cri de mépris, qu'on lui ôtera ses fils et que M. de Clermont, rempli de haine, lui ordonnera de se retirer dans une maison qu'il a en Champagne, où nul ne se rend jamais, car on y envoie seulement périr les innocents et les coupables de sa race, ces deux extrêmes se rencontrant dans la honte qu'ils inspirent. Elle consent à ce destin, pourvu qu'il ne soit pas une autre feintise. Il y a une impatience du dénouement : elle envahit secrètement Mme de Clermont, lorsque, dans la nuit noire, éveillée, elle considère ses mains qui caressaient M. de La Tour et qui reposent désormais immobiles sur le drap, comme les mains des gisants. Elle songe combien la vie n'est qu'une incidence de corps voués à durer seulement sous la forme des empreintes, des masques, des moules, qu'on en tire à l'heure de la mort et que tous les hommes, depuis plus loin que la nuit des temps, accumulent dans leurs chambres secrètes, tombeaux ou sanctuaires. Mme de Clermont voit cet immense encombrement, dans les villes, à leur périphérie, sur les collines et dans les champs qui recouvrent les cités disparues. Elle voit ce flot ininterrompu de morts qu'on charrie à l'aube dans les cimetières, et les clairières qu'il faut leur consacrer encore, qui ne cessent de s'étendre, entre lesquelles les vivants ne font peut-être que circuler, de façon si dérisoire, un moment. Elle voit, plus nombreux que les enfants qui deviennent hommes, les corps morts, dont on se défait par tout le monde, incessantes cohortes qu'on va enfouir dans la terre, hisser sur les bûchers, couler entre les flots des océans.

Mme de Clermont, par humiliation plus que par prudence, achète sa première femme de chambre. Chaque semaine, elle lui remet une bourse épaisse dont le contenu est pris sur ses aumônes. Elle augmente la somme dont elle soudoie sa domestique jusqu'à des prix exorbitants. La fille, au bout de trois mois, demande qu'on ne lui donne plus d'argent. Mme de Clermont ne l'écoute pas. Alors, la servante va dans une paroisse de l'autre côté de la Seine, elle demande à voir le curé et règle qu'elle lui apportera, tous les samedis, une forte somme, dans un sac de cuir, qu'il emploiera pour ses pauvres, à condition qu'il ne tâchera jamais d'éclaircir comment elle se procure cet argent et, surtout, qu'en aucun cas il ne cherchera à s'enquérir de son nom. Elle posera l'argent à la cure, pendant l'office du soir. Le prêtre pense qu'il s'agit d'un artifice de grande dame pieuse. Cette apparence de mystère l'irrite, ne croyant pas qu'il y ait de vraie mortification à mettre tant d'appareil à ses générosités. Mais il reçoit l'argent ponctuellement et jamais il ne fait suivre sa visiteuse, dont il plaint l'anxiété servile.

Un jour, Mme de Clermont manque à l'heure de sa visite. M. de La Tour regarde la nuit venir avec angoisse. Quoi qu'ils transgressent, à combien de lois qu'ils contreviennent, bien qu'il fasse avec elle des gestes qui ne leur sont pas propres et qui arrachent cette femme à la vie innocente qui était la sienne, elle lui figure l'envers du mensonge, le don pur et muet de soi, tel qu'il se rêve dans les grottes et aux yeux renversés de bienheureux en haillons qui sont presque aussi nus qu'eux-mêmes dans leurs cérémonies de l'amour. Mme de Clermont irradie sa vie entière.

M. de La Tour ne répond plus aux courriers de M. de Murcillac. Au fil des semaines où Mme de Clermont le rejoint dans sa chambre, M. de La Tour se lie davantage avec les pieux amis qu'elle lui présente dans les assemblées où ils se rencontrent encore, après qu'ils se sont quittés. Il les écoute converser ; il s'informe de leurs lectures; il se laisse conduire à tel autre dont on lui a célébré la vertu. Seule la présence de ces hommes exigeants satisfait M. de La Tour entre les moments qu'il passe avec Mme de Clermont. Il lui semble que leur exactitude est l'unique sentiment qui puisse lui convenir. Leur ferveur ne lui est pas étrangère. M. de La Tour sait quelle horreur ils concevraient de son amitié, s'ils apprenaient ce qui l'unit à Mme de Clermont. Leur charité les portant au pardon, elle ne leur permettrait pas de voir autre chose que de l'égarement dans une passion qui lui laisse entrevoir cependant, sait-il, le sens de celle qui les possède eux-mêmes. Il fréquente leurs assemblées prêt à ce qu'ils le chassent, mais leur bonté et leur intelligence, dans le temps présent, sont tout ce qu'il peut endurer d'un monde où la femme qu'il aime n'est qu'une femme qui se perd.

Lorsque les précepteurs du petit comte de Clermont écrivent à sa mère qu'on a emmené le jeune homme à la comédie et qu'ils donneront leur démission, si cette initiative n'est pas désavouée, M. de La Tour proteste devant l'indifférence avec laquelle Mme de Clermont lui raconte cette querelle. Elle est lasse d'être requise. Il voit que tandis qu'il s'attache aux choses de sa vie à elle, qu'elle l'introduit à la paix qui en elle l'a séduit, elle-même s'en éloigne. Mme de Clermont est anxieuse qu'ils se voient plus souvent. Elle prend des risques que M. de La Tour désapprouve. Elle montre envers lui un emportement qui le touche et le déconcerte ensemble. Elle s'assombrit, alors même qu'elle jette en lui la clarté des grandes joies.

JUIN À SEPTEMBRE 1654

Dimanche 7 juin 1654, jour de la Sainte-Trinité

Le Roi et la Cour sont à Reims. Les cérémonies du sacre commencent à l'aube. Un peu après cinq heures, les évêques-comtes de Beauvais et de Châlons vont quérir le souverain pour l'évêque de Soissons. Le jeune homme porte une tunique de satin rouge galonnée d'or et une chemise de toile de Hollande, sur lesquelles il a passé encore une longue robe de tissu d'argent. La tunique et la chemise sont fendues en différents endroits du corps, afin que les saintes onctions puissent y être pratiquées. Le Roi a la tête couverte d'une toque de velours noir piquée de diamants et surmontée d'une aigrette blanche. Dans la cathédrale, prélats et chanoines attendent. Sur l'autel, on a exposé les châsses de saint Remi et de Saint Louis. Les murs sont tendus de tapisseries et, au sol, on a mis des tapis de Turquie. Au centre du chœur, le prie-Dieu du Roi et la chaire.

Louis quitte le palais archiépiscopal, où il a passé la nuit. Le cortège s'ébranle. Le souverain est précédé du grand prévôt de l'Hôtel avec ses archers, de douze tambours et trompettes de sa musique, de joueurs de flûtes, de musettes, de saquebutes, tous vêtus de blanc, des hérauts des provinces du Royaume, en cotte d'armes fleurdelisées et bas de soie blancs, puis de la compagnie des gentilshommes au bec-de-corbin. Il est escorté de ses Suisses, au nombre de cent, entouré des principaux dignitaires de l'État. M. de Clermont se trouve entre le maréchal de Villeroy et le marquis de Charost.

Mme de Clermont, dans la cathédrale, est à la tribune de la Reine mère, avec la Reine d'Angleterre, et les dames de la Cour. Le fracas des orgues, quand le Roi pénètre dans la nef, est étourdissant. Mme de Clermont observe le recueillement du Roi, tandis que prélats et chanoines vont recevoir au portail la sainte ampoule que le prieur de Saint-Denis leur apporte. Elle assiste ensuite à la lente succession des rites, aux serments et aux bénédictions qu'entrecoupent des prières et des chants magnifiques. M. de Vivonne, enfin, qui est premier gentilhomme, enlève au Roi sa robe d'argent. M. de Joyeuse, qui agit comme grand chambellan, lui chausse les bottines de velours. Le duc d'Anjou fixe les éperons d'or. Alors, le monarque s'agenouille et baise l'épée de Charlemagne qu'on lui montre. L'archevêque, dans le silence, procède aux sept premières onctions. Les épaules du Roi sont revêtues de la tunique et de la dalmatique, puis du manteau violet semé de fleurs de lys. Il tend les paumes des mains : on y fait les deux dernières onctions.

Suit la bénédiction des gants, celle de l'anneau, du sceptre et de la main de justice, qu'on remet au monarque. La couronne, que les pairs font mine de soutenir à l'image de la fidélité qu'ils auront pour leur souverain, est posée sur le front du Roi. M. de Clermont fait partie des onze gentilshommes qui l'accompagnent, avec l'archevêque, jusqu'au jubé où le trône, depuis la nuit, brille sous un dais de velours. Quand les portes de la cathédrale sont ouvertes et que le Roi est offert à la vue du peuple, au milieu des cris de la foule, du roulement des tambours, dans la stridence des trompettes et des coups de canon, parmi les arquebusades, dans le battement d'ailes des cinquante douzaines d'oiseaux que les pages lâchent depuis les galeries supérieures de l'édifice, Mme de Clermont considère combien le visage de M. de Clermont est grave et pâle. Elle-même tremble. Sa robe, chargée de dentelles, de houppes d'argent, de broderies et de pierreries, lui pèse jusqu'au vertige. Le temps du *Te Deum*, avant la messe qui achève la célébration, Mme de Clermont prend appui sur deux des demoiselles qui lui font cortège. Les hérauts d'armes jettent à la foule des pièces d'or et d'argent à l'effigie du Roi et de la sainte ampoule.

Au moment de la communion, Mme de Clermont surprend M. de La Tour au milieu d'un groupe de cavaliers assez éloigné de M. de Montmorency et de M. de Murcillac. Leurs yeux s'évitent. Mme de Clermont sent en elle une brûlure.

La cérémonie a duré six heures. Elle est suivie d'un banquet qui paraît interminable à la jeune femme. La liesse générale augmente son angoisse et sa solitude. Elle songe combien elle est devenue tout à fait étrangère au grand monde, à ses affaires. Ce n'est plus le mépris qu'il a toujours appelé en elle : elle aspire désormais du plus profond d'elle-même à une vie ombreuse et véritablement retirée. Et ce n'est plus effroi ; ce n'est plus hauteur ni exigence. C'est impuissance et faiblesse et supplique en soi chuchotée. Mme de Clermont n'a plus qu'impatience pour la catastrophe qui la plongera dans l'obscurité dont, enfant, elle ne voulait point sortir, obscurité à laquelle elle aspire seule et plus encore peut-être qu'elle a jamais adoré Dieu. Elle n'aime pas Dieu ; elle aime la mort qu'Il révèle dans la vie, comme, tranchant l'écorce d'un fruit, on en exhibe le cœur sanglant. Mme de Clermont ne se soucie pas de gagner aucune rémission ni même un salut éternel. Elle veut la vérité, l'éclair qui foudroie et arrache la syllabe que les hommes n'ont jamais le temps d'articuler, mourant ce souffle imprononcé entre les lèvres.

Été 1654

M. de La Tour et Mme de Clermont se rendent ensemble à Clermont. Le Duc, qui va en Guyenne pour le compte du Roi, ne les accompagne pas. Il a prié M. de La Tour d'escorter son épouse les yeux fixés dans les siens, devant vingt de leurs amis, au Louvre.

Toutes les nuits, les amants se rejoignent dans la chambre de Mme de Clermont, qui est tapissée de soie grenat et qui donne à l'est. Toutes les nuits, ils s'étreignent entre terreur et merveille. M. de La Tour ne retourne dans ses appartements que le matin venu. Le plus jeune des enfants dort sur un lit de camp qu'on dresse chaque soir dans une petite pièce attenante au couloir privé qui mène à l'appartement de Mme de Clermont. Une servante demeure près de lui. M. de La Tour et Mme de Clermont risquent perpétuellement d'être surpris. Mais ce danger est impuissant à les retenir, ou il leur sert de justification. La perte menace tous leurs gestes. Ils s'exposent ; ils se donnent. Ils n'accaparent rien.

Mme de Clermont et M. de La Tour sont indifférents au temps qu'il fait, aux habits qu'ils portent, aux deuils qui les frappent, aux honneurs, à la faim et à la soif, indifférents à tout ce qui n'est pas le moment suspendu entre deux agonies où ils sont libres de se parler et de se toucher. Ils traversent cet été aveugles à tout ce qui n'est pas eux. Quand ils se voient privément, ils n'évoquent jamais les choses qui les entourent ou qu'ils traitent tout le reste du temps. Ils mettent la même exigence dans leurs discours que dans les joies qu'ils se donnent par le corps. Ils ne convoitent que la pointe des états qu'il leur est donné de connaître. Vivant désormais dans la hantise d'une chute qu'ils n'évoquent pas néanmoins, ils cherchent les fulgurances, les années éternelles, dans le temps le plus bref qui leur est donné.

Lorsque M. de La Tour n'est pas près d'elle, souvent, Mme de Clermont passe la main dans ses cheveux, le long de sa nuque, puis elle la rabat devant son visage. Elle guette, au bout de ses doigts, une réminiscence de l'odeur de M. de La Tour : il n'y a que ce vague parfum qu'elle puisse garder auprès d'elle. Ils n'échangent pas de livre, de bijou ou de portrait. La prudence ne les guide pas : aucun objet ne tromperait le désir qu'ils ont l'un de l'autre. Les odeurs sont des fantômes ; un effluve incertain rend M. de La Tour, sur l'instant, dans toute son absence, à Mme de Clermont.

Il suffit de quatre murs pour que leur bonheur rayonne, s'ils abritent M. de La Tour et la femme qu'il aime. Il s'agenouille devant elle, pose ses mains tendues, ses doigts écartés frôlant à peine la peau de sa maîtresse, dans le creux de son dos. Il se recueille. Il l'observe. Il la respire. Il assimile sa chair et chaque trait du visage ou de son corps qu'il ne retrouvera jamais, dont la privation le hantera ; ils lui tirent des larmes. C'est au-delà de l'amour. En tenant Mme de Clermont contre soi, M. de La Tour découvre les limites du temps, celles de l'espace, la brièveté des destins. Il est un homme sans durée, sans poids, que l'infini accable et qui y verse.

Au cours de ces semaines, M. de La Tour dépose le soldat à qui la conquête était indifférente et qui n'avait pas le goût du sang. Il dépose l'amant qui n'a pas reçu plus qu'il ne donnait. Il dépose l'enfant seul qu'il a été, dressé contre la nuit, le cœur battant et les joues écarlates. Près de Mme de Clermont, en elle, il découvre le monde. Il observe comment ses fils apprennent leurs leçons, le mouvement d'élan qui les jette vers leur mère, la fenaison, les tentures qu'on décroche, les fenêtres que des servantes frottent le matin, la trace des engelures qui, l'été encore, demeure aux doigts des buandières, quand elles viennent chercher leurs paquets de linge, et les branches basses des arbres que les jardiniers précipitent à terre, les tas qu'ils en font, le cri, soudain, de mouettes qui se sont égarées à suivre la Seine et tournoient parmi les champs et le ciel trop bleu de la plaine. Il s'enfonce avec passion dans les livres qui parlent des hommes et de Dieu. Il se sent du goût pour l'opiniâtreté des irréguliers que ni la puissance ni la gloire ne meuvent.

Mme de Clermont est celle par qui Dieu advient à M. de La Tour. D'un coup, elle l'a introduit à Ses œuvres. M. de La Tour a peur parfois pour cette femme aux vêtements sombres, qui voudrait porter de la serge ou du camelot au lieu des étoffes précieuses qui conviennent à son rang, qui se réduit pour des aumônes, qui se perd pourtant, qui se tait plus souvent qu'on n'entend le son de sa voix, qui s'abandonne si peu, même à l'homme à qui elle se livre. Elle n'évoque ni des parents qu'elle n'a pas connus ni des souvenirs de l'enfance. M. de La Tour sait à peine que les pensionnaires du monastère où elle a vécu jusqu'à son mariage portaient le petit habit, que Mme de Clermont avait refusé les dérogations qu'on voulait lui appliquer à cause de sa naissance, qu'elle mangeait comme les autres avec une cuillère de buis, dans de la vaisselle de terre, qu'on servait son eau dans un godet en grès. Elle ne dit pas ce que lui inspiraient les religieuses pénitentes qui, au réfectoire, prenaient à terre leur repas ou y disaient des prières prosternées sur le sol, les bras en croix. Elle tait les innocentes qu'on accueillait et qu'elle avait demandé à servir plus particulièrement. C'est comme si rien, dans sa vie, ne lui appartenait, si elle n'était rien que les gestes qu'elle accomplit ou ce qu'à chaque instant elle donne d'elle. Après des mois, elle reste un mystère pour M. de La Tour. Elle ne veut pas évoquer ses étouffements dans le sommeil, ses sursauts, quand elle s'éveille un cri de terreur à la bouche. Elle se renferme. Elle est ardente. Elle pose la tête contre l'épaule de M. de La Tour avec tendresse et comme une sœur. S'il l'interroge, elle se détourne. Elle est une maîtresse entièrement silencieuse. Elle obsède toute la vie de M. de La Tour qui ne conçoit pas le lien entre la remise de soi qu'il voit s'opérer en lui à la faveur de l'amour de cette femme et le désir forcené que le corps de cette femme, dans le même temps, lui inspire. Tandis qu'il admire en elle l'appétit incoercible de justice et la faculté de l'immanence, une pulsion toujours plus violente lui fait exiger d'elle des caresses, un abandon pleins d'indécence, si la décence consiste à conserver des frontières dans l'amour.

M. de La Tour fixe Mme de Clermont, quand elle se penche sur lui. Il regarde ses lèvres se poser sur son corps, recevant avec surprise, dans un grand glissement, la masse de ses cheveux. M. de La Tour est attentif au-delà de toute sensation. Il regarde avec une émotion qui va croissant la main nue qu'elle ouvre et qu'elle ferme au moment de jouir, muette, les yeux clos, la tête renversée, les lèvres à peine frémissantes. Il ignore si c'est un aveu de sa reddition ou la tentative de s'emparer d'une image qu'elle entrevoit alors. Lui-même aperçoit l'envers du poignet, parcouru, sous la peau si claire, de veines bleues et il lui semble que Mme de Clermont lui échappe à cet instant, qu'elle se métamorphose sous lui comme les femmes, dans les fables, se font arbre, oiseau ou fleur, dans l'excès d'un chagrin ou d'un secret. Il n'y a plus en elle de souci de soi, de vanité. Mme de Clermont devient de plus en plus lointaine et insaisissable à l'homme même qui force son gémissement.

M. de La Tour suggère qu'ils renoncent l'un à l'autre. L'homme aux doigts duquel la joue d'une femme n'a pas manqué jusqu'à la dévastation, qui ne s'est pas privé de l'eau des fontaines pour une bouche absente, qui n'a pas rongé ses poings à cause de la jalousie que lui inspirait la courbe d'un sein où il avait porté les lèvres, cet homme n'a pas aimé. L'homme qui a caressé ton corps, bu tes lèvres, gémi dans le creux de tes cheveux, et qui n'a pas senti jusqu'à la brûlure le désir de ton corps, l'eau de tes lèvres, l'odeur de tes cheveux, cet homme ne t'a pas aimée. Mais mon amour qui tend les doigts vers ta joue, mon amour qui mord tes seins et, dans un entier renversement de soi, crie dans le pli de ton aisselle n'est pas de l'amour. Tes poignets que je te tiens, tes chevilles que j'embrasse ne sont pas de l'amour. L'amour est au-delà de ces sommeils. L'amour est quand il ne reste que la douleur que les hommes et les femmes s'infligent, quand il ne reste que la nuit dans laquelle seule on aime, sans la distraction de la vue.

Quand on est face à l'autre comme face à soi. N'ôtez pas la vie à ma vie, souffle-t-elle. Ne vous ôtez pas à moi. Je ne suis pas dans l'infini que vous croyez. Je hais le jour, ma maison, le lacet de mon soulier. Je hais tout ce qui n'est pas vous et, en vous, je ne distingue pas l'esprit de la chair ; je me heurte à vous par votre chair. La main et la bouche, je crois, dit-elle, sont plus près de Dieu que nos intentions ou les mots qu'on profère. Ils en sont plus près que les devoirs le plus exactement accomplis, plus près que les grandes vertus. Dieu veut des hommes comme des gouttes de mercure. En me quittant, vous Le perdrez. Il se donne à vous, parce que vous vous donnez à moi. Vous ne Le trouverez pas dans l'abandon que vous Lui ferez de votre joie. Il n'y a pas d'autre joie que celle que nous nous procurons ; il n'y a pas différentes joies. On ne peut que feindre ou éclater. En vous je suis plus vraie que cette chrétienne contrefaite et au cœur vide que j'étais auparavant. Je suis plus pure, dans cet embrasement, qu'avec mon corps glacé et mes illusions d'être au-dessus des fautes et de l'amour.

M. de La Tour a pitié. Il ne se persuade pas que, dans le retournement extrême de sa vie auquel Mme de Clermont consent, elle fait le choix de son existence pauvre, de la patience avec laquelle il laisse chacun s'adresser à lui, de l'humanité étincelante, à lui invisible, avec laquelle il parle aux uns et aux autres, aux enfants et aux palefreniers plus encore qu'aux esprits forts, qu'elle épouse son goût des forêts, des vies rêvées, sa quête de l'inoubliable, qu'il n'a trouvé dans aucun moment de ses journées, des mois, des années qu'elles ont tissés. Mme de Clermont, en caressant le corps de son amant, caresse le corps d'un homme meurtri, l'humilité d'une vie dérobée, qui sut pourtant tirer son propre cœur de la mort. M. de La Tour, qui n'a rien à lui, pas même, parfois, de quoi payer les trois pièces où il a mis ses livres, à Paris, et les dîners qu'il fait chercher au bout de la rue par le fils de sa logeuse, M. de La Tour qu'on ne reçoit pas à la Cour en même temps que son père ou ses frères, à qui on n'écrit pas de billets et qui, l'hiver, griffonne ses pensées sur des cahiers qu'il coud entre eux, est, aux yeux de Mme de Clermont, tout ce qui est estimable chez l'homme et qui peut nourrir un amour fervent : l'obscurité et le dépouillement consentis, l'éloignement des biens et de la vanité. C'est son délaissement qu'elle aime, comme elle a fait son corps blessé. Devant ces Christs d'ivoire cloués à des bouts d'ébène qu'elle voit dans les églises où elle se rend, devant ces Christs presque nus, brisés et douloureux, le front penché, elle voit le fils de Dieu tel qu'elle considère à chaque instant sous ses paupières M. de La Tour qui va mourir. Elle a pris le parti de la chair humiliée, le parti du séjour incertain et triste que les hommes, dans la vie, font parmi l'ombre de leurs morts. M. de La Tour est sa dévotion à une humanité qu'elle doute qu'il ne faille pas aimer plus que tout, tant elle est fragile : elle est peut-être le piège par lequel Dieu guette si on s'aimera plus que l'amour même.

Ainsi, M. de La Tour et Mme de Clermont continuent-ils, toutes ces semaines, dans leurs scrupules mêmes, de se donner l'un à l'autre. Ils acquiescent, pensent-ils, à l'impuissance de s'oublier, de se priver de cette parcelle éblouie, fulgurante, qu'ils entrevoient rivés l'un à l'autre. Ils n'ont d'impatience que pour le moment de se rejoindre, comme s'il portait déjà son accomplissement. L'émerveillement qu'ils éprouvent est si violent qu'ils évitent de se rencontrer le reste du jour. Ils ne veulent se voir que dans le saisissement du puits où ils tombent ensemble, le bout de ciel, comme un pan d'enfer, où ils crient d'être unis. Leurs ventres sont noués, leurs gorges serrées, leurs lèvres incapables d'assouvir la soif qui les saisit l'un face à l'autre. Ils ne veulent pas un tremblement qui les arrache fugitivement à la conscience, mais l'alliance dont il est une figure mystérieuse.

Dans cette course, Mme de Clermont éprouve du dégoût pour les aliments qu'on lui propose, pour tout ce qui la détourne de l'élan qu'elle ressent. Ses femmes la trouvent maigre. À cause de ses yeux, de ses mains, du moindre de ses gestes, qui semblent la propulser tout entière dans l'espace qui l'entoure, elle apparaît néanmoins plus que belle, comme touchant au dernier mouvement à quoi il eût été déterminé qu'elle aboutît.

Un après-dîner, elle s'assoupit dans la grande chaise de repos qu'on a tirée sous des arbres. Elle se débat soudain. Elle crie. Dans son sommeil, elle pleure. Elle étouffe ; elle hoquette. Nul ne parvient à la secourir. Elle est engloutie dans ses visions invisibles. Lorsqu'elle s'apaise enfin, les servantes qui l'ont maîtrisée décident que l'eau dont on a coupé un verre de sirop qu'elle a pris un peu plus tôt était trop froide. Elles font ramener la carafe.

Mme de Clermont, qui s'est éveillée et se tient les yeux grands ouverts sur une bordure de tilleuls devant elle, se tait.

Fin août

M. de Clermont rejoint son épouse et leurs enfants. Il donne une fête somptueuse pour la victoire que le jeune Roi a remportée à Arras : M. de Turenne, en sa présence, a fait fuir les Espagnols qui assiégeaient la ville. Dans la nuit, il fait jour, tant on a disposé de lanternes et de chandelles à travers le jardin, tant les artificiers tirent de feux aux quatre coins des pièces d'eau où, six ans plus tôt, M. de La Tour a nagé. M. de Clermont a réquisitionné tous les musiciens de la région. Exceptionnellement, il danse.

Après le bal, à l'aube, Mme de Clermont et M. de La Tour se retrouvent dans l'appartement de Mme de Clermont.

Leur silhouette projette une ombre immense sur le mur en face d'eux. Elle est vaste et sombre comme l'appétit qu'ils ont l'un de l'autre. Ils entendent encore, dehors, parmi une rumeur de conversations et des rires, des musiciens qui accordent leurs instruments, tandis que des valets, houspillés par un maître d'hôtel, apportent sur les buffets des pyramides de fruits confits, des sorbets et du gibier fraîchement apprêté. M. de La Tour et Mme de Clermont sont las, inquiets. Ils se dévêtent comme on renaît. Ils chuchotent, alors que la lumière croît autour d'eux.

À un moment où Mme de Clermont, qui se tient au-dessus de M. de La Tour, incline les seins vers lui, les épaules rejetées en arrière, avec au visage cette expression d'abandon et ce sourire lointain, tout-puissant, dont il convoite le surgissement, comme il avance les mains pour recueillir son corps qui se renverse, dans la pénombre rouge des rideaux du lit qu'ils ont tirés autour d'eux, soudain, M. de La Tour tend les mains vers un autre corps que celui de sa maîtresse. Une vision s'est substituée à elle. Ce n'est pas Mme de Clermont qui tombe et qui meurt contre sa poitrine, ce n'est plus sa peau que les doigts de M. de La Tour étreignent, mais l'enveloppe baignée de sang de cet homme qui, deux ans plus tôt, au combat de la porte Saint-Antoine, vint s'écrouler sur lui, cet homme qui a cherché à l'entraîner dans le néant où il glissait. De nouveau, il vomit son âme contre la bouche de M. de La Tour. L'ouverture si douce des lèvres de la femme entre toutes aimée est devenue le trou par où une balle a rompu chairs et souffle. La chevelure que M. de La Tour sent sur sa poitrine est l'estomac que l'autre répandait sur son torse. Et le long de son bras dressé, coulant lentement depuis le poignet, il voit, il respire son sang qui dégoutte. M. de La Tour perd la vue. Son étouffement le reprend. Sa main est encore tendue vers Mme de Clermont et elle tente de repousser le cadavre qui veut l'emporter. Ils glissent sans fin. Le ciel est gris, sourd comme des armes empoignées tout un jour ou des habits mouillés de sueur. M. de La Tour distingue ses mains dressées dans le vide, nues, ruisselantes, incapable de dire si le sang qui les macule est le sien ou celui de ce mort ressurgi de l'abîme, ou celui de tous les morts sur lesquels son regard s'est posé, ou le sang de Dieu, le sang des pluies de l'apocalypse, des châtiments, le sang des larmes de Job. M. de La Tour se souvient et l'horreur le soulève. Plus forte que Mme de Clermont, une nausée l'arrache à celle-ci. Un cauchemar qu'il croyait disparu triomphe. Il dévore toute espérance et toute rédemption. Il terrasse M. de La Tour dans l'instant où Mme de Clermont gémit, où le plaisir qu'elle lui donne l'arrache à son tour à lui-même. Dans un spasme, le dégoût inonde, recouvre ce tremblement. M. de La Tour aperçoit avec épouvante Mme de Clermont qui lui sourit. Il perd l'esprit. Il n'en finit pas de crier, de retenir son cri : il hurle intérieurement, sans rémission. Il reçoit Mme de Clermont vaincue parmi des larmes qu'elle ne s'explique pas. Un sanglot que M. de La Tour refoule lui inspire une impression de salissure qui, plusieurs jours, les éloigne l'un de l'autre.

Ils se taisent. Ils errent. M. de Clermont, à tout moment, les sollicite et les entretient avec ardeur de projets d'embellissement qu'il médite.

Jeudi 3 septembre 1654

La chaleur écrase les bêtes et les gens. M. de La Tour et Mme de Clermont sont aussi épuisés que leur entourage. La dissimulation à laquelle ils sont contraints depuis le retour de M. de Clermont, l'insistance que ce dernier met à les réunir en dehors des heures secrètes auxquelles ils se bornaient troublent le rêve dans lequel ils ont vécu. Ils sont confrontés à une nécessité de mentir qu'ils voulaient ignorer. Mme de Clermont masque mal à M. de La Tour la réticence que cela lui inspire. Elle le glace lui-même. Il découvre l'obscurité auprès de cette femme dont la lumière l'a frappé.

Dans l'après-midi, ils visitent un bâtiment des communs que le feu a consumé deux jours plus tôt. Une petite fille qui s'y trouvait avec d'autres enfants a été brûlée au visage et au torse. On ne répond pas de ses jours. Mme de Clermont, qui a été la voir, est distraite. Elle ne parvient pas à se délivrer de l'image des chairs carbonisées au milieu de leurs linges ni du sifflement dans la poitrine de la fillette. Aussi fait-elle un faux pas. La paille est mouillée. Mme de Clermont va tomber. On la rattrape au bras. Elle n'a rien. Elle s'est entaillée la lèvre, qu'elle a dû mordre. Elle repousse les domestiques qui s'agitent autour d'elle. Elle passe la main sur la coupure. M. de La Tour, qui l'observe, voit le doigt taché qu'elle replie dans sa paume. Il est submergé par le sentiment qu'elle va mourir, qu'elle marche dans la vie comme dans la mort. Elle est perdue. Le temps n'existe pas. Ils sont des spectres à peine moins invisibles que les défunts parmi lesquels on déambule. Le désir d'après le désir, la nuit suivante, enflamme les deux amants.

AUTOMNE 1654

Mardi 29 septembre

Le même messager passe à l'hôtel de Clermont, à l'hôtel du Plessis et chez le premier président.

Le fils aîné de Mme de Clermont, Charles-Louis-Henri-Baptiste de Clermont, a été tué. C'était sa première campagne ; on ne peut rien dire à la mère sinon que l'enfant se portait fièrement au combat et qu'il eût été l'honneur de son nom. Il est mort sur un pont, au moment du premier feu, pendant qu'il resserrait la boucle d'un de ses étriers. Mme de Clermont chasse ses servantes. Elle fait fermer sa porte. Elle ne reçoit pas. Elle ne veut pas lire la lettre que M. de Clermont lui fait envoyer. À l'aube, M. de La Tour s'introduit dans l'hôtel en deuil et, guidé par une servante, il va devant la porte close. Il heurte le vantail. Il murmure. À lui, même, Mme de Clermont ne répond pas.

Elle dialogue avec Dieu qui lui a laissé l'homme qu'elle aime et qui a pris son premier-né. Il lui semble qu'elle attendait cette mort depuis l'instant où l'on avait placé le nourrisson dans le creux de son bras. Dans le cœur de leurs mères, les fils sont toujours des proies qu'elles disputent à la mort. Mme de Clermont s'accuse d'avoir négligé l'enfant ; elle ne se souciait pas de lui. Elle en avait détourné son attention pour la porter exclusivement sur M. de La Tour ou, plutôt, sur elle-même. Elle ne songeait qu'à elle. Elle avait laissé sourdre en elle une autre joie que celle de ses enfants. Elle a tué ce jeune homme qui est mort au passage d'un pont, pour un roi qu'il n'avait pas vu cinq fois et dont son père a défié l'autorité pendant presque trois années. Elle songe qu'elle a tué cet innocent qu'elle avait abandonné et dont on a posé la nuque sur des avoines piétinées.

Lorsque Mme de Clermont revoit M. de La Tour, elle est entièrement vêtue de noir et il discerne à peine ses traits sous le voile épais. Elle lui dit que, bientôt, elle rompra avec lui, qu'ils seront punis. M. de La Tour, depuis des semaines, vivait dans la certitude du châtiment. Soudain, il embrasse les mots sur sa bouche. Il a relevé son voile. Il a pris son visage dans le creux de ses mains. Il force son regard. Il ne veut pas croire à une punition. Mme de Clermont a sauvé sa vie de l'amertume et de la rancœur. Chaque jour qui passe, elle délivre en lui davantage de douceur et de sentiment qu'il est à conquérir une beauté plus belle que les satisfactions ordinaires, qu'il existe, caché en soi, dans l'univers, une vérité plus éclatante que tous les doutes.

Il ne lui raconte pas ses promenades seul. Il ne lui dit pas ses conversations avec le chapelain, qui est revenu à Paris, qu'il voit toutes les semaines plusieurs jours, à qui il a confessé son amour et qui ne le condamne pas, qui assure que Dieu l'a pris à Son piège par une femme, au moment même où M. de La Tour s'accuse de ne voir que cette femme, de ne plus percevoir que sa beauté dans le monde, oublieux des pauvres, du chagrin, de la souffrance. Les pauvres, le chagrin et la souffrance sont en vous et dans cet amour, déclare le chapelain. Bientôt vous saurez que tout ce qui est amour est à Dieu et que l'amour que vous avez pour cette femme, s'il est amour, n'est qu'égaré en elle. Vous vous détacherez d'elle. Dieu, s'il le faut, Vous détachera d'elle. Vous remercierez Notre-Seigneur. Vous connaîtrez les véritables ébranlements. Les hommes trouvent plus dans les forêts que dans les livres, et dans les femmes plus que dans les intentions que les sermons voudraient mettre en eux. Un arbre, une pierre, une passion sont les vrais maîtres. Vous ne vous soustrairez plus, désormais. Face à Mme de Clermont, debout devant lui, immobile, les lèvres blanches, ces paroles hantent M. de La Tour. Elles le dévastent.

Dimanche 4 octobre 1654

Mme de Clermont annonce à M. de Clermont qu'elle ne veut plus vivre à Paris. Elle ne sent, dit-elle, plus d'attrait en elle que pour la retraite, la solitude, la nuit, le délaissement. M. de Clermont, que la mort de son fils a frappé autant qu'elle, n'objecte rien à cette décision. Il scrute son épouse. Il s'interroge si M. de La Tour conservera un accès auprès d'elle. Il voit dans ce commerce de deux personnes quasi muettes, enfoncées dans la mélancolie, une obstination mystérieuse, presque obscène. Il refuse d'envisager qu'ils se procurent plus que ce dont le soupçon suffit déjà à le jeter hors de lui. Mais la pensée qu'il refoule le tourmente assez pour que, se reprenant, il interdise à Mme de Clermont de quitter la ville. Il exige qu'elle remplisse ses devoirs envers leurs fils survivants. Il use d'un ton dont la brutalité, quand il s'en avise, le soulage. C'est une jouissance sombre. Il redouble ses défenses. Il la condamne au monde, à ses fautes. Il se revanche sur elle qu'elle ne l'aura pas assez aimé pour assurer son propre salut.

NOVEMBRE 1654

Nuit du 23 au 24 novembre 1654

Lundi soir, jour de saint Clément, veille de saint Chrysogone : une rumeur de pas retentit dans le corridor qui mène à la chambre de Mme de Clermont, où celle-ci se trouve avec M. de La Tour. Les amants entendent une marche précipitée, comme d'un maître à l'avant et le piétinement plus nombreux, derrière, des domestiques qui le suivent. M. de La Tour et Mme de Clermont, l'instant d'après, devinent qu'on a poussé la porte du cabinet qui précède la pièce où ils se tiennent. Un homme seul progresse maintenant vers eux. Ils se dressent. Ils sont nus. Ils ne s'étonnent pas. Il faut dix enjambées pour les rejoindre.

Dans un souffle, Mme de Clermont passe la chemise qu'elle avait jetée au pied du lit ; les habits de M. de La Tour sont dans ses mains. Elle lui dépose le paquet contre la poitrine. Elle l'implore qu'il se taise, qu'il se cache. Elle le supplie de ne rien attenter contre M. de Clermont. À genoux, murmure-t-elle. Je mérite toute sa colère. Elle entraîne M. de La Tour derrière les tentures dépliées de la fenêtre. Elle l'engouffre dans les pesantes étoffes. Elle se retourne. M. de Clermont se tient devant elle.

Il est botté. Les traits de son visage sont creusés par la chevauchée et un deuil qu'il ne cesse de ressasser. Sa lèvre supérieure est amincie, presque absente, tandis que la lèvre inférieure paraît gonflée. La bouche est grande dans le visage assez épais, faisant ressortir le tombé vertical des deux plis qui partent des narines et, à l'oblique, s'évasent, avant de s'interrompre à ses commissures. Le regard est perçant, sous d'épais sourcils, sa vivacité étant rehaussée par la lassitude que révèlent les cernes sous les orbites et l'expression soucieuse qui resserre le front. M. de Clermont est en habit de voyage, sans perruque. Il n'a pas ôté ses gants.

M. de La Tour, derrière sa tenture, est nu, aveugle, désarmé. Il ne peut avancer sans compromettre la femme qu'il aime ni ajouter sûrement le meurtre à l'adultère, puisqu'il affronterait un adversaire plus âgé, bouleversé. La honte le ronge d'un coup. Il est immobile. Un tremblement s'empare malgré lui de ses mains. Il les sent frémir, irrésistiblement. Elles se sont saisies de son âme, ou bien son âme est tombée dans ces deux mains vaines crispées sur un pourpoint inutile.

M. de Clermont s'étonne que sa femme soit éveillée, qu'elle laisse brûler une bougie sans livre à son chevet. Il observe que sa chemise n'est pas fermée. Vous êtes en sueur, dit-il. Mme de Clermont veut répondre. Il l'interrompt et lui commande de se déshabiller. Elle résiste.

M. de Clermont ne hausse pas le ton. Je vous l'ordonne, prononce-t-il. Je suis dans ma maison. Vous êtes mon épouse. Je veux voir votre corps qui brille de sueur.

Mme de Clermont laisse glisser sa chemise. Ses seins luisent. Ses cheveux sont emmêlés, comme sa toison.

M. de Clermont se dévêt. M. de La Tour entend le

ceinturon qui heurte le plancher. Il ferme les yeux. Il ne peut ignorer que l'homme se penche ; qu'il dénoue ses chausses ; qu'il approche de la femme nue devant lui. M. de Clermont la touche. La respiration de la femme déchire M. de La Tour. M. de Clermont a conduit son épouse vers le lit où M. de La Tour et elle étaient le moment d'avant. Vos draps sont tout froissés et humides, déclare M. de Clermont. Avez-vous la fièvre, Madame ? Elle ne répond pas.

Puis M. de La Tour entend que M. de Clermont jouit de sa femme. Lorsque, dans son épouvante, il ouvre les yeux, son regard tombe à plein dans le miroir au-dessus de la cheminée : il voit, à les toucher presque, le lit et le couple dessus, dont l'homme a rejeté loin tous les draps, écartant les jambes de la femme. Le visage de celle-ci est entièrement plongé dans ses cheveux, loin vers la nuit. Elle retient une plainte semblable à un râle d'agonisante. Le corps de M. de Clermont, qu'il voit de dos, est très pâle. Le duc a une nuque étroite où les cheveux sont quasi ras. Les épaules sont puissantes, les fesses relâchées autour des muscles qui les creusent. L'homme n'étouffe rien de sa respiration ni d'un petit hoquet qui suit sa jouissance.

Il demeure dans la chambre de son épouse jusqu'au début du jour. Quelques moments, il paraît même dormir. Mme de Clermont est absolument silencieuse. Quand la lumière s'est emparée de la pièce, il se lève. Il enfile des pièces dispersées de ses habits. Il ramasse l'épée et le ceinturon qu'il a posés, la veille, sur un fauteuil. Il sort, abandonnant au sol le reste de ses vêtements. Il ne tire pas la porte derrière lui.

M. de La Tour titube. Il se dégage du rideau où il est resté caché tout le temps que M. de Clermont est demeuré dans la chambre. Il tient toujours le paquet de linge qu'elle a mis entre ses mains et ses mains tremblent. Elles tremblent si fort qu'il ne parvient pas à renfiler ses bas ni sa culotte. Ses doigts sont incapables de trouver les boutonnières. Ils butent contre les petites pièces de corne. Ils froissent misérablement l'étoffe. Mme de Clermont, qui l'a observé un moment sans bouger, se dresse alors et vient l'aider à se vêtir. Elle passe l'ardillon de sa ceinture dans la boucle. Elle guide ses mains dans les manches. Les mains de M. de La Tour, qui est entièrement contrôlé par ailleurs, presque mécanique, tremblent encore plus violemment. Mme de Clermont lui passe le pied dans chaque soulier. Elle est agenouillée. Elle est encore nue. Lorsqu'il est chaussé, M. de La Tour ébauche un geste, qu'il suspend. Les gestes, comme les paroles, se dérobent à lui. Il a l'impression de n'être plus que toute l'ombre de cette nuit qui serait tombée en lui, qui se serait irrévocablement attachée à lui. Il n'est plus qu'une nuit exultante et mauvaise, qu'une hideur à lui-même intolérable. Ainsi se détourne-t-il et sort-il à son tour de la pièce, sans un mot. Mme de Clermont voit, le long du corps, les deux mains prises de frénésie qui se débattent encore.

24 novembre, et les jours, les mois, les années qui suivent, qu'on ne date plus

M. de La Tour a couru d'une traite aux écuries. Il s'est fait donner un cheval et il s'est jeté vers le vallon où il sait trouver de la compassion et du silence. Il est aussitôt secouru. On l'aide à desseller. On le conduit dans une petite pièce semblable à une cellule. Il se jette aux pieds de M. Singlin qui est là. Il le conjure de lui faire accorder l'hospitalité. Il dit que sa vie au monde est finie, qu'il est mort cette nuit.

Ses mains tremblent. Elles ne cesseront plus jamais de trembler. La vie terrestre et les corps sont une glaise que l'amour ne rédime pas. Ses mains qui tremblent ont brisé les pudeurs de Mme de Clermont et l'époux à qui il l'avait ravie lui a brisé les mains.

M. de La Tour est libre de pleurer. Il est libre de l'amour et des hommes. Il est dans l'obsession de l'infirmité, de ses fautes. Le péché l'obsède. Il ne voit rien d'aussi violent à quoi se remettre que Dieu. Il demande qu'on le châtie. Dieu ne châtie pas, lui dit son interlocuteur. Il a pitié et Ses pitiés sont parfois semblables à des chaînes dont les coups nous broieraient. Il faut vous abaisser. Il faut ne voir que l'amour qui brûle en vous, loin des concupiscences que vous abhorrez, parce que vous les avez enfin connues dans toute leur effroyable pestilence. Il faut laver votre souillure, dont Dieu seul choisira de vous exempter ou non. Il faut que vous brisiez tous vos os qu'Il a laissés indemnes. Il faut que vous soyez devant Lui tel le petit enfant qui est couvert des salissures de sa naissance et qui est aussi l'innocence absolue. Ne pouvez-vous sacrifier à Dieu des brûlures de votre bas-ventre ? Chérissez-vous votre dissipation et ces postures iniques ? Ne sentez-vous pas que vous cheminez en compagnie de votre propre ruine ? Ne voulez-vous pas vous jeter dans le repentir et les déserts ? Vous entendrez tous les vôtres qui pleurent. Ces sanglots vous harcèleront et vous ne détournerez pas le visage. Vous obéirez à Dieu. Vous méconnaîtrez chaque chose que vous croyiez être ou que vous prisiez.

M. de La Tour acquiesce à tout. Dans le réduit qu'on lui a donné, quand revient l'heure que M. de Clermont lui apporte son châtiment et son salut, nuit après nuit, il s'allonge sur les carreaux glacés et il s'abîme dans l'oraison. Il est tout près de la joie. Il perd conscience.

Au matin, on le porte sur son lit. Il délire et, dans son délire, il hurle le prénom qu'il a refoulé. Nul ne le lui dit, quand il se rétablit.

M. de La Tour s'abstient des sacrements pendant huit mois. Il se renouvelle. Il dépouille le vieil homme en lui. Il redevient un enfant. Il taille les espaliers. Fait des sabots. Donne des leçons d'histoire à quelques petits garçons qu'on élève là.

Il construit des murets. Il porte des paniers. Quand il aide les religieuses, dont la maison est située en contrebas, à recevoir les malheureux qu'elles soulagent, il laisse exposées ses mains qui n'ont pas cessé de trembler et le rappellent chaque instant à l'horreur qu'il porte en lui. De même, devant les hommes dont il partage la solitude et le chagrin d'être hommes. Par mortification.

Puis Mme de Clermont revient en lui. Alors, il fait son paquet.

Il a honte. Il ne prévient aucun de ses amis. Il s'enfuit à la nuit tombée. Il va chercher si, à l'autre bout de la terre, on peut se jeter dans l'oubli de soi ou l'obscurité ou Dieu, s'il pourra, en aucun point du monde, rompre une faiblesse plus forte que toutes les forces qu'on lui oppose.

1656-1673

M. de La Tour traverse des bois, se tapit dans des fossés. Il marche sans cesse. Il ne voit pas les régions où il pénètre ni celles qu'il quitte ; il ne se donne pas de répit. Son chagrin le poursuit. La nuit, il couche par terre et le vent rabat sur ses mains qui tremblent des feuilles sèches, des herbes et des branchages que l'automne éparpille. Il frissonne. Sous le grésil, parmi les cris des bêtes, il étouffe dans sa gorge des hoquets et des espèces d'aboiements : c'est tout ce qui lui demeure de sanglots.

À deux reprises, épuisé, il est recueilli dans des maisons où il loge quelques semaines, l'une à Nantes, l'autre dans un village où il n'y a pas une rue pavée. Quand à nouveau il tient debout, il fuit ces habitations, cherchant la retraite la plus étroite, la plus sombre, la plus silencieuse qui sera, le puits où à jamais il se jettera dans la nuit, car, au milieu de la paille des étables, il sait encore son nom.

M. de La Tour voudrait que rien ne le touchât plus : ni le coude des filles de salle, dans les auberges où il s'arrête, ni le vagabond tombé près de lui sous l'arche d'un pont et qui dort bruyamment, ni un insecte, ni les branches des sentiers, ni les émotions qui heurtent les cœurs des hommes. Il voudrait l'indifférence.

Un matin, au petit jour, c'est l'océan. Un pêcheur dénoue des cordages. Il est accroupi devant sa barque. M. de La Tour l'aborde. L'homme accepte de le prendre à son bord. M. de La Tour embarque parmi les filets et les nasses. Il se tasse sous la voile rapiécée. Il trouvera refuge sur une île.

Le marin, d'abord, l'emmène chez lui. Il a une femme aux hanches larges et au visage rouge. Elle marche, parmi les poules et les canards, le buste immobile, le front haut. Le bas de ses jupes sent la fiente. Elle a des yeux bleus comme les flots au-delà du muret où elle enclot sa volaille. Sa beauté est tranchante et pure. Lorsqu'elle tend à M. de La Tour l'assiette qu'elle vient de remplir pour lui, elle le fixe droit, pleine d'orgueil et les seins lourds. Le soir, elle carde la laine assise sur un tabouret bas. Elle chasse les oisons qui approchent avec une baguette de coudrier qu'elle tient, le reste du temps, entre ses dents, conservant les lèvres un peu entrouvertes. Le couple indique à M. de La Tour, pour s'y installer, une cahute face à la mer.

Celui-ci découvre une resserre envahie d'herbes, entièrement obscure, sans ouverture, sinon le passage par où entrer. La lumière, le vent, la brume, la pluie passent entre les ais disjoints d'une porte à demi arrachée. M. de La Tour se niche au fond de la cabane, contre les pierres épaisses, parmi des mousses qu'il rapporte du dehors. Il dort dans un vacarme de ressac et d'oiseaux tournoyants, dans une odeur de tourbe. Perché sur cette falaise, il est étourdi par le fracas des embruns qui, s'apaisant parfois, laisse alors un immense reflux muet, bouleversant, s'emparer de lui. M. de La Tour redoute le silence de ces instants, la grève plate qui se révèle au détour d'un sentier et que les flots renouvellent tout un jour. La beauté, certaines heures, de ce monde suspendu entre ciel et terre, dans une féerie de lumière, rend fou son désespoir : il voit dans cette séduction irrésistible un leurre des sens, dont la puissance combat sans cesse, sait-il, la restriction de soi à la pointe la plus aiguë de la conscience et du désir de Dieu. Il hait cette résistance à l'anéantissement que rien en lui ne brise, cette ardeur passionnée, dans le dégoût et la quête de la dépossession. Il arpente brandes et précipices, s'enfonce, dans des chemins encaissés, parmi les touffes drues des genêts. Il coupe à travers des étendues clairsemées, entre des bouquets de fleurs pâles et des liserons. Dans les combes et les bocages, un moment arrêté, il se confie aux saules, aux prunelliers, aux petites mûres acides des haies. Il leur chuchote des secrets. Il leur dit sa peine, ses doutes. Dieu ni Mme de Clermont ne sont nulle part et M. de La Tour ne voit pas qu'il soit lui-même davantage. Il n'y a que cette condamnation à être seul. Il combat sa colère. Il lutte contre la lassitude qui éloigne définitivement de Dieu, si Dieu veut ce soliloque. Il va, titubant, rempli d'exclamations et de tendresses comme un ruban froissé qu'on tient caché dans le creux du poing.

Pendant des mois, M. de La Tour vit à l'égal des bêtes, ne parlant pas, n'ayant aucun souci de ses vêtements ni des aliments qu'il porte à sa bouche, obsédé par l'idée d'une pureté en soi à recouvrer qui ne lui est, pourtant, encore jamais échue. Il comprend qu'elle sera entièrement distincte de l'ignorance que l'enfance peut avoir du mal, bien que celui-ci la ronge comme il ronge tout. La poursuite de cette pureté est l'unique souci de toute vie indifférente au repos, que l'abondance des biens, la rectitude morale ou la satisfaction de ses appétits indiffèrent. M. de La Tour n'a pas d'ami, pas de correspondant. Il n'approche pas du fort où une poignée de soldats scrutent l'océan. Il ne va pas aux prêches qui rassemblent la petite communauté de chrétiens échoués sur cette île, aussi rudes qu'inquiets, trop proches de l'horizon pour ne pas redouter les monstres qui sont tapis au-delà et qu'ils s'efforcent de conjurer avec des marmonnements auxquels leur fierté consent durement. M. de La Tour se garde de ce réconfort. Il s'abstient de tous les sacrements. Il se voue au dénuement absolu. Il n'entre même pas dans la chapelle blanche, minuscule, qui est jetée sur la saillie la plus austère de l'île, à l'extrémité d'un bout de prairie lui-même en équilibre au-dessus d'un chaos de roches brisées. Le sol est si pauvre qu'aucune végétation ne tient devant le degré qui mène à l'intérieur de l'édifice. Ses murs immaculés se dressent sur une poussière brune et caillouteuse ; elle les rend encore plus éclatants contre le ciel. Les nuits de tempête, contre la foudre, malgré toute l'obscurité, ils luisent comme la vérité ou le mirage qu'elle exerce.

Sur ce plateau désolé, souvent, M. de La Tour recherche l'abri de pierres démesurées que des hommes qui ne savaient pas le nom de Dieu, qui touchaient plus à la nuit qu'au jour, y ont dressées, avec des peines infinies, afin qu'elles portassent leurs suppliques aux maîtres inconnus qui les broyaient et qui les protégeaient. Ces vestiges d'un éternel balbutiement, d'une interrogation toujours intacte, l'émeuvent. Il réfugie son chagrin sous ces tables plates de granit, ces autels et ces nécropoles gigantesques, dont aucune saison, ni les étés ni les hivers ni les orages, n'est venue à bout. Il songe aux tourments qu'ils clament encore et qui n'ont plus, depuis des siècles, de bouche ou de mains. Tant d'angoisse invaincue déchire M. de La Tour. Il n'a pas entrepris un second renouvellement. Il mendie l'origine d'efforts perpétuellement vains pour conquérir ce qui ne se conquiert pas. Il convoite l'instant où il se délestera de tout, où il perdra le désir qu'il conserve pour une femme, avec les brûlures qui sont attachées à cette concupiscence : la communication possible des âmes, la parole libre, la générosité, la justice, la joie simple. Il aspire même à perdre cet instinct d'enfouissement en Dieu qui le ronge.

Les bois, les deux maisons, les routes, le silence, son île ont déçu toutes les espérances de M. de La Tour. Il n'a pas découvert la trappe des enfers. Il n'est pas tombé dans le fleuve qui lave de soi. Loin des chemins, les arbres l'empêtrent, leur rumeur et le vent, encore, quand il n'y a plus d'arbre pour l'entraver.

M. de La Tour résout de se pendre. Il tournoiera dans le cri des mouettes et les oiseaux feront pitance de sa chair. Sa langue sera boursouflée et elle saillira entre ses lèvres. Il sera un mannequin hideux ; il aura la semblance de l'homme.

Il ne possède pas la corde nécessaire. Il traverse ses landes. Il entre dans le village où il trouvera cette corde. Les rues sont désertes. Hommes et femmes sont réunis dans l'auberge. M. de La Tour fend la foule. Au centre de la salle, devant une mèche qui fume, deux marins siègent sur des chaises en paille. Ils ont de petites pipes en corne noircies qu'ils tournent entre leurs doigts. Ils racontent qu'ils ont été en Chine. Ils ont vu l'Empire du Milieu, les mandarins, les foules innombrables, les ports, les jonques, les enfants bruns, les cangues et les palanquins, les pagodes et leurs dragons d'or. M. de La Tour écoute longtemps.

Le moment d'après, il court jusqu'à sa falaise. Il s'avance jusqu'au point où elle tombe dans la mer. Des rafales vont le renverser, mais il est à genoux, en larmes.

Seigneur, dit-il, Vous m'avez tiré, jadis, des profondeurs de la nuit pour me jeter tout hurlant entre les cuisses d'une femme qui se délivrait de moi dans le sang, l'ordure, et une haine de bête prise au piège. Puis j'ai été une de ces bêtes pleines de cris et de larmes, qui hurlent à la mort toutes les nuits et tous les matins de leur vie, alors même qu'elles l'ignorent : quand elles se chaussent, quand elles portent leur pain à la bouche, quand elles s'éprennent les unes des autres, quand elles caressent leurs petits. Vous avez plongé en moi Votre lumière par une autre femme. J'ai cru que cet éblouissement était de l'attachement pour elle.

Je lui prenais son corps, sa vie, toute la pureté qui était en elle. Je me nourrissais d'un éclat qu'elle tenait de Vous ; je Vous ai dérobé à elle. Je Vous l'ai sacrifiée. J'entends ses larmes, parfois, dans le plus nu et le plus noir des nuits, dans le cœur de ces ténèbres où il est marqué que les hommes se hèlent en aveugles et en sourds trébuchants. Je ne suis pas certain si j'aimais cette femme ; je voulais ce que Vous aviez mis en elle, ce qu'elle me faisait entrevoir. Sans elle, je ne sais pas le retrouver. Toutes mes prières sont des plaintes par lesquelles je Vous supplie de me rendre un bonheur qui n'est qu'elle et où je Vous renie : je Vous oublie à genoux devant Vous et Votre nom dans ma bouche.

Je me souviens que les chiens, quand la chasse les a emportés trop loin, tournent leur regard vers le maître qui pique derrière eux. La nuit est tombée. Les chiens et le maître sont au milieu d'un marais au milieu d'une plaine au milieu d'une forêt. Ils n'entendent plus que le coassement des grenouilles qu'ils ne voyaient pas dans le jour et des feulements qui, soudain, leur étreignent le cœur, avec le grand silence des bois. Alors, ils savent que le sang et le désir les ont conduits là où ne règnent plus que la mort et les châtiments voués aux chiens hurlants, qui ont le souffle court et dont la gueule dégoutte d'écume. Ils regardent leur maître. La fente jaune dans leurs yeux le prie de les sauver. La fente s'affole. Ils le supplient. S'il existe un marais, s'il existe une plaine, une forêt, il peut bien exister un chemin et, au-delà de ce chemin, le chenil, la soupe, les voix rudes des valets qui prenaient soin d'eux, la paille, la pénombre de l'appentis où ils rampaient dans le noir. Ils ne sont plus des bêtes courantes excitées par la faim et l'odeur des curées. Avec leurs babines rougies, ils sont des créatures terrifiées, parce qu'elles redoutent d'être parvenues au bord de la terre et de sombrer dans la nuit éternelle.

Seigneur, je suis ces chiens égarés. Je suis une bête à la gueule pleine d'écume, au cœur plein d'effroi, qui se tourne vers Vous.

J'ai couru jusqu'au bout de moi. Je courrai jusqu'au bout de Votre monde.

Je ressasse entre mes lèvres un désir de la mort et du néant si violent qu'il est au-delà de la mort et du néant. Je cherche un désert assez brûlant, que les neiges aient assez dévoré, les sables et les pierres assez rongé, pour m'y enfouir et y guetter Votre voix. N'est-ce pas dans les moraines qu'elle résonne ? N'est-ce pas entre les scorpions et les désolations que Vous distribuez Vos consolations ? Je cherche le désert qui aura la stérilité de ces montagnes que le temps a réduites en poudre, le temps soit-il moins qu'un soupir au regard de Votre éternité. Je cherche un arbre seulement, pourvu que, planté au bout des extrémités de la terre, ce soit le point où Votre foudre tombe et où je guetterai qu'elle va m'écraser.

Vous ne m'avez pas donné de désert, ni d'arbre. Vous m'avez donné une femme que j'ai brisée. Je ne Vous ai pas trouvé et mes jours se sont évanouis comme de la fumée. Mes os sont devenus plus secs qu'une poignée d'herbes au-dessus du feu. Je suis comme une plaine maudite par le soleil. Ma peau est pareille à celle des outres vides. Je suis semblable au pélican qui a perdu la solitude où il habite.

Je suis le hibou qui cherche le lieu obscur des maisons et je suis toutes les voix de tous les hommes qui Vous cherchent.

J'allais rompre une manie de respirer qui est peut-être tout le malheur de Vos créatures, mais Vous avez mis devant moi, Seigneur, ces hommes qui reviennent d'un empire aux confins du monde où l'on ne croit pas que la vie soit unique et sans recommencement, où le salut n'est pas un effroyable abîme glaçant les jours que nous passons sur la terre. Pour toucher les habitants de ce royaume, on a voulu Vous révéler avec des horloges et les calculs de nos mathématiciens, car ces hommes si éloignés de nous ne se sont pas souciés des moyens de mesurer avec certitude chacun des instants qui nous entraînent vers le rien. Ils ne se sont pas employés non plus à fabriquer ces miroirs translucides et parfaits où nous voudrions éternellement nous contempler. Ils ignorent le tain dans lequel nous nous réfléchissons. Pour surprendre des images de la face que leurs épouses embrassent, la nuit venue, des images du pan de chair dont sortent les mots qu'ils prononcent, ils se contentent de polir des morceaux de métal que chaque jour obscurcit, comme, chaque jour, leur corps leur échappe. Ce peuple qui n'a pas inventé d'instrument réservé à la contemplation de soi qui ne s'altère pas, est-il celui où je dois perdre ma trace ? Est-ce là que Vous avez destiné que je dusse aller pour Vous trouver ? Suis-je si loin de Vous qu'il me faille tant de mers et de siècles pour découvrir l'humilité et la douceur qu'un chant d'oiseau ou un visage levé plantent au cœur des autres ?

Seigneur, Vous m'avez conduit à ces marins. Je Vous livre mon âme et l'épuisement qui la suspend. Je rêve de ce monde dans le monde sur lequel Vous posez mon regard. Voici un empire où le privilège du Maître consiste à refuser la vue de tout autre homme. Il se dérobe aux peuples, aux courtisans, aux magistrats, aux poètes. Le premier Prince de ce royaume ne veut vivre que parmi des femmes et des serviteurs qui sont des fantômes d'hommes. Il fuit les flatteurs, les assassins, les parjures, les discours, les justifications, l'insincérité ; il refuse les audiences ; il n'accepte de ses sujets que des requêtes peintes sur du papier assez noble pour que ses doigts le touchent et qui murmure à ses oreilles si harmonieusement, lorsqu'il en dévide le rouleau, que ce souffle emporte le grondement du mal et des corruptions qui auront été couchées dessus. Le roi de ces peuples demeure dans un palais qui est une ville retranchée au sein de ses États et ses nations n'ont jamais réduit le langage des rêves ni les mots de la confidence à un chapelet de syllabes. Elles écrivent comme on évoque l'univers, avec des pinceaux, des courbes et des traits, mais leur peinture est un trait dans l'air. Elles tracent des symboles qui ont leur grammaire et sont en même temps le champ qui ondoie, le fleuve, la truite palpitante qui glisse des mains du pêcheur, le gémissement, la montagne à l'aube, le moineau, l'annulaire sur le bord d'une tasse bleu et blanc, les yeux des femmes uniques, perdues. Dans cet empire interdit aux étrangers, qui veut être une province forclose, un jardin à l'échelle du monde, il me semble que je pourrai être une bête tapie sous sa pierre à Vous attendre, au lieu que, dans mon pays, il faut que je sois toujours une contrefaçon d'homme.

Votre silence, Seigneur, le silence des régions de l'Europe me glacent. On y a porté Votre parole. Vous y avez des temples. On Vous y prie depuis toutes les vallées et tous les pics. On y connaît le Sacrifice de Votre Fils. La multitude n'y parle toujours que de soi, pourtant. On Vous a mis entre les comptes des marchands et les drogues des apothicaires. J'étais, parmi ces Solitaires qui m'avaient accueilli et qui savaient s'humilier, malgré toutes leurs intercessions, le même indigne bateleur que le moindre faux dévot. Je frottais sans fin une corde identique; j'usais mon chagrin et cependant je pleurais sur moi. Je glapissais. Devant ces flots, je ne suis pas certain encore d'être autre chose que cette rengaine.

J'irai, Seigneur, dans cet empire où Votre voix est si faible qu'elle touchera peut-être mon tympan. J'irai si loin que la solitude refluera peut-être et qu'il ne demeurera que Votre présence ou Votre absence ou quoi que ce soit qui me donnera la clef de tant de contradictions où je balance entre le désir de l'émerveillement et celui de l'anéantissement. Si Vous m'avez pardonné, dans ce bout du monde, le vieil homme en moi mourra, ou bien je mourrai dans ses hurlements et ses exécrations : mais je mourrai. Je serai délivré. Perdu, maudit, racheté, ce sera délivrance. J'ai joie que je me décomposerai si loin de cet asile où l'on m'avait accueilli et que j'ai fui. Vous le réservez, Seigneur, à des âmes moins endurcies que la mienne. Il était aussi rude de le souiller que de ne pas avoir en moi une parcelle de cette pureté, dont Vous nous blessez le regard dans les limbes.

Nous croyons heureuse l'éternité qui nous précède, parce que nous nous en sommes échappés une fois, tandis que celle qui nous menace à jamais nous engloutira. Mais laquelle poigne véritablement nos âmes ? Laquelle y met le plus de chagrin et de colère ? Laquelle nous inspire un tel saisissement d'être petits et impuissants ? N'est-ce pas cette éternité qui nous était donnée et dont nous sommes sortis si infirmes, dont nous n'avons rien retenu ? Est-ce que nous ne retenons jamais rien ?

Seigneur, supplie M. de La Tour, des chuchotis d'homme seul peuvent-ils être des prières et peut-on Vous prier, le cœur plein d'ordure, obsédé, en larmes, sur la falaise d'un monde qui résonne de souffrances ? Le peut-on, lorsque, en dépit de nos mains et de nos cœurs mêmes, nous ne faisons qu'augmenter ces souffrances et les tourments qu'elles donnent ?

M. de La Tour entend les vagues qui se brisent en contrebas. Ses paroles s'enfuient sur les eaux. De toutes ses forces, il chasse le visage silencieux de Mme de Clermont qui monte en lui : il ne s'est pas adressé à elle. Elle n'est plus son univers. Elle est ce qui l'exile de soi et de Dieu. Il la bannit. L'engagement qu'il vient de prendre le jette dans un monde où elle ne sera jamais.

Il repasse sur le continent. Il gagne Bordeaux.

*

Le long des quais, l'odeur de la mer et de la saumure, les relents d'excréments, de débris d'hommes et de bêtes, nageoires, ailes, cuirs, grains, qui pourrissent entre deux eaux le suffoquent. Sa hâte est comme une brûlure. Il prend mot avec le capitaine d'un navire qui trois jours plus tard appareille pour Lisbonne. Le moment d'après, il vend quelques objets qu'il avait conservés. Il achète du linge. Il fait son paquet. Il négocie de monter à bord avant l'embarquement général. Il ne veut pas être pris dans la presse, rencontrer d'autres passagers. Il se confine dans un réduit. Il en sort, quand il n'entend plus que les mouettes et le craquement des cordages, les cris des matelots. À l'instant où il émerge sur le pont, M. de La Tour ne voit autour de lui que la mer et, renversant la tête, le ciel. Il trouve, dans cette réduction, une apparence de destin.

*

À Lisbonne, aussitôt débarqué, M. de La Tour s'enquiert d'un navire pour les Indes. On lui indique un vaisseau qui doit partir avant la fin de la semaine. Il obtient de rencontrer le commandant. Celui-ci le reçoit dans la taverne où il achève de recruter son équipage. Il est attablé à l'extrémité d'une grande salle pleine de fumée et de tapage. M. de La Tour est pâle. Il est anxieux de négocier son passage. L'autre est serein, presque hautain. Il observe les mains qui tremblent, l'habit noir. Il ne se soucie pas de prendre ce voyageur hâve et pressé. Il refuse sèchement ; M. de La Tour devine une espèce de délectation dans sa réponse. Comme on est en avril, plus aucun bâtiment ne fera voile vers les Indes avant des mois.

M. de La Tour trouve en lui une résolution, une prudence, dont il ignorait qu'il eût encore les ressorts. Il loue une chambre en ville. Il donne, pour survivre, des leçons à la fille d'un marchand, une enfant de treize ans belle comme le jour qu'on veut marier au-dessus de son état. Elle a des lèvres charnues, des seins magnifiques, une moue presque permanente. Elle s'ennuie. Elle ne regarde pas M. de La Tour. Elle méprise sa maigreur, sa pauvreté. Elle l'écoute à peine. Elle frémit, quand elle entend des cavaliers sous ses fenêtres. Souvent, elle s'échappe, se précipite, se penche à la fenêtre. Elle s'exclame. Elle n'a aucune pudeur. Il semble souvent à son maître, tandis qu'il assiste à ces démonstrations d'impatience et d'enthousiasme, qu'il sait comment la jeune fille se rendra au premier venu, sur une impulsion qui la fera entièrement docile, avec des gémissements de colombe. Elle se donnera sans être prise à cause de la flamme en elle. Elle n'émouvra pas son amant. Elle tempêtera. Elle sera gourmande. Elle s'empâtera. Elle deviendra aigre. Pour l'instant, un homme venu de France lui parle doucement. Il a pitié ; elle l'ignore.

M. de La Tour vit très reclus. Dans sa chambre, la porte tirée, il se met en chemise, verse un peu de vin dans le gobelet ébréché qu'il possède et prend, derrière le lit, un luth ancien, usé, qu'on lui a offert au début de l'été. Il joue lentement, le front incliné sur la caisse de l'instrument. Il se dérobe à ce qui l'entoure. Il égrène des mélodies simples, se contentant de murmurer en même temps des paroles qui sont autant de prières inaudibles. Il est tout à fait réduit, sans qu'aucune brusquerie, aucun cri, ait été nécessaire. Sa violence est tombée. Il attend une saison prochaine ; il attend un vaisseau. Il est quelques notes qu'il fredonne. L'instinct de l'offrande, en lui, s'est tendu, épuré.

Il quitte l'Europe le quatrième jour du mois de mars de l'année 1658. M. de La Tour n'a pas parlé, cette fois, au commandant du navire dans lequel il est monté. Ayant embauché un petit domestique quelques jours plus tôt, il a fait venir l'homme chez lui. Il a laissé traiter l'enfant. Le garçon, sous ses yeux, a transcrit exactement ses vœux. Il a apporté, ensuite, quand M. de La Tour le lui a signifié d'un mouvement de la tête, le vin et l'écritoire. M. de La Tour, tout le temps de l'entretien, a gardé les mains dans les poches de son habit. Le marin a pensé qu'il avait affaire à un excentrique. Il n'a pas vu les poings serrés qui frémissaient sous le tissu. Il a signé les décharges, reçu l'argent. Il est sorti en inclinant la tête, courtoisement.

*

M. de La Tour embarque sur la *Santa Caterina* la nuit qui précède l'appareillage. Celui-ci a lieu à l'aube, sous une pluie battante.

Le navire a pour destination Goa, sur la côte occidentale des Indes, à quinze degrés de la ligne. Il transporte, outre l'équipage, quatre cents passagers, dont une cinquantaine de femmes. La plupart d'entre elles prennent la mer pour la première fois. Beaucoup sont les épouses de marchands enrichis dans des comptoirs, où ils entendent s'installer désormais avec femme et enfants. Elles ont des servantes et des robes de drap empesées. Le départ leur inspire un effroi qu'elles sont attentives à dissimuler. Elles gourmandent leurs proches, réclament un bébé que la nourrice porte derrière elles. La crainte, le déplaisir refoulé ternissent leurs visages ; ils corrompent l'autorité qu'elles affectent trop ostensiblement. Elles sont, sous leurs capuches ruisselantes, des femmes qu'on arrache à leur monde, à leurs ruelles et à leurs parents, qui n'imaginent pas résister et que la rancœur, la détresse étourdissent sans qu'elles songent néanmoins à rien confesser. Leur solitude stupéfie M. de La Tour, qui n'a jamais eu beaucoup d'attention pour ces matrones. Quelques domestiques, des cuisinières, une sage-femme, complètent ce groupe. Elles se tiennent en retrait, résolues, elles, à tenter leur chance à l'autre bout du monde. Dans la foule sur le quai, elles ne fixent, à l'instant de la manœuvre, personne.

Les Pères jésuites forment un autre groupe. D'emblée, ils mènent une vie régulière et affairée, qui les distingue du reste des voyageurs. Ils s'emploient le matin, sans discontinuer, à des exercices de piété. Ils disent la messe. Ils visitent les malades. Ils confessent. L'après-dînée, ils traitent entre eux, le lundi et le jeudi, sous matière de généralités, des cas de conscience dont ils ont été entretenus, ou des difficultés qu'ils ont eux-mêmes rencontrées lors des réflexions morales auxquelles ils ont coutume de s'appliquer. Ils sont graves. Le mardi et le vendredi, ils se consacrent à l'étude des mathématiques auxquelles ils vouent un goût immodéré. Le mercredi, ils confèrent d'astronomie. Quelquefois, on les entend quereller, car ils ont la passion de l'exactitude. Tous les jours, avant le souper, ils emploient presque deux heures à l'apprentissage de la langue chinoise. M. de La Tour obtient de se joindre à ces exercices. Il ne partage pas leurs repas; il refuse, quand ils l'en prient, de participer à leurs conférences d'astronomie ou de mathématiques. Il leur cèle son intention d'aller outre Goa. Il n'a aucune mission. Il ne dispose d'aucune recommandation. Il sait que l'Empire est interdit à quiconque ne peut pas présenter un mandat spécifique. On le dissuaderait de tenter l'aventure : M. de La Tour refuse de discuter le dessein qu'il a formé. Il s'en remet à la Providence qui le guide. Il est, enfin, dans le silence et une espèce de clarté intérieure; il ne se fie qu'à ce filet de lumière. Il veut considérer exclusivement cette intuition d'un monde autre qui l'a pris et l'espoir que lui inspire la promesse d'une rupture entière de tous ses attachements. Il entend s'ôter même ce réconfort que les yeux tirent d'espaces familiers. M. de La Tour sent qu'il n'y a de salut qu'à se défaire de toutes ses habitudes, que la médiocrité de sa vie le contraint paradoxalement à un dépouillement extrême et une violence particulière, s'il veut être nu entièrement face à la création, contraint d'exhiber ce que Dieu l'a fait en vérité, par-delà toutes les pudeurs et les esclavages de la coutume, de la bienséance. M. de La Tour va là où il n'aura plus de nom, plus de passé, d'amour, plus d'espérance, où la désespérance même n'aura plus de signification. Il va là où il ne sera qu'un corps, dans sa faiblesse, sa menace permanente de faillir, incapable d'attirer à soi compassion ou pitié par les artifices du langage. Il sera son cœur. On ne sait pas ce qu'on est. On ne saurait de quoi répondre en soi, si on se tirait un instant du mensonge et de la peur d'être que l'usage couvre si bien. Il sera privé de ces artifices.

*

Le dix-septième jour de la navigation, le pied manque à un mousse qui était monté à la vergue du mât de misaine. Il tombe à la mer. L'enfant a crié si fort, au cours de sa chute, que, sur le pont avant, tous les regards se sont portés sur lui. Ses camarades se précipitent le long du bastingage. Ils savent le corps désarticulé qui tournoie. Ils lancent des cordages, scrutant l'instant où il ressurgira des flots. Lorsqu'ils le voient enfin reparaître, ils hèlent le petit garçon. Il ne sait pas nager. Il n'attrape aucun des câbles. La houle est forte. La silhouette qui s'éloigne disparaît de plus en plus longuement sous le ressac. Plusieurs hommes ont couru auprès du commandant, mais, la *Santa Caterina* faisant route avec un vent arrière assez fort, il est impossible de freiner le navire ni de virer de bord. On n'envisage même pas de mettre à l'eau une chaloupe : elle pourrait se briser pendant la manœuvre. Nul ne prendra ce risque pour tenter de sauver une seule vie. Le silence s'est fait. La décision est juste. Un à un, les hommes regagnent leur poste. Les plus jeunes persistent encore un moment à tourner la tête vers l'endroit où, dans le sillage du bateau, les épaules du garçon ballottent, de plus en plus minuscules, au gré des vagues qui les hissent ou qui les engloutissent. Bientôt, nul ne voit plus rien.

La nuit venue, la couchette où le disparu dormait reste vide. Ses voisins se sont partagé la couverture, la gamelle, les hardes qu'il a laissées. Ils n'ont pas osé se glisser dans le sommeil du mort. Ils ont oublié, dans leur répartition, une chemise qu'il avait mise à sécher sur un clou. Elle flotte doucement plusieurs jours, formant une tache plus blanche dans l'obscurité qu'au soleil.

*

Malgré la promiscuité, le vacarme, à moins que ce ne soit grâce à l'isolement auquel ils le réduisent, M. de La Tour se recueille étrangement. Dans la lenteur presque insoutenable des jours, il essaie de discerner ce qu'il est d'autre que des quêtes déçues et la détresse, où l'absence d'une femme, depuis tant de mois, le plonge. Mais, comme la mort est plus redoutable que le néant, la voix qu'il guette encore passionnément, et qui ne résonne pas, est plus redoutable dans son silence que la conscience même qu'il a de sa perte. Il ne désire plus une bouche dont il baiserait les lèvres ; il voit ces lèvres, lorsqu'elles parlent, quand elles ébauchent un sourire ou touchent le rebord d'un verre. C'est en lui une hantise de gestes infimes et précis qui ne lui sont pas liés en propre et que rien, donc, n'a dû interrompre. Mme de Clermont est, dans ces souvenirs les plus communs, plus vivante et bouleversante que dans les images d'elle qu'il fuit, mais qu'il sait perdues pour tous et à jamais. M. de La Tour comprend qu'il a fait de cette femme l'oblation à laquelle il était contraint sans se résoudre à ce qu'elle existât encore de la moindre façon hors de lui. Il éprouve la plus violente des jalousies pour tout ce qui demeure d'elle et se trouve offert à la jouissance d'autrui. L'idée qu'on lui prend la main, qu'on puisse encore l'observer, que M. de Clermont, fût-ce sans qu'elle le désire, la possède, éveille en lui une rage, dont il se croyait exempt. Immobile, entièrement rentré en lui-même, M. de La Tour pense qu'il n'a pas assez souffert pour que son obsession lui soit retirée ou qu'elle lui soit devenue assez odieuse pour le délivrer. Tous ses cris étaient des exagérations ou des complaisances. La honte le taraude, et l'évidence d'être impuissant à se corriger seul. Les châtiments de Dieu sont des grâces qu'Il nous fait : M. de La Tour n'a pas été assez durement frappé.

*

Douze vaches, deux cents cochons, une vingtaine de moutons, des chèvres et quelques boucs, qui représentent en tout une cinquantaine de têtes, un millier de poules, trois cents canards, une soixantaine d'oies ont été embarqués à bord de la *Santa Caterina*. Ce bétail doit servir de provisions de bouche pendant la traversée et assurer le ravitaillement des passagers en denrées fraîches. Certains animaux sont parqués sur le pont. D'autres ont été enfermés dans des cages ou des clapiers rangés dans les différentes cales. Ils entretiennent une perpétuelle clameur, qui s'amplifie particulièrement à l'aube, quand l'équipage les nourrit.

Marins et valets répartissent aux bêtes du foin qu'on a chargé en abondance à Lisbonne. Ils leur distribuent aussi du pain détrempé, des déchets abandonnés par les passagers, des têtes de poisson, car, tous les jours, pour épargner le bétail, on met des filets à la traîne. Ce que les hommes refusent est donné aux animaux. Les chiens passent entre les jambes des valets. Ils essaient de s'emparer des meilleurs morceaux. On les chasse. Ils fouillent parmi les déjections et les détritus. Ils se pressent autour des seaux où des matelots spécialement préposés à cette tâche recueillent le plus gros de l'ordure pour la jeter par-dessus bord. On veille, pendant cette opération, aux coups de vent qui rabattraient contre la coque du navire le contenu des paniers vidés dans la mer : un cuisinier qui dormait près d'une écoutille, ayant reçu un paquet de ces résidus sur le visage, s'était éveillé dans des hurlements et, couvert de pestilences, s'était cru aveugle. Des quolibets l'avaient suivi toute la journée.

La puanteur sur le vaisseau est générale, presque intolérable. Elle est si forte que les passagers même qui disposent d'une cabine, comme ils ont les narines incommodées tout le jour, ne trouvent pas d'apaisement, lorsqu'ils se retirent derrière leur porte. M. de La Tour vit au bord d'un haut-le-cœur permanent. Le sentiment de ce soulèvement d'entraille ne fait qu'ajouter à sa nausée.

*

Les fièvres apparaissent après le franchissement de la zone torride. Deux des Pères meurent à quelques heures d'intervalle. Il faut coudre les corps dans des linceuls. M. de La Tour assiste à la cérémonie. Le contremaître, qui a l'habitude de la mer, fait glisser plusieurs effets des défunts dans les draps, avant qu'ils soient tout à fait clos. Le chirurgien, à côté de M. de La Tour, explique qu'ils lesteront les dépouilles. Il faut précipiter leur engloutissement, quand elles sont versées dans l'océan, à cause des oiseaux qui suivent les vaisseaux et leur sillage de rognures. Les cadavres, parmi tous les débris qu'ils guettent, excitent chez eux une avidité sans bornes. Si les flots ne happent pas très vite les corps qu'on leur confie, mouettes et cormorans ont tôt fait de percer les linges dont ils ont été enveloppés et ils déchiquettent leurs chairs. Comme les rats, ils s'attaquent, poursuit le chirurgien, d'abord aux parties les plus fragiles : les yeux, les lèvres. Lorsque le vent est faible et qu'on s'éloigne trop lentement de ces charniers flottants, il arrive que des volatiles, en tournoyant au-dessus du navire, fassent choir sur le pont des lambeaux qu'ils viennent d'arracher à leurs proies. La curée a été si rapide qu'on peut clairement identifier ici une verrue, là une touffe de cheveux, ou des petits bouts de peau pâle qui ont dû être prélevés sur le cou ou les génitoires. Les Pères ont joint les mains. Ils prient. Le chuchotement du médecin se mêle à leurs implorations.

Les deux suaires ne flottent qu'un instant avant de plonger. Tandis qu'ils se gonflent d'eau et frémissent, M. de La Tour songe combien ils sont semblables, autour de ces corps ramenés à leur nudité originelle, aux langes dans lesquels ceux-ci furent emmaillotés à leur naissance. Il rêve, pour les âmes enfin délivrées de la surface des choses, d'un bercement aussi doux que celui qui les a déposées au rivage de l'être, mais qui serait, cette fois, tout profondeur et éternité.

Le jour de la Fête-Dieu, les onze Pères qui demeurent organisent une procession autour du pont. Le cortège vient s'arrêter devant la plate-forme qu'ils ont fait construire, la veille, sur le tillac. Ils y ont installé un autel surélevé, où ils ont exposé leurs plus beaux ornements. Les femmes, les hommes portés à la dévotion et toute une partie de l'équipage se tiennent derrière eux. Une odeur d'encens flotte. M. de La Tour est en retrait. Sa piété se nourrit de plus de silence et d'ombre. Mais, brutalement, pour un étendard qui tremble à sa gauche, une autre célébration remonte en lui. Un peu de lumière s'était dérobé de la même façon. La voix du prêtre avait une inflexion identique. Son cœur était plein de Dieu. Une silhouette transfigure aussitôt ce souvenir, car il suffisait alors qu'elle visitât M. de La Tour pour que le désir devînt de l'amour et que la pureté fût une gorgée d'eau fraîche. Elle avait haussé le monde d'un ton. À la ferveur retrouvée se mêle soudain le plus violent des regrets, le dépit immense des affections qu'on n'a jamais assouvies et qui demeurent des béances, malgré le temps, malgré les résolutions, l'impossibilité, parce qu'elles ont été au-delà du temps, des résolutions et des impossibilités : les défaites que les hommes leur ont infligées, en les rejetant aux limbes, ne les ont pas brisées, mais uniquement, à jamais, blessées.

Dès ce jour, M. de La Tour n'a plus envie que de se taire tout à fait, de ne plus rien laisser sourdre. Il s'éloigne autant de la parole elle-même que de la langue qu'il parlait. N'ayant su invoquer ni la femme ni le Dieu auxquels il s'est livré, il mesure son abîme et que, sans doute, dans le chiffre du temps, leur perte seule lui était réservée. Il s'immole à une souffrance qu'il ne comblera pas. L'amour véritable est peut-être une inépuisable faculté de périr avec chaque jour, de maudire chaque aube, de remplir chaque nuit de sanglots et de rêves refoulés, obsédants, de consentir au vide plutôt qu'à des consolations médiocres.

*

Le vent est tombé. Pendant vingt-cinq jours, la *Santa Caterina* ne progresse pas. Les vivres diminuent. On rationne l'eau. On ne raconte plus, à bord, que des histoires de navires égarés que la famine a ravagés. On évoque, à mots couverts, les horreurs qui vont avec la faim. Les marins tuent d'abord les passagers pour s'en repaître, puis ils s'entre-dévorent. Ce sont des festins macabres, des vaisseaux semblables à des tombeaux qui dérivent.

Un soir, une femme accouche. Après qu'on a entendu longtemps ses cris, le silence s'installe : une hémorragie l'a emportée. L'enfant, lui, respire mal. La sage-femme et les voisines qui ont assisté la parturiente délibèrent. Elles résolvent d'attendre, pour coudre la mère dans son linceul, que le nourrisson aussi ait péri : on les mettra dans le même sac. C'est chose faite avant que le soleil soit tout à fait levé. La mère et l'enfant sont réunis et les flots les boivent. L'époux, tout le jour, est abasourdi. Il ne reste, autour de lui, que quelques linges pour lui rappeler sa compagne. On lessive le plancher de la cabine. Quelques-uns, sur le pont, murmurent que ce sont des bouches inutiles qui ont disparu.

Le surlendemain, le commandant autorise l'abattage des bêtes qui avaient été préservées jusque-là. La faim, la soif, la chaleur les déciment comme les hommes. Les mouches et les rats se mettent sur les charognes avant leur dernier souffle, les dépeçant et les souillant, de sorte que, la maladie les eût-elle épargnées, elles sont impropres néanmoins à nourrir les voyageurs. C'est une double perte. Pendant quelques heures, on égorge donc bœufs, moutons, porcs, biquettes. Une grande boucherie ensanglante le navire. Ensuite, on fait ripaille. Mais cette débauche est triste : la viande est trop fraîche et nul n'ignore qu'on se contente de prendre de vitesse la vermine. On sait aussi que les provisions, désormais, vont manquer. Bientôt, en effet, il ne demeure que des salaisons. Elles sont brûlantes. Elles exaspèrent la soif. Les uns et les autres commencent, pour tromper leur faim, à sucer des bouts d'étoffe, à mâcher de petites pièces de cuir.

Un peu avant la fin du mois, un orage éclate. Le capitaine, pour recueillir l'eau de la pluie, fait tirer des tonneaux sur le pont. Lorsque les bourrasques augmentent, comme l'équipage tout entier doit s'affairer à la manœuvre, les passagers valides, sans distinction d'état ou de fortune, reçoivent l'ordre de prendre des cordages et d'arrimer à la place des matelots les barriques qui menacent de verser. La plupart des hommes, s'ils ne sont pas malades, sont affaiblis et maladroits. Le roulis du navire leur porte au cœur. Ils ont peur. Ils piétinent dans des immondices détrempées. Leurs pieds glissent. Ils s'aperçoivent qu'ils ont les chevilles maculées de sang : c'est celui des bêtes qu'on a abattues il y a peu de temps et d'un petit garçon qui, s'étant brisé la jambe, a été amputé, après que la gangrène avait pris sa blessure. Tout ce sang répandu avait séché, bruni. Il ruisselle à nouveau comme d'une blessure fraîche. Un des Pères, quand il voit ses mains tachées, a un accès nerveux.

Au matin, l'orage est tombé. Le commandant découvre qu'il a dérivé sur des écueils entre Madagascar et la côte d'Afrique. Il est soucieux et ne le dissimule pas. Son inquiétude provoque à travers tout le bateau des cris de détresse. La mesure est comble pour beaucoup.

Un négociant en vins qui prônait qu'on fût gai tout le temps que la vie persiste, pris de frénésie, enjambe le bastingage. Ses proches, surprenant son geste, se précipitent pour le retenir. Ils ont agrippé les basques de son habit ; ils essaient de hisser leur compagnon vers eux. Il est lourd. Les coutures craquent. L'homme glisse d'un coup. Il se fracasse la tête contre la coque : les autres ont encore des pans de tissu entre les mains.

Un peu avant le coucher du soleil, de gros poissons apparaissent à fleur d'eau et ce sont, cette fois, dans la foule qui était prostrée, des cris de joie. De partout, les matelots lancent des lignes. Ils remontent vite leurs premières prises. Elles sont d'une taille inouïe, leur chair d'une blancheur encore jamais vue. On apprête des feux ; l'alerte résonne au milieu des filets. Le commandant a fait mettre la sonde à l'eau : il n'y a que vingt brasses. Au jet suivant, elle indique douze brasses. On va échouer.

Mais le pilote passe. L'allégresse ne revient pas, cependant. La nuit est occupée à vider silencieusement les poissons. Les mousses distribuent à chacun, sous l'œil des contremaîtres, des parts équitables. Il n'éclate même pas de contestation.

Les premiers cas de scorbut sont recensés au cours du sixième mois de navigation.

La maladie se met dans les membres et les fait pourrir. Les hommes en qui elle se loge tombent par pièces. Les matelots, qui reçoivent la plus mauvaise part des aliments, ayant peu de ressources pour lutter contre cette attaque, succombent les uns après les autres. Leurs lèvres et leurs bouches sont si enflées que leurs visages en quelques heures deviennent méconnaissables. L'officier qui tient une liste des mourants peine à obtenir le nom des agonisants sur lesquels il se penche. On les identifie à la boucle de leurs ceintures, à la couleur d'une chemise ou à une vieille cicatrice. Les malades, rapidement, sont si nombreux que, toutes les nuits, plusieurs meurent sans aucune assistance. On les retrouve, à l'aube, les yeux et la plante des pieds dévorés par les rats. M. de La Tour a été enrôlé dans une des équipes qui s'emploient au débarras des corps. Il faut œuvrer vite. Les linceuls et les prières disparaissent, remplacés par le marmonnement pressé de survivants que la honte et l'effroi partagent. Chaque fois qu'il passe son faix par-dessus bord, M. de La Tour se demande néanmoins quelles chevelures, quels sourires, quels seins habitaient les prunelles disparues dont on se débarrasse ainsi, quels chants émouvaient cette débandade d'organes pourrissants dont l'odeur le fait chanceler de dégoût, quelles collines sont englouties avec eux, quels jardins, où les mourants, dans leur ultime spasme, apprirent une dernière fois à marcher, guidés par la main d'une vieille femme qui bascule soudain, elle aussi, dans l'oubli. Il contemple tant de secrets qui rongèrent des cœurs qu'aujourd'hui les bêtes à leur tour ont rongés. Les passions, le désordre sont évanouis. Il est bouleversé par la fragilité de la matière, par le chant si éphémère qu'elle élève à la face du néant, cette protestation sans foi qu'elle entonne et qui aura, pourtant, un instant, le temps d'un souffle, rédimé le monde.

*

La *Santa Caterina* aborde à Goa le neuvième jour d'octobre, fête de saint Denis, apôtre de France.

Au cours des dernières semaines de la traversée, la dysenterie, le typhus, ayant ajouté leurs ravages à ceux du scorbut, ce sont finalement deux cent trois personnes, équipage compris, qui débarquent, soit un peu plus d'un tiers des voyageurs partis de Lisbonne. Des familles qui devaient se réunir n'existent plus. Des correspondants viennent en vain attendre, au bas de la passerelle jetée sur le quai, l'associé qui devait les rejoindre. Le soulagement des uns n'étouffe pas les sanglots des autres.

M. de La Tour est malade, décharné, vivant. Il tente de repartir aussitôt, prétendant avoir à faire à Macao. Il rencontre les patrons de trois navires ; ils refusent de le transporter, de quelque somme qu'il promette de payer son passage.

*

Il doit se résigner à demeurer en ville, dans cette *Goa dourada,* merveille des merveilles, que de vieilles épopées ont proclamé être le paradis terrestre. M. de La Tour, très vite, débusque les raisons qui fondent la légende.

La beauté de la lumière, la profusion des palmes et des manguiers, le parfum des brises l'étourdissent. Le chant de tant d'oiseaux inconnus, la profusion des accents, les visages si différents, sous les voiles, les turbans ou les perruques l'éblouissent. Au fil des jours, il découvre une cité nichée comme Rome entre sept collines. Les crépuscules n'en sont pas moins doux. Le voyageur longe, entre la mer et le bras d'un fleuve plein de force, les murailles qui défendent la ville. Elles sont épaisses, munies de fortifications régulières. À l'intérieur de cette enceinte, les bâtiments magnifiques abondent : églises, palais, halles, entrepôts, couvents, demeures de particuliers rivalisent d'éclat. Leur blancheur, dans la luxuriance des feuillages et parmi les fleurs de bougainvilliers, blesse le regard. Certains édifices, au contraire, sont entièrement peints. Leurs couleurs vives, contre la pierre nue, créent un contraste saisissant. Goa est bigarrée, insolite, somptueuse. Des balcons ouvragés et des jalousies en bois sculpté ornent les façades des maisons. Les fenêtres, aux étages supérieurs ou à l'intérieur des patios, sont tapissées de petits carreaux de nacre qui laissent percer une lumière douce comme le lait des huîtres dans lesquelles ils ont été taillés. Toutes les habitations un peu opulentes possèdent plusieurs pièces décorées avec de grands carreaux de faïence identiques à ceux que M. de La Tour admirait au Portugal. Il est fasciné par la simplicité du monde bleu et ocre qu'ils extraient du réel, un monde immobile, non point à la façon des peintures qui sont étudiées, mais comme s'il eût été figé à l'instant, pris sur le vif, démultipliant les scènes familières que nul jamais ne distingue véritablement : maraîchères qui rangent leurs étals, courtisans attablés, chasseurs à l'appui sur leurs étriers, silènes ou musiciens qui accordent un instrument, amants égarés, impatients derrière une tenture, oiseaux et petits chiens, lapereaux et faucons entre des herbes. M. de La Tour observe avec quelle acuité l'œil anonyme qui vit ces gestes courts, ces réalités modestes ou triviales, voulut les honorer. Il sent une étrange familiarité avec ce témoin évanescent, ce spectateur tendre et désespéré des choses humaines. À rebours de ces fresques intriguées par les détails humbles et les domesticités universelles, les églises de la ville déploient des splendeurs qui figent dans une gloire inaccessible le Dieu que M. de La Tour prie. Innombrables, elles sont grandes, toutes pourvues des décors les plus riches que l'imagination ait pu inventer, remplies de stucs, de jubés, de balustres, de torsades et de dorures qui se superposent et qui s'enroulent les unes aux autres. Les chapelles les plus discrètes brillent d'émaux. L'église du Bon-Jésus contient, dans le bras droit de son transept, une châsse où saint François Xavier repose au milieu de retables et dans un ruissellement de matériaux précieux qui désempare M. de La Tour. Plus loin, c'est la silhouette de Saint-Cajétan : la basilique a été dessinée sur le modèle de Saint-Pierre de Rome. Ses premières fondations ayant été posées trois ans plus tôt, elle n'est pour le moment qu'un monceau de pierre claire et d'échafaudages, mais l'élan qui la soulève perce dans leur enchevêtrement même. Tant d'abondance, d'orgueil, chasse M. de La Tour, qui a aimé une vallée où l'on adorait Dieu presque nûment. Il préfère passer la porte des Vice-Rois, s'avancer dans l'arrière-pays, les rizières et les bosquets de cocotiers où les buffles ont de larges museaux humides et les enfants des yeux brillants. Il marche pendant des heures jusqu'aux villages les plus pauvres. La beauté des femmes, sous les étoffes chatoyantes, leur hauteur, dans la misère, malgré leurs pieds nus, épaissis ou déformés par les travaux, lui inspirent un respect proche de la tendresse. Les visages entrevus le hantent parfois, le soir, dans la maison professe où il a été accueilli, tandis qu'il lit au-dessus de la table de bois presque noir qu'il a dans sa cellule.

M. de La Tour donne à nouveau des leçons. Il fait des copies pour ses hôtes. Il aide au jardin ou à la cuisine, pelant longuement des fruits dont l'écorce embaume ses mains malhabiles. Il acquiert quelques livres. Il accorde, chaque nuit, le luth reçu à Lisbonne. Il en joue très peu, rebuté par l'attention qu'on a portée à quelques compositions qui étaient inconnues ici : il est jaloux de sa solitude, jusque dans la plainte qu'elle met en lui.

Mais il aime débarrasser l'instrument de la toile qui le couvre, en caresser doucement, dans la pénombre, la table claire et la grande rosace qui l'entrouvre.

Il ne cesse de retourner au port. On y aborde de l'Europe, de la Perse, de toute l'Inde et de plusieurs grandes îles de la région. Indiens, Chinois, Portugais, Espagnols, Français et Hollandais font commerce de toutes les denrées qui existent. Les pierres précieuses, la soie, les épices des Moluques, le vin s'échangent au prix fort. Les négociations des marchands et les cris des contremaîtres entretiennent une rumeur perpétuelle qui s'apaise à peine au crépuscule, quand le chant des monastères et des couvents, soudain, fait vaciller ces vociférations. M. de La Tour s'enquiert des navires sur le départ. Il se lie avec un joaillier napolitain, petit, maigre, solitaire, jovial, qu'il a rencontré dans un magasin de musique. L'homme a été castré à Naples, lorsqu'il avait douze ans, parce qu'on avait dit à ses parents que sa voix pouvait faire leur fortune. Il s'était produit à Marseille, à Zurich, à Londres, sans succès. Il est tombé dans le trafic des émeraudes, a quitté l'Europe. Enrichi, il conserve une étrange nostalgie des bouges où, sans illusion, sans ambition, il attendait vainement un engagement, se rappelant tout le jour cinq mesures d'une cantate qui, au théâtre, pendant une audition, lui avaient mis les larmes aux yeux. Il n'interroge pas M. de La Tour. Il est heureux qu'il ait entendu telle aria dont le souvenir ne l'a pas quitté lui-même. Il fredonne. Il propose le nom d'une autre pièce et, d'un coup, son évocation les laisse silencieux dans l'arrière-boutique où ils conversaient, renvoyés à des images qu'ils ne soupçonnent pas l'un chez l'autre, mais également éblouis, ardents, désespérés. L'amour est une odeur, un corps, une voix, un son, qu'on n'avait pas cru entendre et qu'un hasard restitue, irrépressible, perdu. Déchirant.

En mai, M. de La Tour obtient de monter à bord d'une galiote qui doit se rendre à Macao. Il y a une escale à Malacca.

Le voyageur est impatient, soudain, de rompre absolument avec toute espèce de familiarité, de n'avoir plus de langue en partage avec les hommes qu'il rencontrera. Les mots ne l'embarrassent pas. Il trouve, au contraire, dans la lecture et l'isolement qu'elle autorise un dernier plaisir, dont la force l'a pris au dépourvu. Mais Goa l'a rendu à la société des hommes. On n'en finit pas de ce qui sollicite l'esprit. M. de La Tour veut se dépouiller de l'usage commun de la parole que ses congénères perpétuent. Il aspire au silence des cloîtres, à la parole interdite, faisant lever, par contrecoup, une transparence à l'être ou aux choses que le discours condamne.

Tout le monde l'a entretenu des pirates qui infestent les côtes de l'Empire du Milieu, rançonnant les navires avant de les couler. C'est une tempête, un après-midi, vers quatre heures, qui fond sur son vaisseau. M. de La Tour est jeté à la mer. Il ne tente pas de se retenir à une poutre ou à la pièce d'étrave devant lui. Il songe qu'il rencontre ce destin, dont on ignore le contour jusqu'à une chute dans de l'eau, ou un pied qui enfle, ou un sifflement dans sa gorge, là où l'air, naguère, passait. Il songe qu'il va mourir. Aux vagues qui le roulent et qui le renversent, il s'abandonne. À l'heure décisive, il ne lui vient pas d'autre prière qu'un chant de gratitude. Il rend acte au Seigneur des grâces qu'il lui a faites et du néant imminent.

Voici, mon Dieu, que Vous avez lâché Votre foudre sur le bateau où j'étais monté.

Et maintenant je suis dans le ventre de la mer que Vous agitez. Ses flots me ballottent comme le ruisseau un fétu. Ils me reprennent et me rebroient chaque instant. Ils hachent ma prière. Elle pourrait n'être qu'un sanglot intérieur, mais, sous mes paupières, je sais que je Vous parle véritablement avec ma bouche et mon esprit. Dans la morsure du sel, sous les sifflements du vent, je Vous parle depuis ma chair blessée et cette vie que Vous m'avez encore conservée.

Seigneur, Vous rompez, quand Vous le désirez, le souffle des petits enfants jusque dans les bras de leurs mères : aujourd'hui, donnez-moi la mort. Aujourd'hui, je Vous remets ce peu d'existence entre le pleurer et le mourir qui est tout mon bien, n'étant, comme tous les hommes, qu'un battement de sang, un flux entre diastole et systole.

Les doigts de ma main sont ouverts. J'ai tant cheminé vers Vous. Je ne Vous ai pas trouvé.

J'ai écouté Votre silence. Je vous ai imploré, appelé et Vous ne m'avez pas répondu, ou bien Vous m'avez répondu et je ne l'ai pas conçu. Est-il vrai que Vous atteignez nos yeux et notre bouche, quand Vous voulez que nous Vous entendions ? Vos Saints l'assurent. Je redoute qu'on soit parfois trop exigu pour Votre souffle. Vous caressez nos visages douloureux et nous poursuivons nos grincements de dents et nos sanglots, parce que nous ne savons pas ce que c'est que la caresse.

Vous ne m'avez pas écrasé ; je n'ai ni force ni colère de reste. Je souhaiterais passer avant que tout amour en moi finît. Je ne voudrais pas retomber dans la sécheresse de cœur qui était la mienne avant cette femme que Vous m'avez offerte et qui a été le plus près de la passion que j'ai connu. Tous les paquets de mer qui m'entourent me donnent moins d'effroi que cette menace d'être à nouveau un morceau de bois sec, une poignée d'étoupe où le feu ne prend pas.

Il me semble que, chaque jour, tourbillonnent en moi mille hommes glacés que le désespoir a saisis et qui me conjurent de renier ce désir de la lumière que Votre Christ, par sa miséricorde, a entretenu en nous. Je me dis que le Malin me tient. Je lutte contre lui. Mes combats ne sont pas l'assujettissement où Vous réduisez vos bien-aimés. Je n'ai presque plus aucune vigueur et ma foi est une toute petite source qui se tarit.

Seigneur, je Vous en supplie, avec mes bras qui battent les eaux malgré moi et dans le mugissement de cette tempête : brisez-moi.

Brisez-moi comme les feuilles, lorsque leur saison est passée. Brisez-moi, comme Vous écroulez le faîte des palais, dont les civilisations ont vécu. Comme la tasse qui a chu par terre. Seigneur, faites que je sois comme la coquille de l'œuf ou le rameau, une nuit d'hiver. Je consens de toute mon âme à n'être plus rien que l'attente de Votre jugement. Je suis l'attente, depuis si longtemps, de la vérité. J'ai honte d'une telle convoitise qui ne m'a rien révélé, mais il se peut qu'elle soit dans l'instant de son renoncement. Il n'y a plus de scorpions en moi, ni de serpents brûlants. Il n'y a plus de fiel ou d'acrimonie dans mes paroles. Je sens de la douceur à mourir. J'entraperçois une mansuétude dans l'obstination avec laquelle Vous préservez les orgueilleux et les désespérés des grâces qu'ils souilleraient. Je sais que Vous m'avez conduit et que Vous conduisez toutes Vos créatures.

Humblement, à Votre oreille qui est l'immensité même du monde, je murmure, Seigneur : rompez-moi enfin. Emportez-moi en Vous, si faible et ignorant que je sois, sans vertu dont je Vous accroîtrais, homme de rien, paille purement remise à Votre Volonté. À qui souffre, cet effacement seul est absolution. Vous emportez mes chagrins ; je vous fais remise de moi. Seigneur, mon souffle qui se perd sera-t-il finalement, libéré de la matière, un peu de Votre souffle ?

M. de La Tour survit.

Il échoue sur une bande de terre sablonneuse, au pied d'arbres immenses et sombres. Il est seul. Il a perdu connaissance longtemps avant de heurter le rivage. Il est renversé face au ciel, à la nuit. Ses lèvres sont entrouvertes. Chaque flot qui se brise monte jusqu'à sa poitrine. Quelques instants, son corps est un peu soulevé par-dessus le limon ; il flotte faiblement jusqu'à ce que, l'arène autour de lui s'étant éparpillée, il s'affaisse à nouveau. Ce vacillement monotone dure des heures, absurde comme le ressassement de la survie. L'aube qui se lève montre la peau livide du naufragé. L'os des chevilles perce sous la chair flétrie. Quand le soleil surgit enfin, c'est marée basse. Du sable sèche sur la jambe droite de M. de La Tour, traçant des rigoles brunâtres qui s'écaillent doucement.

Vers dix heures, une pluie fine recommence à tomber. Elle lave les paupières de l'homme inconscient, les arêtes du nez, les joues où le sel a pris. Elle glisse entre ses lèvres. M. de La Tour ouvre les yeux. Il sent la bruine sur lui. Il voit que la vie le tient encore. Il sombre à nouveau, le cœur navré. Il est au bout du monde et sa voix, lorsqu'elle était la plus sincère, n'a pas touché Dieu. Le mensonge et la boue sont donc en lui comme une nécrose. Ils le tiennent au-delà de toutes ses imaginations, ou bien sa faute est si grande que ses prières ne sauraient appeler sur lui que de nouveaux châtiments. M. de La Tour tombe dans le silence et le vide, dans la dépossession particulière que cause le mépris qu'on a pour soi. Son désir trompé de mourir le met tout près de l'anathème ; il est la déréliction.

*

Quand il se réveille à nouveau, il est couché sur un lit d'herbes. La pluie heurte, au-dessus de lui, un toit de feuillage qui le protège. Un visage est penché sur le sien, emmêlement de rides et de plissures tel que M. de La Tour met plusieurs moments à reconnaître une vieille femme qui l'observe. L'expression de ses traits lui échappe : indifférence moqueuse, sollicitude ou dévouement passionné. Elle porte une tunique grise sans manche, informe. Son crâne est rasé. M. de La Tour devine qu'il s'agit d'une de ces nonnes errantes, dont les Pères lui ont représenté la vie misérable. Veuves, concubines repenties, épouses stériles jetées dehors par des familles acariâtres, fiancées en rupture de ban, elles ont rompu avec le monde. Elles refusent jusqu'à la sécurité qu'un monastère leur assurerait, avec la cellule, les repas, le carré de tombes où elles eussent été ensevelies. Elles s'en sont remises aux chemins et aux éléments, auxquels seuls elles pensent appartenir encore. Sans abri, sans plus d'attache ou de parent vers qui elles consentent à se tourner, elles s'abandonnent au hasard des charités et des expédients que les saisons leur fournissent. Ces ombres vagabondes sont à peine plus visibles que les démons ou les fantômes, si elles éprouvent plus de détachement qu'eux face aux hommes. Aussi les promeneurs égarés la nuit ne les craignent-ils pas. En reconnaissant leurs crânes nus, ils les saluent. Ces femmes dépouillées de tout lien poursuivent leur idéal d'une retraite farouche au point d'aller mourir dans des cachettes, consolées de toutes les privations par une absence à soi qui ne connaît pas de limite. Ni oraisons, ni robes blanches du deuil, ni cercueils ne leur sont réservés. Les bavardages qu'inspire la mort leur sont épargnés. Leurs corps se décomposent loin de tous. Parfois, lorsque la rumeur veut que l'une d'entre elles ait touché à la sainteté, on guette le temps qu'elle sera morte. On attend que ses ossements soient entièrement blanchis, puis on les recueille et on élève autour d'eux un monument ou un sanctuaire, non point pour donner à la défunte un repos qu'elle aura mieux su trouver seule, mais parce que, devant les cailloux assemblés autour de ses restes, on pourra lui délivrer ces suppliques qui poignent le cœur tant qu'on ne les a pas dites à un peu de nuit et d'éternité.

M. de La Tour mange dans le creux de la main que sa bienfaitrice lui tend. Elle y pose des coquillages et des fruits qu'elle dépiaute pour lui. Deux ou trois fois par jour, elle incline entre ses lèvres un bol rempli d'un liquide fade. Elle lui soutient la nuque. Elle utilise, ensuite, pour elle-même, sans le rincer, le même récipient. Elle hoche la tête, quand elle voit trembler les mains de M. de La Tour. Elle amorce des sourires, prononce des lambeaux de phrase qu'il ne comprend pas. Elle hausse les épaules. Elle s'absente. Elle revient. Il pleut toujours.

*

La culotte noire de M. de La Tour a passé de couleur. Sa chemise, qui était blanche, a viré au jaune brun. Elle est toute déchirée.

M. de La Tour demeure allongé, paupières closes. Il n'a pas un objet à lui, pas un livre, pas un portrait, pas un gage de l'existence des hommes qu'il a connus ou de la femme qu'il a aimée, du monde qu'il a quitté. Il est un homme presque nu sur une couche de branchages, qu'une vieillarde alimente du bout des doigts, pressant de la bouillie entre ses dents, lorsqu'il n'a plus la force d'ouvrir les lèvres. Il prie un Maître qui ne répond pas, qui a, dans son délire, un visage de chair et la vigilance des femmes qui se dévêtent. Il n'est plus qu'ignorance, abandon.

*

Le soleil est haut, quand des hommes paraissent. M. de La Tour repose sous son toit de palmes depuis cinq jours peut-être, ou neuf, ou plus d'une quinzaine. Il est incapable d'aucune estimation, ayant vécu par intermittence, dans des trouées de conscience irrégulières. Il reconnaît, en revanche, d'emblée, parmi la troupe qui surgit, aux attitudes et aux vêtements des uns et des autres, une poignée de soldats que guident des villageois très agités. Quelques enfants sautillent entre eux. La vieille s'interpose, lorsqu'ils encerclent M. de La Tour. Elle est écartée. Son protégé est dressé sur les pieds. On le pousse. Il trébuche. Il est, à l'instant, roué de coups. Il faut hâter le pas. La tête lui bourdonne des invectives qu'on prononce contre lui. En même temps, il entend, pour la première fois lui semble-t-il, le fracas des vagues près de la hutte à laquelle il est arraché, et le cri d'oiseaux pareils à des courlis, qui tourbillonnent dans les arbres, s'abattent en bandes sur le sable, repartant précipitamment, lorsque des mouettes se jettent parmi eux. Il est bousculé vers un sentier. La cohorte débouche sur une route. La lumière éblouit M. de La Tour.

Au milieu de ses gardes, il traverse une vaste plaine. Des paysans repiquent du riz. Ils s'interrompent pour regarder passer le convoi : on ne voit pas leurs visages sous les chapeaux à grands bords. Ils flattent l'encolure des bœufs qui tirent, de loin en loin, un attelage. La scène est entièrement paisible. Un fleuve ondoie entre les champs. Au bout du chemin, après un défilé brusque de pics rocheux, M. de La Tour discerne un bourg. Il voit un appontement de pierre grise où des barques stationnent. Des cages d'osier y sont empilées. Quelques femmes, à l'arrière, tiennent des étals. Il débouche ensuite sur une place qu'entourent quelques bâtiments plus élevés que les autres. Des poules picorent devant un abreuvoir. Il entend des enfants qui récitent dans une école. Les bourrades s'intensifient. M. de La Tour est poussé dans une salle obscure, jeté aux pieds d'un homme jeune, mieux vêtu que ceux qui l'ont pris et assis sur un siège de bois aux accoudoirs polis. Il ne parvient pas à décrypter la conversation que l'homme entretient avec les soldats. Il saisit à peine qu'il est identifié avec un barbare. Il est hébété, ahuri, après le grand silence de sa protectrice et sa compagnie imperceptible. Des bourgeois pétulants et bavards l'entourent. Ils portent des vestes brodées. Ils lui donnent des ruades. Ils le montrent du doigt, l'assaillent de questions désordonnées.

Le magistrat lève la main. On se tait soudain. M. de

La Tour est interrogé. On lui demande s'il est un pirate. Il dément. Il dit qu'il est seul. Qu'il est un voyageur égaré. Il circulait sur un bateau qui a fait naufrage. On l'interroge pourquoi il était sur ce bateau qui a fait naufrage, s'il ignore que les barbares n'ont pas le droit d'entrer dans l'Empire. M. de La Tour se tait. Comme on n'a pas vu, depuis la tempête, le moindre débris d'un vaisseau qui eût été brisé, ses juges sont perplexes. Ils doutent de la vérité de ses allégations. Ils délibèrent sur son cas. On décide de l'enfermer et de dépêcher un émissaire à la préfecture voisine. Le jeune magistrat interrompt les palabres.

Es-tu un prêtre ? demande-t-il. Es-tu de ces barbares qui disent qu'ils connaissent le Seigneur du Ciel et de la Terre ? J'ai rencontré plusieurs d'entre eux.

M. de La Tour secoue la tête. Il n'est pas un prêtre. Il ne connaît pas le Seigneur du Ciel et de la Terre. Des larmes lui montent aux paupières.

On l'enferme. Les pêcheurs qui avaient escorté la troupe retournent à leurs bateaux.

*

Le lendemain, on tire le prisonnier de sa geôle. On le conduit de nouveau chez le jeune magistrat. M. de La Tour doit s'asseoir en face de lui. Les domestiques lui offrent du riz, un ragoût de poisson, des morceaux de porc, une boisson qui sent l'alcool et qui est chaude. Son hôte a un visage intelligent, attentif. Il veut apprendre quelle langue M. de La Tour parle, dans quel pays il vivait, si le ciel y est identique au ciel au-dessus de leurs têtes, à quelles lois les hommes de sa nation se soumettent, quels rêves ils tissent, quand ils se taisent ou qu'ils aiment des femmes. Il scrute les expressions de son interlocuteur. M. de La Tour démêle mal toutes les questions qui lui sont posées. Il cherche les mots qu'on lui a enseignés, les intonations de la langue. Surprenant qu'il est à nouveau occupé par ce bavardage qui met les hommes aux prises entre eux, sans qu'ils progressent jamais les uns vers les autres, l'intelligence véritable ne relevant que de l'intuition ou de l'amour, il se dépite, il se renfrogne. La curiosité de l'autre lui indiffère : il est à la poursuite du terme de ses jours. Il veut ce que les hommes ne se donnent pas les uns aux autres. Par quoi se laissera-t-il distraire ? Des variations de mœurs d'une montagne ou d'un océan à l'autre ? Des réflexions de lettré ? Le magistrat perçoit son repliement. Il est vexé. La rencontre tourne court. On ramène M. de La Tour dans son appentis.

*

Le sixième jour, il reçoit un compagnon de cellule, mais à peine a-t-il été enfermé avec lui, que cinq soldats flanqués d'une espèce d'assesseur en robe prune et bonnet de soie viennent à nouveau se saisir de l'inconnu. M. de La Tour, ensuite, entend des hurlements. Il sait que c'est le prisonnier qu'on frappe.

L'homme reparaît, après que la nuit est tombée. Ses jambes sont entièrement lacérées. Des lambeaux du pantalon qu'on ne lui a pas ôté s'emmêlent à des lanières de peau qui pendent depuis le haut de ses cuisses. Il a les ongles des pieds arrachés et des cercles autour des chevilles, qui ne sont pas la marque de liens, comme M. de La Tour l'imagine d'abord, mais des bracelets de chair à vif. L'épiderme a été découpé, puis prélevé, avec une précision qui stupéfie. M. de La Tour détourne le regard de la plaie. Il se penche sur le blessé. Il voudrait le réconforter. Sa plainte, depuis qu'il a lui-même été jeté à la mer, est le premier son qui le bouleverse. L'autre le repousse. Toute la nuit, M. de La Tour tente de le soulager et, à chaque geste qu'il ébauche, il voit qu'il suscite des frissons et un ravivement de douleur tels qu'il finit par se cantonner dans l'angle du réduit opposé à la couchette où l'homme gît. Les yeux du prisonnier, dilatés par la peur et la fièvre, demeurent fixés, avec hantise, sur sa silhouette.

Le jour vient. Aucun des deux hommes ne bouge. Nul ne les visite. Dans l'après-midi, les gémissements en face de M. de La Tour augmentent. Des centaines de mouches recouvrent bruyamment le corps supplicié. Sa respiration empire. C'est l'agonie. M. de La Tour pense appeler. Il se reprend. Il laisse l'autre à son combat, à la poursuite de la paix, quelle qu'elle soit, qu'il peut désirer par-delà son râle. L'inconnu meurt à la fin de la journée. M. de La Tour est agenouillé à côté de lui. Il lui clôt les paupières, ne sachant ni son nom, ni le crime qui lui était reproché, ni son âge. Il lui resserre les mains. Il le veille. Il s'abstient presque de la prière qui flotte en lui, n'osant pas imprimer à l'âme de ce mort une compassion qui lui causerait peut-être autant d'effroi que les prévenances qu'il a rejetées. M. de La Tour le devine emmuré dans des idées de salut qu'il se représente mal. Il se demande, devant ce cadavre que nul n'est venu chercher, en quoi consiste de périr à soi en songeant qu'on n'emporte pas tout dans son néant. Qu'est-ce que mourir dans la pensée qu'on a seulement emprunté une forme, usé d'une vie qui se maintient et qui passera longtemps encore entre les êtres et les choses, chacun recevant le sort qu'il a mérité dans une existence dont il ne conserve pas le souvenir, qu'il appréhende aveuglément selon les joies ou les disgrâces qui le frappent ensuite ? Qu'est-ce donc que ce vivre qui inspire néanmoins, à chaque homme, dans toutes les nations, le même sentiment du néant de sa vie vécue, lorsqu'elle rompt ? Pourquoi la vie veut-elle l'éternité comme l'amant la possession de celle qu'il aime ? Pourquoi n'est-il pas un homme qui, mourant, sourie à cause du jour d'été lointain et jamais oublié, à cause du bras nu vers lequel, jadis, dans l'ombre, il inclina la bouche, du fruit ou de la chanson d'autrefois, qui avaient paru des triomphes à jamais conquis sur le gouffre et des miracles d'éternité brève ? Quel désir de permanence absolue, improbable, et que, dans le cours du temps, souvent on eût haïe, dégrade en un instant les seules merveilles éprouvées ? Pourquoi tous les derniers souffles sont-ils des dénonciations ou des prières, des confrontations avec l'obscurité, chassant l'épouse en larmes, le fils ou la fille trop aimants, qui en divertissent ? Pourquoi la crainte de s'attendrir ? Pourquoi ce chagrin, partout, de l'humain, du périssable, de ce que les mains touchent, que les yeux éprouvent, qui a été l'unique joie ?

*

Quelques jours plus tard, M. de La Tour est levé brutalement. Deux soldats lui attachent les poignets. Ils serrent les liens à le faire blêmir. Il doit rejoindre une escouade qui achève de se former dans la cour. Il n'a pas bu. La soif le tourmente, dès qu'il sent l'air du matin. Il frissonne de fièvre. Le jeune magistrat est là, scintillant dans une veste rouge très chamarrée. Sans un regard pour le prisonnier, il grimpe dans une chaise capitonnée, dont des serviteurs lui ouvrent les rideaux avec obséquiosité. La petite troupe s'ébranle sous un ciel bas et gris. Au cours d'une halte, M. de La Tour s'échappe. Le contact des hommes, l'idée qu'on le mène rencontrer, peut-être, un prêtre ou un marchand qui voudra rompre le mutisme que la disparité des langues force entre ses compagnons et lui donnent à son dégoût l'intensité nécessaire pour qu'il trouve la force de s'enfuir. Il part d'un trait, comme une bête, détalant dans des fourrés, parmi des plantes, dont il ignore le nom, étourdi par sa propre odeur et le bruit qu'il fait en se déplaçant. Affolé, précis, déterminé à semer ses poursuivants, ayant décidé qu'on ne le rattrapera pas, il entend le tumulte dans sa poitrine, le sang qui bourdonne en lui ; ils ne l'affectent pas. La douleur lui coupe le souffle, lorsqu'il tombe dans le creux laissé par une souche d'arbre renversée ; elle ne le concerne pas davantage. Il se redresse aussitôt. Il court. Ses muscles sont bandés. Il se précipite en avant, déséquilibré par ses poignets ligotés, plus habile pourtant que tous les obstacles. Le soleil est haut. Une torpeur s'empare du paysage autour de lui. M. de La Tour a débouché sur une vallée accidentée, couverte de champs disposés en terrasses étroites, dont les eaux miroitent jusqu'à l'aveuglement entre des pics et des aiguilles semblables à des échardes d'os brisés.

Sa vie se réduit alors au battement de son cœur, un bruit infime, insignifiant, qui s'égrène, dans l'univers immense où il pénètre, avec une persistance grotesque. Il est englouti dans la rumeur de la terre qu'il découvre, ses nuits et ses cris, l'éclat incomparable des soleils qui s'y lèvent, encore neufs, à l'aube même du monde, et qui révèlent, lorsque s'est dissipée la grande buée qui monte, chaque jour, des parcelles humides, des fleuves sinueux, des gorges, des bassins, des défilés, des précipices, des plateaux ondoyants gorgés de lumière qui se succèdent infiniment et sont, infiniment, de l'eau éparpillée en mille éclats. Les déserts, les forêts sombres, les îlots de pins, les rives des fleuves puissants lui paraissent issus de ces légendes où l'homme fraie parmi des divinités polymorphes et jalouses. Depuis les chemins étroits où il suit une intuition de piste, M. de La Tour pénètre des régions plus belles que rien de ce qu'il a jamais vu, dans une ivresse de fougères et de bambous qui murmurent, de chants au parfum de terre lourde, des régions, lui semble-t-il parfois, qui eussent ignoré les ravins et l'amertume du péché, tout entières demeurées dans la splendeur de leur création et la violence du désir qui les a fait advenir.

M. de La Tour s'est débarrassé de ses haillons d'homme de l'Europe. Il a revêtu une tunique identique à celle que portent, dans cette nation, les vagabonds ou les paysans qui vont se louer de province en province. Sa couleur tire au gris ; la toile est épaisse. Elle engloutit son corps. Il a laissé pousser sa barbe. Il espère qu'elle dissimule la pâleur de son visage. Il rentre ses mains dans les manches de sa veste pour qu'on ne voie ni leur couleur, ni qu'elles ne sont pas les mains d'un homme qui empoigne l'araire ou lie le foin, ni qu'elles tremblent encore comme ce matin où M. de Clermont, sous ses yeux, a pris Mme de Clermont.

À l'instar des mendiants et des gueux, il a désormais un bol qu'il va tendre au seuil des cabanes, dans les hameaux isolés où il s'aventure. Il imite le geste qu'il voit faire à cette cohorte de pauvres dans laquelle il s'est fondu. Tandis qu'il présente son récipient vide, il est, chaque fois, bouleversé d'exhiber ses deux poings maladroits et convulsifs, ce tremblement qui ne l'a jamais quitté et le cloue à une nuit si ancienne. Pendant ses solitudes, au milieu de l'obscurité, réfugié dans un bosquet murmurant ou une grotte, loin de tous, il oublie cette oscillation obstinée, trébuchante. Devant les hommes, ce stigmate reprend toute sa violence. M. de La Tour voit que les femmes voient ses mains qui tremblent. Il voit que les enfants les voient. Il sait que les hommes, survenant au pas de la porte, les voient. Il sait que, jusque parmi ces masures, ses mains qui tremblent l'apparentent aux bafoués, aux fustigés, aux vaincus, aux tendres qui ont été défaits. Elles lui valent une compassion distante, hâtive, nul ne souhaitant s'attarder auprès de ces faillis que leur cœur ronge. On le dévisage. On ne l'accueille pas. M. de La Tour en a fini des abris des hommes et de la paille de leurs étables. Il s'agenouille à l'orée des cahutes qu'il a approchées.

Seigneur, supplie-t-il, Seigneur, ne me rendez jamais la force d'être un homme. Laissez-moi dans mes chagrins. Laissez-moi dans la misère. Seigneur, épargnez-moi. Ne faites plus de moi qu'une bête fauve des bois, une créature qui n'a plus de mots pour communiquer avec les autres créatures, un étranger et un solitaire. Ne me rappelez pas devant un âtre. Ne faites plus de moi un être qui s'entretiendrait avec d'autres êtres, oublieux du crime que nos vies sont, même quand elles sont pures ou parce que la pureté de la vie des personnes n'est qu'un leurre et un mensonge que nous jetons à Votre Face. Seigneur préservez en moi la faiblesse du passereau, le silence de la couleuvre d'eau, la détestation qu'on réserve aux reptiles, le mépris qu'on a pour l'insecte exposé sur une pierre plate. Seigneur, je ne souhaite que me tenir au plus près de cette terre que Vous avez créée avant de songer la mettre sous nos pas, cette terre que nous défigurons à chacune de nos respirations, parce que nous sommes des bêtes mauvaises, pétries d'orgueil, que des concupiscences lancinantes ravagent sans répit. Aidez-moi à devenir plutôt une de ces bêtes qui ignorent l'esprit et qui grouillent dans les marais ou les champs ; l'ignorance de la raison sauve peut-être d'être méchant.

M. de La Tour, pendant des mois, n'est que fuite et repliement. Ce n'est plus sa course égarée en France ; c'est un enfoncement, un détachement toujours plus grands. S'il est ébloui par le poirier dont les fruits embaument toute la nuit, par le pont bas qu'il a traversé, la poignée de riz qu'une veuve a mise dans sa paume et qu'il lave dans l'eau d'une source, s'il se souvient de la musique bouleversante dans les églises, s'il pense au soufflet des orgues, au cliquetis des touches que le musicien actionne, s'il se laisse envahir par l'orage qui renverse les arbres autour de lui, c'est qu'ils creusent invinciblement l'écart entre le monde auquel ils appartiennent et l'ombre qu'il est, que tout traverse, en quoi rien ne demeure plus. Il y perçoit un évidement de soi qui est la seule joie qu'il puisse désormais concevoir.

*

Il descend un fleuve qui est rouge. Il est tout à fait enfoncé dans le silence et la nuit stupéfiée qui sont en lui. Leur profondeur croît à chaque saisissement que lui procurent les rochers déchiquetés qu'il découvre, les cortèges de pèlerins qu'il croise, petites silhouettes armées de gourdes et de bâtons qui se lancent vers des sommets invisibles, au bout d'escaliers suspendus, et les citronniers, les crécelles des moines, les articulations étranges qui résonnent dans ces gorges d'homme qui ignorent leur faute et qu'un dieu descendu dans la chair est venu la racheter. Il les écoute, tapi dans un buisson, immobile.

*

Tout l'été, il marche. Le soir, il se confie aux berges des fleuves ou à la paille des champs, lourde de relents d'urine. Le mugissement des bœufs le berce. Il entend les appels d'oiseaux qui déchirent l'obscurité. La fatigue ne lui donne pas le sommeil, mais l'obscurité le délivre de l'angoisse d'être vu. Il n'est qu'un point. Il n'y a plus de souffrance pour le troubler. Les tourments sont, dans cette paix, comme le cri des chouettes, un simple jaillissement, un phénomène de la nature, avec le bruit des torrents et la plainte des eaux qui coulent vers la mer.

M. de La Tour se recroqueville dans le creux des chemins. Il a les pieds en sang. Il ignore le nom des arbustes qui oscillent au-dessus de lui. Il mourrait, pense-t-il, comme un merle, un renard. Il lui semble souvent qu'il observe, de loin, dans une indifférence aérienne, son corps qui sèche au détour d'une forêt qu'il a traversée, étant passé au-delà du vivre et des pesanteurs comme on bouge dans son sommeil.

L'automne vient. L'hiver saisit les monts dans lesquels il s'est englouti, dédales abrupts et carrières gigantesques qui accueillent sa détresse et les cris qu'elle lui arrache sans un frémissement. C'est le bout du monde qu'il a demandé à Dieu, que Dieu lui a donné et qui ne lui accorde aucun des apaisements qu'il escomptait.

M. de La Tour pleure. Le gel soude ses paupières avec ses larmes, dévorant ses cils et ses lèvres. Il habite le trou des bêtes, pourvu qu'elles ne l'en chassent pas, se sentant hurler avec les loups à cause du froid, du craquement des pierres, de la fêlure de ses os, tandis que ses mains continuent de trembler, heurtant les branches nues et les herbes roidies, lui arrachant des gémissements qui sont des fragments de rémission, puisqu'il sort de sa taciturnité, mais il n'éprouve rien au-delà. M. de La Tour est perdu.

*

Il ne sait plus les jours. Il ne sait plus quand c'est Noël, Épiphanie, Carême ou Présentation de la Vierge. Il ignore si, dans ces frimas, ce sont les Rameaux qu'on fête, s'il doit y pleurer la mort du Christ. Il est dans une nuit entière, plus obscure que la nuit des jours. Il balbutie des prières à un Dieu mort et ressuscité, dont il honorait chaque instant de l'existence et dont il ignore aujourd'hui s'il est dans son enfance ou à son chemin de croix.

Au milieu de ses montagnes et de ses neiges, M. de La Tour n'est plus uni à aucun des Chrétiens sur la terre. Il espère toucher, dans ce dénuement, à la simplicité absolue, n'honorant plus que le mystère de son Sauveur, dépouillé de toute étape, tout rite, toute familiarité. Il pense aux anachorètes, aux gyrovagues, aux stylites, à la bouchée de pain qui les nourrissait un an : que savaient-ils, dans leur foi primitive, du défilé des jours, des fêtes et des saints qu'ils étaient ? Y avait-il encore place, dans leur extase blanche, dans leurs lacérations, pour ces soucis ? Est-ce que le sentiment de la dépossession ne l'emporte pas sur celui de l'abandon de soi ? Est-ce qu'il ne noie pas tout ? M. de La Tour est en suspens. Il est presque libre. Mais, dans le temps rompu qui constitue désormais son élément, arraché à ses bornes familières et au sens qu'elles mettaient dans la succession des moments, demeure, comme éternelle, cette femme qui l'a écarté de lui-même pour s'être donnée, une fois dans le monde, entièrement. Ce ne sont pas les caresses ou les jouissances de l'amour qui comptent, ou leur souvenir, ni des gestes à peu près dépourvus de nécessité : trébuchant sur un sentier qui l'enfonce dans les nuages, gravissant les degrés taillés au flanc d'une montage étroite comme le bâton des pénitents qui viennent y aiguiser leur conscience, M. de La Tour trouve dans le fantôme qui l'habite l'unique indice de l'échange qu'il convoite, de ce renversement de l'amour de soi à la charité qui vaut toutes les plénitudes, s'il n'en est pas le chiffre. La conversion, songe-t-il, est un défaut d'âme, un vide éblouissant, un manque devenu pur vertige.

Un jour, l'aube va se lever, M. de La Tour voit qu'il est parvenu au sommet des monts qu'il gravissait. Il est juché sur un éperon qui domine un cirque immense, une étendue si vaste, si blanche, plane et dépouillée de la moindre végétation, qu'elle paraît presque irréelle. Lentement, sa stupeur recule et il reconnaît, de loin, les eaux glacées d'un lac. Il n'y a, tout autour de lui, qu'une lueur. Il neige et les pierres éclatent sous le gel. M. de La Tour entend un homme qui sanglote.

Où qu'il porte les yeux, si loin que son regard parcourt la vallée devant lui, il n'y a pas un signe de la présence d'un autre homme. Mais, à quelques mètres, il entend les sanglots d'un homme qui gémit ; il reconnaît le hoquet de la peine impuissante à se délivrer.

M. de La Tour se retourne. Il ne discerne rien.

Il avance un peu. Il ne voit pas une ombre, pas une silhouette. Puis son regard tombe, en contrebas, sur une bouillie pâle et impure qui n'a pas l'éclat du givre. Cette bouillie tressaille. Elle prend le contour d'épaules nues. Un homme est prosterné le visage dans la neige. Il porte un pantalon de toile noire, serré à la taille par une ceinture aussi sombre. Il tient contre sa poitrine une large pierre. Elle est amarrée au torse nu par une corde qui l'enveloppe plusieurs fois. On discerne les stries du chanvre contre la peau blessée. La tête de l'homme est rasée. Il est effondré à terre et il pleure comme M. de La Tour se souvient d'avoir pleuré dans la désespérance absolue de l'hiver, lorsqu'il perdait Mme de Clermont et que son cœur était aussi vide que l'abîme aujourd'hui devant lui.

La silhouette s'est redressée. Elle soulève la pierre liée à sa chair. Le gel retient ses doigts contre la roche. Quand l'homme les en arrache, il demeure un peu de sang sur l'orbe gris. M. de La Tour voit les mains qui rougissent. Elles maculent de taches sombres la pierre que l'inconnu installe au plus haut de la crête, surplombant tout le paysage. Il consolide l'édifice avec des poignées de cailloux qui déchirent le creux de ses paumes. Sur cette espèce de table, il dépose une statue de grès noir que M. de La Tour n'avait pas aperçue derrière lui. C'est une divinité au visage plus clos encore que les lèvres, à l'expression suave, un peu douloureuse, lointaine. Son buste est si poli que la neige n'y prend pas. Elle demeure renfermée dans sa méditation, immobile contre les bourrasques qui sifflent autour d'elle. L'homme s'est abattu devant l'idole. Son front repose à même le sol. Il est silencieux. On n'entend plus que le mugissement du vent, assez âpre pour sectionner les voiles d'un navire ; il bat seulement deux ombres épuisées.

La journée tout entière s'écoule. M. de La Tour ne bouge pas, saisi par le froid, enfoncé dans sa contemplation. Parce que le givre s'amenuise régulièrement sur son corps et celui de son compagnon, parce que leur haleine fait une buée légère, il sait, malgré la relâche de leurs consciences, qu'ils sont encore en vie. Ils sont deux créatures solitaires et souillées, qui appellent sur elles Dieu sait quelle miséricorde que les larmes, le repentir, des contritions insensées sauraient obtenir.

Puis la neige cesse. Le crépuscule s'empare de la vallée. Le froid empire.

M. de La Tour se réveille en entendant des pas crisser. Il fait jour. L'autre homme est debout. Il se tient face à l'horizon disparu, cette fois, dans des nuages épais.

Il a presque la taille de M. de La Tour. Il ne semble pas beaucoup plus âgé. Ses joues sont glabres. M. de La Tour ne distingue pas son regard. Il a dû le voir. Il ne le montre pas. Ils n'échangent pas un mot. Quand l'autre s'ébranle, M. de La Tour le suit. L'homme ne dit rien.

M. de La Tour le suit des jours entiers. Son compagnon ne se retourne jamais. Il glisse. Il tombe. M. de La Tour titube. Il s'entaille les paumes. Aucun des deux n'aide l'autre.

Ils sucent de la neige. Ils rongent des racines. Ils cheminent entre ciel et terre.

*

Ils atteignent les berges du lac qu'on voyait depuis le sommet où ils se sont trouvés. Il est entièrement pris par le gel. M. de La Tour découvre un étroit ponton où une barque a été stationnée. La glace l'a saisie : sous sa pression, une partie de la proue s'est soulevée avant de rompre, exhibant un moignon déchiqueté. L'embarcation est reliée au débarcadère par une corde passée dans un anneau de métal. La corde pend lourdement à cause de la froidure qui s'est mise dans ses fibres. C'est une entière désolation, où que le regard se dirige.

L'homme ignore le ponton, la barque, la corde. Du

même pas pressé qu'il a dévalé ces monts, insensible à ses chutes, il a passé sur les eaux immobiles. Il va droit à travers leur surface lisse.

M. de La Tour le suit encore. Il ne comprend pas. Il ne s'étonne pas. Il est dans la soumission et la simplicité. Il avise, à peu près au centre du lac, une plate-forme sur laquelle est édifié un bâtiment plus long que large. Les murs sont de la couleur du sang des bœufs, quand il a séché. Une portière à claire-voie ornée de croisillons vert pâle s'en détache. Le toit est couvert de tuiles rouge vermillon. Des peintures bariolées couvrent le dessous de l'auvent, dont des têtes de dragon sculptées relèvent les angles. M. de La Tour devine qu'ils rejoignent un de ces temples minuscules où, sait-il, dans les vallées écartées, sur des pitons presque inaccessibles, un moine solitaire s'obstine contre les déportements du monde. De petites enclaves au milieu des bois abritent des bonzes psalmodiant, les yeux perdus dans le vide, entre des livres aux écritures rares. Il n'y a qu'une solitude au monde.

La marche jusqu'au pavillon est plus longue que M. de La Tour l'eût pensé. Lorsqu'il pose le pied sur le plancher qui entoure l'étroite construction, il est incapable de voir nettement les arbres des berges ni l'appontement dont ils sont partis. Ils sont égarés dans la brume. Son compagnon a poussé une porte à coulisse, découvrant une pièce presque obscure, très dépouillée. Contre un des panneaux, on devine une natte roulée, sur laquelle est posé un habit plié avec soin. Face aux deux hommes, il y a un autel, une étagère avec quelques pots, des gobelets, un coffre. Une armoire occupe le mur de droite. Une odeur de santal, de linge froid, étreint M. de La Tour. Son hôte bat un briquet. Quelques éclairs brillent, puis le lent rougeoiement d'un brasero s'installe. L'homme, à genoux, empile dans la cuve des bûchettes qui sont rangées contre l'armoire. M. de La Tour perçoit une sensation de chaleur pour la première fois depuis si longtemps qu'il en vacille. Un léger engourdissement l'immobilise, dénouant en lui un apaisement imprévu ; il lui met les larmes aux yeux.

Les deux voyageurs sont parvenus à destination.

M. de La Tour vient de passer cinq jours auprès d'un homme muet qui lui tend maintenant, sans la moindre expression, un habit sec. Cet homme, pendant quatorze ans, sera son unique compagnon. Pendant quatorze ans, M. de La Tour priera Dieu sur ces planches, où le clapotis de l'eau lui paraîtra devoir être le dernier murmure des choses qui l'accompagnera. Mais il n'y a pas de certitude et le temps n'est qu'une chimère.

Les deux hommes dorment. Le vent hurle contre les parois de leur abri. Il lacère les boiseries sous le toit. L'anneau à l'extérieur qui permet de tirer la porte, à chaque rafale, bat contre son montant. La plate-forme tout entière gémit sous ces coups de boutoir. Les volets glissés contre le treillis des fenêtres claquent entre leur cadre et les encoches qui les maintiennent en place. M. de La Tour et son compagnon traversent la nuit sans broncher, rivés à leurs rêves. Ils s'éveillent, lorsque ne règne plus qu'un silence soudain oppressant. Ils découvrent en même temps que leur solitude ordinaire est rompue. Ils sont allongés tête-bêche à un pied de distance. Ils perçoivent la respiration l'un de l'autre. M. de La Tour sent sur son corps un vêtement qui ne lui est pas familier.

Leurs yeux, un moment, se croisent.

Ils sont entièrement immobiles. Ils se fixent.

Sous le regard de cet inconnu qu'il a suivi dans sa demeure sans qu'il l'y ait invité, dont il porte un habit, M. de La Tour tente d'articuler quelques sons que les Pères lui ont enseignés. Il parle avec lenteur. Il perçoit sa maladresse. Le premier, elle l'incommode. Mais il n'a pas fini que l'autre a mis les mains sur les oreilles, tournant brutalement la tête d'un côté et de l'autre, poussant des espèces de grognements rauques. Il se lève. Il frappe la cruche où il conserve de l'eau. Il brise le gobelet à côté. Il renverse le brasero, éparpille les braises qui s'y consumaient, les piétine, jette des cris, grince des dents, griffe, avec ses doigts blessés, tous les objets à sa portée. Il heurte son front contre la colonne qui soutient, au centre de la pièce, sa poutre faîtière. M. de La Tour l'observe éperdu.

Après plusieurs minutes de gesticulations, l'homme s'apaise. Il s'agenouille, se ramasse sur lui-même. Il geint un peu. Il se tait, retourné à une sorte d'existence minérale.

Son absence dure des heures. M. de La Tour reste figé.

Alors que la nuit tombe, la silhouette repliée sur soi se ranime. Elle se redresse lentement. Encore courbée, elle ramasse autour d'elle les charbons qui ont roulé. Ignorant M. de La Tour, elle brosse les cendres sur le sol. Le feu est rallumé. L'homme a plié son matelas. Accroupi, il prépare avec des gestes lents une boisson dont il emplit deux bols. Il tend l'un d'entre eux à M. de La Tour qui n'a pas bougé. Celui-ci s'approche. Ils boivent l'un face à l'autre, cérémonieusement. Le breuvage est clair, brûlant. Il a un goût de feuilles amères. Chaque jour, le même rituel se reproduit. M. de La Tour apprend à recevoir sa tasse entre les paumes inclinées des deux mains, à aspirer lentement, les coudes écartés, le dos très droit, de petites gorgées incandescentes. Son compagnon et lui n'échangent pas une parole. Chacun est perdu en soi.

Dans cette solitude raréfiée, M. de La Tour acquiert l'art de décomposer ses actions, de les réduire à leur épure. Il apprend une patience neuve, appliquée aux gestes ou aux impulsions de son corps, qui exige de lui tant de concentration qu'il s'enfonce parfois dans une véritable absence à lui-même, un détachement intérieur, étrangement conscient, quoiqu'il ne sollicite pas sa lucidité ou sa volonté. Il entre ainsi, au fil des mois, dans une sérénité faite de vacance à soi, d'indifférence gagnée sur le temps, sur la matière, qui se confondent peu à peu.

M. de La Tour et son hôte, malgré la distance maintenue entre eux, partagent chaque geste de leur existence. Quand le dégel le permet, ils réparent la barque qu'ils avaient vue, le premier jour, sur la berge. Ils l'amarrent à leur plate-forme. Ils l'utilisent pour aller à terre. Il y a, près du ponton sur la rive, un tour où des villageois qu'ils ne voient jamais déposent à leur intention des œufs, des bolées de riz ou de légumes assaisonnés. Ils se répartissent ces dons. M. de La Tour apprend à manipuler le guichet. L'autre lui indique par des mouvements frustes tout ce qu'il entend lui communiquer. Il le conduit à une source où ils font provision, tous les trois jours, d'une eau transparente et glacée.

La vie entre eux est entièrement réglée, pourvu que M. de La Tour prenne garde de ne pas oublier, un instant, la convention tacite qui la régit. S'il manque à ignorer son compagnon en dehors des activités auxquelles celui-ci le sollicite, c'est une nouvelle crise de ces emportements qui désemparent M. de La Tour. L'homme commence par émettre des grognements. Il roule la tête. Il se démène. Il faut des heures pour qu'il revienne à l'humeur égale qui est la sienne le reste du temps. Mais, au fil des jours, M. de La Tour découvre qu'il éprouve aussi des attaques de son mal sans aucune provocation de sa part. Il s'était absenté un moment. À son retour, après des signes d'agitation, la frénésie s'empare de l'autre. Rien ne paraît pouvoir le retenir alors. Il glapit. Il s'écorche la peau des bras avec les ongles. Il émet des plaintes pareilles à des vrilles : elles épouvantent M. de La Tour, qui ne peut s'y accoutumer. Il lui semble parfois qu'il pourrait basculer dans la même folie qui terrasse son compagnon.

À l'exception de ces accidents, ce dernier marque la plus grande retenue. Il fait preuve d'une entière convenance. Dans ses moments paisibles, ses lèvres émettent une sorte de chuintement doux semblable à une chanson, un début de litanie ou un fragment de berceuse. M. de La Tour a surpris qu'il pleure, à des heures presque régulières, pour des contre-jours, un détritus que le vent a chassé sur le plancher de leur terrasse ou des cris d'oies sauvages. Son expression, lavée de tout borborygme, est alors simplement celle d'une extrême souffrance.

Un après-midi, les deux hommes sont allés à terre. Ils cueillent des herbes. M. de La Tour s'applique à discerner celles que son guide lui montre. En retournant vers la barque, ils passent devant le guichet. Il est vide, mais la petite porte qui l'isole est ouverte. M. de La Tour va la clore. Il voit sur le montant des inscriptions auxquelles il n'a jamais prêté garde. Il déchiffre lentement. Il est question de l'homme muet qui a décidé de vivre au centre du lac, du sage auquel la nature a interdit de former les sons qu'on articule avec son gosier et ses lèvres, pour que rien sans doute ne trouble son entretien avec le silence. C'est comme un foudroiement. M. de La Tour comprend que le mutisme de son compagnon n'est pas une obstination ni de l'hostilité et qu'il cherche, dans son retranchement, une délivrance. Il est bouleversé. De ce jour, il veille à ne plus troubler l'autre.

Dès lors, ils demeurent ensemble dans un calme

parfait. Rien ne heurte plus le silence dans lequel ils se meuvent. Ils entendent les ridules que l'eau fait contre les pilotis de leur cabane, soit qu'un peu de brise souffle, soit qu'un poisson ait bondi à la surface. Ce n'est qu'un murmure par-dessus leurs respirations, qui accroît par contraste l'évidence de leur régularité monotone et sans événement. Le cours de leurs deux vies s'est fondu à celui des choses qui les entourent. Perchés sur leur plancher, chacun en soi, ils sont à l'unisson entre tout et rien.

M. de La Tour ne songe plus à tenter de dire quoi que ce soit à un homme qui ne pourrait pas lui répondre. Il ne conçoit pas qu'on puisse charger de mots quiconque ne saurait en dénouer le faix. Il ne sent pas non plus que l'autre veuille partager autre chose que cette équanimité à laquelle ils se tiennent. Il s'accommode de cette vie silencieuse, cachée. Il accède, lui semble-t-il, à la sérénité qu'il désirait, étale et qui ne se contemple même pas.

Vous êtes quelque part. Il existe sans doute, dans le monde, un courant qui vous porte les paroles que je n'énonce pas. Alors, vous êtes aussi dans la paix.

Êtes-vous près d'une eau qui ne bouge pas ? Êtes-vous dans le silence ? Entendez-vous des feuilles qui murmurent ? M'entendez-vous ?

Est-ce que la paix dont je brûle du désir possède la même ardente violence en vous ? Sommes-nous encore dans la même violence et la même flamme ? Luttez-vous comme je lutte pour que notre amour soit cette extase qui ne se dissipe pas ? Songez-vous que rien ne nous sépare, surtout quand nous avons mis tout l'univers, et Dieu, entre nous ? Est-ce que vous avez trouvé le secret de l'oblation ? Est-ce que vous tremblez comme je tremble ? Est-ce que vous savez que les corps sont immortels ? Avez-vous conscience comme je vous parle chaque fois que je retiens un mot entre mes lèvres et quel immense bûcher j'élève pour vous ? Tous les nuages qui passent sont un rébus et tous les rébus sont votre prénom caché en moi et l'ossature du premier trait de votre visage.

Savez-vous que les amants ne se perdent pas ? Savez-vous que nous serons des vainqueurs de l'enfer et de la mort ? Je suis encore vivant dans ma mort du bout du monde et je sais aujourd'hui que nous dormirons dans le même tombeau, que nous plierons le temps à notre éternité.

Je suis seul jusqu'au vertige. Je me perds dans vous. Je me perds dans tout ce que je considère, parce que tout ce que je considère n'a d'apparence qu'à travers vous. Il a fallu tout rompre pour cette possession.

Sentez-vous, mon amour, cette dépendance ? Sentez-vous la même allégresse qui me surprend et ce renoncement irrésistible comme le dernier mouvement du plaisir, qui en a la saccade, le cri et cette brutalité effondrée après laquelle les sots seuls ne courent pas ? Nous avons tant joui l'un de l'autre. Je me souviens de votre ventre.

Est-ce que votre bouche frémit encore, si vous pensez à moi ? Avez-vous observé comme notre exultation est toujours vive et comme elle couve encore dans nos membres ? Comment, devant l'autel de Notre-Seigneur, c'est ce corps tout tremblant et à peine repu qu'on offre ? Et c'est justice, ô mon amour. À vous que l'effroi de vous perdre mordait au cœur, autant que vous étiez pleine d'audace et d'impatience, autant que j'ai aimé ce courage avec lequel vous m'avez pris, je veux dire quelle certitude rayonne aujourd'hui en moi.

L'immensité de l'amour n'est pas dans les séparations et les renoncements ; elle est tapie dans nos deux corps qui s'étaient mis nus et qui jouissaient l'un de l'autre, dans tout ce que nous nous donnions et dans la fièvre de nos unions. Elle est dans la sueur et la plainte, dans les tremblements, dans la précipitation, dans la furie, dans la lenteur et la tendresse, dans l'impuissance où nous étions de ne pas mentir, bien que nous n'eussions que de la répugnance pour le mensonge et qu'il nous fît honte. C'est parce que nous nous sommes si terriblement donnés l'un à l'autre que Dieu nous désire et qu'il ne nous désunira pas. Mon amour, les commandements des hommes ne sont rien.

Je suis, parmi des brins d'herbes, comme la carapace sèche d'une bête qui a mû. Je suis libre. Je sais que rien n'a de signification et qu'il n'y a pas d'autre prix que l'usage extrême que nous aurons fait de nos corps, de nos mains, de nos bouches et que c'est leur entrebâillement, leur sursaut humide et désespéré que Dieu veut qu'on Lui immole, s'Il attend rien de ses créatures.

Il n'y avait pas d'autre vertu que vous.

On ne voit rien si peu que les évidences.

Savez-vous quelle évidence vous êtes ?

Une nuit s'achève. C'est le début de l'été. Il n'y a qu'une pointe de jour et, loin à l'horizon, une grue, ailes déployées, très lente, qui tournoie.

La fraîcheur éveille M. de La Tour. Il est seul. L'autre est sorti. Il entend la psalmodie enrouée qui signifie qu'il est dans ses dévotions. Puis le silence revient. Comme le temps a passé et que son compagnon ne reparaît pas, M. de La Tour s'alarme. Il se lève.

La peinture du chambranle, quand il y pose la main, s'effrite. Il en est ainsi depuis que le printemps est venu. Dehors, le chantonnement indifférent de l'eau l'accueille. Il entend ensuite, à distance, le fracas de la cascade où ils remplissent leurs jarres. La silhouette de l'homme qu'il cherchait se détache dans le contre-jour. Il lui tourne le dos. Il est nu, les bras le long du corps.

Quand il pivote sur lui-même, le visage qu'il révèle est brillant de larmes. Il se tient droit, immobile. Des reflets du lac passent sur son torse, son sexe, ses cuisses. M. de La Tour est saisi par l'apparence de ce corps qui ne s'est jamais tant exposé devant lui. Il est étourdi par son émaciement. La douleur inscrite sur la face qui, pour la première fois, s'abandonne vraiment à son regard le pénètre aussi : quoiqu'il en partage l'existence depuis des mois, il ignore tout du tourment qui bouleverse cet homme. Ils se sont passé de mots, de confidences, d'apitoiements. Ils n'ont pas cherché entre eux d'échos ni de justifications. M. de La Tour fixe un homme nu. Il pleure au soleil qui monte, à la lune qu'on voit encore, à ce lac qui est comme une gorgée d'eau au creux de la paume. Il n'y a pas plus proche de lui, ni plus étranger.

L'autre s'est baissé. Il a ramassé l'habit qui était posé à ses pieds et le passe. M. de La Tour assiste à une lente cérémonie. L'homme allume des bâtons d'encens qui reposaient près du paquet de linge. Il fredonne, du profond de la gorge, une litanie. Quand il a terminé, il approche de M. de La Tour. Il pose les doigts sur son poignet. Il lui désigne, devant eux, un point obscur du lac. Pendant qu'il l'invite à scruter quelque chose que M. de La Tour ne voit pas, il ne quitte pas ce dernier des yeux. Ses pupilles vibrent. Puis il se dirige vers la barque. Il ôte les paniers, les cannes, les nasses, qui y demeurent sous une bâche.

M. de La Tour s'est dévêtu. Il a puisé au bassin où l'autre a fait ses ablutions. Il a pris, sur le rebord, le rasoir que celui-ci a laissé. Il fait tomber la barbe qui l'a protégé de la curiosité des paysans, isolé de son taciturne compagnon, arraché à lui-même peut-être. Sans miroir, il cherche l'os de sa mâchoire, le dessus de sa pommette, avec ses doigts. Il retrouve les gestes anciens. À chaque passage de la lame, son visage apparaît davantage. Il est d'une extraordinaire pâleur. Ses lèvres reprennent la forme des lèvres qui embrassaient Mme de Clermont. M. de La Tour dénoue ses cheveux, qui lui tombent désormais plus bas que les épaules. Il sent qu'il est redevenu cet homme de l'Europe qu'il avait fui, mais qu'il est réconcilié avec ce corps et ses postures. Quand il s'est rhabillé, il se tourne vers l'orient et, les bras écartés du corps, à la manière des anciens chrétiens, il dit à Dieu la première des prières qu'il a su réciter. Il est ému comme au temps de l'enfance et il lui semble, soudain, qu'il voit clairement devant lui, flottant au-dessus de la brume qui monte de l'eau, la réplique en chair d'un de ces Christs agonisants, maigres, au front incliné et poisseux sous leurs couronnes d'épines, paupières baissées, offerts et si lointains, dont pas une image n'est venue sous ses yeux depuis plus de trois ans. À la vision, il dédie ses mains amaigries et le tremblement qui ne les a pas quittées.

*

Ils sont montés dans la barque. Ils rament en alternance. Ils atteignent une extrémité du lac où ils ne se sont presque jamais rendus. Ils ne voient plus les berges, prises dans le brouillard qui s'élève, tandis que le soleil touche peu à peu la surface des eaux. M. de La Tour sait que, du côté où ils se rendent, il n'y a presque pas de grève. La rive, très arborée, se dérobe à pic, les pins, les chênes, les hêtres qui s'y entremêlent plongeant leurs racines dans des ondes obscures, sourdes. Les poissons fraient entre des algues épaisses. Il a vu parfois le ventre argenté d'anguilles et leur laitance blanche. Comme ils avancent, M. de La Tour distingue deux piliers dressés au-dessus des flots, distants l'un de l'autre d'une vingtaine de pieds et assez larges pour qu'un homme y tienne assis. Leur embarcation s'immobilise devant l'un d'entre eux. Agrippant un anneau de métal fixé au-dessus de l'eau, M. de La Tour se hisse au sommet de la colonne. Il embrasse d'un coup le paysage dans ses buées, la trouée lumineuse par où le soleil percera. Sa respiration est lente. Il s'installe les jambes croisées sous lui, comme les hommes de ces nations, quand ils veulent contempler le fond de leur cœur ou traquer la petite merveille, l'instant de l'éblouissement. Après quoi, il ne bouge plus. Une paix plus forte encore que celle qu'il a connue jusqu'ici l'envahit. Il est à la pointe de toutes ses extrémités, au terme convoité. Son compagnon a glissé jusqu'au second pilier, où il s'est à son tour juché. Quand il est grimpé, d'un coup de pied, il écarte la barque. M. de La Tour la voit qui dérive lentement. Après un moment, un courant invisible la happe et l'entraîne loin.

Le soleil est passé au-dessus des monts.

Les deux hommes ont pris la même pose. Le torse droit, les pouces exacts, ils sont désormais immobiles. Ils ne reconnaissent pas la divinité à laquelle chacun d'entre eux s'immole. Le sacrifice qu'elle exige n'est pas identique. Ils ne lui adressent pas des prières dont les vœux se recoupent. Ils cherchent la même dramatique extase. Ils sollicitent un pareil don au néant, un égal détachement de leurs chairs putrescibles et de leurs cœurs alourdis par les soucis, les veilles, par l'imperfection et l'amour navré. Sans doute, ils sont mille hommes à travers le monde qu'une seule fervente détresse suspend ainsi au ciel, dans les déserts de Lybie, les grottes d'Islande ou une plaine de Sibérie, quêtant le dévouement absolu. Ils avaient tout dépouillé, mais ils se vêtaient encore. Ils mangeaient pour survivre. Ils déféquaient. Il faut aller outre, poser loques et défroques, tomber dans les ténèbres et dans le soleil comme dans une seule bouche. M. de La Tour observe le paysage, que le jour tire du halo qui le dissimulait. Il monte du lac une odeur de vague alentie. Il sent celle de pousses de châtaigniers qui ont chu pendant la nuit, celle de l'humus et du matin ; ce parfum le berce comme la vapeur qui se dissipe autour de lui dans un avènement magnifique, nonchalant, entièrement irisé. Se concentrant un peu, il perçoit au-delà le fumet des marmites qu'on ranime au village. Il inhale la fragrance qui se détache des bosquets de pivoines, dans le jardin du maître d'école, celle qui vient de l'aisselle d'une petite servante qui se lave, des nourrissons qu'on met au sein. Le monde reflue en lui. M. de La Tour ferme les paupières. Il entend la perche qui bondit, une alouette, le silence. Il entend battre son cœur, puis il n'entend plus ce qui l'entoure. Il est tout proche de Mme de Clermont, à qui de nouveau il parle. Il se fait en lui une infinie douceur, et l'oubli emporte tout. Il est le lent discours qui s'écoule entre Mme de Clermont et un homme qu'elle ne reconnaîtrait pas, perché sur un pilier au milieu d'eaux étrangères, un homme qui s'efface du monde à chaque inspiration qui le soulève. Il est le chant retrouvé entre eux et la crucifixion de leur Maître, l'agonie d'un petit enfant et le murmure de sa mère. Il est le couteau qui pèle la pomme et la courge, dans ses feuillages, que le soleil fendille. M. de La Tour et son compagnon sont tout à fait figés. Le mouvement de leurs poitrines diminue. Le jour décroît. La nuit recouvre le lac, leur refuge aux portes tirées, leurs silhouettes. Ils ne frémissent pas. Le monde est suspendu en eux désormais. Il tient à leur souffle.

L'été est un soupir.

Le temps fraîchit. Il pleut. L'automne le cède à l'hiver. Le vent bat les deux hommes, qui ne se distinguent plus guère de la nature autour d'eux. Leurs paupières ont séché, craquelé. Leurs lèvres se sont fissurées et elles ont suinté. Le gel a pris leurs cheveux et le pavillon de leurs oreilles. Leurs extrémités ont bleui, puis elles se sont racornies. Leurs cœurs, où ils ne sont plus, sont la palpitation du monde et l'air qui passe leurs narines a la force et la régularité des saisons ou des siècles : ceux-ci ne s'effondrent-ils pas sans que rien meure véritablement, sinon la foi que des créatures elles-mêmes perpétuellement mourantes ont mise en une toute-puissance qu'elles sont incapables de percevoir ? Mais M. de La Tour ni son camarade ne hantent plus l'univers des choses ou de la matière ; toute la matière est en eux. Elle les habite. Elle se déploie au rythme du sang qui parcourt leurs membres, chaque jour plus lentement. Ils ont épousé l'absence. Ils sont dans des particules qui sont insignifiantes et infinies, dans une réduction primitive que rien ne mord plus.

Il flotte sur eux des lambeaux d'étoffe, comme un morceau de soie recouvre parfois les corps décomposés qu'on exhume. Pour se reposer, des oiseaux se perchent sur l'os de leurs genoux ou au sommet de leurs crânes. Les deux hommes sont moins que la branche des arbres. Ils sont plus qu'ils n'ont jamais été, n'ayant fourni à personne rien d'aussi stable que cet étai à quoi ils sont alors réduits. Les mains de M. de La Tour, en tremblant, parfois effraient les moineaux. Mais elles sont aussi comme des feuilles que le vent agite ou une tige d'avoine.

Les mois se succèdent. Deux hommes hors du monde n'arrêtent pas des saisons. La neige a fondu. L'équinoxe du printemps a passé. Le printemps, à son tour, s'achève. Les paupières des deux suppliants sont closes. Au-dedans de cette barrière, défilent, purs filaments de couleur, tantôt pourpres, tantôt noirs comme l'âtre d'un four ou ivoire comme les boucles aux oreilles des femmes, des vestiges des mondes où ils ont vécu.

*

Quelques notables accompagnent les pêcheurs qui tiennent les rames. Ils les plongent silencieusement dans l'eau noire. Il est tôt encore. L'escouade traverse toute l'étendue du lac. Elle va droit aux deux pylônes.

M. de La Tour, le premier, est basculé dans un des bateaux. Les hommes, en s'affairant, prennent garde que la peau des membres qu'ils manipulent ne rompe pas. Ils emmaillotent les deux corps dans de grands linges clairs, avant de les installer à bord. Lorsqu'ils sont protégés, la flottille se dirige vers le pavillon déserté depuis bientôt treize mois. Elle avance avec circonspection, régulièrement, à l'affût du moindre choc. La plate-forme est trop étroite pour que toutes les barques s'y accotent, aussi une espèce de pont est-il formé autour de celles où se trouvent M. de La Tour et son compagnon. Leur bastingage est solidement arrimé. Inconscients, les deux hommes sont débarqués des canots. On les transporte jusqu'à l'intérieur de leur logis. Les glissières doivent être un peu forcées ; le bois a joué. Les villageois déposent leurs fardeaux chacun sur une couchette. Ils ont retiré les oreillers : les nuques des deux ermites, qui ont été longtemps exposées au soleil, au vent, à la pluie, à la neige, sont trop fragiles pour risquer d'être incurvées. Aussitôt après, chacun s'affaire. L'un jette de l'eau au sol, l'autre balaie la poussière. Un troisième ôte les rognures que le vent a chassées par une fenêtre, dont le volet a rompu, ainsi que le squelette desséché d'une foulque qui, durant l'hiver, a dû chercher abri dans ce gîte désolé. D'autres, ayant fait chauffer de l'eau, passent un peu de liquide tiède sur les lèvres de M. de La Tour et de son hôte. Doucement, à voix basse, ils les rappellent à eux. Au moment où le soleil commence à décliner, ils se retirent, les abandonnant à leur absence. Ils tirent les panneaux du pavillon sur eux.

Le lendemain, ils sont de retour. Un moine voûté les accompagne. Il fait entrouvrir la bouche aux deux gisants et introduit, avec le chalumeau d'une paille glissée entre leurs dents, quelques gouttes de bouillon sur leurs palais. Il oint leurs membres d'un baume épais. Il rogne leurs ongles. Le surlendemain, il taille leurs cheveux et leurs barbes. Il leur rend les visages qu'ils avaient jetés en pâture aux éléments et cette matière fragile, qui devrait avoir moins de résistance que les troncs des arbres, le jonc ou la pierre, qui est inutile et dépourvue de signification pour tout ce qui n'est pas le regard d'un autre homme, reprend forme. Pendant des jours, tous les matins, cinq hommes se relaient auprès des deux solitaires. Ils manipulent leurs mâchoires pour leur faire ingérer des dés de mangue ou de poisson, des morceaux de viande bouillie qui fondent sous le palais, quelques nouilles qu'ils hachent menu. Ils lavent leurs corps et les recouvrent avec des draps humides, légers. Quand ils se retirent, le silence retombe. Du reste, ils échangent peu de mots à part quelques commandements. Le frottement aveugle des mains de M. de La Tour contre l'étoffe est l'unique bruit qui scande ces journées.

*

Une fois, la petite troupe arrive plus tard. C'est la fête des fantômes. Les portes du temple sont grandes ouvertes. On fait, sur l'autel, des offrandes aux âmes errantes. Ensuite, les rames, en s'en retournant, frappent l'eau plus fort qu'à l'accoutumée.

*

La nuit est tombée. M. de La Tour entend résonner une voix égale, grave.

Ses yeux sont clos.

Il est étendu, encore incapable de se mouvoir.

La voix dit que, s'ils n'ont pas vu les monts de la mort et s'il faut qu'ils reviennent à la vie, ils y reviendront ensemble.

Je suis ton frère, toi qui chantonnes dans ton sommeil des mélodies plus savantes et plus belles qu'un cri d'orchidée à l'aube. Je m'appelle Lu Wei. Je ne voulais plus parler, mais ce n'est pas parler que m'adresser à toi qui as respecté mon silence, qui m'as suivi, bien qu'ignorant mon nom et le moindre de mes tourments, là où des pas ne sauraient porter, toi qui es taciturne, sombre et clair comme l'eau qui coule de la roche.

M. de La Tour n'a pas la force de se redresser. Il ne le souhaite pas non plus. Il reste étendu sur le dos, la nuque raide. Ses yeux sont ouverts. Il observe, à l'aplomb au-dessus de lui, le dégradé des couleurs sur une poutre, les taches vertes qui parsèment des cartouches incarnats. Il ne cherche pas ses mots. Il répond que les chemins de Dieu sont des mystères qu'on ne force pas, que sa miséricorde est sans limites et que, si ce Maître voulait qu'ils vécussent et qu'ils pussent encore trouver du goût au commerce des autres, il Lui rend grâce de l'adresser à un homme nourri d'ombre et d'errance, qui ne le blâmera pas d'avoir lui-même préféré les traverses à toutes les avenues, les obscurités et les lueurs à tous les éclats, parce que la vie n'est qu'une mise au tombeau, une brûlure au-delà de toutes les sagesses, de toutes les charités, au-delà de l'accommodement, une brûlure si forte qu'il ne l'avait jamais comprise, avant qu'il s'abandonnât près de cet inconnu au souffle qui est par-delà tous les souffles.

Ils se taisent.

Les semaines qui suivent, M. de La Tour et Lu Wei peuvent ramper au-dehors de leur abri. Ils s'adossent à sa paroi qui regarde le midi. Ils y demeurent jusqu'au crépuscule, les jambes à demi repliées devant eux. Ils pleurent à cause de la lumière qui frappe leurs yeux. Ils ressemblent à des oiseaux aveugles.

Quand le jour décline, le rougeoiement qui embrase les monts alentour les redresse. Leurs silhouettes sont déjà noires. Avec la fraîcheur qui tombe soudain, ils ont le sentiment qu'ils glissent au royaume des morts. Rien ne les retient. Ils rejoignent le néant avec une liberté merveilleuse. Puis l'obscurité s'étend au-delà des cimes. Le combat est achevé. Ils entendent à nouveau autour d'eux des plongeons qui s'élancent, le craquement des bois qui les encerclent, des battements d'ailes. M. de La Tour et Lu Wei tirent à eux la cuve où ils conservent des braises. Ils les remuent lentement jusqu'à ce qu'elles rayonnent. Ils écoutent avec passion les sons qui s'emparent de la nuit.

Au moment de rentrer dans leur asile, ils déploient des mouvements empreints de maladresse. Ils s'arc-boutent aux portières. Il leur coûte beaucoup de s'étendre. Ils tirent leurs édredons sur eux. Ils frissonnent.

*

M. de La Tour aime désormais l'instant où il reçoit entre ses mains la petite tasse brûlante pleine du breuvage que Lu Wei a préparé. Il regarde le liquide translucide et âcre. Il se souvient comment son compagnon prend garde de ne jamais trop remplir son gobelet, afin que, malgré le tremblement qui l'agite, il n'en renverse pas le contenu quand il le porte à ses lèvres.

*

La voix surgit à nouveau au milieu de la nuit, dans les ténèbres, avant que l'été reflue.

Les Monts harmonieux abritent la tombe de mes ancêtres. Ils ont vu naître les pères de mes pères longtemps avant que ceux-ci viennent s'établir au murmure des canaux, dans les jardins de Yangtcheou.

Il y a, je crois, en chaque homme de notre lignée, un caillou ou un chant de source qui ne cesse de gémir après son premier berceau et ses vallées, nous chassant de toutes les grandeurs auxquelles l'ambition porte les créatures policées que les siècles ont faites de nous.

Nous sommes une longue suite de lettrés. Nous nous consacrions au service de l'Empire. Dans les bibliothèques, des rayons entiers sont réservés à nos compositions, à nos discours et nos poèmes. Ils y sont classés selon les surnoms de chacun d'entre nous, lesquels évoquent un instant d'éblouissement devant une ombre ou une fleur ; ils murmurent après des ruisseaux et des cabanes : une rumeur de forêt nous détourne sans cesse des villes et des charges qu'on y exerce.

Les auteurs les plus fameux ont préfacé nos recueils. Nous avons hébergé des peintres, dont les princes mendiaient une page d'esquisses. Nous avons fait construire des greniers où engranger du riz pour distribuer pendant les disettes. On nous a élevé des arcs de triomphe. Nous avons vendu nos palais d'été pour abriter des orphelins. Nous avons observé les préceptes sacrés et respecté nos ancêtres. Nous savions où la vérité se tapit. Et nous fûmes tous renvoyés à l'obscurité et au chagrin. Les uns après les autres, on nous a dégradés, chassés. Il n'y a pas un de mes pères qui n'ait regardé, derrière les volets tirés de son cabinet, parmi les peintures magnifiques et les calligraphies précieuses, ses domestiques qui s'enfuyaient. Nos cours ont été désertées. Le vent a déchiré nos lanternes et personne ne les a remplacées. Notre place est, sans doute, près d'une bouche d'ombre. Il y a toujours eu en nous un fragment de mélancolie ; toujours elle nous a dévorés.

Je n'ai pas eu de fils. Je n'en aurai pas. Comme la race de nos souverains est éteinte, je laisse s'éteindre avec moi mes aïeux et le sang que nous transmettions.

Lorsque je me taisais, quand je ne voulais plus parler, je priais le caillou, le chant de source ou le brin d'herbe qui serait le plus vrai de mon être, de se frayer une voie à travers l'humanité où il est tombé et de la briser. Je ne voulais plus être un homme. Il n'existe, à l'origine, ni bien ni mal. Ce sont nos intentions et les choses que nous désirons qui assombrissent nos âmes ou qui les illuminent. Dans les Classiques, les sages vainquent leurs instincts les plus répugnants. Les disciples des Maîtres sont éclairés et ils apprennent à se surmonter. Ils se taisent pendant onze ans et, la douzième année, ils s'en repartent le cœur léger. Je n'ai pas vu un homme qui sût s'affranchir, avant que l'affranchissement relevât pour lui du repentir et qu'il fût étranglé par le regret. La solitude, la musique, les pinceaux des peintres, les mots des poètes ne rachètent rien. On n'amende pas une créature qui parade tous les jours comme les comédiens des foires, la bouche pleine d'obscénités. Ce qu'elle appelle la science ou les lois sont des impostures, des cangues, par lesquelles elle distraie les protestations de ce qui demeurerait pur en elle. C'est une bête corrompue que l'orgueil ravine. Elle n'aime pas tant le sang que la cruauté elle-même. Il n'y a pas d'échappée, pas d'esquive, pas d'enseignement, pas de maître, pas de réparation.

Le silence se fait.

La voix reprend, plus tard : je n'aime pas les hommes. J'aimais une femme.

M. de La Tour, toute la nuit, guette le retour de la voix. Il a vu le caillou. Il a entendu le chant de la source.

Il est incertain, si la voix est Lu Wei. C'est une voix intérieure et secrète, plus vraie, plus libre, qu'au sortir d'une bouche visible. Elle est liée à la nuit, à l'obscurité, à l'absence d'un visage qui endosse les paroles qu'elle prononce. Elle ne réclame pas de compassion. Elle charrie plus que les émotions d'un homme qui a voulu se taire.

M. de La Tour veut entendre le récit dont il n'a reçu qu'un prélude. Il est anxieux que ce timbre auquel il n'associe aucun trait le touche à nouveau et qu'il l'entretienne.

La voix est le dénouement d'une très ancienne angoisse. Il n'y a pas plusieurs hommes et il n'y a pas une infinité de voix. Il n'existe qu'une voix. Le silence qui a été brisé est le sien autant qu'un autre.

L'épanchement de la voix est une promesse : que le silence, que la nuit, l'absence à soi aient chassé le démon de la tristesse et de l'incuriosité, que la langue demeure entre les hommes et qu'elle répare les blessures, lorsque toutes les autres facultés ont été reniées, qu'après les chutes et les errements son tremblement soit rendu au pécheur qui se repent. M. de La Tour entrevoit un effet de charité dans les vocables qui ont su l'émouvoir.

La voix est passée en lui. Timidement, elle remercie le Seigneur ; elle balbutie, pour sa délivrance, une ode frêle comme les pousses des joncs au printemps : quelques syllabes chuchotées face à l'aube.

Au petit matin, Lu Wei quitte M. de La Tour. Il ne dit rien. Lorsqu'il revient, il est épuisé par cette première course solitaire. Il s'est renfoncé dans son mutisme. M. de La Tour apprête leur repas. Les villageois leur ont donné, dans des boîtes noires, rondes, laquées, toutes sortes de condiments.

Quand le jour baisse, Lu Wei se prépare à nouveau à partir. Cette fois, il entraîne M. de La Tour. À l'avant de la barque, celui-ci découvre un oiseau perché sur des sacs enchevêtrés. La bête est tout à fait immobile. Lu Wei l'ignore. Il a fixé une lanterne près de lui. Il s'est installé au centre de l'embarcation, laissant M. de La Tour à la poupe. Lu Wei porte un chapeau qui dissimule son visage et tasse sa silhouette. Il s'assoit les genoux pliés sous le menton. L'homme et le volatile, soudain, se ressemblent.

Ils passent la nuit entière sur l'eau.

Chaque fois que le cormoran s'élance, M. de La Tour tressaille. Aucun battement d'ailes n'est prévisible avant l'instant où sa trace flotte dans l'air.

Lu Wei arrache les poissons brillants de la gueule de l'oiseau et il les glisse dans les sacs devant lui. Il est absolument concentré. Il dit seulement, quand M. de

La Tour s'étonne d'une pêche si abondante, qu'ils sècheront, pour l'hiver, une partie de leur prise. En effet, le lendemain, il s'affaire pour pendre les poissons à une corde tirée entre deux rejets de sureau qu'il a taillés droit. Il couvre leurs silhouettes scintillantes d'un filet qui les protégera des oiseaux et des insectes. Il fixe celui-ci au sol avec des poids. Il a d'abord rapiécé soigneusement chaque pan de la moustiquaire.

*

Il fait très chaud. Les deux hommes raréfient leurs gestes. Ils doivent s'enfermer, même aux heures les plus sombres, à cause des moucherons et des taons qui tournoient sans répit autour d'eux. Le chant des grillons est si violent qu'il les étourdit.

M. de La Tour ne veut pas dormir. Il surveille, si la voix ne reviendra pas. Cette attente le rend anxieux. Il se prend à douter d'avoir jamais rien entendu. Il cède à l'épuisement. Une sueur légère brille à ses tempes et sur son front. Il s'éveille tard. Rien n'a rompu son sommeil.

Quatre jours passent ainsi, presque suspendus.

La cinquième nuit, la voix est là. M. de La Tour, qui s'était assoupi, n'a pas entendu les premiers mots qu'elle a prononcés. Il se garde du moindre son, du moindre geste. Il ne demande rien. Il devine que la voix n'a pas plus de foyer que d'interlocuteur, qu'elle est comme un fruit, pure attente et don qui ne saurait s'énoncer.

Je suis né la trente-sixième année du règne de l'empereur Wanli. Ce fut le treizième souverain de la dynastie chinoise des Ming. J'évoque un monde qui n'est plus.

Après trois cents ans de règne, la race de Hongwou, qui avait chassé les Mongols de l'Empire, a été renversée et décimée par d'autres barbares. Eux aussi venaient du Septentrion.

Aujourd'hui, ils parlent notre langue. Ils ont adopté notre écriture. Ils ont donné à leur lignée le nom de Ts'ing, qui signifie Pure. Ce sont des envahisseurs. Leurs mains sont maculées de notre sang. Il n'y a pas de fougue ni de véhémence en eux. Ils ont la cruauté des rapaces. C'est la voracité qui les anime. Notre monde ne leur appartiendra jamais. Jamais je ne leur obéirai.

J'avais laissé mon nom. J'avais quitté le langage. J'étais *l'Ermite qui n'a pas de nom ni de langage* : je les avais confiés au Vide.

Je veux être le Vide.

*

Le Fils du Ciel entrait dans la quarante-sixième année de sa vie, quand je vins au monde. C'était la fin de la prospérité.

Wanli était monté sur le trône à l'âge de neuf ans. Le Grand Secrétaire Tchang Tsiutcheng avait été le principal ministre de son père : il gouverna pour l'enfant. Quand il eut dix-neuf ans, Wanli voulut diriger les affaires. Il résolut de destituer Tchang Tsiutcheng et de le faire exécuter, afin qu'on sût partout qui était le maître. Par hasard, le Grand Secrétaire mourut avant d'être démis de ses fonctions. L'Empereur, pour faire un exemple qui frapperait les esprits et marquerait sa décision de régner lui-même, entouré d'hommes neufs et qui appliqueraient ses réformes, dégrada Tchang Tsiutcheng à titre posthume. Il confisqua sa fortune, puis il fit pourchasser ses parents et ses proches. Une ère débutait.

Pendant presque vingt ans, Wanli se montra un monarque diligent et avisé. Il assura fermement la destinée de l'Empire. Il écoutait son Conseil. Il décidait des nominations à la Chancellerie. Il s'informait des magistrats. Ensuite, son humeur s'altéra. Il avait une concubine, Dame Tcheng, qui tenait la première place dans son cœur. Elle le harcelait pour que leur fils devînt l'héritier du trône. Ce garçon avait la faveur de son père, mais l'Empereur se heurtait à ses conseillers : ils ne voulaient pas qu'on rompît l'ordre traditionnel de la succession. Wanli délaissa les affaires. Certains ont dit qu'il était accablé par les récriminations incessantes de Dame Tcheng et qu'il ne tolérait pas la vexation d'être impuissant à fixer quel prince poursuivrait son œuvre. D'autres pensent que les intrigues, l'exercice permanent de la ruse, la trop longue fréquentation des hommes, lui inspirèrent une lassitude qui devint, avec le temps, une répulsion invincible pour son mandat.

Wanli refusa les audiences. Il ferma sa porte aux secrétaires, aux officiers, aux juges, aux ambassadeurs, qui se présentaient tous les jours. Il afficha un goût de la retraite qui balayait chaque argument qu'on lui opposait. Il témoigna une haine du pouvoir telle que ses conseillers qui avaient tenté de le raisonner se turent. On cessa de le solliciter. Finalement, l'Empereur décida qu'il ne verrait plus aucun homme. Il ne voulut même plus que l'un d'entre eux s'adressât à lui. Il abhorrait leurs visages. Il vécut retranché parmi ses femmes et ses eunuques. Quand je suis né, ses ministres se prosternaient devant une chaise vide, un rideau tiré. Ils devaient lui remettre, exclusivement, des placets. Il n'y avait plus de cérémonies solennelles. Lorsqu'un fonctionnaire avait été disgracié ou qu'il était mort, sa charge, souvent, ne recevait pas de successeur.

Ce n'étaient pas la terreur de l'empoisonnement ou la peur du néant qui déterminaient Wanli à rechercher pareil isolement. Il avait vingt-deux ans, lorsqu'il avait entamé la construction de son tombeau. Cette tâche le passionnait et il ne se passait pas un jour sans qu'il se souciât de la chambre souterraine, entièrement inaccessible, dans laquelle il reposerait. À côté, on creusait un autre caveau pour l'Impératrice. Le Fils du Ciel scrutait les plans de ces excavations. Il accumulait les trésors à répartir entre eux. Il choisissait, lorsqu'on livrait des vases au palais, ceux parmi lesquels son épouse et lui séjourneraient dans le sein de la terre. Il hésitait entre les décors où s'ébattaient des oiseaux et ceux avec des chiens. Il commandait des coiffes en or, des pendants de jade, des coffres en laurier du Sseutchou'an, parce que son parfum est éternel. L'Empereur avait nommé cette demeure le Tombeau de la Tranquillité. Je crois que, dans ses cours interdites, devenu gros et lourd, sous la soie de sa robe jaune, privé de la conversation d'un homme qui exciterait encore son esprit, il devait convoiter le repos et le silence qui isole des cabales. Le bavardage inquiet de ses subordonnés, la pusillanimité, le désir de se couvrir, la lâcheté, les craintes permanentes, dont il avait le spectacle, lui répugnaient plus que la mort. Il éprouvait de la colère, aussi, envers les illusions que les peuples entretiennent : ils veulent que des monarques leur accordent la paix et le bonheur qu'ils échouent à se procurer à eux-mêmes. Wanli détestait la charge dont on l'investissait. Il détestait l'autorité, la puissance ou la chimère à laquelle on donne son nom. L'Empereur convoitait la vérité.

Les lettrés qui veulent devenir sages quittent leurs résidences pour des cabanes où le seul vacarme qui frappe leurs oreilles est celui des pluies d'été sur le toit de tuiles au-dessus de leurs têtes. Le Fils du Ciel, pour se détourner des convulsions du monde, n'avait pas droit au refuge d'un ermitage. Aussi faisait-il bâtir des demeures magnifiques qu'il espérait plus vastes que tous les déchirements, inaccessibles aux rumeurs. Il imaginait des célébrations fastueuses : dans leur ballet réglé, il guettait une échappée vers l'immuable ou l'essentiel. Le reste du temps, il caressait des objets qui obéissaient aux lois de cette harmonie dont il avait le cœur blessé. Dans ses trésors, il était un prisonnier. Il s'entourait de simulacres. La sérénité se dérobait à lui plus qu'au modeste licencié libre de se retirer dans une chaumière.

Je naquis parmi les serviteurs désemparés d'un maître invisible.

*

Je naquis aussi dans une cité que nous n'avions pas fondée. L'Empire, depuis des siècles, avait deux capitales, Nankin, qui était le berceau des Han, et Pékin, au Nord, dont la fortune ne commença pas avant la fin de la dynastie T'ang. Wanli avait résolu de regrouper son administration, dispersée et parfois redoublée entre les deux villes. Il ne voulait plus des pérégrinations permanentes que ses officiers étaient contraints d'effectuer ni des atermoiements auxquels la situation donnait lieu. Il choisit Pékin. La Cour avait dû abandonner Nankin. Sa beauté et la douceur de la vie qu'on y menait avaient longtemps tempéré l'amertume des destitutions et des exécutions. Les grands seigneurs oubliaient l'incertitude de leurs fortunes dans les palais magnifiques qu'ils y occupaient : ces demeures défiaient la mesure du temps. Ministres, tailleurs et barbiers, poètes, peintres, musiciens émigrèrent à Pékin, mais ils évoquaient sans cesse l'ancienne capitale. Ma nourrice me racontait comme j'eusse été heureux dans cette ville que je ne connaissais pas. Elle avait l'accent du Sud. Ses paroles me berçaient. Nous vivions dans un monde dévoré de nostalgies, flottant parmi des rêves qui, en réalité, étaient des ombres.

Wanli fut aussi le premier empereur qui autorisa l'un de vos prêtres à venir lui rendre hommage. Celui que vous appelez Matteo Ricci et que nous nommons Li Mateou avait voulu remonter le Grand Canal. Il avait vu les travaux, partout, sur ses berges. Il avait vu les villes, les tours de porcelaine et les pagodes dorées. Il avait vu les paysages, dans nos jardins. Il n'avait pas pu pénétrer à Pékin et il avait dû repartir dans le sud du pays. Le souvenir de son voyage le hantait. Il prépara une seconde expédition. Il transportait, cette fois, des présents pour offrir au monarque d'un pays si insigne : c'étaient une épinette, une mappemonde, ainsi que deux horloges qui sonnaient à l'heure juste. Ces objets que nous ne connaissions pas intriguèrent tous ceux qui entendirent parler d'eux. Li Mateou obtint d'être reçu à la Cour.

Il franchit les portes de la Cité interdite la vingt-neuvième année du règne de Wanli. Il ne vit pas celui-ci, qui n'apparaissait plus en public, mais il rencontra les principaux de ses ministres et des lettrés. Comme eux, il portait la robe, le bonnet, et il avait laissé pousser sa barbe. Il était savant, courtois. Il tenait des propos pleins d'intelligence. On le retint à Pékin.

C'était une personne qui aimait la musique ; il publia un recueil de huit airs avec accompagnement qui reçurent beaucoup d'éloges. Il dédia le volume à mon père, qui était son ami le plus intime. Ils s'enfermaient des heures. Ils discutaient. Ils se donnaient des livres et ils se parlaient de leurs mondes. Li Mateou mourut avant que j'eusse un an. Mais ce mort demeura près de mon père. Ce dernier lui parlait toujours en secret. Il le regrettait. Quand je grandis, il m'entretenait de ce spectre. Il se souciait plus des spéculations qui les avaient réunis que des rapports de mes gouverneurs. J'ai toujours su que, dans un autre continent, vous existiez. J'ai toujours su que, dans vos continents, on ne prisait pas nos dieux et qu'il n'y a pas de sagesse universelle. Je crois que j'aurais voulu l'ignorer. J'aurais voulu en moi moins de partage d'emblée.

Les vieilles servantes me racontaient des histoires de revenants comme elles en racontent à tous les enfants. Elles ne m'effrayaient pas. Je ne distinguais pas très bien entre les fantômes et les hommes, qui me paraissaient toujours projetés vers des absences, des ailleurs, des choses perdues ou qu'ils estimaient avoir perdues.

*

Mon père était un homme zélé, intègre, cultivé, difficile. Il écrivait des poèmes remplis de mélancolie.

Jamais il ne rédigeait de brouillon et jamais il ne se lisait lui-même. Il se recueillait. Il prenait son pinceau. Il peignait longtemps. Quand il avait fini, il tendait la feuille à l'un de ses serviteurs qui, entre tous, devait toujours se tenir près de lui, parce qu'il en aimait passionnément la voix et surtout certaines intonations très particulières dues, disait-on, à une blessure que ce domestique, étant enfant, avait reçue à la bouche. Le garçon prenait la page et il déchiffrait lentement, posément, laissant vibrer l'organe qui enchantait son maître. Il épelait de façon presque monotone, mais il plaçait sur certains mots des modulations sourdes ou introduisait, à l'endroit d'une terminaison, une espèce de tremblement qui laissaient son auditeur éperdu. Ces pulsations difficiles à caractériser rendaient le vers inoubliable grâce à un flottement qui le suspendait soudain, à une gravité imprévue qu'il prenait en s'étirant si étrangement. Je regardais la scène fasciné. Mon père m'appelait vers lui à la fin de la lecture. Il avait vu mon émoi. Sans se départir de sa solennité coutumière, il dispersait un peu de vin sur la table devant lui. Il passait le pouce sur ces éclaboussures, conservant les autres doigts repliés à l'intérieur de la main. Puis il me disait de lire. Il prétendait qu'écrire consistait seulement à saisir ce que je pouvais lire sur ce plateau de bois, qu'il suffisait d'observer les choses, de les écouter, que l'écriture et la lecture sont une seule activité, quoiqu'elles se partagent parfois entre plusieurs hommes. Il disait que la lecture est un don, qu'elle est l'écriture, comme il n'y a pas de musique sans interprète. Il disait que la concentration seule est requise, et l'amour. Je restais muet, paralysé. Je ne comprenais pas à quoi tendait la leçon. Je rougissais que cet homme austère me parlât d'amour. J'étais mortifié, sentant que ma gaucherie le décevait. Il me chassait de son appartement sans me regarder, d'un geste de la main.

Il ne parlait pas de lui, en aucune occasion.

Il appartenait à une académie d'hommes qui souhaitaient, pour réformer l'Empire, retourner aux enseignements de Maître K'ong, ce Confucius que vos Prêtres même lisent avec respect. Mon père et ses amis éprouvaient du mépris envers les eunuques qui, depuis que le Fils du Ciel vivait retiré, s'appropriaient les affaires. Leur meneur était Wei Tchonghien. Je ne prononce pas ce nom sans émoi : mon père et ses amis le vitupéraient. Il leur avait confisqué les places qu'ils estimaient devoir leur revenir. Il les faisait exiler ou décapiter. Ces hommes étaient tristes, exaspérés par la colère. Ils devaient, peu à peu, se confiner dans une quasi-clandestinité. Je devinais que la lecture ne compensait pas leurs chagrins. Les principes et les valeurs que mon père m'enseignait étaient voilés par l'amertume qu'il ressentait. Il me représentait des vertus qui ne le poignaient pas véritablement ou bien auxquelles il ne croyait plus comme à des choses possibles. Je comprenais mal l'ironie qu'il pratiquait. Elle me tenait à distance. Il tenait tout à distance.

Les hommes de ma nation rendent à leurs parents et à leurs ancêtres un culte que vous ignorez. Je respectais mon père, mais l'enfant que j'étais alors trouvait que cet adulte sévère lui mentait et qu'il était, à chaque mot qui franchissait ses lèvres, insincère.

*

L'Empereur mourut le quatorzième jour du septième mois. C'était la quarante-neuvième année de son règne. Son fils aîné lui succéda. Il prit pour nom de règne T'aitch'ang, qui signifie Prospérité Magnifique.

Il avait trente-sept ans. C'était un personnage falot. Son père, pour l'écarter de sa succession, avait fait négliger son éducation. À treize ans, il ignorait encore les rudiments qu'on apprend aux tout petits garçons. Wanli avait espéré que tant de médiocrité dégoûterait même les partisans les plus acharnés de sa légitimité. Ils n'avaient pas cédé. Le garçon était devenu Prince héritier à dix-neuf ans, tardivement, sans le soutien de l'Empereur, qui s'était détourné des affaires. Généralement méprisé, assez rustre, T'aitch'ang avait vécu dans l'oisiveté et la solitude. On ne le courtisait guère. Il s'enivrait entre ses femmes et ses domestiques. Il avait réchappé d'une tentative d'assassinat : la rumeur voulait qu'elle eût été commandée par la favorite impériale, mère de ce fils à qui l'Empereur avait voulu donner son trône. Cette favorite n'avait pas été inquiétée. Le Prince s'était à peine davantage renfermé.

Le jour où il reçut la tiare, T'aitch'ang alloua un million de taëls aux soldats postés aux frontières. Depuis des années, elles étaient la cible d'incursions permanentes des Mandchous. Les troupes étaient harcelées, mal nourries. Souvent, elles ne recevaient pas leur solde. Le découragement, les désertions les affaiblissaient. Le mauvais entretien de l'armée montrait au grand jour la corruption des fonctionnaires qui avaient la charge des finances de l'Empire. Il était le résultat aussi des dépenses qui ruinaient l'État, des politiques incohérentes de trop de ministres, d'une usure de l'autorité impériale que rien ne parvenait à enrayer. Le geste de T'aitch'ang surprit. Le lendemain, il récidiva, attribuant cette fois un million de taëls à la province de Leaotong. Elle jouxte le pays mandchou. Perpétuellement attaquée, soumise aux exactions des milices qui la parcouraient sans cesse, elle était exsangue. Au cours des jours suivants, T'aitch'ang suspendit les impôts les plus impopulaires que son prédécesseur avait instaurés et il remplit les charges qu'il avait laissées vacantes. Il remédiait à une pénurie de magistrats qui devenait criante et comblait les aspirations de nombreux diplômés sans emploi. Il sauvait des familles entières de la banqueroute. On murmura. Enfin, l'Empereur rappela au pouvoir plusieurs hommes que l'eunuque Wei Tchonghien avait chassés. Il marqua en particulier de la prédilection pour les membres de l'Académie du Tonglin et les partisans de l'Académie du Renouveau qui lui avait succédé à Soutcheou. Mon père était des leurs. Ses amis et lui entrevirent une restauration qu'ils n'avaient pas espérée. Tout d'un coup, la joie les prit.

Il y eut chez nous un grand banquet. Je me souviens des carrosses qui stationnaient dans les cours et les rues adjacentes à notre maison, des flambeaux, du son des cithares et des rires. J'allais des pièces de réception aux appartements des femmes, à qui je racontais ce que je voyais. Mon frère courait derrière moi. Il hurlait le nom des dignitaires qui venaient d'entrer. Ma mère, au milieu de ses dames d'atour, était paisible. Elle nous donnait en souriant des tranches de mandarines confites. Nos doigts étaient poisseux ; ils conservèrent l'odeur de ces fruits longtemps après que nous avions été couchés.

La semaine suivante, le dixième jour du huitième mois, l'Empereur tomba malade. On devait célébrer son trente-huitième anniversaire. La cérémonie fut reportée. Son indisposition empira. Le bruit se répandit qu'on l'empoisonnait et que Dame Tcheng, à nouveau, était l'instigatrice du complot. Le vingt-neuvième jour du mois, dans la matinée, on introduisit auprès de T'aitch'ang un apothicaire qui lui proposa de prendre une pilule rouge. L'Empereur essaya le médicament. Il lui procura un soulagement extraordinaire. L'apothicaire fut appelé devant le Fils du Ciel, qui le remercia. Dans l'après-midi, T'aitch'ang demanda une seconde pilule. Elle lui fut apportée avec diligence. Le lendemain matin, il était mort.

Le corps de l'empereur Wanli n'avait pas encore été mis au tombeau; on entamait à peine son deuil. T'aitch'ang n'avait pas de tombeau lui-même. L'ère de son règne ne devait pas commencer avant plusieurs mois. Il fallut interrompre l'année en cours et se livrer à des computs délicats pour qu'il pût laisser une trace dans l'histoire de la dynastie.

Il léguait le pouvoir à un enfant de quinze ans.

*

Le nouvel empereur se nommait T'ients'i. C'était un jeune homme tout à fait inculte, d'une constitution très faible. Le moindre effort l'épuisait. Nul n'avait jamais envisagé qu'il régnerait. Il ne s'en souciait pas lui-même. Il se remettait de tout entièrement à sa nourrice, Dame Ko.

Lorsqu'on vint lui dire qu'il était devenu le Maître et qu'on préparait les cérémonies de son investiture, il chercha à s'enfuir. Deux serviteurs durent le reconduire au fauteuil où il fallait qu'un émissaire officiel lui annonçât la nouvelle. Il avait l'air hébété. Il était bouche bée, la lèvre inférieure un peu pendante. Une fois couronné, il refusa de se soumettre à ses charges.

Il aimait la menuiserie. Il fabriquait des dragons munis d'un mécanisme qui leur permettait d'ouvrir la gueule et de cracher des perles. Il voulait qu'on louât ses inventions. Dame Ko y veillait. Pour le reste, Wei Tchonghien revint aux affaires : il était très proche de Dame Ko. Deux valets avaient pris le pouvoir.

Wei Tchonghien décima en quelques jours tous les hommes qui s'étaient empressés auprès de T'aitch'ang. Il avait trop d'expérience pour laisser à ses ennemis la moindre chance de salut. Mon père fut averti qu'on venait l'arrêter, alors qu'il rendait visite à un parent. Il eut à peine le temps de regagner notre demeure. C'était le matin. Il fit interrompre ma leçon. Il chassa les servantes qui paraient ma mère. Il envoya chercher mon petit frère et les filles de ses trois principales épouses. Lorsque nous fûmes réunis, il brisa les épingles qui étaient piquées dans les chignons des femmes. Il dit à mon frère et moi de jeter nos bonnets et de souiller nos robes de soie. Il déchira les habits de nos sœurs qui tardaient à lui obéir. Puis il commanda que nous partîmes à l'instant. Nous devions aller chez son père, à Soutcheou. Il n'y avait pas un moment à perdre. Il nous entraîna vers les communs. Un maraîcher achevait de décharger des légumes. Mon père nous fit monter dans sa charrette. Il donna beaucoup d'or à l'homme et il lui promit qu'il en recevrait encore autant, s'il nous emmenait sans délai dans le sud du pays. Il répandit de la cendre sur nos vêtements. Il nous recouvrit de choux avariés et d'épluchures de navets. Il avait pris le paysan éberlué par le coude ; il donnait une claque à sa mule.

Lorsque, sur le point de passer le porche de la cour, je voulus voir mon père et que j'écartai les ordures qu'il avait jetées sur nous, il avait déjà disparu.

*

Ce voyage fut mon premier exil. Il dura des semaines. Je n'en retins pas grand-chose.

Nous nous tenions loin du grand canal et des routes les plus fréquentées. Nous évitions les bourgs, de crainte que Wei Tchonghien n'eût lancé des émissaires à notre poursuite. Des fanes pourries qui étaient dans la carriole nous infectèrent les yeux. Nous pleurions et nos paupières enflèrent pendant quatre jours. Ma mère osait à peine faire arrêter à une fontaine le temps de laver le pus qui coulait sur nos joues. Elle était si effrayée qu'elle ne respirait plus que la bouche ouverte. Son éventail s'était rompu. Ses cheveux défaits pendaient. Les larmes, la poussière avaient dilué son fard en rigoles. Elle avait l'haleine gâtée. Nous ne la reconnaissions plus. Mon frère et moi nous efforcions d'échapper à ses embrassades. Ses gémissements nous gênaient.

Une des petites filles mourut en chemin. On ne prit pas le temps de l'ensevelir. Je me souviens du corps que nous laissâmes derrière nous, devant un monastère, dépouillé de sa robe, pour ne fournir aucune trace de notre passage. Le soir venu, comme nous faisions halte, le coche déchira cet habit que nous avions conservé. Il en fit des bandeaux qu'il mit sur nos yeux pour maintenir des compresses d'herbes qui devaient apaiser l'infection.

*

Mon grand-père s'appelait Lu Tsing. Il vivait dans une immense demeure ancienne.

On le réputait farouche, voire sauvage, porté à l'excentricité. C'était, en réalité, une personnalité sincère et profonde, mais peu liante. Il souffrait de voir, au premier coup d'œil, les vices de ceux qui l'approchaient. L'expérience et l'intuition lui révélaient le mensonge dans les protestations de sincérité, l'avarice, la concupiscence, la lâcheté derrière les gesticulations nobles. N'ayant pas assez foi en l'homme, ni en lui-même, pour vouloir corriger ses interlocuteurs, peu désireux d'endurer leurs faussetés, il ignorait quelle contenance prendre. Lu Tsing avait fui l'embarras en évitant de fréquenter des compagnies trop nombreuses ou trop mélangées. De surcroît, bien qu'il fût d'un tempérament ouvert et qu'il eût beaucoup de goût pour l'amitié, il avait éprouvé tant de déceptions qu'il avait trouvé plus sage, avec le temps, de réserver scrupuleusement ses sentiments. Il s'était enfoncé dans une espèce de solitude méditative qui déconcertait.

Lu Tsing avait été à la Cour au début du règne de l'empereur Wanli. Il occupait une des plus hautes charges de l'État. Familier du Grand Secrétaire Tchang Tsiutcheng, il partageait son désir de redresser l'Empire. Ayant atteint l'âge d'homme à un moment où le déclin n'avait pas paru une fatalité, il concevait une ferveur singulière pour son service. Ne rêve-t-on pas toujours d'actions qui nous rendraient moins vains et inutiles dans le puits des siècles ? Lu Tsing était loyal, scrupuleux. Il ne ménageait pas sa peine. Il s'efforçait d'être juste. Il prenait soin de ne pas blesser ceux auxquels il avait affaire. Il ne pressentit rien du complot qu'un intendant ourdit contre lui.

Cinq ou six ans plus tôt, il avait sorti l'homme d'une mauvaise passe ; il avait oublié ce bienfait qui hantait l'autre. Lu Tsing tomba d'un coup. En quelques heures, il fut dégradé, exilé. La plupart de ses biens furent confisqués. Des soldats qui étaient venus investir ses domaines malmenèrent plusieurs de ses femmes et de ses concubines. Il fut contraint d'errer longtemps dans des provinces lointaines qu'on lui désignait. Quand Tchang Tsiutcheng avait entendu les charges portées contre son allié, il avait été surpris. L'étonnement, la déception, à la mesure de la confiance qu'il plaçait en Lu Tsing, avaient été si vifs qu'il n'avait pas voulu s'informer davantage. Tout à sa rancœur, emporté par le dépit d'avoir été trahi, il avait chassé son ami sans souhaiter le recevoir. Lu Tsing, blessé que le Grand Secrétaire eût prêté foi à des calomnies qu'il jugeait indignes du moindre de ses actes, refusa de se justifier ou de solliciter sa grâce. Il réfléchit que sa chute était un effet du pouvoir, sur lequel il s'était mépris avec une naïveté qu'il détesta. La lucidité dont il s'était prévalu lui paraissait désormais une misérable vanité. Il considéra toute sa vie passée avec une haine indescriptible. Il décida de se retirer tout à fait, de ne plus nourrir aucune ambition, de ne plus donner prise aux illusions qu'il se reprochait. Lu Tsing ne tenta même pas de revenir chez lui, à Soutcheou, avant la mort de Tchang Tsiutcheng. Il voulait qu'on l'ignorât absolument. Il fit en sorte que son absence fût une disparition. Il lui arrivait d'éprouver de la colère en songeant que ses talents demeuraient inemployés, qu'il était moins qu'un simple particulier, puisque son oisiveté ne lui donnait aucune joie. Il se souvenait alors de la joie que son honnêteté bafouée avait suscitée chez ses ennemis et il haïssait l'idée qu'il pût encore désirer se mêler au commerce des hommes ou que celui-ci lui manquât, même obscurément.

Lu Tsing cultiva l'art d'approcher la sérénité en collectionnant des calligraphies, des peintures rares, des vases et des bibelots. Il dessinait lui-même avec talent. Il excellait à concevoir un jardin. Il traçait des plans pour embellir ses maisons. Il composait des mémoires sur des anecdotes qu'on portait à sa connaissance. Pendant les après-midi d'été, il emportait ses livres sous un dais de verdure, dont il avait choisi chacune des plantes pour le parfum qu'elles délivraient toutes ensemble, lorsque le soleil brûlait la voûte de ce chapiteau. Cet arôme surpassait toutes les fragrances dont ses femmes se paraient. Le soir, Lu Tsing allumait une bougie haute : il s'abîmait dans la contemplation de la lumière qu'elle distillait et des ombres qu'elle faisait surgir selon les souffles qui la déplaçaient. Il guettait ces choses humbles qui reculent les frontières du monde connu et révèlent ce que le seul regard ne saisit pas. Il était curieux de découvertes, de recensements, de savoirs exacts. Il lisait en prenant des notes qu'il archivait méticuleusement. Comme il constata que les dictionnaires ou les encyclopédies qu'il consultait manquaient d'ingéniosité et que leurs ressources étaient pauvres, il résolut d'entreprendre un ouvrage nouveau qui suppléerait à leurs lacunes. À cette époque, Lu Tsing possédait plus de sept mille livres épais comme des briques et cinq ou six mille ouvrages qui avaient des couvertures souples. Son projet le grisa. Il restait éveillé jusqu'au milieu de la nuit, parfois jusqu'au petit jour, englouti dans ses compilations et les articles qu'il avait commencé à rédiger. Il appréciait de vivre, quand les autres hommes dorment, à cause du silence et de la concentration de l'esprit qui se fait alors. Il trouvait aussi une teneur très pure à la solitude qui l'envahissait dans ces moments. Mais une nuit, rinçant son pinceau, exaspéré par une notice qui venait mal, à l'instant où un serviteur déposait devant lui une collation de crevettes au gingembre, il lui apparut combien sa tâche était à la fois futile et infinie ; il tentait de combler un océan avec des pierres. Le service de la science était aussi dépourvu de sens que celui des hommes. Lu Tsing interrompit ses travaux. Il continua de lire, mais plus secrètement, presque à la dérobée, parce qu'il avait honte de ce nouvel échec et qu'il ne voyait plus, dans sa passion, qu'une jouissance tout entière tournée vers soi.

À la réflexion, Lu Tsing pensa qu'il trébuchait pour la seconde fois à cause d'une ambition forcenée et qu'il était le jouet de l'orgueil. Il voyait qu'il cherchait à justifier sa vie par des œuvres, qu'il n'avait pas encore commencé à se reposer simplement sur l'évidence d'une droiture intérieure qu'il chercherait à conquérir avec fermeté. Il voulut se réformer.

Beaucoup d'érudits demandaient à mon grand-père de consulter l'extraordinaire bibliothèque qu'il s'était constituée. Il consentit à leurs requêtes. Il fallut embaucher des bacheliers pour aller chercher les livres qu'ils désiraient et les replacer ensuite sur la bonne étagère. Ses visiteurs parlaient dans les travées. Ce bruit chassa Lu Tsing de son asile. Il se retrancha dans un pavillon éloigné du bâtiment qui contenait ses collections. Il ne conserva autour de lui que des exemplaires médiocres ou des copies des ouvrages dont il ne pouvait se passer. Il faisait répondre à ceux qui désiraient le rencontrer qu'il était souffrant. Il prit l'habitude de ne plus guère sortir de l'aile de sa maison où il s'était confiné. Il s'entretenait à peine avec quelques intimes.

Il était charitable, cependant, et plein de sollicitude. Tous les jours, il faisait distribuer des légumes et du riz sur le seuil de sa porte. Il donnait des pièces d'or aux plus méritants des fils de boutiquiers ou de paysans qu'on lui présentait et qui désiraient étudier. Lui-même avait été reçu premier au doctorat. Ses amis célébraient son intelligence. Un placard contenait ses compositions, les discours qu'il avait prononcés au début de sa carrière et certains de ses poèmes qui avaient été imprimés dans des anthologies. Il avait, en musique, un goût sûr et il nourrissait pour l'opéra une passion qui lui avait fait rassembler légendes et interprétations remarquables. Poètes et artistes lui envoyaient leurs œuvres ou lui dédiaient des pièces. Ils souhaitaient souvent qu'il déclarât son jugement entre elles. Lu Tsing s'en abstenait. En retour, discrètement, il donnait de l'argent à ceux dont les volumes l'avaient touché. Il menait cette existence renfermée, quand, un soir, il découvrit dans la charrette d'un maraîcher cinq des enfants de son fils aîné avec sa première épouse, amaigrie et qui tremblait. Il nous regarda un peu ahuri. Il nous sourit. Il prit mon petit frère sous les aisselles. Il agrippa ma main. Il nous entraîna dans sa maison. Il demanda qu'on nous apportât de la soupe brûlante, des gâteaux, qu'on nous enveloppât dans les châles qu'il mettait sur ses épaules pour lire. Il versa davantage de sauce sur la viande qu'on nous avait amenée.

Quelques semaines après notre arrivée, mon petit frère mourut. Il avait attrapé, tandis que nous fuyions Pékin, une pneumonie, dont aucun remède ne put venir à bout. On maria mes sœurs, qui étaient déjà fiancées, pour qu'elles fussent à l'abri dans les familles de leurs époux. Leurs palanquins cahotaient au milieu des cortèges venus les escorter. Lu Tsing observait le visage du petit garçon malingre qui demeurait près de lui. Il voyait ses paupières qui battaient très vite. Il me prit la main. Il me raconta des histoires du royaume des T'ang. Il soigna mes yeux chassieux. Il mit dans ses poches des sauterelles que je devais y trouver et qu'il m'apprit à ranger dans des boîtes d'ivoire sur ses étagères. Il m'enseigna l'art de construire des cerfs-volants. Il me laissa grandir dans le coin de sa manche. Il voulait que je fusse un enfant gai et que j'eusse le goût de vivre. Il redoutait l'effet que son détachement ou l'amertume de mon père auraient sur moi. Cet homme déçu, rude avec lui-même, jugeait que ses chagrins ne m'épargneraient rien. Il fallait tout reprendre. Il fallait que je fusse celui que mes prédécesseurs n'avaient pas été. Il y avait eu, pensait-il, trop de meurtrissures, trop de défiances, chez les enfants que mon père et lui avaient été. Elles avaient fait d'eux des hommes ambitieux et aveugles, interdisant qu'ils fussent assez généreux ou assez sages pour s'accommoder de la folie du monde. Aussi ne me rudoyait-il jamais. Il ne me chassait pas de sa présence. Quoique mon bavardage ne pût avoir beaucoup d'attrait pour lui, il se gardait d'être distrait ou d'avoir l'air ennuyé, quand je l'entretenais. Il s'abstenait de toute injonction. Lu Tsing ne prit jamais le soin de m'interdire de troubler sa paix, quand il se livrait à l'étude. Avant de savoir lire, j'enviais sa sérénité. Je l'observais sans bouger, attentif à chacune de ses attitudes. Il me donna le goût d'apprendre avant que je pusse attribuer un nom à ce que je faisais. Je ne soupçonnais pas qu'on pût travailler par vanité ou pour échapper au fouet d'un maître. Je quêtais le secret caché dans le sourire d'un vieillard doux et bon. J'étais avide de savoir ce qui le rendait si lumineux parmi les vantards et les brouillons.

Je me demandais si mon esprit saurait acquérir la même souplesse que le sien. Nulle part, je n'étais plus heureux que près de lui.

Lu Tsing transformait tout ce sur quoi son regard se posait. Il voyait le pli mystérieux des choses, les incongruités ; il allait droit aux beautés discrètes. J'aspirais à être assez savant, assez observateur, assez patient, pour jouir du même don. Il m'initiait au bonheur, lequel ignore l'abondance des biens, mais aussi les famines, les bourreaux et leurs victimes, le temps et les dieux qui l'agitent. Il m'enseignait qu'il n'existe pas un être, une forme, un objet, doué de pérennité, mais que l'éternité est le seul horizon auquel se tenir. Il m'apprenait, dans une pièce ombreuse où passait le reflet de lentilles d'eau, en quoi la sagesse consiste.

J'ai grandi auprès d'un homme aimant.

Je n'ai rien retenu.

*

Je n'étais pas seul auprès de Lu Tsing.

Ma mère était la fille aînée de l'ami le plus cher qu'il avait eu. Quand celui-ci avait succombé à une série de revers, comme il n'avait pas de descendance mâle susceptible de recueillir sa veuve et la cadette du couple, Lu Tsing les avait prises dans sa maison. Cette cadette avait elle-même perdu son mari et se trouvait, avec un enfant en bas âge, dépourvue du moindre soutien. L'enfant vivait sous notre toit.

C'était une fille. C'était ma cousine. Elle avait deux ans de moins que moi.

Elle avait la peau entièrement blanche. Elle était timide et impétueuse.

Lu Tsing élevait l'orpheline comme si elle eût été sa

propre petite-fille. Il lui dispensait les mêmes leçons qu'à moi. Il lui racontait les mêmes légendes. Quand je m'exerçais à la dissertation, il lui faisait composer des poèmes dans l'ancien style. Ensemble, ils parlaient de brumes neigeuses, de cormorans et de fleurs qui m'arrêtaient au milieu de mes périodes. Le vieillard et l'adolescente eurent la passion des cursives folles. Ils admiraient leurs ligatures véhémentes et farouches, le tourbillon rapide qu'elles jetaient sur le papier. Ils s'extasiaient sur ces brouillons merveilleux. Ils étudiaient de vieux rouleaux pour lesquels Lu Tsing dépensait des sommes insensées. Il possédait des œuvres de Tch'ang Hiu et du moine Houaisou. Entre mes exercices, je venais poser sur leur table des pierres polies qui tinssent dépliées les pages qu'ils admiraient et je laissais l'émotion m'envahir. Lu Tsing disait qu'à la beauté on peut tout sacrifier. On est payé de retour d'emblée, la première fois que le regard se pose sur la peinture ou l'esprit sur le mot. Et que la beauté n'est pas une image habile, une musique ou un visage, mais ce qui se trouve exactement au-delà d'eux. Il allait jusqu'à soutenir qu'elle est identique sous quelque forme que sa révélation s'incarne.

Ma cousine révérait les biographies des femmes vertueuses que Lieou Hiang et Hie Tsin avaient compilées. Lu Tsing, sans qu'elle le sût, lui apprenait à rayonner. Il avait, au premier coup d'œil, vu la grâce en elle. Il la parait. Il guidait imperceptiblement son éclosion.

Ma cousine était l'ornement de notre maison. Elle était une exubérance souveraine qui se tient immobile, inconsciente de soi et parfaitement accomplie. Absolue.

Elle était la sagesse et la beauté.

*

La voix est devenue sanglot.

Lu Wei ne pleure pas, mais la voix s'est tue et, à sa place, la petite pièce abrite un chant qui vient des choses invisibles du passé, qui est le passé. Et le passé sanglote, car il n'est qu'un fantôme. Il n'a aucun poids. Il n'a jamais eu aucun poids.

Les instants sont de petites barques au milieu d'un fleuve. Nous n'avons que des souvenirs rêvés. L'origine est disparue et insondable. Les fins se dérobent.

Ce sanglot dure jusqu'à l'aube et bannit les paroles qui blessent l'âme, qui exhibent l'impuissance.

M. de La Tour attend. La voix ne revient pas. À la place, l'automne s'installe, où le cri des corbeaux et des milans, au crépuscule, résonne longtemps.

Tous les rêves sont identiques. Les mêmes rivières coulent au même endroit depuis des siècles. Les maisons des hommes sont identiques, de même que leurs chagrins et leurs passions. C'est toujours ta joue vers laquelle tous les doigts se tendent et toujours ton absence qui les bouleverse. C'est ton silence qui rejette tous les hommes dans le silence. Il n'y a qu'une impuissance à posséder. Depuis la nuit du temps, j'échoue sans cesse à te rejoindre et le bonheur nous fuit à chaque fois à la même seconde où je pensais qu'il ne se dérobait plus. L'être qu'on désire fait toujours défaut de la même manière. Le désespoir ne varie pas. Mais l'eau qui coule dans la rivière n'est pas la même. Ce ne sont pas les mêmes hommes qui habitent ces maisons identiques et chaque seconde ne tue pas la même créature qui balbutiait ton nom. Mon cri qui n'en finit pas, mon cœur qui refuse d'accepter, que l'eau de la rivière étouffe, emporte, est un seul de tous ces cœurs qui meurent. On ne partage rien. On ne communique rien. On s'émeut d'échos. On aperçoit des reflets. Les héros vaincus, les orateurs silencieux, les enfants morts, les femmes perdues, l'amant qui t'a délaissée ne sont pas davantage que le chêne qui dort en toi ou le sourire d'une servante entraperçue il y a dix ans. Ma dévastation, les tentations des saints, la chasuble du Bouddha, ta voix, ô ta voix, ne sont même pas cette pivoine sous la pluie. Dans le ravin du monde, tu ne m'entends pas. Qu'importe mon nom, la durée de mon chagrin. Qu'importe ton nom.

Les deux hommes sont assis l'un près de l'autre. Lu Wei ouvre une boîte sur ses genoux. Elle contient des sceaux. Il dit qu'il les a conservés dans la fuite, qu'ils ont réchappé à la guerre, au doute et à des années d'errance.

Il les a portés dans un pli de sa manche, parfois dans une ceinture passée autour de la taille. Ils ont meurtri sa chair. Il n'a conservé, de tout son passé, que ces petits cubes de pierre qu'il caresse maintenant. La perte, la fuite, le sang, l'errance le bouleversent à nouveau.

Il pleure. Certains de ces dés ont des reflets noirs. D'autres se moirent de lueurs fauves. Il passe le pouce sur la gravure à leur extrémité ; il frotte les chimères sculptées sur l'autre face. Ses larmes augmentent. Alors, Lu Wei dilue une encre vermillon, grasse, pleine d'huile. Elle leur est réservée, explique-t-il. Il plonge un des sceaux dans ce liquide. Il l'applique sur un morceau de papier très épais qu'il gardait plié plusieurs fois dans la même boîte où il range les petits objets exposés devant lui. Quand l'impression a pris, Lu Wei recommence avec un autre sceau. Il aligne ainsi toutes leurs marques. Il lit, ensuite, les noms qu'elles représentent : il ressuscite, un à un, ceux qui les portaient. M. de La Tour ne voit pas ces hommes. Il devine l'invocation fantastique. Il entend la nostalgie et la détresse dans la voix de son compagnon. Lu Wei dit que l'homme qu'il se représentait, chaque fois qu'il choisissait un nouveau sceau dans la boîte, n'était peut-être pas l'homme dont le fantôme vient de lever devant eux. Que sait-on de ceux qu'on croit connaître ? Qu'a-t-on véritablement étreint ? Puis il sourit.

Plusieurs sceaux correspondent à des surnoms qu'il s'est donnés à lui-même à différentes époques d'une vie enfuie. Tous les disparus que ces cachets évoquent ne sont pas également disparus. Nos vies sont trop longues pour que nous soyons un seul homme ou bien, n'étant toujours que le même homme, nous voudrions tant, aux différentes époques de notre vie, être des hommes distincts. Nous convoitons l'unité et nous ne voulons pas posséder un seul visage. Ces empreintes archaïques, vives, ne sont pas des stèles dressées contre l'oubli, mais plutôt les délimitations les plus exactes possibles d'un style ou d'un désir qui, un temps, parurent nous résumer à nous-mêmes.

Alors, M. de La Tour raconte les cachets de sa nation, qui sont en cire et qu'on brise. Il respire l'odeur du bâton incliné sur la page repliée. Il sent, sous ses doigts, le relief du sceau qui a été appliqué, ses brisures, lorsqu'il est rompu. Il se souvient des lettres qu'on ouvre, du papier qu'on déploie. Il se souvient des écritures de sa nation. Une façon de former les lettres suspend les mots dans sa gorge.

Un Français et un fils des Han ont devant les yeux, pêle-mêle, des morts, des survivants, des inconnus entre la vie et la mort, des gens en culottes de soie et des femmes avec des coiffes de perles, des soldats portant chignon au-dessus de la nuque, des reîtres aux cheveux longs. Ils sont face à des existences révolues, pleines de bruit, d'ombres et de paroles auxquelles ils n'eurent pas le temps de répondre ou qu'ils ne surent pas articuler.

Lu Wei lève la main. Il redresse le front. Il suspend ses larmes.

Une cigale chante. Les cigales sont des âmes, dit-il.

*

Le Chinois instruit M. de La Tour dans l'art de graver les sceaux, puis il l'initie à la calligraphie.

Lu Wei tient serrées dans le coffre qu'il possède des feuilles de papier très grandes et souples, plus lumineuses que M. de La Tour n'en a jamais vu. Le premier jour, il en choisit longuement une, l'étend sur le sol, dépose à chaque angle un plomb pour empêcher la page de se redresser. Il sort d'un sachet en soie un pavé d'encre noire, une coupelle, une pierre à broyer. Il pose à côté quelques pinceaux. Il va puiser un peu d'eau dans la jarre où ils conservent le liquide le plus pur qu'ils recueillent. Lu Wei effrite un morceau du pavé d'encre. Il délaie la poudre. Il tend un des pinceaux à M. de La Tour. Ignorant le tremblement qui remonte jusque dans l'avant-bras de ce dernier, il replie ses doigts autour du manche. Il enserre son poignet entre ses propres mains et guide chacun de ses gestes.

Lu Wei incline le pinceau vers la coupelle. La pointe se charge doucement d'encre. Il accompagne ensuite son trajet vers la feuille, ajustant la vitesse et la fermeté du mouvement qu'il dirige à ce qu'il perçoit de crainte ou d'abandon chez l'autre.

Malgré la saison, une abeille bourdonne au-dessus de l'assiette où Lu Wei a posé des gâteaux. Elle ne distraie pas les deux hommes, embarqués dans une danse presque immobile et qui soulève plus d'arbres et de flots que les ouragans des océans.

La danse dure longtemps, couvrant la page d'arabesques semblables à un vol d'oies, au chuchotis dans la nuit d'un bosquet de bambous clairs. Quand Lu Wei a rempli une feuille, il en extrait une nouvelle du coffre. Il l'aplanit soigneusement et les deux hommes à nouveau joignent leurs mains. Lorsqu'ils s'interrompent, ils observent sécher les hauts caractères qu'ils ont tracés, qui sont pareils, avec la lumière qui faiblit, aux herbes des champs que le vent incline. Ils sont des énigmes abrégées, épurées, de tout ce que les sens ne parviennent jamais à appréhender du monde que de façon obscure, imparfaite. M. de La Tour passe le bout des doigts sur les signes qui ont foncé. C'est comme une transcription, une espèce de partition. Lu Wei murmure qu'on peut écrire sur ses murs, sur des feuilles de palmier, par terre, avec un bâton, quand le souffle et la concentration ont pénétré le corps, quand l'esprit veut s'incarner, car il est la foudre et le silence réunis. Rien ne retient plus celui que la contrainte inspire, une fois perdu le sentiment de l'art, une fois qu'on est les choses qu'on écrit. Il n'y a pas de joie ni de dépossession plus hautes.

Le soir, ils suspendent les pages aux ais de la cabane. Ils sont entourés de grands feuillets murmurants. Ils se sourient.

Les calligraphes sont des hommes qui livrent bataille contre eux-mêmes et contre l'inertie des instruments ou des choses. Lu Wei et M. de La Tour se souviennent de la clarté derrière leurs paupières, quand ils s'étaient délivrés du monde, de ce bruissement inaudible qui les a bercés pendant des mois, du détachement bienheureux qui les avait peu à peu extirpés du chagrin. Ils comprennent qu'il demeure en eux de la sérénité éprouvée si près du néant et qu'elle ruisselle désormais sur l'univers où ils sont rentrés. Un moment d'extase a transformé deux solitaires. Il illumine une nuit de la fin de l'automne.

Quatre mois s'écoulent. Il neige.

Lu Wei et M. de La Tour tirent la barque sur la plate-forme juste avant que la glace ne prenne les eaux du lac.

Ils remontent aussi un poisson qui agonisait. Ils le transportent dans le bassin où ils font leurs ablutions. L'animal reprend vie. Il tournoie dans la jatte de grès. Pendant des mois, les deux hommes se relaient pour lui distribuer des miettes d'aliments. Le poisson, quand il voit leurs ombres approcher, s'élance à la surface. Il bondit. Lu Wei dit qu'ils n'entretiennent peut-être pas une relation plus profonde ou plus intime avec aucun autre être que cette tanche qui aura été un lettré, un marchand généreux ou un solitaire, comme eux.

Lu Wei, plusieurs fois, dessine la bête, dont l'œil le fascine. Il n'emploie qu'un trait pour le corps, les écailles. Il pose ensuite la pupille, très lentement, à cause de l'expression de plus en plus vivante, interrogatrice, sourcilleuse, qui l'anime et qu'il lui semble ne pas saisir dans sa vérité, puisqu'il ne saurait traduire, dit-il, la phrase qu'elle formule.

*

La nuit, les deux hommes se couvrent d'édredons taillés dans une vieille pièce de satin vert. La couleur en est passée et M. de La Tour a vu Lu Wei plusieurs fois plonger leur literie dans l'eau et l'étendre au soleil pour qu'elle sèche. Chaque fois, pourtant, le tissu le surprend par sa douceur incomparable et un arrière-parfum lointain, mystérieux. Il a le sentiment qu'une femme pose la main sur lui avec ce geste lent qu'elles ont, lorsqu'elles viennent de se dévêtir sous le regard d'un homme à qui elles se donneront, dont elles attendent qu'il sache les recevoir. M. de La Tour s'endort sans plus discerner entre le souvenir qui bat en lui et les vastes lits surélevés et clos où son ami, dans une autre existence, a reposé, et qu'il lui a décrits, parce qu'il voulait lui représenter le crissement des rideaux brodés et le poli des boiseries isolant le dormeur.

Ce sont des nuits pleines d'esprits. Trois kakis flétrissent dans une soucoupe. Mme de Clermont rôde autour de M. de La Tour. Il ne passe rien de son âme à l'âme de l'homme qui l'a fuie. M. de La Tour soupçonne qu'il est plus près de la paix qu'elle-même. Il a pitié. C'est comme s'il voulait tenir son visage entre ses mains et que ce visage s'évanouissait à chaque instant qu'il va l'effleurer. Mais peut-être est-ce lui que Mme de Clermont n'atteint pas.

*

Comme ils ne peuvent guère sortir, Lu Wei entreprend de fabriquer de nouveaux pinceaux. Il s'est procuré des poils de lapin et de loup. Pendant qu'il les assemble, il décrit à M. de La Tour les pinceaux qu'on fait avec des poils de panthère, des poils de chevaux, de chèvre, de daim, de tigre, de loutre, de mangouste, avec les poils des lièvres des montagnes, lorsqu'ils ont été capturés au milieu de l'automne, parce que alors, leur pelage est dru et très lisse. Il parle des roseaux, des bambous creux, auxquels ils sont fixés. Du fil qui les lie. Des inscriptions que les lettrés y gravent, des sigles et des charades, des tortues, des scarabées, des fleurs minuscules qui ornent leurs manches. Les lettrés, explique-t-il, veulent qu'on les ensevelisse avec leurs pinceaux préférés, comme les enfants s'endorment avec un peu de tissu frotté contre leurs lèvres. Des milliers d'hommes, à travers toutes les provinces de ce pays, dans le creux des vallées, au sommet des collines, sur les flancs de leurs jardins, ont voulu qu'on plaçât dans leurs cercueils ces petits instruments doux avec lesquels ils avaient enchanté leurs vies, masqué, transfiguré, renversé tour à tour leurs disgrâces, pour que la mort fût moins la mort, si on y tenait encore un pinceau entre le pouce et l'index.

M. de La Tour écoute. Il nomme le peintre, à Rome, dont il fréquentait l'atelier. Il dit les couleurs. Mais les traits et les points qu'il apprend à tracer l'émeuvent davantage, à cause de la force, de l'os, de la transparence, la nudité, en eux. Il regarde la courbe qui se retourne, l'écart et le vide, soudain, dans la marque de l'encre. Il y voit l'essentiel et ce dont ce dernier vient. Il y voit, s'il y a un peu de poudre d'or dans le bâton d'encre qu'ils ont utilisé, le flamboiement sec et austère qui l'a mené jusqu'au-dessus de cette table. Le nom de Dieu est dans la ligne restreinte devant lui.

Lu Wei comprend. Il traque le même émerveillement.

Elle s'appelait T'an Mei.

*

Je ne me souviens pas d'un jour sans elle.

Mon enfance finit le jour où je fus éloigné afin qu'on lui bandât les pieds. Nous n'avions jamais été séparés. Quand je pus me précipiter à nouveau vers elle, je la vis s'écarter, le visage rouge et plein de honte. J'étais figé. Je n'ai jamais recouvré l'heure qui avait précédé. Peut-être n'ai-je fait que poursuivre ce rêve : renverser le temps.

J'entendais ses sanglots, chaque matin, lorsqu'on ôtait l'étoffe, qu'on baignait ses membres que les bandes avaient comprimés et qu'on les emprisonnait de nouveau, plus à l'étroit. Je la cherchais. Je lui portais des oisillons tombés du nid, des jonquilles, des coquillages, des empreintes fossiles que je dérobais à Lu Tsing. Elle se détournait. Sa chair avait découvert que je n'étais pas sa chair, que la libéralité avec laquelle on nous avait appris à lire coude à coude était une imposture.

Lu Tsing nous avait inspiré le désir de devenir l'un

et l'autre des créatures fortes et accomplies. Mais il fallait qu'elle boitillât. La douleur lui donnait des migraines qui la chassaient de la salle d'étude. Elle pleurait, cachait ses larmes. Quoi qu'elle fît, elle prit peu à peu ce pas hésitant des grives que nous apprivoisions, auxquelles les valets, pour qu'elles ne s'envolent pas, sectionnaient les muscles des pattes.

*

Je ne me souviens pas d'elle. Elle est tombée dans la nuit profonde et éternelle des regrets qu'un homme sage proscrit. Je suis devenu trop étroit pour tant d'amour. La sagesse est une ignorance des passions, un dégagement, un retranchement. Que ferais-je d'une femme qui a laissé ma bouche bée ? Qui a jeté le chaos dans mon esprit ? Devant qui je n'ai été que soif et convulsion ? Je l'ai livrée au néant, abdiquée, perdue, renoncée. Elle n'est plus dans ma nuit.

*

Je me souviens, chaque nuit, à chaque feulement qui s'étouffe, à chaque gémissement interrompu, de ce sanglot d'enfant, de ce visage détourné qu'empourpre l'humiliation. Le temps n'a aucune prise sur eux.

*

L'être au monde qui requit tout ce qu'il y aurait jamais de passion en moi est une petite fille aux orteils rentrés, à la plante des pieds brisée, dont je ne pus jamais ôter les bas, quand, plus tard, je lui fis l'amour.

Certains hommes sont curieux de cette dernière

marque d'abandon que leurs maîtresses peuvent leur consentir ; ils recherchent ce dévoilement de l'intimité que n'entrave pas même le sentiment du sordide. J'étais, moi, épouvanté par la blessure tenace et ce lavement, tous les matins de sa vie, qui, chaque fois, lui tirait une plainte.

Elle était mon amie. Elle était ma jumelle. Jamais je ne lui ai donné tant de plaisir que, dans l'extase, j'oubliasse comment, un jour, elle avait détourné le visage de moi, de quelle façon elle mordait sa lèvre et comme elle refusait de me confier ses sanglots. Ils sont restés pour moi les emblèmes d'une solitude que je ne réduirais jamais, cette solitude qui nous cloue à nos corps et à la haine que nous ressentons envers eux, au dégoût de soi.

J'ai pleuré, aussi, plus tard. Je pleurais, parce que je la désirais, pâle, fragile et menue, ployable ainsi que le jonc pur des lacs. Parce que j'étais fasciné par le sang entre ses cuisses. Elle était ma sœur et sa vulnérabilité excitait mon désir. J'étais compassion. J'étais tendresse, mais un démon règne dans la tendresse ; elle est le visage contrefait de la convoitise. Elle dévore les êtres plus que ne font les oiseaux des bois, les loups, les bêtes des marais, les fourmis qui envahissent les cadavres.

Je pensais que l'amour d'elle m'écartait des autres, qu'il me haussait. Elle était mon souffle.

Je n'étais pas différent. J'ai livré l'enfant blessée, ma compagne, la seule vérité que je possédais. Je l'ai immolée. Je l'ai trahie.

*

Les injustices dont mon père ou mon grand-père avaient été victimes ne m'avaient pas révélé le mal ou la souffrance. Lu Tsing avait tôt tenté de me détourner de l'orgueil, m'instruisant combien il déploie de ruses pour séduire les hommes et comment lui-même, dans la certitude de son intégrité, lui avait donné prise. Parce qu'il parlait d'un ton paisible, parce qu'il me paraissait si éloigné de toute rancœur, je n'avais pas songé qu'il avait pu souffrir. Quant au visage de mon père, plein d'ambition déçue, il m'avait semblé celui d'un homme sans bonté, comme j'ignorais que la bonté trahie se retourne parfois en haine de soi. Mon père ne dissimulait pas l'irritation qu'il ressentait ni son dépit, ni son ennui, ni sa détestation : je me méprenais sur leur destination.

C'est une petite fille rencognée dans le coin de la cour où nous jouions naguère, c'est un cri de femme échappé d'une chambre qui m'ont révélé le mal, parce qu'elles me paraissaient condamnées à des expiations de criminel pour des fautes que je ne pouvais pas concevoir. J'ai eu pitié, plus tard, de mes pareils. J'ai eu pitié de l'ahurissement avec lequel le soldat contemple sa main tranchée ou la jambe qu'il faudra couper, pitié des mille enfers qui gisent au fond de quelques membres. Je n'ai pas éprouvé de réelle compassion, néanmoins, pour leurs vies brisées, leurs attentes renversées, leurs dépossessions ni leurs égarements. Je n'ai jamais éprouvé devant ces dévastations la révolte ressentie près de ma petite camarade. Mais peut-être ai-je moins découvert, ce matin ancien, le mal que l'innocence, le visage de l'innocence. On connaît l'innocence trop tard. C'est ce chagrin qui m'a étreint le cœur. C'est cette meurtrissure qui détourne de la vie : bons repas, jolies filles, musiques subtiles, heures émouvantes qui ne rachètent rien.

*

Je ne me souviens pas de la femme que j'ai tenue contre ma poitrine. Je me souviens de l'enfant qui aurait voulu ne pas devenir cette femme et de la haine que cette nécessité m'a inspirée.

*

J'ai aimé la compagne de mes jeux. Nous avons été un couple entre des baldaquins ; nous avons laissé une petite servante nous épier. Nous avons échangé des présents et des vers. J'ai dormi le visage enfoui dans le creux de son bras. Je l'ai vue nue dans la lumière du matin. Rien n'a été si éternel que l'enfance et le temps passé à nos pupitres qui se jouxtaient.

Je regrette, quand nous courions la main dans la main et que nous ignorions qu'il y eût rien au-delà.

Dans mes rêves, je lui tends encore la main et j'attends l'instant de recevoir entre mes doigts la paume tiède qui renferme mon destin.

L'Empereur T'ients'i mourut le vingt-deuxième jour du huitième mois de la septième année de son règne. Il avait vingt et un ans. Il avait engendré cinq fils. Aucun n'ayant survécu, le trône revint à son frère cadet. Celui-ci prit le nom de règne de Tch'ongtchen.

Il avait seize ans : j'en comptais à peine trois de plus. Nul n'avait songé que ce jeune homme pût accéder au pouvoir. Aussi les conflits qui avaient marqué l'enfance de ses prédécesseurs l'avaient-ils épargné. Il était plus fort, mieux instruit ; il entendit gouverner l'Empire à la tête duquel il se trouvait soudain porté.

Les cérémonies de l'intronisation avaient eu le lieu le vingt-quatrième jour du huitième mois. Le premier jour du onzième mois, Tch'ongtchen ordonna à l'eunuque Wei Tchonghien de se rendre en province pour une célébration officielle. Wei Tchonghien avait régné à la place des deux empereurs précédents. Il s'était fait bâtir des temples et des autels où l'on se prosternait devant des statues à son effigie. Il lui déplut de recevoir un commandement, mais il ne pouvait se soustraire à la volonté du souverain. Il quitta Pékin. Il apprit en route qu'un flot de placets dénonçant ses crimes parvenait chaque moment au Fils du Ciel et que l'Empereur avait résolu de le faire arrêter. Wei Tchonghien songea comment il parviendrait à s'enfuir. C'était impossible. Partout, on connaissait son visage et il était surveillé. Quelques jours plus tard, on découvrit son corps privé de vie. On ne sut pas s'il s'était pendu ou s'il avait été étranglé par des hommes que Tch'ongtchen lui avait dépêchés, mais la nouvelle de sa mort suscita une liesse générale. L'Empereur ordonna qu'en signe d'infamie le cadavre de l'usurpateur fût démembré et sa tête exposée dans son village natal. Dame Ko, qui avait été son intime alliée, son frère et le fils que ce dernier avait eu furent exécutés. Les autels où ils avaient voulu qu'on les honorât comme des dieux furent rasés.

Le Parti du Renouveau fut réhabilité. Tch'ongtchen appela auprès de lui ceux de ses membres qui n'avaient pas péri. Mon père fut de ces derniers. Il avait vécu toutes ces années terré dans une petite ville isolée du Sseutchou'an, osant à peine correspondre, sans confident, dissimulant à tous son identité. Sa joie, quand il apprit qu'on l'attendait à Pékin, fut immense. Elle redoubla, lorsqu'il sut qu'il y retrouverait son ami le général Yuan Tch'onghouan : c'était peut-être le soldat le plus célèbre de l'Empire.

Les Mandchous tentaient depuis des décennies d'envahir la Chine. Leur dernier souverain les avait organisés en huit Bannières qu'il ne cessait de lancer contre nos frontières. Nos troupes étaient incapables de résister. Des années de mauvaises récoltes, la corruption, les complots entre factions et clans rivaux à la Cour avaient épuisé nos finances. Les soldats étaient payés de façon irrégulière. Leurs rations étaient insuffisantes. Les ravitaillements qu'on leur expédiait, souvent, ne leur parvenaient pas. Ils manquaient d'armes. Dans ces conditions désastreuses, presque contre toute attente, Yuan

Tch'onghouan était parvenu à arrêter plusieurs assauts qui auraient pu nous être fatals. Rongés par la jalousie, les eunuques l'avaient accusé de vouloir usurper le pouvoir et ils étaient parvenus à le faire exiler. L'Empereur Tch'ongtchen annula cette sentence. Il lui confiait le commandement de toutes les forces militaires situées au nord de l'Empire. Le général, prosterné devant la Cour, ému, promit que, dans cinq ans, il aurait libéré la province du Leaotong de ses occupants. Deux ans plus tard, il fut nommé Gardien de l'Héritier Présomptif. Symboliquement, le Fils du Ciel lui fit don d'une épée : son bras et celui du général ne faisaient qu'un.

*

On espéra. Les hivers demeuraient rudes, cependant. L'été, la sécheresse détruisait les moissons. La disette ravageait des régions entières. Les Mandchous ne relâchaient pas leurs efforts pour percer nos défenses. Les impôts croissaient. Les banqueroutes se multipliaient. Dans l'armée, il était devenu impossible d'enrayer les désertions. Ceux qui avaient tout perdu ne s'enrôlaient plus dans les troupes impériales, où ils avaient longtemps trouvé refuge : elles étaient misérables et on n'y mangeait pas à sa faim. Ils rejoignaient les bandes de paysans chassés de leurs terres, de marchands ruinés, de manants et d'aventuriers, qui sillonnaient les routes, rançonnant les voyageurs et dévalisant les greniers où l'on conservait du grain pour remédier aux pires famines. Leurs exactions achevaient de désorganiser l'État. Les convois étaient arrêtés et pillés, le courrier détourné. Des régions entières, peu à peu isolées, échappèrent au contrôle de l'Empereur. Des potentats locaux refusèrent de se soumettre davantage à leurs supérieurs. On chassa des préfets. Des meneurs apparurent. Brigands et rebelles se travestirent en insurgés. Ils ne parlaient plus de rapines, mais de réformes. Ils prétendaient qu'ils voulaient redistribuer les terres qui étaient mal réparties, reprendre des richesses qu'on avait usurpées au peuple. Mon père et ses semblables ironisaient sur ces discoureurs. Ils mettaient leur foi dans la justice du souverain. Ils comptaient sur leur propre intégrité. Ils croyaient qu'on peut lutter contre la ruine des États, qui est semblable au cours des fleuves que rien n'arrête. Nous ne pensons pas que les créatures disparaissent jamais entièrement, mais que, le jour où elles sont déliées du corps dans lequel elles logeaient, leurs âmes migrent et composent d'autres assemblages. Cet éternel recommencement nous permettait-il de concevoir qu'un monde aussi ancien que la Chine pût être mortel ? L'Empire ne nous semblait pas moins doué d'une âme que tant d'hommes fragiles et éphémères qui meurent chaque jour.

Qui veut voir la faiblesse de traditions, d'enseignements, de convenances, d'interdits et de bienséances, auxquels nous nous crucifions, génération après génération ? À quoi ne serait-on pas résolu pour ignorer la bête toujours nue en nous ? Qui veut songer à ce qu'il est ? Qui veut entendre le hurlement et l'angoisse que l'aube invariablement fait naître en nous ? Combien d'hommes savent se précipiter ? Combien ne se détournent pas, quand la vie les hèle, ou l'amour, ou la colère, ou aucune force plus puissante que l'apparence suave et aveugle qu'ils affectionnent et à laquelle ils sacrifient tout, parce qu'elle les garde d'être ? Qui veut savoir que nous ne possédons rien et que notre ambition ne devrait pas être de conserver ni d'acquérir, comme on l'apprend dès le berceau aux petits enfants, mais de se dépouiller ? On devrait se délester de ce que l'on reçoit en naissant, qui nous interdit déjà de nous saisir purement, au lieu d'aviver ses convoitises. Nos vies devraient être un cheminement vers l'irréductible ou l'irrévocable, vers le nu et le pur qui nous délimitent, à quoi rien de superflu ne saurait plus être retranché. Mais nous l'ignorons.

Mon père, tous les matins, faisait enrouler son chignon. À travers tout l'Empire, des lettrés composaient des recueils de récits satiriques. Nous célébrions la beauté des femmes. Nous cultivions nos esprits et prononcions des serments. Nous pensions que la Chine était comme l'éternité. Nous ne voyions pas tout le futile, l'impermanent, qui étaient en nous et qui nous condamnaient.

Nous avons entretenu un immense bavardage jusqu'à ce qu'il n'y eût plus, à travers nos plaines et nos fleuves, qu'une seule plainte et des poignées d'hommes réduits à leurs souvenirs qui allaient, d'ermitage en ermitage, pourchassés, hagards, s'immoler au rêve plein d'inanité en quoi la fidélité consiste. Car il n'y a pas plus de fidélité que d'éternité. Nous ne sommes que des convulsions, infimes, égoïstes, sur quoi, à l'heure du repentir, la perte consommée, au bord du vide, je gémis.

Jamais M. de La Tour ne voit parler Lu Wei : lorsqu'il ouvre la bouche, la nuit est venue, ils ont clos la porte, tiré les volets, la lune est noire et il règne un silence absolu. Une vague qui rompt, les craquements du bois autour d'eux, le jappement d'une bête sont les uniques manifestations qui les touchent encore d'un monde pour le reste entièrement disparu autour d'eux. Elles les assourdissent. Elles les obsèdent. Ils sont au seuil de l'univers des choses invisibles.

Lu Wei donne sa voix aux ténèbres ou à l'enfer. Il ne se retourne pas sur une silhouette perdue. Il ne rebâtit pas des lieux qui n'existent plus. Ceux-ci l'habitent. Ils ont pris son corps. Ils tremblent dans sa voix. Ils frémissent dans ses phalanges et son visage que l'obscurité dérobe.

M. de La Tour écoute sans un mot ce récit d'outre-tombe qui perpétue une femme et le siècle où elle a vécu. Lu Wei n'adresse aucune supplique à ses fantômes. Il ne quémande rien. Il s'offre en prière. Il restaure un peu de chaleur. Ces lambeaux de souvenirs qu'il égrène sont une chair impalpable et souffrante qu'il apaise. Il célèbre un grand office des morts où la mort n'est rien. Pour M. de La Tour, il restitue à des absents le souffle qui les a quittés, mais ce n'est pas cette absence qui les a emportés ; ce sont l'oubli, le désir du lendemain, la hâte du meilleur, l'irrésolution, le manque de générosité et la pusillanimité, la versatilité, l'indifférence aux grandeurs secrètes dont rien n'atteste. Lu Wei a glissé dans la langue nocturne qui drape les êtres et les choses. Il dénoue. Il fait justice. Il écoute le chagrin qu'il n'avait pas entendu. Il dit la peine qu'il n'avait pas su dire. Il donne l'obole qu'il n'avait pas donnée. M. de La Tour, l'écoutant, l'accompagne. Il ignore si Mme de Clermont a vécu. Il ignore si elle a pardonné. Il est attentif, dans la nuit, à l'ombre qu'elle pourrait être et qui voudrait s'adresser à lui à travers cette voix mystérieuse et lointaine. Il lui transmet, à chaque tressaillement que Lu Wei tire de lui, ce tressaillement.

La deuxième année du règne de Tch'ongtchen, au cours du onzième mois, les Mandchous franchirent la Grande Muraille. Longtemps, ils avaient mené des incursions contre la province du Leaoning, écartelée entre leur territoire et la Corée. Cette fois, ils déboulèrent sur Pékin. Houang T'aitsi les conduisait. Il était monté sur le trône trois ans plus tôt. Il avait trente-sept ans. Il voulait porter sa nation au faîte.

Le général Yuan Tch'onghouan, qui était stationné au Leaoning, se rua vers la capitale avec le meilleur de ses troupes. Le sort de Pékin était entre ses mains. Mon père lui dépêchait estafette sur estafette. On vivait suspendu aux bulletins qui rapportaient son avancée. Nul ne savait quelle armée paraîtrait en premier. Yuan Tch'onghouan l'emporta avec moins de deux jours d'avance.

Houang T'aitsi menait avec lui près de cent mille guerriers. Ses hommes rêvaient des trésors accumulés dans notre capitale. Ils voulaient voir leurs étendards flotter sur nos murs. Ils n'avaient pas encore combattu. Ils étaient bien approvisionnés et leurs montures étaient fraîches. Yuan Tch'onghouan décida de ne leur laisser aucun répit. Il ne fallait pas qu'ils pussent se déployer.

Il engagea le combat dès que les premières Bannières flottèrent à l'horizon.

Nos forces étaient insuffisantes pour vaincre les Mandchous, mais Yuan Tch'onghouan empêcha qu'ils prissent Pékin. Houang T'aitsi savait qu'il ne pouvait pas se maintenir longtemps si avancé en territoire ennemi. Il se replia. Pékin et l'Empire étaient sauvés.

L'Empereur avait délibéré s'il fallait fuir. Yuan Tch'onghouan lui ayant évité ce désastre : il montra qu'il n'était pas le prince avisé qu'on avait cru, mais un homme jaloux et imprudent.

Les Mandchous avaient fait de nombreux prisonniers, tandis qu'ils marchaient sur Pékin. Parmi eux, ils s'étaient emparés de plusieurs eunuques de la Cour. Lorsque l'heure de la retraite eut sonné, ils les relâchèrent. Soit par haine envers Yuan Tch'onghouan, soit parce que les Mandchous les avaient achetées, ces créatures, dès qu'elles atteignirent la capitale, sans prendre le temps de se changer, allèrent se jeter aux pieds du Fils du Ciel et accusèrent le général victorieux d'être à la solde de l'ennemi. Elles prétendirent qu'il avait précipité l'engagement pour assurer aux Mandchous des pertes mineures, faute d'avoir pu persuader ses troupes de trahir et de livrer Pékin sans la défendre. Elles relatèrent des incidents qu'elles prétendaient avoir observés pendant leur captivité qui convainquaient Yuan Tch'onghouan de félonie. Ces traîtres invoquèrent les dieux. Ils se frappèrent le front sur le pavement devant l'Empereur.

Tch'ongtchen redoutait qu'un de ses sujets ne jouît plus de l'estime de ses peuples que lui-même. Le premier jour du douzième mois, Yuan Tch'onghouan reçut l'ordre de se présenter au palais. Le général franchit les trois portes qui mènent à la Cité interdite. Il alla au-devant des trois terrasses qui précèdent les Grands Pavillons. Il faisait si froid que la rivière qui les traverse était gelée.

Yuan Tch'onghouan se tenait très droit. C'était un homme fier. Il avait beaucoup voyagé. Il s'était passionnément instruit auprès de vos Pères et des étrangers qu'il rencontrait. Il se savait loyal et rempli de sens pratique. Il méditait depuis deux jours des plans de campagne pour lutter contre l'envahisseur, car il pensait que celui-ci reviendrait bientôt. Il réfléchissait à la manière dont il les exposerait et il se réjouissait d'être utile à son maître. Il était innocent comme les tout petits enfants.

Le Fils du Ciel attendait le général dans la salle des audiences. Yuan Tch'onghouan s'inclina. Tch'ongtchen l'accusa d'être un traître et il lui fit honte de s'être vendu. Il commanda qu'on s'emparât de lui et qu'on le jetât en prison.

Yuan Tch'onghouan n'esquissa pas un mouvement pour se défendre. Il en connaissait l'inutilité. Il était saisi par l'injustice de l'Empereur et l'étendue des dangers où celui-ci se jetait en se privant d'un vassal qui songeait seulement à le servir. Il se laissa charger de liens les lèvres closes. Ses ennemis sentirent son mépris. Mon père le vit entraîner sans rien pouvoir dire. Il n'ignorait pas que le moindre mot contrevenant à la volonté de l'Empereur l'enflammerait davantage. Comme Yuan Tch'onghouan, il se tut. Ils échangèrent un regard, quand le général, entre ses gardes, passa devant lui.

Une parodie de procès eut lieu. Tch'ongtchen ne se ravisa pas. Yuan Tch'onghouan fut condamné à subir le supplice des mille couteaux.

L'exécution eut lieu le seizième jour du huitième

mois. La foule se pressa autour de l'échafaud. Des badauds qui assistaient à la mise à mort, abusés par les calomnies qu'on avait répandues contre le prisonnier, s'emparèrent, dit-on, des morceaux de sa chair que le bourreau tranchait un à un et, devant ses yeux, les mangèrent. Pendant que le général agonisait, ils burent du vin. Ils chantèrent des chansons paillardes. Ils adressaient des injures au mourant. Ils croyaient qu'ils fêtaient un triomphe. Ils dansaient là où, bientôt, ils mourraient eux-mêmes. Tout nous rattrape.

Yuan Tch'onghouan chuchotait un poème.

Tous les combats d'une vie sont un peu de fumée.

Une carrière est un rêve, balbutiait-il.

La mort n'est pas une muraille assez haute, promettait-il, pour que les braves ne se retrouvent pas aux mêmes champs, où ils combattront éternellement. Les médisances les plus cruelles sont plus éphémères que la vie, qui est pareille à un hoquet d'ivrogne.

Mon père, disant ces vers, pleurait. Il avait dépêché un soldat pour guetter les derniers mots de son ami et recueillir sa tête, qui était tout ce qui devait demeurer de son corps. Ce commissionnaire lui avait récité les paroles de Yuan Tch'onghouan. La voix lui avait manqué, quand il avait tendu à son maître le sac de cuir poisseux où se trouvait la tête du condamné.

À la nuit tombée, le ministre et le fantassin se rendirent hors des murs de la ville, seuls, sous des habits d'emprunt, pour enterrer ce vestige.

La famille de Yuan Tch'onghouan fut exilée. Son fils mourut. Nul ne sut, s'il avait été assassiné, s'il avait succombé au chagrin ou à la vexation.

*

La même année, j'épousai T'an Mei. Voyant notre passion dès l'enfance, Lu Tsing, soucieux qu'on ne nous séparât pas, avait tôt veillé à conclure nos fiançailles. Le jour des noces, pour satisfaire à la coutume, on feignit que nous ne nous étions jamais vus. Le visage de T'an Mei était dissimulé sous le voile rouge des épousées. Elle ruisselait de bijoux. Je rêvais de ses mains nues et de sa bouche sans fard.

À l'heure de nous dévêtir, nous éprouvâmes plus de honte que si nous eussions été deux inconnus. Nous connaissions nos corps. Nous savions l'odeur de l'autre. Les yeux fermés, nous eussions reconnu nos mains parmi mille mains. Le désir nous faisait trembler.

Nous nous unîmes sans aucun simulacre. Nous ne nous dérobâmes rien du plaisir que nous nous donnions. Notre amour était sans réserve ; il n'y eut jamais de pruderie entre nous. Nous mêlions nos membres. Nos visages étaient enflammés et nos corps couverts de sueur : nos yeux étaient limpides et nous étions l'aube du monde.

T'an Mei était d'une beauté à faire tomber les oiseaux et couler les poissons. À son aspect, les fleurs se fermaient, la lune se voilait. Sa nuque était lisse et blanche. Le goût de ses seins n'a pas quitté ma bouche. Elle avait des cheveux qui tombaient plus bas que le talon de ses mules ; il fallait trois chambrières, le matin, pour les brosser. J'assistais à sa toilette. Dans le plaisir, elle était entièrement silencieuse. Je savais l'instant de sa jouissance à cause de ce silence soudain, qui nous rapprochait comme les soupirs ne le font pas.

Il m'a semblé parfois que le silence de ce lac où nous sommes, lorsqu'il est pris par la glace et qu'on n'entend même plus le clapotis d'une vague, lorsque le vent est tombé, qu'il n'y a plus pour nous cerner que la fixité des monts alentour, il m'a semblé, alors, que ce silence était proche du sien. Sa lèvre inférieure frémissait. Elle ouvrait les paupières. Je la voyais me quitter à contrecœur, à regret isolée par le spasme qui l'emportait. J'étais cloué à ce vertige réticent.

Je craignais tant de la perdre qu'il m'arrivait de refuser qu'elle tirât de moi le même ébranlement. Je me soustrayais à sa main, à ses lèvres. Je la suppliais de ne pas se soucier de moi. Elle me reprochait que mes scrupules nous désunissaient. Elle refusait que je ne la traitasse pas comme je me traitais moi-même.

Nous demeurions, certaines nuits, immobiles, nos mains jointes, incapables de la moindre caresse, parce qu'elle nous eût distraits de notre amour. Il y a, dans les paroles des amants, des feintes que les corps ignorent. Nos corps si entièrement abandonnés étaient purs.

Lu Tsing était devenu un vieillard. Il n'écrivait plus. Il n'avait plus la patience ou l'attention nécessaires pour peindre.

Quand il avait préparé ses pinceaux et étendu sur la table les feuilles de papier qu'il affectionnait, il s'enfonçait, le poignet suspendu au-dessus de la page, dans la rêverie qui l'avait appelé là. Il ne bougeait pas. Il n'écrivait pas. Il ne peignait pas. Les domestiques me portaient ensuite, pour que j'y prisse mes notes, ces liasses où il n'avait pas tracé un signe. Parsemées de gouttes d'encre qui étaient tombées de son pinceau, elles étaient impropres à tout autre usage. Je consignais ce qui me paraissait le plus important de mes lectures entre des étoiles béantes et des marques d'errance.

Lu Tsing se pétrifiait. Il se minéralisait. J'avais l'impression, quand je pénétrais dans sa chambre et que je le surprenais abîmé dans ses réflexions, qu'un jour, lorsque son valet lui prendrait le bras pour l'aider à se redresser, il s'effriterait simplement. Deux désirs subsistaient en lui. L'un était de passer ses nuits assis à l'endroit où la lune tombait dans sa chambre. Il ne dormait pas : il voulait méditer sur les autres mondes avec cette lumière pâle sur lui. Son second souhait était que je portasse le bonnet des docteurs.

J'avais été reçu aux examens provinciaux peu avant mon mariage. Lu Tsing me pressait désormais de passer le doctorat. Il refusait de me voir demeurer à mi-chemin. Il voulait pour moi les premiers honneurs. Je soupçonnais qu'il entretenait, malgré toute sa lucidité, l'espoir que je rachèterais les disgrâces successives des miens. J'avais le goût de l'étude ; je ne pouvais rien refuser au personnage reclus, émotif, que mon grand-père était devenu. Il n'avait de joie qu'à entendre parler de mes succès. Il aimait murmurer près de mon épouse des bribes de poèmes qu'ils composaient ensemble. Mais c'était un autre plaisir. J'allai à Pékin, où les trois cents licenciés qui se présentent aux épreuves du doctorat composent une fois tous les trois ans. J'y retrouvai mon père. Je fus saisi par la ressemblance entre Lu Tsing et lui ; je ne l'avais jamais vue auparavant.

L'examen eut lieu le deuxième mois de l'année. Tch'ongtchen fêtait le dixième anniversaire de son accession au trône. Je fus reçu premier. T'an Mei m'avait accompagné. Elle était dans le palanquin qui m'emmenait au Palais pour les cérémonies qui sont réservées aux lauréats. Cachée derrière le rideau de cuir, elle embrassa ma main au moment où je ramassais mon manteau pour descendre. Nous étions devant la grande porte de la Cité interdite. Je compris que je n'aimais pas le pouvoir ou l'éclat. Je n'avais pas d'ambition. Mon épouse était mon unique joie. Il m'en coûta d'aller rejoindre mon père. L'orgueil le faisait rayonner.

Je fus revêtu de la robe de soie parsemée de dragons à laquelle les docteurs ont droit. On posa sur mon épaule la livrée de taffetas et, sur ma tête, le bonnet noir avec les deux longs fanons derrière. Puis mes collègues et moi fûmes emmenés en procession à travers la ville. Nous étions escortés de soldats au visage vide, de trompettes, de massiers. Nos examinateurs nous accompagnaient, certains à cheval, d'autres installés dans des voitures couvertes. Quatre hommes portaient devant nous un cadre de bois où figurait, sur une pièce de satin, le sujet de la composition que chacun avait traitée. Nos armoiries et plusieurs distinctions y étaient aussi représentées. La promenade dura huit heures parmi des salves d'artillerie. J'étais épuisé, lorsque nous revînmes enfin au Palais. J'étais ivre de bruit, étourdi par les couleurs des uniformes autour de moi. Je désirais l'ombre, le silence, la compagnie silencieuse de T'an Mei. Il fallut encore aller rendre hommage aux Présidents et aux Auditeurs du Conseil Impérial. Ils couchèrent nos noms dans leurs registres. Parce que j'avais obtenu la première place, on consigna mon patronyme sur le livre d'or de l'avenue qui fait face à l'entrée principale de la Cité interdite. On se rendit au banquet que l'Empereur offre aux nouveaux docteurs.

Quand je rentrai chez moi, T'an Mei lisait. Je regardai longtemps sa silhouette très pure à travers l'écran de papier de la porte. Sa nuque était légèrement inclinée, immobile. Pendant la nuit, je lui dis que je ne solliciterais pas un poste à Pékin comme mon rang à l'examen me le permettait. Je ne souhaitais pas faire carrière au milieu des intrigues de la Cour, entre des murs qui m'étouffaient. Je n'avais pas le goût de la prudence. Je n'aimais pas être confiné. Je regrettais déjà notre liberté de l'enfance. Il n'y avait que sa possession qui me rendît tolérable l'état d'homme dans lequel je m'enfonçais. Je la priai de ne jamais attendre de moi des grandeurs qui me répugnaient et dont nous savions la vanité.

T'an Mei portait une robe d'un vert d'eau très pâle, ornée de motifs de prunier qui brillaient doucement dans l'obscurité. Elle passa la main sur ma joue et murmura qu'elle redoutait plus que moi le faîte et la lumière. Elle était certaine, pour tout l'amour qu'elle me portait, qu'elle n'y avait pas sa place et que nous ne nous tiendrions jamais ensemble près des accomplissements dont Lu Tsing rêvait. Les sanglots l'étranglaient. Je n'avais jamais soupçonné en elle cette détresse. Je l'apaisai. Je l'oubliai.

*

Je fus nommé dans une province du Sud. Le voyage, depuis Pékin, dura plusieurs semaines.

Nous couchions dans des hôtelleries surpeuplées ou chez des parents empressés à nous rendre hommage. Nous ne nous attardions nulle part. Nous avancions au-devant de la cohorte de nos bagages. Nous allions tantôt en chaise légère, tantôt à cheval, partout où nous avions, depuis des années, relevé la mention d'un temple ancien, d'un paysage, d'une terrasse où avaient été écrits des vers que nous aimions, partout où avait été pensée une pensée qui nous guidait. Nous visitions les sanctuaires célèbres, les arbres légendaires. Nous nous déroutions pour un paysage, la floraison d'un jardin. Nous vîmes les monts Louchan, le lac P'oyan, le tombeau du poète Wei Wei ; nous vîmes nos visages battus par la pluie ou penchés sur le repas qu'une paysanne nous apprêtait, la gorge enrouée par l'émotion de recevoir de jeunes seigneurs. Nous ne voyions que nos yeux et cette joie d'être ensemble qui est comme la foudre.

La nuit, c'était une fête de nous étendre sur des couches inconnues, parce que la modification du décor dans lequel nous étions placés renouvelait chaque fois ce que nous connaissions l'un de l'autre. Ce n'étaient pas les mêmes ombres ni les mêmes gestes. L'inconfort dénude aussi. Et, dans ces demeures étrangères, nous nous entendions haleter comme on ne s'entend pas haleter dans une chambre familière, entre des cloisons à la discrétion éprouvée. Nous voulions le risque, le saut, le plongeon, l'élan, tout ce qui arrache à ce qui n'est pas soi rigoureusement.

Je souhaitais ne jamais atteindre le terme de notre périple ; j'aurais voulu que le temps nous figeât dans un bonheur si entier. J'ignorais que le bonheur n'est pas entier et qu'il n'y a, pour l'accueillir véritablement, que la mort et le dénuement. Je tremblais de retenir ce dont on ne peut que se défaire pour qu'il ne nous quitte plus. Je me croyais avisé ; j'étais inconscient ; chaque réflexion intelligente m'ouvrait un abîme d'amertume. L'amour devrait être stupide, irréfléchi, précipité. Il doit courir : à sa perte, au bûcher, à l'explosion de la félicité, à l'extase.

*

Je m'installai dans ma résidence. C'était une demeure vétuste, mais pourvue d'un jardin très grand qui comprenait plusieurs pièces d'eau reliées entre elles par des canaux. Le chatoiement de ces bassins, au fil des heures, me rappelait les années heureuses passées à Soutcheou. Au milieu de mes secrétaires, pendant les audiences, je surprenais une ondulation dans les ombres projetées à travers les fenêtres qui me ranimait, un flottement qui jetait une lueur ironique sur l'aridité des discussions et la futilité de tant des tâches qui m'accaparaient.

Il y avait, sur un îlot disposé entre des massifs de bambous et une de ces collines artificielles que nos aïeux utilisaient pour varier les perspectives de leurs parcs, un kiosque assez vaste, où j'avais fait aménager un cabinet de lecture et une salle de repos. Ce pavillon avait été décoré autrefois de peintures colorées. Elles étaient si passées désormais qu'elles semblaient la capture de silhouettes évanescentes plutôt que des ornements dus à la main de l'homme, entretenant un sentiment de mystère et une espèce d'appréhension surnaturelle, lorsqu'on demeurait dans ces pièces. L'édifice jouissait de peu de lumière, sinon celle que la surface de l'étang autour y réverbérait, et il se formait volontiers à l'aube ou au crépuscule un brouillard vaporeux dans ce creux. Comme j'y distrayais le plus souvent les soucis de ma charge, T'an Mei surnomma ce refuge le Pavillon des Brumes Fugitives et du Détachement Ardent. Nous y cherchions asile contre les chaleurs implacables de l'été. Nous y conversions à voix basse. J'aimais lire dans ce réduit ombreux, cerné d'eau et de verdure. Nous entendions des grillons, les feuillages qui psalmodiaient, des oiseaux que nous n'identifiions pas toujours, nous entendions le frottement du râteau des jardiniers lissant le sable des allées et le claquement des socques d'une servante qui venait, un moment, s'appuyer dehors à une balustrade. J'admirais la chair de la poire très mûre que T'an Mei pelait pour moi. J'admirais, à cette époque, tout ce qui ne venait pas des hommes. Je voulais des fruits qu'ils n'avaient pas cultivés, de la soie sauvage pour mes tuniques et une épouse qui méprisât les bienséances. T'an Mei et moi songeâmes que, si nous concevions un fils, ce devrait être là et il est souvent arrivé que, joignant le geste à la parole et à l'amour, nous étant mis nus, nous nous unîmes en nous soutenant seulement au plateau de ma table à écrire. Nous nous étreignions avec le sentiment de nous trouver sous le regard de divinités invisibles et bienveillantes auxquelles nous eussions été vaguement comptables des gestes que nous accomplissions. Cela augmentait notre trouble. Nos postures étaient une cérémonie. Étroitement pénétrés, nous étions des officiants. Mais nous n'eûmes jamais de fils ni aucun enfant, après une fausse couche que ma bien-aimée fit la onzième lune après notre mariage, étant presque encore une enfant et s'étant donnée, pensa-t-on, avec trop de transport.

*

Nous quittions la ville aussi souvent que j'en avais le loisir. Nous cherchions des empreintes de faisans, des arbres foudroyés, des fougères rares. Nous allions visiter des plantations de mûriers. Nous traversions sur des pirogues des villages lacustres, dont la beauté nous coupait le souffle. De retour chez nous, au moment de porter l'encens à brûler, je prenais la boîte d'entre les mains de T'an Mei et je mêlais mes doigts aux siens, respirant le parfum de sa peau, l'arôme du bois de cèdre et l'odeur qui montait de sa chevelure peu après qu'elle avait été démêlée et qu'on avait fixé les trois coques de son chignon.

Chaque matin, je suspendais les perles ou le jade à ses oreilles. Je passais la tige d'or auquel les pendentifs étaient fixés dans ses lobes. T'an Mei souriait. Je mettais les peignes dans ses cheveux. Je caressais les plumes de martin-pêcheur que les servantes glissaient dans les boucles de sa coiffure. Je respirais la soie de ses robes de dessous. Je surveillais ses lèvres entrouvertes entre deux bouchées, son visage qui s'était perdu dans le sommeil et qui n'était plus que sa propre pureté et la douceur qui le nimbait. Je conjurais dans ce culte la misère qui m'assaillait dès que je siégeais ; j'effaçais la vision des paysans efflanqués, des lépreux, des mendiants, des enfants qu'on avait mutilés volontairement, des parjures et des escrocs, des sots, des amants adultères, des filles engrossées et des assassins, qui se succédaient devant moi. Je demandais à la retraite intérieure et à l'amour de mettre de l'ordre dans ce chaos, de le réduire peut-être, comme si T'an Mei et moi n'avions pas été nous-mêmes un de ces organismes qui palpitent et se dérèglent. Il fallait que des éblouissements minuscules, secrets, l'emportassent sur la grande marée fétide du monde extérieur.

Nous étions comme des dieux, mais les dieux sont suspendus entre des abîmes.

Je passais mes jours et mes nuits à penser à elle. J'ignore ce qui la dévorait elle-même. Elle m'attendait. Elle m'écoutait. Elle me dévêtait, me consolait, me parlait des proses qu'elle lisait. Elle faisait vivre pour moi tout un univers dont j'étais peu à peu exclu, quoique je fisse comme si nous vivions de plain-pied et que je fusse, à son égal, de ceux qui savent clore les yeux et entendre le matin qui lève. Je lui parlais, étendu sur la courtepointe brodée de notre lit. Elle me regardait ; elle était appuyée sur le coude, le visage dans le creux de sa paume, l'avant-bras dénudé par la manche somptueuse qui avait glissé. Ses sourcils épilés étiraient l'arc au-dessus de ses yeux.

En réalité, je ne savais rien d'elle.

*

Un jour, on me porta la nouvelle que mon père était mort. Je demeurai le souffle court. Le messager me fixait, pensant que j'étais bouleversé.

Je ne pouvais rien dire.

Cette mort signifiait que je devais quitter toutes mes charges pour observer le deuil durant trois années pleines. Je ne redoutais pas ce retirement. Porter la robe blanche des survivants, même pour un homme envers qui je n'avais jamais éprouvé que du respect, ne m'irritait pas; j'entrevoyais là, au contraire, une occasion inespérée de retrouver une liberté intérieure qui me manquait. J'étais abasourdi, parce que, pendant ces trois années, la tradition veut que les époux cessent de se joindre. Je ne pouvais tolérer que T'an Mei me fût interdite. J'avais besoin de toucher sa peau. Il fallait que je pusse dormir près d'elle. Que je visse, lorsqu'elle touchait au plaisir. Toutes ces images s'étaient ruées en moi, quand le messager avait parlé. Elles me suffoquaient de détresse, de besoin. En un instant, le manque et la carence s'étaient emparés de mon cœur. Ou bien, ceux-ci étant en nous depuis l'instant où nos mères nous expulsent, ne faisais-je que renouer brutalement avec cette perception originelle. Elle prenait soudain l'ampleur du désastre, parce que je n'avais pas su anticiper son trop nécessaire retour. Il me semblait qu'il n'y avait plus rien d'autre. Tout s'était voilé autour de moi. Il ne demeurait, archaïque, insondable, que la privation.

Les funérailles eurent lieu. Je revins chez moi. Je vécus dans la frénésie.

Je ne supportais pas d'être séparé de mon épouse. Je considérais que je lui avais délégué le plus intime et le plus vrai de moi, comme si rien pouvait nous dispenser d'être nous-mêmes. Je n'admettais pas que son corps me fût défendu. Lorsqu'elle se trouvait devant moi, j'étais dévoré par l'image de gestes prohibés et de visions obscènes. J'avais souvent vécu près d'elle à la manière du frère et de la sœur et je m'étais enchanté de cette communion qui nous permettait de rompre l'ennui qui accompagne l'union des sexes, quand elle est dépourvue d'incertitude. Sa conversation me parut insipide désormais. Je voulais qu'elle me dévoilât ses seins, qu'elle prît des poses lascives. Je lui demandais de se satisfaire devant moi. Je réduisais nos entretiens à des ressassements. Ses paroles de consolation ou ses exhortations à me dominer exaspéraient ma colère. Je m'emportais contre les domestiques qui me retenaient sur le chemin de ses appartements. Je renversais les plateaux que mon cuisinier préparait avec des aliments qui devaient m'apaiser. On n'apaise pas les cœurs. Il n'y a que la plénitude ou la mort.

J'allais gratter, la nuit, le panneau des volets qui isolaient la chambre de T'an Mei. Je m'humiliais pour qu'elle acceptât que nous nous retrouvions furtivement dans une petite resserre, au fond de notre jardin, où je baisais l'intérieur de ses mains avec une ferveur de pèlerin. Je me glissais parmi les bassines et les chaudières pour surprendre l'instant où elle entrerait au bain. Je guettais le tressaillement de ses pupilles sous ses paupières closes. C'était une folie. Si, un moment, j'éprouvais du remords ou de la honte de ma faiblesse, le désir que je concevais ensuite était encore plus violent. Il devenait irrésistible ; j'étais comme aveugle au milieu de ma maison.

Un matin, j'entrouvris la porte de sa chambre. La pièce était vide.

Son appartement entier était vide. Elle avait laissé ses oiseaux, ses chiens, ses éventails, ses petites servantes. Elle avait vidé les fioles de ses parfums, ses encriers, les vases et les coupelles où elle mettait des orchidées. Elle avait fait rouler les matelas et sceller les armoires. Elle s'était retirée dans un temple, où l'on me dit qu'elle avait rasé ses cheveux et qu'elle portait une robe de bure, afin de mieux prier les dieux qu'ils m'épargnassent. Elle me suppliait de penser que, si je les offensais davantage, je nous séparerais dans l'au-delà. Elle me faisait demander : voulez-vous que nous passions des éternités à nous poursuivre, que nous devenions des fantômes et des âmes errantes qui ne se rencontreront plus que la nuit ? Voulez-vous que, si l'un de nous doit de nouveau s'incarner, l'autre ne puisse plus que le hanter entre le crépuscule du soir et ce moment où l'aube va paraître ? Voulez-vous, tous les matins de toutes vos vies, vous éveiller avec le goût de ma bouche en vous, que vous ne pourrez jamais apaiser ?

J'appris que j'étais brutal, qu'il y avait en moi autant de haine et de volonté d'humilier que dans le moindre des hommes que j'avais naguère méprisés et fait jeter en prison. Parce que j'étais secoué de sanglots, j'ordonnai qu'on dépeçât le petit chien que mon épouse aimait. Je fis suspendre par les poignets celle de ses femmes qu'elle aimait le mieux jusqu'à ce que le sang eût entièrement reflué de ses lèvres. Je l'écoutai râler. Je pensais à l'effroi de T'an Mei, à l'émotion que je lui donnerais, qui ne me semblait jamais devoir être assez forte. Je bus. Je brisai des statuettes, des livres dans leurs coffrets qu'elle avait soigneusement disposés. Je fuyais le murmure de ses attentions et le son de sa voix. Je déchirais ses lettres et je pleurais, parce que ces lettres déchirées me parlaient encore.

On me dépêcha Lu Tsing. Je ne vins pas tendre la main au vieillard qui se hissait au-dehors de son palanquin. Je refusai de le voir. Je repoussai toutes ses tentatives de me parler. Il m'exhorta derrière ma porte. Je l'accusai de m'avoir menti, de m'avoir laissé croire que j'étais bon ou capable de vertu pour le plaisir que cela lui causait. En me dissimulant tout ce qu'il y avait de mal en moi comme en tout homme, il ne s'était pas soucié de m'apprendre à plier ma nature aux exigences du monde. Il ne m'avait jamais révélé ses vraies lois. Lu Tsing chuchota que l'oisiveté me rongeait. Je rétorquai que j'aimais la paresse.

Pendant trois ans, je maudis T'an Mei. Je l'adorai. Je fus le chagrin lui-même.

Tous les jours, j'écrivais trois fois à mon épouse : quand je me levais, à l'heure où j'achevais mon premier repas et à l'instant de me coucher. Je suspendais toutes mes journées à sa pensée.

Lorsque je ne me désolais pas en pensant à elle, je me faisais rapporter les maux qui accablaient l'Empire, et c'était une dévastation comparable.

*

Le troisième mois de la treizième année de l'ère Tch'ongtchen, le temple de Tchaots'ing prit feu. Il était dévolu aux fondateurs de la dynastie. Un si mauvais présage épouvanta.

Cette même année, et durant deux années consécutives, la famine sévit. Plusieurs provinces furent décimées. Au cours de l'été suivant, un visiteur qui faisait halte chez moi me raconta qu'on voyait partout, près du lac de l'Ouest, des cadavres d'hommes morts de faim que des portefaix soulevaient pour les emporter et des dunes brunes qui se déplaçaient, qui étaient des essaims de mouches allant de corps mort en corps mort.

*

La quatorzième année du règne, le douzième jour du deuxième mois, Li Tseutch'eng vint assiéger Kaifong, sur la rive méridionale du fleuve Jaune.

Li Tseutch'eng était un ancien berger. Il avait à peu

près mon âge. Quand les mauvaises récoltes avaient ruiné les campagnes et qu'il n'y avait plus eu de bétail à garder, il s'était engagé dans l'armée. Il avait fait partie de ces fantassins mal nourris et rudoyés que le service avait rempli de mépris pour l'État. Au début du règne de Tch'ongtchen, il avait rejoint les bandes de paysans pauvres, de métayers que les impôts avaient chassé de leurs terres, de voleurs et de gueux, qui couraient les routes. Il avait vécu de brigandages et de coups de main. Doué d'autorité, bon stratège, il s'était assez vite vu commander à vingt mille hommes.

Li Tseutch'eng tentait de faire régner l'ordre et l'équité parmi ses troupes. Il voulait défendre le petit peuple opprimé. Il dénonçait les malversations des fonctionnaires impériaux. Il fustigeait leur cruauté et leur cupidité. Il attaquait l'injustice des magistrats. Il préconisait la réforme des impôts. Il voulait redistribuer les corvées et les domaines immenses des puissants. Des lettrés déclassés l'entouraient. Ces gens avaient été humiliés par leur hiérarchie. Ils avaient souvent vu mourir de faim leurs familles. Ils transformèrent le rebelle en meneur.

Le nombre des recrues de Li Tseutch'eng ne cessait de croître. Il parcourait le Honan, le Changangsi. Il campait devant une cité. Il envoyait un député enjoindre à ses édiles de se soumettre. S'ils y consentaient, Li Tseutch'eng promettait qu'on ne leur ferait pas la moindre violence. Comme il respectait sa parole, on le recevait souvent sans combat. Les villes qui n'admettaient pas de reconnaître son autorité étaient conquises par les armes et livrées, pour l'exemple, au pillage de ses soldats. En peu de temps, Li Tseutch'eng disposa ainsi d'un réseau de bourgs et de cités qui assuraient le ravitaillement de ses troupes et de leurs arrières pendant ses campagnes. Alors, il mit le siège devant Kaifong.

Dans ma retraite, tant d'audace me saisit. Kaifong avait été la capitale de l'Empire sous sept dynasties. Elle demeurait celle de la province du Honan. Elle était prospère, pourvue de remparts imposants et d'une forte garnison. Elle disposait de nombreuses pièces d'artillerie. Li Tseutch'eng venait défier l'Empereur dans une de ses places les plus fortes. La nouvelle courut que le brigand avait rangé trois mille cavaliers et trente mille fantassins sous les murs de la ville.

Son gouverneur, rempli de dégoût pour l'insolence de ce rustre, fit proclamer qu'il donnerait cinquante taëls pour chaque tête d'un rebelle qu'on lui porterait. Un autre membre, quel qu'il fût, en vaudrait trente. La récompense pour tout ennemi blessé fut fixée à dix taëls. La population courut aux défenses.

Le quatrième jour du siège, Li Tseutch'eng reçut une flèche sous l'œil gauche et la nouvelle se répandit que l'Empereur avait dépêché un corps d'armée, dont l'arrivée était imminente. Les lieutenants de Li Tseutch'eng se réunirent dans la tente où la fièvre faisait délirer leur chef. Ils délibérèrent. Sans lui, ils étaient perdus. L'armée impériale leur faisait peur. Ils firent annoncer qu'on lèverait le siège. Li Tseutch'eng, rongé d'hallucinations qui avaient la couleur du sang dans son orbite blessée, ne les entendait pas.

Les brigands se retirèrent. Kaifong pavoisa. Li Tseutch'eng se rétablit.

Il avait perdu l'œil gauche. Il mit un bandeau. Ses partisans oublièrent qu'il était un homme dont la chair était périssable. Il fut le borgne illettré et pauvre, soucieux de justice, qui était aller braver les nantis jusque dans leurs retranchements les plus solides, engageant contre eux la seule chose qu'il possédât : un corps d'homme de trente-six ans, robuste, un peu large, étrangement charnu malgré la vie rude qu'il menait, presque imberbe, à la peau très douce, peu sensible néanmoins à la volupté. Il fut le daim alarmé. Le poisson emprisonné. Il fut la bête des bois qu'on a renfermée dans un enclos, l'innocent acculé à mordre : une victime que les coups ont transformée en brandon.

Li Tseutch'eng reparut sous les murs de Kaifong le vingt et unième jour du douzième mois. Dix mois avaient passé. Il neigeait. Les mains des soldats étaient raidies par le froid. Ils rampaient dans une boue glacée. La ville résista encore plus ardemment qu'elle n'avait déjà fait. Li Tseutch'eng et ses troupes déguerpirent le quinzième jour du premier mois. L'honneur, dès lors, des deux côtés, fut en jeu.

Le vingt-quatrième jour du quatrième mois, il déboula de nouveau dans la plaine autour de Kaifong. Il avait des alliés. Les gardes sonnèrent l'alarme. Des milliers de paysans affolés avaient quitté leurs champs et leurs maisons pour se précipiter à l'intérieur des remparts. Ils traînaient sur des mules ou dans des charrettes à bras leur volaille, des petits enfants qui pleuraient et des vieillards tenant serrés contre eux théières ou tabourets. Tous ces fugitifs racontaient les colonnes de poussière à l'horizon, les escouades de pillards, les viols, les incendies. Ils occupèrent les places et les jardins des temples. Des familles campèrent dans les rues. On assista à des rixes, lorsque certains tentèrent de forcer les porches clos de maisons privées. Puis le silence tomba.

Li Tseutch'eng et ses acolytes n'attaquaient pas. Ils étaient déployés autour de la ville. Ils empêchaient toute sortie ; ils bloquaient tout secours que les assiégés auraient pu recevoir, mais ils n'avançaient pas. Ils avaient résolu d'attendre que Kaifong se rendît, réduite par la famine ou les discordes qui ne manqueraient pas d'éclater entre partisans de la capitulation et ceux qui voudraient résister. Dans l'intervalle, ils laissèrent leurs troupes libres de se livrer aux exactions qu'elles désiraient. On voyait, du haut des remparts, la fumée noire des villages qui brûlaient alentour. Les réfugiés pleuraient. Ils tendaient le bras vers l'endroit où ils avaient vécu. Ils se souvenaient d'un auvent, d'une tombe. La nuit, entassés dans leurs abris, les habitants de Kaifong entendaient qu'on festoyait dans les camps et qu'y on faisait des paris sur le temps qu'ils mettraient à se rendre.

Les vivres commencèrent à manquer. Les assiégés luttèrent contre la faim. Il fallut livrer bataille aussi contre les maladies qui se répandaient en même temps que le nombre des morts augmentait. Les magistrats voulaient tenter des sorties pour l'honneur. Le petit peuple, au milieu de ses immondices, s'indignait. Une livre de riz s'échangea contre une livre d'argent. Une livre de vieux cuir, bientôt, en valut dix, parce qu'il n'y avait plus de riz et que le cuir se mâche plus longuement.

On vit des parents abréger la vie de leurs proches qui souffraient trop. Une femme qui n'avait qu'un enfant, qu'elle adorait et qui était encore au berceau, l'étouffa. Elle n'avait plus de lait pour le nourrir. Il était si petit que tous les aliments qu'elle lui forçait entre les lèvres le faisaient suffoquer. Incapable d'entendre davantage ses pleurs, affolée par la détresse dans le regard qu'il posait sur elle, un soir, elle prit son châle et l'appliqua de toutes ses forces sur le visage du nourrisson. Elle avait cessé de respirer elle-même. Elle revint un peu à elle, puis se laissa dépérir à côté du corps. Un homme poignarda la nièce qu'il élevait depuis dix ans : il avait juré à son frère mourant de la protéger toujours comme si elle était sa propre fille. On louait unanimement sa bonté et sa piété. Mais, au début de cet été, elle diminuait la part de sa progéniture ; son serment ne tint pas. Après, il hurla toutes les nuits, fou d'angoisse que le spectre de son frère lui apparût.

Au début de l'automne, les rues de Kaifong furent jonchées de cadavres. Très vite, il n'en restait que les ossements et des poignées sanglantes de cheveux. On n'osait pas se nourrir de la chair des siens, mais partout, furtivement, avec des gestes dérobés, on dépeçait les inconnus qui avaient été abandonnés.

On s'attaqua, enfin, comme les bêtes fauves attaquent leurs proies. C'étaient des mourants qu'on assassinait ou des meurtres au coin des rues, dès qu'il y avait un peu d'ombre. Les gens redoutaient de sortir de chez eux de peur d'être assommés. On se terra. Les maîtres s'isolèrent de leurs domestiques. Les concubines se défièrent des épouses et les épouses des concubines. Les porteurs d'eau surveillaient les cochers. On n'osa plus dormir.

On avait cessé d'entendre, depuis longtemps, un seul rat ou le moindre volatile : toutes les bêtes avaient été exterminées. Quelques dames pleurèrent leurs tourterelles, qui ne les avaient pas nourries et qui ne les divertissaient plus.

On avait jeté, au début, les restes des morts dans les caves, les trappes à charbon. Elles débordaient. Ils envahirent tous les endroits où les survivants se traînaient encore eux-mêmes. Beaucoup d'entre eux employèrent le peu de force qui leur restait à se pendre à des poutres ou, dans leurs greniers, aux solives des charpentes.

Kaifong n'était pas encore tombée, cependant.

La ville est située dans une vaste plaine que baigne le fleuve Jaune. Le cours de ce fleuve est fort, rapide, irrégulier. On avait construit un réseau complexe de digues contre ses crues et les inondations. Ces ouvrages requéraient des travaux d'entretien continus. Des édiles municipaux étaient chargés d'y veiller. Tandis que Li Tseutch'eng assiégeait Kaifong, ils ne purent assurer leur mission. Des lézardes apparurent dans les barrages. Les mouvements de troupes, de part et d'autre, accroissaient ces dommages. Il se produisit des fuites. Elles donnèrent l'idée aux assiégeants de menacer les habitants de Kaifong, qui périssaient sans se rendre, de briser les digues qui les protégeaient : ils seraient bien vaincus par l'eau, si la faim ne les persuadait pas d'ouvrir leurs portes. Les troupes impériales qui stationnaient au nord de la ville, comme elles étaient en nombre insuffisant pour affronter les rebelles, et les assiégés eux-mêmes, que l'épuisement gagnait, songeaient aussi aux manœuvres qui leur permettraient de circonvenir les hommes de Li Tseutch'eng, installés dans la plaine. Les deux armées rompirent plusieurs chenaux sans grand effet. Une fois, les assiégés, du haut de leurs murailles, se gaussèrent, parce que les constructions abattues par les hommes de Li Tseutch'eng n'avaient fait que remplir les douves d'eaux poissonneuses, où ils s'étaient empressés de jeter des lignes.

Mais, au début de l'automne, les pluies causèrent dans ces constructions déjà endommagées des ravines telles que, la nuit, on entendait toute la plaine mugir sous la pression des eaux. Le quinzième jour du neuvième mois, un pan des digues céda. Les flots se précipitèrent. Ils engloutirent une partie des assiégeants en un moment. La boue et les glissements de terrain rendaient la fuite impossible. On vit des corps flotter partout.

Le lendemain, la nappe qui s'était formée continua de monter. Elle atteignit Kaifong. Des vagues vinrent battre le pied des remparts. On retint son souffle. La nuit passa. À l'aube, un vacarme épouvantable résonna. Les murs s'effondraient. Ce fut un torrent irrésistible. Le bruit éveilla les gens de la ville en même temps qu'ils étaient submergés. Ils ouvraient les paupières. Ils allaient crier. L'eau était dans leurs bouches ouvertes. L'ébranlement fut si fort que le choc rompit, loin en arrière, tous les ouvrages qui résistaient encore. De nouvelles lames, plus hautes et plus puissantes que les précédentes, se précipitèrent sur la ville. Cette fois, elles renversèrent les édifices contre lesquels elles vinrent buter. Elles engloutirent chaque niche, chaque toit, où quelques rescapés avaient pu se hisser. Les cloches des tours de guet furent ensevelies.

Un étrange silence se fit alors. La pointe du Monastère de la Protection surnageait, de même que les étages supérieurs de la Pagode de fer et quelques toits de palais. Des cadavres étaient retenus contre leurs tuiles recourbées. Ils gonflaient doucement au soleil.

Quand les premiers secours parvinrent à Kaifong, ils rebroussèrent chemin, chassés par la pestilence de tant de corps qui s'étaient décomposés à la surface de l'eau, épouvantés par le nombre de charognards que ces dépouilles avaient attirés. Ceux-ci occupaient toute la plaine de Kaifong. Ils se battaient avec des nuées de mouettes qui convoitaient le même butin. Tous ces oiseaux se disputaient au bec des morceaux de chair pourris. La vue d'un tel charnier était si effroyable qu'on abandonna la ville.

Elle disparut des cartes. Des mémoires.

Deux à trois cent mille personnes avaient péri en une seule journée. Qui veut savoir que deux à trois cent mille personnes périssent en un moment ?

Plus de vingt ans ont passé. On m'a raconté, il y a deux hivers, que des colons osaient à peine s'aventurer de nouveau parmi les ruines de la vieille cité engloutie. Ils heurtent sans cesse des ossements et, la nuit, ils croient entendre gémir tous ces gens qui moururent sans une réflexion, une parole d'adieu, une caresse. Beaucoup de ces morts s'étaient haïs. Ils furent mêlés dans la même fange. Sans fin, ils pleurent leur trépas et cette humiliation.

*

Lorsque la nouvelle de la destruction de Kaifong parvint à la Cour, les ministres firent valoir à l'Empereur que la ville n'était pas tombée aux mains des bandits.

Il n'y avait, des lieues à la ronde, même plus une âme pour pleurer Kaifong.

Les cœurs s'arrêtaient de battre, quand on songeait au supplice que ses habitants avaient enduré.

Li Tseutch'eng était parvenu à s'enfuir.

Mais il y avait pire. Il y a toujours pire. Ce n'est pas le mal qui est l'anomalie, mais l'apparence du bien qui est une illusion.

Je vivais, tout ce temps, enfermé dans un cabinet aux volets tirés. Ma maison était silencieuse. Les valets évitaient les lieux où je me tenais. On laissait en friche les jardins autour de moi. Les clématites embarrassaient les allées et les pavillons. J'étais solitaire et taciturne. Je n'entendais pas de cris ou de sanglots. Je ne parlais à personne. Je ne tourmentais personne vraiment.

Je songeais à ma femme à la tête rase. Je me représentais ses dévotions à chaque heure.

J'avais ordonné qu'on cessât de me parler d'un Empire qui mourait, tandis que je devais pleurer un seul homme mort et perdre une seule femme qui eût été ma joie. Mais il y avait toujours une servante qui apportait un plateau et qui, soudain, s'agenouillait en larmes devant moi.

Il y avait toujours un orphelin qu'on trouvait dans le bosquet sous la fenêtre de ma chambre. Il y avait la vieille femme qui balayait devant ma porte. Elle savait tout. Elle marmonnait entre ses lèvres. Je mettais les mains sur mes oreilles. Je l'entendais. Elle forçait en moi ce monde déchirant que j'eusse voulu ignorer.

J'étais l'impuissance. Je ne pouvais pas bondir. Je n'avais pas le droit de me mêler aux affaires de la terre.

J'avais un sentiment de ma vanité si grand qu'il n'était pas un instant l'indifférence des sages. La haine et le vertige tourbillonnaient en moi comme dans un autre. Pendant trois ans, je ne pleurai pas un mort. Je contemplai le mal.

*

Li Tseutch'eng n'était pas le seul brigand dont les menées ébranlaient l'Empire. Un ancien charpentier du nom de Tchang Sientchong, presque en même temps que lui, avait déboulé des ténèbres. Ils avaient le même âge, mais le second n'avait jamais été soldat et il n'avait aucune des prudences de son rival. Il ne pensait pas à la gloire. Il était l'épouvante. Il effraya un siècle qui renversa tout.

Tchang Sientchong venait de la province du Houpei. Il avait franchi le fleuve Jaune et envahi le Sseutchou'an. Il se défiait de toute organisation. Il était imprévisible. Il menait ses troupes à l'assaut contre des bourgs ou des propriétés qu'elles pillaient sans merci. Tchang Sientchong distribuait tous les biens dont il s'emparait. Il se déplaçait aussitôt après. Il ne visait qu'à des jouissances vives, éphémères. Soudain, il prétendit fonder un royaume. Il voulut se fixer, battre monnaie, établir une administration qui lui fût dévouée. Ses anciennes rapines, par comparaison, parurent légères. Il ne tolérait pas qu'on lui résistât. Les gens fuirent devant lui. On l'appela le Tigre à cause de ses cruautés. Le Sseutchou'an n'avait presque plus d'habitants.

Rien ne retenait Tchang Sientchong. Il avait une obsession étrange pour les pieds et les oreilles.

Une fois qu'il devait quitter un campement à la hâte, voyant que ses hommes tardaient parce qu'ils veillaient au train des concubines qui les suivaient, il ordonna à une poignée de fidèles de gagner, à l'arrière, la colonne des femmes, quand on se serait mis en marche, et de leur couper les pieds à toutes sans faute. La nuit venue, les soldats qui ne voyaient pas leurs compagnes les rejoindre, s'alarmèrent. Ils envoyèrent des émissaires. Ceux-ci revinrent pâles et frissonnants. Ils avaient découvert un champ entier de femmes mutilées, à demi folles, hurlant à la mort qui tardait à les prendre. Pour que la leçon fût définitive, Tchang Sientchong avait commandé qu'on ramassât tous leurs pieds épars et qu'on en fît une pyramide. Ses hommes, au matin, partirent tête basse. Ils entendaient encore des plaintes dans leur dos. Tchang Sientchong, lui, dressé sur ses étriers, ne cessait de se retourner. Il contemplait l'affreux amoncellement. Il avait le regard troublé. C'était le voile du plaisir.

Parce que son bourreau était mort, il fit tuer un à un tous les médecins qu'il avait fait mener au chevet de ce favori et qui n'avaient pas su le sauver. Il voulut qu'ils se vissent agoniser longtemps.

Il n'avait pas davantage de pitié pour ses troupes. Lorsqu'il remarquait un soldat mal vêtu ou qui n'avait pas la mine assez résolue, il le faisait tuer sur-le-champ. Il étranglait ou il poignardait les faibles et les blessés, disant qu'un prince doit décharger ses sujets des bouches inutiles et ôter la vie à ceux qui n'ont pas la force de se la conserver ou de se l'ôter eux-mêmes. Pour une récrimination d'un fantassin, il faisait passer par le fer tout le régiment auquel le fantassin appartenait. N'ayant pas réussi à conquérir une ville du Sseutchou'an contre laquelle il avait lancé l'assaut, il commanda d'égorger ses soldats qui venaient de cette région, parce qu'ils l'avaient trahi, pensait-il. Le carnage dura quatre jours.

Il y eut plus de cent mille tués. Les meurtriers pleuraient en massacrant leurs frères d'armes, mais ils savaient qu'à moins de consentir eux-mêmes à la mort, ils ne pouvaient pas se rebeller. Tchang Sientchong, finalement, eut l'idée d'ôter la peau à quantité de blessés. Devant ceux qui respiraient encore, il fit remplir ces enveloppes de paille. Puis, pour qu'on sût ce qu'il en coûtait de lui déplaire, il ordonna d'envoyer ces mannequins à leurs familles.

Il fit tuer des juges qui jugeaient, des ouvriers dont les constructions ne lui semblaient pas assez splendides et tous les bacheliers du Sseutchou'an, dix-huit mille personnes qu'il avait convoquées sous prétexte d'un examen. Il clamait que l'absence de raisonnement allège tout et qu'il fallait revenir à l'enfance, qui est brutale.

Ce barbare n'eut qu'un attachement. Il aimait une de ses concubines. Elle était très belle. Elle s'enivrait volontiers avec lui. Cette femme était extraordinairement fruste. Elle ne se souciait guère de lui. Elle ne réclamait rien, sinon du vin. Elle ne mettait aucune bride à ses désirs. Cette extrême liberté, une débauche si excessive qu'elle la rendait comme aveugle touchèrent sans doute le cœur du tyran. Un après-midi, après avoir bu avec ses gardes, la femme enfourcha son cheval et elle s'échappa du camp au galop. Elle riait. Avec ses talons, elle frappait le ventre du cheval de toutes ses forces. Des cavaliers s'élancèrent derrière elle. Ils ne purent jamais la rattraper. Elle était ivre encore, quand elle atteignit une ville appelée Shangtch'eng. Elle s'avisa d'y entrer. Les sentinelles, intriguées par cette femme seule et avinée qui se moquait d'eux, l'arrêtèrent. Ils la conduisirent à leur principal magistrat, qui ne sut que faire d'elle. Les bandits qui l'avaient poursuivie, découvrant qu'elle avait pénétré dans la ville et qu'on l'y retenait, mirent genou à terre devant les portes de la cité et supplièrent qu'on leur rendît la femme que leur maître aimait. Ils promirent que, s'ils pouvaient lui ramener cette créature, jamais Shangtch'eng ne serait menacée et que ses alentours mêmes seraient épargnés. Le magistrat qui, l'instant d'avant, se fût volontiers débarrassé de sa prisonnière, enhardi par la crainte qu'ils montraient, refusa. Les bandits lui offrirent des bijoux et de l'argent. L'homme ne voulut rien entendre. À chaque proposition, il se raidissait. Il sentait son pouvoir. Tout à coup, lassé par la tractation, il ordonna qu'on fît venir la femme. Elle fut dévêtue, puis exhibée sur les remparts entre des moines qui l'insultaient. Elle titubait alors de chagrin et de colère. Ses bas avaient glissé. Ses joues étaient rouges et ses cheveux pendaient. Lorsque l'humiliation fut complète, on l'éventra et les gens de Shangtch'eng jetèrent son cadavre, comme celui d'une bête morte, par-dessus le mur de leur ville. Les cavaliers ramassèrent la dépouille. Ils retournèrent au camp.

Tchang Sientchong demeura un moment silencieux devant le corps de sa maîtresse. Les soldats avaient étendu sur elle une couverture épaisse. Ils avaient essayé de lui lisser les cheveux et d'ôter les marques de coups sur son front et ses tempes. Mais les lèvres du cadavre vidé de son sang étaient blanches. Des mèches s'échappaient autour du visage. La mâchoire était disloquée et il demeurait des croûtes de terre séchée sous les oreilles et le menton. Tchang Sientchong se détourna. Il sortit de la tente, rameuta ses officiers, fit seller et jeta l'assaut sur Shangtch'eng. La ville tomba en quelques heures. Il fallut trois jours pour exterminer sa population. Le brigand et ses hommes n'épargnèrent pas un vieillard, pas une jeune fille ni un nourrisson.

Ils tuèrent les chats, les chiens, les porcs, les perruches dans leurs cages. Ils pissèrent dans les jarres de vin et d'huile. Ils fracassèrent les statues des ancêtres. Avant d'éventrer les jolies femmes, ils leur brisaient la figure contre les briques sculptées qui ornaient les temples. Ils jetèrent des cadavres dans tous les puits et les bassins des moindres jardins. Ils souillèrent même les abreuvoirs. Un maréchal-ferrant qu'on allait tuer vit des soldats qui avaient tranché le bras d'un petit enfant et qui agitaient ce membre en riant : la main tenait encore serrée la sauterelle apprivoisée que le gamin avait voulu protéger. Le garçonnet fixait son bras la bouche ouverte, les pupilles un peu dilatées et fixes. Le maréchal-ferrant échappa aux gardes qui le tenaient. Il se rua. Il voulait attraper un de ses fers qui étaient au feu pour le plonger dans la gorge des tortionnaires. Les rebelles le maîtrisèrent. Il les insultait. Ils le poussèrent contre un puits qui était là, lui ouvrirent la bouche et en tirèrent la langue. Ils la lui coupèrent. L'homme trébucha, quand ils le lâchèrent. Mais il se redressa et, sous leurs quolibets, plongeant le majeur dans le sang qui dégouttait de sa bouche, il écrivit sur la margelle du puits la suite des mots qu'on l'avait empêché de prononcer.

*

Des margelles de puits, des adolescents hébétés, des gens hagards ignorant la destination des routes où ils cheminaient, pendant trois ans furent mes uniques compagnons. Il n'y avait rien à comprendre que la peur, le désir inassouvi, la faim, la jalousie. Les tribus de loups, dans les cavernes, ne sont pas plus féroces que l'homme. Comme n'importe quelle créature, l'homme ne veut que le sang et la tanière. Apparemment policé, il piétine des êtres asservis, frustrés. Ses explosions de joie sont des domestications, des bonheurs qu'il interdit aux autres, des écartèlements de soi qui le laissent pantelant, sans souffle et l'âme vaincue.

On n'est jamais hors des mondes qu'on déteste, pas plus qu'on ne rejoint la chambre lumineuse où l'on aspirerait à être. Il n'y a pas de lieu pour l'homme. L'homme creux, l'homme vide comme les outres, n'a pour se jeter hors de lui que le Vide éternel.

La privation est une nudité impossible à couvrir, un hiver devenu éternel. Je tremblais de crispation intérieure. Rien ne relâchait l'étreinte que je sentais. Je refusais les petites servantes que mon intendant m'amenait, les vierges qui eussent sangloté à ma place. Il baissait leurs pantalons. Il me montrait leurs ventres doux, leurs cuisses serrées. Il les écartait un peu. Il me disait d'y passer la main pour que je sentisse comme elles étaient étroites. Je ne voulais pas être diverti. Je refusais aussi l'opium, les cithariste, les compagnons qui eussent bu avec moi. Je m'allongeais sur mon matelas. Le torse relevé, comme si j'avais été au-dessus d'une femme, je frottais durement mon bassin sur le drap. J'aimais les spasmes brutaux et mensongers qui m'emportaient, l'humiliation de mon membre si roide dans le vide, le grotesque de mes grognements et le jaillissement du plaisir, pas moins brûlant que si je l'eusse éprouvé dans un sexe offert. Cette jubilation allait jusqu'à la tache blanche sur la toile, ensuite. J'entretenais derrière mes paupières des images d'avilissement. Il n'y a pas plus proche de la tendresse blessée que l'instinct d'humilier. Quand j'avais bien abusé T'an Mei et sa vertu, les muscles bandés, les lèvres closes jusqu'à la douleur, je sentais ma propre misère. J'étais plein de détestation pour l'injustice, le temps perdu, la sottise, la pleutrerie. Je voyais combien l'homme toujours est près de mourir. Et je devais demeurer loin de celle qui m'eût sauvé. Il me semblait que nous avions la paume posée sur la paroi d'une même cloison, chacun d'un côté. Je ne pouvais pas tolérer que nous ne vinssions pas à bout de cet obstacle absurde. Je ne voulais pas me contenter de subterfuges. J'étais semblable à tous ces révoltés élancés en même temps à travers la Chine, aussi défiguré qu'eux. La faim me déchirait comme eux ; je n'étais que convoitise.

M. de La Tour songe comme il ignore la haine, comme en lui la privation n'a jamais été qu'une dévoration intérieure.

Dans le froid et dans la peine, quand ils étaient si perçants qu'il n'entendait même plus ce murmure de l'esprit qui eût attesté qu'il vivait encore ou qu'un fil invisible, à travers les campagnes gelées, les incendies, le silence, le mensonge, continuait de le relier à Mme de Clermont, il se contentait d'écrire en imagination mille petites proses qu'il glissait sous des pierres, derrière des briques, dans les fentes des murs. Il notait sur des morceaux de papier fripés, où d'autres avaient tenu des comptes, noté des ordres, de minuscules aveux, de tendres supplications. Elles étaient ses seules violences. Des choses qui lui traversaient l'esprit, des gouttelettes de chant infime, pur, étaient toute sa réponse au torrent du monde. Il égarait ces fragments. Il n'écrivait jamais véritablement. Il eût détesté être lu. Les choses écrites n'ont de valeur qu'infiniment offertes, abandonnées. Elles sont des cris vers un autre qui n'entend rien. Ces chuintements sont toujours assez consignés. C'était, chez M. de La Tour, une dédicace et des lambeaux de voix au milieu du désespoir. Son unique folie, c'est une prière que rien ne saurait rompre, une chimère d'entretien qui ne s'évapore pas.

Je regardais le brouillard de l'aube sur les champs, les moissons piétinées ou la pie sur le bord du chemin. Tous les cailloux, les lèvres d'enfants, les faons effarouchés, les corneilles, les orages, les branches brisées, tous les villages de pierre blanche entre des cyprès, sur des collines que je ne reverrai jamais, tous les répons familiers, tous les claviers et les jeux de tous les orgues, et les plages, les marées, l'immensité du temps, tout cela, c'était vous, mon amour. Vous avez toujours été au-delà de vous-même. Vous ne m'avez jamais quitté. J'aime les instants, les strophes, les musiques qui se contentent de quelques notes reprises et d'un peu de vibration, tout ce qui est bref. Un éclat suffit pour tant d'amour dont rien ne m'a délivré. Une voix, et c'est votre voix. C'est sa blessure. On retrouve des goûts. On retrouve des traits. On retrouve des odeurs d'autrefois. Les voix aimées sont des voix entièrement perdues, fabuleusement désirées, guettées, poursuivies, approchées, qui nous hantent pour une inflexion voisine, qui ne font que déchirer davantage la béance impossible à recouvrer de celle qui nous rendait heureux. Mais cette pauvreté me comble. Je n'ai jamais souhaité posséder. Ma tendresse s'apaise depuis toujours dans des subterfuges inaudibles, dans des odes disséminées pour une coulée de feu, dont rien ne vient à bout. Je ne désire que cette permanence. Pour vous conserver, cent fois j'aurais consenti à vous perdre. Je vous ai perdue. Je ne suis venu, dans cette cabane, près de cet homme souffrant, que pour apprendre le secret qui à jamais vous conservera mienne. Je veux le secret des limbes. Cet homme et moi, nous poursuivons un même néant incolore, le même déliement de soi, mais l'absence, d'emblée, a été plus grande en moi.

Peut-être tout n'est-il qu'une chimère des esprits des hommes, une création hallucinée, un terrain que les vents et les fantômes se disputent seuls véritablement. Peut-être n'y a-t-il que des illusions et des images intérieures. Peut-être rien n'a-t-il de consistance. Est-on merveilleusement libre et ne se crée-t-on tant de chaînes, d'angoisses et d'alarmes, que pour ignorer cette liberté ? Ai-je pitié de celui qui se rive à un bout de terre, une apparence de foyer ? Nos attachements ne sont-ils que des lésions ? Avons-nous voulu cet abandonnement où nous sommes, parce qu'il n'y a jamais rien que nous-mêmes, cette illumination d'une nuit qui n'est pas immobile, ce frémissement de lac qu'aucune puissance ne subjuguera ?

Il n'y a plus une voix seulement.

Tous les mots qui résonnent, la nuit, au milieu du lac ont leur écho chez M. de La Tour. Ils lui révèlent un homme qu'il n'est pas et qu'il pourrait être. Ils l'instruisent de tout ce qu'il a choisi. Ils éclairent ce qui, en lui, demeurait sombre et indistinct. Ils font briller la foi, le sacrifice, la tendresse, la fidélité à l'absente.

Le deuil que je devais observer prit fin quelques mois après la destruction de Kaifong.

J'allais rentrer dans un monde désordonné ; je n'éprouvais que de la répulsion pour lui. Ce que j'avais appris de ma violence et de mon indifférence à ce qui ne contribuait pas à mon contentement ou à ma joie m'inspirait une crainte jusqu'alors inconnue. T'an Mei ignorait cet homme amer et dur que je savais être désormais. Auprès d'elle, j'avais été un autre, ou je n'avais pas été moi-même ; j'avais été ce que Lu Tsing désirait, ce qui méritait de l'estime, pas ce qui était caché au fond de mon cœur. Je redoutai, les quelques nuits qui précédèrent celle où je devais revoir mon épouse, qu'elle ne me reconnût pas et qu'elle ne me repoussât. Pour la première fois, je pensai que le temps écoulé aurait peut-être rompu l'éblouissement qui nous avait liés depuis l'enfance et que cet ancien amour, tant convoqué et tant désiré, risquait de nous apparaître comme un fardeau.

T'an Mei, pendant ces trois années, avait vécu seule et dans des occupations que je me figurais mal. Cette femme qui avait rasé ses cheveux et enclos son chagrin entre les murs d'un monastère, qui n'avait pas trouvé trop étroit l'auvent sous lequel, chaque jour, elle allait considérer le passage des nuages, cette femme à qui, tout ce temps, le bruissement du vent dans le même bosquet de pins n'avait pas donné envie de hurler, comment reviendrait-elle vers moi ? Souhaiterait-elle reporter ses longues robes de soie ? Se souvenait-elle de ses bijoux ? Peut-on, quand on a côtoyé le dépouillement, choisir à nouveau entre des parures et passer, pour plaire à un homme, le crayon sur l'arcade de son sourcil ? De quelle nécessité étais-je pour elle ? Savais-je, s'il ne lui répugnait pas de me rejoindre ? La terreur m'avait pris.

Nous fûmes dans la cour de la maison où nous devions nous rencontrer. Elle sortit le bras de la chaise que les porteurs venaient de poser à terre. Des étourneaux s'envolaient. Des enfants débouchaient en courant, tenant dans leurs poings des crécelles qu'ils faisaient tourner. À l'instant je sus que rien n'avait changé et que cette fidélité était le vrai amour. Je n'étais pas le même homme qu'elle avait tenu dans les bras, mais c'était le même amour dans ma poitrine, qui était la même poitrine. Je ne saurais pas exprimer le ravissement qui s'empara de moi. Tous les soucis qui avaient obscurci mon cœur s'étaient dissipés.

J'avançai vers la chaise. Ses rideaux étaient encore tirés. Je tendis la main vers la main nue qui appelait. Je songeai que c'était ce geste de ma vie que trente années qui le précédèrent et trente années qui le suivront ne font qu'escorter vers un impossible achèvement, ce geste étant si indiciblement bref et infime qu'il ne saurait jamais vraiment ni commencer ni finir, qu'il me tenait tout entier dans une fraction évanescente et insécable du temps.

*

Mon amour pour T'an Mei s'exalta. J'avais conscience d'un accomplissement plus haut que rien ne nous avait disposé à en faire l'expérience.

Quoique mon corps eût retrouvé le sien avec bonheur, il me répugnerait d'évoquer les fêtes qui nous réunirent à partir de ce jour. Les sexes et les vulves, leurs sécrétions, les parfums qui en émanent, la matière douce qu'elles effritent au matin sur les joues des amants ne peuvent être qu'un secret, des cérémonies taciturnes qu'on se réjouit d'emporter dans la tombe, pour le goût de l'ombre et du silence, ou, la bouche recrue de baisers, par jalousie, pour exclure le monde entier d'une convoitise à laquelle on l'imagine comme soi-même suspendu. Les indiscrets et les vantards n'aiment pas : ils ne cherchent qu'à se voir et il n'y a pas de miroir plus excitant qu'un visage que l'envie fait frémir. De ces semaines, je conserve intacte l'émotion qui m'avait saisi : une évidence d'être parvenu à la crête de toute vie. Aucun regret, aucun repentir, aucune parole, ne saurait reprendre l'éblouissement de ces jours. Il y a, dans la ruine générale et incessante des choses, malgré l'écroulement permanent des créatures, des dons définitifs.

*

Je dis à T'an Mei l'effroi que le monde m'inspirait. Je la suppliai de consentir que nous nous en retirions.

Elle avait vécu dans un monastère ; nous aurions un ermitage à nous, entre deux pitons, parmi des pins mélèzes. Nous nous consacrerions à la paix en nous. Si elle le désirait, nous accueillerions des amis, de même que les peintres et les poètes qu'elle souhaiterait, pourvu qu'ils ne fussent pas bavards. Nous hébergerions ces musiciens qui ne cherchent pas à produire des sons ou à pincer des cordes. Nous nous délivrerions des passions, des convulsions. Recevrais-je une nouvelle charge, quelle que fût la droiture dont je ferais preuve, je n'allégerais aucune souffrance. Il n'y avait plus un homme dans l'Empire qui pût rien corriger ou avoir aucun pouvoir. Il restait peut-être à cultiver encore privément la vertu, comme on entretient une flamme solitaire. Je serais plus utile à des individus qu'à une préfecture.

T'an Mei ne voulut rien entendre. Elle me laissait parler. Puis elle me représentait que nous n'avions rompu aucune attache, parce que l'attachement entre nous était si grand. Dans la perfection de notre entente, nous conservions toutes nos obligations envers le monde. Mille liens invisibles nous reliaient à lui. La souffrance, le chagrin avaient creusé sa faculté d'empathie. Elle se sentait traversée par la misère des milliers de malheureux que nous voyions errer sur les routes. Elle pleurait à cause des cadavres qu'on ramassait, le matin, sous notre porche et que nous faisions ensevelir très vite, par crainte qu'ils ne transmissent quelque maladie à nos gens ou à nos bêtes. Cette foule était privée d'abri comme, sans moi, elle avait été livrée à tous les vents. Ces femmes, dont les époux mouraient sans qu'elles pussent les assister ou les envelopper dans un linceul, c'était elle, dans les rêves qui l'avaient tenue éveillée. T'an Mei tremblait. Si nous nous préservions du mal, le mal qui était partout s'emparerait de nous. La délivrance ne s'acquiert pas dans l'écart ou dans le retranchement. Nous n'étions pas quittes. Nous avions tout reçu en nous trouvant. Il fallait tout rendre.

Elle me conjurait qu'une vie égoïste ne contraignît

pas les dieux à saisir d'un coup l'autre à quoi nous aurions tant voulu nous en tenir.

Je me rendis à ses objurgations. Je ne sais plus si elles m'avaient convaincu. Je ne supportais pas l'air égaré de son visage en me parlant ni la terreur de la séparation que je sentais en elle. Je nous trouvais infaillibles. Je ne songeais pas à détester le temps qui désunit les amants. Je ne pensais pas qu'il pût rien contre nous, puisque nous avions triomphé de trois années l'un sans l'autre. Mais tout est contre nous, car nous sommes nos propres ennemis.

Je sollicitai le Fils du Ciel de m'attribuer n'importe quelle fonction qu'il penserait que je pourrais remplir utilement. T'an Mei s'engagea en retour à ce que notre vie fût désormais préservée des protocoles futiles, de l'apparat que nous avions observé naguère, des conversations ineptes qu'on accorde aux visiteurs, de tout ce qui détourne de la simplicité de cœur que je désirais. L'essentiel devait demeurer entre nous, qu'il s'agît d'observer une fleur de tulipier jaunissante ou de partager une méditation. Il fallait, suppliais-je, conserver la liberté de nous émerveiller et savoir toujours nous entretenir nuement, exclusivement. J'embrassais l'intérieur de ses paumes, la peau translucide à la naissance de ses poignets. T'an Mei promettait.

*

Dans le chaos, je vécus plus près de la sérénité que je n'avais jamais fait.

Ma porte était fermée aux pestes qui rongeaient l'Empire. Révoltes, exécutions, tortures, vengeances, avilissements, calculs, étaient bannis de ma maison. La demeure où j'avais retrouvé T'an Mei était un orbe sacré. Je m'efforçais qu'il y régnât la même transparence frissonnante que dans les temples, après l'heure de la prière, lorsque le chant des bonzes perdure dans un grondement insaisissable comme la vapeur bleue sur les monts de Corée.

Rien ne devait ébranler les lieux où j'avais reclus notre amour. Nous menions une existence austère. Nous nous étions défaits des boiseries précieuses, des peintures superflues, des vases et des bibelots d'autrefois. Nous avions réduit le nombre de nos domestiques. Quand nous nous aimions, c'était le cœur battant, pour le souffle échangé, l'alliance chaque fois renouvelée. Pour la noce consommée.

Il y a des rêves d'une nuit qui durent mille ans. Nous vécûmes mille ans.

J'avais été nommé à Pékin. Je ne fréquentais pas mes collègues. Je me défiais des courtisans qui faisaient antichambre chez moi. Je n'avais d'amitié que pour l'un de vos Pères, Johann Adam Schall. Nous l'appelions T'ang Jowang. Son intelligence me séduisait. C'était un astronome brillant. Il avait un caractère ardent. Il dirigeait la rénovation des fortifications. L'année précédente, il avait fondu des canons pour nos armées. Nous conversions. Parce que je n'avais qu'une épouse et que je ne prenais pas de concubine, il pensait qu'il pourrait me convertir à sa foi. Je lui expliquais que je n'avais d'amour que pour mon épouse et que votre Dieu, qui veut les cœurs tout entiers, qui est si jaloux, ne pourrait jamais me toucher. Il n'écoutait pas. Il ne voyait pas que je trouvais ma passion plus brûlante que la sienne, qui s'accommodait trop du monde et de la pratique des sciences. J'appréciais son allant, toutefois ; je prenais garde à ne pas le blesser. Peut-être ne défendions-nous chacun que par loyauté les principes qu'on nous avait inculqués. L'attrait de la discussion primait, me semblait-il, sur tout désir de persuasion. C'était la rencontre de nos esprits qui nous importait, croyais-je.

*

J'essayais de lui faire comprendre T'an Mei.

Elle était l'Unique. On tressait les cordelières de mes habits avec la soie de ses tuniques de dessous, après qu'elle les avait portées six fois. Je n'utilisais pas de pinceau qu'elle n'eût tenu avant moi.

Elle emmêlait dans tous les caractères qu'elle traçait une courbure, un reflet, qui étaient des allusions à notre amour. Nous vivions enfermés dans ce bonheur. L'homme cherche le bonheur comme les bêtes cherchent les sources. Il n'y a pas de devoir, pas de responsabilité, pas de respect ni de servitude. Il n'y a que l'incandescence et le rayonnement. Il n'y a que l'extrémité de soi. Il n'y a que la transe du danseur ou du plongeur.

*

Ce fut le printemps.

Un après-midi, tandis que je travaillais, on vint me dire que l'Empereur me convoquait en audience particulière. Je congédiai le sous-préfet que j'entretenais. Je traversai l'enfilade de cours qui menait du ministère où je me trouvais au pavillon où le Fils du Ciel reçoit.

Il pleuvait. À deux reprises, je glissai sur des dalles que l'usure avait creusées. La seconde fois, je me blessai à la cheville. Je parvins à l'antichambre impériale soutenu par un des serviteurs qui m'escortaient. Comme je boitais beaucoup, le grand chambellan, à l'entrée, me proposa de m'en retourner. Je reviendrais, offrit-il, lorsque j'aurais été pansé. Je refusai. J'ôtai mon manteau et j'avançai devant le trône.

Quand je fus prosterné, l'Empereur me félicita. Je m'abaissai davantage encore. Plusieurs de mes collègues et des favoris en assez grand nombre étaient présents. Tch'ongtchen dit qu'il souhaitait me remercier du zèle que je mettais à ma tâche et qu'il avait à cœur d'honorer un désintéressement tel que le mien. Il voulait m'offrir une concubine qui serait plus belle qu'une fleur d'orchidée fraîchement éclose. Je n'avais qu'une épouse ; je ne fréquentais pas les courtisanes. Je n'avais pas de fils. Cela l'étonnait chez un homme, dont on célébrait la prudence autant que le goût. Lui qui avait pouvoir sur toutes choses comblerait ces lacunes.

On guettait ma réponse.

Le front appuyé sur le sol, je refusai le présent qui m'était proposé. Je n'ai, dis-je, de désir ou de convoitise que pour mon épouse. Il n'y a pas d'autre femme qui puisse me contenter.

L'Empereur me demanda si cette épouse approuverait que je refusasse une récompense qu'il souhaitait m'attribuer. Ne préférerait-elle pas, comme toutes les femmes, que je me misse bien avec lui ? Je répondis que mon épouse ne souhaitait rien d'autre que nous fussions chaque nuit sous le même dais du même pavillon. Nous n'avions qu'une volonté.

Mon maître m'interrogea : accepterais-je que cette épouse si unique fût mise à l'épreuve ? Je ris et je lui dis que je voulais bien qu'il l'éprouvât.

L'Empereur manda qu'on fît venir T'an Mei au Palais.

Lorsqu'elle fut prosternée à côté de moi, il voulut savoir si elle ne serait pas flattée que j'accueillisse une concubine qu'il me destinait. Elle déclara qu'elle n'aurait pas la lâcheté de survivre à la lassitude qu'elle m'inspirerait. Elle voulait seulement, poursuivit-elle, d'un d'amour qui fût exceptionnel, parce qu'il n'en est pas d'autre et qu'elle n'éprouvait aucun goût pour les choses médiocres, les tiédeurs de l'esprit ou du cœur. L'Empereur tonna. Il lui donna le choix entre accepter une concubine qu'il prendrait parmi ses propres femmes ou, si elle refusait, boire un verre de poison qu'on lui remettrait. T'an Mei refusa d'accepter la concubine. Tch'ongtchen fixa qu'elle aurait encore la nuit pour réfléchir. Au matin, il enverrait un homme s'informer de sa décision. Elle reçut l'assurance qu'après sa mort je ne serais pas contraint de prendre une autre épouse. Puis elle fut congédiée.

Je dus rester au Palais. Pour m'empêcher de communiquer avec mon épouse, quatre hommes furent chargés de me surveiller. Ils restèrent postés toute la nuit dans la pièce où j'étais consigné.

Le lendemain, l'Empereur envoya un messager à T'an Mei. Celui-ci l'interrogea : persistait-elle à choisir la mort plutôt que la vie ? Elle répondit qu'elle n'avait pas changé de résolution et qu'elle ne voulait pas que je l'aimasse à demi ou qu'elle vît que les gestes de l'amour sont les mêmes sans amour. Le messager s'inclina et il lui remit une fiole de poison. Mon épouse but le contenu du flacon. Elle alla s'étendre sur son lit. Elle fit venir ses femmes. Elle leur dit qu'elle mourait. Elle interrompit leurs exclamations. Elle ferma les paupières. Comme elle ne répondait plus aux prières qu'on lui faisait et qu'il était impossible de la soupçonner d'une tromperie, on se jeta sur elle. Pas un souffle ne passait entre ses lèvres. Ce furent des cris. On se précipita chercher un miroir qu'on appliqua sur sa bouche. La surface n'en fut pas ternie.

Le messager de l'Empereur s'affola. Il fit frapper dans les mains glacées de la femme inanimée devant lui. Il commanda qu'on mît sous ses narines des sels qu'il portait à sa ceinture. Il hurlait qu'on la réveillât. Elle ne bougeait pas.

Le jade des pendants de sa coiffe fut bientôt plus chaud que ses mains. Ses lèvres avaient pâli et la peau, déjà, se tendait sur l'os de ses joues. Elle était tombée dans l'immobilité de ceux qui sont hors du temps.

L'homme revint au Palais. Il gagna la salle où l'Empereur attendait le résultat de l'épreuve. J'étais au pied du trône. Derrière le souverain, se tenaient ses eunuques. Tous les favoris qui avaient assisté à notre premier entretien étaient à nouveau rangés autour de nous.

Le flacon qu'on avait porté à T'an Mei contenait du vinaigre. Je trouvais que la gorgée qu'elle aurait bue serait amère, mais elle ferait éclater sa gloire et j'ordonnerais, me répétais-je, sourd à la scène qui avait lieu, qu'on lui taillât une robe qui aurait exactement la couleur de la lune : sa splendeur inconnue révélerait à tous l'éclat d'une femme si fidèle. On saurait la puissance de mon amour et la sérénité que nous avions atteinte.

Le messager frappa son front sur le premier degré de la tribune impériale. Il déclara en pleurant que j'étais veuf. Il décrivit les paupières closes de T'an Mei. Elles étaient si fines qu'on voyait s'y dessiner le cercle immobile de la pupille.

J'étais un grain de sable au milieu d'une plage immense. J'étais, dans l'univers, le fantôme d'un grain de sable.

Tous étaient frappés de stupeur.

Mon épouse, redoutant qu'on ne lui donnât une drogue trop douce, imaginant qu'elle reviendrait à elle pour apprendre que le forfait était perpétré et que je m'étais soumis à la volonté de l'Empereur, avait bu, apprit-on, au moment où le messager entrait dans la cour de notre maison, un autre poison. Elle avait envoyé un petit valet l'acheter la veille chez un apothicaire dont les remèdes étaient réputés. Elle avait demandé que le breuvage fût sans recours. L'enfant qui révéla cette course pleurait. Il n'avait rien su. Il avait été heureux d'obéir à sa maîtresse. Il avait fièrement gardé le secret qu'elle avait exigé.

T'an Mei avait vidé sa coupe d'un trait. Elle était venue se présenter à l'envoyé de l'Empereur sans que rien troublât son visage. Quand il lui avait tendu la fiole de vinaigre, elle avait bu son contenu sans ciller. Elle s'était étendue. La première drogue était si puissante qu'elle avait expiré en posant la nuque sur l'oreiller.

*

Je n'avais pas encore connu la honte ni l'envie de mourir qu'elle inspire.

*

Mes bâtons d'encre, les pierres que j'utilisais pour broyer celle-ci, mes pinceaux et les rouleaux de papier que T'an Mei rangeait pour moi, ma maison devinrent mes ennemis. Nul ne songe à la tristesse des choses. Le moindre tabouret me réprouvait.

Je regardais des tessons, la plus petite frange d'un tapis, comme pouvant contenir l'âme d'une femme que son époux avait trahie par une mascarade absurde. J'étais accablé de n'avoir pas anticipé que T'an Mei ne tolérerait pas un doute, pas un délai, pas une souillure, dès qu'elle penserait qu'elle aurait perdu mon amour et qu'il n'y aurait, pour elle, pas de mort assez prompte pour engloutir cette souffrance. Comme il fallait que j'eusse méconnu celle à travers qui je croyais voir limpidement. Comme il fallait que je fusse sot. Comme il fallait qu'un commandement d'homme en robe jaune brodée suffît à détruire une âme.

L'absence de mon épouse m'obsédait. Je cherchais son corps partout ; je cherchais son visage dans les puits et dans les nuages ; je cherchais la douceur et le parfum de sa peau dans les pétales des fleurs et dans les cris des oiseaux blessés. Je hantais les allées de mon jardin comme si elle se fût tapie sous les feuilles qui étaient tombées. Je creusais des trous dans la terre où je hurlais son nom pour que, dans les enfers, elle m'entendît et me pardonnât. J'éparpillais mes aliments, si un fantôme près de moi avait eu faim. Je fixais ces miettes des journées entières et je pleurais, parce que ces miettes ne disparaissaient pas.

Je demandais à ses écharpes de m'étrangler. Je disais aux démons de m'assassiner. Il n'y avait que du silence, où que j'allasse et quelque prière que je parvinsse à formuler. Je mendiais un son qui fût elle. Je ne trouvais que le délaissement, l'abandon, et j'étais la cause de cette détresse. J'étais comme les phalènes qui se précipitent sur la flamme. Je fuyais la nuit obscure d'une vie sans elle et j'étais irrémédiablement jeté dans cette obscurité. Devant son image, c'était la carence, l'anéantissement, une dissolution sans pareils. Il n'y avait rien que mon désir forcené, vain. Désespéré. Qui n'entendait pas raison. Qui voulait que les femmes aimées pussent revenir des enfers où elles ont été précipitées.

On ne dénoue pas les liens de l'amour humain et le temps ne comptait plus.

Mes larmes pouvaient sécher. Je restais dans la même extase souffrante, le même manque obsédant, la même torture de la présence impossible et du regret, dans une espèce d'immobilité hébétée, vouée, dans son saisissement, à l'éternité.

*

Je décidai de tout quitter du monde qui m'avait quitté, quand je l'avais perdue. Je devrais parcourir toutes les étapes de la vie la plus fruste.

Je ne désirais rien qui m'arrachât à la souffrance et au désir : je voulais la souffrance et le désir, qui étaient encore elle, qui étaient ce qui me demeurait d'elle. Je voulais qu'oublier me fût interdit. Mais l'oubli n'abolit aucun mot émouvant autrefois entendu, aucun visage caressé de toute son âme, aucune prière murmurée avec nos mains de chair sur un corps de chair. Je me défiais d'un repos que je ne saurais jamais éprouver. J'étais accablé de tristesse au point d'en perdre la parole et le sommeil. Les nuits de lune, les matins de neige, au pied d'un arbre fleuri, si de la brume mouillait mon revers, en plein été, au milieu du midi, à genoux, debout, tête nue et, encore, dans la posture de l'imploration, je découvris l'angoisse de perdre ce qui ne se perd pas.

*

Il y avait trop de fleurs sur les arbres, trop de bouddhas sur les autels, trop de pierres, de plantes, d'arbres, dans les jardins et dans tout l'Empire, trop d'enfants et de petits-enfants dans la maison face à la mienne, trop de paroles à prononcer, si j'avais rencontré une ancienne connaissance, trop de mérites étalés dans les textes votifs, trop de temps pour trop de chagrin. J'étais chassé de tout.

*

Je me couchais par terre, au centre de sa chambre, replié comme une bête. On venait me parler. Je mettais ma tête dans un sac de toile.

*

Je plaçais un bol d'eau et un bâton d'encens allumé sur la petite table où elle alignait ses peignes. Le bois était si lisse que j'y voyais mon visage et mes larmes qui coulaient.

Je m'accroupissais sur la natte de jonc par terre.

Le soleil se levait.

Mon dos était droit. J'avais pris la position du lotus et j'avais pour les dieux toute la révérence possible. Je m'accusais à la face des astres de mes fautes. Je contrôlais ma respiration et j'avouais à Ceux qu'on ne voit pas le mal qui était en moi, sans rien celer.

J'étais rongé par le souvenir de sa peau, de ses seins, de sa voix. Il me semblait que toute notre entente était un peu de fumée. Dans les restrictions du deuil, je bondissais vers son corps, ses postures érotiques. Je me complaisais dans la vision d'actes que nous n'avions pas commis et mon amertume, alors, devenait encore plus violente que si je songeais à tous les plaisirs qu'elle m'avait procurés.

L'envie est la vérité. Je voulais encore un peu d'enfermement avec une femme.

Je l'aimais jusqu'au larcin. Je regrettais tout ce que je n'avais pas goûté, qui était englouti désormais jusqu'au fond des âges.

*

Depuis que T'an Mei était morte, j'étais fustigé par mon passé, si je tentais de me le remémorer. Je ne reconnaissais pas le temps révolu que j'avais vécu.

*

Il n'y a pas deux raisons. Il n'y a pas deux têtes sur les épaules de l'homme. Il n'y a pas deux façons de bien agir. Si on lève la tête, il n'y a pas deux ciels et, dans le ciel, il n'y a pas deux maîtres. Il n'y a, dans le cœur de l'homme, qu'une passion et il n'y a d'amour qu'unique.

*

J'étais ivre de douleur, rempli de confusion. J'avais le visage immobile d'un homme fou.

J'étais égaré. J'étais un amant mouillé de rosée et de givre, le long d'une rivière, éperdu, qui va sans but. Les eaux m'appelaient. Les poutres de ma chambre. Sur le toit de ma maison, les pierres pleines de mousses de la cour en bas. Dans la cuisine, le couteau.

J'étais dans une chambre close, dans un palais presque désert, à Pékin. Pétrifié.

*

La douleur qu'il y a dans les plaisirs ne nous initie pas à la douleur. J'étais entièrement novice. Tous les jours, je devais réapprendre la mort de T'an Mei.

*

Pendant une année entière, j'ignorai tout à fait le monde.

Je pensais que rien ne romprait plus ce deuil et que je tenais la fin du rêve. Je ne savais pas que la perte est infinie et qu'il fallait perdre encore les lieux de l'amour, les reflets invisibles qu'ils en conservaient, le monde qui l'avait articulé. J'ignorais que les allées où je m'enterrais devaient se dérober sous mes pas, que les tombeaux et les ensevelissements eux-mêmes sont précaires et que je ne devais pas avoir le loisir des larmes jusqu'à ma propre mort.

T'an Mei ne m'avait pas appartenu, mais rien ne m'appartiendrait jamais. J'allais être chassé du deuil. Pour être fidèle, il faudrait ne plus cesser de perdre, de renier, d'abandonner, devenir si nu qu'à l'époque j'aurais pu penser que la haine de vivre et la douleur s'allégeraient, sinon qu'elles se nourrissent de l'air même et que le tourment est une vrille qui ignore le temps et la dépossession.

J'étais un animal blessé. Mes sursauts étaient les jappements d'un chien qu'on bat. Dans mon réduit, je haletais de la même manière. L'angoisse, où que je fusse, face à moi, me fixait avec des yeux jaunes, impavide, me dévorant sans un mouvement. Je croyais que j'étais seul. Je flattais le sentiment de cette monstruosité rebutée. Je voulais être exclu et misérable. J'étais en fait à l'unisson de l'Empire. Nous ne voyons jamais, quand nous sommes dans le tout, parce que nous ne sommes jamais suffisamment l'individu que nous sommes.

*

Il y eut à Pékin, pendant les célébrations de la nouvelle année, une tempête de glace. Elle fut terrible. On découvrit ensuite, pendant plusieurs jours, des mendiants et des orphelins qui, n'ayant pu trouver d'abri suffisant où se réfugier, étaient morts cachés dans l'encoignure de portes cochères, sous les voitures à bras ou les paniers d'osier qu'ils avaient espéré les protéger.

Le surlendemain, on apprit qu'au même moment un

tremblement de terre avait eu lieu près de l'endroit où était né le fondateur de la dynastie. Ces présages étaient de mauvais augure. La Cour était désespérée.

Cette année devait être la dix-septième du règne de Tch'ongtchen, et la dernière.

*

Pékin redoutait une attaque de Tchang Sientchong. Ses massacres défiaient l'imagination. Les gens fuyaient devant lui. Il les faisait poursuivre par son armée. Ses soldats avaient l'ordre de tuer chaque personne qu'ils rattrapaient et de lui en expédier la tête tranchée. Quand la distance à parcourir entre la ville où il séjournait et le lieu des combats devint trop importante et que ses troupes se rebellèrent contre les tombereaux infects qu'elles devaient convoyer, il fit un édit dans lequel il déclara qu'il se contenterait qu'on lui amenât la main droite de chaque cadavre. La loi s'appliquait aux femmes et aux enfants.

La beuverie, les banquets, entre chaque charroi, ne parvenaient pas à le divertir. La luxure le laissait seul. Tchang Sientchong voulut qu'on organisât des luttes à mort devant lui. Il désignait les combattants parmi ses soldats, selon des lubies ou par cruauté, lançant des amis jurés l'un contre l'autre. Il dormait mal, écroulé parmi des peaux de bêtes. Il ne concevait plus que haine pour des êtres qui excitaient si difficilement le moindre mouvement en lui. Tout l'ennuyait. On tremblait, dans la capitale, qu'il voulût sortir du Sseutchou'an. On se trompait de danger.

*

Au début du printemps, dans la province où il s'était établi, l'ancien berger Li Tseutch'eng se proclama Roi. Il décida qu'il régnerait sur le Royaume de la Grande Prospérité. Il se décerna le titre de Monarque Fougueux. Il ne parlait plus que clémence et réformes, donnait des audiences, recevait tous ses sujets qui se présentaient. Son ambition éclatait.

*

À Pékin, la confusion gagnait. L'Empereur ne cessait de destituer ses ministres qui ne le satisfaisaient pas, mais rien ne le satisfaisait. Il condamnait au supplice ou à des exécutions infamantes ses serviteurs, parce qu'ils étaient impuissants à rétablir l'ordre. Quel ordre ? La paix n'était plus qu'une lubie.

Les meilleures volontés étaient découragées à cause des châtiments permanents. On se souvenait de Yuan Tch'onghouan. Les langues se déliaient et, en cachette, on regrettait sa perte. Le nombre des aigris, des cabales, augmentait. Les caisses étaient vides. J'aurais voulu ne rien savoir. J'étais indifférent à ces convulsions. Mais T'ang Jowang forçait ma porte. Seul entre tous, il ne redoutait pas mes sarcasmes ni mon obstination. Il faisait de la lumière dans la pièce où il m'avait débusqué. Il commandait du thé. Il me donnait des nouvelles que je ne sollicitais pas. En me représentant les maux qui m'entouraient, il essayait, disait-il, de me ramener à la raison. Il invoquait le souvenir de T'an Mei, qui n'eût pas été indifférente. Il m'exhortait à une douleur plus tempérée, à la considération d'une vie éternelle et d'un au-delà qui me paraissaient la pire invention qu'on pût concevoir. Je ne voulais rien diminuer de ma détresse et je n'aspirais qu'à vivre mille vies, à prendre mille formes, m'incarner dans autant d'êtres ou de choses qu'il faudrait, pour rencontrer à nouveau T'an Mei. Je m'imaginais anse de théière sous sa main, manche d'éventail ou lampe à huile : tout objet sur lequel ses doigts se poseraient. Je n'osais plus espérer que nous serions encore des amants au bord d'un lac ou des époux qui se considèrent pour la première fois, la joie au cœur, parce qu'ils se reconnaissent, mais je comptais sur l'infinité des graviers, dans les allées, sur les grandes brises, à travers les champs en fleurs, sur l'éclosion innombrable des tulipes, au printemps, pour être un grain de basalte qu'elle foulerait ou une fleur qu'elle apercevrait.

Mon ami disait que son dieu faisait sa manne des hommes désespérés. Il souriait. Il prêchait que la rancune n'abolit pas la souffrance et que je me contredisais, dans mon chagrin, à vouloir jouir du moins des angoisses du maître qui m'avait privé de ce que j'aimais. Il me demandait d'oublier l'Empereur, d'oublier ma colère. Il me proposait de les convertir dans une force d'amour qui me trouvait acerbe. Nous étions incapable de tomber d'accord sur rien, mais j'étais sensible à la persistance avec laquelle cet étranger s'adressait à moi et à ce qu'elle dénotait de bienveillance ou de faculté de pardonner. Je songeais que, dans ma désolation, j'estimais encore ce prêtre d'Occident qui se vêtait comme les mandarins de ma nation et savait, à sa façon, honorer la fidélité qui existe parfois entre les hommes.

*

Li Tseutch'eng franchit le fleuve Jaune. Il était parti presque aussitôt après s'être décrété Roi. Cette déclaration n'était pas le triomphe qu'il visait. Elle était l'instrument d'une autre conquête, dont le rêve le hantait désormais sans répit. Li Tseutch'eng avait décidé de prendre Pékin. C'est à Pékin qu'il voulait être couronné. Cette idée l'obsédait. Il avait perdu jusqu'à la notion des plaisirs ordinaires.

Il avait divisé ses troupes en deux colonnes. L'une faisait route au nord, l'autre, plus à l'est. Au Palais, les premiers bulletins suscitèrent la perplexité. On ne voulait pas croire qu'il se dirigeait sur la capitale ni qu'il aurait l'audace de défier le Fils du Ciel dans sa propre cité. L'évidence s'imposa.

Ce fut la panique. On n'avait jamais songé au pire. On débattit pour trouver un soldat capable de défendre la ville. Plusieurs ministres prononcèrent le nom de Wou Sankouei. Il avait trente-deux ans. L'Empereur l'avait à plusieurs reprises distingué pour des actions d'éclat contre les Mandchous. Mais Wou Sankouei stationnait dans le dernier poste avant la passe de Chanhaikouan, où la Grande Muraille s'achève dans la mer. Si ce verrou tombait, les Mandchous seraient aux portes de l'Empire. Personne ne voulut prendre la responsabilité d'appeler Wou Sankouei à Pékin et de dégarnir un front depuis longtemps si menacé. L'Empereur porta son choix sur le père de ce général. Wou Hiang était un vieux soldat irréprochable. Il se trouvait aussi sur la frontière, mais son départ devait moins porter à conséquence. Wou Hiang prit la route, dès qu'il eut reçu le message qu'on lui portait.

Dans le même temps, les défenses de Pékin furent renforcées. Il y avait, à chaque créneau des remparts, des canons et des munitions en abondance. T'ang Jowang, qui jouait depuis plusieurs années le rôle de conseiller militaire de l'Empereur, avait fait produire à grands frais de nouvelles pièces d'un très fort calibre, comme on en construisait dans les régions où il était né.

Li Tseutch'eng arriva.

On avait fermé les portes.

Wou Hiang exposa son plan de combat.

L'armée ennemie prit ses quartiers.

*

Le dix-septième jour du troisième mois, les sujets du Fils du Ciel qui vivaient dans sa capitale entendirent soudain des grondements de batteries. Ils comprirent que l'attaque avait été donnée. Le chaos, juste après, les engloutit. L'ennemi aussi bombardait. Les toits s'effondraient. Des maisons entières s'écroulaient en un instant. Partout, des incendies éclataient. Les gens voulaient fuir. Ils étaient pris au piège entre des ruelles éboulées et des murailles de feu.

Le siège redoubla le lendemain. Les hommes de Li Tseutch'eng avaient réquisitionné tous les paysans et les habitants des faubourgs qui ne s'étaient pas réfugiés en ville. Ils les menèrent combler les fossés devant la ville et porter au pied des remparts les échelles qui permettraient de les franchir.

Le troisième jour, une audience solennelle devait avoir lieu au Palais. L'Empereur revêtait ses habits d'apparat. Une clameur monta : la ville était prise. Les bandits pénétraient la Cité interdite.

Li Tseutch'eng, depuis des semaines, avait infiltré dans Pékin des hommes à lui déguisés en marchands ou en voyageurs venus pour leurs affaires. Ils avaient loué des maisons, acheté des complicités. Ils s'étaient entendus avec de nombreux eunuques, qui gardaient un ressentiment tenace à Tch'ongtchen de ce qu'il avait tenté de limiter leur pouvoir. Lorsque l'ennemi avait lancé l'assaut, ils avaient maîtrisé les sentinelles qui gardaient les portes de la ville. Ceux qui commandaient à l'artillerie avaient ordonné, quant à eux, qu'on tirât sans balle ni boulet. Les rebelles investirent la capitale : ils n'avaient presque pas combattu.

D'une traite, le cœur battant, Li Tseutch'eng se rendit à la Cité interdite.

Quand l'Empereur entendit qu'il n'y avait pas eu de bataille, il comprit qu'il était vaincu et il entrevit l'étendue de sa défaite. Le monde se déroba autour de lui. Il était seul. Pour la première fois, il était un homme semblable à tous les autres. Il ne savait pas où aller. Sa garde s'était enfuie. Une poignée de fidèles lui mena un cheval. Il fallait sortir de la Cité interdite. Les eunuques qui tenaient la première porte à laquelle il se présenta ne lui permirent pas de la franchir. La troupe tourna bride. Elle se dirigea vers une autre issue. Quand l'Empereur s'y nomma, les soldats qui se trouvaient là pointèrent leurs canons contre lui. Ils le contraignirent à se retirer avec des insultes et des menaces.

Tch'ongtchen avait eu un palais à nul autre pareil. Ce palais, désormais, était une prison. Le Fils du Ciel rejoignit l'Impératrice. Il la convainquit de s'étrangler. Il pourvut ensuite à la fuite de ses trois fils aînés. Finalement, il se tourna vers la Princesse et lui demanda qu'elle mît fin à ses jours. La jeune fille refusa. On voulut la saisir. Elle se débattit. Exaspéré par cette résistance, Tch'ongtchen s'empara du sabre qui pendait au côté d'un de ses gardes et il se jeta vers elle. La Princesse voulut esquiver le coup ; elle eut le bras tranché. Éperdue, toute couverte de sang, elle s'enfuit. L'Empereur était tombé à genoux. Il gémissait. C'était un dérobement infini de toutes les choses qui lui avaient appartenu.

Pendant ce temps, une des principales concubines impériales, ayant réuni ses semblables, les exhortait, juchée sur un fauteuil en bois de cerisier, à choisir la mort plutôt que le déshonneur. Dès qu'elle eut achevé son discours, elle sortit de l'appartement où elles étaient. Ses compagnes la suivirent. Elles furent deux cents qui traversèrent les cours du Palais. Sur leurs mules brodées, au milieu de leurs servantes éplorées, elles faisaient précipitamment de tout petits pas maladroits, l'éventail à la main, entravées dans leurs jupes. Elles vacillaient. Elles se hâtaient. Leurs visages fardés étaient graves et résolus. Elles avaient peint leurs bouches. Ayant franchi la porte de l'Harmonie Suprême, elles allèrent droit au canal devant la Porte du Midi. Elles s'entraidèrent à enjamber les rambardes de marbre des ponts. Elles se saluèrent. Elles se jetaient à l'eau dans un bruit magnifique de robes de soie qui s'évasent. Elles tombaient les unes sur les autres. Elles furent plusieurs jours dans la rivière comme autant de fleurs colorées qui glissaient à vau-l'eau, semblables à des pétales qu'on aurait éparpillés pour une fête. On ne discernait pas que certaines avaient été presque encore dans l'enfance et d'autres toutes proches déjà de la mort qu'elles avaient embrassée.

L'Empereur Tch'ongtchen était monté sur la colline du charbon, dans le parc Tschingchan, au fond de sa résidence. Il prisait, naguère, la vue exceptionnelle qu'on y avait sur la capitale. L'été, quand la chaleur était étouffante, il s'y reposait volontiers entre quelques privilégiés. C'était un lieu serein, planté d'arbres anciens aux larges frondaisons. Ce jour-là, l'Empereur n'eut pas un regard pour les bosquets ni les pins autour de lui. Il courut au sommet de la colline, escorté d'un seul eunuque qui lui était demeuré loyal. Là, Tch'ongtchen pria son serviteur de l'aider à ôter le grand manteau de cour jaune, couvert de broderies, qu'il portait encore. L'Empereur retourna le brocart. On ne vit plus les dragons d'or qui étaient le symbole de son élection divine. Tch'ongtchen lissait le satin épais de la doublure. Avec un stylet qu'il avait à sa ceinture, il incisa son poignet. Il trempa dans le sang qui coulait un pinceau et, sur le tissu de son manteau, il écrivit une lettre qu'il faudrait remettre au Prince héritier. Il le priait de ne pas mépriser son peuple comme il l'avait fait lui-même, parce que le pouvoir l'avait rongé et qu'il avait oublié que le bien existât ou, si le bien ne se trouve en aucun endroit sur terre, qu'il est l'aune toutefois à laquelle les royaumes doivent être conduits.

L'Empereur avait trente-six ans. Quand il eut fini de tracer son dernier caractère, il retira ses bottes et la tiare sur sa tête. Il jeta un lacet au tronc du prunier devant lui. Il l'éprouva. Il se pendit. Trois cents ans d'une dynastie mouraient en lui, mais il étouffa comme un autre. Ses pieds déchaussés battirent l'air. Il râla. Il bleuit et se vida.

Son serviteur attendit qu'il fût entièrement immobile et rendu aux dieux pour se pendre lui-même.

La colline était paisible. Deux hommes morts oscillaient au vent. Aucun oiseau ne vint tourbillonner devant les prunelles de ces cadavres : il n'y avait pas d'oiseau. Le vacarme des canons, plus bas, les avait chassés. Sur le bonnet de l'Empereur mort, posé à terre, les pierreries luisaient.

*

La journée n'était pas finie. Trois cent mille rebelles étaient entrés dans Pékin. Li Tseutch'eng à la tête de ses hommes était comme porté en triomphe.

En approchant de la Cité interdite, il voulut tirer une flèche. Elle alla se ficher dans le linteau de la porte qui commande l'accès principal du Palais. L'escorte du brigand s'exclama. Il ne pouvait guère y avoir signe de meilleur augure. Li Tseutch'eng traversa l'enceinte rouge de la Cité impériale pénétré d'un sentiment de sa grandeur qu'il n'avait jamais senti.

On apercevait les corps des concubines mortes qui flottaient. On les ignora.

Li Tseutch'eng était dans la cour intérieure de l'immense demeure. Elle était vide. Il convoqua les eunuques, les servantes, les cuisiniers, les valets, les musiciens, les chanteurs, les sculpteurs, les peintres et les tailleurs, les secrétaires, les apothicaires, les porteurs de seaux et les balayeurs, les coiffeurs et les perruquiers, qui étaient cachés dans tous les recoins. Une foule, lentement, surgit des pavillons où elle était disséminée. Li Tseutch'eng était monté sur une estrade. Il surplombait ces milliers de silhouettes inquiètes. Il proclama qu'il était leur nouveau maître. Les autres restaient silencieux. Il réclama une loyauté absolue. Il promit des grandeurs inouïes. Il était un petit berger qui avait conquis une nation. Plus rien, jamais, ne lui serait refusé. Il avait forcé le sort qui force les hommes.

Enfin, il s'enquit où était le monarque déchu. Personne ne savait.

Des proches lui murmurèrent que le général Wou Sankouei était venu prendre l'Empereur avec l'Impératrice et le Prince héritier et qu'ils préparaient une embuscade. Li Tseutch'eng était le vainqueur. Il ne voulait pas trembler. Il envoya des émissaires chercher encore le Fils du Ciel. Ils découvrirent l'Impératrice qui balançait à une poutre de sa chambre. On tortura pour rien les domestiques de Tch'ongtchen qui s'étaient crus sauvés, parce qu'ils l'avaient trahi. Li Tseutch'eng fit placarder dans toute la ville une affiche où il offrait mille taëls à qui livrerait l'ancien Empereur et son fils. Puis il se coucha.

Il jouit, dans l'ombre, seul à part soi, immobile, du destin qu'il s'était donné.

Six semaines plus tard, Li Tseutch'eng s'enfuyait de Pékin. Il était vaincu. L'Empire était aux mains des Mandchous. La ruine qui guette chacun l'avait rattrapé.

*

Au moment où l'arrivée de Li Tseutch'eng était imminente, la Cour, dans un sursaut, avait appelé le général Wou Sankouei en renfort, mais Pékin était tombée avant qu'il n'arrive.

Les rebelles firent deux prises qui bouleversèrent le soldat. Ils s'étaient emparé de son père, Wou Hiang, et d'une concubine qu'il venait d'acquérir, une courtisane appelée Tch'en Yuanyuan. Wou Sankouei avait rencontré Tch'en Yuanyuan un an plus tôt, lors d'un banquet. Elle chantait. L'homme qui la possédait racontait qu'elle n'avait pas vingt ans. C'était une orpheline qu'il avait achetée à sa grand-mère. La vieille, avant de vendre sa petite-fille, consciente de sa beauté, l'avait élevée avec beaucoup de soin. Tch'en Yuanyuan savait la musique. Elle récitait et composait des poèmes. Elle versait le vin avec grâce. Elle était douce et spirituelle.

Wou Sankouei l'acheta mille taëls. Il éprouvait une passion indicible pour la musicienne. Il aimait sa voix, sa manière de se mouvoir et de parler, sa grâce, sa mélancolie d'enfant qu'on s'était déjà marchandée plusieurs fois. Il y avait en elle une fragilité qui l'émouvait plus encore que le plaisir qu'il pouvait se promettre de son corps. Il ne supportait pas l'idée de l'avoir perdue.

Wou Sankouei reçut alors un envoyé de Li Tseuch'eng. C'était un de ses anciens collègues qui avait rejoint les rangs du brigand bien avant que l'offensive contre Pékin eût été lancée. L'homme lui portait une lettre de Wou Hiang en appelant à son devoir filial et cinquante mille taëls que Li Tseutch'eng lui offrait en gage d'estime et d'amitié, si le général consentait à accepter son alliance. Wou Sankouei ne négocia pas. Il lui tardait de retrouver Chen Yuanyuan. Il dit qu'il acceptait.

Il faisait route vers Pékin, lorsque son intendant le rejoignit. Ce domestique lui révéla qu'on l'avait trompé. Un des acolytes de Li Tseutch'eng avait pris comme butin la femme qu'il croyait retrouver bientôt. Wou Sankouei, sur-le-champ, suspendit sa marche. Ses lieutenants tentèrent de le raisonner. Ils lui faisaient valoir qu'il ne pouvait pas, à cause d'une courtisane, abandonner son père. Mais Wou Sankouei s'entêtait. Il n'avait plus confiance en Li Tseutch'eng, qui pourrait tuer son père comme il lui avait dérobé Tch'en Yuanyuan. Il prit parole avec les Mandchous.

Leur souverain était mort il y avait un peu moins de deux ans. Son fils de cinq ans lui avait succédé. La régence était assurée par les oncles du petit Chouentche, en particulier l'aîné d'entre eux, Dorgon. Wou Sankouei s'entendit avec ce dernier. Le général convint de laisser Dorgon entrer en Chine, pourvu qu'il l'aidât à combattre Li Tseutch'eng.

La bataille s'engagea le vingt-quatrième jour du quatrième mois. Li Tseutch'eng était à la tête de deux ou trois cent mille hommes. Wou Sankouei n'en avait pas plus de cinquante mille à ses ordres. La partie semblait désespérée. Mais les Mandchous, qui avançaient à marche forcée, rallièrent Wou Sankouei au dernier moment et, ensemble, ils écrasèrent Li Tseutch'eng. Le nombre des morts fut si grand que, trois ans plus tard, on voyait encore, dans la plaine où l'engagement avait eu lieu, des cadavres qui n'avaient pas été ensevelis. Les bêtes, repues, ne les avaient pas dévorés.

Li Tseutch'eng vaincu rentra précipitamment à Pékin. Il fit exécuter le père de Wou Sankouei, ainsi que toute sa famille qui se trouvait dans la capitale. Il était ulcéré par une déroute qu'il avait été incapable d'imaginer. Il fallut ordonner les préparatifs de la retraite. Le vingt-neuvième jour du mois, cependant, il se fit couronner Empereur. Il voulait la tiare. Il voulait la robe de brocart. Il voulait les cérémonies du sacre. Il voulait ce rêve qu'il n'avait pas fait, enfant. La cérémonie eut lieu devant des soldats qui grondaient. Pour apaiser leur colère, Li Tseutch'eng autorisa le pillage des trésors impériaux. Mais les caisses étaient vides. Quand ses hommes eurent forcé tous les coffres de la Cité interdite, mis la main sur la vaisselle, les vases, les objets précieux, les bijoux, ce butin ne leur suffit pas. Ils sortirent du Palais et se jetèrent sur les demeures des particuliers. Ils soulevaient les planchers. Ils éventraient les matelas. Ils tuaient tous ceux qui tentaient de leur résister. Dans leur rage, ils clouaient aux portes de leurs maisons les gens qui n'avaient pas assez à leur donner. Un ancien ministre qui était allé protéger des archives, lorsqu'il rentra chez lui, découvrit que sa mère, sa femme et ses sœurs s'étaient pendues. Leurs domestiques et le petit frère du ministre avaient essayé de s'opposer à ce qu'on forçât les portes de la demeure. Ils avaient été assassinés et démembrés. Affolées, toutes les femmes, aussitôt, s'étaient suicidées. Ivre de douleur, en grand habit, le ministre se jeta dans son puits.

L'évacuation commença. Une gigantesque colonne s'ébranla hors de la capitale. Les fuyards durent vite abandonner une partie de leurs trésors, qui les encombraient. Les fossés furent jonchés de soieries et de vêtements précieux, de potiches brisées, de bronzes plus anciens que la route sur laquelle ils étaient déposés.

Pékin s'embrasa. Li Tseutch'eng avait résolu de ne livrer à ses vainqueurs qu'un champ de ruines. Il avait chargé trois mille hommes d'allumer des foyers à travers toute la ville. Le feu prit d'abord dans les bâtiments du Palais. Ils étaient bâtis en bois : les flammes s'élancèrent comme les biches hors de l'enclos. Ailleurs, on utilisa de la poudre pour que l'incendie fût prompt et sans recours. Il se propagea, en effet, d'un souffle et sans épargner aucun quartier.

*

Les pillards étaient venus chez moi. Je n'avais pas défendu ma porte. La perte de biens faits d'or ou d'argile ne pouvait pas me toucher. J'étais la nudité, la dépossession et la rancœur qui vient du chagrin.

Mais, quand le feu se mit dans la bibliothèque que Lu Tsing m'avait transmise, je pleurai comme un enfant. Des générations avaient accumulé des livres contenant plus de quarante mille chapitres. Un mécanisme secret actionnait la porte de mes armoires, identique, disait-on, à ceux qu'on utilisait au temps de la dynastie Souei, quand les souverains révéraient les choses de l'esprit. Je conservais des feuilles de papier de chanvre de Chou, des bâtons d'encre de Chankou, des peaux de lapin choisies dans différentes préfectures selon la qualité de leurs poils : on fabriquait avec elles des pinceaux parfaits. Cet univers était le seul lien qui me demeurât avec l'épouse disparue. Je ne pouvais pas lire certaines lignes sans entendre résonner sa voix qui épelait les phrases qu'ils déroulaient, sans entendre les intonations qu'elle y mettait ou des hésitations, des lenteurs et des voilements qui étaient elle. Ces ouvrages nous avaient unis. Ils avaient scellé entre nous un pacte qui liait la chair et l'esprit et que rien ne pouvait dissoudre. C'était T'an Mei encore qu'on blessait.

On lit avec ses sens, autant qu'avec son intelligence. La lecture est un récital, un chant, une prière pure. Elle m'avait ouvert un monde invisible où les âmes dialoguent entre elles et qui n'a que faire de la pauvreté, de l'arrogance des riches, de la volonté tendue des concupiscents qui en appellent au devoir pour masquer la pauvreté de leurs cœurs ou la lâcheté qui les habite en fait, un monde indifférent au temps, à la mort des êtres ou à l'engloutissement des civilisations. Ces cubes de papier, ces rouleaux, ces choses périssables qu'on déplie et qui nous déploient, qui brisent les frontières et les fatalités, en un instant, se réduisaient à des amas d'étincelles, des racornissements pathétiques. Leur agonie me vrillait.

Je courais entre les brandons et les flammèches. J'avais pris une besace. Je jetais dedans ceux des livres de Wang Wei, de Sou Tong P'o et de mon grand-père, qui gardaient la trace de leurs doigts, qui comportaient des inscriptions au cinabre et au blanc de plomb. T'an Mei guidait mes mains. Dans mon sac, les bords de ces volumes se brisaient. Je sanglotais en songeant à cette mutilation. J'avais tué mon épouse et je ne savais pas même protéger les volumes qu'elle avait aimés.

L'incendie me poussa dans la rue. Des soldats qui virent mes larmes et les sacs que je portais m'arrêtèrent. Ils ouvrirent mon ballot. Quand ils comprirent ce que je transportais, ils se moquèrent de moi et ils jetèrent mes livres par terre. Je voulus les ramasser. Ils les dispersèrent à coups de pied. Ils riaient. Ils ne prenaient pas garde au fantôme à mes côtés ni à ses sanglots. Ils déchirèrent des pages qu'ils glissèrent sous leur armure pour la rembourrer. Certains m'en forcèrent dans la bouche. Ils se débarrassèrent du reste dans une barrique qui se trouvait près de nous. Ils partirent. Je vis, sous la semelle d'un de ces hommes, la dernière page où T'an Mei avait inscrit les derniers caractères qu'elle avait jamais peints et que je conservais comme un talisman. Ô mon amour supplicié. J'avais vécu jusqu'ici dans l'illusion du dénuement. Il fallait chaque jour mourir à l'instant même et demain encore. Mais cette immolation sans cesse recommencée permettait que je ne perdisse pas cette ombre de femme qui était ma vie. Le contentement amène l'oubli. Pour l'éternité, il fallait cette subversion permanente.

Je trouvai refuge chez mon ami le prêtre d'Occident, T'ang Jowang. Il était parvenu à préserver sa résidence de l'incendie. Le sol de sa cour, cependant, était brûlant et recouvert de charbons ardents que le vent transportait. Les feuilles de ses arbres rougeoyaient. Les troncs noircissaient à cause de la chaleur du brasier alentour. Un triple rang de serviteurs s'efforçait de contenir la foule qui cherchait à gagner cette enclave.

Ils me connaissaient. On m'ouvrit une petite porte dérobée. Je rencontrai Tan'g Jowang dans le vestibule de sa maison.

Je n'étais pas sorti de chez moi depuis des mois. J'étais hagard. Mon ami m'entraîna. Il me pansa. Je n'avais pas vu que j'étais blessé.

*

Dorgon et ses hommes entrèrent dans Pékin. Ils évincèrent Wou Sankouei en lui confiant la charge de poursuivre Li Tseutch'eng.

Les Mandchous, alors, plantèrent leurs Bannières sur la capitale. Il ne flottait plus un étendard chinois.

La population avait tant souffert que beaucoup accueillirent d'abord l'envahisseur avec une espèce de soulagement. Dorgon faisait régner l'ordre. Il proclama que les fonctionnaires qui se soumettraient à son autorité conserveraient leurs privilèges. Il posa au vengeur. On venait de retrouver les restes de Tch'ongtchen. Il lui rendit en personne les derniers honneurs. Il décréta un deuil de trois jours et organisa des funérailles solennelles. Faute que l'Empereur défunt eût un tombeau, on le porta dans celui qu'il avait fait bâtir pour une de ses concubines, mais l'ensemble des lettrés et des dignitaires qui se trouvaient dans la capitale, sans distinction de rang ou d'origine, furent sommés de lui faire cortège. La procession traversa Pékin avec une lenteur majestueuse. Toutes les cendres que ces gens foulaient n'étaient pas froides.

Trois jours après être entré dans la ville, le cinquième jour du cinquième mois, Dorgon promulgua un nouvel édit. Obligation était faite aux hommes de se raser la tête et de porter, selon l'usage mandchou, la natte. Il fallait aussi déposer le vêtement de notre nation pour revêtir la tunique et les bottes des steppes. L'émoi fut immédiat. C'était une insulte et un reniement de nos usages. Quel fils des Han voudrait porter l'habit de tribus nomades, de cavaliers sans foyer, d'hommes de rien qui courent les plaines ? Quel docteur, quel portefaix troquerait son chignon et son bonnet pour une coiffure de vagabonds ? Qui oserait trancher une chevelure que nous héritons de nos parents, comme ils nous transmettent la forme de leurs corps, la couleur de leur peau ou les traits de leurs visages ? Ne pas mutiler ces dons ni les renier, quand bien même leur apparence nous offense, est le premier degré d'une piété que notre peuple respecte depuis des siècles.

Les Mandchous entreprirent alors de regrouper les Chinois dans la partie septentrionale de la ville et dans ses faubourgs, réservant les autres quartiers à leur usage. T'ang Jowang, toutefois, fut autorisé à rester dans sa demeure. J'appris un soir qu'il avait rencontré Dorgon et qu'il lui avait offert ses services. Le Régent, satisfait des gages que le Chrétien lui donnait, lui avait accordé sa protection. T'ang Jowang ne m'avait rien dit. Je vis se décomposer le visage du domestique qui l'avait trahi. On ignorait qu'il me mentît. Je ne l'avais pas soupçonné.

T'ang Jowang, quand je l'interrogeai, ne montra pas d'embarras. Il me dit qu'il avait été chargé d'établir le calendrier de la nouvelle dynastie. Il fit valoir les protections qu'il octroyait aux miens grâce à la faveur qu'il s'était acquise. Il servait son Dieu et la justice.

Le vingt-sixième jour du sixième mois, une éclipse se produisit comme il l'avait prédit. Il exultait. Il l'avait emporté sur tous les astrologues réunis auprès du Régent Dorgon. Le premier jour du huitième mois, il reçut le titre de mandarin de cinquième classe. Il alla s'incliner devant Dorgon. Il franchit pour le saluer les mêmes portes qu'il avait franchies pour aller saluer l'Empereur céleste, le maître de mes pères et de leurs pères avant eux.

Je haïs mon ami sans foi. Je crachai sur son seuil et celui de son Dieu éternel. Ils étaient du vent ; ils n'incarnaient que la prostitution éternelle de l'homme à la force qui triomphe. Je rejoignis les Chinois qu'on parquait sous les remparts.

*

Les gens étaient abasourdis.

Dorgon faisait venir les épouses et les familles des soldats qui l'avaient accompagné. On leur attribuait des logements : les propriétaires de ces maisons étaient jetés à la rue avec des coups. Les mariages mixtes furent interdits. On nous traitait avec une brutalité qu'on épargne aux bêtes.

Des officiers et des soldats rejoignaient l'ennemi, attirés par la promesse de conserver leurs charges et les biens qu'ils pouvaient posséder. Ils rasaient leurs chignons. Ils se vêtaient selon la coutume de l'envahisseur. Leurs crânes blancs et leur démarche les dénonçaient partout où ils allaient. On les sifflait. Le reste de la population n'appliquait pas les ordres du Régent.

Dorgon ordonna qu'on amenât à Pékin le petit Chouentche, puisqu'il serait dorénavant l'Empereur éternel de la Chine.

À la fin du mois, il réitéra ses édits. Il les assortit de menaces. Les récalcitrants seraient punis de mort. Cette intransigeance provoqua, dans tout l'Empire, une révolte que la chute d'un pouvoir corrompu et inefficace n'avait pas suscitée. Dorgon exigeait que nous renoncions à nos usages les plus anciens. Il voulait que nous fussions visiblement ses esclaves. Il dressa contre lui le pays qu'il croyait avoir écrasé.

Je décidai de rejoindre les partisans de notre dynastie qui se regroupaient et qui voulaient lutter contre l'envahisseur. Je n'éprouvais aucun désir de venger un monarque qui m'avait tout volé : j'avais le cœur étreint par l'inutilité d'une existence où je n'avais été qu'un spectateur. J'étais las de n'avoir sauvé aucun de ceux que j'avais aimés. Je voulus être un homme honnête.

Je songeais aux campagnes de la Chine que je reverrais. Je me représentais les monts et les lacs, à l'aube, dans leurs brumes, et les chaleurs du plein été, au-dessus des rizières.

J'ignorais ce que Lu Tsing était devenu. Je me reprochais cette indifférence. Je devins celui que je n'avais pas voulu être, quand T'ang Jowang m'y exhortait.

Je quittai Pékin à l'aube.

J'allai à Nankin, où la résistance s'organisait. Che K'ofa était l'âme du mouvement. Il était né à Kaifong, la vingt-neuvième année du règne de Wanli, dans une famille sans grandes ressources. Un des principaux membres de l'académie du Tonglin avait distingué l'étudiant pauvre. Che K'ofa était devenu un lettré réputé. C'était un esprit solide, cultivé, généreux. Son écriture cursive lui valait l'estime des maîtres les plus exigeants. Calligraphe accompli, à quarante-trois ans, il avait occupé la charge de Grand Secrétaire et passait pour un serviteur de l'État très sûr. Pondéré, irréprochable, il avait mis d'emblée, et sans la moindre hésitation, ses forces au service de la restauration des Ming.

Che K'ofa était entouré, quand je parvins à Nankin, de dignitaires de l'Empire qui avaient réchappé du sac de la capitale ou qui, isolés dans d'autres provinces, s'étaient peu à peu retrouvés pour mieux engager la lutte. On espéra d'abord que le Prince héritier et ses frères auraient pu fuir Pékin et qu'ils viendraient prendre la place qui leur revenait. Au début de l'été, comme ils ne paraissaient pas et qu'on n'avait de nouvelle d'aucun d'entre eux, il fallut se résoudre à désigner un autre successeur. Le choix se porta sur le Prince de Fou,

Tchou Yeoulang. C'était l'aîné de ce fils que l'Empereur Wanli avait vainement souhaité prendre pour successeur. Il avait vécu dans le Honan, où son père avait été relégué loin du trône après le couronnement de Tch'ongtchen. La rumeur le disait ignorant et lascif, sans force ni esprit de décision. Il n'avait aucune notion des affaires publiques et ne cachait pas le désintérêt qu'elles lui inspiraient. Lorsqu'on le pressentit, il commença par refuser le titre qu'on lui offrait. Finalement, il ne put pas se dérober à la nécessité. Il parvint à Nankin au même moment où, à Pékin, Li Tseutch'eng posait la tiare sur sa tête. Tchou Yeoulang entra dans la ville le jour où Dorgon s'installait dans la capitale. Le Prince était mené en grande pompe. La foule l'acclamait. On passa devant les tombes de ses ancêtres. On jeta devant lui des fleurs odorantes. Les badauds brandissaient des lanternes colorées. L'homme avait exigé de ne recevoir que le titre de Régent, mais les prétentions de Dorgon précipitèrent son couronnement. Il devint l'Empereur Hongkouang. On forma un gouvernement. Che K'ofa fut nommé ministre de la Guerre. Je fus attaché à son commandement.

Che K'ofa avait envoyé à Dorgon une ambassade pour l'inviter à reconnaître Hongkouang comme le souverain légitime de la Chine et lui proposer d'unir leurs forces contre Li Tseutch'eng. Dorgon ignora cette légation, mais, à la fin de l'été, il écrivit à Che K'ofa pour qu'il mît ses qualités au service du petit Chouentche. La correspondance se poursuivit quelque temps. Che K'ofa rebutait Dorgon, qui le flattait. Che K'ofa ne voulait pas engager d'hostilités trop brusques. Nous n'étions pas prêts. Il mit un terme à ces échanges à la fin de l'automne.

Hongkouang était le monarque le plus dépourvu de

qualités qu'on pût imaginer. Loin de seconder les efforts que nous faisions en sa faveur, il les ruinait par ses caprices et ses débauches. On entendait souvent, au Palais, les éclats de colère de Che K'ofa. Cet homme intègre ne ménageait pas l'Empereur. Il refusait de considérer que ses défaillances étaient irrémédiables. Il lui reprochait son oisiveté, son mépris pour ses gens. C'était peine perdue. Hongkouang était faible et incertain. Il sentait qu'on le méprisait. Cette honte le rejetait davantage en lui-même. Elle renforçait les travers qu'il n'avait pas la force de combattre. Son unique parade consista, les premiers mois, dans une espèce d'opposition bravache à Che K'ofa. Puis, il s'en lassa. Il s'abstint de paraître aux conseils. Il annula des cérémonies publiques ou bien il envoyait à sa place des émissaires qui le déshonoraient. Il se renferma dans son palais pour jouir au moins des privilèges de son titre. Il passa l'hiver à choisir des épouses et des concubines, faisant venir, pour les examiner, des vierges de toutes les provinces, dont il avait entendu louer la beauté. Il passait ses nuits entre les eunuques qui le servaient et des comédiens. Pour la rénovation de ses appartements et les cérémonies de son mariage, qu'il désirait fastueuses, il engagea des sommes qui conduisaient nos finances à la banqueroute. Nankin murmurait. Exaspéré par les invectives de Che K'ofa, Hongkouang refusa les concessions que ses ministres le priaient d'accorder à l'opinion publique.

Des rumeurs hostiles commencèrent à circuler. On racontait que, peu après le couronnement de l'Empereur, le Prince héritier était parvenu à Nankin et qu'il avait réclamé à Hongkouang de lui restituer le trône qui lui revenait. Enflammé de colère, celui-ci l'avait, disait-on, fait jeter dans une prison secrète. Au printemps, un moine parut à la Cour. Il prétendit être l'Empereur

Tch'ongtchen. Son discours était un tissu de folies. Il fut exécuté. Une fois cet insensé disparu, le peuple commença à parler d'assassinat. Enfin, alors que le Prince héritier avait été déclaré mort et qu'on lui avait officiellement rendu les derniers honneurs, un jeune homme se présenta et revendiqua d'être cet absent qu'on avait tant attendu. Pour éviter d'échauffer les esprits, nous fîmes venir le garçon à la Cour. Certains officiers trouvaient qu'il ressemblait en effet à l'absent. On l'interrogea. Ses réponses ne permirent pas de savoir si c'était un imposteur habile, un membre quelconque de la famille impériale ou le Prince lui-même, auquel la fuite aurait pour partie troublé l'esprit. L'affaire resta sans résolution, affaiblissant davantage notre position.

*

Je travaillais entre cinq secrétaires dans une très petite pièce lambrissée. Toute la journée, je m'efforçais de ne pas douter. La nuit, je rêvais. Quand je cessais de rêver, je prenais des pilules que je me faisais apporter en cachette et qui brisaient l'absence de rêves autant que les doutes et le désir, le chagrin fou qui ne voulait pas refluer, la femme que je suppliais de me visiter et qui ne me visitait pas.

*

Une année était passée depuis la chute de Pékin.

Li Tseutch'eng, réfugié au Changangsi, défiait toujours Wou Sankouei. Tchang Sientchong, occupé à se dévorer lui-même, ne faisait pas obstacle aux Mandchous. Dorgon décida de s'emparer du sud du pays.

Il chargea son frère puîné, Dodo, de mener campagne pour lui. Bien des villes lui cédèrent sans engager le combat, lassées par des années de pauvreté et de conflits. Quelques-unes étaient séduites par la perspective de réformes et l'idée d'un pouvoir fort qui permettrait l'avènement d'une paix durable. D'autres se rendaient par lâcheté ou par impuissance. Les Mandchous progressaient. Che K'ofa résolut de quitter Nankin pour gagner Yangtcheou. La ville, située au nord de Nankin, était très ancienne et puissante. Bâtie près du Grand Canal, elle lui devait en partie sa prospérité. Il y avait, à Yangtcheou, un lac célèbre, une multitude de bâtiments somptueux et des jardins réputés à travers tout l'Empire. La vie y était douce. L'ennemi convoitait ces richesses. Il convoitait plus encore l'accès au sud de la Chine, dont la cité constituait une étape essentielle. Les habitants de Yangtcheou, pleins d'orgueil, sûrs de leurs remparts, n'entendaient pas céder aux injonctions de l'envahisseur. L'affrontement était imminent. Che K'ofa avait résolu d'organiser la défense de la ville.

Nous parvînmes à Yangtcheou le treizième jour du quatrième mois. C'était le printemps.

*

Le lendemain, Che K'ofa fit fermer les portes de la ville : les hommes de Dodo arrivaient. On les rouvrit peu après, un moment, pour laisser entrer un dernier convoi de réfugiés. Ces gens étaient hâves, épouvantés. Quand ils s'apaisaient, leurs joues ruisselaient de larmes. Ils racontaient que des bataillons se déployaient à perte de vue et que les soldats mandchous massacraient tous les Chinois sur lesquels ils mettaient la main. Ils étaient en vie, parce qu'ils s'étaient cachés sous une trappe, pendant qu'on torturait un de leurs voisins ou de leurs parents. Ces souvenirs les taraudaient. Ils avaient honte et ils ne pouvaient rien corriger.

Che K'ofa les écouta, puis il les congédia. Pendant qu'ils sortaient, il prononça que nous étions perdus. Nous étions dans une salle au plafond étrangement bas. Un peu de soleil jouait sur les bords d'une coupe à ramages. Che K'ofa nous versa du vin. Il s'était tu. Il était paisible. Il s'interrogeait si son épouse le suivrait dans la mort. Il tenait moins à la vie qu'à cette fidélité d'une femme.

Il écrivit à Nankin.

Dodo déclencha l'offensive. Nous pûmes repousser ses assauts jusqu'au vingt-quatrième jour du mois. Nous avions des fusils. Nous abattions par milliers les soldats qu'il lançait contre nos murs. Dodo avait interdit à ses hommes qu'ils retirassent leurs cadavres. Chaque jour, en piétinant cette montagne de corps, ils s'approchaient davantage des remparts. Les douves avaient été comblées. La pestilence était terrible. On voyait des hommes vaciller au milieu de ces chairs rompues. Nos sentinelles durent se masquer le visage. Des hommes terrifiés refusèrent de prendre leur quart ou d'accomplir leurs rondes. Toute la nuit, le chuintement des organismes qui étaient entrés en décomposition se mêlait aux plaintes des blessés et des agonisants. Che K'ofa décida de tenter une sortie.

C'était le vingt-cinquième jour du mois. L'ennemi était partout. Nous ne pûmes pas entrebâiller seulement un vantail. Nous essayâmes trois poternes dérobées. Elles étaient surveillées. Des novices cédèrent à la panique. Ils voulurent quitter leurs uniformes. Che K'ofa entreprit de les raisonner. On vit des silhouettes se couler le long des créneaux. C'étaient des Mandchous.

On sonna l'alarme.

Mais, déjà, ils avaient investi la ville.

C'est la nuit et Lu Wei pleure.

J'avais vu des exécutions et des supplices. J'avais condamné des hommes à mourir.

J'avais porté T'an Mei en terre.

Quand les hommes de Dodo sont entrés dans Yangtcheou, les gens se sont barricadés chez eux. Ils n'ouvraient plus à personne, même à leurs proches qui étaient sortis un moment et rentraient épouvantés. Des hommes et des femmes tambourinaient à leur porte. Ils heurtaient aux fenêtres. Ils secouaient le plus petit panneau, la plus petite ouverture. Pas un volet ne s'ouvrait. On entendait parfois le cri d'une grand-mère qui pleurait qu'on admît son petit-fils, ou une épouse son mari, mais, à l'intérieur, on surveillait ces faibles. On ne leur permettait pas de tirer un verrou, d'écarter un vantail. Il n'y avait plus de fidélité ni de tendresse. On avait peur. La grand-mère et l'épouse ne reverraient pas tel qui leur était le sel et la joie. Ce matin, elles ne lui avaient peut-être pas dit tout l'amour qui était en elles. Quand dit-on l'amour qui est en soi ?

Les soldats, dans les rues, tourbillonnaient. Ils piétinaient tout. Leurs chevaux avaient du sang jusqu'aux jarrets.

J'ai eu peur.

J'ai eu peur à cause du bruit. J'ai eu peur à cause des souillures qui jaillissaient sur mon habit. J'ai eu peur, parce que je ne reconnaissais rien.

Les yeux des chevaux étaient fous.

J'ai essayé d'aider une femme dont un soudard prenait l'enfant. Le soudard, dans les bras de sa mère, a décapité l'enfant. La haine dans le regard de cette femme, pour toujours, est posée sur moi.

Che K'ofa a été capturé. On l'a mené à Dodo. Ce prince, encore une fois, lui proposa de le rejoindre. Che K'ofa refusa. Il a demandé une faveur : c'était la mort. On l'a conduit dans une geôle. Pendant trois jours, Dodo le fit chercher. Il l'invitait à le rallier. Che K'ofa refusait. On l'enfermait de nouveau. Le quatrième jour, Dodo se leva. Il prit le général au revers. Il hésita un instant, lâcha le manteau, tira son sabre et trancha la tête à son adversaire. Toute sa suite demeurait pétrifiée.

Il s'était mis à pleuvoir. Cette pluie cesserait, quand Yangtcheou n'existerait plus. Nous ne le savions pas. On ne sait rien.

Dodo, devant le corps de son ennemi, hurla. Il haïssait l'emprise sur lui de son frère Dorgon. Il haïssait la colère qui l'emportait ; il n'avait pas d'autre langage. Il accorda cinq jours à ses troupes pour en user comme bon leur semblerait dans Yangtcheou. Il leur livra la ville. Il dit qu'elles la missent à sac.

J'étais caché dans un cimetière. La terre était mauvaise et pleine de cailloux.

Les Mandchous se jetèrent à travers la ville comme un seul homme.

D'abord, ils voulurent des femmes. Les courtisanes de Yangtcheou se donnèrent à eux. C'étaient des femmes telles qu'ils n'avaient jamais rêvé qu'il en existât.

Elles avaient mis leurs beaux atours. Elles relevèrent leurs jupes sans cesser de les fixer. Leurs cuisses nues au grand jour, leurs pantalons de soie, leur impudicité enflammèrent des hommes qui pensaient que le désir est une chose dont on cherche à se défaire. Elles caressaient longtemps leurs verges dressées. Pendant un moment, on crut que des prostituées avaient vaincu l'ennemi.

Les bourgeois qui avaient payé leurs robes les vilipendaient.

Les Mandchous se lassèrent de vulves que des marchands avaient possédées.

Ils ont suspendu des petits enfants par les chevilles.

Ils enfonçaient les portes, pillaient l'or et l'argent. Ils voulaient toujours plus. Ils revenaient dans les maisons où on leur avait donné de trop bon gré. Ils découvraient les trésors qu'on avait cru leur dissimuler.

La pluie n'a pas cessé.

Ils faisaient déshabiller les femmes et ordonnaient qu'elles se couchassent en ligne, les jambes écartées, même les petites filles.

Jamais les hommes de ma nation ne pénètrent dans l'appartement d'une femme qui ne lui appartient pas. Les médecins même ne voient pas les organes de leurs patientes. Ils les auscultent à travers un drap qui les recouvre entièrement ou, pour les plus pudiques, par l'intermédiaire de poupées dans lesquelles elles plantent des épingles à l'endroit que le mal tient. Une servante transporte la poupée, dans un frottement d'étoffes et des claquements de sandales, de la pièce où gît la femme malade à celle où le médecin se trouve.

Le dénudement imposé par les Mandchous était pire que toutes les violences. L'obscénité de la position qu'ils contraignaient des épouses mûres et leurs filles à prendre devant leurs maris, leurs pères, leurs domestiques, était un outrage plus terrible que toutes les blessures du corps. Certaines femmes s'évanouissaient. On les giflait pour qu'elles revinssent à elles et les soldats se succédaient au-dessus d'elles aux yeux de tous.

Les plus jeunes et les plus fiers des garçons furent salis devant leurs pères.

En quelques heures, il erra dans Yangtcheou toutes sortes de déments et de démentes, les yeux brillants, couverts de plaies, qui les ignoraient, qui titubaient, qui ne savaient plus leur nom ni où ils avaient vécu.

Le martyre continua.

On se combattit entre Chinois pour un peu de riz au fond d'une marmite, pour un légume ou des fanes, car la nourriture s'était mise à manquer.

Les gens mouraient. Ils avaient faim. Ils avaient soif.

Ils se cachaient dans des citernes et dans des tombes.

Des incendies éclatèrent. Nul ne songeait à les éteindre. On était en pleine nuit. Il pleuvait. Le ciel brillait comme au coucher du soleil, l'été. Les oiseaux, que l'orage égarait et qui ne trouvaient plus de perchoir où se poser, épuisés, pris de folie, tournoyaient en poussant des cris déchirants. Beaucoup s'abattaient d'un coup. Ils tombaient de tout leur poids, comme des pierres que le ciel eût lancées contre l'humanité.

C'était tant de vanité au fond de nous finalement exhibée.

Les planètes, quand elles ont accompli leurs révolutions, ne sont-elles pas quittes de s'anéantir ? Les hommes sont voués à une recombinaison perpétuelle. De quels crimes les damnés de Yangtcheou s'étaient-ils rendus coupables ?

J'avais pitié.

Quand un convoi ennemi déboulait, les gens se jetaient dans les fèces et l'ordure. Ils feignaient la mort.

Il se peut que je sois né à Yangtcheou.

Le terre tremblait comme une cymbale, ébranlée par tant de gémissements, de lamentations et de soupirs de souffrance qui résonnaient partout.

J'avais recueilli un petit domestique. Il avait tenté de se pendre tout seul dans une grange. Le nœud autour de son cou avait mal coulissé. Je l'avais trouvé au bout de sa corde. Je me souviens, quand je le pris entre mes bras.

Je l'avais apaisé. Il passa toute une journée la tête posée sur mes cuisses, entièrement abandonné. C'était presque un enfant. Il y avait dans son visage un peu de l'innocence blessée de T'an Mei, telle que je pouvais m'en souvenir, lointaine et impérissable en ce cercle du monde que je hantais désormais.

Le petit rescapé ne bougeait pas. Je sentais seulement la tiédeur de sa joue contre ma jambe.

Les cadavres formaient des tas et les soldats tuaient encore.

Le cinquième jour du massacre passa. Dodo ne put rappeler ses hommes. Il n'avait plus prise sur eux. Il laissa les fauves se rassasier.

Ils éventraient les femmes enceintes.

Je n'ai pas fermé les yeux. Je voulais. Je ne le pouvais pas.

J'aurais souhaité que la pluie cessât, à cause de la boue, qui était pleine de sang, sur mes chevilles.

J'ai vu un adolescent qui tenait la tête de son père sous le bras.

Je passai les dernières heures du sac de Yangtcheou allongé dans des herbes vagues. Je pensais à des objets que j'avais possédés ou des paysages que j'avais contemplés. Il me semblait que je découvrais leur beauté. J'étais presque heureux. Je me rappelais les grains de bois d'un très vieux collier que Lu Tsing conservait et que j'avais l'habitude, enfant, de faire couler entre mes doigts. Je regrettais aussi une boîte en os couverte de sculptures archaïques, un éventail carmin que T'an Mei passait sur ses lèvres, quelques esquisses, une coupelle bleue, presque transparente, qui était posée sur ma table d'étudiant. Je rêvais ; on enfonçait à coups de hache les cloisons des maisons qui restaient debout. On éventrait les derniers parquets qui n'avaient pas été débités. Parfois, sous ces lattes, l'ennemi découvrait des enfants que leurs parents avaient emmurés.

C'était le deuxième jour de la cinquième lune. Le silence se fit soudain. Des soldats tombèrent d'épuisement au milieu de leurs victimes. Il avait cessé de pleuvoir. Yangtcheou fumait un peu.

Le sac de Yangtcheou a duré dix jours.

Dodo envoya des commissaires dans les rues et les avenues. Ils affichèrent des proclamations. Les autorités municipales étaient rétablies.

Les moines qui avaient survécu reçurent l'ordre de recenser les victimes. Ils devaient faire brûler les cadavres. Ils étaient, dans leurs temples profanés, eux-mêmes comme des spectres.

On trouva des corps jusque dans les gouttières et, des mois plus tard, dans des canalisations qu'ils obstruaient.

Il y aurait eu un peu moins de cent mille morts, mais des corps trop mutilés furent laissés de côté, de même que les personnes désespérées qui s'étaient tuées en se noyant dans leurs bassins ou dans des puits et celles qui avaient péri dans l'incendie de leurs maisons. On ne tint pas compte non plus des prisonniers que les Mandchous avaient fait et qu'ils déportèrent. Ce fut le cas notamment de femmes et de jeunes filles qu'ils avaient prises dans leurs campements. Lorsqu'ils délogèrent, Dodo les envoya au nord du pays. Ces territoires étant soumis, les soldats n'avaient pas le droit de frayer avec la population : ils manquaient de femmes. Certaines furent emmenées en Mandchourie et, parfois, en Mongolie, où leur beauté était une chose inconnue et merveilleuse. Après quelques années, elles étaient reconnaissables encore à la manière de nouer leurs cheveux, aux cicatrices qui leur couvraient le corps, aux peaux de bêtes où elles terraient leur effroi, conservant depuis Yangtcheou des yeux agrandis et des bouches muettes.

Dix jours arrêtèrent le temps.

Le soleil revint. Il était ardent. On découvrit des réserves de riz que Che K'ofa avait fait entreposer. Le ciel resplendissait et de la vapeur sortait des marmites. Des survivants apparaissaient. Ils sanglotaient. Des voisins, des oncles et des neveux se retrouvaient. S'ils se reconnaissaient, ils se prenaient les mains. Ils se dévisageaient. Ils ne se disaient rien.

Le temps était arrêté.

*

Un an plus tard, un marchand m'écrivit que les Mandchous ayant nommé un homme pour contrôler les greniers à sel de Yangtcheou, celui-ci trouva en arrivant près de la porte nord une montagne d'ossements qui n'avaient pas été inhumés.

L'homme était à la solde des Mandchous. Mais quand il vit ces ossements et les ruines devant lui, il fut incapable de poursuivre son chemin.

Les premières semaines de son mandat, il n'eut de cesse de donner une sépulture à ces vestiges où il avait vu rôder des chiens. La nuit, l'homme entendait leurs âmes désunies qui se lamentaient. Il désirait les apaiser. Il fit des offrandes aux temples, éleva des autels. Les voix de ces fantômes et leurs plaintes continuaient de le hanter. Il leur parla mais ils ne lui répondirent pas. Ils s'adressaient à d'autres ombres errantes. L'homme ne put retrouver aucune sérénité. Il supplia les mânes qui le tourmentaient. Il quitta son emploi. Se ruina. Au bout de plusieurs mois, comme le désespoir ne le quittait pas, il se suicida.

*

Lu Wei pleure.

Tout mourait et je ne mourais pas.

Je sortis de Yangtcheou. J'avais vu le démon. Il est plus rapide que les aigles du ciel. Il ne lâche pas sa proie. Il revenait dans tous mes rêves. Je ne dormais plus.

*

Il n'y avait pas un endroit où me réfugier, pas un ami ou un confident pour m'accueillir.

J'avais été dépouillé de toutes les notions de l'honneur ou de la noblesse que j'avais apprises à concevoir. Je voyais sans cesse devant mes yeux des ventres percés, des entrailles et de l'ordure. Je voyais, dans tous les hommes que je rencontrais, des héros défaits, des orateurs impuissants, des enfants qui se survivaient malgré eux et dans la désolation, êtres à demi achevés et destins foudroyés. J'étais rempli de compassion inutile. Sans cette compensation, je me fusse probablement mieux connu. J'aurais éprouvé de la colère, le désir de la revanche ou n'importe quel espoir de transformation. Mais je restais un homme faible qui oublie tout pour une image du bonheur remontant, soudain, en lui. Je restais un homme que la beauté émeut plus que la laideur, en laquelle il distingue un accident et pas le visage de la nécessité. Quelques notes d'un luth, au fond d'une arrière-cour, maladroites, cherchées par un doigt d'enfant ou celui d'une adolescente négligée, me faisaient pleurer. Je ne pouvais pas croire que ces prodiges, même avortés, piétinés, fussent des chimères. Je niais tout et je décriais le monde. Je ne voulais plus voir un homme, un visage d'homme. Je ne voulais plus respirer leur sale odeur. Je les réduisais, dans mon esprit, à des aisselles qui puent, à des grimaces et des reniements. Toutes les nuits, dans leur secret si magnifique, dans ce murmure pourpre et merveilleux que connaissent ceux qui n'ont pas de respect ni de goût pour le sommeil, je rendais grâce, toujours, au même vertige, à la même illumination, à la même femme et la vertu qu'elle avait voulu qui s'incarnât.

Mon épouse que j'ai tuée, vous ne m'aviez pas abandonné, vous. Vous étiez tout ce que je conservais de vie. Vous étiez ma réconciliation avec le monde. Comme ces chants qu'on fredonne honteusement, du bout des lèvres ou du profond de la gorge, pour leur tremblement, de la même manière que, seul et dans le silence, on laisse parfois sa voix retentir, je n'aurais pas su vous renier.

Je ne savais pas quoi faire de moi. Je ne savais pas où aller. Je désespérais de vous rejoindre un jour, un autre siècle, au-dessus de la colline sur laquelle mon regard, à l'aube, était arrêté, mais vous ne vouliez pas que je ne fusse que le désespoir en moi. J'ai survécu votre nom caché en moi, que je répétais sans cesse, le rébus, l'énigme que nous dissimulons et qui, néanmoins, est l'unique lueur dans les ténèbres.

*

J'avais trouvé une grotte, dans un bois, face à un étang noir comme une pierre, très silencieux. J'y attendais la fin de mes convulsions. Je ne pouvais plus respirer que devant des merles et des renards, devant des loutres, des araignées.

*

Rien n'était fini. Il y a des récits qui ne s'éludent pas. Ce que j'aurais souhaité ignorer m'entraînait, car j'étais bien au-delà de moi-même : j'étais, avec mes membres gourds et mon chagrin, la chute de toutes choses et un royaume qui va mourir.

Les événements seuls nous dépouillent, pas les résolutions qu'on prend.

J'étais dans une grotte, dans un bois, face à un étang noir comme une pierre.

Nankin tomba.

*

Deux semaines ne s'étaient pas écoulées depuis qu'à Yangtcheou on avait déposé les armes. Les Mandchous avaient massé leurs forces sur le fleuve Bleu.

Ni l'Empereur Hongkouang ni aucun de ses ministres n'avaient la moindre idée de la conduite à tenir. Che K'ofa leur manquait. Certains dignitaires s'enfuirent. D'autres trahirent. C'était le cinquième mois de l'année. Le matin du onzième jour, il apparut que le Fils du Ciel avait quitté la ville. Il était parti au milieu de la nuit, accompagné de plusieurs de ses eunuques et d'un millier de cavaliers. Nul n'avait été averti. Le reste de la

Cour s'en alla aussitôt que la nouvelle se répandit. Les gens de Nankin, incrédules, se précipitèrent au Palais. Il était presque vide. La colère s'empara de la foule. Elle renversa les officiers qui voulurent l'empêcher d'entrer. Elle défilait dans les pièces d'apparat. Il ne s'y trouvait que des vases précieux, des statues, des guéridons, des meubles couverts d'or.

Le quinzième jour du mois, Dodo fut devant Nankin. Il n'y eut pas de combat. Tout ce qui demeurait en ville de magistrats et de mandarins forma cortège et vint déclarer sa soumission au prince mandchou. Il pleuvait à verse. Dodo, longtemps, fit attendre la délégation. Elle était dehors, tête nue. Dodo, par une lucarne découpée dans la paroi de sa tente, épiait les habits trempés, les visages déconfits. Tant de disgrâce le réjouissait.

Il entra dans Nankin la semaine suivante. La procession passa par la porte sud de la ville, puis elle se rendit au Palais impérial, où Dodo installa ses quartiers. Vingt-huit personnes se suicidèrent. Elles ne s'étaient pas concertées. On retrouva leurs corps dans différents bâtiments. Le général vainqueur fit publiquement décrier les noms de ces morts, quand, humbles valets ou porteurs d'eau, ils n'étaient pas trop modestes pour attirer autre chose que le silence.

Hongkouang, lorsqu'il avait quitté Nankin, comptait gagner Hangtcheou, qui est située plus au sud sur le Grand Canal. Il fut capturé à peu près au moment où Dodo s'établissait dans la ville : il n'avait pas parcouru la moitié du chemin qu'il voulait. Dodo donna l'ordre qu'on le ramenât dans la ville qu'il avait fuie. D'anciens sujets, soudoyés par les Mandchous ou simplement remplis d'amertume, venaient huer son convoi. Quelques-uns lancèrent des légumes avariés sur le passage de l'Empereur. Son escorte ne bronchait pas.

Dodo feignit la magnanimité. Il réserva au monarque un logement au Palais. Il le conviait à ses banquets. Mais il le faisait asseoir à côté de cet homme qui prétendait être le Prince héritier et il ne lui avait pas fait donner de nouveaux habits. Hongkouang portait toujours la tunique qu'il avait mise pour quitter Nankin. Aucune infamie ne semblait le toucher, néanmoins. Il gardait un visage impassible. Il cultivait une politesse qu'on ne lui avait pas toujours connue. Peut-être les mépris de Dodo apaisaient-il en lui la haine qu'on a pour soi.

À l'automne, son rival et lui furent envoyés à Pékin. Nul, jamais, ne sut ce qui leur advint après que leur escorte fut devenue invisible.

*

Dodo à son tour promulgua l'ordre que tous les individus de sexe mâle devaient se raser la tête et porter la natte selon l'usage mandchou. Il fallait aussi impérativement revêtir le costume de la dynastie qui régnait désormais sur la Chine. Ceux qui n'obéiraient pas seraient exécutés. C'était le vingt-huitième jour du sixième mois. On se rebella derechef.

Ces insurrections se produisaient de façon imprévisible et solitaire. Elles étaient souvent généreuses, parfois commandées par de vieilles rancunes locales. Elles étaient condamnées dès le premier instant.

Les Mandchous écrasèrent Kiating. Ils durent prendre la ville trois fois. La troisième fois, il ne resta pas une âme pour capituler. Ils avaient tué jusqu'aux nourrissons dans leurs berceaux et aux chiens.

Ils anéantirent Kiangyin. Ses habitants avaient résisté deux mois. Les troupes de Dodo semèrent la dévastation pendant deux jours. Cinquante-trois personnes survécurent. Ce sont elles qui, quelques jours plus tard, gagnant un bourg voisin, révélèrent, hébétées, que Kiangyin n'existait plus.

C'était un tourbillon de sang et de larmes, sans fin, sans réparation.

*

Le même mois où Kiating et Kiangyin tombèrent, Li Tseutch'eng disparut.

Il avait échappé à tous ses poursuivants depuis un an. Il avait gagné le Houpei. On suivit un peu sa trace. Puis il n'apparut plus nulle part.

La rumeur courut qu'il avait été tué par les habitants d'un village où il s'était réfugié, parce qu'ils ne lui pardonnaient pas d'avoir causé la ruine de la Chine. Les Mandchous répandirent quant à eux le bruit qu'il avait été assassiné par ses propres mercenaires. Mais beaucoup, qui avaient eu foi en lui, ne pouvant admettre l'idée qu'il fût mort et que le rêve qu'il avait fait naître était entièrement dissipé, ne laissant devant eux que l'esclavage et la soumission à un peuple barbare, chuchotèrent qu'il avait pris la robe des moines. Ils racontaient qu'il s'était retiré dans un ermitage, qu'il se consacrait à la repentance et à la méditation, que rien n'était mort de la passion et de la justice qu'il avait promises. Li Tseutch'eng se purifiait. Il reviendrait.

Nombre d'officiers et de soldats qui avaient combattu pour lui rejoignirent nos rangs. Les ennemis de naguère s'allièrent par haine des Mandchous. Anciens rebelles et partisans des Ming luttaient désormais pour la survie d'un Empire qui n'était plus un souverain ni des provinces avec leurs gouverneurs, leurs prisons et leurs résidences. On ne luttait plus pour des uniformes, des grades ou des récompenses. Nous combattions pour le geste par lequel nous déliions nos chignons, la nuit, et la main que les femmes portaient alors à nos nuques. Pour la fidélité à des tombes.

*

J'étais sorti de ma grotte. L'étang aux eaux noires était dans mon cœur.

Je marchais dans un immense cortège de fuyards. Hangtcheou, à son tour, avait été prise.

Au milieu des villages en ruine, tandis que je voyais des hommes qui commençaient à porter la natte et à se ranger à la cause du petit Chouentche, je m'interrogeais pourquoi j'avais cessé d'être un homme épris de contemplation et de paix. Qu'étaient-ce que la langue que nous parlions, les signes que nous tracions, nos livres et nos usages, pour qu'ils valussent plus que la paix dont j'étais tant épris ? Pour qu'ils valussent tout, soudain ? En quoi épousent-ils les contours de montagnes, de champs, de fleuves, qu'on n'a jamais vus et dont la possession semble d'un coup une nécessité ? Est-ce que l'ondulation d'une colline ajoute à l'intensité d'un battement de nos cœurs ? Donne-t-elle une intonation à l'amour ? Fait-elle d'un vocable une parole ? Les hommes qui ne sont rien et qui n'ont de vocation qu'au vide, sont-ils, dans le champ éphémère des jours de leur vie, un peu de terre et de discours entremêlés ? Il n'y avait que le sentiment de la fidélité qui m'éperonnât, cette fidélité jurée à une femme que j'avais trahie et qui s'étendait en fait à l'univers dans lequel elle avait vécu. Je devinais, dans les créatures inconnues et taciturnes au milieu desquelles je dormais, des nouements aussi étranges et invincibles. Nous ne nous parlions pas. Nous portions le regret et l'absence dans nos yeux, sur nos fronts.

*

Je me rendais, toujours plus au sud, à Foutcheou. Je me sentais, sur cette route, à la fin de cet été, si las que j'étais un homme sans ombre.

J'avais connu l'or taché de sang et la cendre. Je n'avais pas encore fait mon repas de la poussière, du vain illimité, du silence en soi, du tambourinement amer contre nous-mêmes, quand tout s'est dérobé.

Pendant des mois, la voix se tait.

M. de La Tour a presque oublié les nuits où elle retentissait. Un après-midi, au cœur de l'hiver, le soleil étant à pic, comme il n'y avait presque pas une ombre, il a raconté à Lu Wei le château d'Île-de-France, la femme adorée et sa perte.

Il a prononcé le nom de cette femme et il a tremblé au-dessus de l'eau.

M. de La Tour a laissé le son se dissoudre, la passion et le silence s'épousant.

Il a dit la clameur de Dieu en lui, l'impossibilité d'oublier néanmoins, le choix et l'abandon atroces que Dieu exige, voulant qu'on ait de toutes les personnes un égal oubli, qu'on n'aime pas plus une créature humaine qu'une autre, surtout celles qui, en nous, sont la chair et le sang. Cette femme était ma chair et mon sang. Elle était plus qu'aucun parent ; elle était mon souffle. Elle était l'unique raison qu'homme fait je me suis jamais trouvée de vivre. Je n'avais de tendresse que pour elle. J'ai consenti aux volontés de mon Dieu. À genoux, je L'ai prié de seconder le consentement que je Lui donnais. Aujourd'hui, si loin de cette femme, si loin de tout, je n'ai rien oublié et mon consentement est vain.

Je ne sais pas si elle vit encore. J'ai fui. J'ai trouvé la paix ou, du moins, la régularité des jours. Je ne souffre plus comme les bêtes souffrent. Je ne suis plus un homme broyé, écrasé. Je me tiens sous ce soleil d'une nation qui n'est pas la mienne et je suis touché par sa douleur, par cette brise qui passe sur mon visage, par le souvenir de ces villes que je n'ai pas vues.

Une voix qui me racontait une autre nuit que la mienne a scandé mes jours et mes nuits propres.

Je pense au goût acide et doux de la rhubarbe, dont je n'ai pas mangé depuis tant d'années, aux figues, derrière les murs de pierres sèches et moussues d'un jardin d'antan. J'attends le terme d'un récit de la nuit que je ne suis pas sûr d'entendre. Je parle à un homme comme j'ai rarement fait. Mais l'oubli de cette femme n'est pas tombé en moi. Je pourrais la désirer avec la même passion qu'autrefois, qu'elle soit morte, réduite en poudre, vieille, maigre et fragile, et même si elle me repoussait avec du mépris ou de l'indifférence. Nous pouvons nous donner à tout, et je me suis donné au plus terrible des Dieux, nous pouvons prononcer tous les mots de l'éloignement et du reniement, faire tous les gestes du dégagement, l'évidence ne tremble pas. Il n'y a que cette femme que j'ai fait vœu de ne jamais revoir, dont j'ai détourné mon cœur et mon visage. Je l'ai sacrifiée à ma lâcheté : l'ordre, le devoir, le soin des autres, dont je me suis rabâché la puissance, n'étant que des chimères. Je l'ai sacrifiée à une honte qui n'était pas celle de l'époux trompé ni de la liberté reniée. C'était la honte du besoin qui me rongeait, la honte d'avoir si longtemps erré, la honte de dire le manque et la nudité. Il était plus facile de m'agenouiller devant les images de mon Dieu mourant, de frapper ma face à cause du supplice de son agonie que de m'agenouiller devant celle sans qui je n'aurais su vivre, de m'accommoder de cette impossibilité et des obstacles du monde et de la vanité entre nous.

Je ne suis plus à genoux. Je suis assis sur un ponton devant de l'eau devant une forêt devant une montagne. Du soleil ruisselle sur moi. J'ai joint mes mains comme vous joignez les vôtres, vous qui êtes à côté de moi ; elles paraissent soutenir nos cœurs. Vous savez désormais les syllabes qui me déchirent et vous pouvez entendre, quand je m'adresse à mon Dieu. Seigneur, il est temps de Vous faire remise de cet amour fou. Ce sera mon expiation. Je puis Vous l'abandonner maintenant que je sais que c'est la chair et le sang que je m'arracherai, maintenant que ce ne sera ni allègement ni réconfort ni retour à aucune paix, mais pur sacrifice auquel je me résous par chagrin de mes péchés et désespoir de l'orgueil. Seigneur, j'ai péché en n'aimant pas assez la créature que Vous m'avez destinée, en errant loin de Vos voies, en fuyant l'abaissement que Vous désiriez pour moi. Seigneur, prenez-moi aujourd'hui dans le déchirement absolu, pour mes os qui brisent et mes clameurs dans le silence, pour le rachat de cet amour auquel je n'ai pas consenti et que j'ai humilié, tant j'étais égaré.

J'ai peur du démon. Il est dans toutes les pièces de ma maison. Accordez-moi d'être une maison que Vous lui disputiez. Je ne suis pas digne de Vous, mon Dieu, mais si Vous dites une parole, je serai guéri. Je sais maintenant comment Votre puissance plie toute la terre et tous les cœurs.

La voix revient une dernière fois après la nouvelle année. Il gèle. Le lac est une pierre dure et phosphorescente. M. de La Tour est malade. Lorsque les premiers mots frappent son oreille, il pense qu'à la fin du récit il mourra. Mais les récits n'ont pas de fin et la mort aucun pouvoir face à un destin inachevé.

Un nouvel Empereur avait été désigné pour la troisième fois. Il n'y avait pas beaucoup plus d'un an que Tch'ongtchen était mort. Depuis sa chute et la décomposition du monde sur lequel il régnait, le temps, comme un fleuve dévoyé, semblait pris de folie. Nous nous dressions contre les événements. Nous étions pareils aux coques de noix que les enfants font emporter aux ruisseaux. Nous tourbillonnions pour des dérives et des échouages. Nous en appelions aux dieux, aux traditions et aux siècles qui les ont établies. Nos discours se perdaient dans le silence ; nous n'en mesurions pas l'étendue ni combien, déjà, il était irréversible.

Nous avions perdu. Nous étions des fantômes. Quelques-uns seraient encore quelques années des poètes, des témoins, des calligraphes et des peintres, des solitaires et des musiciens rares : c'est-à-dire des ombres.

Pendant quinze ans, nous nous flattâmes que nous renversions le cours des choses qui nous avaient renversés. J'ai pitié de nos petites silhouettes souffrantes qui, dans le passé, s'agitent toujours.

*

À Foutcheou, j'allai rejoindre l'Empereur. On avait élu, sous le nom de Longwou, un prince d'une trempe exceptionnelle. Je ne sais pas si je crus qu'il nous sauverait. Je l'ai admiré.

La proclamation avait eu lieu le vingt-sixième jour du sixième mois qu'on dut intercaler cette année. L'Empereur avait quarante-trois ans. Il était issu d'une branche cadette de la famille impériale qui avait son fief dans le Honan. Les princes qui ne sont pas appelés à régner sont écartés de Pékin à l'âge adulte. On leur donne des terres où ils s'enfoncent dans l'ennui et la débauche. De crainte qu'ils ne contractent le goût du pouvoir, ils n'ont pas le droit d'exercer la moindre charge. Il est fréquent qu'on néglige leur éducation au point qu'ils frôlent l'imbécillité. Mais Longwou avait grandi en prison et il s'était délivré par l'étude.

Son grand-père s'étant persuadé que son fils complotait contre lui, il l'avait fait conduire, avec femmes et enfants, dans une forteresse dont il ne devrait plus sortir. Longwou avait trois ans. Il passa vingt-cinq ans entre ces murs.

Il ne sombra pas dans la folie ou l'aigreur, parce qu'il s'était passionné pour les livres et l'histoire : elle lui ouvrait le monde. Il lut les traités des philosophes. Il médita. Sa naissance, sa captivité le portaient à des réflexions dépourvues de complaisance. Il considérait les lois qui le condamnaient à l'indolence, l'absence de justice qui règne jusqu'entre des parents aussi proches que le sont un père et ses fils. La décadence de l'Empire, depuis sa cellule, lui apparaissait sans détour. Il était grave. Ses intentions étaient très pures : Longwou, dans sa prison, ne convoitait rien. Il désirait, plus encore qu'une liberté qu'il n'avait jamais connue, la dignité dont la privation de tout droit lui faisait amèrement sentir la valeur. Sans l'ardeur qu'il mettait à remplir ses devoirs, c'eût été un mélancolique. Certains de ses regards, quand je le connus, qui se perdaient au-dessus des hommes avec lesquels il se trouvait, le trahissaient, mais il avait banni de soi le sentiment de la vanité des choses, de même que le ressentiment ou toute espèce d'intérêt pour les offenses. C'étaient des émotions qu'il ne s'autorisait pas. Longwou voulait être utile. Il voulait se maîtriser et dominer le sort.

Lorsqu'il était sorti de prison, il avait vingt-huit ans. Le Honan était la proie de bandes de rebelles et les Mandchous exerçaient une menace permanente sur les frontières. Le Prince constitua un corps d'armée. Il allait contre tous les usages. Longwou méprisa les avertissements qu'on lui donnait. Pendant cinq ans, il agit à sa guise. La sixième année, comme ses succès devenaient trop marquants, il fut arrêté et conduit au pénitencier de Fongyang, où étaient enfermés les membres de la famille impériale qui manquaient à leur réserve et ceux qui commettaient des crimes trop voyants pour rester impunis.

Il racontait parfois cette histoire. Il se pénétrait des avertissements qu'elle contenait. L'Empereur me décrivait le damné qu'il avait été. Il tirait de cette évocation une étrange incitation à la constance.

Longwou passa neuf ans à Fongyang. On l'y soumit aux traitements les plus rudes. Il dut son salut à son épouse. Cette femme ne l'avait pas abandonné un instant. Elle le soignait et l'exhortait à l'endurance. Elle le réconfortait. Lorsque le Prince était sur le point de succomber, elle sollicitait tous les juges auxquels elle pouvait s'adresser. Elle ne regardait pas aux humiliations ni à la fatigue ni à la solitude qu'elle éprouvait dans leurs antichambres. Elle émouvait les geôliers qui pouvaient adoucir le sort de son époux en caressant leurs enfants et en flattant leurs femmes. Longwou fut libéré des mois après la chute de Pékin. Il se rendit à Nankin, puis, quand la ville fut tombée, à Hangtcheou. Il ne soupçonnait pas qu'il serait le prochain maître de la Chine.

Son élection à la tête de l'Empire eût égaré tout autre que lui. Longwou n'en tira aucune ivresse. Les épreuves l'avaient durci. Sa résistance était faite de fidélité à soi. Elle était entée sur le souci de ne pas se manquer et de mettre une continuité inébranlable entre ses pensées et ses actions. Longwou reporta ces principes sur son nouvel état. Il n'envisagea pas qu'une revanche lui était offerte. Il était trop averti des périls que courait la dynastie et dans quel crépuscule on avait sombré. Il ne vit que ses devoirs. Il s'y consacra passionnément. Je le secondai autant que je pus.

*

Longwou avait des habitudes d'ascétisme trop anciennes pour être rompues. Elles me séduisirent sans doute. Il n'avait aucun goût pour la magnificence. Il dédaignait les parures qu'on lui proposait et réclamait des vêtements simples qui faisaient maugréer le maître de sa garde-robe. Il refusait aussi qu'on lui servît autre chose qu'une nourriture commune. Il était indifférent à la vaisselle qu'on utilisait pour le servir. Il avait réduit tout cérémonial à l'indispensable. Il coupait la parole à ses conseillers qui lui recommandaient plus de faste.

Longwou ne voulut pas d'appartements somptueux à son usage. Il insista pour avoir une domesticité réduite.

Il n'acceptait aucun présent, sinon des livres : ils étaient sa passion. Son bagage, en campagne, se réduisait souvent aux coffres dans lesquels il transportait plus d'un millier de volumes. Pour les femmes, il avait affiché qu'il ne prendrait pas d'autre épouse que celle qui l'avait assisté dans l'épreuve. Longwou consultait fréquemment l'Impératrice. Elle était aussi cultivée que sage et avisée. Leur amour était une eau paisible. Longwou n'avait pas d'héritier. Il ne voulut pas de concubine. Il fixa que son frère cadet lui succéderait.

Finalement, il sollicita qu'on ne l'importunât plus avec des affaires domestiques. Il gouverna.

*

J'avais refusé de recevoir un poste officiel, mais je participais à tous les conseils de l'Empereur. Souvent, je m'entretenais avec lui en particulier, quand, le soir, il se retirait chez l'Impératrice. Longwou avait nommé trente Grands Secrétaires, mais, impatient de réformer, il les consultait peu. Il rédigeait lui-même ses édits et, le plus souvent, il délibérait seul. Il s'aliéna ses ministres, dépossédés de leurs prérogatives. Ils lui supposèrent un mépris qu'il n'éprouvait pas. On le jugea également d'une sévérité peu humaine. Il avait fait exécuter des serviteurs fidèles, parce qu'ils étaient corrompus : la corruption était peut-être la moindre des faiblesses qui fussent alors. Je lui rapportai plusieurs fois des récriminations, dont j'avais été le témoin. Je ne sus pas le convaincre d'y prêter attention. Longwou me démontrait aisément qu'il avait raison. Par ailleurs, notre attention était accaparée par la rivalité qui l'opposait au Prince de Lou.

Lorsque Longwou avait reçu la charge de l'Empire,

d'autres partisans de la dynastie Ming, ignorant qu'il avait été désigné, fixèrent leur choix sur le Prince de Lou, Tchou Yihai. Ils le nommèrent Régent au cours du sixième mois et, quelques semaines plus tard, procédèrent à son couronnement. Le Prince de Lou était affable et courtois. De santé fragile, il souffrait de crises d'asthme qui l'exténuaient, mais il puisait dans ces épreuves un courage paisible et une sûre détermination. Ses ministres lui savaient gré de l'autorité qu'il leur accordait. Sans qualité marquante, il faisait preuve d'une dignité qui lui valait le ferme soutien de son entourage. Lorsque sa Cour apprit qu'il avait un rival, nul ne souhaita l'abandonner. Quant à Longwou, un peu plus âgé, installé à la tête de l'Empire avec une légère antériorité, il n'envisagea pas un instant de céder le pouvoir à ce neveu. Il lui proposa de se rallier à lui. Le Prince de Lou refusa. Les deux camps furent incapables de s'entendre.

*

Longwou avait résolu dès l'automne de quitter Foutcheou. La position était faible. Les nouvelles parvenaient mal dans cette ville enclavée par plusieurs chaînes de montagnes et il était très difficile d'y veiller à l'exécution des ordres que nous donnions. Organiser des mouvements de troupes était à peu près impossible. Nous ne pûmes, cependant, nous mettre en marche avant la nouvelle année : les tractations avec le Prince de Lou, la présence de soldats mandchous dans la province, une série d'insurrections locales nous retinrent successivement. Ce délai nous inquiétait. Il devait nous être fatal.

Nous allâmes au sud-ouest, dans le district de

Nanp'ing. Longwou espérait y reprendre l'avantage avec l'appui de Tcheng Tchelong. Cet homme est célèbre même dans vos nations, qui l'appellent, je crois, Nicolas Iquon. Il était né dans une famille de pêcheurs. Sans instruction ni appui, il était devenu marchand. Habile meneur d'hommes, il rançonna bientôt tout le commerce entre le continent et les îles du Japon. Il eut à ses ordres une véritable flotte. Les amiraux de l'Empereur Tch'ongtchen, impuissants contre les pirates qui infestaient les côtes et ravageaient les provinces où ils abordaient, avaient alors décidé de s'allier Tcheng Tchelong. On lui accorda une complète impunité en échange de la promesse qu'il pacifierait les eaux territoriales et qu'il n'agresserait pas les forces impériales. Tcheng Tchelong accepta le marché. Il fut nommé commandant. Plus tard, on lui décerna le titre de comte. Longwou avait su le gagner à sa cause. Il l'avait fait marquis et ministre. Le pouvoir de l'homme était tel que l'Empereur adopta symboliquement son fils. Cet enfant portait le nom de Tcheng Tch'engkong. On l'appela le Seigneur au Nom Royal, ou Kouo Hing Ye, ce que les vôtres transcrivent en Coxinga.

Ces flatteries plaisaient à Tcheng Tchelong. Elles ne l'abusaient pas. Il savait que les grandeurs qu'on lui octroyait étaient intéressées et qu'elles reflétaient la faiblesse de ses commanditaires. Il constatait aussi que, sur terre, nous ne cessions pas de reculer devant les Mandchous. Quand, au printemps, Longwou sollicita son aide, Tcheng Tchelong comprit qu'il serait entraîné dans des opérations qui excédaient ses capacités. Il se rendit à l'embouchure de la rivière Min, où il entretenait un arsenal à la disposition de l'Empereur. Il le fit exploser. Nous n'avions pas prévu cette dérobade. Elle jeta le désarroi à la Cour.

Il y avait deux ans que Pékin était tombée. On apprit que les Mandchous étaient repartis en campagne. Ils venaient de prendre Hangtcheou. Ils dirigeaient désormais leurs forces contre le Prince de Lou. Celui-ci était installé à Chaohing. Il aurait pu y mener une existence agréable à l'ombre de ses vieilles maisons couvertes de tuiles, parmi ses canaux, ses petits ponts et leurs sampans à cabine noire. Il aurait pu y boire en paix le vin jaune qu'on fabrique sur ses collines. Mais, négligeant ces douceurs, il s'était appliqué à vivre au milieu de ses soldats, talonnant l'ennemi. Chaohing succomba au cours du sixième mois. Le Prince de Lou parvint à faire embarquer sa famille et tenta de poursuivre le combat. Quelques semaines plus tard, il renonça. Il avait manqué être capturé plusieurs fois. Nous n'avions pu lui faire parvenir aucun secours. Ses forces étaient dérisoires. Le Prince partit rejoindre les siens. Les Mandchous ne donnèrent même pas l'ordre de rattraper un prétendant dont l'impuissance était si criante.

Cette chute dévoilait au grand jour notre propre faiblesse. On accusa Longwou d'avoir secondé la défaite de son parent, dont l'héroïsme fut exalté par contrecoup. On prêtait à Longwou une irrésolution qu'il n'avait pas. Je le défendais, mais la Cour se débandait.

Je me souviens d'une dernière séance du conseil. C'était le vingt-cinquième jour du septième mois et la seconde année du règne de l'Empereur. L'après-midi tirait à sa fin. Il faisait chaud. Une lumière dorée passait à travers les fenêtres ouvertes. Longwou, après les préambules ordinaires, tira deux cents lettres d'un coffre posé devant lui. Il les éparpilla sur la table. Elles avaient toutes été écrites par ses ministres ou des membres de son entourage immédiat. Interceptées par sa police, elles témoignaient qu'il n'était pas un d'entre eux qui ne tentât de nouer des intelligences avec l'ennemi. Longwou ne laissa pas le silence s'installer. Il repoussa les documents. Il dit qu'il refusait de les lire. Il se moquait d'apprendre qui se préparait à l'abandonner. Le contenu de ces lettres ne l'intéressait pas. Il n'avait qu'un désir, continua-t-il, qui n'avait jamais changé : que les courages se bandent, qu'on lutte contre l'envahisseur. Il exhorta les hommes qui le fixaient silencieusement à se reprendre. Pouvaient-ils rien espérer des Mandchous ? Aurait-on de la considération pour des traîtres et des parjures ? Longwou commanda qu'on lui amenât un brasero. Il y jeta les lettres par liasses. Quand elles furent toutes consommées, il leva l'audience. La magnanimité était tout ce qui lui demeurait en fait d'argument.

*

Nous abandonnâmes Nanping le vingt et unième jour du huitième mois. Quoique ce fût le début de l'automne, on suffoquait. Les bêtes avançaient péniblement. Les femmes, recluses dans leurs palanquins, avaient du mal à respirer. L'ennemi avait encore progressé. Il n'était plus possible de surseoir. On faisait route depuis deux jours, quand un émissaire, pendant une halte, révéla que les troupes mandchoues n'étaient qu'à quelques heures de marche du convoi.

La panique s'empara de nos rangs. Certains furent d'avis de se disperser et, rompant l'ordre de marche, s'enfuirent par petits groupes. Les autres résolurent de rester près de l'Empereur. Nous galopâmes vers le sud. Nous parlions peu. Les nuits étaient brèves, inquiètes, taraudées de moustiques. À cause de la pénurie d'hommes, pour soulager la garde, chacun prenait son tour de veille. On ne distinguait plus entre les conditions. À la lueur du feu, je reconnaissais à peine les traits de mes compagnons, accablés par la fatigue et la crainte.

Le vingt-huitième jour du mois, nous étions à Tch'ang-t'ing, au Foukien, lorsque surgit un escadron ennemi. Nous ne l'avions pas vu venir. J'échappai à l'embuscade avec six autres hommes. Nous avions gagné une petite éminence. L'Empereur et l'Impératrice n'avaient pas pu s'enfuir. Des soldats entouraient Longwou. Ils le tirèrent un peu à l'écart. Soudain, des lames brillèrent et nous vîmes son corps qui s'affaissait. La scène s'était déroulée si rapidement et il y avait si peu d'apparence que des subalternes tueraient l'Empereur sur le bord d'un chemin, que nous demeurâmes un moment incrédules. Nous avions démonté pour conférer entre nous. Nous tenions nos armes à la main. Nous restions saisis. Nous entendîmes les pleurs de l'Impératrice et de ses femmes. Un soldat mit la tête de Longwou dans un sac de toile qu'il accrocha au pommeau de sa selle. Le tissu n'était pas épais. Le poitrail du cheval, lentement, se couvrait de sang. Je me souvenais du jour où j'avais été présenté à Longwou. Il caressait un chiot. L'image de ce chiot, sur ses genoux, m'obsédait.

*

Les Mandchous atteignirent Foutcheou trois semaines plus tard. Ils entrèrent dans une ville quasi déserte. Tous les habitants avaient fui, emportant, quand ils en possédaient un, jusqu'à leur cercueil. Ils ne pensaient pas que grand-chose dût leur être plus utile.

Kantcheou tomba le quatrième jour du dixième mois.

Onze jours plus tard, Tcheng Tchelong fit allégeance aux Mandchous. La cérémonie eut lieu à Foutcheou. Le brigand reçut un poste de vice-roi. Son fils l'avait supplié, le visage ruisselant de larmes, de ne pas consentir à cette humiliation. Tcheng Tchelong n'avait rien écouté. Ses nouveaux maîtres l'entraînèrent à Pékin où ils le tinrent sous une étroite surveillance. Longtemps, j'ai espéré que, sous ses lambris, la honte lui déchirait le cœur et qu'il rongeait ses poings comme font les hommes désespérés. Puis son repentir me devint indifférent. Tout, alors, m'était devenu indifférent.

L'histoire se répéta. Dans la confusion, deux prétendants furent à nouveau presque simultanément déclarés Empereurs.

Quand Hongkouang était mort, nombreux avaient été ceux qui souhaitèrent qu'on désignât pour le remplacer Tchou Yeouhai, le fils aîné du Prince de Kouei. Ce dernier était le septième fils de l'Empereur Wanli. Il représentait, dans l'ordre de la succession, le prétendant le plus direct. Un an avant la prise de Pékin, comme la ville du Hounan où vivait cette branche de la famille impériale avait été conquise par des rebelles, le Prince et les siens avaient trouvé refuge à Woutcheou. Le couronnement de Longwou les y avait pris de court. Puis Tchou Yeouhai lui-même était mort. Mais, lorsque la nouvelle de l'assassinat de Longwou se répandit, ses anciens partisans pressèrent son cadet, Tchou Yeoulang, de faire valoir ses titres à l'Empire. Il était l'unique descendant de Wanli qui fût encore en vie.

*

Tchou Yeoulang ressemblait à son aïeul. Ce jeune homme de vingt-deux ans avait le même visage rond, un front protubérant, une barbe épaisse. Il ne manquait pas d'esprit, mais, devant lui, je ne songeais jamais qu'aux portraits de Wanli que j'avais vus. Il aimait la lecture et les classiques. Il aurait dû me toucher. Il ne m'émouvait pas. J'essayais d'ignorer la perte de Longwou. Je ne parvenais pas à éprouver de zèle pour ce garçon faible et anxieux. Il avait été emprisonné à la chute de l'Empire, puis il avait perdu son père et son frère. Ces épreuves avaient redoublé sa timidité naturelle. Lorsqu'il fut question de le couronner, la dernière épouse de son père, qui veillait sur lui, s'y opposa. Cette maîtresse femme nous remontrait qu'il était trop jeune, absolument dépourvu d'expérience et sans véritable soutien politique. Elle n'augurait que des malheurs de ce choix. Je m'employais à la convaincre qu'elle avait tort. Je partageais chacune de ses craintes.

Au moment de la chute de Kantcheou, le Prince se trouvait à Tchaots'ing, sur la rivière Hiu. La situation était désespérée. On força la main à sa protectrice pour qu'il reçût au moins le titre de Régent. Deux Grands Secrétaires furent nommés. On leur adjoignit quelques ministres et on distribua plusieurs commandements. La Cour du jeune Régent était si réduite que nombreux furent les insatisfaits. Nous étions sur le point de périr. La plupart des hommes ne songeaient encore qu'aux titres qu'ils pouvaient obtenir, à des distinctions et des honneurs qui ne valaient pas plus que les bulles d'eau qui s'élèvent au pied des cascades. Les plus âpres abandonnèrent le jeune Prince et ils allèrent trouver ce frère cadet que Longwou avait désigné pour lui succéder. Lui ayant vendu leur soutien, le vingt-neuvième jour du dixième mois, ils le déclarèrent Empereur sous le nom de Chaowou. Les partisans de Tchou Yeoulang voyaient le pouvoir leur échapper une seconde fois. Ils s'affairèrent. Trois semaines plus tard, le dix-huitième jour du onzième mois, nous célébrâmes son couronnement. Il devint l'Empereur Yongli. J'eus pitié. Il doutait de ses droits.

Je tentai de négocier un accord entre les clans des deux rivaux, mais personne ne voulait d'une entente qui diminuerait ses prérogatives. Les deux Empereurs en vinrent aux armes. Ils s'affrontèrent dans le delta de Kouangtcheou, à l'embouchure de la rivière des Perles. La flotte de Yongli fut entièrement détruite, mais, tandis qu'il battait en retraite, les Mandchous surprirent Chaowou dans la ville. C'était le quinzième jour du douzième mois. Chaowou ne régnait pas depuis huit semaines. Il célébrait sa victoire sur Yongli. Des hommes qui festoyaient opposèrent peu de résistance. Chaowou fut capturé. Sommé de collaborer avec l'envahisseur, il refusa et fut exécuté.

Yongli cherchait à échapper à son vainqueur, quand on lui porta la nouvelle que ce vainqueur n'était plus. Il restait seul et légitime Fils du Ciel. Il ne jubila guère. Je doute qu'il eût jamais senti l'aiguillon de la joie. Tout le surprenait, l'accablait. L'ennemi, de surcroît, concentrait maintenant ses forces pour l'abattre. Nous fuyions de ville en ville, dans un immense désordre triste. Nous avons été à Koueilin, dans le Kouangsi. J'avais visité, autrefois, cette cité des poètes et des peintres, environnée de collines, de grottes et de pics qui offraient une vue éblouissante sur les eaux du fleuve Li. Je m'y étais baigné. T'an Mei m'accompagnait. Je l'entendais rire sous une ombrelle. Cet hiver-là, je reconnus certaines statues. Je gravis le pic de la Beauté solitaire. Je n'y trouvai que des raisons de pleurer.

Koueilin ne fut qu'une étape. La nécessité de passer au Hounan s'imposa rapidement. Yongli alternait les moments de révolte contre ses conseillers, dont l'autorité lui pesait, et les phases de pur abandon. Découragé par les bulletins qu'on lui transmettait, il s'en remettait alors à n'importe quel officier qui venait lui proposer un plan de salut. Ces variations, la nécessité de changer presque sans cesse de résidence ruinaient tous les efforts qu'on pouvait faire pour élaborer une stratégie cohérente. Les avis se multipliant, la discorde se mit entre les ministres de l'Empereur et ses généraux, puis entre ses généraux eux-mêmes. Lorsque les Mandchous reprirent l'offensive, au printemps suivant, nous fûmes incapables de tenir nos positions. Nous battîmes en retraite à Nanning.

*

Je pensais que ce repli valait défaite. C'est à ce moment que nous reçûmes plusieurs soutiens inespérés.

Le brigand Tchang Sientchong avait résisté à tous les assauts pendant deux ans. Il avait finalement été abattu au cours de l'hiver. De nombreux hommes à lui vinrent s'enrôler dans nos rangs, qu'ils voulussent le venger ou échapper simplement à leurs poursuivants. C'étaient des soldats expérimentés et durs à la peine. Nous accueillîmes aussi des généraux qui s'étaient enrôlés au service des Mandchous après la défaite de l'Empire. L'ennemi ne s'étant pas acquitté des promesses qu'il leur avait faites, ils nous rejoignaient exaspérés par ses mauvais traitements. Mais le plus puissant de nos alliés était Tcheng Tch'engkong, ce fils du pirate Tcheng Tchelong qui avait été stipendié par trois Empereurs avant de trahir sans vergogne.

Le fils était d'une autre trempe. Sa mère était japonaise ; il était né lui-même dans une île du Japon. Son père, cependant, l'avait fait élever en Chine, où l'enfant avait reçu la meilleure éducation. C'était un patriote fervent et il rêvait d'une carrière honorable. Le garçon préparait ses examens, quand les Mandchous avaient envahi l'Empire. Il comprit que son monde s'écroulait. Il quitta l'école. Il se promit de bâtir un empire supérieur à celui de son père et d'employer ses forces à châtier le peuple qui bafouait sa nation. Au début, Tcheng Tch'engkong disposait à peine de quelques centaines d'hommes. Un sens inné de l'autorité, un exercice scrupuleux de la justice, une intuition remarquable des caractères lui permirent de prendre la tête de plusieurs milliers de marins aguerris. Il les rompit à une discipline sévère. La défection de son père l'avait infiniment blessé : elle niait l'œuvre qu'il avait entreprise, elle rappelait tout ce qu'il y avait de vil et de bas dans son origine. Le jeune homme brûlait de laver cette faute, quand les Mandchous menèrent une expédition punitive contre l'île qui lui servait de base. Sa mère y vivait. De crainte d'être faite prisonnière, cette femme se suicida : elle savait qu'on l'utiliserait contre son fils. Elle se sacrifia. Tcheng Tch'engkong avait combattu jusque-là par un mélange de vertu et d'ambition. Quand il apprit la mort de sa mère, il éprouva de la haine envers l'ennemi. Sa détestation s'ancra dans la privation et un chagrin qu'il devait refouler. Désormais, il chercha vengeance.

L'année suivante, les Mandchous conduisirent une nouvelle opération contre ses arrières. La plupart de ses hommes perdirent un parent, une épouse, des enfants. La peine de Tcheng Tch'engkong n'était pas éteinte ; il lacéra celle de ses soldats. Il leur représentait les outrages qu'on avait fait subir à leurs familles. Il pleura le martyre de leurs filles. De ces mercenaires, il fit des brûlots. Ils devinrent un fléau pour Dorgon et ses sbires. Rien ne les arrêtait. Ils ébranlaient l'assurance de l'usurpateur. Tcheng Tch'engkong trafiquait avec tous les seigneurs de la guerre et les pirates qui écumaient les côtes chinoises. Il se servait d'eux pour s'insinuer dans les villages de pêcheurs et, de là, intervenir sur terre. Il pillait les convois, détournait les messages. Partout, il semait le désordre. Il terrorisait l'ennemi par des coups de main auxquels ce dernier, dépourvu de toute expérience de la mer, ne savait pas répondre. En se déclarant pour Yongli, Tcheng Tch'engkong transformait le rapport des forces qui s'affrontaient. On ne pouvait rêver un allié plus violent ni plus droit.

Mais nous perdîmes.

*

L'Empereur Yongli s'était entouré de favoris et d'eunuques qui lui permettaient de se dérober à ses ministres et à ses généraux. Il redoutait ses meilleurs soutiens, parce qu'ils exposaient sa faiblesse au grand jour. Sa lâcheté, cependant, le tourmentait. L'Empereur avait un pressentiment accablant de la vanité de ses actions et de la fugacité d'une vie, dont il n'avait jamais été le maître. Il laissa l'un de vos Pères, qui se nommait Andreas-Xavier Koffler, approcher les siens, tandis qu'ils se trouvaient à Nanning.

L'homme était entré en Chine six ans plus tôt. Il accompagnait des soldats portugais. Ensuite, il avait vécu isolé au Guangxi. Il était pauvre, ardent. Il séduisit les Impératrices. Il les détourna de nos dieux. Il leur inspira de la foi pour votre Maître du Ciel et de la Terre. En secret, il les baptisa. C'était au deuxième ou troisième mois de la seconde année du règne de l'Empereur. Pékin était tombée quatre ans plus tôt. Nos princes reniaient les seules puissances qu'ils devaient supplier de sauver leur royaume. L'Impératrice prit le nom d'Anne. L'Impératrice douairière devint Hélène. Le Prince héritier étant tombé malade, on le jugea perdu. Les Impératrices et les hommes de leur suite qui s'étaient faits chrétiens persuadèrent l'Empereur de consentir à ce qu'on baptisât le petit Prince. Ils lui représentaient qu'il y allait de sa vie éternelle. Ils appâtèrent cet homme fatigué par la promesse d'une éternité qu'il ne voyait plus dans aucune chose qu'il connaissait. Yongli céda. L'enfant reçut le nom de Constantin : c'était celui du premier roi qui donna un empire à votre Dieu, m'a-t-on dit. Les Impératrices firent valoir à Yongli qu'il se conciliait un Souverain plus puissant que tous les souverains. On lui fit accroire que les Portugais et les royaumes d'Occident se porteraient à son secours. Yongli était faible. Il avait peu d'illusions, néanmoins. Il exigea que le secret fût gardé.

Votre Dieu n'a pas sauvé la Chine ni une dynastie qui reniait ses principes. Du reste, à Pékin, T'ang Jowang, qui priait le même Seigneur, lui recommandait pour sa part le petit Chouentche, l'Empereur que les Mandchous voulaient nous imposer. Votre Dieu qui ne rit pas, dites-vous, ne riait-il pas de ces contradictions ? Que pensait-il de T'ang Jowang ? On racontait partout que Chouentche appelait grand-père mon ancien ami, mais il se gardait de répéter le catéchisme que le bonhomme lui débitait. Ce prêtre zélé avait reçu la permission exceptionnelle de ne pas se prosterner devant l'enfant, parce qu'il souffrirait trop de s'humilier devant un autre que son Dieu. Jamais, cependant, il ne fit que ce Dieu touchât le cœur impérial. Votre Dieu qui sait tout ne sut pas qui élire, ou il se désintéressa de nous, ou les dieux ne veulent pas d'empires. Notre nation ne s'est pas convertie à vos idoles. Votre Protecteur favorisa les Mandchous qui ne lui en savaient pas gré.

Yongli dissimulait sa trahison.

*

Les défaites s'enchaînèrent soudain.

L'ennemi n'avait pas encore pu s'emparer de Nantch'ang, la capitale du Kiangsi, près du lac P'oyang. La ville tomba après six mois d'un siège atroce. La population qui avait survécu fut massacrée. C'était trop de courage pour trop d'impuissance.

Le mois suivant, un de nos principaux généraux mourut soudain. Le printemps commençait : il se noya en passant une rivière qui était en crue.

Partout, les troupes de l'usurpateur faisaient campagne contre nous. Elles nous accusaient des exécutions, de la disette et de la terreur qui régnaient dans le sud du pays. Les paysans nous devenaient hostiles. On nous refusait le fourrage même.

Kouangtcheou fut vaincue. Les Mandchous assiégeaient la ville depuis huit mois. Pendant quinze jours, ce ne furent que meurtres et pillages, cris de femmes, d'enfants et de vieillards qu'on torturait avant de leur donner la mort. La nuit même n'amenait pas de relâche. Depuis l'autre rive du fleuve, on ne pouvait pas dormir à cause des gémissements des mourants qui résonnaient à travers toute la baie.

Koueilin, à son tour, fut prise.

Il fallut reculer encore. Des soldats débandés nous attaquaient. Des brigands donnaient la chasse à l'Empereur. Des hameaux où il souhaita faire halte le chassèrent. Yongli ne se révoltait pas. Il se laissait conduire avec une résignation de bête triste. Sa lassitude le rendait indifférent aux querelles autour de lui. Il se détournait de nos discussions. Tant de meurtres pour un homme qui paraissait de plus en plus souhaiter une défaite au fond de laquelle gisait le repos me semblait une folie. La folie est la vraie reine du monde. Épuisé moi-même, rempli de dégoût, je m'apercevais que j'avais combattu, toutes ces années, une évidence, parce que cette évidence contrariait le rêve d'une femme que j'aimais.

Je n'avais pas voulu perdre et T'an Mei et son unique legs. Mais je commençais à songer qu'il s'agissait d'une chimère, d'une aspiration d'enfant sans cours dans le monde. Il n'y avait que l'incohérence.

Un soir, dans un bourg où nous campions, j'entrai dans les appartements impériaux sans avoir été annoncé. Je portais une lettre que nous attendions depuis des jours. La lumière avait baissé. L'air qui filtrait par les fenêtres entrebâillées était doux, paisible. Je ne pris pas garde au silence. Je me trouvai devant le Père Koffler qui portait les habits de son culte. Il était debout. Devant lui, à genoux, je vis les Impératrices et les principaux membres de leur suite. Une femme, au premier rang, portait le petit Prince. J'avais trop fréquenté T'ang Jowang pour ignorer le sens de cette scène. Je sus ce qu'on m'avait caché jusqu'alors.

Soudain, je fus face à ma vie manquée.

*

L'eunuque Pang, qui se faisait appeler Achille depuis sa conversion, courut derrière moi. Il me dit que le Père Michel Boym était parti porter une lettre de l'Impératrice au représentant le plus puissant de votre Dieu sur terre. Il nous enverrait des renforts.

Je regardais le col terni de sa robe. Son visage luisait. Il me dit que nous sauverions la Chine.

Je comprenais que j'avais touché au terme de la course. Je n'avais pas trouvé la paix ou la vérité que je cherchais et la fidélité qui me hantait ne reposait pas dans la fable d'une loyauté désormais presque entièrement dépourvue de signification. Je n'expiais rien. Je ne rachetais rien. Les fautes ne se rachètent pas. Un Empereur Ming pourrait gouverner à nouveau la Chine, sans que je fusse lavé du crime d'avoir trahi mon épouse. Et où était encore l'univers que j'avais voulu défendre ?

Les lèvres de l'eunuque tremblaient. Il les humectait en tirant la pointe de la langue par petits spasmes furtifs.

*

Des années plus tard, j'appris que l'émissaire de l'Impératrice était parvenu au lieu de sa destination. Il fut à Rome, dans cette partie du monde que je ne suis jamais parvenu à imaginer et qui m'indifférait, je crois. Il attendit trois ans que votre Pape lui donnât audience. Ensuite, après en avoir délibéré, on lui confia une lettre en retour.

L'homme reprit la route. Il cheminait par terre. Il mourut en touchant au Kouangsi, neuf années après avoir quitté Nanning. Il ne revit pas la famille impériale. Quelqu'un lut-il la lettre qu'il ramenait ? La vanité des destins laisse songeur.

Seigneurs d'en haut, puissances infernales, Empires du Milieu, femmes silencieuses : la mort les égale tous. Le reste n'est que légende, rumeurs, comme les voix des guerriers morts qui emplissent les montagnes, les rivières, et se noient au couchant.

*

Le dernier jour de l'année, le Régent Dorgon mourut au cours d'une partie de chasse. Chouentche avait douze ans. Ce petit garçon n'attendit pas deux semaines pour proclamer qu'il régnerait seul désormais.

Le pouvoir de son oncle lui avait pesé. Il le dégrada. Il fit fouetter son cadavre. Il s'en prit aussi à son frère Dodo, qui était mort de la petite vérole un an plus tôt. L'autorité de Dorgon avait protégé sa dépouille, mais Dorgon avait disparu avant la rancune de l'Empereur. Dodo perdit ses titres et on dépouilla sa tombe.

Chouentche n'entendait pas rompre avec la politique de ses parents, néanmoins : elle lui avait valu un Empire. Il souhaitait se défaire de la réputation de cruauté qu'ils s'étaient acquise. Le petit Empereur et son conseiller, le Chrétien T'ang Jowang, qu'il nomma Mandarin du Premier Rang, voulaient gagner la confiance du peuple qu'ils tenaient sous leur joug. On fit savoir que le jeune souverain apprenait le chinois. À quelques années de là, Chouentche rouvrit les concours. Il reçut toutes les ambassades étrangères qui se précipitèrent, avides des richesses de l'Empire, comme Chouentche était avide qu'on reconnût sa légitimité. Entre les conseils et les visites de plénipotentiaires embarrassés de présents fastueux, il se rendait chez son ami le prêtre.

Il s'abaissait à entrer dans la maison d'un particulier. Il flattait T'ang Jowang, dont j'imaginais et je méprisais la joie. Je songeais à ses discours sur la vanité des choses. Chouentche utilisait le prêtre étranger. Il l'aimait peut-être ; il ne se donnait pas.

Yongli s'était donné. On l'utilisait.

C'était à Nanning, au début du printemps. J'étais sur une terrasse. Je surplombais un cerisier en fleur. Il pleuvait. Il n'y avait plus de combat en moi. Le temps du renoncement était venu.

Je descendis les marches qui menaient au jardin. La pluie était fine, douce. Je m'en allai. Je ne saluai personne. Je n'étais rien pour personne et nul ne m'était rien. Les combats auxquels j'avais participé, les hurlements et les larmes qui grondaient encore, le spectacle des bourreaux et celui de leurs victimes, de tant de corps tordus et de leurs âmes qui n'en pèseraient pas plus légèrement sur la balance de la justice éternelle, ne formaient aucune espèce de lien : ils faisaient transparaître, au contraire, l'inexistence de toute attache.

Des ombres nous escortent ; elles nous dissimulent pourtant la grande clarté du vide et nous font guetter des nuances là où l'éclat de la lumière est incolore, comme le feu ou la nuit absolue. Je me souviens de ce départ : chaque heure, je pars à nouveau. Chaque heure, je quitte une Cour désolée, j'abandonne des gens éperdus à qui je ne donnerai rien. Chaque heure, je tourne les talons. Je fixe la bride d'un cheval. Chaque heure, je galope et je rêve de grottes, de cordillères, de sentiers, de vallées anonymes. Le vent est sur mon visage. Le vrai désespoir est calme et plein de paix. Il est le néant révélé. Les choses qu'on vit entièrement ne s'effacent pas et elles ne refluent pas, car le temps n'existe pas. Nous sommes des âmes flottantes entre deux reflux.

Le monde a changé. Des hommes sont morts et d'autres sont nés, mais cette chevauchée d'antan continue de courir. Je vois parfois, autour de moi, une infinité de silhouettes qui sont un geste infiniment répété, une parole ou un regard qui ont été purs. Je vois, lorsque mon cœur est proche de la vacuité la plus nette, T'an Mei qui ne m'abandonnera pas et la monade brisée dans laquelle nous étions un couple.

*

J'ai trouvé refuge dans l'ermitage d'un poète jadis connu. Il avait rasé sa tête et quitté le siècle. Il était doux et bienveillant. Il respectait ma solitude, mais il aimait mettre des cérémonies entre les choses et lui. Il récitait longtemps des vers. Nous nous tenions sur un rocher devant un précipice. Il articulait chaque syllabe avec soin, sachant qu'il avait une de ces voix graves et un peu rauques qui sont émouvantes. Il parlait les yeux clos. C'était encore jouir, trouver de l'épaisseur aux choses. Je ne cherchais plus l'émotion. Je quittai mon hôte de la même manière que j'avais quitté la Cour.

*

Ce n'était plus la douleur que j'avais ressentie à la mort de T'an Mei et je ne pouvais plus, songeant à cette mort, éprouver la même détresse. Elle avait préservé

T'an Mei du chaos. Depuis que l'Empire s'était effondré, j'avais souvent rêvé de mon épouse. Je ne la voyais pas telle qu'autrefois. Dans ces visions, toujours, elle mourait. Elle mourait au détour d'une forêt où nous avions fui. La faim et la soif la faisaient délirer. C'était une ville assiégée. Un milicien la blessait. Ces images me hantaient longtemps. Je sus alors que je préférais son visage sur l'oreiller brodé où je l'avais vu couché. Je constatai qu'il se glisse de la futilité dans la mort même, où s'exercent des hiérarchies incongrues face à l'irrévocable. Mais ces incongruités, comme le délitement général de toutes nos expériences, étaient la seule leçon que je pusse tirer des années que j'avais passées dans le monde. Je n'avais plus de désir que de m'éloigner infiniment, de chasser l'impur et l'accessoire en moi, de retrouver le sentiment de l'origine qui nous appelle à disparaître non par désolation ou épuisement, mais parce qu'on rejoindra un dépouillement primordial. Ayant tout vu périr, je voulais apprendre l'anéantissement qui est salut.

Je m'étais abrité, pour la nuit, sous un bosquet de joncs. Son chuchotement était identique à celui d'un taillis qui se trouvait près de la fenêtre de ma chambre, quand j'étais un enfant et que je vivais près de Lu Tsing. C'était le milieu de l'été. La nuit était si belle que je ne parvenais pas à dormir. Le bosquet, alors, me parla. Il me dit qu'il existait un lac et, en son centre, une cabane bâtie exprès pour moi qui m'attendaient. Le lac, ses eaux silencieuses et la cabane n'étaient là que pour moi, pour que je vinsse m'y reposer, quand mes yeux seraient dessillés, quand j'aurais chu dans le grand aveuglement de ceux qui voient à travers la nuit et les temps. Le bosquet continua : regarde les ombres des arbres autour de toi. Je lui fis valoir que c'était la nuit. Il rit. Utilise les yeux de ton cœur, souffla-t-il. Il est temps, maintenant.

Des corneilles s'étaient posées sur les branches autour de nous. Elles battaient des ailes. Comme elles s'agitaient de plus en plus, je me levai et je les suivis. Je suivais mon cœur.

Les oiseaux m'emmenèrent loin. J'étais perdu, je crois.

Mais le lac et la cabane existaient.

Quand je les vis, je m'inclinai. J'étais sur la berge. Je leur confiai mes pieds blessés, mes genoux, mes cuisses. Voici mes pieds, leur dis-je. Ils sont tout écorchés et en sang. Je ne peux plus faire un pas. Voici mes genoux et mes cuisses qui sont épuisés ; leur épuisement, la nuit, me réveille. Voici mon sexe et mon ventre. Voici ma poitrine, mes épaules et mes bras. Ce ne sont que des gémissements et des lamentations. Mon ventre a faim d'une femme comme les hommes savent avoir faim d'une femme, quand ils lui sont unis par l'amour. Voici mes mains. Voici mes dents. Voici mon corps inutile d'homme inutile. Je vous les remets. Voici mon sanglot, qui est si immense. Connaissez-vous, choses qui êtes coites, ce tremblement qui nous saisit au tréfonds et nous ébranle jusqu'à la prunelle de nos yeux ? Savez-vous nos gorges nouées et la brûlure de nos paupières ? Savez-vous les larmes qui nous dévorent et leur piqûre sur nos lèvres ?

Je leur confiai mes oreilles et la plainte en elles. Je leur confiai T'an Mei. Voici ma désolation, leur dis-je. L'inanité me consume. Une femme absente est devenue tout le monde où je n'ai jamais rien pu être. Pendant que je leur parlais, au milieu de toutes mes apostrophes, à mon insu, ils mirent en moi le silence.

J'ai ignoré le cours du monde.

J'ai fait l'apprentissage du dénuement. On n'en finit pas, dans le silence et la solitude, d'ôter ses peaux mortes.

Je me suis détaché, dépouillé. J'ai été au bord du vide. Il se dérobait. J'ai supplié cette absence d'après les êtres et les choses qui délivre de me délivrer. J'ai croisé mes genoux et joint mes mains. J'ai clos mes yeux. J'ai vu la Voie. J'ai senti la liberté. J'ai connu l'extase et la charité.

J'ai su le salut et le son.

J'ai méprisé l'inconstance et la constance.

La robe de l'innocence est transparente.

J'ai entendu la cloche qui battait seule la nuit. Je n'ai pas eu peur. La plus grande obscurité est une illumination.

*

J'étais sans joie et sans sagesse.

Comme un torrent, la joie et la sagesse renversaient mon cœur.

*

Je me consacrais aux choses élémentaires : à la bouillie de riz que je versais dans mon bol, au poli de la cuiller sur la table, à l'araignée qui tissait sa toile entre un plateau et la natte par terre, aux fleurs fanées que l'automne poussait sous ma porte. Il fallait tout oublier. Être le pétale devant moi. Consentir à l'impermanence au point de la jouissance et voir que cette jouissance mélancolique était l'extase, immense et brillante. Que l'unique extase est une blancheur lumineuse qui n'a aucun contour, pas de saveur ni d'odeur, pas de nom et pas de destination.

Marcher à pas très lents.

Déambuler, puis demeurer assis jusqu'à la résorption du temps et de son individualité. Quel attachement pour des frémissements qui nous rendent particule et poussière ?

Il n'y avait plus de montagne qui me fît barrage, plus rien qui pût me blesser ou me heurter. J'étais dans les métaux et dans la pierre. Je pouvais regarder la lame de mon couteau sans plus d'effroi.

Lao Tseu écrit : une lumière existe qui ne provient pas du soleil et de la lune. On peut se nourrir sans employer les cinq céréales. On peut se vêtir sans utiliser d'étoffes. On peut voyager sans employer de bateau ni de char.

Je cherchais la Voie qui amène à cette liberté, la Voie qui déplace les frontières de la mort.

*

J'étais un fruit dont il faut ôter la pelure. Mais, sans cesse, il fallait recommencer le même geste, car mon cœur était toujours plus loin.

Eussé-je été d'emblée à cet écorçage, me fussé-je épargné l'amour qui éblouit et les armes avec lesquelles, sur un soupçon de justice et de fidélité, je m'étais rendu coupable de crimes identiques à ceux que j'avais abhorrés en autrui, j'aurais été moins déchiré, moins sincère. J'étais lancé vers la vérité comme une flèche, parce que toutes mes contradictions avaient été exaspérées, parce que j'avais été le vœu de la transparence et le mensonge, le détachement et l'envie, parce que j'étais, dans mon désir si ancien d'être limpide, plein de hantises, de manies, de rongements intérieurs. Parce que mon désespoir de la clarté était fiché dans l'extase du plaisir que j'avais connu, dans la brisure familière de mon gémissement, dans l'amertume. Je voulais nuement le repos et la paix, parce que j'étais le bouillonnement du chagrin.

Je ne cherchais pas le sens des choses ou aucun axiome qui eût été l'essentiel. Rien n'est essentiel. Je n'étais pas essentiel moi-même. Incohérent, contingent, je n'avais pas de but à servir. Il n'y a pas de cause sur laquelle s'excuser de n'être pas. Je ne demandais aux puissances du ciel et de la terre que la respiration qui sépare l'âme d'avec elle-même, le regard en soi qui tranche et qui délie.

*

Au printemps, j'ai retiré mes chaussures pour marcher dans l'herbe tendre. J'ai médité sous des fleurs qui tombaient. J'avais clos mes yeux.

On n'implore pas le bonheur. On ne fuit pas le malheur.

Nous sommes prisonniers du désir comme de l'amertume. Le sage dit : aveugle ta vue. Assourdis ton ouïe. Gâte-toi le goût. Rassasie-toi d'oisiveté.

L'eau creusait la pierre goutte à goutte.

Mon corps avait été une fièvre, mon âme un cri. Je n'avais plus d'esprit que pour voir au-delà de ce qui m'avait dévoré.

Je mâchais de tout petits bouts de ciboulette.

J'inhalais. J'exhalais. Je dormais. Si ma chair voulait davantage, très vite, je me soulageais avec la main, sans songer à rien.

*

Le désir éparpille ; il dépouille. On possède tout dans la privation et le renoncement. Le plein et le vide sont inséparables. La concupiscence est le leurre qu'il convient de tuer.

*

L'été, je n'eus ni éventail ni domestique pour m'apporter un peu de fraîcheur. L'hiver, je fus sans feu.

Je fus délivré du sommeil de la nuit.

Je m'assoupissais sans oreiller.

Ce n'était ni haine ni mépris de mes membres. Indifférence. Ou réconciliation avec la pure rencontre, arbitraire et insensée, de ces morceaux de chair entre eux.

Je cueillais des pousses de roseaux, des fruits de laurier sauvage. J'aimais les plantes et le bruit du vent. Je ramassais des ignames et du cresson. Un cerf pareil à un arbre vivant, un jour, vint près de moi sans crainte.

Tout mon plaisir était de poser les yeux sur les eaux de ce lac, de ne rien posséder, de sentir sourdre en moi l'émerveillement que la beauté du monde appelle. J'aurais voulu me contenter de si peu que je n'eusse que ma main pour puiser l'eau que je voulais boire.

Un moine n'avait rien qui lui appartînt, raconte-t-on. Il était parvenu à la plus entière simplicité. Un jour, une branche accrocha le vêtement qu'il portait autour des hanches. Il dénoua le tissu et le laissa à l'arbre où se trouvait cette branche. Dès lors, il alla totalement nu malgré les cris des jeunes filles et le rire des garçons qui se moquaient de son sexe de vieillard et de la peau mince, fripée, de ses testicules. Lui se moquait de leur émoi pour un corps d'homme âgé. Il leur retournait leurs plaisanteries. J'enviais cette indifférence rieuse.

J'étais libre. Je ne ressentais pas le jeûne et l'abstinence, mais il n'était pas de rire en moi.

Je ne brusquais pas, cependant, une existence qui était comme les rêves qui traversent le sommeil.

*

Il y a entre le ciel et la terre des fils qui sont enroulés aux tuiles faîtières de nos maisons, à la cheville de leurs portes, à nos poignets, à nos hanches, qui sont pris dans nos cheveux.

Ma lampe fumait.

Je n'étais pas si loin que je croyais du Ravin du monde.

Toutes nos vies sont dans des ravins et des cavernes, gémit M. de La Tour. La terre se fend sous les pieds des vivants et elle les engloutit sans même qu'ils le sachent. On cherche les enfers et on est déjà dans le royaume du silence et de la poussière, au pays des profondeurs.

Il n'y a pas de ravin, pas de pays des profondeurs, contredit la voix. Ce ne sont que des spectres, lorsqu'on n'a pas encore assez purifié son cœur. Je croyais avoir franchi toutes les portes ; je n'étais qu'au seuil.

Il n'y a pas de porte ni de seuil. Il y a une miséricorde impossible à mériter. Il n'y a que la grâce. Il n'y a que Dieu.

J'ignore ce Dieu qui remplirait le monde et mon cœur, dit la voix. Le monde remplit mon cœur. Il n'y a que la sagesse d'être vide pour se laisser conquérir. Vaincu, la lumière m'a pris. Je suis absent. La joie est tombée en moi, comme un grand éclat d'eau vive. Je suis les persicaires dans la clairière.

J'appelle mon Dieu, chaque instant, à m'épargner sa colère, à me donner cette lumière et ce bonheur qu'on trouve en lui. Sa béatitude est aussi claire et douce que, dans son absence, les ténèbres ont de pouvoir. Nous sommes toujours au bord de sombrer, au bord d'être perdus. Nous sommes toujours égarés et le salut toujours s'offre à notre piété. Nous manquons de foi, pleure M. de La Tour.

Nous manquons de foi, oui. Nous ne croyons pas suffisamment à la plénitude qui est en nous. Nous ne savons pas accueillir les révélations. Nous bataillons contre les évidences et nous repoussons la tendresse la plus désirable, si elle nous est donnée. Mais, dans le désespoir,

Avec l'aide du Seigneur

Les pupilles aveugles

Ivres de néant

Bouleversés

Ensemble

D'une seule voix

Nos deux voix

Silencieusement

Vous ont supplié

Font trembler cette nuit

Toute nuit.

Tout n'était pas mort.

*

La voix et la nuit ne sont plus qu'un seul chantonnement, presque inaudible.

*

Le grand-père appelle l'enfant. Il lui demande de se cacher, de survivre, de rendre les derniers devoirs aux siens, de perpétuer la lignée. Il pousse l'enfant dans une cave. Il tire la trappe. Il la recouvre de poussière. Il se pend. La grand-mère se pend. Les domestiques se pendent, surtout les femmes qui savent qu'elles souffriront mille morts, si elles sont prises, parce qu'on ne leur tranchera pas la gorge aussi vite qu'aux hommes. La petite sœur est trop petite pour jeter comme les autres son lacet aux branches des arbres. Personne n'a eu le courage de la tuer. Elle est seule. Elle redoute de se noyer dans le bassin du jardin : l'eau n'est pas très profonde. Elle a peur de la mort ; elle voudrait, au moins, mourir très vite. Elle a peur aussi, depuis toujours, des racines des fleurs d'eau, pareilles à des serpents. Elle rentre dans la maison. Elle parvient à se pendre à la poutre du lit à baldaquin de la grand-mère. Elle se sent coupable, quand elle voit tomber le tabouret sculpté qu'elle a pris pour se hisser, car un pied se brise et la grand-mère chérissait le tabouret. Mais l'image est fugitive, happée instantanément par la souffrance de l'étouffement. La petite sœur n'entend pas le gémissement du tabouret. L'enfant, lui, entend les bruits sourds des objets renversés, le piétinement de toute la maisonnée. Puis il n'entend plus rien. Puis il reconnaît le pas des soldats et il tremble de tout son corps, entouré de ses fantômes. On le trouve. On le traîne à travers les cours jonchées de cadavres. Dans la rue, il est pris entre deux soldats qui ont débusqué des gens dissimulés dans une citerne. Comme les prisonniers n'avouent pas où leur butin se trouve (ils n'ont pas de butin), les deux soldats mutilent quatre hommes choisis au hasard. À l'un, ils coupent un bras, à l'autre un pied, au troisième une jambe. Ils crèvent un œil au quatrième. Les corps s'effondrent. Le sang jaillit de l'homme à qui l'on a enlevé le bras. Il recouvre l'enfant. Le petit tombe en hurlant. Je suis mort ! crie-t-il. Je suis mort ! Sa voix est stridente : il est loin encore de la mue. Les soldats éclatent de rire. Ils poussent l'enfant devant eux. Ils décident de ne pas le tuer. Ils lui font porter leurs paquets, abusent de lui, lui jettent des rognures. Ils lui demandent, s'il est un fils de lettré. Ils lui ordonnent de réciter un poème de la dynastie des Song, le menacent de lui couper la langue. Les yeux de l'enfant sont fous. Il devient muet. On lui donne à mastiquer, pendant une halte, un lambeau de chair si mal cuit qu'il ne parvient pas à le trancher avec ses dents et que le sang lui dégoutte sur le menton. Il vomit. Il ne peut plus rien mettre dans sa bouche, ensuite, sans que les mêmes vomissements le reprennent. Dans le coin où il va dormir, il pousse des débris de bois : ce sont des ossements humains. Il s'affaisse. Il pleure. La couverture qu'on jette sur lui est raide à cause du sang séché qui l'imprègne. L'enfant reconnaît l'odeur. Le contact du tissu lui soulève le cœur. Il n'y a plus en lui que de la bile. Ses yeux sont pleins de larmes. Alors, dans l'obscurité, il se dirige vers la grande salle où sont les chevaux. Il vole une bride. Il prie l'âme des siens qu'il n'a pas pu ensevelir, à qui il n'a pas rendu les derniers honneurs ni donné de postérité, de lui pardonner, s'ils le peuvent, et il se pend.

*

Toutes les nuits, pendant des semaines, je mettais ma tête sur mon oreiller. Le sommeil venait. Puis son obscurité était chassée. L'enfant était devant moi.

Je m'éveillais hagard. Étais-je un enfant infidèle qui aurait dû se pendre ? J'étais aveugle et égaré à nouveau. Le torrent m'avait ressaisi. Ma détresse était sans trêve et sans limites. J'étais abasourdi. Parce que j'avais cherché la justice, l'injustice de cette relégation me glaçait.

J'étais écarté de la Voie. Je ne méditais plus. Mes pensées se dérobaient.

Le fiel m'envahit. J'étais plein de colère. Je redevins un branchage sec, un oiseau mort.

Un jour, je recueillis un maître d'école qui s'était égaré dans la forêt. Il cherchait le bourg où il venait de recevoir un poste. Il avait un grand front bombé, un sac très lourd sur l'épaule et il avait peur des loups. Je lui dis qu'il n'y avait pas de loups. Je le conduisis chez moi. Je lui donnai à boire. Il se réchauffa.

Il me raconta que l'histoire s'était achevée.

J'avais vainement cru qu'on peut s'abstraire de ce qui blesse et qui humilie. J'étais sorti du siècle. Je n'avais pas entièrement payé ma dette au monde.

Il n'y avait plus de prince Ming. Il fallait un dernier sanglot, une ultime expiation.

L'Empereur Yongli ne s'était pas maintenu à Nanning. Dès l'automne, il avait dû repartir. Sans refuge, indésirable où qu'il allât, poursuivi, il était descendu jusqu'au Yunnan. Il s'y fixa. Pendant quatre ans, il vécut sous la tyrannie d'un potentat d'Anlong. La douzième année de son règne, les Mandchous décidèrent que c'était encore trop de vie pour lui. Ils chargèrent Wou Sankouei de le capturer.

Après avoir livré Pékin, Wou Sankouei avait reçu pour ses services de vastes domaines dans le Yunnan et le Sseutchou'an. Ils l'avaient encore davantage asservi à ses maîtres. Il ne pouvait rien leur refuser. Il prit la tête de trois corps d'armée. Il fut au Yunnan au début de l'été. Yongli et sa maison reprirent la route.

L'Empereur et les siens formaient un cortège de quatre mille personnes. C'était peu et l'argent manquait cependant. Pour lever des fonds, les femmes, qu'elles fussent princesses ou chambrières, vendirent les robes et les bijoux qu'elles avaient encore conservés. Les manteaux de cérémonie de l'Empereur avaient été dérobés. Il restait quelques pierreries. On marchanda ces reliques. Le Fils du Ciel et ses derniers fidèles vivaient dans des camps de fortune. Souvent, ils n'avaient pas même de riz pour se nourrir. Ils mangeaient la chair de leurs chevaux qui mouraient. Wou Sankouei approchait : Yongli résolut de passer en Birmanie plutôt que de tomber entre ses mains.

À la fin du mois, presque quinze ans jour pour jour après la mort de l'Empereur Tch'ongtchen, son dernier successeur quitta la terre de leurs ancêtres. Mille cinq cents personnes l'escortaient, cette fois. Il y avait eu une bataille que Yongli avait perdue. Il vivait désormais dans la terreur des mutineries. Cette procession misérable que des seigneurs voulaient dévaliser encore, lorsqu'elle traversait leurs terres, était l'ultime vestige d'une dynastie qui avait régné trois siècles sur la Chine. Les rois de la terre sont moins que les nuages qui passent dans le ciel à la fin des tempêtes.

Pindale régnait alors sur la Birmanie. Yongli sollicita l'asile. Pindale accepta de l'accueillir, à condition que l'Empereur et ses gens fussent entièrement désarmés. La troupe, harassée, inquiète, consentit à cette dernière humiliation.

Yongli franchit le fleuve Irraawaddy à Bhamo pour se rendre dans la capitale du pays. Pindale lui désigna un site au nord de la ville, dans le district de Sagaing, où il pourrait s'établir. L'Empereur fit son palais d'une construction en pisé entourée d'une grille de bambous. Ses parents, les dignitaires qui restaient près de lui, ses valets habitèrent dans des cabanes en bois. L'Empereur ne voyait rien. Il était tout au fond de ses rêves, dans ses regrets, las et trop sensible à l'idée de sa culpabilité.

Je voyais tant cet enfermement.

Je me souvenais tellement.

Pindale, faible, indécis, avait accédé aux prières de Yongli par pitié et par impuissance à refuser devant tant de malheur. Les Mandchous le menacèrent. Il ne savait quoi répondre. Ses ministres lui firent des remontrances. Le peuple s'agitait. Pindale esquivait. Au bout de deux ans, son conseil le déposa. Le royaume échut à son frère, Pye Min. Ce dernier avait un caractère audacieux. Il avait vaillamment résisté à des incursions des Mandchous dans son territoire. Il ne donnait pas beaucoup aux doutes ni aux scrupules.

Au milieu de l'été, le dix-neuvième jour du septième mois de ce qui était officiellement la quinzième année du règne de l'Empereur Yongli, sous prétexte d'une fête qui devait avoir lieu, Pye Min convia à la Cour tous les hommes auxquels le souverain exilé avait conféré des charges. Quand ils furent là, on les mena dans une salle isolée. Ils virent qu'on mettait des barres sur les portes. Ils ne s'étonnèrent pas longtemps. Des soldats parurent, l'épée à la main. Ces gens qui représentaient Yongli n'avaient pas une arme. Très vite, Pye Min fit rouvrir les portes de la salle et tirer les corps au-dehors. Pendant ce temps, des cavaliers déboulaient entre les maisons où l'Empereur et les siens logeaient. Ils massacrèrent chaque homme qui avait plus de quinze ans. Ils ne firent pas d'exception pour les princes de la famille impériale. Trois cent quarante personnes survécurent : des femmes et des enfants en larmes, l'Impératrice douairière, l'Empereur et l'Impératrice, le Prince héritier qui n'avait pas quinze ans, deux Princesses, quelques eunuques, ainsi qu'un garde, malade et invalide, que personne ne remarqua dans le réduit qu'il occupait. Ces survivants, à l'exception du garde sur son grabat, furent regroupés sur la place devant la maison où vivait Yongli. Ils y demeurèrent trois jours sans qu'on leur permît de s'en écarter, sans recevoir de nourriture, d'eau fraîche ni aucun accommodement. Puis ils reçurent l'autorisation de regagner leurs habitations et de veiller leurs morts. Pye Min adressa quelques excuses à l'Empereur, auxquelles il joignit des présents. C'étaient presque des insultes. Yongli écouta cette allocution devant les femmes malades qui étaient désormais toute sa suite. Il n'y répondit pas. Il ne demanda pas des justifications qu'on ne lui donnerait pas.

Ces violences ne suffisaient pas aux Mandchous. Ils exigèrent que Pye Min leur remît son hôte. Pour l'effrayer, ils commencèrent à marcher sur sa capitale.

Yongli écrivit à Wou Sankouei pour le fléchir. Il lui représenta combien d'honneurs les Ming, les premiers, lui avaient accordés. Il lui rappela qu'ils lui avaient accordé leur confiance et qu'il avait été le vengeur de l'Empereur Tch'ongtchen. Mais rien n'émut le général vendu. Le premier jour du douzième mois, Wou Sankouei rencontra Pye Min. Celui-ci accepta qu'une centaine d'hommes vinssent s'emparer de Yongli et de ses proches. Lorsque l'Empereur eut été fait prisonnier, sa famille et lui furent priés de monter dans des chariots qu'on avait amenés pour eux. Le reste des femmes et des enfants qui constituaient sa suite venaient à pied.

De nouveau, ils traversèrent la rivière Irraawaddy. Ils avaient espéré qu'ils n'en reverraient plus les berges.

J'ai entendu le grondement de cette rivière.

Ils passèrent la nuit dans l'embarcation qui devait leur faire traverser le fleuve. L'Empereur souffrait d'une crise d'asthme. Les Impératrices le veillaient, remplies d'angoisse. À l'aube, un petit eunuque qui les accompagnait, regardant par le hublot de la cabine, ne vit, sur la rive, ni étendard ni bannière. Il n'y avait que des palanquins et des hommes de garde dont on ne pouvait dire quel était l'uniforme.

L'Empereur débarqua vers huit heures du matin. Un émissaire tenta de l'abuser. Yongli s'emporta. Il jugeait inutile qu'on le méprisât au point de lui dire des fables grossières. Imaginait-on qu'un homme seul, affaibli par la maladie, tenterait de s'échapper ou qu'il voulût encore des mensonges ?

L'Empereur reprit le chemin du Yunnan. Il était si malade qu'il respirait à peine. On ne pouvait aller qu'au pas. La rumeur se répandit, dans les villages qu'on traversait, que le prisonnier au milieu de cette troupe était le dernier Empereur des Ming, qui étaient les souverains légitimes de la Chine. La plupart des gens ignoraient que Yongli fût toujours en vie, quand ils n'ignoraient pas son existence elle-même. Mais son nom émouvait des régions qui n'étaient toujours pas absolument soumises aux Mandchous. Le sort de Yongli frappait les esprits. Wou Sankouei s'affola. Il redouta des embuscades. Après une fausse alerte qui lui causa plus d'angoisse que les précédentes, il fit étrangler l'Empereur. On tua aussi le Prince héritier et un jeune parent qui l'accompagnait.

C'était le deuxième jour du quatrième mois de la seizième année depuis que Yongli avait été couronné : l'Empereur vit approcher un soldat qui tenait un lacet. Il sut que son heure était venue. Il ne se débattit pas. Il avait trente-neuf ans. Depuis longtemps, il lui tardait d'en finir. Le Prince héritier était un enfant de quatorze ans, mais il ne quittait guère son père et il ne souhaitait pas beaucoup plus vivre. Il ne se défendit pas davantage. Quand leurs corps eurent tout à fait cessé de tressaillir, un orage creva le ciel, qui était devenu presque noir. Le vent s'était levé. Des éclairs fauchèrent plusieurs arbres autour de la voiture où gisait Yongli. Les grondements du tonnerre en renversèrent d'autres. La foudre tomba trois fois à la même place. Wou Sankouei fut pris d'épouvante. Il accusa une cinquantaine de soldats de son crime. Il commanda qu'on exécutât sur-le-champ ces rebelles. Il tremblait que les dieux l'entendissent moins que les hommes. Mais, au matin, en s'éloignant, il commença d'oublier cette crainte, parce que le soleil était revenu et qu'il avait mangé des grives. Wou Sankouei s'était tellement endurci dans la servilité, depuis des années, qu'il n'entendait même plus les mouvements de son cœur.

L'Impératrice, l'Impératrice douairière et sa fille, avec leurs gens, furent emmenées en captivité à Pékin. On voulut donner un nouvel époux à l'Impératrice. Elle s'y opposa. Lorsqu'elle comprit qu'on la contraindrait à ces noces par la force, elle brisa une tasse de porcelaine et, avec un des morceaux de cette tasse, elle se trancha la gorge.

La Princesse survécut deux ans, après lesquels elle mourut à son tour.

L'Impératrice douairière atteignit l'âge de quatre-vingt-onze ans. Le petit eunuque qui avait le premier vu, sur l'autre berge du fleuve Irraawaddy, les hommes venus arrêter l'Empereur, était resté auprès d'elle. Le soir, quand la nuit tombait, il mettait sur ses épaules une couverture ouatée. La vieille dame tremblait de froid, quelque temps qu'il fît. Elle tremblait aussi à chaque pas qui ne lui était pas familier, à chaque voix qu'elle ignorait. Elle ne redoutait pas la mort. Elle redoutait qu'on ne lui donnât à pleurer encore un parent ou un être cher. Elle priait beaucoup. Ses oraisons la protégeaient du silence dans lequel elle épiait tous les sons hostiles qui allaient résonner.

Le petit eunuque était devenu lui-même un homme âgé. Il écrivit le récit qui le hantait et qu'il revivait peut-être toutes les nuits, seul survivant près d'une vieille souveraine que le froid faisait tremblait. Il écrivait lentement. Il redoutait l'instant où tout se rejoint.

*

Tcheng Tch'engkong avait été le plus fidèle allié de Yongli. Il disparut un peu moins d'un mois après lui. Quand l'Empereur avait battu en retraite, le marin avait continué à combattre les Mandchous. Pendant dix ans, il les avait poursuivis sans relâche. Il harcelait toutes les villes de la côte qu'ils tenaient. Il ne leur laissait pas mettre un vaisseau à la mer. Il se moquait de toutes les tentatives qu'ils faisaient de l'acheter. Il était comme un glaive. Il voulait, lui, le fils d'un corsaire, faire revivre l'Empire des Han.

L'année où Yongli périt, les Mandchous firent évacuer la côte de la presqu'île de Chantong à la frontière du Vietnam. Ils envoyaient la troupe pour déloger les pêcheurs. Ils détruisaient les villages. Les barques étaient brisées, la moindre voile déchirée. La population était contrainte à l'exode et déportée loin à l'intérieur des terres. Les récalcitrants étaient exécutés. La force de Tcheng Tch'engkong s'appuyait sur des milliers de soutiens secrets, d'informateurs, de relais, qu'il trouvait dans ces villages. Il s'y ravitaillait. Privé d'eux, il dut se replier.

Il décida de s'installer dans l'île de Formose. Ses hommes étaient hostiles à cette décision : ils jugeaient l'île inhospitalière et sauvage, insalubre. Ils ne voulaient pas y transporter leurs familles. Tcheng Tch'engkong fut inflexible. La traversée eut lieu. Des Néerlandais occupaient le terrain. Ils avaient un fort. Tcheng Tch'engkong exigea leur reddition. Ils refusèrent. Il fallut se battre. La campagne fut longue et pénible.

Tcheng Tch'engkong s'était flatté que rien ne lui résistât. Ces déboires l'exaspérèrent. Il châtia des marins avec une brutalité qu'on ne lui connaissait pas. Sur ces entrefaites, il découvrit que son fils aîné avait conçu un enfant avec la nourrice de ses fils. Cette faute est considérée comme un inceste. Elle lui fit horreur. Il fit exécuter les amants. Il était abîmé dans ce chagrin, quand la nouvelle lui parvint que Yongli était mort, de même que Tcheng Tchelong, son père, qui était demeuré, toutes ces années, prisonnier à Pékin. Tcheng Tch'engkong perdit l'esprit. Il hurlait dans la chambre où ses lieutenants l'avaient enfermé. Il brisait les meubles. Quelques jours plus tard, il mourut.

*

Chouentche, l'enfant que les Mandchous avaient mis sur le trône à la place de Tch'ongtchen, était mort lui-même l'année précédente. Il était âgé de vingt-trois ans.

La petite vérole l'emporta le cinquième jour du premier mois. C'était la dix-huitième année de son règne.

Quelques mois auparavant, il avait perdu une concubine qu'il aimait passionnément. Elle venait de lui donner un fils. Sa détresse fut si vive que le bruit se répandit, après sa mort, que l'Empereur n'avait pas péri, mais qu'il s'était retiré dans un monastère du Kouangsi, où il pleurait sa maîtresse et l'imperfection de son âme. Son testament accrédita cette légende, parce qu'il contenait une liste de vingt-quatre fautes que Chouentche se reprochait d'avoir commises et pour lesquelles il montrait un repentir qu'on n'a jamais vu chez un prince.

T'ang Jowang survivait. À la Cour, beaucoup le jalousaient. Il fut dégradé, emprisonné, maltraité, condamné à mort, mais la sentence ne fut pas exécutée. Il avait perdu l'usage de la parole et de ses membres. La nature l'avait vaincu déjà.

L'Impératrice douairière choisit, pour succéder à Chouentche, le troisième de ses fils. C'était un petit garçon de six ans, comme son père, jadis, lorsqu'on l'avait assis sur le trône. L'enfant avait déjà contracté la petite vérole et il en avait réchappé. Il fallait aux Mandchous un monarque qui vécût assez longtemps pour que la Chine ne se souvînt pas qu'une autre race l'avait gouvernée. La vieille souveraine élut le plus robuste de ses descendants.

*

J'ignore si l'enfant qui grandit aujourd'hui sur un trône dérobé aux princes que j'ai servis connaîtra la vieillesse et la paix. Je ne m'en soucie pas. Les choses se répètent et rien ne dure néanmoins en ce monde que ce qui n'a pas de durée.

Ce souverain et ses fils tomberont comme la dynastie que j'honore est tombée. Peut-être ne gouverneront-ils même pas l'Empire tout à fait aussi longtemps. Peut-être leur chute sera-t-elle vile. Peut-être les âmes d'autrefois tressailliront-elles.

Les destins sont pleins d'ironie.

J'ai pleuré mes princes. J'ai pleuré le monde que j'avais aimé.

C'était l'hiver. Le vent soufflait.

Je sortis de ce pavillon où je n'en finissais pas de me défaire du monde. J'enlevai ma tunique. Je gagnai la rive. Je cherchai la pierre la plus grosse, la plus lourde, qui pût être et j'enroulai autour de ma poitrine une corde avec laquelle je la ligotai aussi pour la tirer après moi. Je pris dans mes bras une statue du bouddha et j'allai payer mes dettes à ces mânes qui avaient hanté mes rêves, qui n'étaient pas en paix, à qui je devais un dernier acte de piété.

Je n'ai pas senti la corde déchirer ma poitrine. Le froid ne m'a pas lacéré. Le sang qui a coulé sur mes mains ne brûlait pas comme mon sang. Je rendais aux morts ce qu'on leur avait dérobé.

Vous étiez sur la cime de la montagne que j'ai gravie. Vous m'avez suivi. Je pensais que vous étiez une punition que les dieux m'infligeaient. Je vous ai résisté ainsi qu'on résiste aux tentations. Je ne parlais plus.

Mon chagrin était gigantesque. Aucune privation ne l'apaisait.

J'ai voulu m'immoler au ciel et à la lune, à l'eau et au soleil. Vous m'avez accompagné.

Nous avons été deux hommes juchés face au mal. J'ai su que vous souffriez comme je souffrais. Nous adressions à des dieux différents des lamentations qui n'empruntaient pas les mêmes mots. Je ne savais pas quelle peine vous avait conduit près de moi. Je ne pensais pas qu'il fût de peine qui valût la mienne. Mais vous étiez venu du bout de la terre. Nous fûmes une seule protestation et l'amour qui ne renonce pas.

Nous avons appartenu au ciel et à la lune, à l'eau et au soleil.

Des femmes perdues nous ont conservé la vie. Des femmes perdues nous ont confié le monde qu'elles avaient aimé pour que nous fussions deux hommes qui ne cèdent pas, qui n'abdiquent pas, qui seront le vide et le silence, et la joie, et l'amour, et la mort refoulée.

Ma voix, vous appartenez à T'an Mei et à la femme inconnue que pleure mon ami. Chaque mot, chaque syllabe, chaque regret, tout le chant répandu sur toutes ces nuits sont à ces épouses que nous ne posséderions pas et qui nous donneraient tout.

Ce récit n'était que pour vous, femmes enfuies, pour vos visages qui n'ont plus de chair ni d'oreille, pour vos visages impalpables. Il venait de vous, n'est-ce pas ?

Je vous sens, Mystérieuses.

Aujourd'hui, je veux ignorer les événements. Car, devant vous, l'événement n'est plus. Nous sommes le vide parfait et nos dieux avancés.

Lu Wei et M. de La Tour vivent encore sept ans dans la cabane au milieu du lac. La voix ne les visite plus jamais.

Ils sont en repos. Avec ses pinceaux, puis les yeux fermés, dans son esprit seulement, Lu Wei dit les feuilles de saule à l'automne, le souffle. M. de La Tour prie son Dieu. Il met dans ses supplications une ferveur qu'il n'avait jamais trouvée. Il sait quelle colère la conduite des hommes inspire : il espère de son Dieu un relâchement de sévérité que rien ne justifie.

Les deux hommes se passent du feu. Ils se passent du sommeil. Ils sont souvent joyeux. Ils soignent des oiseaux blessés. Les oiseaux répandent le secret que deux solitaires sont sages entre des eaux et des forêts qui les dissimulent. Mais rares sont ceux qui comprennent le langage des oiseaux. Lu Wei et M. de La Tour ne sont pas troublés.

Un jour, à l'heure où le soleil est très haut, trois voyageurs paraissent. Ils ont emprunté la barque d'un pêcheur. Ils vont droit au pavillon. Lorsqu'ils voient Lu Wei, que le battement insolite des rames a fait sortir, ils s'inclinent très bas. Ils savent son nom. Ils savent le nom de Lu Tsing. Ils cherchaient Lu Wei depuis des années. Ils voulaient, avant de mourir, disent-ils, voir le petit fils de Lu Tsing qui avait su trouver la Voie. Ils voulaient toucher ses coudes et ses joues. Ils voulaient boire avec lui, et chanter. Puis ils s'en retourneraient.

Lu Tsing les retient. Ils échangent des salutations avec M. de La Tour. Ils ne montrent pas s'ils ont remarqué ses yeux verts.

*

Les cinq hommes dînent ensemble. Les trois visiteurs parlent vite. Ils ont un accent que M. de La Tour connaît mal. Il suit difficilement l'entretien.

Ils finissent les légumes au fond de leurs bols. Ils raclent le bouillon. M. de La Tour empile les plats vides. Il sort les laver. La nuit est tombée.

*

Quand il revient, les voyageurs ont ouvert les sacs qu'ils portaient. Il y a maintenant entre eux : un violon à deux cordes, dont la caisse est ronde et étroite, le manche étant, lui, très long, un instrument qui ressemble à un luth, évasé magnifiquement, pourvu de quatre cordes, et une flûte en bambou noir.

Le premier homme joue du violon. Il frotte les cordes avec un archet en crin de cheval. Lu Wei ferme les yeux. Avec ce violon, murmure-t-il, on accompagnait, à la Cour, les chanteurs d'opéra. Mon épouse aimait le son qui naît de la vibration de ces cordes.

Le second voyageur pince les cordes du luth. Lu Wei garde les yeux fermés. Il soupire. Ses lèvres se sont entrouvertes. Ses paupières tremblent. Le pipa, dit-il, est comme une voix de femme juste avant qu'elle s'élève au plus haut. C'est le plaisir qui précède l'oubli du plaisir.

Le troisième pose la flûte sur sa bouche. Lu Wei pleure. Ce son qui n'est pas même une corde qu'on fait vibrer ou qu'on pince, ce son qui n'est que de l'air éplacé le bouleverse. Il se souvient, lui qui avait perdu toute mémoire du corps de son épouse, de sa voix. C'est sa voix. C'est sa gorge. Ce sont tous les oiseaux et tous les vents suspendus. C'est la caresse et la parole. C'est le sanglot et un air de musique, jadis, durant lequel Lu Wei s'était penché et avait, pour l'éternité, embrassé la femme aimée. Il ignorait alors que ce moment fût l'éternité. Mais, dans ce fragment de l'univers où rien ne meurt, il existe toujours un Lu Wei qui se penche et qui embrasse la tempe d'une femme qu'il désire éperdument.

M. de La Tour sent autant d'émotion qu'en éprouve Lu Wei. Il n'a jamais embrassé une femme aimée devant des musiciens. Il a goûté l'éternité, néanmoins, près d'une femme. Il connaît la gratitude qu'inspire la musique et sa délivrance du langage de la prose. Il porte en lui quelques moments où le discours n'a plus été pesanteur.

Il observe le long archet du premier musicien, si différent de l'objet court, aux crins fortement tirés, qu'il a vu employer à Paris ou à Venise. Il tend doucement la main. On lui remet le violon et l'archet. Il passe l'archet sur les cordes. Il s'émerveille des sons longs et profonds qu'il peut produire. Il cherche à son tour dans ce gémissement s'il trouvera la voix de la femme perdue. Il la trouve. Lu Wei et ses trois compagnons sont figés. Jamais ils n'ont entendu le violon des Cours devenir oiseau-lyre, ménure, amant, préluder seul et gémir absolument dans la nuit.

M. de La Tour ne retient plus ses larmes. Il a posé l'archet. Il dit la viole. Il dit l'alto. Il dit les hautbois et les bassons. Le théorbe, qui a grand et petit jeu. Il dit les voix à plusieurs, les chœurs et le chant qu'en Occident on fait venir du profond de la gorge et qui peuvent si longuement résonner. Il dit le bouleversement, sous les arches et parmi les lambris, entre les autres et devant Dieu, de la voix qui n'est plus voix, l'arrachement à soi, cette gravité qui est en l'homme et qu'il rencontre si rarement. M. de La Tour a pris le pipa, ce luth de la Chine qui lui rappelle, jusqu'à l'étourdissement, le luth qu'il a possédé en Europe. Il joue.

*

Entre leurs mains, jusqu'à la nuit derrière la nuit, jusqu'au matin, les cinq hommes font naître de la musique. Elle emplit l'obscurité, soulève la trappe où les chagrins demeurent obscurs. Elle donne à leurs lèvres, à leurs langues, au bout de leurs doigts, aux mouvements de leurs poignets, toutes les intonations qui rendent la ferveur transparente, incandescente.

Ensuite, Lu Wei et M. de La Tour sont en paix dans l'impermanence des choses. Ils guettent la lune de l'aube. Ils essaient d'être des temples, malgré les souvenirs qui navrent leurs cœurs, malgré leurs corps si lourds dans un monde flottant. Ils écoutent le brame des daims. Ils écartent les pensées amères. Ils se souviennent encore. Ils cherchent le rayonnement qui rachète l'errance.

L'hiver, à cause du brouillard, ils ne voient plus les berges. Chaque son qui leur parvient est assourdi. C'est merveille.

La dixième année, le printemps vient très lentement. La neige n'a pas encore fondu dans les sous-bois ni sous les arbres. Il reste, à l'ombre, des plaques de glace. M. de La Tour termine son oraison du matin. Il se tourne vers Lu Wei. Celui-ci sourit.

*

Dans quelques jours, je mourrai, dit-il. Le ciel et la terre seront mon cercueil et ma tombe. Le passé sans bornes, l'avenir sans terme confondent nos origines et nos fins.

Il faudra que vous rentriez parmi les vôtres. Vous reprendrez vos culottes bouffantes, vos livres. Nos sûtras ne sont pas vos livres et mon biwa déchire votre âme sans la délivrer comme votre cœur le réclame. Vous n'êtes pas homme à écrire des notes de chevet ni un compte des heures que nous consacrons à l'oisiveté. Vous voulez le sens et vous voyez le sens comme un acte. Vous voulez toujours tomber ou revivre. Il vous faut des illuminations, pas la blancheur étale où je rêve que je suis englouti. Il y avait sans doute une nécessité que nous comprenons à peine à ce que vous veniez ici.

Nous étions seuls et remplis de désespoir. Ce désespoir tourbillonnait en nous comme les grues avant la migration. Devant vous, ma solitude s'est fortifiée.

Mais vous aimez les hommes, jusque dans le tourment que leurs inconduites nous donnent. Vous ne souhaitez pas le détachement ni l'éloignement que je convoite. Quand je dénoue un à un les liens qui me tiennent au monde et que, dans mon indifférence, je trouve de la joie, quand je pense que je me rapproche de la Voie, que je vais peut-être gagner le ciel que je convoite, être invisible, anonyme, une particule de ce monde auquel je n'imagine pas de paradis et même pas d'enfer, vous vous désolez. Vous vous dépouillez pour aimer. Je me dépouille pour ne plus savoir ce que c'est que d'aimer. Je me dépouille pour n'être plus touché par le pétale qui glisse, au printemps, sur l'onde très pure, pour ne plus tressaillir quand le pinceau frotte sur le papier, lentement, le soir, traçant un caractère ample comme une manche de femme. Je me dépouille pour perdre mes souvenirs eux-mêmes. Ils m'entravent. Mais, vous, c'est dans vos souvenirs, lorsque vous vous confrontez à eux, que vous approchez de ce que vous voudriez que votre cœur fût. Je sais que vous ne vous contentez pas de ce profil aperçu. Ce ne sont pas des rêveries qui vous ont emporté ici. Les chimères ne sont pas votre royaume. Vous n'avez rien possédé. Vous avez déposé le peu que vous conserviez. Vous n'avez pas, mon ami, livré tous vos combats. Il faut rentrer.

Vous traverserez à nouveau toutes les mers que vous avez traversées. Vous heurterez à nouveau chacun des flots que vous avez heurtés. Vous repasserez les fleuves que vous pensiez avoir à jamais franchis. On ne franchit jamais rien à jamais.

Vous aurez placé mon corps dans notre barque et tiré la rame jusqu'à la berge. Après avoir posé pied à terre, vous battrez le briquet au-dessus d'une poignée d'herbes. Dans un moment, vous irez la cueillir et vous la mettrez à sécher sur cette poutre. Souvenez-vous de placer des branches au fond de notre embarcation. Vous veillerez que le feu a pris suffisamment, puis vous repousserez mon corps et notre barque pour que ce bûcher dérive au milieu d'un étang où j'ai connu la paix. Vous partirez.

Vous ne regarderez pas mon corps se consumer. Vous ignorerez la fumée que je deviendrai. Vous irez vers la mer.

Si je ne suis plus dans aucune chose qui reste au monde, je serai près de vous néanmoins. Je verrai cette femme pour qui vous avez eu tant d'amour que vous pensez que Dieu est amour. Je doute qu'un amour que des lèvres n'ont pas nourri, qu'aucun corps n'a assouvi, qu'un visage n'a pas soutenu, puisse survivre au temps. Je doute qu'il devienne de la charité. Vous avez peut-être toujours été dans la charité, même lorsque vous baisiez la bouche que vous avez pleuré d'avoir baisée. Et je partage votre espérance que la charité l'emporte, au moins dans votre bout du monde, et que cette charité soit tissue de l'amour des hommes, du parfum des femmes, de la chair douce des enfants, du soupir du vieillard qu'on n'a pas abandonné.

En vous, sans l'évoquer même, vous ferez vivre ma patrie qui est morte. Ainsi comblerons-nous tous les écarts et l'ignorance. Je vous confie mon épouse. Je vous confie mes princes.

Je vous quitte et je vous accompagnerai. C'est un prodige, dans la diversité des routes, la foison des étoiles, le désordre des ans, que nous nous soyons rencontrés. Je veux qu'il y ait d'autres prodiges et qu'ils comblent le cœur de mon frère.

*

Alors, M. de La Tour repasse les fleuves, les montagnes et les mers. Il trébuche. Il a un bol pour mendier et un bol pour le riz qu'on lui offre. Alors, il se jette dans les fossés pour que les soldats ne le voient pas. Alors, les petits enfants s'interrompent de jouer, quand il passe, à cause de son habit d'ermite, de ses yeux verts et de ses mains qui tremblent. Alors, après les embarquements et les traversées, il vient, comme un paquet de haillons, heurter au pavillon des pauvres. On l'accueille. On ne l'interroge pas. On se souvient de son nom, quand il le balbutie. M. de La Tour est devant cette maison religieuse qui, au fond d'un vallon, écoute Dieu. Il est devant Dieu Lui-même.

1673-1679

Jeudi 9 février 1673,
entre Tierce et Sexte

M. de Sainte-Marthe est au chevet d'une malade, dont il tient le poignet entre ses doigts. Deux religieuses entrent d'un coup. Leur précipitation le surprend. Il se retourne. Leurs visages sont défaits et elles sont agitées : la Mère supérieure les envoie. Elles le pressent de les suivre. M. de Sainte-Marthe se penche sur la Sœur Mathilde-Françoise de la Croix. Il la prie de l'excuser. Il dit qu'il reviendra. Il tire le drap sur elle, sort.

M. de Sainte-Marthe a quitté l'infirmerie. Il pousse la porte jaune. Il s'avance. Il voit M. de La Tour.

Aussitôt, il lui sourit et lui tend les mains. Ils se reconnaissent. M. de Sainte-Marthe a le même visage humble, empreint de bonté, que M. de La Tour se rappelait. Ils sont émus. Devant les religieuses qui les entourent, ils cherchent leurs mots. Ils scrutent leurs yeux : des rides les entourent. Leurs cheveux ont blanchi. Ils se donnent l'accolade.

M. de Sainte-Marthe invite M. de La Tour à monter aux Granges, où ils sont encore une poignée d'hommes qui quêtent la sincérité et le dévouement originel à Dieu.

Cette permanence touche au cœur M. de La Tour. La traversée des espaces, l'immensité du monde lui font juger miraculeux que les choses du temps, si éphémères et fragiles, puissent jamais tenir un moment dans la durée, qu'elles élèvent, contre le cours des planètes, contre les révolutions des hommes, la moindre résistance. Il ne croit guère que ces persistances doivent rien au hasard. Devant M. de Sainte-Marthe, il éprouve la conviction d'un destin auquel il ne fait qu'obéir, fût-ce en aveugle. Il vacille entre des injonctions dont la puissance le terrasse soudain. Il consent à des gestes écrits pour lui depuis l'aube. Dieu le guette. Il faut se soumettre seulement.

M. de Sainte-Marthe l'a entraîné. Ils montent cent marches au bout desquelles, une fois déjà, M. de La Tour a cru trouver son salut.

*

M. de La Tour est parvenu sur l'esplanade devant la maison où logent les Messieurs. Il ne bouge plus. Il cherche son souffle.

À l'instant, son nom est sur toutes les lèvres.

Il est amaigri. Ses traits portent la marque de l'exténuement et celle du détachement qu'il a conquis. La brillance des yeux, par contraste, est d'une intensité difficile à soutenir. Mais il est visiblement l'homme qui s'enfuit des années plus tôt, rongé par son impuissance à préférer Dieu plutôt qu'une femme, horrifié par la violence de l'amour qui nous habite et n'a, sur la terre, rien à sa mesure sur quoi se porter.

On se recule pour lui laisser passage. À la nouvelle

de son retour, les Solitaires qui s'abritent dans ces lieux comme dans un désert, un à un, paraissent. Ils descendent de leurs cellules. D'autres viennent du jardin. Certains n'ont jamais vu M. de La Tour, mais il est l'un des leurs, à qui le siècle n'a pas donné la joie. Il n'y a, dans la pièce, où ils se rejoignent, pas de feu. La lumière est pauvre et grise. Il flotte un peu d'allégresse, cependant. M. de Saint-Claude a pris M. de La Tour dans ses bras. Ils s'étreignent.

Quelques personnes retirées du monde, portées à l'indifférence envers les créatures, s'émeuvent. Dieu soit loué qui vous a sauvé, disent-elles. Dieu soit loué qui vous ramène parmi nous. Dix-sept années ont passé : autant dire rien.

*

M. de Sainte-Marthe, le premier, est à genoux. Prions, dit-il. Ses compagnons l'imitent. Ils sont en cercle. M. de La Tour est au milieu d'eux. Ils rendent grâces au Seigneur qui donne la vie et la mort comme il Lui plaît et qui a voulu qu'un cavalier pauvre entre tous ne trouvât pas d'autre lieu où chercher le dernier repos que cette vallée secrète. Ils s'émerveillent qu'on traverse le monde pour revenir s'abandonner à une communauté de mourants comme la leur.

M. de La Tour a baissé la tête. Parler lui est difficile.

*

Seigneur, balbutie-t-il, Vous avez mon cœur entre Vos mains. Puissé-je ne faire plus que Votre volonté. Puissé-je n'être plus, jusqu'au trépas, qu'une de Vos créatures les plus fidèles et les plus discrètes.

Au dîner, M. de La Tour reçoit une part de légumes comme les autres et on lui sert du vin dans un verre épais. Il pleure après la première gorgée.

Je n'ai pas bu, dit-il, de ce vin pendant si longtemps. Je pensais que j'avais oublié son goût et tous les souvenirs qu'il porte. Je revois les automnes et nos vendanges. Je revois nos fêtes. À nouveau, j'entends nos liesses.

*

Ensuite, à l'heure où chacun vaque à ses affaires, il passe dans la cellule de M. de Sainte-Marthe. Il pleure à cause des livres sur la table.

Je n'ai pas lu, dit-il, depuis si longtemps. Je n'ai pas feuilleté les pages d'un livre depuis si longtemps. Je ne possédais pas de livre. Je n'avais pas de plume. Je n'écrivais plus. Je ne me servais plus de ma langue. Je n'entendais plus de chant et je ne faisais plus que rêver la musique que nous aimons. Je ne voyais plus de peinture. Je ne connaissais plus les couleurs de l'Île-de-France. Je ne prononçais plus un nom qui me fût cher. Je ne savais pas si vous aviez disparu. Nous sommes la balayure du monde. Nous sommes attachés à des choses grotesques et des frémissements des sens auxquels il nous faut des disciplines et des martyres pour renoncer. Je craignais tant de ne m'être pas assez privé.

J'ai eu si peur. J'ai eu si froid. J'ai été si seul. Je ne pensais pas que je revisse jamais ces lieux.

Je n'entendais plus rien, ne savais plus rien, ne sacrifiais plus à Dieu. Je priais tout au fond de moi, redoutant que ces prières ne fussent seulement le discours intérieur d'un homme seul. J'étais pris de doutes et de dégoûts plus vastes que tous les précipices. L'angoisse m'y jetait et l'angoisse me retenait devant leurs bords. Je sentais que le pied me manquait. Je n'avais personne vers qui me tourner. J'ai compris quel orgueil était le mien. J'avais si honte et j'étais si faible. C'était un combat presque permanent. Tant que mon affliction a duré, je voyais les portes ténébreuses que Job a marquées. Je comprenais que je m'engloutirais d'avoir trop appelé Dieu à moi, d'avoir voulu être si singulier et héroïque.

J'ai tellement tremblé.

J'ai tout dépouillé en moi.

Je songe aujourd'hui à l'homme près de qui j'ai vécu. Il était la générosité et la bonté, quoiqu'il ne voulût pas savoir le nom de Notre-Seigneur. Il m'a tiré du désespoir. Chaque nuit, il me hissait hors de mon obscurité, de mon enfermement en moi-même. La nuit est mon royaume. À quoi Dieu a-t-il réservé mon ami ? Il n'a pas été sauvé. Il souriait. Était en paix. Perdu. J'admire son âme.

J'ai vu cet homme mourir et s'embraser la barque où, près de son corps qui ne respirait plus, comme il l'avait voulu, j'avais passé sur la rive du retour. J'ai repoussé cette barque vers le lointain. J'étais entré dans l'eau jusqu'à la taille. J'ai vu son corps comme une torche sur la barque qui dérivait. La flamme dansait devant moi et me cachait un pavillon où je m'étais abusé que je mourrais. J'avais battu le briquet. Les flammes ont dévoré sa nacelle. Je crois que je pleurais. Je m'étais attaché à lui. Il fallait me déprendre encore. Je sais que je ne dois pas avoir d'attachement aux êtres ou aux choses. J'y suis sensible comme un enfant.

J'ignore le jour et peut-être le mois exacts où cet homme, mon ami, est mort. Son calendrier n'était pas le nôtre. Nous suivions à peine le cours du temps et le cours de ce temps n'était pas celui que je connaissais, où je pusse me repérer. Nous étions hors de tout comme de nous-mêmes. Il reste, de toutes ces années, des saisons. Nous nous rencontrâmes au pire de l'hiver. J'ai entendu sa voix au penchant d'un été. J'ai touché un violon de sa nation, pendant que le vent hurlait contre les volets de notre cabane.

Je crains d'être un homme qui attire le bannissement. Je ne sais pas si, au milieu de tous les abandonnements et les délaissements que vous avez consentis, vous voudrez de moi. J'aspire à votre solitude, à l'oubli. Je désirerais que vous me repreniez. Je serai plus sage que le plus sage de vos élèves. On n'entendra plus parler de moi. Je ne cherche qu'un ensevelissement qui précède celui de la mort.

Nous ne voulons rien, répond M. de Sainte-Marthe. Nous n'acceptons ni ne refusons rien. Nous obéissons à Dieu qui vous a ramené de si loin que nous serions insensés si nous ne reconnaissions pas sa main dans ce prodige. Vous êtes chez vous, Monsieur. Vous l'êtes partout, là où l'on honore Notre- Seigneur, où le sentiment de la charité n'est pas expiré.

On lui fait la litanie des morts :

M. de Bagnols est mort.

M. Le Maistre est mort.

La Mère Marie des Anges Suireau est morte.

M. Vincent est mort.

La Mère Angélique est morte.

La Sœur Jacqueline de Sainte-Euphémie Pascal est morte.

M. de Bernières est mort.

M. Pascal est mort.

M. Singlin est mort.

Louise-Marie de Gonzagues, Reine de Pologne, est morte.

La Mère Madeleine de Ligny est morte.

La Mère Agnès est morte.

Dans le monde, le Cardinal est mort, et la Reine mère, affreusement, le corps pourri avant même que le néant s'en fût emparé.

Deux papes sont morts.

Vivre et mourir sont une seule chose.

*

Le Roi fait rebâtir à neuf le château que son père avait élevé à quelques lieues d'ici. Il y réside beaucoup. Certains disent qu'il quittera Paris. Les courtisans du rang le plus élevé se font construire des palais à l'ombre du sien. C'est une transhumance incessante, un chaos de chaque instant, tout ce qui inspire le plus grand dégoût.

*

On lui apprend les malheurs où la communauté est tombée après son départ, les miracles que Dieu a fait éclater pour la Maison, les persécutions, les dispersions, les sœurs exilées et persécutées, celles qui trahirent, le grand bruit dont Dieu tente sans cesse ses créatures, la nécessité de défendre la vérité et la malédiction des convictions, la séparation du monastère de Paris et de celui des Champs, la pauvreté, la soumission et la joie en Dieu, l'impossible apaisement qu'ils cherchent dans ces bois et la seule vérité : la cloche, plus bas, qui les appelle à l'office et qui règle la vie de filles consacrées au silence, à l'oubli de soi, à la remémoration éternelle, comme le jour où il est parti, pour toujours, s'il y avait de l'éternité dans les jurements des hommes.

*

M. de La Tour ne raconte rien.

Il donne la date de son départ et celle où la *Santa Caterina* quitta Lisbonne. Il indique le temps de son arrivée à Goa. Il dit qu'il a demeuré en Chine, mais en homme privé, à l'insu de tous, hors des villes et de toute connaissance, ne cherchant qu'à faire taire le trouble qui était en lui, lorsqu'il s'enfuit. Quelques-uns de ses auditeurs l'interrogent. M. de La Tour secoue la tête. Il ne souhaite pas être distrait d'un repos pour lequel il a tant lutté par des réminiscences qui n'ont pas d'intérêt. Des anecdotes ne lui semblent pas dignes de ses compagnons. Il n'a pas vu de jésuites. Il ignore comment ceux-ci s'accommodent des rites étrangers de la Chine. Il n'a rencontré qu'un homme assailli de souvenirs et de fantômes qu'il écoutait la nuit. Qu'a-t-il retenu des silhouettes qu'il tirait des ombres ? Presque rien. Les individus sont si singuliers, lorsqu'on les regarde bien, qu'ils sont sans fond. Le vrai et le faux, comme le juste et l'injuste, se dissolvent. Leurs vertiges, leurs bonheurs, leurs aventures, leurs chagrins, néanmoins, sont les mêmes. Ils les accablent presque sans la moindre variation, ressassement stupide et sans signification, sinon qu'il faut oublier tout pour se jeter à la poursuite de ce qui est unique et ne souffre aucune altération. M. de La Tour aborda, au moment de son retour, à Nantes. Il y avait, sur le quai, devant la passerelle qu'il n'avait pas encore franchie, une marchande de légumes. Elle a été la première voix de femme qu'il a entendue utiliser à nouveau des mots de sa langue. Elle vendait des branches de céleri et ce parfum étourdit M. de La Tour après des jours si nombreux sur la mer. Cette maraîchère a autant d'existence, en lui, que des empereurs qui commandaient un pays plus grand que d'autres continents.

Pendant qu'il parle, M. de La Tour serre dans son poing un petit cube d'ivoire gravé. C'est un des sceaux que Lu Wei avait conservés. Avant de mourir, il les avait placés dans la paume du Français. Aucun autre objet n'appartient en propre à M. de La Tour. Il lui plaît de ne posséder qu'un présent qu'on lui a fait. Parfois, à cause de la sensation dans le creux de sa main, apprivoisée si loin, les temps et les lieux se confondent en lui. M. de La Tour ferme les yeux. Il attend que le désordre se résorbe. Il entrevoit des clartés insoupçonnées.

Il raconte l'horreur qu'il a éprouvée en entrant dans Paris. J'arrivais par le faubourg Saint-Denis. Je n'ai vu que des aveugles et des maisons qui étaient des tombeaux. Je n'ai entendu, montant des salles de comédie, que des glas, confondus aux rires. Je n'ai vu que des menteurs et des morts qui gesticulaient. Je n'ai aperçu, conduits en procession parmi des torches et des flambeaux, que des gens qui erraient, qui se manquaient. Ils faisaient du bruit avec leur langue ; il ne sortait pas une parole de leurs bouches. Rien n'avait de réalité.

Je ne vois plus, confesse-t-il, que des morts qui se ruent à la mort, la tête tournée en arrière, regardant vers une origine trompeuse. Nous n'avons jamais sucé le sein de nos mères. Nous n'avons peut-être jamais habité leurs ventres. Nos mères ne voulaient ni des fils ni des filles. Nos mères avaient peur de mourir et elles désiraient quoi que ce soit qui les détournerait de la mort. Mais il n'y a que la mort qui nous délivre d'elle-même. Il n'y a qu'un appauvrissement tel de toutes nos facultés qu'il ne nous reste qu'un souffle de voix pour prier et vouloir que nos paroles aient du sens. Je hais le mouvement, les hommes, les illusions, les compromissions.

J'ai vu, mes amis, le bout du monde. Et c'est le même désordre, la même plainte. Il n'y a qu'en nous où nous enterrer. Il n'y a que Notre-Seigneur à supplier, nuit et jour, de nous donner ce rayon d'absolu dont une pointe est fichée en nous.

*

Je veux l'ombre, dit M. de La Tour. Je veux le silence. Je veux la prière. Je veux une hutte, au fond de vos bois. Je veux que nul n'y sache ma présence. Le monde est si opposé à la pénitence. Je veux la nudité. Je veux l'amour qui nous emplit dans le vide, les yeux clos, saisis par le froid et la vacuité.

Sur la table, il pose le sceau d'ivoire.

Désormais, rien ne m'appartient plus.

Ce sceau m'a été offert par un homme qui s'appelait Lu Wei. Après que les flammes l'ont consumé, que des flots ont bu ses cendres, maintenant que je vous ai fait remise de ce petit dé qu'il aimait, il est entièrement disparu du monde. Je désire disparaître de la même façon. J'aurai à peine été comme ces traces que les pas des marins laissent sur l'arène, quand elle est humide : un moment de soleil à tout jamais les efface. Je n'ai d'autre souhait que le repos.

*

Les Messieurs assemblés se concertent. Ils acceptent de recevoir M. de La Tour parmi eux. Ils lui imposent quelques obligations envers la communauté qu'il accomplira par humilité et par esprit d'obéissance ou par esprit de sacrifice, s'il le faut. M. de La Tour se rend à leurs observations sans contester, puisque le ciel a permis qu'ils eussent pitié.

Mercredi 22 février 1673

M. de La Tour a été affecté au service domestique de la maison. Il reçoit la charge de garde des bois. Il s'installe dans une cabane dans la forêt, loin de tout bâtiment. Le toit est à demi enfoncé. Il croise, pour le renforcer, des branches que le vent ou l'orage ont jetées à terre. Il dispose des feuillages au-dessus. Cette simplicité lui suffit.

Il dort sur une planche. Il ne possède d'autre qu'un tabouret, une table et une chandelle. Une ouverture basse lui sert de porte. Il n'y a qu'une lucarne. Il voit le progrès du jour ou de la nuit par les interstices entre les branches. Chaque spasme que le gel lui arrache le tient en éveil. Parfois, il cesse de sentir le froid ou l'humidité. La pluie ruisselle. La boue macule le manteau sous lequel il dort. Les choses ne le tiennent plus. Il est dans cette combe et il est en Chine, où il a découvert ce qu'est le vide, ce qu'est la béatitude. Il a rejoint cette extase, le retour, l'allègement qui naît de l'irrévocable.

*

M. de La Tour devant veiller qu'on ne fait aucun dégât dans les bois de l'Abbaye, il passe véritablement sa vie au milieu des arbres et des bêtes. C'est une réduction de soi qu'il a déjà connue, sinon qu'il n'a, cette fois, pas même un compagnon près de qui s'étendre, la nuit venue. Il est solitaire parmi les plus solitaires. Entre ses marches, durant lesquelles il redoute d'être distrait, il s'occupe à lire, à prier, à méditer. Rapidement, ses activités l'occupent tant qu'il n'observe même pas combien de jours s'écoulent avant qu'il rencontre un autre homme. Il se nourrit de pain dur et d'eau. Il chasse le souvenir des fruits inconnus que Lu Wei lui apprenait à écorcer. Il essaie d'être tout à fait simple, sans repli, sans mémoire.

*

Lundi 27 février 1673

Un lièvre blessé se précipite dans la hutte où M. de La Tour dort encore. La porte, qui n'est pas fermée, cède sous son poids. L'animal réveille M. de La Tour. Sa respiration est affolée. Immobile, il fixe avec terreur l'homme qui s'applique à ne pas bouger. Quand il a retrouvé son souffle, M. de La Tour se lève. Il déchire un morceau de sa chemise et panse la bête.

Le jour levé, M. de La Tour sort. Il met le lièvre dans le ballot qu'il porte à l'épaule. La plaie s'est rouverte. Quelques gouttes de sang percent. Elles tachent la neige à chaque pas qu'il fait. Ces auréoles parcimonieuses l'accompagnent jusqu'au monastère où il va prendre un outil. Devant l'écurie, il tire l'animal du sac. La toile est largement souillée, désormais. Le lièvre est mort. M. de La Tour caresse son pelage, tiède encore. Puis, il le porte au jardinier.

*

Le sexe de M. de La Tour se dresse parfois dans la solitude de l'aube, malgré le dénuement, le recueillement, le don de soi au silence et à la prière. C'est comme ce visage de femme que ses mains tiennent à jamais dans leur creux, comme la faim, comme la soif à la fin d'un matin d'été : des expiations et des douceurs confondues, le rappel incessant d'un état d'homme, quoiqu'il tente de s'en défaire, des brûlures de la chair au-delà de toutes les quiétudes que l'esprit octroie. M. de La Tour tente de réprimer le désespoir, le découragement. Il songe qu'il ne doit rien espérer. Il faut ne voir que les efforts et se réjouir de leur nombre et de la peine qu'ils lui infligent.

*

L'agonie d'un homme-Dieu est l'avers unique et inexpiable du vrai amour. Combien d'agonies pour cette agonie.

*

Au hasard de ses courses, M. de La Tour s'agenouille devant une haie. Devant des rangées de pois. Devant un morceau de cuir que le cordonnier a jeté par terre.

Il s'agenouille devant l'eau. Devant les flaques.

Devant le nid tombé de sa branche. La pourriture d'une bête.

Il s'agenouille sur un caillou. La douleur le déchire. Il remercie Dieu de lui avoir donné ce caillou où poser son genou. Il Le remercie pour la mesure de terre à la mesure de son ombre où il marche. M. de La Tour cherche l'exactitude, le retranchement de toutes les superfluités, le sens des choses. L'hiver, les bois sévères lui sont repos. La couleur, la lumière, les gémissements de la nuit l'oppressent.

*

Un nom lui brûle les lèvres. Il ne l'a pas prononcé une fois.

M. de La Tour ne s'est pas enquis de Mme de Clermont. Il ignore si elle est en vie, si M. de Clermont est en vie. Il ne sait aucune nouvelle. Il se tient si écarté de tout qu'on ne lui parle de rien.

Il faut s'en tenir à cette ignorance. Il renouvelle sans cesse cette oblation. Il n'y a pas de sacrifice qui lui coûte davantage et ce sacrifice est silencieux.

M. de La Tour n'a pas conservé d'autre secret pour ses compagnons ; il leur tait la femme qu'il se retranche à chaque instant.

*

Les larmes lui paraissent des éclats de joie. Il s'interdit de pleurer, quand le visitent des pensées qui l'émeuvent. Il se reproche sa tendresse pour les créatures, sa sensibilité à tout ce qui l'entoure, qui le distrait de Dieu. Dieu devrait être sa seule et implacable distraction. Il devrait être dans le tombeau à l'égard des autres : des fantômes, des rêveries suffisent à le détourner de son Maître.

*

L'intransigeance de l'abaissement : être contre soi un glaive, une lame nue.

*

M. de La Tour recherche le silence d'avant gésir, celui où un homme se rend, consent, épouse la mort et découvre, peut-être, si la souffrance lui en laisse le répit, le visage du destin qu'il a poursuivi, interrogé, qui s'est obstinément dérobé et qui livre son mystère dans l'immense vanité d'un moment où il est impossible de rien recommencer, de rien amender.

Samedi 4 mars 1673

Jean Hamon rend visite à M. de La Tour.

Il s'est retiré dans cette vallée vingt-trois ans plus tôt. Il avait renoncé à l'exercice de la médecine. Il voulait l'obscurité. Il avait été convenu qu'il servirait de jardinier et de secrétaire à M. Arnauld. Presque aussitôt, pourtant, les religieuses ayant perdu le docteur Pallu qui prenait soin d'elles, il avait été commis aux sœurs malades et mourantes. Il leur avait déplu. Elles trouvaient ses manières inflexibles et autoritaires. Elles le rebutèrent. M. Le Maistre se faisait examiner par un homme qu'il mandait de l'extérieur. Certains préférèrent même s'en remettre à maître Jacques, le cuisinier du duc de Luynes, leur voisin. M. Hamon se souvient de sa détresse. Puis les préventions tombèrent. Quand le Roi avait persécuté la communauté, lui ôtant ses prêtres et interdisant qu'elle reçût même les derniers sacrements, lui seul avait été autorisé à demeurer près de ce troupeau de femmes à qui tout manquait. Il avait reçu la charge de composer des réflexions qu'elles pussent lire pour se consoler. C'était un entier renversement de son premier état. Chaque page lui coûtait affreusement. Il ne trouvait pas que l'éloquence qu'on lui avait prêtée, jeune homme, lui fût de la moindre utilité. Il s'appliquait. Ses protégées dévoraient ses épîtres. Il mettait du baume à leurs esprits, disaient-elles, autant qu'aux plaies de leurs corps. Il entrait dans leurs petites intrigues. Elles le remerciaient de ses bontés. Aujourd'hui, il a cinquante-cinq ans. Il devine les âmes que la souffrance étreint. Il va voir cet homme revenu de tout qui s'est terré le dernier parmi eux.

Il débusque M. de La Tour comme il fend du bois. Il a ôté sa veste.

Dans toute la région, on fait l'éloge de ce médecin juché sur un âne dont la selle est munie d'un pupitre. Il lit les Évangiles, tandis qu'il chemine. Il est sans cesse sur les routes. Il entre dans les huttes des plus pauvres. Il veille les petits enfants et les femmes jeunes qui vont mourir. Jamais il ne ménage son temps ou sa peine. Aux hommes, il parle avec sincérité.

M. Hamon est assis sur le tabouret de M. de La Tour. Il a entendu son cœur qui gémit. Il n'est pas bavard. Il est las.

J'ai peur, confesse M. de La Tour. J'ai peur de m'être abusé, d'avoir lu une leçon qui n'était pas celle qu'il fallait que je déchiffrasse. J'ai peur d'être une outre de vanité. On me croit détaché. Je ne suis qu'un homme terrifié, vide, dont les hantises croissent chaque jour. Ma vie est régulière. Je suis en repos. Je ne connais pas la paix.

Jean Hamon avoue. Nous avons tous peur. Je suis terrassé par l'indignité. Terrassé par ce que nos Mères exigent de moi. Je voudrais, avec vous, hurler parmi les loups. J'ai soif de votre nuit. J'ai soif de votre désespérance qui ne doit pas se cacher. J'envie la déréliction qui ne vous laisse pas de répit et qui vous pousse au salut.

Je ne montre aucune vertu, dit M. de La Tour. Je ne pourrais plus dormir dans une maison où dorment d'autres hommes. Je ne pourrais plus me nourrir devant d'autres hommes. J'ai honte de ma bouche que j'ouvre pour engloutir des aliments. Je ne pourrais pas gémir, la nuit, sur un lit. Ce ne sont pas les autres hommes qui me font horreur : c'est l'humanité en moi dont ils me renvoient le reflet. C'est mon attachement au corps, la force sournoise, incompréhensible, de la vie qu'ils m'obligent à considérer, à accepter. Seul, humilié comme une bête, il me semble que je m'en éloigne, ce qui m'est un leurre et un pansement. Qu'on ne m'admire pas par où je m'épargne.

Alors, cessez de vous épargner, répond le visiteur. Allez vers ces gens. Humiliez-vous. Considérez leurs peines qui sont aussi grandes que les vôtres. Regardez leurs moignons et les âmes rétrécies que le monde leur fait. Secourez-les. Oubliez-vous. Vous m'escorterez. Vous viderez ma cuvette. Vous me tendrez le rasoir. Vous avez appris à renoncer. Il faut apprendre à aimer ou à vous donner, à vous dilapider.

*

Je désirerais être un fétu, un bout de bois, le jonc, la feuille que le vent agite. Je désirerais être pur résonnement. Je meurs d'être obstinément ce remugle d'organes et d'amour de soi que je suis.

*

Le médecin repart un peu avant la nuit. Il sourit.

Il hissera M. de La Tour plus près de Dieu. Il a confiance dans ce chagrin sans éclat ni mystère.

*

Vendredi 31 mars 1673,
à Ténèbres

M. de La Tour s'allonge sur le pavement au dernier cierge qu'on souffle. La grille noire qu'il fixe depuis des mois, le rideau obscur derrière lequel on a peine à croire que se dissimulent des femmes revêtues d'encore plus d'obscurité, ayant le cœur taché de sang, leurs scapulaires maculés d'écarlate seuls éclatants dans la nuit, sont en lui.

Seigneur, je Vous ai approché, prie M. de La Tour. Je Vous demande désormais l'aumône de la Permanence.

La beauté des voix humaines qui résonnent le terrasse : la beauté des œuvres de l'homme, de tout ce par quoi la créature se surmonte, le dégoûte de lui-même, de sa paresse. De toutes ses forces, il prie pour demeurer dans ce dégoût et vaincre sa paresse. Sous la voûte de cette église, il se sent une force nouvelle.

*

Dimanche 2 avril 1673

M. de La Tour fait ses Pâques. Il assiste à l'office entre M. Hamon et M. de Luzancy. Ses mains tremblent follement. Mais il soupçonne, cette fois, qu'elles tremblent de joie.

Vendredi 21 juillet 1673,
peu après None

M. de La Tour est au verger. Avec quelques Messieurs, il étaie des arbres dont les branches sont si chargées de fruits qu'elles menacent de rompre. Ils ont chaud. Ils ont roulé les manches de leurs chemises au-dessus du coude comme font les ouvriers.

Le messager surgit sans qu'ils l'aient entendu venir. C'est un très jeune homme. Il porte la livrée de la maison de Clermont. Comme il ne connaît pas M. de La Tour et qu'il distingue mal, parmi ces quelques personnes simplement vêtues, entre maîtres ou domestiques, il interroge au hasard un des jardiniers. Celui-ci le mène courtoisement à M. de La Tour. Le messager se souvient alors qu'on lui a dit que sa taille était très au-dessus de la moyenne et qu'il avait au visage une balafre profonde. Il est saisi par l'éclat du regard, malgré l'œil jadis blessé, et l'autorité des traits sous l'expression d'humilité qui les couvre. Il salue son interlocuteur. Il lui remet le pli qu'il apporte de Paris.

M. de La Tour tient dans ses mains une lettre de Mme de Clermont. Il ne l'ouvre pas. Les autres le regardent.

Elle est vivante. Toutes ces années, elle était vivante. A- t-elle été touchée de tant de prières qui lui ont été adressées ? Est-elle vaincue ? Est-elle encore la lumière qui, sur l'instant, a resplendi dans le cœur de M. de La Tour ? Est-elle encore la fiancée du mont Liban ?

Elle est la fiancée. Elle est le faon. Elle est le nard et le lys des vallées. Pour l'éternité. Elle est tous les mots de la langue, quand ils disent la splendeur, la révélation. Rien n'est mort en M. de La Tour. Il s'est donné à Dieu. Il paie, chaque jour, l'iniquité d'être homme. Et il aime encore cette femme comme au premier jour où Dieu l'a conduit devant elle.

M. de La Tour s'écarte du groupe où il se trouvait. Il ouvre la lettre depuis un tertre d'où l'on surplombe le monastère. Il ne lit pas tout de suite. Il regarde le canal sous le soleil. Il écoute, dans un buisson, des chardonnerets. Il entend la fièvre qui s'empare de lui et qui le ronge. Il est pure clameur.

*

Mme la Duchesse de Clermont sollicite une entrevue de Raphaël François Louis Henri de La Tour, vicomte d'Excideuil. Quoiqu'elle ne l'ait pas vu depuis dix-neuf années bientôt, qui furent aussi longues que le temps qu'on hait peut être long, elle n'a pas oublié son nom. Elle n'a, écrit-elle, rien oublié. Elle sait qu'il a sans doute fait remise du passé à Dieu. Cela lui importe peu. Il mourra et elle mourra. Tous les hommes meurent. Puisqu'ils ne sont point morts encore, puisque Dieu leur a gardé la vie, puisque M. de La Tour est sorti de la nuit où il s'était jeté et qu'il a choisi de se loger près d'une maison qu'elle protège, où, enfant, elle a vécu, elle désire aujourd'hui qu'ils se rencontrent à nouveau, fût-ce pour la dernière fois, qu'ils se trouvent l'un face à l'autre. Il n'y a pas d'oubli ni de repos sans adieu. L'aurore, jamais, ne surgit avant l'adieu. Je vous attendais : chaque jour, chaque heure, chaque nuit de chaque année, pendant presque dix-neuf ans, je vous ai attendu. Je n'ai jamais pu connaître de répit. Jamais je n'ai pu me convaincre que vous aviez cessé de respirer. Nous avions juré que le monde ne serait pas assez fort pour nous briser. Il ne nous a pas brisés.

*

M. de La Tour a mis la tête dans ses mains. Il se tient le visage baissé. Il est assis, les coudes sur les genoux. Il fait nuit. Une chandelle éclaire son visage par en bas. Il ne savait pas si elle était vivante ; il ne souhaitait pas le savoir. Il était parvenu à un équilibre d'ignorance et de renoncement. Sa vie est entée sur le mystère que cette femme lui est devenue. Elle l'habite trop violemment pour exister encore par elle-même, lui semble-t-il. Son corps tout entier se dresse contre cette revenante. Il est foudroyé par la crainte.

Il pose ses conditions. Ils se rencontreront de nuit, une nuit où il n'y aura pas de lune. Ils se rencontreront dans la grange, qui est vide à cette saison. Ils se tiendront loin l'un de l'autre. On aura tiré entièrement la porte derrière eux. Il ne passera pas un rai de lumière. Un valet assistera à leur entretien. Ils ne le verront pas plus qu'ils ne se verront eux-mêmes, et il ne les discernera pas dans la nuit : mais il entendra chacun de leurs souffles, chaque syllabe des mots qu'ils prononceront ou qu'ils entameront de prononcer.

En outre, Mme de Clermont veillera à étouffer son odeur.

Elle portera une robe qui ne saurait bruire. Elle s'abstiendra du moindre bijou qui luirait ou dont les breloques s'entrechoqueraient. Elle n'ôtera pas ses gants. Elle mettra une coiffe. Elle prendra soin que sa respiration même soit la plus silencieuse possible.

M. de Sainte-Marthe écoute sans répondre. M. de La Tour l'a pris comme directeur. Il lui demande de régler le détail de cette entrevue, si elle doit avoir lieu. Le prêtre a de la compassion pour ce pécheur que son péché ne cesse point de hanter, mais c'est, lui dit-il, une véritable miséricorde que Notre-Seigneur vous fait, ne relâchant pas un dard qui vous garde de la négligence et de l'endormissement.

*

Je ne souhaite pas vous voir, écrit M. de La Tour. J'accepte de vous entendre. Votre prière me suggère que votre âme bat des ailes comme un oiseau à la mort et j'ai pitié de vous. Je suis dans ce royaume, dans ce bois, mais je suis un autre que celui que vous avez aimé. Cet homme est mort, disparu, englouti. Je suis enfoncé dans la pénitence de nos fautes. Vous parlerez à un pécheur sans haine, sans mépris, mais que son salut tourmente et qui ne songe plus qu'à racheter les violences de son cœur et de ce monde. Vous êtes morte en lui, s'il a été celui dont vous conservez le souvenir. Vous ne devez rien espérer d'une rencontre qui vient de la compassion et même de la nécessité où nous sommes de consentir à ce qui nous humilie ou nous dégoûte.

Pour Mme de Clermont, rien jamais n'est englouti. Il n'y a que la peur qui ronge sans fin les hommes, l'envie de fuir qui les harcèle, une obsession de la faute et de son châtiment qui ne rachète rien et ne garantit même pas qu'on sache résister à la première à aucun moment. Elle ne croit pas que M. de La Tour soit mort ou disparu. Elle veut voir ou entendre ou respirer cet homme qu'elle aime encore. Elle veut heurter la fascination qu'il continue d'exercer sur elle à de la réalité. Elle est presque certaine que la réalité sera plus forte que la vieille fascination.

M. de La Tour redoute des plaintes ou des récriminations. Mme de Clermont poursuit le songe d'une délivrance. Elle sait qu'elle n'est plus une femme qui lui manque, dont l'absence le dévorerait toujours. Trop de temps a passé. Elle n'a pas eu un moment de liberté.

Mme de Clermont est derrière le carreau d'une fenêtre près de laquelle, jadis, elle s'était réfugiée, après s'être donnée à cet homme. Elle veut croire que, dans la distance, ils se répondent et qu'ils ne sont pas les mots qu'ils échangent. Elle guette la certitude qu'ils ne se seront pas effrités. Le reste ne lui importe pas.

*

La date du 10 août 1673 est retenue.

Jeudi 10 août 1673,
deux heures avant Laudes

Il a plu toute la journée qui a précédé. Les chemins sont si détrempés, qu'il faut quatre heures pour venir depuis Paris. Il ne passe pas un rayon de lune. Les arbres n'ont pas d'ombre. La nuit est noire entièrement.

Mme de Clermont traverse Magny. Elle reconnaît les silhouettes des bâtiments et un endroit effondré de la chaussée. Ses lèvres, dans la cabine de la voiture, sont plus pâles encore que ses joues. Elle frissonne à cause de l'obscurité, des claquements de fouet du cocher, des branches qui heurtent le carrosse, des trois gens d'armes qui l'escortent à grand bruit. Elle frissonne, parce qu'elle pense à M. de La Tour exclusivement depuis des jours. Elle est pleine de l'instant où ils seront face à face. Elle a oublié qu'ils ne se verraient pas. Elle a oublié les rejets. Elle a oublié qu'ils ne se toucheront pas. Il lui semble qu'elle tombera à genoux, ou bien sera-ce lui qui enfouira son visage dans les plis de sa robe. Elle mettra ses mains dans ses cheveux. Elle sentira ses lèvres sous ses doigts. Il lui appartiendra. Elle sera de nouveau à lui comme, sans faillir, elle n'a pas cessé de l'être véritablement.

Elle soulève le rideau de sa portière. Elle voit la dernière allée, avec le champ à main droite, quand on va directement aux Granges. Ce n'est partout qu'obscurité et silence.

*

Ils entendent qu'on tire sur eux les petites portes par lesquelles ils sont entrés chacun à une extrémité de la grange. C'est l'instant de la consommation éternelle. Une charnière qui grince l'isole dans la suite des temps.

Tous les murmures, les grondements, tous les battements, les gémissements, les fantasmes et les supplications du passé meurent en Mme de Clermont. Elle oublie le martèlement des chevaux qui l'ont amenée ici. Elle oublie le temps. Elle existe purement, pour ce seul moment, sachant soudain qu'elle disparaîtra ensuite et qu'elle est venue pour cette disparition.

*

Ils sont, dans le noir, aveugles, éberlués. Les grandes portes latérales sont closes. Les moissons ont commencé deux jours plus tôt. La grange est vide encore. Il flotte l'odeur du foin ancien, lointaine et un peu sure.

M. de La Tour ne dit rien. Ses mains à son insu s'agitent contre les pans de son habit. Sa gorge est sèche et nouée. Il ne pourrait pas prononcer une parole. Sa vie court en lui ; vingt ans de sa vie sont une minute et les siècles des siècles.

Le silence dure entre l'homme et la femme. Le valet est adossé au mur.

*

Alors, Mme de Clermont parle.

J'ignorais l'amour, dit-elle. Je n'avais pas connu ni soupçonné la joie que nous nous sommes donnée. Nos bouches, nos bras, nos jambes, la peau de nos ventres, le poids de nos corps, l'envers de nos poignets, nos langues, nos sexes, nos soupirs, nos silences et nos confidences qui se sont mêlés ont gravé en moi un mystère qui était le bonheur. J'ignorais que je pourrais avoir du goût pour l'impudeur, qu'il y avait en moi aucun désir de joie. Et ce désir était fulgurant. J'ignorais que je pourrais garder mes mains de l'eau, afin de respirer dans mes paumes l'odeur d'un homme que je ne verrais pas de trois jours et que trois jours me donneraient envie de mourir, seraient l'agonie. J'ignorais qu'on pût haïr le jour, la nuit, sa maison, la voix de son époux, son cheval, le lacet de ses souliers. J'ignorais que l'amour est loin des corps, quoique sans eux il n'existe pas. J'ignorais que je vous aimerais, lorsque vous seriez loin et obstiné à me laisser dans la solitude et l'abandonnement. J'ignorais que l'amour est l'oubli, la honte consentie, le renoncement. Il est l'indifférence et l'amertume, n'est-ce pas ? Il est la générosité impossible, dévoyée sur un enfant blessé ou un mendiant. Il est ce qui demeure, lorsque la tendresse et la passion sont disparues. L'amour est le vide, les déserts. Il est une immolation pure. J'ai été cette immolation. Je le suis encore.

Je vous suis immolée depuis le premier jour que je vous ai vu. Je n'ai jamais pu écarter de mon esprit la moindre image des heures que nous avons passées ensemble. Je n'ai jamais pu haïr une de ces heures, mais j'ai haï tout ce qui n'était pas elles. Parce que votre corps était unique, j'ai pensé que la joie que nous avions éprouvée était unique et qu'elle valait tous les trésors de la terre. Pour vous, cependant, je ne valais pas tous les trésors de la terre.

Vous m'avez fuie. Vous vous êtes donné à Dieu. Vous m'avez reniée. Vous m'avez crucifiée. L'amour est cette grange obscure où, des confins du temps et de l'espace, nous nous tenons à nouveau l'un et l'autre. Tout ce qui n'est pas vous ne m'importe pas. Je me redonne à vous.

Je me redonne à vous, peut-être, depuis que je vous connais. Il me semble que j'aurai passé ma vie à vous faire don de moi. Avez-vous ignoré comme je vous aimais ? Avez-vous ignoré comme je vous attendais ? Qu'avez-vous fait de nos serments ? Ne songiez-vous pas à moi ? N'éprouvez-vous pas de révolte, lorsque vous ramenez à votre esprit la douceur que nous nous sommes procurée ? Croyiez-vous que je vous demandais quoi que ce soit ? Pensiez-vous qu'il me fallait des présents ou des égards ? Imaginiez-vous que j'avais de la considération pour mon état ou l'abaissement qui consistait à être votre épouse secrète ? Avez-vous pu à ce point me méconnaître ? Comment, tant d'années, n'avez-vous jamais faibli ? Jamais couru jusqu'à moi ? Jamais écrit une page, une ligne, qui m'eût tirée de la nuit et du désespoir ?

Savez-vous ce qu'a été ma vie sans vous ? Avez-vous jamais rien su de moi ? Croyez-vous qu'il faille bien des discours entre un homme et une femme qui avaient réduit tous les espaces du monde à un trait d'air minuscule entre leurs bouches ?

J'ai appris votre retour il y a dix-neuf jours. Rien n'a hésité en moi. J'ai souhaité vous revoir au-delà de tout. Vous me dérobez votre visage. Mais que sais-je du visage que vous me dérobez? Que sais-je du visage que l'absence vous aura fait? Ce n'est pas votre visage que je chéris. Je chéris le cri que nous avons poussé ensemble, la tendresse qui nous a liés, je chéris l'éblouissement que nous avons ressenti et que je sais avoir été seul pur de toute ma vie.

Les devoirs sont des ombres; ils ne sont aucune âme. Ils sont ce qui nous détourne de nos âmes. Et, le plus souvent, nous ne sommes que l'ombre de ces ombres.

Je ne suis même pas une de ces ombres. Je ne suis rien. Je ne suis pas des devoirs que j'ai méprisés sans m'y soustraire et je ne suis pas une femme par amour de laquelle vous auriez consenti à ne rien vouloir davantage.

Vous m'avez tant blessée. Vous avez jeté mon cœur aux chiens. Tous vos jours de silence, vous me frappiez avec la pointe de vos souliers. Vous me crachiez dessus. Vous m'aviez oubliée. Vous vous êtes détourné. Vous n'avez pas su comme je pleurais après un mot de vous. Vous souhaitiez l'ignorer. Vous n'imaginez pas, n'est-ce pas, la solitude des femmes, au milieu de leurs familles, dans leurs palais et leurs apanages. Vous n'avez pas eu la compassion que vous auriez eue pour un pauvre ou un boiteux. Je ne boitais pas : je n'étais qu'une femme que vous ne souhaitiez plus voir. Mais, aujourd'hui, j'éprouve de la joie à sentir que vous vous tenez dans ce noir auquel je m'adresse et rien ne voile cette joie.

Je mépriserais de vous repayer vos bontés. Je ne vous ai rien donné pour une rétribution. J'aime, peut-être, que nous ayons entre nous tout à renouveler, que rien n'ait compté. Des années se sont écoulées et elles n'ont pas affecté un mouvement de nos cœurs. Tout demeure net et déchirant.

*

M. de La Tour ne voit pas si Mme de Clermont porte des vêtements ternes ou si elle n'a pas une parure. Il ne voit pas si elle a passé quarante ans. Il ne voit pas son visage. Il ne voit pas si ce visage est flétri ou si des jours qu'elle n'a pas vécus ne l'ont pas touché. Il ne voit pas si la femme devant lui a conservé les cheveux bruns qu'il prenait dans ses mains. Il ne voit pas si elle a une coiffe ou une capuche. Il ne voit pas si elle est celle que son souvenir désire. Il a entendu le son d'une voix qui le hante sans fin, qui recoud les jours présents aux jours anciens, qui ressuscite tous les disparus qu'il est devenu, une voix qui est l'émotion et l'éternité, que rien n'a touché et qui le frappe comme la voix de Dieu le frapperait. La voix de Mme de Clermont est la musique qu'on a possédée dans une intuition, qui s'est retirée et laisse à sa place une plaie vibrante, un désir que nulle mélodie, nulle célébration, nul office n'étanchera jamais. M. de La Tour est un enfant ébloui devant la foudre.

La nuit dans laquelle il a exigé que Mme de Clermont soit ensevelie triomphe de lui. Dieu se moque de ses prudences d'homme étroit : la femme perdue se dresse mieux dans l'obscurité que M. de La Tour a exigée. Invisible, lointaine, pure résonance, elle est plus présente qu'elle eût fait pourvue d'un visage autre peut-être que le visage jadis caressé. Cette voix dans l'obscurité, entièrement dépouillée, si nue, ranime la passion jamais oubliée, jamais vaincue, ayant été seulement transmuée ou dérivée. L'amour vrai, quand il a rayonné, ne meurt pas. Il se transmet, comme la vie, la maladie, la mort, courant de créature en créature, se portant sur toutes les choses, impossible à briser, comme ces grands incendies qu'il faut des fleuves pour rompre, si, encore, une flammèche n'embrase pas l'autre rive.

La blessure et la soif demeurent inchangées en M. de La Tour. Leur dévolution à Dieu n'a rien apaisé. Il a cherché une transmutation, pas la sérénité vide où Lu Wei, près de lui, a voulu glisser. La voix de Mme de Clermont étouffe les paroles redoutées. Il n'y a plus de paroles pour M. de La Tour. Il n'y a que l'évidence magnifique. Il bat des paupières. Il transgresse toutes ses interdictions. Il cherche désespérément un bout de silhouette, un bruit d'étoffe. À l'obscurité, il quémande un contour, une odeur, un reflet. Mme de Clermont, qui lui est entièrement rendue dans son dérobement, lui demeure entièrement dérobée.

M. de La Tour est incapable d'écouter les mots qu'elle prononce. Il devine qu'elle est un signe que Dieu lui envoie.

Elle s'est tue. Des larmes ruissellent sur les joues de M. de La Tour. Il hurle dans son silence. Il la caresse, lui prend les mains, lui baise les lèvres. Il passe ses mains le long de son cou. Il est secoué de sanglots. Immobile.

*

La condamnation que le temps prononce contre nous me fascine. Chaque jour est inexorable et sans retour, et nous perdons chaque jour.

Nous attendons des êtres que nous ne reverrons pas. Nous nous promettons des anniversaires et des bouleversements qui nous trouvent désemparés. Nous poursuivons l'achèvement de tâches qui n'ont pas de fin. Nous nous renouvelons perpétuellement et c'est un renouvellement vain, parce que rien ne change, rien ne nous comble. Nous courons au néant à notre insu, précipités, désordonnés, remplis d'intentions bonnes. Nos pires colères sont brèves et dépourvues d'effet devant le précipice. Le temps nous emporte. Il emporte tout avec nous. Nous sommes dans un basculement permanent. Il n'y a que la mort et nous n'avons, devant elle, que des gesticulations, des vœux, des désirs inassouvis.

Ma vie a plus de force dans cette grange, dans cette obscurité, qu'elle n'en a eu au cours de vingt années de ses gestes et ses lieux ordinaires qu'on rassemblerait en une seule masse.

Je sais qu'il est trop tard ou que nous n'avons jamais eu une chance de nous rejoindre. Je contemple ma vie effondrée.

Savez-vous, dit-elle, que mes fils sont morts ? Les trois fils qui me demeuraient, lorsque vous avez disparu, et le dernier enfant que j'ai porté, cinq ans plus tard, sont allés aux ombres qui ne nous ont pas pris, vous et moi. De cinq fils que j'ai donnés au monde et qui vécurent, il n'en demeure pas un. Aucun n'atteignit l'âge d'homme, comme si le dégoût que j'éprouvais les avait saisis avant qu'ils le connussent ou qu'ils eussent aucune raison de le partager. Il me semble toujours que mes enfants sont remplis du même effroi que j'ai senti et que cet effroi les a tués.

Trois d'entre eux moururent loin de moi. On m'écrivit qu'ils n'étaient plus, puis je reçus leurs corps, qui étaient froids et rigides. On les avait à demi embaumés. Je ne les reconnaissais presque pas. Ils m'avaient exclue, moi qui ne les avais pas assistés dans leur combat. Ils n'entendaient pas mes larmes et ils ne sentaient pas mes paumes sur leurs visages trop lisses.

Les autres sont morts entre mes bras, dans leurs

chambres. Des nuits entières, je les ai entendus gémir. J'ai vu leurs yeux chavirer. Je tenais leurs mains qui n'étaient plus leurs mains. Ils m'étaient ravis. On les emmenait hors de moi. Ils n'y consentaient pas. Nous n'étions rien, dans notre faiblesse de créatures aimantes, face à cette dévoration.

J'ai mis au tombeau cinq enfants dont je savais presque tout, tant ils étaient jeunes, et, sur ces tombeaux, j'ai pleuré en suppliant qu'il existât pour eux une éternité dont je ne veux pas pour moi.

J'ai espéré que ces morts me tueraient. Mes fils étaient mon seul lien à un monde que vous aviez déserté. Il fallait les perdre comme je vous avais perdu. J'ai tout donné au Dieu que vous révérez. Que m'a-t-il accordé ?

*

M. de Clermont, comme moi, a survécu. C'est un châtiment.

De retour d'un séjour à la campagne qu'il avait fait, une veille de Pentecôte, tandis qu'il s'habillait avec son valet, il s'est effondré. On m'a fait venir. Il était sur le parquet de sa garde-robe. Une de ses jambes bougeait de façon saccadée et il sortait de sa bouche un bredouillement impossible à comprendre. On l'a porté sur son lit. On l'a saigné. On l'a veillé. La parole et le mouvement ne lui sont pas revenus.

M. de Clermont ne tolère plus de me voir. Il exige qu'on aille me chercher. Quand je suis devant lui, avec sa main gauche qui est encore valide, il me jette à la tête ses cuillers, le livre de son chapelain, les pièces d'un jeu qu'il tenait. Il crache dans ma direction et de la salive lui coule sur le menton. Il n'arrive pas à prononcer les phrases qui le hantent ; il les ressasse comme un damné de l'enfer. Il est violent avec ses gens aussi. Il renverse toutes les assiettes de potage qu'on lui apporte, s'il leur trouve un goût qui lui déplaît. Il grimace terriblement. Mais son goût est altéré et il finit parfois par ronger, en larmes, n'importe quel aliment qu'on aura mis devant lui. Il n'est plus que la réitération d'une colère qu'il n'avait jamais montré ressentir avant ce jour où il est tombé par terre.

Nous sommes cloués l'un à l'autre, sans tendresse ni pardon, impuissants à nous procurer autre chose que du tourment. Je songe souvent comment je pensais que je serais le salut de son âme et le réconfort de sa vieillesse. Je me hais.

*

Mme de Clermont pleure. Elle se souvient de ses fils. Elle voit M. de Clermont adossé à ses oreillers ou qu'on promène dans une chaise faite à son usage. Dans la nuit où elle est plongée, elle voit distinctement toutes ces choses qui la blessent. Elles lui paraissaient presque indifférentes, avant qu'elle les racontât à M. de La Tour. Elle avait tout suspendu.

M. de La Tour ne dit rien.

À cause de son silence, elle se tait elle-même.

Elle comprend qu'il n'est pas de rémission et que Dieu est entre eux au point qu'ils n'échangeront pas ces quelques paroles qu'elle espérait encore, qui eussent renversé cinq morts et un survivant qu'elle soupçonne de désirer sa mort plus qu'aucune autre chose. Elle guette un mot, un soupir. Elle n'entend rien. Elle s'est acheminée vers le jugement. Peut-être est-il un silence qui dure.

*

Enfin, la voix de M. de La Tour résonne. Elle est très lente, assourdie. Il cherche ses mots.

Certains hommes posent, sur la table où ils écrivent, des crânes vides et secs qui leur rappellent qu'ils vont mourir. À l'heure où le soleil perce, ils observent la lumière qui touche ces orbites creuses. Les chandelles, le silence, les robes de chambre, la solitude, l'insomnie, la nuit protègent de la mort. On oublie, loin du jour, dans l'irréalité de l'étude, que cette sphynge nous guette. On pense même, parfois, écrire depuis elle. Ou bien l'on pense que des gestes lents et l'indifférence aux ambitions du monde diurne l'ont apprivoisée. Ces hommes se flatteraient qu'ils ont trouvé un chemin de traverse sans ces têtes qui béent devant eux. Le rai de jour qui, soudain, rencontre l'ombre à la place de l'œil renvoie toutes ces illusions à leur misère. L'orgueil qu'on tire de l'esprit se réduit à une pauvre esquive. Il n'y a plus de passion de savoir ou d'impuissance à se satisfaire des simulacres de la vérité, plus de générosité ou de rêve. Il n'y a que des parades contre l'angoisse et des clameurs d'hommes vieillissants que le sommeil déserte.

D'autres traversent la vie les yeux pleins de la tête tranchée d'une femme qu'ils aimaient jusqu'à la passion et que la mort leur a prise. Ils ont monté un escalier où ils pensaient qu'on les attendait. Ils ont trouvé le corps dont ils guettaient la possession seul, étendu entre des flambeaux, et le visage que leurs lèvres convoitaient posé sur un plat, la bouche entrouverte sur rien. Ils n'ont pas vu de chirurgien ni de prêtre. On n'avait pas encore pendu les draperies funèbres. Il n'y avait que des cierges et un rasoir. Ces hommes hurlent. Ils cognent leur front sur les dalles devant la table où gît la forme qu'ils adoraient. Ils ne peuvent rien contre un hoquet qui a fini une vie. Les objets qui les entourent et le silence parlent plus fort que toutes les promesses qu'on leur avait faites. Ils voient que les choses se moquent des battements de leur cœur. Elles rient qu'ils imaginent que cet organe contient autre chose que celui des bœufs, des chevaux ou des moutons à l'abattoir. La chair tant caressée, l'épaule rêvée jusque dans le sommeil, la chevelure soulevée mille fois, l'odeur réservée de la nuque, le trait du bras à la jointure de l'aisselle : des fantômes qui n'eurent jamais l'autorité du rictus qui vient de les accueillir, des lambeaux de songerie, du vent dont ils ont rassasié leur effroi du néant. Alors, ces hommes ôtent leurs perruques. Ils se précipitent hors du palais où ils ont découvert l'unique triomphe qui soit vraiment. Ils délaissent leurs villes. Délaissent toute ville. Ils se jettent dans des creux d'ombre, parmi des pierres et des nuées de moustiques, au bord d'étangs dont l'eau semble presque aussi morte que le visage des femmes mortes. Ils gémissent. Ils vous prient, Seigneur. Ils renoncent. Ils se dépouillent, s'arrachent les chairs. Ils pleurent. Ils murmurent des refrains qui sont des pincées de sel, des larmes fossiles, des chagrins d'enfants. Ils marchent pieds nus et haïssent leurs corps. Ils fondent des monastères. Ils ne peuvent oublier le cou tranché, le regard muet de celle dont les lèvres étaient le matin du monde, le corps aimé et le vertige de toute tendresse, toute tendresse étant désormais à réprimer, triste consolation engloutie, avalée dans le noir : inutile, vaine. Ils ne redoutent plus la solitude. Ce n'est plus la mort qui les épouvante. C'est le puits, la bouche obscure. Ils songent, quand le barbier a tiré les cheveux qu'ils enroulaient, eux, dans leurs doigts, quand il a tranché la gorge où ils laissaient expirer leur souffle. La mort les a si rudement heurtés qu'ils voient la vie misérable et qu'ils se jettent à Vous, Seigneur, en pâture, pour expier la faiblesse de leurs attachements à des souffles d'air que sont les créatures et toucher une rive où les choses cesseraient d'être muables, où l'amour serait si pur qu'il troquerait le désir pour la charité, les rengaines éphémères pour l'éternité. Ils contemplent la mort de votre Christ, et toutes les morts, et les mères qui sont sur leurs genoux, pour oublier l'absente, pour bannir l'ardente nostalgie de lui donner à nouveau la main. Lorsqu'ils se jettent sur les pierres des chemins et qu'ils frappent leur poitrine, ils Vous prient de ne plus rien savoir de la joie des hommes. Tous les jours, toutes les nuits, toutes les heures, en se brisant et en cherchant à être humbles, à perdre le sentiment des choses, alors même qu'ils pensent n'avoir plus que de l'horreur pour l'idée de la possession, qu'ils ne veulent plus que la paix des dissolutions, le néant révélé, ce sont l'orgueil et ces femmes qu'infiniment ils retrouvent, qu'ils supplient et qu'ils étreignent, dans le noir où ils sont plongés. Seigneur, c'est à Vous à donner le coup final, à les jeter dans le silence et l'abaissement. Ils rampent. Ils mangent l'herbe des chemins et leurs ossements sont de la poudre. Vous Vous taisez encore. Votre silence est comme une flamme qui les brûle.

Seigneur, j'envie ces hommes. Car, pour me convaincre de l'inanité de toutes choses, pas de crâne, pas de morte dont rêver ou qui m'entraîne dans sa mort au monde. C'est à mon ineptie que Vous confiez le soin de m'en détourner. Je n'ai à considérer que l'outre vide que je suis, ma boursouflure, la désolation de toutes mes plaintes et le désespoir que j'ai causé. Je pleure une ombre de chair. Je pleure des convoitises que je suis trop faible pour expulser de mon cœur. Vous ne m'avez rien repris, parce que je ne possédais rien. Je ne suis que vide. Vous m'avez retranché ce que je prenais qui ne m'appartenait pas. Ce n'est pas la privation, ce n'est pas le néant, que Vous m'avez jetés aux yeux. C'est le mal dans la faim que je ressens, dans la soif, le désir, l'ardeur, dans l'élan, le sentiment de l'incomplétude, c'est la pitié immense qu'appellent vos créatures quand elles veulent des môles, des amers, des palais derrière des remparts et des douves, des demeures et des murmures éternels, des joies humaines. Seigneur, j'ai voulu me retirer dans la solitude pour y pleurer mes péchés. Je jugeais que vous m'aviez fait la grâce de m'inspirer de grands sentiments de pénitence. Mais, pour une voix, je vacille et il n'est plus de verger à conquérir ou de pardon que je veuille mériter. Seigneur, je ne suis rempli d'adoration et de tremblement que pour cette femme. Je l'ai vue sous le corps de l'époux auquel je l'avais dérobée. J'ai couru au bout du monde. J'ai connu la paix. Et cette femme peut tout renverser encore. Je ne sais plus si je suis à Vos pieds, si je Vous supplie de me garder d'elle et de moi ou si c'est elle que je supplie d'avoir pitié. Je heurte, Seigneur, aux portes de Votre royaume. L'épreuve est trop forte pour moi, même si Vous m'avez donné ces mains qui tremblent toujours, comme Votre fils, chaque jour, remeurt, pour me guérir de tout espoir. Je suis à Vos pieds. Je Vous prie de me faire entrevoir cette nuit qui guérit les âmes endurcies, car, dans ma nuit, ne demeure que le rayon d'une voix pour laquelle je renoncerais à tout. Il ne demeure que l'ivresse.

*

Il y avait eu la nudité devant vous. Il y eut celle qui consistait à être sans vous, exposée, non comme un enfant qui vient de naître, mais comme qui fut vêtu, nourri, qui a connu l'estime, et est déchu de tout cela, jeté dehors nu devant tous. Un peu d'amour que je n'ai pas connu longtemps et jamais dans la sérénité a bouleversé ma vie.

Ôtez la pierre d'endurcissement qui étouffe votre cœur. Dépouillez-vous de votre orgueil. Laissez-vous revenir à moi. Sortons de cette grange. Consolons ensemble le chagrin qui nous ronge. Qui blesserions-nous ? Vous ne m'aimez pas moins, n'est-ce pas, dans l'éloignement où vous me tenez ? Vous ne m'avez jamais oubliée ? Vous n'avez cherché qu'à survivre, désespérément.

Vos refus sont des étreintes que vous vous masquez.

*

Je veux me lamenter sur mon âme comme sur un mort, répond-il. Vous ne m'avez pas compris. L'homme à qui vous parlez n'existe plus, si rien ne me touche plus vivement que vous. Je suis passé au-delà du désir véritable, sans quoi, mon amour, je vous tiendrais contre moi comme je rêve que je vous tiens contre moi.

*

Vous ne m'aimez pas. Vos paroles sont des mensonges. Les hommes n'aiment pas les femmes, quand ils les aiment. Ils veulent toujours quelque chose au-delà. Elles ne leur servent qu'à leur ouvrir les enfers ou le ciel ou moins encore. Les dons qui sont des dons n'ont jamais retenu l'un d'entre vous. Vous désirez des conquêtes, et je vous suis offerte. Il vous faut des combats. Je leur suis étrangère depuis toujours.

*

Vos reproches sont injustes et mes renoncements n'étaient rien face à leur injustice. Les nuits et la neige, le vent, la faim, la soif, les fleuves de sang qui m'ont vomi, la privation de votre corps, les lambeaux de ma chair que les oiseaux prenaient à même ma poitrine : tout cela n'est rien en comparaison de votre regard qui me reproche de ne pas vous avoir aimée, de votre regard qui ne croit plus que je vous ai irrésistiblement aimée.

*

Vous m'avez quittée. Vous m'avez abandonnée.

*

Je ne vous ai pas quittée. M. de Clermont était votre époux et je n'étais rien. J'étais un voleur. Je vous faisais du mal et, si j'ai un regret, c'est celui de votre souffrance, c'est celui de votre égarement, de votre cœur qui ne se repent pas.

Je ne vous ai pas abandonnée pour tenir une autre femme contre moi. Toutes ces années, même dans les pires désirs et quand je n'étais qu'une clameur de désespoir et d'angoisse, jamais je ne vous en ai substitué une autre. Je ne vous ai pas trahie. Je vous ai conservé toute ma foi. Je n'ai pas dit des paroles que je n'aurais pas crues ou que j'aurais reniées. Je ne me suis rendu à rien que j'aimasse moins que vous ou qui fût la paix. J'ai cherché, pour me consoler du manque affreux que je n'ai jamais cessé de ressentir, le maître le plus cruel, le plus âpre. J'ai cherché tout le pire et le dénuement entier.

J'ai consenti à être loin de vous. Je ne me suis jamais éloigné de vous. Je ne vous ai jamais perdue dans mon cœur et je ne vous ai pas sacrifiée à des chimères : mon nom, des enfants, de l'argent, des honneurs, les prières de mes parents ou des vôtres, tout ce qui n'est que du vent et de la vanité au regard de l'amour. Je ne vous ai immolée à rien. J'ai tenté de nous garder innocents du monde.

*

Vous m'avez désolée. Je suis morte depuis des années à force de chagrin, d'ennui, de nostalgie et d'envie dont je ne savais pas venir à bout.

*

Je voulais la dépossession, dit M. de La Tour. Mais la dépossession n'est pas un effet de la volonté. C'est une canne de fer qui s'abat sur nous, qui nous laisse hagards et bouche-bée et remplis de regrets et d'amertume. La dépossession ne se désire pas. Elle n'est pas la paix ; elle n'est pas le calme. Elle n'est même pas le repos. Elle est le feu, le trouble, le tourment, le reniement. C'est une cuve où nous bouillons. C'est notre peau qu'on arrache en petits lambeaux, notre âme que nous découvrons qui existe à l'instant où elle est violée. La vertu n'est pas dans ce cri. La vertu n'est pas dans la souffrance. Elle est, après, dans le silence, la tendresse malgré la ruine et la nudité des mains. Elle est la charité infinie et la joie de donner qui l'emportent, l'impuissance à ne pas aimer. La vertu est dans la survie et les soins que nous donnons à autrui, à des êtres qui jamais ne combleront ma douleur ni ma solitude, qui les ignorent, qui ne vous valent pas, mais auxquels j'offre ce que je ne saurais vous donner, pour que toute grâce ne soit pas perdue. Ô mon amour, la dépossession consiste, aujourd'hui, à vous parler de si loin de moi-même que je puis vous parler vous sachant à jamais perdue, renoncée. Ne détruisez pas le peu que j'ai conquis ou que j'essaie de conquérir.

*

Le démon de la tristesse est en moi. Il me hante. Je voulais porter la main sur moi. Je pensais à vous. Je me suis tenue à la vie pour vous.

*

Cachons-nous ensemble en Dieu. Ne nous dit-Il pas : si tu es seul, je serai ta compagnie ? Si tu es faible, je serai ta force. Si tu es pauvre, je serai ton trésor. Si tu as faim, je serai ta nourriture. Si tu es affligé, je serai ta consolation et ta joie. Si tu es dans l'ennui, je serai ton goût. Si tu es dans la défaillance, je serai ton soutien. Vous m'oublierez.

Ce que nous désirons le souffle court, les yeux brillants, impuissants à mentir ni à déguiser, sots de concupiscence, silencieux, entièrement projetés vers la chose que nous voulons — être, rencontre, aveu, pardon, petite joie sensuelle —, Dieu nous le retranche. Il le met sous nos yeux. Il le met sous nos lèvres. Nos mains touchent le poignet, le velours de la manche. Nous caressons l'avènement si proche. Mais rien n'advient. L'autre se détourne. Il ignore le cœur qui nous bat, ou il nous méprise. Le fruit est blet. L'attente est vaine. Il ne reste en nous qu'un hurlement intérieur, puis la pétrification, cette mort qui procède de la domination honteuse de soi, pour que nul ne voie comme nous sommes creux, trop vifs, blessés si infiniment et qui pardonnerions à l'instant pour une rémission qui ne viendra pas.

Donnez-moi le salut. Déliez-vous de moi.

*

Je me lève avec le jour et, avec lui, chaque fois, la même agonie est à revivre.

Je me promène dans les allées de ma maison et les arbres autour de moi sont des nochers qui me conduisent.

Chaque vingt-cinquième heure, un nouveau-né hurle à la vie qui vient de se ficher en lui. Il me semble que je hurle de la même manière. De la même manière, je voudrais toujours me défendre de naître. Et les discours que nous tenons, du haut de notre orgueil d'hommes et de femmes, boursouflés de vanité, sérieux, ridicules, ne valent pas davantage que le vagissement plein de faiblesse et d'inconscience d'un nourrisson. Un enfant né à l'aube nous remplace : qui voit la substitution ? Quelle différence ?

Vous voulez plaire à votre Dieu. Croyez-vous que nos gesticulations Le touchent ? Croyez-vous que nos vies ruinées Le satisfassent ? Pensez-vous qu'Il se penche au bord du ciel pour étudier nos tremblements ?

Croyez-vous que mes paupières où se pressent les larmes Lui inspirent du contentement ou de la peine ? Qu'importe au soleil qu'on le voie ? Qu'importe à la nuit qu'on y dorme ou qu'on y veille ? Qu'importe à la vie qu'on la fuie ?

Rien n'existe ; vous existiez dans ma vie. Vous lui aviez donné ses ombres et sa foudre. Vous étiez la foi reçue et jurée. Vous étiez mon secret et l'unique raison de m'accommoder de tout ce qui, chaque jour, doit nous convaincre de nous arracher la vie. Nos âmes, depuis les premières années de nos enfances, sont des ruines qu'on s'acharne encore à détruire. Avez-vous observé ce que sont les hommes et les femmes parmi lesquels nous déambulons ? Vous m'aviez rendu une âme. Vous étiez tout. Je vous attendais. Je vous ai si passionnément attendu et j'ai tant prié Dieu qu'il vous conservât.

Vous êtes aujourd'hui dans cette grange noire où nous entendons battre la cloche qui appelle quelques femmes rebelles à Laudes. Ne toucherez-vous pas mon poignet ? Ne prendrez-vous pas dans votre main le bout des doigts de mes mains ? Tendrai-je ainsi ma main dans le vide sans que vous écartiez ce vide ?

*

Les commandements du Seigneur sont dans nos cœurs. Ils sont inscrits sur les poteaux des portes de nos maisons. Nous les avons épelés, médités, dans nos chambres et en marchant dans les champs, la nuit dans les intervalles du sommeil. Ils sont une marque dans le creux de nos mains. Nous les portons sur le front, entre les yeux. Vous ne les ignorez pas, même si, dans votre désespoir ou dans la pusillanimité du don qu'Il requiert, vous feignez de l'ignorer. Tout est écrit sans nous. Nous n'avons qu'un assentiment à donner pour racheter la violence du monde. Je vous demande cet assentiment.

Nous sommes en un lieu où beaucoup de paroles blessent l'âme. Je vous supplie de nous donner aussi le silence.

*

Avez-vous oublié le petit paysage dans ma chambre ? Avez-vous oublié les livres dont les phrases vont au cœur comme des flèches ? Avez-vous oublié la parcimonie, la retenue, le silence si plein qu'ils nous ont appris ? Avez-vous oublié ces sons d'hommes ? Avez-vous oublié que les plus beaux octaves sont un aveu qui nous sort de la gorge ? Avez-vous oublié mes seins et ma bouche ?

*

Je n'ai pas oublié le petit paysage dans votre chambre. Je n'ai pas oublié les livres que nous lisions. Je n'ai pas oublié vos seins ni votre bouche.

J'ai vécu près d'un homme qui n'oublia jamais une femme morte et qui ne trouva que le vide et la mort pour s'en défaire. On n'oublie rien de ces miracles. Je donnerais ma vie pour être celui que je n'ai pas été et que nous puissions être autre chose que des amants désunis.

Le monde est contre nous. Le temps est contre nous. Nous ne sommes rien au regard de rien.

Je vous supplie de vous souvenir de la parole de notre Maître : n'ayez point pitié des pleurs de vos parents ou de vos amis, si vous ne voulez vous-même pleurer éternellement.

*

Pour l'éternité, je vous donne mes larmes.

*

Retirez-vous.

Dieu dit en mourant sur la croix : je suis seul. Je suis abandonné. J'ai soif.

Je serai seul. Je serai abandonné. J'aurai soif. Je comptais sur votre pardon. Je serai sans ce réconfort que Notre-Seigneur n'a pas eu.

*

Il me semble que je vous parle comme saint Denis, avec ma tête tranchée entre les mains. Mais vous ne le voyez pas. Vous ne voulez pas l'entendre.

*

Si vous saviez comme j'entends votre voix. Si vous saviez quelles larmes couvrent mon visage.

Je suis déchiré, nu. La tentation brise ma voix.

Je suis plus misérable que sur une plate-forme au milieu d'un lac où je croyais que la mort me délivrerait.

*

Le véritable amour ne connaît pas les obstacles. Il ignore la désolation, le renoncement. Il les méprise. Il prend. Il arrache. Il piétine tout. Il jouit. Il meurt, ensuite.

Vous ne voulez pas mourir, n'est-ce pas ? Avec votre Dieu, c'est le néant que vous fuyez. C'est l'abîme sous nous, en nous, auquel vous cherchez à vous soustraire.

*

Afin que la passion ne nuise point, faisons comme s'il n'y avait que huit jours de vie.

*

Huit jours de vie ? Et vous ne voudriez pas tout arracher à ces huit jours ?

*

Mon amour, mon unique amour, mon amour si doux et si opiniâtre, vous êtes obstinée à vous détruire : aucune parole que je prononcerai ne vous persuadera. Je devrais rompre déjà cet entretien. M'enfuir.

Nous sommes jetés chacun d'un côté du monde. Nous nous sommes perdus dans cette course pour ne pas nous perdre.

Vous savez pourtant que nous portons toujours le monde en nous-mêmes, que nous sommes un monde à nous-mêmes et que chaque personne est le monde à l'égard des autres. C'est une condamnation sans esquive.

La vie sans vous ne m'importe pas. Arsène mourant n'avait plus, dit-on, de cils tant il avait pleuré. Je n'aurai pas plus de cils que lui. Vous avez été mon seul rêve. Puisse Dieu permettre que je ne rêve pas encore que je vous tends la main et que le monde s'annule.

Ni le chagrin ni la mort ne m'éloignent de vous,

mais une lassitude sans nom, une faille par où l'ardeur et le désir s'échappent. J'observais, hier, un enfant qui tournoyait dans une cour et il me semblait qu'il était mon fantôme ou que j'étais le fantôme d'un enfant réel qui dansait dans une cour baignée de soleil, les bras écartés, la tête jetée en arrière. Je suis une ombre venue des ombres, égarée et qui s'en retourne à son royaume.

Je fais fuir la vierge ou la jeune épousée devant qui je parais et je suis peut-être plus ému qu'elles pourtant, assoiffé, désespéré. Mais ces filles de vingt ans sont plus sages que moi, dans ce rayonnement qu'elles jettent autour d'elles, prêtes à être broyées et qui ne l'ignorent même pas, quand je suis ensemble du chagrin, de la déperdition et de la révolte.

Retirez-vous, mon amour, pour que vos larmes ne m'attendrissent pas. Vous n'avez jamais été loin de mon cœur. Vous êtes seule ce que j'ai tant de peine à remettre à Notre-Seigneur. Il n'y a que vous quitter qui me tue. J'ai cherché tous les accommodements qui eussent pu être. Il n'y en a pas.

Vous êtes plus à plaindre que moi. Alors, puisque tout est injustice, laissez-moi n'être que la terre et la cendre que je suis : terre et cendre en mon cœur et dans mon corps. Laissez-moi être terre et cendre, encore plus, au-dedans de mon âme. Laissez-moi être mon trouble qui n'en finit pas. Laissez-moi être plein d'ignorance, d'imprudence, de légèreté, de témérité, de corruption, de faiblesse, de vanité, de jalousie, de lâcheté, de mensonge, d'infidélité. Dieu ne nous donne pas des secours extraordinaires, parce que nous sommes vertueux, parce que nous sommes de grands hommes ou des héros comme on en met sur la scène des théâtres.

Je consens à être mes lâchetés, mes imprudences et l'amant qui, en vous adorant, aura mis la mort en vous.

Je voudrais bien pouvoir me dire à moi-même que je n'ai pas commis de crimes. Mais j'ai commis des crimes et vous êtes le crime dont je me repens le plus et que je chéris absolument. Laissez-moi à ma vie cachée en Dieu. Laissez-moi dans mon néant. Laissez-moi décroître aux yeux du monde comme aux miens. Que je connaisse le peu que je suis, puisque je n'ai pas d'autre moyen de me corriger de mes vices. Sans illusion sur moi-même, sur mes péchés et sur mes défauts, sur mon indignité, je jouirai, au regard de notre Dieu, de la justice que vous me ferez de me blâmer, de me décrier, de me déchirer, si vous le souhaitez. De me mépriser, de m'oublier, si vous l'aimez mieux de la sorte. Et de me tenir pour indifférent, pour un rien à votre égard et à l'égard de tout.

Il est temps que vous m'abandonniez, parce que, sans doute, je vous ai abandonnée déjà. Il se peut que vous ayez raison et que je vous aie trahie. Nous trahissons tout et il n'y aura pas eu, dans ce siècle, plus indigne ni plus inutile que cet homme qui vous aime, qui vous chasse, et qui vous parle encore.

Je voudrais vous parler jusqu'à la fin du monde.

Soupçonnez-vous, ô mon amour, que je voudrais que nous tombions dans le chaos et le jugement sans avoir cessé de nous entretenir ? Perdre votre voix, ce sera perdre à jamais le jour. Je ne respirerai plus aucun printemps. Plus aucun soleil ne se posera sur ma joue.

L'aube va venir. Il faut vous quitter pour la dernière fois.

Alors, que je vous dise que vous m'avez fait perdre le goût du monde. Vous m'avez rendu son séjour odieux, parce qu'il existait sans que je vous possédasse. Toutes les villes et tous les empires étaient vides. Les forêts étaient seulement des grondements d'arbres.

Vous êtes celle pour qui jamais je n'entrerai plus dans aucune ville. Vous êtes celle pour qui j'en ai fini des livres, des intrigues, des hommes, de la guerre, de l'honneur. Vous êtes celle qui relègue de la chaleur, des assemblées, celle qui détourne des tableaux, des couleurs. Celle qui rend l'écoute même de la musique impossible, parce que la musique, c'était vous. Vous êtes celle qui me bannit des offices, du regret, du repentir, de la raison. Vous êtes celle qui rend caduc mon séjour parmi ceux qui se pensent vivants. Vous rendez les déserts mêmes dangereux et improbables. Votre bouche est pire que la morsure des lions.

Vous êtes celle qui brûle et qui dévaste. Qui anéantit tout espoir. À cause de qui Dieu sans cesse me méprisera.

Celle qui prive du salut et ne donna pas la joie, mais une illusion funeste de la joie.

Je ne toucherai plus un brin de paille qui aura été près de vous. Vous m'avez corrompu jusqu'au chant de ces moniales que nous entendons. Vous me remplissez de détestation même pour les vieilles femmes qui ont dépouillé leur robe de chair et d'orgueil, parce que je vois encore à travers elles, dans la nuit, dans la mort, vos seins et l'instant où vous vous êtes donnée à moi.

Vous êtes l'image, le cri, que je ne puis m'arracher.

Vous êtes ma contemplation éternelle. Vous êtes le désir qui renaît de tout, qui est plus fort que tout.

Je donnerais Notre-Seigneur pour vous tenir dans mes bras. Mais vous n'êtes pas autre chose qu'un peu de fumée et d'ombre qui s'évaporeraient dans mes bras.

Depuis mes déserts et l'amertume dans laquelle vous m'avez plongé, parce que je ne redoute que vous, je vous demande de mourir pour moi.

Je vous demande d'être la plus solitaire possible et de vous retirer dans l'ombre et le silence comme l'eau au fond de l'étang que l'hiver a pris. Je vous demande d'être comme les routes, les bois, dans le frimas. Je vous demande d'être dans la nuit et à l'écoute de votre cœur. Je vous demande, dans les bruits de votre cœur, d'écarter tous les souffles du monde et de n'entendre plus que Dieu. Je vous demande de m'oublier. Je vous demande d'oublier tous les hommes et tous les mondes. Je vous demande de fuir aux extrémités de la terre après lesquelles on choit dans le rien. Je vous demande de vous humilier. Je vous demande de ne plus jamais desserrer les lèvres. Je vous demande de m'enfouir dans un trou noir que vous nommerez votre passé et que vous ne considérerez jamais.

Je vous implore de vous taire jusqu'au jour que vous serez sommée de nous justifier. Je vous demande de me permettre de ne jamais penser à une parole qui franchirait vos lèvres.

Je veux savoir que vous n'êtes plus dans cette vie que son reniement. Je vous demande de vous savoir morte au monde, de vous compter pour une pierre, un fétu. Je vous demande de vous retirer de moi. Je vous demande d'être moins que les voix des clairières à la mi-nuit, lorsqu'il gèle et que les bêtes pleurent.

Je vous demande d'être tout à fait repentante. De nous acheter avec des larmes plus nombreuses encore que celles que vous avez versées toute la joie que nous désirions, que nous avons entrevue, qui nous a été refusée.

Je vous demande d'être la plus solitaire possible, de vous retirer dans l'ombre et le silence comme l'eau au fond de l'étang que l'hiver a pris. Je vous demande, mon amour, de mourir pour moi.

*

J'ai couru jusqu'à vous. Mes lèvres étaient pleines de sang. Je tremblais de vous étreindre et je pensais défaillir, s'il fallait apprendre que vous étiez devenu sourd. Vous aviez été bon. Ceux qui ne méconnaissent pas la bonté sont si rares.

Quand j'ai pénétré dans ce jardin, j'ai su, au visage des hommes qui m'ont conduite, que vous aviez rompu notre intimité et que j'étais livrée au jugement de tous. Je me suis roidie et j'ai marché vers vous. J'aurais marché vers vous toute la nuit, et la nuit d'après, et toutes les nuits jusqu'à ce que je succombe. Je pensais qu'il suffisait de ma passion pour vous guérir.

Ma passion était respect et tendresse. Il n'y aura pas eu une main plus douce que la mienne.

Mais vous ne m'avez pas écoutée. Vous m'attendiez dans cette grange obscure avec un valet qui entendrait chacun des mots que nous prononcerions et qui jetterait sur ma voix de femme sa réprobation. Je n'étais plus une femme que vous aimiez.

Ô l'amant qui dénude son amante et qui l'expose au regard des autres. Ô l'amant à qui la nudité n'est plus précieuse. Ô mon amour, votre brutalité pour me lacérer et vos paroles confuses.

Est-ce que je vous aime moins ?

Vous avez frotté du vinaigre sur mes lèvres et vous me laissez à la déshérence des mille matins des mille années qui me restent à vivre. Je ne vous aime pas moins, parce que mon amour est une toute petite flamme entre mes paumes, parce qu'il ne vous demande rien, parce que je méprise le monde et le mal, parce que j'étais l'innocence et la confiance. Les amantes sont l'innocence. Les obstacles et les reflux n'y font rien.

Entendez-vous qu'on sonne Pretiosa? La nuit est achevée.

Je mourrai avec votre nom sur mes lèvres. Je vous souhaite que votre Dieu vous aime infiniment, pour que vous n'entendiez pas, jusqu'au dernier jour, mon murmure que vous aurez méprisé.

*

Elle se détourne. Il fait si obscur que le valet ne la voit pas partir; elle pousse elle-même le vantail de la porte, débouche à main droite du puits, s'y dirige, perd connaissance.

Le soleil est haut. La chaleur éclate d'un coup, après trois journées où il n'a fait que pleuvoir. Un voile de brume monte de la terre. Certains champs semblent danser lentement.

Mme de Clermont a posé sa joue contre la pierre d'un mur. Elle sent la mousse dessus le caillou et un peu de mortier qui s'effrite. Elle a fermé les yeux. Elle songe à tous les cercles de l'enfer. Elle songe, quand elle était une petite fille, quand elle voulait se consacrer à Dieu, quand elle a porté des enfants, quand elle s'est donnée à un homme. Elle songe comme la vie est longue, indésirable, malgré cette pierre douce et tiède, malgré ses larmes très lentes, malgré le soleil et l'odeur de foins qu'elle respire, malgré la beauté des choses. Elle songe comme elle souhaiterait être un mannequin à l'image d'une femme plutôt qu'une femme qui a consenti à être.

Elle caresse le muret auquel elle se retient. Elle maudit l'incarnation. Elle monte dans sa voiture, rentre à Paris. Elle va retrouver l'époux bafoué, sa colère et le silence que leur Maître incompréhensible lui a imposé.

*

Vous qui ôtez les péchés du monde, donnez-moi la paix. Ayez pitié. Voyez ce que nous sommes ce matin d'été et tous les matins de votre création peut-être. Les nuits sont pires, mais elles ne sont pas cette agonie dans la lumière, ce désespoir et cette angoisse que tout débusque et accuse sans que nous puissions être ailleurs, ou autre chose, que de l'effroi.

*

C'est l'été. C'est le matin. C'est le Golgotha.

M. de La Tour retrouve les siens au moment où ils reviennent du premier office. Il se joint à eux.

Il les accompagne prendre leur repas. Il boit la même eau qu'ils boivent. Il mange le même pain. Mme de Clermont n'existe plus. Il l'a chassée. Il l'a repoussée. Il ne l'a pas touchée.

Il est pris de vertiges avant de se rendre à Vêpres. Il faut le porter chez lui sur un brancard.

*

Trois jours et trois nuits, il délire.

M. de La Tour reprend conscience au milieu de la troisième nuit. M. Hamon est à son chevet. Il se penche sur le malade qui a gémi. Ils entendent une cloche qui résonne en contrebas. Ils croisent leurs souffles. Cette intimité surprend les habitants des bois qu'ils sont devenus, personnalités solitaires, graves, farouches, taciturnes. Le médecin se garde des bavardages, des familles anxieuses, qu'il rencontre chaque jour. Il lui déplaît de s'attarder, de s'attendrir. Si près de M. de La Tour, il s'étonne.

Un bruit de paillasse, une chaise poussée fêlent le silence. Ils devinent des silhouettes qui se lèvent et se meuvent sourdement, s'arrachant du sommeil pour prier sur une agonie inexpiable, sur un corps torturé et souffrant qui les éloigne de tout et de leur propre corps.

M. de La Tour murmure. Il a clos les yeux.

Il confie sa désolation. Il s'interroge sur son impuissance à la paix, sur l'immense faiblesse que cette femme qu'il a revue découvre en lui, une lâcheté qu'il croyait avoir réduite et qui l'écrase, l'empêchant de s'en remettre à Dieu. Il confesse sa lassitude. Il est dans le désarroi.

L'autre chuchote. La plus grande errance est le plus

grand amour. Le plus grand vide est le don le plus haut. Vous n'avez pas d'autre démon qu'un inextinguible amour? Allez donc professant la faveur que Dieu vous fait! Dieu n'est pas dans la peine. Il n'est pas dans la macération. On ne le trouve pas que dans les métanies, dans les jeûnes, la haine de soi, le bourdonnement dans nos oreilles, lorsque nous avons ravagé nos corps et que nous sommes hagards. Nos mitaines et nos engelures sont des grimaces. Dieu est joie. Allégresse. Laissez chanter ce qui vous porte à Lui, laissez chanter vos déperditions; elles sont la main de Dieu qui vous entraîne. C'est la volonté de Dieu que des personnes apparemment innocentes souffrent parfois des tourments auxquels elles pensent qu'elles ne survivront pas et qu'elles soient dans la misère comme les arbres dans la terre. Quittez l'angoisse de l'abandonnement qui vous ronge. Oubliez les portes ténébreuses. La vie de la terre n'est qu'une tentation et une affliction perpétuelles. Quel est l'homme qui vivra et qui ne verra pas la souillure de sa chair et la mort qu'elle entraîne? Soyez simple et un enfant. Aidez-moi par votre volonté à vous guérir. Retournez à votre cabane. Quand vous aurez repris vos forces, vous m'escorterez. Vous secourrez avec moi les petits vachers qui se blessent dans les champs. Vous verrez comment il faut panser leurs flancs encornés ou la cuisse qu'ils se sont ouverte. Vous verrez ces enfants pleurer, pendant que je remets leurs fractures. Vous porterez des herbes que je vous apprendrai à reconnaître aux femmes mal accouchées. Vous fermerez très doucement les yeux des petits que nous n'aurons pas pu sauver et vous vous efforcerez de ne pas entendre les sanglots de leurs mères. Vous traverserez muettement ce siècle et ses ordures. Vous verrez comme l'homme n'est rien et comme ce rien inspire de pitié. Vous soulagerez les pauvres et vous découvrirez qu'ils sont tous pauvres, même sous leurs lambris et quand ils l'ignorent. Ils vous donneront tant de chagrin et vous aurez tant de douleur de leurs souffrances que vous oublierez si Dieu vous parle ou non. Dépouillez-vous de votre volonté : c'est le vêtement d'ignominie. La charité ne peut s'acquérir que par le déracinement des passions et des cupidités intérieures. Ne veuillez plus rien, ni en bien ni en mal. Toutes les créatures éprouvent un désir insatiable ; soyez une créature qui ne désire plus. Saint Macaire nous dit que, pour être sauvé, il suffit de rester assis dans sa cellule et de pleurer ses péchés. Plus l'homme a d'esprit, plus il se multiplie dans ses actions. Il cherche ce qu'il devrait attendre de recevoir. Il ne trouve rien. Il est comme ces comètes qui, selon l'opinion de certains philosophes, sont des étoiles sorties de leur place qui courent à travers le ciel sans y pouvoir retourner et courront ainsi jusqu'à la fin du monde. Ne soyez pas cet égaré. Écoutez-moi. Chaque jour, sans faute, vous irez prier avec ces Messieurs. Vous romprez votre solitude et, à votre tour, comme eux, vous lirez la parole de David et les Actes des Apôtres. Lorsque vous serez seul, même épuisé, vous lirez jusqu'à vous en rompre les yeux ce que les prophètes nous ont rapporté. Vous vous tairez beaucoup, surtout en vous-mêmes, laissant plutôt résonner ces paroles. Vous serez très humble et modeste dans toutes vos mortifications. Vous serez une fourmi sous une feuille pendant l'averse. L'aversion de soi, la haine de soi, les lacérations sont des obsessions qui nous laissent en nous-mêmes, si nous leur donnons trop. Ce n'est pas la douleur qui est la plus terrible expiation des amants : c'est l'indifférence, l'oubli. Oubliez cette femme, puisqu'elle vous trouble encore.

L'homme s'est levé. Il ouvre la fenêtre et repousse les panneaux qui l'obstruent. Lentement, l'odeur du bois, de la nuit, le frisson de l'aube à venir pénètrent la pièce. Il semble à M. de La Tour qu'il peut voir la pointe épaissie des feuillages, la lèvre brillante des chèvrefeuilles.

Tout est faible en nous, poursuit l'autre. Nous ne nous éprenons que de choses infimes. On pourrait se frayer entre elles un chemin vers Notre-Seigneur. Mais nous y mettons du tumulte par l'orgueil. Il n'y a en vérité que des regards surpris, des gestes inachevés, des paroles qui ne sont pas dites ou qu'on entend mal, des musiques qui nous ont éblouis et qu'on ne retrouvera jamais. Il n'y a qu'une éponge imprégnée de vinaigre, un halètement de mère, un bras de disciple, un trépas masqué et fiévreux.

M. de La Tour se rend. Il songe que le souvenir le plus bouleversant qu'il conserve peut-être, c'est une sensation sous le bout de son index, un jour qu'il s'était coupé à l'extrémité de ce doigt, juste devant l'ongle, et qu'il avait posé la main sur le cou de Mme de Clermont. La petite blessure insensible et le trait râpeux que le sang coagulé y avait formé avaient prodigieusement avivé sa conscience de la douceur de la peau qu'il effleurait, entre l'oreille et la mâchoire. Il se rappelle la prescience qui l'avait saisi de leur fragilité et de la déchirure inexorable qui devait venir d'un accord entre deux êtres, deux chairs, entre lesquels on ne réduirait jamais tous les interstices au point que rien ne pût plus les désunir. Ensuite, il se souvient du crépitement de l'eau que Lu Wei faisait bouillir au-dessus de quelques pierres, au milieu de ce monde dont il ne pouvait pas se représenter vraiment les frontières. L'union des corps humains, les cartes, la science, l'amitié, les dogmes, les langues sont galvaudés et inutiles. Il n'en demeure finalement que cette pression dans la poitrine qui détache du monde.

M. de La Tour regarde le médecin qui l'exhorte, cet homme maigre et généreux qui ne sourit pas, mais jamais ne s'accorde de manquer aux autres. Sur le drap, ses deux mains posées à plat tremblent. Il promet. Il supplie seulement qu'on l'exempte toujours de vivre ailleurs que dans sa cabane, cet isolement lui étant devenu plus essentiel que l'air, l'eau ou le feu.

M. Hamon est revenu s'asseoir près du lit. Avec le jour qui monte, il est possible de mieux discerner les silhouettes des deux hommes. Derrière eux se profile celle de la chandelle qu'ils n'ont pas allumée, ne souhaitant pas jeter la plus petite lueur entre eux, ou bien ne pas susciter plus d'ombre que la nuit n'en met.

L'homme qui est valide pose la main sur l'épaule de celui qui est étendu. Ils se taisent. La paix de l'accomplissement, un matin d'été, tandis qu'il frissonne sous une couverture pelée, se pose sur M. de La Tour.

M. de La Tour, pendant cinq ans qu'il lui reste à vivre, se voue au deuil, à la contemplation, la joie, la prière, l'introversion, la pureté, les autres, l'austérité. Il poursuit le désert intérieur qui rend libre. Il n'y a pas d'homme plus dur à lui-même. Il ne fait qu'un repas par jour, souvent constitué d'un brouet seulement. Il couche toujours habillé. Dans les plus grands froids, il se contente d'un simple justaucorps de grosse serge. Durant les gelées les plus sévères, il met des ficelles à ses deux poignets pour empêcher que le froid ne le saisisse. Lorsqu'il revient des bois le soir, s'il est crotté, il prend un seau d'eau et y trempe ses pieds et ses jambes. Il frotte la boue de ses bas et de ses souliers, puis il s'enferme sans feu. Il fait si froid, une année, que les vases de porcelaine dans lesquels on laisse de l'eau se brisent durant la nuit, comme elle gèle. Sa détermination n'est pas entamée. Il ne se maltraite pas à cause de la haine qu'il se voue ; il est une espèce de combattant ou de guerrier. Il reprend sa proie au mal. Il se défend ainsi du doute et des contemplations doloristes contre lesquelles M. Hamon l'a mis en garde.

M. de La Tour soigne les jardins et la vigne. Il cueille les fruits et les emmène aux marchés où ils sont vendus. Quand on fait la pêche de l'étang, ou bien les vendanges du vin ou du cidre, il exécute tout ce qu'on lui ordonne, comme un homme de journée. L'été, il bêche au soleil, sa chemise trempée de sueur. Il fuit les occasions de rencontrer les personnes du moindre rang qui visitent la maison.

Il porte un cilice et ne change de linge que tous les huit jours. Les dimanches et les fêtes, il se rend à Matines dans l'église du monastère sans jamais considérer le danger de descendre au fond de la vallée sans lumière, l'hiver, lorsqu'il fait nuit. Les observations qu'on lui fait sur sa santé ou son confort lui sont indifférentes. Il ne connaît pas d'excès. Il cite saint Macaire qui pesait le pain qu'il mangeait, mesurait l'eau qu'il buvait et s'appuyait contre les murs pour dérober au sommeil toutes les parts de sa vie qu'il pouvait. La lecture l'anime. Elle le sauve des songes noirs. Il s'appuie aussi sur la promesse qu'on lui a faite qu'on lui dirait, si Mme de Clermont venait à mourir. Tant qu'on est, autour de lui, dans le silence à son égard, il pense qu'elle vit. Il espère qu'elle se libère comme lui. Il lui dédie ses souffrances. Il s'efforce d'acheter, par son élan propre, celui qu'elle ne ressent peut-être pas. Il veut mériter pour elle le salut qu'elle n'avait plus le cœur de désirer. Sans qu'il se la représente, certain de ne plus jamais la rencontrer, M. de La Tour se délivre pour elle autant que pour lui-même.

*

M. de La Tour s'entretient régulièrement avec M. Hamon à qui il estime être débiteur de sa vie heureuse. Il a confié son âme à M. de Sacy.

Il trouve radieuses ses journées misérables où il

accumule les peines du corps, parce qu'il compte l'ardeur qui l'anime pour un bien supérieur à tous ceux de la vie matérielle. L'esprit l'illumine. Sa joie, parfois, est si vive que, n'étant jamais très loin, dans ces extrémités, du désespoir et de l'angoisse absolus, il veille à se retrancher toutes les sources de plaisir ou d'exaltation qui pourraient le tromper ou affaiblir sa repentance. Ainsi n'escorte-t-il pas M. Hamon dans ses visites, parce qu'il a trouvé trop de douceur dans sa compagnie. Il lui succède auprès des malades et des indigents qu'ils secourent. Il accomplit les prescriptions que le premier lui transmet. Il assure les veilles dont son maître n'a pas le temps.

Sa fidélité est inflexible. M. de La Tour ne montre de complaisance que pour les plus pauvres, desquels on ne le distingue guère, du reste. Il a leur apparence ; il est plus seul et il n'a pas de bête pour le réchauffer. Le parent d'un de ses compagnons l'ayant tancé, un jour qu'il visitait son oncle et qu'il avait vu que les souliers de M. de La Tour étaient presque sans semelles, ce dernier remarque : il faut que l'abaissement et l'humiliation soient une chose bien grande, puisque Celui qui est infiniment grand met Sa gloire à S'abaisser et S'humilier.

Parmi les enfants, les vieilles et les malades, il montre une douceur qui fait merveille. Il ne se contraint pas. Entre eux, il ne sent plus ses mains frémissantes.

*

M. de La Tour, comme M. Hamon l'y a exhorté, se tait beaucoup : les forts discours sont faits par des hommes qui se sont mis à genoux avant et après, par des hommes qui savent se garder d'ouvrir la bouche vainement. Toutes les autres paroles tiennent au bavardage. M. de La Tour les retranche autant qu'il peut sans blesser ceux qui l'entourent. À l'instar des religieuses, il lui est ordinaire de se contenter de signes pour communiquer. Les signes réduisent tout le verbiage à un squelette. Ce squelette suffit, songe-t-il, pour un homme creux, qui n'a rien à dire de soi. À ceux qui s'émerveillent, M. de La Tour objecte que, plus on apprend à parler à Dieu, plus on apprend naturellement à se taire. Il insiste que tout lui vient de Dieu. Rien n'est en lui. Aussi s'abstient-il avec la dernière rigueur de ces ruminements intérieurs par lesquels on s'entretient même dans la plus grande solitude. Pour ne pas s'endormir dans des complaisances qui sont la mort, il demande qu'on le réveille par toutes sortes d'opprobres, qu'on le condamne, qu'on harcèle ses vanités. Il faut se tenir toujours prêt à comparaître et on ne saurait lui faire plus grand bien que l'aider à se présenter net devant le Seigneur qui voit tout.

*

Presque entièrement dépourvu, M. de La Tour s'avise comme le monde est enchanté. Dans un endroit si retiré, parmi des âmes si rudes à elles-mêmes, il regarde la douceur des couchants, les arbres, les fleurs, le scintillement des pierres et les grandes étendues des champs que le vent incline, avec une admiration encore jamais éprouvée. Il se souvient du visage de Mme de Clermont, entre ses enfants, la première fois qu'il l'a vue. Dieu met partout de la beauté et des plaisirs que l'homme souille, ne sachant pas jouir avec sagesse de ces dons.

*

Cette modération n'étant pas plus en lui qu'en un autre, il demande à la contemplation de la mort de l'instruire.

La mort ne quitte plus guère M. de La Tour, soit qu'il visite des malades, soit qu'il se déplace à travers le monastère.

Étant autorisé à se rendre à l'infirmerie, il traverse presque chaque jour le cloître, dont un vaste cimetière occupe le préau. Les tombes y sont réparties entre quatre carrés au milieu desquels se trouve une croix de bois assez haute, élevée sur trois marches de pierre. De petites croix plantées régulièrement marquent l'emplacement de chaque fosse, les corps qu'elles abritent étant rendus à la terre sans aucun édifice ni ornement, quelle qu'ait été leur condition dans le monde.

S'il pénètre dans l'église, l'espace du chœur, entre les stalles des religieuses et la grille qui sépare celles-ci du reste de l'édifice, est à son tour rempli de tombes. Le bras de la croisée de la chapelle de saint Laurent et tout le reste du bâtiment, en dedans comme en dehors de la clôture, en contiennent encore beaucoup d'autres. Et, à l'extérieur, au septentrion, dans la cour d'entrée, tout le long de la nef, c'est le cimetière des domestiques. Où qu'il aille, la mort touche le regard de M. de La Tour.

Elle touche aussi son cœur.

Le jeudi 27 septembre 1674, à trois heures du matin, M. d'Andilly meurt. Il est entouré de ses fils, M. de Pomponne et M. de Luzancy. Toute la communauté s'afflige.

Le lundi 16 mars 1676, M. de Sévigné meurt. Il était venu loger, hors clôture, dans la maison de Paris, seize ans plus tôt. Ancien Frondeur, très brave, malheureux dans ses derniers combats, marié, puis veuf, il avait montré, une fois entré dans le repentir, une constance admirable. Quand les monastères de Paris et des Champs avaient été séparés, presque seul, il était venu s'installer aux champs sans redouter la solitude ni l'insalubrité de la campagne. Il avait fait bâtir les trois côtés du cloître qui manquaient alors. Puis il s'était enfoncé dans le silence. Il était tombé malade le vendredi 6 mars. Trois jours plus tard, on lui porta les derniers sacrements. Le matin du 16 mars, il perd la conscience. À onze heures du soir, il a passé. M. de La Tour se tient dans la pièce. M. de Sévigné avait vu Mme de Clermont enfant derrière une vitre. Il avait déclaré qu'elle était belle comme un ange. Une vieille femme qui servait l'enfant devenue femme aimait rappeler ce souvenir. L'inhumation a lieu le mercredi 18 mars. M. de Sacy célèbre l'office avec M. Le Nain comme diacre et M. Chardon comme sous-diacre. Le corps est porté en terre dans le préau du cloître par M. de Luzancy, M. de La Tour, Messieurs Duchemin, Desseaux et Poncet, ainsi que Nicolas Ollivier, son valet de chambre. Celui-ci pleure tout le temps de la cérémonie.

Le mercredi 23 juin 1677, M. de Gibron meurt. Il avait vingt-huit ans. Il avait été capitaine de cavalerie, homme orgueilleux et dissolu. Une grande maladie lui avait inspiré le désir d'une pénitence austère. M. d'Alet l'avait dirigé. D'abord retiré à la Trappe, dont les rigueurs avaient trop éprouvé sa santé, il avait rejoint la petite communauté deux ans plus tôt. Il faisait la cuisine aux domestiques de la ferme. Il est enterré dans le chœur de l'église et M. Hamon rédige pour lui une épitaphe. M. de La Tour hérite de son écritoire.

Le mercredi 8 décembre 1677, on apprend la mort de M. d'Alet lui-même, que M. Hamon, ayant été le soigner deux ans plus tôt, avait jugé beau comme le soleil couchant.

Le jeudi 5 janvier 1679, à Paris, M. de La Petitière rend l'âme à Dieu. Ce soldat, chevalier de Saint-Michel, était un lion. Il avait accueilli M. de La Tour lors de son premier séjour dans le vallon où celui-ci reçoit désormais la nouvelle qu'il n'est plus. Frappé par l'injustice de sa vie, il s'était converti si fort qu'il était content de faire des souliers pour les religieuses et de s'occuper de la basse-cour ou des travaux des champs. Quand M. de La Tour ôte les pierres des chemins, pour éviter qu'on ne s'y blesse, souvent il pense à lui.

Le monde se vide, autour de M. de La Tour, et il ne lui semble pas qu'il a jamais été aussi plein. Dans sa joie de tous les jours, dans ses tâches de tous les jours, il voit sans cesse de nouveaux péchés à racheter, de nouvelles raisons de pleurer et d'intercéder pour tant d'âmes que le sentiment de leur détresse n'a pas encore étreint.

*

M. de La Tour ne vit pas dans le logis commun. Comme il continue son office de garde des bois, il conserve la cabane qu'il y a. Mais, tous les matins, pourvu qu'il ne fasse pas une course particulière, il se joint aux autres Messieurs, après leurs premières prières, pour la lecture qu'on fait à genoux d'un chapitre de l'Évangile et d'un autre des Épîtres des Actes des Apôtres. Ils s'appliquent à cet exercice avec une grande réflexion, puis ils méditent encore sur ce qu'ils ont lu. C'est leur oraison mentale. Ils reçoivent humblement les pensées et les sentiments que Dieu leur envoie et, s'il arrive qu'ils demeurent secs, ils considèrent encore plus humblement leur indigence. Ils ne se font point violence pour s'élever à des vues qu'ils n'ont pas, considérant que le Seigneur ne compte pas qu'ils se rompent la tête à des cogitations, mais qu'ils se brisent le cœur par une componction sincère.

Ils ont soin, dans la journée, de poursuivre leur prière selon qu'il convient à chacun. Certains se récitent intérieurement l'office ou ils égrènent leur chapelet. D'autres rapportent leur travail à Dieu. Tous, ils récitent les Heures du bréviaire dans les temps marqués. À six heures et demie du matin, ils vont à l'église pour dire Prime. À neuf heures, c'est Tierce, puis la Messe. Sexte se dit à onze heures et demie. None est à deux heures, Vêpres à quatre, Complies à sept heures et quart. À huit heures, le soir, ils se retirent.

Cette vie régulière, les travaux auxquels on se consacre le matin et après le dîner, entretiennent M. de La Tour dans une espèce d'allégresse permanente. Il se sent gardé de tous les démons de l'oisiveté et de la solitude. Il est indifférent aux privations. Il ne goûte que le repos et la clarté d'un lieu où l'on cherche seulement la simplicité des premiers Chrétiens.

*

M. de La Tour est en repos, sinon pour les carrosses qui descendent au vallon : ils le secouent de colère. Il n'y a pas de désert qu'on visite, comme il n'y a pas de sainteté sans souffrance, de dénuement sans caverne, de vraie tendresse sans puanteur surmontée.

Le mardi de la semaine de la Passion de 1674, un feu violent se déclare aux écuries d'en bas entre huit heures et quart et huit heures et demie du soir. C'est l'heure de la collation des gens, mais il se trouve un domestique qui passe et qui sonne l'alarme. Les religieuses descendues du dortoir, les postulantes en cornette, les Messieurs, les habitants des villages alentour luttent contre l'incendie jusqu'après minuit. Le feu est circonscrit. Il a ravagé tout le bâtiment et les greniers à foin adjacents, dont les toits étaient couverts de chaume et de tuiles. Quand on rentre de Matines, qui sont dites exceptionnellement à une heure, pour autoriser les religieuses épuisées à se reposer, M. de La Tour ne peut s'empêcher de penser que ce danger est un avertissement qu'on n'ouvre pas tant la porte des lieux à des visiteurs qui ne viennent pas tous par esprit d'humilité ou de dénuement. La nuit, pour se punir de ne pas savoir atteindre l'affabilité des grands pécheurs, quand ils reviennent à Dieu, il sort sous la pluie et il tend ses mains sous le ruissellement qui tord peu à peu leurs articulations. Les doigts qui tremblent se déforment. M. de La Tour fixe leurs soubresauts. Ils lui interdisent d'oublier que tout tient à une faute, à l'amour, à une femme, et qu'on n'en finit jamais des fautes ni de l'amour.

Jeudi 7 avril 1678

Comme tous les ans le jeudi saint, Mme de Clermont fait réunir ses domestiques dans la grande galerie de l'hôtel de Clermont.

On les prie de se déchausser et de s'asseoir. Autant de chaises, de tabourets et de pliants qu'il est nécessaire ont été apprêtés. Lorsqu'ils sont installés, Mme de Clermont paraît, un bassin d'argent dans les bras. Devant chacun de ses gens, hommes et femmes, l'un après l'autre, elle s'agenouille et, le visage incliné, refaisant le geste du Christ, humblement, dans un silence complet, elle pratique le lavement des pieds. Elle verse l'eau et frotte chaque membre, si sale soit-il, avec ses mains. Puis elle les essuie en les frottant entre les pans d'une serviette de damas blanc. Ses gestes sont lents, soigneux.

Elle voit les talons pleins de corne, les orteils rentrés, les vieilles blessures mal refermées, les ongles brisés ou noircis. Sa paume est légère. Les larmes lui viennent aux yeux devant cette humanité meurtrie, que la chair même appelle à la ruine, comme la Passion est perpétuellement recommencée par le renouvellement des péchés. Le mal est inépuisable, impossible à combattre. Lorsqu'elle touche la cheville de son jardinier, un homme très âgé, bourru et voûté, dont elle ne sait presque rien, elle sent sa jambe qui se rétracte ainsi qu'il arriva pour Pierre. C'est le même sursaut que le même sentiment de l'indignité inspire. Ce sentiment est entièrement indu face à une femme égarée qui ne rachètera jamais une faute qu'elle ne parvient pas à regretter. Mme de Clermont est saisie que des grandeurs qui sont des vapeurs pèsent tant sur ce vieillard qu'il confonde la pauvreté intérieure qui la porte à ses genoux et la moindre bonté authentique. Elle voudrait s'abaisser encore davantage. Malgré sa honte, elle ne peut pas s'arracher une passion qui inspire de l'horreur à son propre récipiendaire.

Tous les matins, elle se redit les dernières paroles que M. de La Tour lui a adressées. Elle est, à cet instant, plus près de la vérité que dans toutes les aumônes, les bienfaits, toute la piété qu'elle exige de soi, refoulant la tentation de s'abandonner. Elle sent un frémissement, un brisement intérieur, qui valent cette sujétion que M. de La Tour a exigée et qui se dérobe à elle, quoi qu'elle fasse, malgré l'application qu'elle y met. Par son mépris, elle est vaincue, abattue.

Souvent, ce n'est pas à Dieu ni à son fils que Mme de Clermont s'adresse, mais à cet homme à l'égard duquel elle vit désormais dans une ignorance absolue. Elle agit sans ostentation ni révolte, ne combat pas non plus cette persistance. Elle s'est soumise à la volonté qu'il lui a formulée ; elle ne s'appartient plus guère, lui semble-t-il. Elle est à la merci d'une exigence qu'elle ne seconde pas, ou de son propre destin, ou de desseins qui excèdent toutes ses vues et lui inspirent surtout de la lassitude.

Lavant les pieds à ses gens, ce matin, Mme de Clermont sent soudain combien cette lassitude a crû en elle. Elle sait d'un coup que le dénouement est proche, que M. de La Tour va mourir. Elle ne frémit pas. Elle ne le reverra pas.

Il n'est rien qu'elle puisse faire. Elle n'a jamais rien déterminé. Quand elle sauva la vie à M. de La Tour, elle était l'otage de Celui qui veut tout. Elle ne Lui a jamais disputé M. de La Tour. Elle le Lui a conquis. Elle a été Son instrument. Elle n'a jamais été que du néant. Lorsqu'il lui paraissait qu'elle rayonnait comme les astres, qu'elle rompait tout pour M. de La Tour, elle ne s'appartenait pas et elle accomplissait des gestes comme les pantins dont les bateleurs, sur les foires, manipulent les extrémités avec des fils.

Mercredi 3 août 1678

La Mère Angélique de Saint-Jean Arnauld d'Andilly est élue abbesse en remplacement de la Mère Marie de Sainte-Madeleine du Fargis qui occupait la position depuis 1669.

L'esprit de la Mère de Saint-Jean avait fait redouter qu'elle n'eût plus de feu que d'humilité. Sa conduite va désabuser la communauté.

Dès son élection, elle songe à réclamer à M. de La Tour le récit de sa conversion, mais, se souvenant de sa répugnance, lorsqu'elle le lui a demandé une première fois, et de l'état de fragilité où il craint d'être encore, elle ne le trouble pas.

Le même jour, à Paris, Mme de Clermont, dans son hôtel, après avoir veillé une de ses servantes malade, est prise, devant son oratoire, au moment de sa prière du soir, dans l'air doux de l'été, d'une sécheresse de cœur si grande, d'un désespoir si étouffant de n'être pas sa servante qui va mourir, d'avoir une âme transparente et une vocation à l'indifférence éternelle, qu'elle sent irrésistiblement la tentation de finir ses jours. Elle pourrait se trancher les veines des poignets. Elle pourrait aussi se pendre au baldaquin de son lit. Cette tentation chasse tous ses autres désirs. Elle entend deux enfants qui jouent aux dés près de la remise des carrosses. Elle ne doute plus. Désormais, elle attend. Elle veille.

Dans son avant-poste de silence et de solitude obscure, elle découvre une congruence presque parfaite entre les événements qui s'ordonnent. L'impatience la quitte.

Un jour de la troisième semaine de l'Avent, allant à l'église par le préau à l'heure de la tierce et montant quatre ou cinq degrés de pierre qui sont devant la porte de l'avant-chœur, M. de La Tour ne voit pas une plaque de glace qui a pris pendant la nuit. Il tombe avec le bréviaire qu'il tenait entre les mains. Il se brise l'os de la cheville. Comme il est seul, il se redresse et il assiste à l'office. À cause de la douleur, il s'en va cependant aussitôt après. Il retourne à son logis.

Sur son chemin, il croise un de ses compagnons qui monte à la maison des Messieurs. C'est l'heure de la collation. M. de La Tour prétexte une course urgente. L'entretien abrégé, il se hâte chez lui. La souffrance lui coupe le souffle. Il veut être seul.

*

Il ouvre sa chemise. Il serre son cilice plus étroitement. La corde crisse, lorsqu'il tire dessus. Il étouffe le vertige de sa blessure par un autre supplice. Il prie. Avant le milieu du jour, cependant, il doit s'étendre sur la planche qui lui sert de lit. Il étouffe un gémissement.

*

M. de La Tour est allongé sur l'ais où il dort depuis cinq ans. Cet inconfort l'aide à penser jusque dans le sommeil à la croix sur laquelle Dieu a voulu mourir. Un autre, qui couche sur de la paille, a croisé dessous deux bardeaux.

Maintenant, la fièvre ronge le malade. Un enfant envoyé aux nouvelles le matin suivant le trouve qui délire. M. Hamon vient. M. de La Tour lui dissimule sa cheville enflée. Il plaisante. Il refuse obstinément d'être sorti de chez lui. Il fait remarquer que toutes les chambres des Messieurs sont occupées. Il ne veut déranger personne. Il s'oppose à ce qu'on le visite chaque jour. Il veut continuer de dormir sur sa planche, parce que rien ne le soignera mieux que la pensée du Seigneur. Il promet de ne pas négliger sa santé. Il témoigne avoir la plus grande impatience de célébrer la Nativité.

*

M. de La Tour, le jour de Noël, qui est un dimanche, parvient à sortir pour se rendre à la messe. Il communie. Il est plein de joie.

Il mange un peu avec tous les autres. Il s'en retourne dans son bois après Vêpres, seul, en s'aidant d'un gros bâton qu'on lui a donné.

Trois jours plus tard, une fluxion de poitrine se déclare. Elle est accompagnée d'une toux plus pénible encore que la fièvre qui a repris.

M. Hamon et M. de Sacy vont voir M. de La Tour. Ils comprennent que toutes leurs prières ne lui feront pas rompre sa solitude. Entre les quintes qui le déchirent, il a le visage riant. Il voudrait une épreuve plus grande, leur dit-il. Il s'inquiète seulement de ne pas être utile à un moment où les malades qui réclament des soins sont nombreux. Pour lui, il se réjouit si l'heure de la confrontation a sonné. Il est comme un enfant. Plus rien ne l'abat. Le grand avenir approche, dit-il.

Dimanche 8 janvier 1679,
jour des Rois

M. de La Tour respire de plus en plus mal. Il a des accès de fièvre pendant lesquels il perd connaissance. On profite, peu après Complies, qu'il est revenu à lui un moment pour lui porter les derniers Sacrements. Il reçoit aussi l'extrême onction. Il montre une présence et une liberté de l'esprit qui font l'admiration de ses proches. Plein de confiance en Dieu et de reconnaissance pour Ses grâces, M. de La Tour est suffoqué néanmoins par le regret de ses fautes. Il demande pardon à tous ceux qui auront eu à souffrir de ses impatiences, de son obstination, de son peu de charité. Il nomme Mme de Clermont. Il s'abaisse extrêmement. Il fustige son orgueil, ses fuites. Son repentir touche tous ceux qui l'entourent.

La nuit, il est mieux. Il dure ainsi encore presque deux semaines. Sa fermeté et sa paix sont si grandes, avec une intuition si forte et renouvelée de son injustice, qu'il édifie chacun de ses visiteurs. Le bruit de sa maladie s'est répandu. Beaucoup de gens qu'il a obligés, souvent très misérables, se relaient auprès de lui.

Ils témoignent, de retour à Magny, à Saint-Lambert, à Vaumurier, que c'est un saint qui va mourir. L'affluence augmente. On doit bientôt, pour le repos du malade, interdire qu'on puisse l'approcher à toute heure. Deux personnes restent près de lui pour le garder.

Une nuit, M. de La Tour rêve que des ombres l'entourent. L'une d'entre elles est Mme de Clermont. Il n'ouvre pas les paupières. Il garde les lèvres closes. Il la salue.

Vendredi 20 janvier 1679

M. de La Tour sent dès le matin une douleur qu'il n'a pas encore éprouvée lui oppresser la poitrine. Il comprend que la fin est là.

Ses deux gardes sont dehors. Il est seul. Il se recueille. Des oiseaux piaillent. Il imagine qu'ils se disputent autour d'une brindille. Autrement ne résonnent que le silence et le sifflement qui s'échappe de ses lèvres. Il écoute ce râle.

Il se rappelle un peu d'enfance. Ce sont des images disparates, des fragments de sentiments qu'il ne savait pas avoir été si violents.

Mme de Clermont et Lu Wei se tiennent à son chevet.

Mme de Clermont est très belle et elle est en larmes. M. de La Tour voudrait tarir ces larmes, mais il n'en a pas la puissance. Il lui sourit. Il s'en remet à Dieu, aux constellations dans le ciel, pour l'aider à discerner le fond de son cœur. Elle n'en voit pas la grâce. Il l'a vue. Il ne l'a pas oubliée.

Il entend murmurer les eaux de ce lac où il a vécu. Il entend la note la plus grave du luth qu'il a possédé.

Cette note l'émouvait. Il entend une flûte et un théorbe qui jouent ensemble. Il entend la voix de Mme de Clermont. Il se représente qu'il la voit paraître à la grille du chœur, nu-pieds, ceinte d'une corde, avec une couronne d'épines sur la tête, un crucifix dans une main et un cierge allumé dans l'autre, comme elle le souhaitait avant qu'il fallût devenir femme. Elle est heureuse, enfin.

Les rêveries de M. de La Tour débordent les murs de la petite pièce où il repose. Elles deviennent tout un monde.

Lu Wei ne le quitte pas. Il ne montre pas de désarroi dans cette cabane inconnue. M. de La Tour lui tend un crucifix ; il n'a pas bougé.

Vers quatre heures du soir, il reçoit la visite de M. Hamon. Aussitôt, le médecin est alarmé. Il y a, sur les joues de M. de La Tour, une rougeur qui ne le trompe pas. Celui-ci l'apaise. Il ne passera pas la nuit prochaine, sans doute, mais il ne voit dans cet achèvement qu'une délivrance longtemps désirée. M. Hamon veut le convaincre de rejoindre les bâtiments communs et de se laisser donner un peu de confort. M. de La Tour refuse. Je n'ai pas besoin, répond-il, pour quitter la vie, de superfluités dont je me suis passé pendant que je vivais. Vous veillerez sur moi et vous veillerez, surtout, que nos amis n'accordent aucun honneur à ce qui restera bientôt de moi. Nous ne sommes pas les maîtres de nos corps et nous consacrons beaucoup de temps que nous pourrions mieux employer à vaincre les passions qu'ils nous inspirent. La dépouille que nous abandonnons ne mérite pas d'autre hommage que ceux qu'on doit rendre à tout ce que le Seigneur a fait. Je compte que vous me garderez de zèles que je n'approuverais pas. Il suffira d'une civière avec, devant, un pauvre tenant une torche ardente pour aller me confier à la terre.

Pour me confier à Dieu, il faudrait plus de prières qu'on ne pourra m'en accorder.

Cela me terrifie. Je l'accepte.

M. de La Tour s'endort un moment.

*

Quand il s'éveille, il est près de neuf heures. Il fait un froid tel que les branches des arbres ne bougent plus.

M. de La Tour, sans marquer aucun étonnement de l'absence où il a été plongé ni de ce qu'il fait nuit désormais, dit à M. Hamon : Cette maison sera détruite. On rasera ses murailles à la poudre. Auparavant, le Roi aura repris ses persécutions.

Cette année, nos Mères recevront l'interdiction d'accueillir des novices tant qu'il y aura plus de cinquante professes de chœur. Il sera ordonné que les postulantes et les pensionnaires soient renvoyées chez elles. Il ne devra plus demeurer aucun ecclésiastique dans la maison. Une dernière fois, nos Messieurs devront se disperser. Ils seront tous jetés sur les chemins de l'exil. C'en sera fait de la douceur de notre vie dans cette vallée.

M. Arnauld ne mourra pas en France. M. de Guelphe et M. Nicole, qui l'auront accompagné, seront déjà retournés dans ce pays. Ils auront la charge d'y ensevelir le cœur de M. Arnauld. Ce sont M. Ruth d'Ans et M. Des Essarts qui leur porteront cet organe, quand il aura cessé de battre.

Vous seul resterez dans ces champs.

C'est vous, l'an prochain, qui tiendrez le dais pour

la fête du Saint-Sacrement. M. Duchemin, M. Jenkins et votre neveu, M. de Draqueville, vous escorteront.

Vous verrez mourir tous vos amis. Vous serez aussi impuissant pour eux que vous le serez bientôt à sauver cette Princesse au souffle de laquelle nous sommes suspendus. Car, pour nous détruire, le Roi attend qu'une femme cesse de respirer. C'est une femme qui a beaucoup péché et qui se repent beaucoup à laquelle nous devons tout notre répit. Le salut est une chose insondable.

Vous mourrez presque au même mois que je fais. Nous nous retrouverons tous les deux dans le cimetière du dehors, où nous serons inhumés sans bière et tout à fait comme les pauvres que nous avons aimés. Vous y veillerez pour moi, afin qu'on vous l'accorde à votre tour. Le son de la trompette suffit bien. Des gens comme nous n'ont pas besoin des pompes du trépas, parce que nous ne cherchons, dans la mort, que l'instruction éternelle. Et vous vous souviendrez, quand vous viendrez au Jugement, que vous aurez vu mourir M. de Sacy, qu'on ramènera pourrir ici parmi des flambeaux. À cause des puissances du monde, qui persécutent même les victimes de la mort, ce grand homme ira trouver sa dernière demeure au milieu de la nuit, en traversant des glaces et des neiges plus effroyables qu'on ne sait jamais les prévoir.

Vous aurez vu mourir encore notre Mère Angélique de Saint-Jean, très peu de jours après M. de Sacy, et M. de Luzancy, à Pomponne.

Vous verrez mourir Messieurs Grenet et Taconnet, la Reine, M. de Colbert. Toutes ces morts vous auront infiniment délivré de la vie. Mais, déjà, vous sentez plus Dieu que la crainte de quitter cette illusion ne vous poigne. On n'est rivé qu'à ses chagrins.

Par la grâce de Dieu, vous ne verrez pas quand on videra cette maison ni quand ses murs seront démolis.

Ce sera un mardi, trois jours après que le Conseil d'État en aura donné l'ordre. M. d'Argenson dort en ce moment. Il ignore qu'il lui reviendra de pénétrer en ces lieux pour leur signifier qu'on n'honore pas impunément Dieu seul. Que pensez-vous de ce sommeil ? Tous les moments que nous ne consacrons pas à Dieu sont des imprudences fatales et on s'enfonce dans des oreillers.

Pleurons. Nous croyons que ce désert est un abîme de silence et qu'il est comme destiné à la prière et à la paix, parce qu'on y prie depuis cinq siècles. Un lieutenant général de police en fera une désolation et celle-ci durera plus longtemps que notre temple n'aura mis de la lumière entre ces bois.

Il aura tant plu, la veille de cette visite qui nous brisera, que les gardes, les exempts, les gendarmes et deux cents cavaliers que M. d'Argenson mènera afin de nous réduire sûrement ne pourront pas parvenir à destination. Ils devront passer la nuit dans les villages alentour ou dans cette forêt. Ils allumeront de grands feux pour se prémunir de rigueurs qui étaient, pour nous, source de joie. Mais nous voulons nous offrir et ils viendront détruire.

Nos Mères emploieront le sursis de cette nuit à prier autour du Saint-Sacrement. À sept heures et demie du matin, M. d'Argenson heurtera à la porte. Elles seront réunies et elles sauront que leur temps est venu.

Quand elles seront alignées, elles seront vingt-deux femmes chenues et tremblantes face à ce grand train de troupe. Que la faiblesse et la vérité inspirent de peur.

Pendant qu'on rassemblera les effets de ces condamnées et tous les livres que la maison contient, les soldats égorgeront des vigiles et, la veille de la Fête de tous les saints, dans ces lieux si chastes, ils festoieront. Ils offriront à Notre-Seigneur, pour toute supplication, des rots, sans songer que Sa foudre, toujours, tombe finalement sur les sacrilèges. Pauvres âmes qui s'ébattent pendant que je vous parle. Dans l'éternité à laquelle nous sommes voués, elles pleureront d'amertume : elles se délectent si bruyamment de l'aveuglement qui les tue.

Ils mangeront à satiété dans une maison où l'on ignorait la satiété. On verra, au réfectoire, des serviettes pleines de tabac et de vin. On entendra des rires qui sont hideux. Nos Mères iront ôter de la sacristie les hosties consacrées, de peur qu'ils n'en viennent, dans l'excès de leur débauche, à les profaner.

Ayant festoyé, ils feront venir les carrosses pour emmener nos Sœurs. Ces hommes seront si égarés qu'ils oublieront l'une d'entre elles, qui sera malade et qu'on aura mise sur un brancard pour la transporter. Ils s'en iront et elle restera seule dans ces murs où elle eût voulu mourir. Il ne sera pas encore l'heure de Nones. On reviendra la chercher le lendemain à huit heures.

Dieu ne laissera pas ces attentats impunis. Mon frère, intercédez avec moi pour les malheureux qui vont L'outrager.

On n'aura pas vu depuis longtemps d'hiver plus rude ni de misère plus grande dans le royaume que cet hiver où nous serons renversés. Les corps grelotteront à l'image de l'âme face à son châtiment. Et encore ne sera-ce que le commencement de la punition.

Car, quand on en viendra à troubler le repos des morts, quinze mois plus tard, Dieu ôtera au Roi le Dauphin, puis, d'un coup, le second Dauphin, le troisième Dauphin et la Dauphine. On les mettra ensemble sous le même poêle à Saint-Denis. Et, comme cet avertissement n'aura pas suffi à éclairer un monarque obstiné,

Notre-Seigneur jettera une longue confusion dans ses terres et, un jour, ce seront sa tombe et la tombe de tous les siens qu'on éventrera.

Aujourd'hui, il se construit une demeure inouïe. Il fait suspendre, dans une galerie, des miroirs par centaines pour le réfléchir. Il médite qu'il se montrera à toute la terre au milieu de ces mille images de sa splendeur, dans l'apothéose de sa multiplication. Humanité maudite ! Tu médites notre ruine. Tu devrais te terrer. La poussière seule et les larmes te conviennent. Bientôt, ce souverain quêtera la clémence de Dieu et sa véritable expiation, parmi ses vaisselles qu'il faudra fondre, ses courtisans défiants et ses peuples oppressés, ce sera le silence de Notre-Seigneur.

M. de La Tour se tait un peu. Il reprend.

Vous ne verrez pas, quand on ôtera à nos corps la paix et le repos que nous aurons tant mendiés. Au juste que vous êtes, il sera épargné de considérer les pelles et les voitures charriant des cadavres qui ne sont plus des hommes, mais des images de ce que nous sommes véritablement sur la terre.

Ils emmèneront nos cœurs immobiles hors de ce vallon que nous voulions à l'abri des tempêtes et qui nous mit à la pointe de nous-mêmes.

Ce seront trois mille cadavres qui seront sortis de leurs fosses. Trois mille rebuts qui pensaient qu'on les avait livrés à l'éternité reviendront au tumulte du monde, trois mille corps que des soldats moqueront à cause de leur obscénité, que les chiens qui ne laissent rien perdre et que l'hiver affame déchireront. On donnera des coups de pied à ces bêtes, mais elles reviendront obséder les ouvriers de ce grand dépeçage. On perdra nos ossements en les changeant de lieu. Ils tomberont des voitures et des animaux plus rapides que d'autres se retireront dans les bois avec, entre leurs mâchoires, un bras ou une jambe ou une main que la vermine n'aura pas encore tout à fait rongés. Et ce ne seront pas que des corps qu'on tirera de la terre où nous pensions attendre le dernier jour des jours des hommes. On lui reprendra, dans leurs urnes, des cœurs et des entrailles.

Enfin, on verra tirer de leurs tombes des personnes intactes. La nature n'aura pas osé flétrir l'enveloppe de quelques bienheureux. Un pauvre serrurier, un de nos prêtres, notre dernière abbesse, quand ils seront arrachés du sol, la corruption et le changement ne les auront pas effleurés. Pas de lambeaux de matière. Pas de corps sec. Leur chair pure reparaîtra dans toute son intégrité à la lumière du soleil. Avec leurs bouches silencieuses, ils seront nos témoins qui parleront le plus haut.

Notre cimetière sera tout éventré et retourné. On enjambera des tombes béantes.

Les hommes grossiers chargés de déterrer nos malheureux débris en mettront beaucoup, pour les mener à la fosse commune de Saint-Lambert, dans de simples tombereaux. Ils voudront en faire entrer d'autres dans des mannequins qu'ils auront prévus pour cela. Quand ces paniers seront trop étroits ou les membres qu'ils voudront y faire entrer trop raides pour y parvenir, ils briseront ces membres. Ils les découperont. Ils verseront un sang qu'on eût songé qui ne pouvait plus être versé. Mais le mal est un prince qui transcende tout.

Ce sera la Noël et notre jardin sera un charnier.

Les cieux éclateront. L'orage renversera les arbres. Nos fossoyeurs devront chercher la protection de nos voûtes. Ce sera une immense désolation. Puis, à nouveau, le bruit de la pioche résonnera. À nouveau, des chairs meurtries et sanglantes tomberont sous le bec des corbeaux.

Les corneilles emporteront des morceaux de nous, et les chiens dévorants hurleront à la mort.

Il y a des soldats qui ôteront aux morts leurs habits qui ne seront pas encore corrompus pour s'en revêtir.

L'innocence même des petits ne sera pas respectée. On volera le repos de l'enfant qui ne savait pas lire comme celui des Épouses de Jésus-Christ.

On aura armé des chasseurs pour interdire ces attentats. Ils n'auront pas assez d'yeux ni de menaces pour les empêcher. C'est dans le cœur seul qu'on peut réfréner les sacrilèges : à quel cœur un chasseur a-t-il jamais parlé ?

Mais qu'importent ces profanations ? Nos membres sont des démons qui nous détournent de Dieu. Dans ce dernier avalement, il y a un dernier sacrifice. Nous serons devant notre Maître, l'heure venue, tous dispersés et brisés, comme nos scrupules nous murmurent que nous le sommes véritablement.

Souvenez-vous, Monsieur, quand vous prodiguerez votre compassion à tant de personnes mourantes qui vous réclameront avant leur catastrophe, de la vanité à laquelle nous sommes finalement promis. N'ayez pas de pitié pour nos faiblesses, parce que l'épreuve ne lâche pas prise avec le souffle qui nous abandonne. Le repos se dérobe jusque-là où il ne demeure rien.

Nous n'entendons pas gémir la terre qu'on entrouvre partout à travers le monde et, pourtant, on ne cesse de lui verser des morts et de lui arracher ensuite ses proies pour bâtir des villes, des palais, des canaux, des routes, qui ne nous sortiront jamais de nous-mêmes.

Nous ne nous laissons jamais mourir tout à fait ou suffisamment. Nous sommes jaloux de l'éternité et du silence qu'on n'atteint pas. Il y a des plaines, dans des continents que vous ne vous figurez pas, qui gémissent déjà comme notre enclos le fera. C'est, à travers toute la terre, un mugissement qui l'emporte sur celui des arbres, des flots et des bourrasques. Il faut implorer infiniment la pitié de Notre-Seigneur.

M. de La Tour agrippe la manche de la silhouette à côté de lui. Il faut que vous priiez mieux et plus que je n'ai fait. Je ne peux pas vous dire tout ce qui passe devant mes yeux. L'homme est si près des bêtes, avec tout son orgueil. Nous n'aurons jamais le pouvoir de racheter la moindre de ses folies. Il se pave des allées de sang dont je ne vois pas la fin. Je suis épouvanté par ces siècles que nous n'empêcherons pas.

Comme elle était faible et dérisoire, presque, la faute que je me reprochais. Comme c'est une plus grande faute d'avoir consacré si peu de ma vie à intercéder pour toutes ces créatures qui se ruent à l'abîme !

J'envie une barque et des cendres qui dérivent lentement, une barque et des cendres que je ne vois jamais heurter aucune rive. J'envie une foi où le vide est promesse que le chaos s'y dissolve. Seigneur, vous nous réclamez tant de vigilance et il y a tant de cercles à parcourir avant la lueur dont l'espoir nous déchire.

*

Dans la nuit, M. de La Tour dit encore :

On vendra cette église où nous avons entrevu la délivrance. On brisera les carreaux où nous avons posé nos genoux. On rasera nos murailles avec des explosions. Il ne restera rien d'un havre où nos Mères ont retranché un si grand nombre de misérables que la guerre persécutait.

On entendra des détonations et des claquements là où le silence règne.

On volera les dalles noires de nos tombes pour en faire des tables dans les auberges ou des pressoirs sur lesquels des insensés fouleront des raisins. Il coulera, sur les épitaphes que vous composez, du vin. Ils s'enivrent pour ignorer qu'il n'est qu'une seule et même chose de toute éternité : la mort et le retirement de soi. Il n'y a qu'une gloire. Elle consiste à se disparaître.

*

Je ne vous dis pas toutes ces visions que Dieu m'envoie pour vous effrayer ni pour que vous les rapportiez à nos amis. Je vous les dis pour que vous sachiez qu'il n'y a rien à conquérir au-delà de la justice des gestes que nous faisons chaque jour et que vous ne craigniez jamais, vous qui m'avez prodigué le réconfort que nul autre ne savait me donner, d'avoir accompli une tâche trop humble.

Rien ne nous est acquis sinon cette droiture minuscule. Tous nos rêves sont comme les palais qu'un orage a tôt fait de renverser et que les vents traversent le jour après qu'on les a construits. Il faut fuir toutes les grandeurs, toutes les ambitions, toutes les espérances, toute stabilité dont nous nous sentons le désir. Nous n'avons que Dieu dans lequel nous jeter, comme dans un précipice.

Toutes les choses périssables sont périssantes. Elles sont déjà péries. La mort emporte les femmes comme la senteur des fleurs. Elle emporte les morts eux-mêmes. La course n'a pas de fin.

Vous prierez bien pour ces maîtres du monde qui renversent les royaumes et foudroient les hommes, mais ne sauront jamais renfermer des ombres errantes, pleines de secret et qui ne parlent pas la langue du monde, parce qu'elles prononcent les paroles invisibles et silencieuses de l'amour. Ces ombres parleront plus fort qu'eux. Dans des siècles, des hommes et des femmes que l'esprit aura désertés viendront pleurer sur nos sépulcres vides.

*

Le silence et la paix n'ont pas de place dans le monde. Le rêve que nous poursuivons n'est pas un rêve de ce monde. Nous n'avons pas été assez silencieux ni effacés mais nos tombeaux violés et la poudre piétinée de nos ossements nous sauveront. Il faudra que tout disparaisse de nos corps, que nos murs soient effondrés, notre foi méprisée ou reniée, pour qu'elle se répande en fait et qu'elle aille dans le repli du cœur où il vaut seul de vivre. Seigneur, je vous donne tout. Vous n'avez pas besoin de soldats. Vous sommeillez dans les pierres. Vous tressaillez dans les plantes. Vous respirez dans les petits des bêtes. Vous tremblez dans la voix des femmes. Vous aimez en nous. Les martyrs solitaires, les gisants des fonds des bois, les âmes pures éteintes dans le silence et l'obscurité sont vos seuls véritables suppliants. Vous n'exigez pas des aspersions et des encensements. Vous n'exigez pas des chapelets, des croix, des médailles. Vous n'exigez pas le soleil où l'on vous expose ou la paix que l'on baise. Une petite lecture, une oraison dans la nuit, une retraite, un silence dérobé au milieu d'une compagnie, un chantonnement, une femme aimée jusqu'à la mort sont des hommages que vous ne méprisez pas. Nous devons parsemer nos déserts de bouts d'ossements et de poèmes. Glisser des parchemins pliés dans les doublures de nos manteaux. Nos fulgurations les plus entières sont le bout de cinq doigts que nous avons embrassés un matin. Quelques chants et des vies droites, si droites qu'elles sont exiguës comme la pointe des chandelles, vous agréent. La rumeur peut rire de ces flamboiements ignorés. Une caresse secrète, une étreinte dérobée, des sanglots versés parce qu'on ne voulait pas vous offenser et que la passion de l'autre était si forte, si haute, un geste qui protège ou qui soulage, légers, éphémères, sont des titubements vers vous. Ils ne méritent pas de temple ou d'église. Ils sont, veux-je croire, votre résonnement en nous. Je ne laisse pas un monde où je ne trouvai pas ce que je cherchais ; je le laisse, parce que j'y ai tant trouvé. Mon cœur est plein. Seigneur ! Quand serons-nous tous ensemble ? L'humilité est comme l'ombre ; ceux qui courent plus fort ne l'attrapent pas plus tôt.

*

Mon ami, si la vie religieuse est un renversement de notre esprit et de ses maximes, alors peut-être en serai-je bientôt digne, car je vois combien je me suis trompé, comme j'ai vainement erré, quelles faveurs immenses m'ont toujours été dispensées. J'étais bien aveugle dans mon désespoir. Je n'avais motif qu'à me réjouir. Vous irez dire à cette femme comme, à la mort, je suis plein d'amour et de reconnaissance. Je n'ai plus le souffle et je voudrais bien chanter. Je suis gai. Je vois enfin ces nuits plus claires que le jour.

*

M. de La Tour, dont le ravissement ne cesse plus, conjure M. Hamon, qu'il voit si pâle et si las, de le laisser seul. Il veut prier avec cet esprit intérieur qui lui a tiré des gémissements et qui, désormais, l'emplit de joie.

M. Hamon consent à la requête.

Il s'en retourne près des autres. Ils font leurs oraisons de la nuit. Le médecin dit que M. de La Tour est mourant et que Dieu lui fait grâce. Il descend auprès des religieuses. Il heurte à la porte de l'église où il en demeure toujours quelques-unes qui veillent. Il chuchote.

Pour les agonies, toute la communauté est réveillée.

*

Il est quatre heures du matin.

On célèbre, au fond d'un vallon, avec des flambeaux et des chants qui se passent d'accompagnement, un pécheur qui s'en retourne nûment auprès du Père.

Samedi 21 janvier 1679

M. Hamon revient, comme il l'avait promis, auprès de M. de La Tour avant que la première moitié de la huitième heure soit passée. Il le trouve mort et tout raidi. Lorsqu'il met contre ses lèvres un petit miroir qu'il a dans sa poche, cherchant s'il n'y aurait pas encore un peu de souffle dans ce gisant, rien ne ternit l'objet. C'est bien depuis le monde noir que M. de La Tour sourit comme il fait. Les hommes redoutent des fantômes.

Le médecin est immobile devant son ami. Il respire une odeur de jacinthe et de lilas. Il se penche. Ce parfum embaume encore plus fort. Dehors, il neige un peu.

M. Hamon s'est reculé. Il trace sur sa poitrine le signe du Seigneur. Il s'agenouille devant le mort et, respirant la bonne odeur qu'il dispense, il prie. Il remercie son Maître d'accorder aux plus discrets ce repos qui est l'unique quête des hommes, quoiqu'ils occupent leur temps à courir les sangliers, à inventer des instruments dont ils tirent plus de sons que les oiseaux n'en produisent, à dénuder les femmes et, le front levé, à pousser un cri plein de tourment qu'ils appellent l'extase et qui n'est qu'une conception matérielle de la joie, puisqu'elle ne vient d'aucun branle, mais de l'immobilité.

Quand ils Vous flagellent, Seigneur, c'est encore le repos qu'ils cherchent. Mais ils ne le savent pas. Leurs yeux de l'esprit ne voient pas plus que les yeux de leurs cœurs. On ne voit jamais la main que les amants se donnent après l'amour. On n'imagine pas la sérénité sur le visage que je contemple. La sérénité est la nuit obscure, triomphante, qui nous porte au-dehors de nous-mêmes.

*

Maintenant, Seigneur, Votre serviteur va en paix.

*

M. de La Tour est mis sur une civière pour être conduit dans la maison où il sera veillé. Il est porté à l'intérieur d'un petit corps de logis et placé sous un drap mortuaire, entre quatre chandeliers.

Pleurons, dit M. de Sacy. Soyons saint comme il fut saint. Le tremblement éternel du temps l'a libéré.

*

Un peu avant Vêpres, un laboureur insiste pour être amené aux pieds de M. de La Tour. L'homme a été piétiné, autrefois, par un bœuf. Il n'a jamais retrouvé l'usage de ses jambes. Il se déplace sur le dos de son fils, les bras passés autour du cou de celui-ci, qui le soutient encore par les cuisses. L'invalide dit qu'il sait comme M. de La Tour était bon et que, s'il peut encore être guéri, ce sera par ce bienfaiteur. Cette piété naïve émeut les Messieurs. Ils consentent à la requête.

Le laboureur est placé sur un tabouret tout contre l'échafaud où repose M. de La Tour. Il soulève le bout du drap. Il baise les pieds du mort. Il en pose un sur sa tête. On le laisse faire.

Soudain, il se retourne. Il se sent très fort. Il rabat le drap. Il veut se lever. Son fils se précipite. Il l'arrête de la main. Le fils lui tend les potences qui l'aident d'ordinaire à se soutenir. L'autre les repousse. Alors, il se dresse tout seul et il sort de la chambre sans qu'on lui tienne le bras seulement. Il retourne chez lui. Sa femme, en le voyant qui marche, s'écrie.

Les Messieurs qui ont assisté à la scène et les gens que le laboureur a croisés s'en allant sur ses deux jambes se sont réunis. Ils rendent grâces à Dieu qui ne veut pas qu'on doute.

*

Quand la foule vient, M. de La Tour a été transféré à l'infirmerie du monastère.

La tourière demande que le vacarme, autour d'elle, cesse. Elle nie le miracle.

À cause du Roi et de l'Archevêque, pour se conserver le droit de prier en repos, la communauté s'est résolue à ne rien ébruiter.

M. de La Tour est porté en terre très vite.

Cette précipitation n'est pas nécessaire.

Les chemins les plus merveilleux sont des détours ; rien ne résonne si haut que le silence.

TABLE DE CONCORDANCE DES NOMS PROPRES CHINOIS TRANSLITTÉRÉS

Il n'existe pas, au XVIIe siècle, de transcription romanisée canonique des caractères chinois. Chaque auteur établit la solution de son choix, selon son pays d'origine, sa culture, sa connaissance de la Chine et de son écriture.

Aujourd'hui, le *pinyin* s'impose très généralement. C'est une transcription phonétique officiellement adoptée par la République populaire de Chine en 1957. On lui a préféré la transcription de l'École française d'Extrême-Orient (E.F.E.O.), plus ancienne, parce qu'elle propose une prononciation approchée immédiatement accessible au lecteur français.

La table de concordance ci-dessous permet néanmoins au lecteur contemporain de se reporter facilement à la version *pinyin* des noms cités.

N.B. : Les noms de Pékin et de Nankin ont été conservés sous leur forme la plus commune en français, de préférence à Peitsing (*pinyin :* Beijing) et Nantsing (*pinyin :* Nanjing).

E.F.E.O.	PINYIN
Changangsi	Shaanxi
Chanhaikouan	Shanhaiguan
Chankou	Shangu
Chantong	Shandong
Chaohing	Shaoxing
Chaowou	Shaowu
Che K'ofa	Shi Kefa
Chou	Shu
Chouentche	Shunzhi
Dame Ko	Dame Ke
Dame Tcheng	Dame Zheng
Fongyang	Fengyang
Foukien	Fujian
Foutcheou	Fuzhou
Hangtcheou	Hangzhou
Hie Tsin	Xie Jin
Hiu	Xu
Honan	Henan
Hongkouang	Hongguang
Hongwou	Hongwu
Houaisou	Huaisu
Houang T'aitsi	Huan Taiji
Houpei	Hubei
Kaifong	Kaifeng
Kantcheou	Ganzhou
Kiangsi	Jiangxi
Kiangyin	Jiangyin
Kiating	Jiading
Kouangtcheou	Guangzhou (anciennement, Canton)

Kouei	Zhu Youhai, prince de Gui
Koueilin	Guilin
Lao Tseu	Lao Zi
Louchan	Lushan
Leaoning	Liaoning
Leaotong	Liaodong
Lieou Hiang	Liu Xiang
Li Mateou	Li Madou (P. Matteo Ricci, S.J.)
Li Tseutch'eng	Li Zicheng
Longwou	Longwu
Lu Tsing	Lu Jing
Lu Wei	Lü Wei
Nantch'ang	Nanchang
P'oyan	Poyan
P'oyang	Poyang
Kouangsi	Guangxi
Shangtch'eng	Sangcheng
Souei	Sui
Soutcheou	Suzhou
Sseutchou'an	Sichuan
T'aip'ou	Taipu
T'aitch'ang	Taichang
T'ang	Tang
T'ang Jowang	Tang Ruowang (P. Johan Adam Schall, S.J.)
T'an Mei	Tan Mei
Tch'ang Hiu	Chang Xu
Tchang Sientchong	Zhang Xianzhong
Tch'ang-t'ing	Changting
Tchang Tsiutcheng	Zhang Juzheng
Tchaots'ing	Zhaoqing

Tcheng Tchelong	Zheng Zhilong
Tcheng Tch'engkong	Zheng Chenggong
Tch'en Yuanyuan	Chen Yuanyuan
Tch'ongtchen	Chongzhen
Tchou Yeouhai, prince de Tchou Yeoulang	Zhu Youlang
Tchou Yihai, prince de Lou	Prince de Lu, Zhu Yihai
T'ients'i (ou T'ienk'i)	Tianqi
Tonglin	Donglin
Tsingchan	Jingshan
Ts'ing	Qing
Yangtcheou	Yangzhou
Yuan Tch'onghouan	Yuan Chonghuan
Wanli	Wanli
Wei Tchonghien	Wei Zhongxian
Wou Hiang	Wu Xiang
Wou Sankouei	Wun Sangui
Woutcheou	Wuzhou

CONCORDANCE CHRONOLOGIQUE

Le calendrier chinois est un calendrier lunaire ajusté à l'année solaire par l'insertion occasionnelle de mois intercalaires. Les années sont comptées par rapport au début du règne de l'Empereur en exercice. On propose ci-dessous une traduction des dates de l'historiographie chinoise qui figurent dans le récit selon les usages du calendrier grégorien, afin que le lecteur puisse, s'il le désire, se situer aisément dans l'histoire européenne contemporaine.

Les conversions sont empruntées à l'ouvrage de Keith Hazelton, *A Synchronic Chinese-Western Daily Calendar 1341-1661 AD*, Minneapolis, Ming Studies Research Series Number 1, 1984, consultable, en France, à l'Institut national des langues et civilisations orientales. L'auteur explique dans une introduction précise la méthode informatique employée pour aboutir à une table quotidienne durant une période de plusieurs siècles.

CALENDRIER CHINOIS	CALENDRIER GRÉGORIEN
Quatorzième jour du septième mois	18 août 1620
(49e année du règne de Wanli)	
Dixième jour du huitième mois	6 septembre 1620
(1re année du règne de T'aitch'ang)	
Vingt-neuvième jour du huitième mois	25 septembre 1620
(1re année du règne de T'aitch'ang)	
Vingt-deuxième jour du huitième mois	30 septembre 1627
(7e année du règne de T'iensts'i)	
Vingt-quatrième jour du huitième mois	2 octobre 1627
(1re année du règne de Tch'ongtchen)	
Premier jour du onzième mois	8 décembre 1627
(1re année du règne de Tch'ongtchen)	
Onzième mois	décembre 1629
(2e année du règne de Tch'ongtchen)	
Premier jour du douzième mois	13 janvier 1630
(2e année du règne de Tch'ongtchen)	
Seizième jour du huitième mois	22 septembre 1630
(3e année du règne de Tch'ongtchen)	
Douzième jour du deuxième mois	22 mars 1641
(14e année du règne de Tch'ongtchen)	
Vingt et unième jour du douzième mois	21 janvier 1642
(14e année du règne de Tch'ongtchen)	
Quinzième jour du premier mois	13 février 1643
(15e année du règne de Tch'ongtchen)	
Vingt-quatrième jour du quatrième mois	29 mai 1643
(15e année du règne de Tch'ongtchen)	
Quinzième jour du neuvième mois	8 octobre 1643
(15e année du règne de Tch'ongtchen)	

Dix-septième jour du troisième mois (17e année du règne de Tch'ongtchen)	23 avril 1644
Vingt-quatrième jour du quatrième mois (17e année du règne de Tch'ongtchen)	29 mai 1644
Vingt-neuvième jour du quatrième mois (après la mort de Tch'ongtchen)	3 juin 1644
Cinquième jour du cinquième mois (après la mort de Tch'ongtchen)	9 juin 1644
Vingt-sixième jour du sixième mois (après la mort de Tch'ongtchen)	29 juillet 1644
Premier jour du huitième mois (après la mort de Tch'ongtchen)	1er septembre 1644
Quinzième jour du neuvième mois (1re année du règne de Hongkouang et de Chouentche)	15 octobre 1644
Treizième jour du quatrième mois (1re année du règne de Hongkouang et de Chouentche)	8 mai 1645
Onzième jour du cinquième mois (1re année du règne de Hongkouang et de Chouentche)	4 juin 1645
Quinzième jour du cinquième mois (1re année du règne de Hongkouang et de Chouentche)	8 juin 1645
Vingt-huitième jour du sixième mois (1re année du règne de Chouentche)	21 juillet 1645
Vingt-sixième jour du sixième mois intercalaire (1re année du règne de Longwou et 1re année du règne de Chouentche)	18 août 1645
Vingt-cinquième jour du septième mois (2e année du règne de Longwou et 2e année du règne de Chouentche)	4 septembre 1646

Vingt et unième jour du huitième mois *(2e année du règne de Longwou et 2e année du règne de Chouentche)*	29 septembre 1646
Vingt-huitième jour du huitième mois *(2e année du règne de Longwou et 2e année du règne de Chouentche)*	6 octobre 1646
Quatrième jour du dixième mois *(3e année du règne de Chouentche)*	10 novembre 1646
Vingt-neuvième jour du dixième mois *(1re année des règnes de Chaowou et de Yongli et 3e année du règne de Chouentche)*	5 décembre 1646
Dix-huitième jour du onzième mois *(1re année des règnes de Chaowu et de Yongli et 3e année du règne de Chouentche)*	24 décembre 1646
Quinzième jour du douzième mois *(1re année des règnes de Chaowu et de Yongli et 3e année du règne de Chouentche)*	20 janvier 1647
Deuxième ou troisième mois *(2e année du règne de Yongli et 4e année du règne de Chouentche)*	Mars ou avril 1648
Dix-neuvième jour du septième mois *(15e année du règne de Yongli et 17e année du règne de Chouentche)*	13 août 1661
Cinquième jour du premier mois *(15e année du règne de Yongli et 18e année du règne de Chouentche)*	5 février 1661
Premier jour du douzième mois *(16e année du règne de Yongli)*	20 janvier 1662
Deuxième jour du quatrième mois *(16e année du règne de Yongli)*	19 mai 1662

DU MÊME AUTEUR

Aux Éditions Gallimard

LA BLESSURE ET LA SOIF, 2009 (Folio nº 5210).

DISPROPORTION DE L'HOMME, 2010.

Aux Éditions Albin Michel

L'AMOUR SEUL, 2005.

COLLECTION FOLIO

Dernières parutions

4857. Yannick Haenel	*Cercle.*
4858. Pierre Péju	*Cœur de pierre.*
4859. Knud Romer	*Cochon d'Allemand.*
4860. Philip Roth	*Un homme.*
4861. François Taillandier	*Il n'y a personne dans les tombes.*
4862. Kazuo Ishiguro	*Un artiste du monde flottant.*
4863. Christian Bobin	*La dame blanche.*
4864. Sous la direction d'Alain Finkielkraut	*La querelle de l'école.*
4865. Chahdortt Djavann	*Autoportrait de l'autre.*
4866. Laura Esquivel	*Chocolat amer.*
4867. Gilles Leroy	*Alabama Song.*
4868. Gilles Leroy	*Les jardins publics.*
4869. Michèle Lesbre	*Le canapé rouge.*
4870. Carole Martinez	*Le cœur cousu.*
4871. Sergio Pitol	*La vie conjugale.*
4872. Juan Rulfo	*Pedro Páramo.*
4873. Zadie Smith	*De la beauté.*
4874. Philippe Sollers	*Un vrai roman. Mémoires.*
4875. Marie d'Agoult	*Premières années.*
4876. Madame de Lafayette	*Histoire de la princesse de Montpensier* et autres nouvelles.
4877. Madame Riccoboni	*Histoire de M. le marquis de Cressy.*
4878. Madame de Sévigné	*« Je vous écris tous les jours… »*
4879. Madame de Staël	*Trois nouvelles.*
4880. Sophie Chauveau	*L'obsession Vinci.*
4881. Harriet Scott Chessman	*Lydia Cassatt lisant le journal du matin.*
4882. Raphaël Confiant	*Case à Chine.*
4883. Benedetta Craveri	*Reines et favorites.*
4884. Erri De Luca	*Au nom de la mère.*
4885. Pierre Dubois	*Les contes de crimes.*
4886. Paula Fox	*Côte ouest.*

4887. Amir Gutfreund	*Les gens indispensables ne meurent jamais.*
4888. Pierre Guyotat	*Formation.*
4889. Marie-Dominique Lelièvre	*Sagan à toute allure.*
4890. Olivia Rosenthal	*On n'est pas là pour disparaître.*
4891. Laurence Schifano	*Visconti.*
4892. Daniel Pennac	*Chagrin d'école.*
4893. Michel de Montaigne	*Essais I.*
4894. Michel de Montaigne	*Essais II.*
4895. Michel de Montaigne	*Essais III.*
4896. Paul Morand	*L'allure de Chanel.*
4897. Pierre Assouline	*Le portrait.*
4898. Nicolas Bouvier	*Le vide et le plein.*
4899. Patrick Chamoiseau	*Un dimanche au cachot.*
4900. David Fauquemberg	*Nullarbor.*
4901. Olivier Germain-Thomas	*Le Bénarès-Kyôto.*
4902. Dominique Mainard	*Je voudrais tant que tu te souviennes.*
4903. Dan O'Brien	*Les bisons de Broken Heart.*
4904. Grégoire Polet	*Leurs vies éclatantes.*
4905. Jean-Christophe Rufin	*Un léopard sur le garrot.*
4906. Gilbert Sinoué	*La Dame à la lampe.*
4907. Nathacha Appanah	*La noce d'Anna.*
4908. Joyce Carol Oates	*Sexy.*
4909. Nicolas Fargues	*Beau rôle.*
4910. Jane Austen	*Le Cœur et la Raison.*
4911. Karen Blixen	*Saison à Copenhague.*
4912. Julio Cortázar	*La porte condamnée* et autres nouvelles fantastiques.
	cédé d'*Adieu !...*
4914. Romain Gary	*Les trésors de la mer Rouge.*
4915. Aldous Huxley	*Le jeune Archimède* précédé de *Les Claxton.*
4916. Régis Jauffret	*Ce que c'est que l'amour* et autres microfictions.
4917. Joseph Kessel	*Une balle perdue.*
4918. Lie-tseu	*Sur le destin* et autres textes.
4919. Junichirô Tanizaki	*Le pont flottant des songes.*
4920. Oscar Wilde	*Le portrait de Mr. W.H.*
4921. Vassilis Alexakis	*Ap. J.-C.*

4922. Alessandro Baricco — *Cette histoire-là.*
4923. Tahar Ben Jelloun — *Sur ma mère.*
4924. Antoni Casas Ros — *Le théorème d'Almodóvar.*
4925. Guy Goffette — *L'autre Verlaine.*
4926. Céline Minard — *Le dernier monde.*
4927. Kate O'Riordan — *Le garçon dans la lune.*
4928. Yves Pagès — *Le soi-disant.*
4929. Judith Perrignon — *C'était mon frère...*
4930. Danièle Sallenave — *Castor de guerre*
4931. Kazuo Ishiguro — *La lumière pâle sur les collines.*
4932. Lian Hearn — *Le Fil du destin. Le Clan des Otori.*
4933. Martin Amis — *London Fields.*
4934. Jules Verne — *Le Tour du monde en quatre-vingts jours.*
4935. Harry Crews — *Des mules et des hommes.*
4936. René Belletto — *Créature.*
4937. Benoît Duteurtre — *Les malentendus.*
4938. Patrick Lapeyre — *Ludo et compagnie.*
4939. Muriel Barbery — *L'élégance du hérisson.*
4940. Melvin Burgess — *Junk.*
4941. Vincent Delecroix — *Ce qui est perdu.*
4942. Philippe Delerm — *Maintenant, foutez-moi la paix !*
4943. Alain-Fournier — *Le grand Meaulnes.*
4944. Jerôme Garcin — *Son excellence, monsieur mon ami.*
4945. Marie-Hélène Lafon — *Les derniers Indiens.*
4946. Claire Messud — *Les enfants de l'empereur*
4947. Amos Oz — *Vie et mort en quatre rimes*
4948. Daniel Rondeau — *Carthage*
4949. Salman Rushdie — *Le dernier soupir du Maure*
4950. Boualem Sansal — *Le village de l'Allemand*
4951. Lee Seung-U — *La vie rêvée des plantes*
4952. Alexandre Dumas — *La Reine Margot*
4953. Eva Almassy — *Petit éloge des petites filles*
4954. Franz Bartelt — *Petit éloge de la vie de tous les jours*
4955. Roger Caillois — *Noé* et autres textes
4956. Casanova — *Madame F.* suivi d'*Henriette*
4957. Henry James — *De Grey, histoire romantique*
4958. Patrick Kéchichian — *Petit éloge du catholicisme*
4959. Michel Lermontov — *La Princesse Ligovskoï*

4999. John Cheever	*Déjeuner de famille*
5000. Annie Ernaux	*Les années*
5001. David Foenkinos	*Nos séparations*
5002. Tristan Garcia	*La meilleure part des hommes*
5003. Valentine Goby	*Qui touche à mon corps je le tue*
5004. Rawi Hage	*De Niro's Game*
5005. Pierre Jourde	*Le Tibet sans peine*
5006. Javier Marías	*Demain dans la bataille pense à moi*
5007. Ian McEwan	*Sur la plage de Chesil*
5008. Gisèle Pineau	*Morne Câpresse*
5009. Charles Dickens	*David Copperfield*
5010. Anonyme	*Le Petit-Fils d'Hercule*
5011. Marcel Aymé	*La bonne peinture*
5012. Mikhaïl Boulgakov	*J'ai tué*
5013. Arthur Conan Doyle	*L'interprète grec et autres aventures de Sherlock Holmes*
5014. Frank Conroy	*Le cas mystérieux de R.*
5015. Arthur Conan Doyle	*Une affaire d'identité et autres aventures de Sherlock Holmes*
5016. Cesare Pavese	*Histoire secrète*
5017. Graham Swift	*Le sérail*
5018. Rabindranath Tagore	*Aux bords du Gange*
5019. Émile Zola	*Pour une nuit d'amour*
5020. Pierric Bailly	*Polichinelle*
5022. Alma Brami	*Sans elle*
5023. Catherine Cusset	*Un brillant avenir*
5024. Didier Daeninckx	*Les figurants. Cités perdues*
5025. Alicia Drake	*Beautiful People. Saint Laurent, Lagerfeld : splendeurs et misères de la mode*
5026. Sylvie Germain	*Les Personnages*
5027. Denis Podalydès	*Voix off*
5028. Manuel Rivas	*L'Éclat dans l'Abîme*
5029. Salman Rushdie	*Les enfants de minuit*
5030. Salman Rushdie	*L'Enchanteresse de Florence*
5031. Bernhard Schlink	*Le week-end*
5032. Collectif	*Écrivains fin-de-siècle*
5033. Dermot Bolger	*Toute la famille sur la jetée du Paradis*
5034. Nina Bouraoui	*Appelez-moi par mon prénom*

5035. Yasmine Char — *La main de Dieu*
5036. Jean-Baptiste Del Amo — *Une éducation libertine*
5037. Benoît Duteurtre — *Les pieds dans l'eau*
5038. Paula Fox — *Parure d'emprunt*
5039. Kazuo Ishiguro — *L'inconsolé*
5040. Kazuo Ishiguro — *Les vestiges du jour*
5041. Alain Jaubert — *Une nuit à Pompéi*
5042. Marie Nimier — *Les inséparables*
5043. Atiq Rahimi — *Syngué sabour. Pierre de patience*
5044. Atiq Rahimi — *Terre et cendres*
5045. Lewis Carroll — *La chasse au Snark*
5046. Joseph Conrad — *La Ligne d'ombre*
5047. Martin Amis — *La flèche du temps*
5048. Stéphane Audeguy — *Nous autres*
5049. Roberto Bolaño — *Les détectives sauvages*
5050. Jonathan Coe — *La pluie, avant qu'elle tombe*
5051. Gérard de Cortanze — *Les vice-rois*
5052. Maylis de Kerangal — *Corniche Kennedy*
5053. J.M.G. Le Clézio — *Ritournelle de la faim*
5054. Dominique Mainard — *Pour Vous*
5055. Morten Ramsland — *Tête de chien*
5056. Jean Rouaud — *La femme promise*
5057. Philippe Le Guillou — *Stèles à de Gaulle* suivi de *Je regarde passer les chimères*
5058. Sempé-Goscinny — *Les bêtises du Petit Nicolas. Histoires inédites - 1*
5059. Érasme — *Éloge de la Folie*
5060. Anonyme — *L'œil du serpent. Contes folkloriques japonais*
5061. Federico García Lorca — *Romancero gitan*
5062. Ray Bradbury — *Le meilleur des mondes possibles* et autres nouvelles
5063. Honoré de Balzac — *La Fausse Maîtresse*
5064. Madame Roland — *Enfance*
5065. Jean-Jacques Rousseau — *« En méditant sur les dispositions de mon âme… »*
5066. Comtesse de Ségur — *Ourson*
5067. Marguerite de Valois — *Mémoires*
5068. Madame de Villeneuve — *La Belle et la Bête*
5069. Louise de Vilmorin — *Sainte-Unefois*
5070. Julian Barnes — *Rien à craindre*
5071. Rick Bass — *Winter*

5072. Alan Bennett	*La Reine des lectrices*
5073. Blaise Cendrars	*Le Brésil. Des hommes sont venus*
5074. Laurence Cossé	*Au Bon Roman*
5075. Philippe Djian	*Impardonnables*
5076. Tarquin Hall	*Salaam London*
5077. Katherine Mosby	*Sous le charme de Lillian Dawes*
5078. Arto Paasilinna	*Les dix femmes de l'industriel Rauno Rämekorpi*
5079. Charles Baudelaire	*Le Spleen de Paris*
5080. Jean Rolin	*Un chien mort après lui*
5081. Colin Thubron	*L'ombre de la route de la Soie*
5082. Stendhal	*Journal*
5083. Victor Hugo	*Les Contemplations*
5084. Paul Verlaine	*Poèmes saturniens*
5085. Pierre Assouline	*Les invités*
5086. Tahar Ben Jelloun	*Lettre à Delacroix*
5087. Olivier Bleys	*Le colonel désaccordé*
5088. John Cheever	*Le ver dans la pomme*
5089. Frédéric Ciriez	*Des néons sous la mer*
5090. Pietro Citati	*La mort du papillon. Zelda et Francis Scott Fitzgerald*
5091. Bob Dylan	*Chroniques*
5092. Philippe Labro	*Les gens*
5093. Chimamanda Ngozi Adichie	*L'autre moitié du soleil*
5094. Salman Rushdie	*Haroun et la mer des histoires*
5095. Julie Wolkenstein	*L'Excuse*
5096. Antonio Tabucchi	*Pereira prétend*
5097. Nadine Gordimer	*Beethoven avait un seizième de sang noir*
5098. Alfred Döblin	*Berlin Alexanderplatz*
5099. Jules Verne	*L'Île mystérieuse*
5100. Jean Daniel	*Les miens*
5101. Shakespeare	*Macbeth*
5102. Anne Bragance	*Passe un ange noir*
5103. Raphaël Confiant	*L'Allée des Soupirs*
5104. Abdellatif Laâbi	*Le fond de la jarre*
5105. Lucien Suel	*Mort d'un jardinier*
5106. Antoine Bello	*Les éclaireurs*
5107. Didier Daeninckx	*Histoire et faux-semblants*
5108. Marc Dugain	*En bas, les nuages*
5109. Tristan Egolf	*Kornwolf. Le Démon de Blue Ball*
5110. Mathias Énard	*Bréviaire des artificiers*

Composition Firmin Didot
Impression Maury-Imprimeur
45330 Malesherbes
le 20 février 2011.
Dépôt légal : février 2011.
Numéro d'imprimeur : 162348.

ISBN 978-2-07-044050-4. / Imprimé en France.

178828